L'ISOLA DEL GIORNO PRIMA

昨日之岛

[意] 翁贝托·埃科
著

刘月樵
译

上海译文出版社

太平洋是不是我的家园？

约翰·多恩，《病中赞歌》

愚蠢的我！在对谁说话？可怜的我！在做些什么？
我向没有感觉的海岸
向不会说话的柳树，向耳聋的风
诉说我的苦痛……
啊，除了低吟的波涛
无人作答！

詹巴蒂斯塔·马里诺，《里拉琴》，“回音”，第十九篇

目 录

一
“达佛涅号”

> 然而，我为自己所遭受的屈辱感到自豪，而且，因为我被宣判享有如此特权，几乎是在享受一种遭人厌恶的救赎：我相信，有史以来，我是我的族类中唯一在遭遇海难后登上一艘空无一人的弃船的人。

就这样，格里瓦的罗伯托执迷不悟地写下了这段妙语，时间可推测为一六四三年的七八月间。

他紧抱一块木板，在大海中漂荡沉浮，白天脸朝下，为的是不被太阳灼伤眼睛，脖子极不自然地抻着，为的是不喝进海水，发烫的咸水烧得他灼痛难忍。这样的日子有多少天了？信件没有说明，让人觉得仿佛会永远这样下去，但应该最多不超过两天，否则，在福玻斯[①]的鞭打下（正如他富于想象地抱怨的），他是不会幸存下来的——正如他本人描述的那样，罗伯托先天不足，如此孱弱，是只适于夜间出没的动物。

他无法计算时间，但我相信，把他从“阿马丽利斯号”上甩到海里的暴风雨过后，大海马上就恢复了平静。而海员为他量身打造的那种木筏，则被信风在平静的海面上推动着，没过多少海里，就将他带到赤道南边的温和冬季，海浪推着他，直至港湾。

正值夜晚，他昏昏入睡，并没有意识到自己正靠近一艘船。直到木筏突然一震，撞到了“达佛涅号”的船艏。

在满月光辉的照耀下，他发觉自己正浮在艏斜桅的下方。沿着艏楼悬下一条绳梯（卡斯帕神父称其为雅各的梯子[②]），距离锚链不远，一瞬间，所有的精气神又都回到他的身上。这应该是绝望的力量：他盘算着自己还有没有力气呼救（但是嗓子却干得像团火），还能否挣脱那些将他捆出青紫色勒痕的绳索，然后再攀缘而上。我相信，在这样的瞬间，一个濒死之人已经变成了在摇篮里就掐死过蟒蛇的赫拉克勒斯。在记录整个过程时，罗伯托含糊不清，但不妨这样认为：既然他最终还是爬上了艏楼，那么，他肯定是以某种方式抓住了绳梯。也许他每次只能往上爬一点点，每爬一寸都精疲力竭，他翻过护栏，爬过成堆的绳索，发现了艏楼敞开的门……应该是本能让他在黑暗中触摸到那只水桶，他爬到水桶边上，努力直起身来，找到了一只系在链条上的水杯。他喝到不能再喝为止，然后饱肚瘫倒在地上，在这里，也许“饱肚”是真正名副其实的，因为那水里应该有许多淹死的昆虫，所以同时为他提供了食物和饮料。

他大概睡了整整二十四个小时，这种计算没什么不妥，因为他醒来时依然是黑夜，而他觉得就像获得了重生。因此，这已不是前一个夜晚，而是一个新的夜晚了。

但他以为还是同一个晚上，否则，过了一个白天，应该有人发现自己才是。月光从甲板上渗进来，照亮了这个地方，这才让人看清，这里是船上的厨房，炉子上方还挂着深底圆铜锅。

这里有两扇门，一扇通往艏斜桅，另一扇通往上甲板。他迈向第二扇门的门槛，外面亮如白昼，他看到了整齐摆放的帆索、绞盘、帆布

---

① Phoebus，希腊神话中的太阳神。

② 典出《旧约·创世记》(28：11－19)，喻指通向神圣和幸福的途径。

收拢的桅桁、炮孔上架着的几门大炮，以及船尾楼的轮廓。他弄出声响，但没有一个人影作答。他又从舷侧探出头去，在右边大约一海里的地方，他发现一座岛屿的轮廓，岸边的棕榈树正随着微风摇曳。

陆地形成了一个被银沙环绕的小海湾，沙子在幽暗中闪着白光。然而，正像每一个遭遇海难的人一样，罗伯托无法说出那是一座岛屿还是大陆。

他摇摇晃晃地走到船的另一边，隐约地看见——但这次是在很远处，几乎在靠近地平线的地方——另一座岛屿的尖峰，它的轮廓也是由两个岬角勾勒出来的。除此之外，大海给人的印象就是，他的船正经由将两块陆地分割开来的宽广的运河，驶入即将停泊的锚地。罗伯托心想，如果自己看到的不是两座岛屿，那么其中定有一座是岛屿，而它对面便是更广阔的陆地。我相信，他不会尝试做出其他假设，因为他从来不曾知道哪个海湾竟然可以广阔到让置身其中的人以为自己正面对两片孪生姊妹一般的陆地。就这样，由于对陆地的广袤一无所知，他竟歪打正着。

对于一个遭遇海难的人来说，这真是了不起的成功：双脚踩地，坚实的大陆触手可及。然而罗伯托不会游泳，很快他就会发现，船上没有救生艇，而与此同时，海水又把他来时的木筏冲到了远处。他刚刚为逃离死亡松了一口气，却又因大海、近在咫尺的岛屿和弃船这三重孤独惊慌失措。“嗳！船上有人吗？喂！”他肯定站在船上，试图用他懂得的所有语言高声呼喊，同时也发觉自己极度虚弱。寂静无声。好像所有的生命都死光了。他从来没有如此一丝不苟地发表过意见——他一向在修辞比喻上慷慨大方——或者说几乎没有，而对于我想说的这个“几乎”，我却不知道从何说起了。

再说，我已经开始讲述了。一个男人在大海中精疲力竭地漂流，宽容的海水将他抛到一艘看起来空无一人的船上。空得就像是全体船员都将它遗弃了，因为罗伯托吃力地回到厨房后，发现了一盏灯笼和一把火镰，好像是厨师在上床之前放在那里的。而在烟囱旁边，叠放着两张空床。罗伯托点亮灯笼，四处张望，他发现了大量的食物：鱼干，还有因为受潮而略呈蓝色的饼干，只要用刀刮去一些仍可食用。鱼干非常咸，但只要想喝，水有的是。

他应该很快就恢复了体力，至少当他写信的时候，他已经有了力气，因为他流露出——以极高的文学造诣——对这顿大餐的喜悦心情，“就连奥林匹斯山的诸神都未曾享用过，那是从海底送给我的芳香美味，它们的死亡使我又生还……”这正是罗伯托写给他的心上人的内容：

我幽暗中的太阳，我夜晚的明灯：

为什么狂风暴雨把我抛入海中，上苍却没有夺取我的性命？为什么它让我的躯体逃脱了贪婪的大海，却又让我的灵魂沉没在更为不幸的吝啬的孤独之中？

也许，如果慈悲的上苍不来拯救我的话，您就永远读不到我现在写给您的这封信了。在您的眼中，我好像一支点燃的火炬，在汪洋大海的光亮中显得暗淡无光；我如同一轮明月，在享受了过多的太阳光芒之后，正在我们星球最遥远的航线，完成自己的旅程：这轮月亮失去了自己的君主行星所援助的光线，先是缩小成奄奄一息的镰刀，后来光辉愈加苍白，直到完全消散成浅蓝色的庞大盾牌；在那里，富有创造力的大自然为它塑造出机密的英雄箴言和神秘象征。失去您的注目之后，我双目失明，因为您不再看我；我喑哑无声，因为您不再与我讲话；我失去了记忆，因为您已将我遗忘。

我独自活着，如燃烧着的昏暗火焰，在这场对立的战斗中，我的精神总是如幽灵般游荡，它多么想靠近您的精神。在这座木制的城堡中，在这座波浪起伏的堡垒里，生命被拯救，它将我与大海隔开，却又使我成为大海的囚徒。我受到上苍宽厚的惩罚，躲藏在这座沐浴阳光的石棺底部，在这架地下飞行器中，在这座无法攻陷的监狱里，虽然四处留有越狱的可能，但我置身其中，却对有朝一日再见到您失去了信心。

夫人，我给您写信，就好比献给您与您不相配的卑微礼物，献给您我灰心丧气时凋谢的玫瑰。然而，我为自己所遭受的屈辱感到自豪，而且，因为我被宣判享有如此特权，几乎是在享受一种遭人厌恶的救赎：我相信，有史以来，我是我的族类中唯一在遭遇海难后登上一艘空无一人的弃船的人。

可是，这可信吗？从这第一封信的日期来看，罗伯托是在到达之后，一发现船长房间里的纸和笔，就开始写信了，他甚至还没有去勘察船上的其他地方。然而，他本该用一些时间恢复体力才是，因为他衰弱得像一头受伤的野兽。或许这只是一个多情的小伎俩，他首先试着弄清楚自己流落到了什么地方，然后才开始写信，但却将写信伪装成是在第一时间。为什么虽然他知道、猜想、害怕这些信件永远都不会寄到，却还是仅仅出于痛苦照写不误（对痛苦的慰藉，他自己可能会这样说，然而我们得设法不让他牵着鼻子走）？重现一个饱受爱情煎熬的人的行为和感受是非常困难的，再说我们永远不会知道他笔下是自己真实的感受，抑或只是甜言蜜语的规则使然——或者，从另一方面讲，关于感受到的爱情与表达出的爱情之间的差异，它们哪个在前、哪个在后，我们又能知道多少？因此，他是在为自己而写，这不是在写小说，他真的就像一个追逐不可能实现的梦想的少年一样，字里行间洒满了泪水，丝毫不是因为对方的缺席——即使对方在场，也已经成了纯粹的想象——他写，是出于对自己的柔情，出于对爱情的倾慕……

我本可以由此引申出一部长篇小说，但是，问题又来了，从何处写起呢？

我要说，这第一封信他是后来才写的，在此之前，他已经察看了四周的情况——至于他看到了什么，会在后来的信里提到。可是现在，该如何诠释这个想以敏锐的隐喻技巧，描述他自己都未曾看清的东西的人——他由于眼疾，只在夜间漫游——的日记呢？

罗伯托会说，他的眼疾是在卡萨莱围城时，被子弹擦过太阳穴落下的。这很有可能，但是除此以外，他还暗示道，由于瘟疫的流行，人们的身体都越来越差。罗伯托无疑体质极弱，以我的直觉，他还患有多疑症——这也是判断的结果；他的畏光一半是黑色胆汁造成的，一半则是由于某种轻微的炎症，伊格比先生的药方大概又加重了这炎症。

看来可以肯定的是，他在"阿马丽利斯号"上的航行一直是在甲板之下完成的，因为他是畏光症患者，不管这病是否天生的，至少为了能轻易待在货舱里搞他的阴谋，他必须维持这种状态。一连数月，他所面对的不是黑暗，就是微光——然后是在海上漂浮，眼睛被不知是赤道还是热带的太阳所灼伤。因此，当他登上"达佛涅号"，不管生病与否，他都憎恨光线。他在厨房度过了第一个夜晚，恢复了精力，第二个晚上便尝试第一次巡察，随后，事情几乎可以说自己走上了轨道。白天让他感到害怕，不只是眼睛受不了刺激，背部所受的灼烤也让他躲进舱里。在那几个夜晚里，他所描绘的美丽的月亮才是他的强壮剂。白昼，天空好像无处不在；夜晚，他发现了一些新的星座（它们正是英雄的箴言和神秘象征），宛若置身剧场：他相信，这样的生活会持续很长时间，也许直到生命的终结。于是他在纸上重新创造了自己的心上人，为的是不将她丢失，但他知道，所失再多，也不会超出他曾经的拥有。

此时此刻，他正躲藏在他的漫漫长夜之中，就好像躲在母亲的子宫里，更是为了躲避太阳。或许他读过匈牙利、利沃尼亚[①]或者瓦拉

① Livonia，今爱沙尼亚及拉脱维亚大部分领土的旧称。

几亚[1]的那些吸血鬼故事，它们在日落后、黎明前不安分地游荡，然后在鸡叫之时又藏回坟墓中：这些角色可能会诱惑他……

罗伯托应该是在第二天晚上开始他的清查工作的。他已经大声喊叫了许久，确定船上的确没人。然而，他感到害怕，他本该找到几具尸体，或是发现某些能够解释此处之荒凉的蛛丝马迹。他小心翼翼地挪动脚步，而从信件上很难看出是往哪个方向：他对船的构造以及船上物品的描述都不准确。有些东西他很熟悉，他听海员提起过，有些东西他不认识，他觉得像什么便写成什么。但即使是认识的东西，由于在“阿马丽利斯号”上工作的船员是由三江四海的乌合之众所组成，使得他听到这些物品被人用法语、荷兰语、英语、意大利语等不同的语言指称。因此，他有时用 staffe——大概是伯德博士教给他的——称呼小桅；叫人很难理解的是他这一次写到自己在后甲板或者船尾楼上，下一次又会用法语外来词来称呼同一个地方；他使用 sabordi[2] 一词，我很愿意接受，因为它让我想起孩童时代阅读的意大利语航海书籍；他讲到 parrocchetto[3]，对于我们来说，这是前桅帆的一种，但对法国人来说，perruche 指后桅上的第三层帆，因此，当他说自己位于 parrucchetta 下方时，我们就不知道到底指的是什么了。更不要说他有时还把前桅写做法语的后桅，而他写出 mizzana 时——对于法国人来说，这是前桅（但是，唉，对英国人来说不是，因为对于英国人来说，mizzenmast 是后桅，正如上帝所愿）——又是指什么呢？另外，当他谈到“屋檐状物”时，大概指的是我们称为甲板泄水孔的东西。反正，我做出一个决定：我将设法猜出他的本意，然后用我们最熟悉的词汇来表达。如果我错了，又能怎么样呢？反正故事不会改变。

---

① Wallachia，古国名，今罗马尼亚。
② 意大利文，舷窗。
③ 意大利文，前桅中帆。

因此，我们就此确定，第二个夜晚，在厨房里找到储备的食物之后，罗伯托便在月色下以某种方式横穿了上甲板。

他记得前一天夜里隐约看见的船艏以及凸起的船侧，通过细长的上甲板、艏楼的形状以及翘起的圆形船尾，通过与“阿马丽利斯号”的比较，罗伯托得出结论，“达佛涅号”也是一艘荷兰商船。不管写成 fluyt 也好，或者 flauto、flûte、fluste、flyboat、fliebote 都好，总之这种中等吨位的商船有各种叫法，上面通常都装备着十来门大炮，在遇到海盗袭击时，能问心无愧地开炮；而且以这样的规模，十二名左右的船员就可以驾驭，还可以额外搭载些乘客——如果舍弃舒适（尽管已经够简陋了），挤进更多的床铺，直到里面的人互相磕磕碰碰的程度。而这样一来，如果没有足够的卫生设备，船上往往气味混杂、臭气熏天，稍有疫情，船员和乘客便会大量死去。总之，这是一艘商船，比“阿马丽利斯号”宽敞一些，但上甲板狭小到几乎只剩舱口，大概是船长担心在遇到狂风巨浪时，海水会打上船来。

不管怎么说，“达佛涅号”是商船，这无疑是件好事，这样一来罗伯托就可以凭借他对船体布局的了解四处走动了。比如，大到足以装载全部船员的救生艇，应该就在上甲板中央。但它并不在那里，这似乎让人相信船员们已经远走他处。然而，罗伯托依然无法完全放心：因为即使偃帆抛锚、停泊在风平浪静的海湾时，船员也绝不会让船处于无人看守、随波逐流的状态。

那天晚上，他迫不及待地走向船尾的舷灯，小心翼翼地打开通往艏楼的门，好像要请求什么人的允许似的……舵轮旁边的罗盘告诉他，两片陆地之间的水道是从南向北伸延的。接着，他走进了我们如今称作船员休息室的地方，一个 L 形的大厅，然后另一扇门又将他引入了船长室：屋内有一扇宽敞的大窗俯视着舵轮，还有通往船尾瞭望台的侧门。在“阿马丽利斯号”上，驾驶舱与船长室并不连在一起，而这里看样子是想尽量节省空间，以腾出作他用的地方。实际上，在船员休息室左边还为两位大副分别开辟出一个小房间，而在右边则留出另一间房，几乎比船长室还要宽敞，最里面摆放了一张简单的床铺，但布置得犹如工作间。

桌子上堆满地图，在罗伯托看来，其数量之多已经超过了一艘船航行时的需要。这好像是一位学者工作的地方：一些纸张随意地散着，还有几架望远镜，一座漂亮的铜制夜间计时仪，它仿佛自带光源，散发出黄褐色的亮光，一座固定在桌子平面上的浑天仪，另外还有一些写满计算的草稿纸，以及一张上面画有黑红两色圆形图案的羊皮纸，他认出好像曾在“阿马丽利斯号”上见过类似的抄本（但做工要差许多），似乎是雷格蒙塔努斯①探讨月食的一个仿抄本。

他回到驾驶舱：出去走向船尾瞭望台时可以看到岛屿——罗伯托写道——可以用雪豹一样的眼睛看清那岛上的寂静。总而言之，岛屿就在那里，一如往昔。

他应该差不多是光着身子来到船上的，被咸咸的海水浸得肮脏邋遢，我想他第一件事就是先到厨房里擦洗身子，他甚至没有考虑那是不是船上仅存的淡水，然后他在一只箱子里找到了船长的一件漂亮衣服，那是留着最后登岸时才穿的。也许他甚至为自己穿上指挥服而感到神气十足，而穿上靴子则让他重新感到如鱼得水。到了这个时候，他才觉得自己是一个衣着得体的正派人，而不是憔悴的海难幸存者，也只有这时，他才能够正经八百地拥有这艘弃船，罗伯托不再觉得自己是非法闯入，而是拥有这样的权利。他在桌子上翻找，发现在鹅毛笔和墨水瓶旁边有本打开的航海日志，上面的记录似乎被中途打断了。他从第一页知道了船名，然而其余的部分则是一连串令人不解的字母，如 anker、passer、sterre-kyker、roer，就算他知道了

---

① Regiomontanus（1436—1476），德国天文学家、数学家。

船长是佛兰芒人，用处也不大。然而，日志的最后一行却标着几个星期之前的日期，在几个莫名其妙的词语之后，以拉丁文突出强调了一句话：Pestis，quae dicitur bubonica[1].

这就是一条线索，它宣告了一种解释。这艘船上曾经爆发过疫病。这个消息并没有让罗伯托感到不安，因为早在十三年之前他就曾患过鼠疫；尽人皆知，谁得过此病，他便获得了某种恩典，那条毒蛇似乎不敢再一次进入头一次征服过它的人的身体。

从另一方面讲，这种暗示中还有别的问题有待厘清，甚至还有可能让他产生别的焦虑。好吧，就算所有的人都死掉了，那么，总应该在甲板上找到最后死去的人散落在各处的尸体才是，假使他们曾经怀着悲悯把先死去的人葬于大海的话。

没有发现救生艇：最后的人，或者所有的人，都已经离开了船。是什么使一艘载有瘟疫病人的船变成了一个不可战胜的威胁之地呢？也许是老鼠？在船长令人费解的文字中，罗伯托把一个词解释为 rottenest（大耗子，或者阴沟里的老鼠?）。他马上转身，把油灯举高，准备好发现什么东西正沿着舱壁溜过，听到在“阿马丽利斯号”上曾吓得他血液凝固的刺耳尖叫声。他毛骨悚然地回忆起，一天晚上，当他正要进入梦乡时，一个毛茸茸的活物掠过他的脸颊，他恐惧的叫喊招来了伯德博士。后来，所有的人都嘲笑他：在一艘船上，即使没有鼠疫，总会有许多老鼠，就像树林中有许多鸟儿一样，若要跑海，就必须对老鼠习以为常。

但是，至少在艏楼里，没有任何老鼠的踪迹。也许它们都聚在舱底水阱里，眼睛在黑暗中反着红光，等待着鲜肉送上门来。罗伯托心想，倘若真有老鼠的话，应该马上弄清情况。如果它们大小、数量正常，尚可和平共处。但万一不是，它们又会是怎样的呢？他这样问自

---

① 拉丁文，鼠疫，又称淋巴腺鼠疫。

己，但又不想回答。

罗伯托找到了一支火枪、一柄长剑和一把短弯刀。他曾经当过兵，知道这支火枪是支 caliver[①]——这是英国人的叫法——无需夹叉就可瞄准；他证实枪支一切状况良好，与其说是为了完成一项用子弹击溃鼠群的计划，倒不如说是为了壮胆，实际上，他还把弯刀插进腰带里，尽管它对于鼠辈用处不大。

他决定从头到尾对船的骨架进行一番勘察。回到厨房后，他从艏斜桅镫后垂下的一条小绳梯，下到船舱底板处（或食品储藏室，我想），那里堆放着长途旅行所需要的大量食物。因为食物不可能保存到整个旅途结束，所以船员们刚刚在一块好客的陆地上进行了添购。

有几筐不久前才熏好的鱼，几堆椰子，以及几桶说不上形状、但看来可食用的植物根茎，很明显能够久藏不坏。然后是水果，罗伯托曾在“阿马丽利斯号”上见过，那是在船停靠于热带陆地之后的日子里出现在船上的，然后还有那些经得住季节更替的水果，它们的身上长满了刺芒和鳞片，虽然气味有些刺激，但肉质结实，饱含甜美的汁液。一袋袋散发着凝灰岩气味的灰色面粉应该是岛屿上的作物磨成的，很可能还被用来烤制面包；品尝一下，会让人想起新大陆的印第安人称作马铃薯的平淡无味的根茎。

在墙角，他还看到十来个带着塞子的小木桶。他打开了第一桶，里面的水尚未腐臭，相反，它是最近才采集的，并且为了长期保存用硫磺处理过。水不算多，但算上也可解渴的水果，他可以在船上坚持很久。这些发现，本该让他明白自己在“达佛涅号”上不至被饿死，然而正如通常在生性忧郁的人身上所发生的那样，它们反而令他更加焦虑不安，在他看来，每一次好运的宣告都允诺了不祥的后果。

---

① 英文，可从肩上发射的轻型火绳枪。

遭遇海难之后登上一艘空无一人的船，这已经是件异乎寻常的事，如果这艘船是一具无法使用的残骸，被人类或上帝遗弃，上面没有任何天然或人为的东西使之成为令人渴望的寄宿地，倒也算符合正常规律和航海常识；然而，看到它现在的样子，布置得就像在等待一位受欢迎的客人，仿佛曲意逢迎的馈赠，这让整件事变得可疑起来，不祥的气息更甚于那充斥硫磺味道的水。罗伯托脑中浮现出祖母给他讲过的童话故事，还有在巴黎的沙龙里为人朗诵的更为优美的散文，那些在树林中迷路的公主们走进一座城堡，看见豪华的房间里摆放着床铺和华盖，衣柜里满是华服，抑或发现眼前摆放着丰盛的筵席……然而人们知道，最后一间客厅将是恶人设下的陷阱——那硫磺味道的所在。

他撞到一个压在最底下的椰子，打破了整堆果实的平衡，于是那些糙毛硬皮的果实像雪崩一样滚落下来，如同地面上无声地窥伺时机的大耗子（或者倒挂在顶棚梁柱上的蝙蝠），现在正要顺着他的身体往上爬，嗅闻他散发着汗水咸味的脸孔。

现在他必须确定一点：这一切并非法术。罗伯托在旅途中学会了怎样处理这些异国的水果。他抡起弯刀，像用斧子一样，只一刀就劈开了一只椰子，喝下它新鲜的汁液，然后敲碎硬壳，享用硬皮之下天赐的果肉。一切都这样甜蜜美好，以至于落入陷阱的想法又在他心里滋长起来。他想，说不定自己已经被幻觉支配，他嘴里品尝着椰子，而实际上牙齿却在大嚼着某种啮齿动物，他已经吸收了某种致命的物质，过不了多长时间，他的双手就会变细，像爪子那样变成钩形，他的身上也将长满令人烦恼的茸毛，脊背弯曲如弓，他将受到这艘冥河之船上毛发肮脏的居民用心险恶的热烈欢迎。

但是，在这第一个夜晚结束之前，还有另外的恐惧正等着给探险者最后一击。也许是椰子堆的倒塌惊醒了熟睡的生灵，他听到从分隔食品储藏室和底层甲板其余地方的舱壁那边传来窸窸窣窣的声音，不是老鼠的尖叫，便是爪子刮扒的声音。这么说，陷阱是一早便设好了的，夜间出没的畜牲们正在某个洞穴里开会呢。

罗伯托手握火枪，心里盘算着是否要即刻打响这场世界末日的善恶大决战。他的心在颤抖，他谴责自己懦弱胆怯，他对自己说，或在今夜或在以后某个夜晚，迟早他都要去面对它们。他踌躇着，重新登上甲板，还算幸运，他隐约看见刚刚还笼罩在月光中的大炮的金属外壳，已经在曙光下反射出蜡一样的光泽。白昼正在到来，他心里感到安慰，他必须避开阳光。

就像匈牙利吸血鬼那样，他飞快地穿过上甲板，回到船尾楼，他走进船长室——从现在起，这便是他的房间了——紧闭房门，关好通向瞭望台的门扇，又把枪放在触手可及的地方。他准备踏实地睡上一觉，逃避那正像刽子手一样用它斧头般的光线砍在阴影的脖颈上的太阳。

他心神不宁，梦到了自己才经历过的海难，他做梦时依然是那个富有才情的人，即使在梦中，尤其在梦中，更该如此：他创造的精妙故事，被他娓娓道来的从句所美化，因为他语调的起伏而鲜活，神秘的联想将它丰富，思考让它深刻，夸张让它崇高，暗示和隐喻将它掩饰，而嬗变则赋予它纤巧微妙。

我想，在那个时代，在那样的海洋里，遭遇海难的船只远比平安回到码头的多。但是对于一个第一次遭逢沉船的人，这样的经历应该会成为萦回不去的噩梦的根源，善于想象的习惯更会将这些噩梦变得如一场最终审判那样生动。

从前一夜开始，空气就像是患上了黏膜炎，天空硕大的眼睛里似乎噙满了泪水，已经无法看清一望无际的波浪。自然的画笔抹掉地平线的颜色，只勾勒出远处模糊的省区。

罗伯托的五脏六腑已经预感到剧烈的颠簸，于是他倒向小床，如同被独眼巨人的奶妈放到摇篮里一样，昏昏然走进不平静的梦乡，做起了自己讲述的梦中之梦，没完没了的惊愕使他深陷其中。他被轰鸣的雷声和水手们的叫声惊醒，汹涌的海水漫上他的床铺，伯德博士迎面向他跑来，对他喊着让他爬去上甲板，牢牢抓住任何一个比他稍微稳固的东西。

上甲板一片混乱，人们的哭叫连同身体好像被神的大手托起，然后抛入大海。起先罗伯托抓住了后桅栏杆（如果我理解正确的话），直到桅帆被雷电撕碎，同断裂的桅桁一起效仿流星的轨迹倒下，而罗伯托则被抛到了主桅的脚下。一名将自己绑在那里的好心肠的水手，由于无法给他腾出位置，便抛给他一条绳子，喊着要他把自己绑在一扇合页断裂、被从艄楼甩到这边的门上。对罗伯托来说很幸运的是，这扇他赖以活命的门迅速滑向了舷缘，而就在此时，主桅突然断裂，一根桅桁从顶桅落下，将那位帮助他的人的脑袋劈成了两半。

罗伯托从舷侧的一个缺口处看到，或者说在梦里看到，在闪电的照射下，幢幢黑影重叠在一起，电光掠过波涛滚滚的海面。在我看来，这太符合矫揉造作的引文的口味了。然而此时，“阿马丽利斯号”正向船难者倾斜，船马上就要沉了，罗伯托连同他的木板向一个深渊滑去，他在往下沉没的时候发现，高高掀起的海水形同悬崖，顶峰尚未形成，倒塌的金字塔便又竖立起来，而他自己正像水做的彗星那样沿着天边潮湿旋涡的轨道疾行。每当波浪闪着不稳定的亮光拍打而来的时候，这里便会出现一道弯曲的水汽，那里便会冒出汩汩的旋涡，打开一个圣洗池。疯狂的大气现象产生出迷人的魅力，为狂躁不安、爆发惊雷的空气低吟伴唱，天空轮番变幻着遥远的光线和极度的昏暗，罗伯托说他看见了湿滑犁沟中泡沫堆成的阿尔卑斯山脉，那犁沟把泡沫变成了农作物，谷物女神刻瑞斯在蓝宝石般的光芒中盛开，乳白色的瀑布时而呼啸而至，好像她的女儿冥后珀耳塞福涅突然掌管大权，赶走了硕果累累的母亲。

四周猛兽一边狂奔乱跑，一边咆哮吼叫，与此同时，咸涩晶亮的海水如沸水一样翻腾着，发出暴风雨般的喘息，罗伯托忽然停止欣赏这戏剧般的场面，尽管他已变成这出戏的冷漠演员，他昏厥倒下，再也没有了知觉。直到后来他才在幻梦中猜想，由于上天怜悯降福，或者由于漂浮物的本性使然，这块木板最终适应了那种快步舞曲，于是它忽而滑落，忽而又自然升起，最后变成平静缓慢的萨拉班德舞曲。鉴于随着狂风暴雨的来临，各种舞蹈的每个文雅的程序也都将被打乱、颠倒，不妨使用更宽泛的比喻，木板载着罗伯托远离了旋转木马的中心，而不幸的“阿马丽利斯号”在那里沉没，艄斜桅朝天，变成了埃俄罗斯[1]的孩子们手中不停变换的陀螺。跟它一起沉没的是货舱里所有其他生灵，有注定要在天上的耶路撒冷找到他在地上再也无法抵达的耶路撒冷的犹太人、永远失去了埃斯孔迪达岛的马耳他骑士、伯德博士和他的几名助手；除此之外，还有那条溃烂伤口永远不得愈合的可怜的狗——仁慈的大自然终于让它逃脱了那医术的“安慰”；对于它，我还没有机会提及，因为罗伯托在晚些时候才会写到。

总而言之，我推测噩梦和暴风雨会让罗伯托的睡眠相当浅，浅到他只睡了很短的时间，随之而来的将是随时准备战斗的彻夜不眠。果然，他醒来后确认外面已经天色大亮，看到微弱的光线从艄楼不透明的大窗户里透进来，他又受到鼓舞，确信可以从某个内梯下到底层甲板，所以他振作起精神，重新拿起武器，怀着莽撞而忐忑不安的心情，去揭示夜间那些响声的来源。

或者更确切地说，他没有马上去。我请求读者宽恕，但这是因为罗伯托在给他的夫人写信时就自相矛盾——这说明他没有把所发生

---

① Aeolus，希腊神话中的风神。

的事情原原本本叙述清楚，而是力图把信笺构筑成一个故事，或是可以称为书信和故事的那种流水账，他写的时候肯定没有想好以后如何选择，就好比他在摆放棋盘上的棋子时，并没有马上确定要动哪些棋子，以及如何布局。

在一封信里，他说他走了出去，到甲板下面去冒险。而在另一封信中他却写道，他刚被晨光唤醒，就为远方传来的喊叫声所惊动。这些声音显然是从岛上传来的。起初罗伯托想象着一群土著人，他们挤满了长长的独木舟，正朝弃船逼近，于是他握紧火枪，但后来那叫声听上去却不那么穷兵黩武了。

天已破晓，太阳尚未照到玻璃窗上：他移步瞭望台，海水的味道扑面而来，然后他轻轻推开窗扇，眯起双眼，想要凝视一下海岸。

在"阿马丽利斯号"上时，罗伯托白天从不走上甲板，他曾听乘客讲述过，晨曦炽热无比，好像太阳急于照耀世界，然而此时，他的眼睛并没有流泪，看见的是浅淡而柔和的色彩：天空中飘浮着几朵暗色的云彩，边缘泛着不易察觉的珍珠光泽，与此同时，一抹细腻的色调、一片玫瑰色的痕迹开始从岛屿的背后升起，衬托得小岛宛若粗糙的纸张上的一抹深蓝色。

但是那种几乎是北欧式的色调足以让他明白，夜里在他看来好像很均匀的轮廓是由一片树木繁茂的山丘所勾勒出来的，这山丘以一个陡坡在沿海地带突然中断，那里长满了枝干很高的树木，甚至棕榈，后者像花冠一样点缀着白色的海滩。

沙滩缓缓变得明亮，沿着沙滩的边缘不时可以看见树根像被制成标本的大蜘蛛那样，正在移动它们骨瘦如柴的脚爪，走入水中。罗伯托从远处把它们辨认为"流动植物"，然而此时，沙滩反射的太阳光太强烈了，迫使他退了回来。

他发现，每当自己的眼睛睁不开的时候，耳朵却不会欺骗他，所以他信赖听力，于是他几乎关紧了窗扇，然后伸长耳朵去倾听从陆地上传来的动静。

虽然他早已熟悉家乡山丘上的黎明，但他明白，这是在他的生命中第一次真正听到鸟儿在歌唱，不管怎么说，他从未听过那么多不同类型的鸟鸣。

成千上万只鸟儿在迎接太阳的升起，从叫声中他似乎分辨出鹦鹉、夜莺、乌鸫、百灵鸟，以及数不清的燕子，甚至还有蝉和蟋蟀的尖锐叫声，他问自己是否真的听见了这些动物的叫声，抑或只是地球对跖点上的它们的某种同类的声音……岛屿很远，然而他却能感到那些声音带来一种橘子花和罗勒的味道，好像整个海湾都弥漫着芳香。另外，伊格比先生也曾对他讲过，在一次旅行途中，他如何根据风中传来的微量香气，推算出陆地就在不远处……

但是，这样嗅着的时候，他又伸长了耳朵去倾听那许许多多看不见的东西，就好像从一座城堡的雉堞或一座碉堡的枪眼来观望敌军——他们正将队伍布置成弓形，大声叫喊着，渐次翻越山丘、对面的平原、护城河，他感到已经亲眼看见那些现在在倾听中想象的场景，面对这紧紧围困他的广阔空间，他感觉自己被团团围住，他几乎产生了用火枪瞄准的冲动。那是在卡萨莱城，在他面前铺展开的是西班牙军团，以及他们的运输队和辎重的响动、兵器碰撞的声音、卡斯蒂利亚人男高音般的叫喊、那不勒斯人的吵嚷声、德国雇佣兵刺耳的嘟哝声，从更远的地方，传来几声已经减弱了的军号，还有几声火枪射出后逐渐衰弱的声响，砰，嘭，叮当，好像在主保圣人节庆里燃放的爆竹一样。

他的生命似乎是在两次围困之中展开，一次是另一次的翻版，唯一的区别在于，现在，在这个由整整十年时间所形成的圆圈的连接处，河流本身也太宽阔曲折了，使得任何突围都成为不可能——罗伯托又重新回到卡萨莱的日子。

二

蒙费拉纪事

关于一六三〇年那个夏天之前，也就是他十六岁以前的生活，罗伯托让人弄得明白的片断很少。只有在他看来往事与自己现在出现在“达佛涅号”上显示出某种关联的时候，他才会提起；如果要为他叛逆的性格写一部编年史，编者应该到他的字里行间去窥视端倪。想要按他的那种故弄玄虚行事，就得像一位侦探小说的作者那样，为了拖延泄露杀人凶手面目的时间，只向读者交待少许的蛛丝马迹。我正是这样窃取线索，如同一个告密者。

波佐·迪·圣帕特里齐奥是一个小贵族家族，在位于亚历山德里亚省（当时是米兰公爵的辖区，因此为西班牙领土）边境的格里瓦拥有大片的地产，但是由于政治地理的原因，或家族性情使然，他们认为自己是蒙费拉侯爵的陪臣。父亲——他对妻子讲法语，对农民讲方言，对外来人讲意大利语——与罗伯托根据谈话内容使用不同的表达方式，比如是教他如何击剑，还是带他到田野里骑马，或者咒骂毁坏收成的野鸟。其余时间，孩童时代的罗伯托没有朋友，独自打发光阴，当他百无聊赖地在葡萄园里闲逛时，总是幻想能去遥远的地方；追逐燕子时，他会想象自己在训练猎鹰；逗狗玩儿时，他会想象在与恶龙搏斗；而在他探索自家的大小城堡的诸多房间时，他便会想象在寻找隐藏起来的宝物。他从城堡南面的塔楼里找到一些沾满灰尘的骑士小说和诗集，这更激发了罗伯托头脑里漂泊流浪的想法。

然而，他并非没有受过教育，甚至还有家庭教师，虽然只是季节性的。家庭教师是一位加尔默罗会①修士，据说他曾到东方云游，母亲画着十字低声说，在那里，人们把他变成了穆斯林。他每年来庄园一次，带着一个仆人以及四头载满书籍和其他记事本的小骡子，每次待三个月。他教学生什么，我不得而知；然而后来罗伯托到了巴黎，表现相当引人注目，总而言之，他能快速领悟自己所听到的东西。

关于这位加尔默罗会修士，我们只知道一件事情，罗伯托提起它也并非出于偶然。有一天，老波佐在擦剑时不慎被割伤，也许因为这武器本身生了锈，也许因为它割伤的是手和手指的敏感部位，伤口让他感到十分疼痛。于是，加尔默罗会修士拿过剑来，在刀刃上撒了一些盛在一个小盒子里的粉末，波佐马上发誓说疼痛减轻了。事实上，第二天，伤口已经开始愈合。

加尔默罗会修士对于众人的惊愕感到十分得意。他说，那种药物的秘诀是一位阿拉伯人向他透露的，它是一种比相信炼金术的基督徒们所谓的 unguentum armarium② 更有疗效的药物。当人们问他为什么药粉不直接撒在伤口上，而是涂在导致创伤的刀刃上时，他回答说，这是大自然的法则使然，在最强大的力量之间，有无处不在的交感共振遥遥控制着它们的相互作用。他又补充道，如果事情显得难以置信，只需要想一下磁铁，那是一种能把金属锉屑吸引到自己身上的石头，或者想一下巨大的铁山，它们覆盖着我们星球的北部，能够吸引罗盘的指针。就这样，武器油膏牢牢地附在剑上，吸走了剑残留在伤口上、并且妨碍它愈合的铁的效用。

任何一个人在自己的少年时代亲眼见证过类似的东西，都会一

① 中世纪天主教四大托钵修会之一。
② 拉丁文，武器油膏。

生难忘。我们很快就会看到对药粉与油膏的诱人效能的兴趣，怎样决定了罗伯托的命运。

然而，这也算不上罗伯托童年记忆中最为浓墨重彩的片断。还有件事，更确切地说，都不是一件事情，而是一种不断重复的副歌，是他孩童时代保存的多疑的记忆。事情是这样：尽管他父亲如同这片土地上的多数男人一样，在他面前严厉而寡言，但对自己的儿子无疑是疼爱有加的。在罗伯托生命的前五年里，父亲有时会把他从地上举起来，并自豪地对他喊道："你是我的长子！"这确实没有什么奇怪的，除了在表述上有些多此一举，要知道，罗伯托是独生子。然而随着成长，罗伯托开始记得（或者他自以为记得），相对于父亲表现出来的那种快乐，母亲的面孔则会流露出忧喜参半的表情，似乎父亲讲出的那句话是很受听的，然而每每听见它重复，都会使她已经减轻了的焦虑又被加重。罗伯托的想象力随着父亲那句感叹的声调跳来跳去、飘忽不定，最后得出的结论是：父亲讲这句话时，并没有用理所当然的肯定语气，而是把它搞成了一个从未发表过的授封仪式，加重强调那个"你"字，似乎他想说的是："你，而不是别的什么人，才是我的第一个儿子。"

不是别的什么人或不是别的那个人？在罗伯托的信件里，总是谈到有关阴魂不散的"另一个人"的某些情况，这种想法好像就是从那时起出现在他头脑里的，当时他确信（一个迷失在栖满蝙蝠、长满葡萄藤、到处是蜥蜴和马匹的城堡高楼之中，只能局促不安地与同自己年龄不相当的农民讲几句话，或听祖母讲些童话，要不便是听加尔默罗会修士讲故事的男孩子，他又能胡思乱想些什么呢？）也许在不知什么地方有一个自己无法相认的兄弟，正不怀好意地转来转去，既然父亲遗弃了他，他大概是个不体面的私生子。当时罗伯托年纪太小，后来又过分腼腆，不敢细想这位兄弟是父亲还是母亲的骨血（不管是哪种关系，在这两种情况下，父母之中必有一方的头上笼罩着犯下一个古老的、不可饶恕的错误的阴影）。对于这个兄弟所遭到的遗弃，罗伯托多多少少（也许是以超自然的方式）觉得自己犯有过错，因此这兄弟肯定憎恨他——更得宠的罗伯托。

这位仇人般的兄弟的影子搅乱了罗伯托童年的夜晚（不过，他仍想认识他，既为了爱他，也为了让自己被爱）。更晚些时候，少年时代的他常去藏书室里翻阅一本本旧书，希望从中找到一张隐藏的画像、教区牧师的证明或是一份泄露秘密的忏悔书。他还常去阁楼上转悠，打开一只只装满曾祖父母的衣物、氧化生锈的纪念章或一把摩尔人匕首的老旧箱子，他用忐忑不安的手指去触摸布料精细的衬衫，停下来，发出疑问：它们肯定被一个婴儿穿过，但谁知道是多少年，甚至多少个世纪之前呢。

慢慢地，他甚至给这位丢失了的兄弟起了个名字，叫费兰特，还把别人错怪自己的小罪过，如偷吃一块糕点或放走一只被链条拴住的狗，都推给了费兰特。费兰特得益于身份被抹去，可以在罗伯托背后行事，而罗伯托也隐藏在费兰特的身后。逐渐地，罗伯托不仅习惯于把自己没做过的错事都归罪于那个不存在的兄弟，甚而至于，这一习惯还演变成把自己当真做过、悔不当初的事情也推给兄弟的毛病。

其实并不是罗伯托对别人说了假话，他因自己不光彩的行为而自我惩罚，缄默不语，甚至痛哭流涕，最后他说服自己确信自己无辜，并感到自己才是受害者。

举例说，有一次，罗伯托为了试一下铁匠刚刚送来的新斧子，也为了报复他自以为受到的不知什么不公平的待遇，砍断了父亲不久前栽下、殷切期待来年开花结果的一棵小果树。当意识到自己愚蠢行为的严重性时，罗伯托想象了一下它会造成的可怕后果，他至少会被卖给土耳其人，而这些人则会让他在他们的牢房里度过余生，因此，他打算逃跑，作个山野中的土匪强盗。为了给自己辩白，他很快就让自己相信，砍树的肯定是费兰特。

父亲发现罪行之后，便召集庄园内的所有男孩，并说道，为了避免全体受罚，当事人最好主动认错。罗伯托心中充满无限的同情：如果他指控费兰特，那么这个可怜的家伙就会再度被赶出家门，事实上，这个不幸的人做坏事只是为了弥补看到父母对另一个孩子百般关心抚爱而受的伤害，弥补一个被遗弃的孤儿的悲苦。罗伯托向前走了一步，由于害怕和骄傲，他颤抖着身体，说他不愿意任何其他人代自己受罚。他的断言，尽管并非如此，被大家看作了认罪。父亲捻着胡须，望着母亲，粗暴地清了几次嗓子，说道，显然这个罪过十分严重，惩罚是不可避免的，然而却不能不赞赏这位年轻的"格里瓦先生"为家族的传统增了光；并说，一个绅士，哪怕只有八岁，也应该永远这样为人处事。然后他宣判，罗伯托将不准参加当年八月中旬去圣萨尔瓦多的表兄弟们那儿的拜访，这无疑是令人难受的惩罚（在圣萨尔瓦多有个种植葡萄的人名叫奎里诺，他能把罗伯托抱到一棵无花果树上，那树高得令人头晕），但显然比发配到苏丹的监狱里要轻得多。

对于我们来说，故事好像十分简单：父亲为自己有个不撒谎的儿子而感到自豪，他带着毫不掩饰的满意心情看着孩子的母亲，以温和的方式进行了惩罚，同时保住了体面。然而，关于这件事情，罗伯托却添油加醋地琢磨了许久，最后得出结论：父亲和母亲肯定早就直觉感到，过错是费兰特所为，他们赞赏宠儿讲义气的英勇行为，并为不必揭开家庭的秘密而感到宽慰。

也许是我对蛛丝马迹大作文章，但是这位缺席的兄弟的存在却将在这个故事里占据很重的分量。我们将在成年罗伯托，或至少在"达佛涅号"上、身处令人无措的困境的罗伯托的举止中，找到那种童年玩笑的痕迹。

无论如何，我想离题一下：我们尚须确定罗伯托是怎样卷入卡萨莱围城的。在这里需要展开幻想，想象一下事情是怎样发生的。

消息并不是非常及时地传到格里瓦的，然而至少两年之前人们就知道了，曼托瓦公国的继位纷争为蒙费拉带来许多麻烦，甚至已经出现了半个城市被包围的状况。简而言之——对于这段历史，别人已经讲述过了，虽然讲述得比我更为零散——那是在一六二七年的十二月份，曼托瓦公爵温琴佐二世逝世；这位公爵生前骄奢淫逸，不曾育有子女，于是在垂死者的床前上演了一场由四位觊觎王位者、他们的代理人和保护人共同参与的政治斡旋。获胜者为圣夏蒙特侯爵，他说服温琴佐将爵位传给一位法国支系的表兄弟，即讷韦尔公爵夏尔·德·贡萨加。年迈的温琴佐喘着一口口的粗气，同意或者说任由讷韦尔公爵匆忙迎娶他的侄女玛丽·德·贡萨加，然后咽了气，将自己的公国留给他。

要知道，讷韦尔公爵是法国人，他所继承的公国还包括蒙费拉的侯爵封地，以及它的首府卡萨莱城，这是意大利北部最为重要的堡垒。蒙费拉位于西班牙属米兰和萨伏依的领土之间，它控制着波河的上游、阿尔卑斯山脉及南方的信道、米兰和热那亚之间的道路，像轴承一样插在法国和西班牙之间。而这两个强国则都不相信另一个缓冲国，也就是萨伏依公国；卡洛·埃马努埃莱一世[①]正在那里玩弄花招，说他是两面派都算宽容了。如果蒙费拉归了讷韦尔公爵，那就等于归了黎塞留；因此，显而易见的是，西班牙更愿意它划归给别人，比方说瓜斯塔拉公爵。另外还有个事实就是，萨伏依公爵也具有继位的某种资格。不过，因为已有遗嘱指定讷韦尔公爵继承爵位，对于其他的觊觎者来说，剩下的也仅仅是希望日耳曼的神圣罗马帝国皇帝——曼托瓦公爵也是他的正式封臣——不要批准这项继承。

然而，西班牙人是缺乏耐心的，在等待皇帝做出决定时，卡萨莱

① Charles Emmanuel Ⅰ, Duke of Savoy (1562—1630)，三十年战争时期的意大利萨伏依王朝公爵、军人和政治家。

城就已经被贡萨洛·德·科尔多瓦围攻了第一次，现在又受到斯皮诺拉侯爵指挥的西班牙军队和神圣罗马帝国军队所组成的庞大军团的第二次围攻。法国驻军开始抵抗，期待着法国军团前来救援，而后者尚在北方作战，天知道他们是否能及时赶到。

当事情进展到这一步时，老波佐在四月中旬将他仆从中最年轻的以及他的佃农中最敏捷的召集到城堡前，将庄园中所藏的武器全部发给他们，同时唤来罗伯托，他对所有人讲出可能是夜间已准备好的这番话："请你们大家听着，我们这块格里瓦的家园向来对蒙费拉侯爵交纳捐税，很长一段时间以来，他是曼托瓦公爵，现在变成了讷韦尔老爷；如果有人来对我说什么讷韦尔既不属于曼托瓦公国，也不是蒙费拉人的话，我就会踢他的屁股，因为你们是一群愚蠢的蛀虫，对于这些事情，你们一无所知，因此最好闭上嘴，追随你们的主人，至少他还懂得什么叫荣誉。但是，因为你们的荣誉都扎根在这个地方，所以你们应该明白，如果帝国军攻进卡萨莱城，那些人是不会心慈手软的，那时你们的葡萄园将被毁坏，你们的女人会遭遇什么，也许最好还是不说为好。因此，必须出发去保卫卡萨莱。我不会强迫任何人。如果有哪些游手好闲的懒汉不抱这种想法，请马上说出来，我会把他吊到那棵橡树上面。"在场的人都没见过卡洛[①]的铜版画，画上一群群如他们一样的人被吊挂在别的橡树上，但这时似乎什么东西搅乱了空气：所有人都举起了手中的武器，有人举的是滑膛枪，有人举的是长矛，还有人举的是顶部绑着镰刀的棍棒，并高呼卡萨莱万岁，打倒帝国军队。当真是异口同声，宛若一人。

"我的孩子，"老波佐对罗伯托说，当时他们正在丘陵上骑马转

---

① Jacques Callot(1592—1635)，法国铜版画家。

悠，一支小部队紧随其后，“那个讷韦尔连我的一个龟孙子都不如，当温琴佐把公国过继给他的时候，除了‘那玩意儿’之外，他连脑袋瓜也不灵光了，当然了，从前也好不到哪儿去。然而这公国还是传给了他，而没有传给瓜斯塔拉那个蠢货，从纺纱伯莎的年代开始，波佐家族便是蒙费拉合法主子们的陪臣。因此，得去卡萨莱，而且如果需要的话，还要舍得生命，因为，他妈的混蛋，你不能在事情顺利时一直跟着一个人，当人家落到泥潭、快淹到脖颈时离开。但如果我们没有战死，当然最好不过了，因此要当心。”

这些志愿兵的路程，从亚历山德里亚的边境到卡萨莱城，肯定是有史以来最长的线路之一了。老波佐做了一个典型的推理：“我了解西班牙人，”他说，“他们喜欢做事不费力气。因此，他们会横穿南方的平原，向卡萨莱挺进，这样运输车、大炮以及各种车辆什物都会更顺利地通过。这样一来，如果在到达米拉贝洛之前，我们朝西走，取丘陵地区的道路，那么，虽然可能要多花上一两天的时间，却可以避免许多麻烦，而且赶在他们之前到达。”

但不幸的是，斯皮诺拉对于应该如何准备围攻有着更为迂回曲折的想法，他们从卡萨莱的东南方入手，首先占领瓦伦扎以及奥奇米亚诺，几个星期之前又把莱尔玛公爵、奥塔维奥·斯福尔扎、杰姆布格伯爵，还有大约七千名步兵派遣到城西，以便马上拿下罗西尼亚诺、蓬泰斯图拉以及圣乔治的几座城堡，为的是阻断来自法国军团的任何可能的援助；此时，亚历山德里亚的总督唐·杰罗尼莫·奥古斯丁正带领另外五千名士兵以钳形战术从北越过波河，向南进军。所有这些人都部署在波佐固执地认为人迹罕至的渡口处。当我们这位绅士从农民嘴里得知真实情况时，他已不能改变路线了，因为东边的帝国军队已经比西边的还要多了。

波佐简单扼要地说：“我们不用拐弯抹角。我比他们更熟悉这一带，我们要像黄鼠狼一样从中间通过。”这就意味着要拐许多弯，绕许多路，甚至还会遇到蓬泰斯图拉的法国人，此时，这些人已经投降，而且只要不进入卡萨莱，还被允许向菲纳莱撤退，从那里，他们便可以经由海路回到法国。格里瓦的士兵是在奥泰里亚那边同他们遇上的，差点儿互相开火，双方都认为对方是敌军。波佐从对方的指挥官处获悉，在投降的条件之中，还规定要把蓬泰斯图拉的小麦卖给西班牙人，而后者则把钱款寄给卡萨莱人。

“我的孩子，西班牙人是些绅士，”波佐说道，“这是些让人愿意和他们打仗的人。幸运的是，我们不是生活在查理曼大帝对抗摩尔人的时代，那时的战争完全是杀个你死我活，片甲不留。如今这些战争是基督徒之间的，活见鬼了！现在那些人占领了罗西尼亚诺，我们从背后穿过去，从罗西尼亚诺和蓬泰斯图拉之间，三天之内就能到卡萨莱了。”

波佐是在四月底说这些话的，五月二十四日他和他的人马才到达卡萨莱。至少在罗伯托的记忆之中，那是一次漫长的行军，他们总是避开大路和马道，穿越田野，反正波佐说过，战时什么都会遭到毁灭，地里的收成即便我们不去破坏，别人也会去破坏。为了活命，他们在葡萄园、果园和鸡舍中尽情吃喝，反正波佐说过，那里是蒙费拉的土地，它应该养育自己的捍卫者。对于蒙贝洛的一个抗议的农民，波佐让人打了他三十大棍，并且对他说，如果没有一点纪律的话，那么，就会让敌人取得战争的胜利了。

对于罗伯托来说，战争开始显示为一种极为美好的经历；从长途跋涉者嘴里可以听到许多富有教育意义的故事，比方说那位法国骑士的故事：他在圣乔治受伤被俘，他抱怨自己非常珍爱的一幅画像被一名士兵偷走了；莱尔玛公爵听到这个消息，叫人把画像还给了他，还治好了他的伤，然后用一匹马将他送回卡萨莱。另一方面，虽然老波佐带领自己的人绕来绕去，盘旋迂回，最后甚至不辨东西南北，但确是让他的部队避开了敌我交火。

这让人大大地松了一口气，但也有人极不耐烦，因为他们想参加一次等待良久的酣战。有一天，天气晴朗，他们从一座山丘顶上看见——在他们的脚下，就在他们的眼前——城市就在他们左边，被拦在宽阔的波河北面，在城堡面前，河水从正当中被两大块岛状地带分开，波涛汹涌地朝着南边的星形城寨流去。卡萨莱城里有许多高塔和钟楼，从外面看，确实好像坚不可摧，整座城市都被锯齿样的堡垒所围绕，那样子真像书本中所看到的巨龙。

这的确好比一场精彩的大戏。在城市的四周聚集了身着各色衣服的士兵，他们拖着围城用的各种器械，周围则是整饬一新的军帐、旗帜，以及头上戴着羽饰头盔的骑兵。在绿色的树林或黄色的田野中间，不时可以看到刺眼的光亮突然闪现，那是军官们身上的银质胸甲在太阳照射下的反光。谁知道他们是从哪儿冒出来的呢，也许他们只是为了引人注意才这么蹦蹦跳跳、招摇过市的。

这场面对于大家来说很好看，但对波佐来说却不太令人愉快。他说："各位，这次我们真的被耍了。"罗伯托问他为什么这样讲时，他拍拍儿子的后颈说道："可别犯糊涂，那些都是帝国军，你该不会以为卡萨莱的人有这么多，到城墙外边来闲逛的吧？卡萨莱人和法国人都在城里面，他们得抬起草捆、在下面拉屎，因为他们连两千人都不到，而下面的人至少也有十万呢，你再看看对面那些小山上的人。"实际上他夸大其词了，斯皮诺拉侯爵的军队只有一万八千名步兵以及六千名骑兵，但这也足够了，甚至绰绰有余。

"那我们怎么办，我的父亲？"罗伯托问道。父亲说："我们要做的是，注意看清路德的信徒们在哪里，绝不要从他们身边走过。第一，他们说的那些话，我们一点儿都不懂；第二，他们会先杀了你，然后才问你是何许人。要看清楚哪些是西班牙人；你们已经听说过了，那些人可以打打交道。但愿他们是出身良好的西班牙人。在这样的事情上，最重要的是教养。"

顺着一处营地，他们看见一条通路；营地里面悬挂着印有基督教圣像的旗帜，这里比别处可以看到更多穿着闪亮胸甲的人，他们从山上往下走，心中祈祷着上帝的保佑。混乱之中，他们得以在敌人中间走了一大段路程，因为在那个时代，只有像火枪手等一些被选中的兵种才穿军服，至于其他兵种，你永远也弄不清哪些是自己人。但是，过了一会儿，恰恰就在只剩下一片无人地带要穿越的时候，他们遇到一支前哨部队，被一名军官拦住；军官很有礼貌地询问他们是什么人以及去向哪里，而在军官的身后有一小队士兵，警惕地望着每个人。

"先生，"波佐说道，"请您开恩为我们让路，因为只有让开路，我们才能赶到合适的地点，然后再向您身上开枪。"军官摘下帽子，屈膝行礼致敬，这一动作甚至把他身边的尘土扇到了两米之外，然后他用西班牙语说道："先生，太平之世的以礼胜敌，与战争之时的以武制敌相比，绝不是更小的荣耀。"接着，他又以流畅的意大利语说："请过吧，先生，如果我军之中四分之一的人能有您一半的勇气，我们就会所向披靡、取得胜利。但愿上苍能让我有机会在战场上与您再次相逢，并有幸毙您一命。"

"Fisti orb d'an fisti secc."波佐嘴里低声念念有词，这是他家乡一带的方言，至今仍是一种祈愿的表达方式，大概意思是诅咒对方先是双目失明，然后又立刻染上脓包病。但接下来他调动了自己所有的语言资源以及修辞知识，提高嗓门说道："Yo también![①]"随后他脱帽致意，轻轻地刺了一下马腹，力度与当时戏剧化的气氛所要求的相比远远不够，这是因为他还要为身后走路的士兵留下跟上的时间，然后朝城墙进发。

"你想说什么就说吧，不过，他们真是绅士。"他转身对儿子说道。他这一转算是转对了，正好躲开了从碉堡上朝他射下的一枪。"Ne

① 西班牙文，我也一样。

tirez pas, cornichons, on est des amis, Nevers, Nevers!"[①]他高喊道,同时举起双手,然后又对罗伯托说道:"你看见了吗?这是些不知感恩的人。不是我说,西班牙人就是更好些。"

他们进入城里。一定是有人马上向驻军指挥官图瓦拉斯先生通报了他们的到来,这位指挥官是老波佐早年军中的弟兄。他们热情地拥抱,然后先到碉堡上去绕了一圈。

"亲爱的朋友,"图瓦拉斯说道,"根据巴黎兵册的记载,我手下有五个步兵团,每个兵团有十个连队,总计一万名步兵。但是德拉格朗热先生只有五百人,蒙查特有二百五十人,所有的加在一起,我可以派上战场的有一千七百名士兵。此外,我还有六连轻骑兵,虽然装备精良,但总数只有四百人。红衣主教知道我的兵力少于应该装备的人数,但他却认为我有三千八百人。我给他写信,证明情况与他说的相反,而这位阁下却假装不明白。我只好勉强地招募了一团意大利人、科西嘉人和蒙费拉人;但如果您允许我讲实话的话,他们是很差劲的士兵,您想象一下,我甚至不得不命令军官们在一个单独的连队里指挥他们的仆从。您的人将会加入意大利军团,听从巴西亚尼上尉的命令,他是个好兵。我们还想派格里瓦的公子也奔赴前线,因为他能听懂指挥官的命令。至于您,亲爱的朋友,您可以加入一个智囊小组,他们同您一样,是自愿加入我军的,他们都愿意追随我。您了解这个地方,因此可以给我提出好的建议。"

让·德·圣博内是图瓦拉斯的领主,他身材高大,棕色皮肤,眼睛蔚蓝,正处于四十五岁的成熟年纪。他脾气暴躁,但慷慨大方,即使闹翻也易于重归于好,虽然做事方式有些生硬,但总体来讲,还是和蔼可亲的,对待士兵也很亲切。在反对英国人的战事中,作为留尼

① 法文,别开枪,笨蛋,咱们是朋友啊,我们是讷韦尔公爵的人,讷韦尔公爵!

汪岛的保卫者,他表现突出,但是黎塞留以及朝廷对他却似乎并无好感。在他的朋友们之间流传着他与掌玺大臣马里亚克的一次对话:这位大臣轻蔑地对他说,在法国可以找出两千名绅士,他们能够把留尼汪岛的事情处理得同样完好;而他却回答道,那么恐怕能够找出四千名掌管国玺的能力强于马里亚克的人。他的军官们还把另一个好笑话也归于他(但据别的说法,那是一位苏格兰上尉的事迹):说是在一次攻打拉罗谢尔的战事会议中,约瑟夫神父——他后来成了黎塞留大名鼎鼎的灰衣主教——自夸懂得战略,把手指放到地图上说:"我们将从这里横穿过去,"而图瓦拉斯的领主则冷静地提出异议:"尊敬的神父,遗憾的是,您的指头不是一座桥梁。"

"情况就是这样,亲爱的朋友,"图瓦拉斯继续说道,同时顺着斜坡走去,然后又指着风景说,"剧场非常漂亮,演员都是两个帝国以及僭主管辖地中最好的精英,我们面前甚至还有一个佛罗伦萨军团,由美第奇家族的人统帅。我们可以相信作为一座城市的卡萨莱:从这座城堡开始,我们控制着河流的这一边,这是一座很好的坚垒,还有护城河守护,我们在城墙上修筑了一条马道,它可以保证守城士兵更好地工作。城堡上安装了六十门大炮,防御工事更是修得完美无缺。有些地方仍显不足,但是我已用半月形堡和炮台进行了加固。所有这些足可抵抗敌军的一次正面攻击,然而,斯皮诺拉不是新手,你们看看底下的那些活动,他们正在挖掘地雷坑道,等挖到这里的时候,就等于打开了我们的城门。要阻止他们挖掘,就必须下去短兵相接,然而那正是我们的薄弱之处。敌军只要把那些大炮运到更前面一点,就会立即开始轰炸城市,这时起作用的将是卡萨莱老百姓的情绪,我恰恰是对此信心不足。从另一方面来讲,我也能理解他们:他们更加在意的是挽救自己的城市,而不是关心讷韦尔公爵如何,他们尚不相信,为法兰西的百合花①而死

① 法国王室家族的象征。

是一件好事。所以有必要让他们明白，同萨伏依或者西班牙人在一起，他们将会失去自由，而卡萨莱也不再会是一座都城，而是成为随便一座堡垒，像苏萨一样——萨伏依为了换得一把银币，随时准备将它卖出去。除此之外，可以见机行事，否则就不是一场意大利式的喜剧了。昨天，我带着四百名士兵赶往弗拉西内托镇，那里原先聚集着一些神圣罗马帝国的军人，后来他们便撤退了。但是当我占领了下面时，却看见一些那不勒斯人在那座小山上安营扎寨，就在我们正对面。我命令炮兵部队战斗了几个小时，我相信一定伤亡不少，然而他们却没有撤离。昨天到底谁是赢家？我向我们的上帝发誓，我不知道，我看斯皮诺拉也说不清楚。不过，我却知道明天我们该做什么。你们看见平原上的那些小房子了吗？假如我们能够控制住它们，那么敌军的许多阵地就会在我们的射程之内。一个间谍曾对我说，那些小房子全没人居住，而这却让人有十足的理由担心里面藏着什么。我的罗伯托小少爷，您不要流露出那一脸的不高兴，要学会两条定理：第一，一个好的统率要善于利用间谍来取得一场战斗的胜利；第二，一个间谍，因为他是叛徒，所以不用费多大代价就能让他背叛雇用他的人，将自己人也出卖。无论如何，明天步兵将去占领那些房子。与其让我们的部队困在城墙里面被拖垮，还不如让他们去经受战火的洗礼，这也是一次绝好的练兵。罗伯托少爷，您先不要急得跺脚，您参战的时机还没有到来，后天巴西亚尼军团将要横渡波河。您看得见下面的墙吗？那是敌军到来之前，我们开始修筑的小型碉堡的一部分。我的军官们不同意这种做法，但我相信，还是在帝国军占领之前把它修完为好。这就意味着将平原上的帝国军控制在射程之内，使其行动不便，并放慢挖掘坑道的速度。总而言之，所有人都可以获得战功。现在，我们去吃晚饭吧。围城刚刚开始，粮食贮备尚不缺乏。到晚些时候才会吃老鼠呢。”

三

神奇的动物园

躲过卡萨莱围城之难，在那里，至少直到最后罗伯托也不必去吃老鼠，而到“达佛涅号”上后，老鼠却有可能要吃掉他了……他胆战心惊地思考着这一强烈的对比，终于决定去探寻一下昨天晚上传来那些不明响声的地方。

他决定从后甲板下去，如果一切格局都同“阿马丽利斯号”上一样，他知道那就应该能在两侧找到十二门大炮，以及船员们用的草垫或者吊床。他从舵手的房间深入下面的支承装置，穿过摇摇晃晃、吱嘎作响的舵柄，似乎能马上从正对底层甲板的那扇门走出。但是，为了在对付他不了解的敌人之前熟悉那些深层的区域，罗伯托便从一个活动门下到了更深的地方，照理说那里应该存放着其他的食物贮备。然而他却发现，这里为了充分节约空间，摆放着能供十二个人居住的简陋床铺。这么说，大部分船员都在这里睡觉，似乎别的地方都被派作其他用场。床铺摆放得整整齐齐。因此，就算发生过瘟疫，随着一些人死去，幸存者也都处理得完美无缺、天衣无缝，以便告诉后来人，这里什么也没发生过……可是说到底，又有谁敢说，海员死掉了，而且是全部死光？这个想法再一次让罗伯托不得安宁：如果是瘟疫夺走了全船人的性命，这便是一种自然现象，按照一些神学家的说法，有时也是天意；但是，让全船的人逃走，又让船保持整洁到不近情理的程度，这种情况可能更为令人忧虑。

也许对问题的解答隐藏在底层甲板中，所以必须鼓足勇气。罗伯托又重新回到上面，然后打开通向他所害怕的地方的门扇。

这时，他明白了钻透主甲板的那些宽大桁架的作用。由于这一巧妙的设计，底层甲板变成了类似大殿的模样，大白天的阳光斜射进来，透过窗板格子照到大殿里，再与舷窗涌入的光线交织在一起，呈现出一层炮身上反射出来的近似琥珀的颜色。

起初，罗伯托所看见的仅仅是太阳的光束，在这些光束中可以看到无数的微粒狂飞乱舞，看着光束，他不由得回忆起(自然是为了表现一下博学的记忆，好让他心爱的夫人感到惊讶，而不只是为了说说而已)迪涅神父对他讲过的话。这位修道院院长邀请他在一座教堂里观察光线如同瀑布一样在黑暗中蔓延，而在光线内部又活跃着不计其数的单子，种子，不可分离的物质，焚香时气味强烈的缕缕烟雾——它们自发地爆炸开来——最初的原子也在争斗中短兵相接，无数次地碰撞和分离，这明显证明了我们这个宇宙就是由它们构成的，也就是说，只不过由虚空中熙熙攘攘的原始体所构成而已。

紧随其后，几乎是为了让他确信天地万物只不过是原子舞动的结果，他感到好像来到了一座花园，他意识到，从他一走进那里开始，便被一阵浓烈的香气所侵袭，这香气要比原先来自岸边的浓烈许多。

这是一座花园，一座室内的果园。这就是“达佛涅号”上消失的人们为了把他们正在探索着的海岛花草和植物引种到家乡去，在这个空间里所创造的东西，而这里的太阳、风和雨水也让这些植物得以生存。这条船竟能保留那些野生的战利品航行长达几个月之久，而先前的暴风骤雨也没有让它们受到海盐的腐蚀，罗伯托不知做何解释，但是那些大自然中的植物仍然活着证实——正如船上的食物一样——它们是不久前才放进去的。

花株、灌木、小树都是连同根茎和土块一起，安放在临时制作的篮子和箱子里运输的。但是，许多容器都已经朽坏，泥土翻倒在外面，在容器之间形成了一层潮湿松软的沃土，上面已经长出一些植物的分株，让人觉得好像身处从“达佛涅号”的甲板上面生发出的伊甸园。

太阳还没有强烈到会伤害罗伯托的眼睛，然而却已经足以展现出花草树叶的色彩，并使花期最早的花朵微微绽开。罗伯托的目光停留在两片叶子上，起初他觉得它们好像是一只大虾的尾巴，上面还长出白色的花朵，随后他又盯住另一片嫩绿色的叶子，上面长着一种类似花的植物，宛若一棵象牙色的枣树。一阵令人作呕的难闻气味把他的视线引到一株像是黄色耳朵的植物上，上面耳环似的穿着圆锥花序。旁边垂下一串串瓷质贝壳花彩，那贝壳纯净洁白，顶端为玫瑰色；从另外的花串上垂下喇叭一样或倒挂铃铛一样的花，发出轻微的苔藓气味。他还看见一种柠檬颜色的花。在以后的日子里，他将会发现它的变化，因为它在下午是杏色，而在太阳下山时又变成深红色；还有些花蕊部分为橘红色的花，会随着时间逐渐变淡，最后变成百合花般的洁白。他还发现一些粗糙的果子，其中一颗落在地上，由于已经成熟，所以摔裂开，露出内部的石榴红色，他没敢尝。他壮胆尝了一些其他的果子，与其说他是通过品尝食物的舌头，还不如说是使用平常讲话的舌头来判断这些东西：他形容其中一个好像一只蜂蜜囊，甘露凝结在它肥厚的躯干中，仿佛内里镶满了极为细小的红宝石的翡翠绿珠宝。总之，尽管我是在背光处阅读完他的描述，但我敢说，他发现的东西十分类似于无花果。

他不认识那些花草和水果中的任何一种，每一种都好像是产生于一位画家的杜撰和想象，这人存心要违反自然规律，制造出令人信服的虚幻、令人不安的快乐，以及耐人寻味的谎言；比如那个花冠覆盖着发白的绒毛，绽开一簇紫色的羽毛状花瓣，或者，不，像是一朵褪了颜色的报春花，拖着非常难看的附器，或者像一张假面具，盖着一张长着山羊胡子的苍白面孔。有谁能够构思出这样一种灌木，叶子一面为深绿色，带有红黄的粗糙花纹，另一面则是一片火红，四周被更嫩绿的豌豆色叶片包围，这些多肉的叶子包卷成贝壳状，甚至还贮存着最近降下的雨水？

罗伯托被这优美的环境所迷惑，没有多想何时下的雨让叶子上还留有水滴，至少可以肯定已经有三天都没有下雨了。令人眩晕的香气让他觉得此刻任何魔法都是自然而然的。

一颗果子发软并掉了下来，散发出发酵的奶酪香味；一种紫色的石榴底下有洞，摇晃起来能听到里面种子舞动的声音，好像这不是一种花卉，而是一种玩具：这一切在罗伯托看来都很自然。就连面对一朵形同塔尖、底托坚硬且呈圆形的花，他也不感到惊异了。罗伯托从来都没有看见过垂棕榈树，宛如一棵垂柳一样，它现在就立在他面前，许多树根纠结盘绕，似百马在踏着碎步，这些根系连着一截从唯一的灌木丛中长出的树干，那棵天生向下垂落的植物，由于它本身枝叶茂盛，树枝显得衰弱，开始下弯。罗伯托从来没有看到过另一种灌木，它长出的叶片宽大而肥厚，中间的一根叶脉像是铁丝一样，使叶片变硬，这种叶子可以当作盘碟使用，而在它们旁边还生长着其他的叶子，样子像容易变形的汤匙。

罗伯托不确定自己是在一片机械森林里，还是在一座隐藏在大地内部的人间天堂里转悠，他徜徉在那座伊甸园里，被引向使人神志昏迷的芳香之地。

当他事后向他的夫人讲述的时候，他谈到乡村狂想、花园奇景、枝繁叶茂的海神、因克制怒火而气得发狂的枸橼(枸橼？)……或者，他把这个地方再现成一个漂浮的大山洞，里面装满了骗人的自动器械，被绳索可怕地纠结缠绕在一起，长出疯狂的独行菜，原始密林的分枝根蘖凶相毕露，到处滋生……他还在信中写到感官神经的麻醉剂，一支腐朽物质组成的巡逻队，倾倒下肮脏的汁液，把他引向判断力的两个极端，从而失去了理智。

起初他把感觉像从花木丛中传出的飞禽的声音归结为岛上传来的鸟鸣。但是冷不丁地一只蝙蝠飞过，几乎掠过他的面颊，他被吓得直起鸡皮疙瘩，而后不久，他又必须挪动身体，躲避一只老鹰——它朝自己的猎物扑去，嘴一啄就使那小鸟落了地。

罗伯托刚走进底层甲板时，仍能远远听到岛上的鸟叫，他还以为是通过龙骨的裂口传进来的，但现在听到的响声却好像离自己很近。因此，这声音不可能来自海岸，肯定是别的鸟儿们，就在不远处，它们正在植物的另一边，靠近船艄的方向，在昨天夜间他听见响动的那个船舱底板处鸣叫着。

他往前走着，觉得果园的尽头就在上端穿透上甲板的一根柱身的脚下；后来他明白了，自己实际上是来到了大约船中央的位置，在这里，主帆一直延伸到最下面的船底。但是恰恰在那一处，人工巧做和自然造化结合得天衣无缝，让我们明白，为什么我们的主人公已混淆不清、真假难分。他的迷惑还因为，就在那一刻，他的鼻孔开始闻到一股混合的气味，除了芳香，还有泥土发霉以及动物的膻臭，好像自己正慢慢地从菜园子走进牲口圈。

他越过主帆的柱身，朝船艄的方向望去，他看见了鸟笼。

他不知道如何以不同的词汇来形容那些用芦竹编成的笼子，它们中间穿过结实的树枝作为栖架，里面关着飞禽——凭着黎明时分仅有的一点晨曦，只能作此猜测——它们正用各自不同的声音回应着岛屿上自由歌唱的同类对它们的呼唤。鸟笼或放在地上，或挂在甲板舷窗的格栅上，排列在这另一间大殿里，好像钟乳石和石笋一样，形成一个奇妙的岩洞：在这里，禽鸟扑扇翅膀，使得鸟笼摇摇晃晃，加上太阳光线交相辉映，使得各种色彩闪烁其间，艳如彩虹。

如果说直到那天为止，罗伯托都没有真正听见过鸟叫的话，他甚至也不能说曾经看见过鸟儿，至少没有见过这么多的形态，以至于他忍不住自问它们是天生如此，还是一位艺术家的手为了某种哑剧的需要，或是为了假装成一支受检阅的部队，把它们绘画、打扮成这副模样，让每一个步兵和骑兵都身披自己的旗帜。

我们的亚当极为局促不安，因为他不知给那些家伙起什么名字，他只知道自己所在的半球上的鸟类的名字；这是一只鹭，他自言自语道，这是一只鹤，一只鹌鹑……但这好比把天鹅称做鹅一样，只能是张冠李戴。

这里有一种鸟像教士一样，拖着红衣主教教袍一般的宽大尾巴，嘴的形状像个蒸馏器，展开青草颜色的翅膀，鼓起紫红色的脖子，露出天蓝色的胸脯，叫起来几乎像在唱赞美诗；那里有许多鸟成群结队，好像在比武大赛上炫耀实力，企图攻击罩住竞技场的破旧圆顶：斑鸠闪电般飞过，红黄鸟儿掠过低空，宛如王室的旗手在空中晃动着军旗。轻骑兵们紧绷着脸，在过分狭窄的空间里，长腿赌气的轻骑兵有些局促不安，它们气愤地发出“劈啪—劈啪—劈啪”的嘶叫声，有时游移不定地独脚站立，充满疑虑地观望四周，伸出的脑袋上晃动着冠羽……在一个量身定做的鸟笼里，一只大个儿的上尉独自待着，披着淡蓝的羽毛，朱红的齐膝紧身外衣同眼睛一个颜色，头盔上长着矢车菊一样的羽饰，发出鸽子一样的咕哝。旁边有个小笼子，被关在里面的三个步兵待在地上，没有翅膀，像沾满泥浆的毛茸茸的线团一样跳来跳去，口鼻部分颇似老鼠，它们的喙长而弯曲，上面长着鼻孔，根部长着胡髭；这些小怪物在路上找到虫子时，先要嗅嗅，然后才一点点地吞吃下去……在一个弯如肠子的鸟笼里，关着一只鹳，它的腿像胡萝卜一样，胸脯像海蓝宝石，翅膀是黑色的，而嘴喙则是绛紫色的，它犹豫地走着，后面还跟着几只雏鸟鱼贯而行；走到路尽头时，母鹳生气地呱呱叫了起来，开始它固执地去啄笼壁，它以为那是柳条编结的，后来发现啄不破，便后退、掉转方向往回走，弄得雏鸟们也不知该跟着它往前走，还是往后退了。

罗伯托此时心情复杂，一方面因为这一发现而感到兴奋，一方面又为那些被囚禁者感到怜悯，产生了一种打开鸟笼、看这些空中军队的传令官拥入自己的大教堂的愿望，目的当然是让这些鸟儿们逃离被迫陷入的围城，是的，“达佛涅号”正被外面它们的同类所包围。他想，也许鸟儿们饿了，他看见笼子里面只有一些食物残渣，应该盛着水的瓶子和碗盆也是空的。他发现鸟笼旁边有几个装有粮食和干鱼碎片的袋子，可能是想把这些猎获物运回欧洲的人所准备的，毕竟一条船穿越大海、来到南半球，总不可能不带回点儿当地的证据送到宫廷以及研究机构。

再往前走，他又发现一处用木板圈起来的场地，里面有十二三只扒土寻食的动物，可归列入鸡形目一类，尽管在自己的家乡他没有见过那种羽毛。它们似乎也饿了，不过母鸡还是下了蛋（并且正在咯咯地叫着，庆贺生孩子的喜事，正像全世界它们的同类一样）：六个鸡蛋。

罗伯托马上捡起一个鸡蛋，用刀戳了一个小洞，然后像孩提时代那样喝了下去。随后，他把其他的鸡蛋放在衬衫里，而为了酬报那些对自己怒目而视、晃动着脖子下的垂肉的母鸡以及生殖力极强的公鸡，他献出食物和水；他就这样一个鸟笼一个鸟笼地分发给它们，同时寻思：是怎样的天意让他登上“达佛涅号”，而且恰恰是在动物们精疲力竭、弹尽粮绝的时候？实际上他已经在船上度过两个夜晚了；在他到来的前一天，肯定有人为鸟笼鸡舍给足了吃喝。他感觉自己像是一个受邀赴宴的人，他到场时已经晚了，但恰好是最后的客人刚刚离去，而酒席还没有撤掉的时候。

“除此之外，”他对自己说，“这里先前肯定有人，而现在没人了，这是确定无疑的。至于这是在我到来的前一天或前十天，丝毫不会改变我的命运，充其量只会使它更具玩笑的味道罢了：如果船难早发生一天，我可能会与‘达佛涅号’上的船员在一起，不管他们会去哪里。或许，并非如此，我也许会同他们一起死去，如果他们死了的话。"他舒了一口气（至少不是老鼠那样的麻烦事），总结道自己还有鸡可以充饥呢。他又考虑了一下把最纯粹高贵的两足动物放出去的想法，最后确定，如果他注定离乡背井很久的话，那么，那些禽类也可以用来充饥。他还想到："卡萨莱城前的西班牙下级贵族们也同样漂亮和五彩缤纷，但我们也要向他们身上射击，而且，如果围城继续下去的话，我们甚至还要把他们吃掉呢。"谁曾在三十年战争中当过兵（我把它称为战争；但是，经历过它的人却不这样称呼，也许因为他们根本就没弄明白，那是一场漫长而特殊的战争，只是其间时不时就有人签署和平协议），便肯定学会了心肠要硬。

四

攻防之间

为什么罗伯托要重提卡萨莱的往事，并借由它来描述自己在船上头几天的日子呢？当然，两次被围困之间存在着相似之处，但是，对于一个生活在那个世纪的人来说，我们的期待更高。不妨说令他着迷的是两次遭遇相似之中的差异，其间充满了精心设计的对立：卡萨莱是他自己选择进驻的，目的在于不让其他人进城，而流落在“达佛涅号”上，则是被海浪抛去的，他只渴望着能够从中逃离。但我更愿意这样说，在经历晦暗不明的故事时，他记起了在光天化日之下所做出的一系列惊天动地之举，以便用记忆偿还给他的、在被围困期间的那些光彩夺目的日子，来补偿他作为漂泊者所要忍受的苍白孤寂的生活。除此之外，也许还有别的原因。在罗伯托前半生的岁月中，他只有两个阶段可以感受人情世故并且学习生存于世的法则，我指的是围城的短短数月以及在巴黎的最后几年。现在，他正在经历自己生命中第三个这样的学习阶段，或许也是最后一个。而当此阶段完成之后，成熟便与死亡同时发生，所以他把过去看作现在的象征，想方设法地猜测当中的秘密启示。

卡萨莱起初只是一段突围的历史。罗伯托在写给他的夫人的信中讲述了这段历史，但是改头换面，就好比说，他无法攻克被洁白冰雪封住的城堡，冰雪被他的两个太阳所喷射出的火焰炙烤，但尚未融化，不过在另一个太阳火焰的照射下，他已能与围困蒙费拉城堡的人相抗衡。

他们抵达后的第二天清晨，图瓦拉斯就派遣几名军官身背卡宾枪，单枪匹马地去查看那不勒斯人在前一天夺取的山丘上搞些什么。军官们走得太近，引起了交火，蓬帕杜军团的一位年轻中尉中弹身亡。他的同伴将尸体运回城墙里面，这是罗伯托有生以来看到的第一个被杀死的人。图瓦拉斯决定派人去占领他前一天提到的那些小房子。

从碉堡上可以清楚地看到，有十名火枪手往前行进；到某一点时，他们便分开，试图形成钳制之势攻下第一座房子。这时从城墙处射出一发炮弹，从他们的头顶飞过，掀掉了房顶；随后，西班牙人像一群昆虫一样从屋里窜出，企图逃跑。火枪手们任其逃掉，占领房子，然后设置路障，并开始对着山丘的方向发起扰敌射击。

这正是对其他房子采取同样的军事行动的好时机；现在从碉堡上也可以看到，那不勒斯人已经开始挖掘战壕，还用柴捆和装有土石的竹筐挡在战壕边上。但是，战壕却并非围绕山丘而筑，而是向着平原伸展。罗伯托获悉，他们这是在挖掘地雷坑道。一旦挖到城墙下面，就会在最后一段坑道里填满一桶桶的炸药。因此，必须阻止挖掘工程，不能让工程转入地下，否则，敌人就可以在隐蔽之下继续施工了。游戏规则就是这样：在露天处阻止对方挖掘地道，并挖掘对抗坑道，直到援军到达，或者直到弹尽粮绝。在遭到围困的情况下别无其他出路，只能扰乱对方，等待时机。

次日清晨，按照事先约定，轮到修筑小碉堡了。罗伯托握紧火枪，发现自己待在一群纪律松散的人中间，他们可能是来自卢镇、库卡罗或者奥达伦戈的游手好闲的人，还有沉默寡言的科西嘉人，他们一起挤在几只小船上，在两连法国士兵抵达对岸之后，也试图渡过波河。图瓦拉斯和他的随从在右岸监视着，老波佐对儿子做了个打招呼的动作，起初是挥手示意他“快走，你快走”，后来又用食指抚摸颧骨，示意他“要多加小心”。

三连士兵就这样在小碉堡里安营扎寨了。碉堡尚未完工，而且部分建好的工事也已经坍倒成碎砖石砾。部队用了一天的时间修补墙壁的缺口。这座小碉堡受到一条壕沟的有效保护，壕沟之外则派有几名哨兵执勤。夜幕降临，天空异常晴朗，哨兵们昏昏欲睡，就连军官们也不认为会遭到袭击。然而，突然之间，他们听到冲锋号响起，看到西班牙轻骑兵来到面前。

被巴西亚尼上尉部署在几捆草堆——它们是用来填补围墙倒塌部分的——后面的罗伯托，还没来得及弄清发生了什么，就看见每个轻骑兵的后面都带着一名火枪手，当他们靠近壕沟，马开始沿着壕沟转圈，而火枪手则开枪射击，消灭了那几名岗哨，随后，火枪手都跳下马背，滚入壕沟之中。当轻骑兵以半圆形阵势列队齐集于碉堡入口，以密集的炮火逼得守城者毫无招架之力、只能躲藏时，火枪手就毫发无损地攻占了大门以及防守不严的缺口。

负责守卫的意大利连队卸下武器，惊慌失措，四处逃散，他们将在很长的一段时间里为此遭到鄙视，但法国连队也好不到哪儿去。从袭击初起到敌人登上城墙，只经过了短暂的几分钟时间，他们看到袭击者已经进入围墙，而自己尚未武装齐备，全都惊得目瞪口呆。

敌人充分利用了这种惊慌，对驻军大肆屠杀。他们人多势众，一些人忙于砍杀还未倒下的守卫者，另一些则去搜掠死者身上的财物。罗伯托向火枪手开火射击，由于枪托后坐力的影响，肩膀变得麻木迟钝，但他继续吃力地给枪装上子弹；这时他遭到轻骑兵的突然袭击；一匹马穿过城墙缺口，从他头顶上飞驰而过，马蹄使他陷到撞坏的路障下面。算他幸运：受到塌落的草堆保护，他躲过了这第一次致命的冲击，现在他从自己藏身的草堆里惊恐地看到，为了带走一只戒指，敌人不惜砍掉伤者的一个手指，而为了抢走一只手镯，则砍掉整只手。

巴西亚尼上尉为了挽回部下落荒而逃带来的羞辱，还在勇敢地战斗着，但他已被包围，被迫投降。波河那边的人发现形势十分严峻，德拉格朗热上校刚刚视察过小碉堡，准备返回卡萨莱城，他企图赶回去援助守卫的士兵，但被他的军官们劝阻，部下建议他进城求援。又有船只从河的右岸驶出，这时，图瓦拉斯方如梦初醒，骑着马飞奔而至。他很快就明白了，法军已经溃败，唯一能做的便是用火力来掩护逃生的士兵抵达河岸。

在这种混乱的局面之中，只见老波佐的马前蹄踢蹬，穿梭于参谋部与船只靠岸处，在逃跑的败兵中寻找罗伯托。等到几乎可以肯定再不会有船到达时，只听他发出一声："噢，天哪！"于是，仗着自己熟悉波河的任性水流，把那些直到现在为止仍在吃力划桨的人当作十足的蠢货，他选择了正对一块岛状地带，策马入水，急驰而去。他穿过一片浅滩沙洲，马几乎没怎么游水就一下子到了河对岸，他像疯子一样高举佩剑，冲向小碉堡。

一群敌军的火枪手迎面冲来，这时天已经亮了，但他们还没看清那位独行者是谁，后者便从他们中间穿过，并以准确的剑法劈砍消灭了至少五条性命。随后他又碰上两个轻骑兵，他让马抬起前蹄，后脚跃立，把身子弯向一侧，躲开对方一击，然后又一跃而起，用他的佩剑在空中划了一个圆圈。结果第一名对手顿时倒在马鞍上，坐骑逃跑之时他肚里的肠子都流到了靴子上面，第二名对手则被吓得睁大了眼睛，用手指去摸粘在脸上的一只耳朵，这会儿它正在下巴旁边耷拉着。

波佐来到小碉堡下面，入侵的敌人正忙着掠夺最后一批背部中枪的逃跑者身上的东西，甚至都不明白他是从哪里冒出来的。波佐进入围墙，大声地呼唤着儿子。他骑马旋转，四处挥舞佩剑，又砍倒了四名敌人。罗伯托从草堆中扒开一个口子，在认出父亲之前，就看见了多年以来和他一起玩耍的父亲的马——帕纽夫利。他把两个手指放入口中，吹起一声口哨，那是它十分熟悉的，果然，马儿竖起耳朵，跷起前蹄直立起来，随后驮着他父亲向碎石砾处奔来。波佐看见罗伯托，大声喊道："这地方能待吗？糊涂蛋，快上马！"当罗伯托跳上马背并紧紧抱住父亲的腰时，老波佐又说道："真该死，你永远都不知道应该待在什么地方。"说完他踢了一下帕纽夫利，便向着河边飞奔而去。

这时，掠夺者们才意识到，刚刚出现的那个人已经不在原地了，于是高声喊叫着，用手指着向他冲去。一名胸甲残破的军官，身后跟着三名士兵，企图截断他们的去路。波佐见状，让马稍稍偏开，然后拉紧缰绳，高声说道："真是命中注定啊！"罗伯托眼望前方，这才明白，原来就是两天之前为他们放行的那个西班牙人。后者也认出了自己的猎物，于是眼睛放光，手举佩剑，向前冲去。

老波佐迅速地将佩剑转到左手，从皮带里掏出手枪，伸平手臂，动作如此神速，西班牙人大吃一惊，刹住前冲的脚步，然而他已经在枪口下了。但波佐并未立即开枪。他从容不迫地说道："请原谅我用了手枪，因为您身穿胸甲，我有充足的理由……"他扣下扳机，他让西班牙人口吃子弹，应声倒地。士兵们看见首领倒下，开始逃命。波佐把手枪插回皮带，说道："最好在他们失去耐性之前离开……帕纽夫利，快跑！"

在扬起的一片灰尘之中，他们穿越大片平地，在溅出的阵阵水花之中蹚过河流，此时仍有人从远处向他们的背后发射子弹。

他们在欢呼声中抵达右岸。图瓦拉斯说："我亲爱的朋友，做得很好，"然后又对罗伯托说："格里瓦的少爷，今天所有人都逃跑了，只有您留了下来。高贵的血统不会说谎。待在那个胆小鬼组成的连队里，您就被糟蹋了。您干脆跟着我干好了。"

罗伯托表示了感谢，然后跳下马来，向父亲伸过手去，向他致谢。波佐漫不经心地握住儿子的手，对他说："对那位西班牙先生，我感到遗憾，他是一个很好的人。不过，战争是一只丑陋的巨兽。另外，我的孩子，你要永远记住：善良是好的，但如果一个人朝你走来，要杀害你，那么错的是他。难道不是吗？"

他们走进城里，罗伯托听见父亲还在自言自语地叨咕着："又不是我去找的他……"

五
世界迷宫

罗伯托回忆这段往事，一时心中充满了儿子对父亲的敬慕之情，并渴望着那段快乐的时光——有一个能够保护他的人让他摆脱被围困的迷茫——然而他却无法避免地又想起后来发生的那些事情。在我看来，这并不单纯是记忆的偶然现象。我已经说过，罗伯托似乎是让那些遥远的事件与他在“达佛涅号”上的经历互相碰撞，以便找出联系、理由以及命运的征兆。现在我想说，重温卡萨莱的岁月可以让他在船上重新检视生命中的几个阶段，年轻的他曾在其间慢慢领悟到，大千世界是由错乱迷失的结构连结而成的。

换句话说，一方面，现在他惴惴不安地逗留于天空和海洋之间，可能仅仅是他十五年以来在一片由叉形捷径构成的土地上流浪的最必然的结果；另一方面，我相信，他是想通过梳理自己困顿窘迫的经历，力图为自己的现状找到慰藉，就好像沉船事件把他在格里瓦所熟悉的那个人间天堂偿还给了他，他正是从那里远走高飞，走进被围困的城墙之间。

现在，罗伯托不再住在士兵的营房里捉虱子了，而是坐在图瓦拉斯的餐桌前，待在从巴黎来的绅士们中间，听他们自我吹嘘，回忆其他的战役，以及他们自负和诙谐的讲演。从这些谈话中——从第一个晚上开始——他就找出理由相信，卡萨莱围城并不是他本来准备奔赴的那种英雄业绩。

他当初来此是为了实现当骑士的梦想，那些梦想是在格里瓦阅读的英雄史诗为他点燃的。对于他来说，高贵的血统以及终于能够腰佩一把长剑，就意味着变成了查理曼大帝的十二武士之一，他为了国王的一句话，或者为了拯救一名贵妇人不惜牺牲生命。来到卡萨莱之后，他加入的那支神圣的队伍却只是一群无心打仗的农民，一群见到第一次冲突就随时准备转身逃命的乌合之众。

现在他在一次勇士的集会上得到了承认，他们也把他作为勇士表示了欢迎。但是他知道，他的英勇行为实际上只是一种误解；他没有逃跑，是因为他比逃跑者更加害怕。而更为糟糕的是，当图瓦拉斯先生已经离去，在场的人留下来谈天说地、打发夜晚的光阴，他意识到，卡萨莱围城本身不过是一段毫无意义的历史的一个章节而已。

总之，曼托瓦公爵温琴佐去世时，把公国留给了讷韦尔公爵，但是，只要换一个人见他最后一面，那么，整段历史恐怕就得重写了。举例说，卡洛·埃马努埃莱因为有个侄女、外甥女或孙女、外孙女的关系（所有人都在互相通婚），也曾夸口说对蒙费拉拥有某种权利，所以很久以来就想将那块侯爵封地据为己有——这块地盘好比他的公国腰上的一根刺，微妙地插在距离都灵只有数十英里的地方。这样，在讷韦尔公爵被指定接管曼托瓦公国之后，贡萨洛·德·科尔多瓦便马上利用萨伏依公爵的野心，好使法国人的算盘落空。他建议公爵与西班牙联手，与他们一起夺取蒙费拉，然后将其一分为二。当时已与欧洲其他国家产生太多麻烦的神圣罗马帝国皇帝不同意出兵进犯，也没有表态反对讷韦尔。贡萨洛和卡洛·埃马努埃莱决定不再迟疑，其中一人开始拿下阿尔巴、特里诺和蒙卡尔沃三个地方。神圣罗马帝国皇帝固然善良，但并不愚蠢，他派人收管了曼托瓦，交于一位帝国特派员手中。

这种间歇状态对所有跃跃欲试者来说都是有利可图的，然而，黎塞留将它看成对法国的冒犯，或者说做出这样的姿态对他十分有利。尽管如此，他却并未采取行动，因为他同时还在围困着拉罗谢尔的新教徒。西班牙满意地看着这场对一小撮异端分子进行的大屠杀，同时却听任贡萨洛利用此机会，以八千兵力去围困只有两百多名士兵守卫的卡萨莱城。这便是卡萨莱首度被围的情况。

但是，由于神圣罗马帝国皇帝没有做出让步的迹象，卡洛·埃马努埃莱嗅出形势不妙，于是在继续与西班牙人合作的同时，已经开始与黎塞留秘密接触。此时，拉罗谢尔陷落，黎塞留则因为这场信仰的辉煌胜利而受到马德里王室的称赞。他表示感谢，并重新整顿他的军队，请出路易十三作为首领，于一六二九年的二月份穿越热内夫尔山，陈兵苏萨城前。卡洛·埃马努埃莱发现，同时在两张牌桌上玩牌，他不仅会失掉蒙费拉，而且还会丧失苏萨，所以他试着卖出他们正从自己手中夺走的东西——让出苏萨，以换取一座法国城市。

与罗伯托同桌吃饭的一位绅士以兴致勃勃的口气回忆起一件往事。黎塞留带着极大的讥讽语气让人去问萨伏依公爵：他更喜欢奥尔良还是普瓦捷？与此同时，一名法国军官来到苏萨驻地，要为法国国王找个住处。萨伏依的统帅是个机智的人，他回答说，公爵殿下无疑会非常高兴招待对方的陛下，但是因为对方陛下是带着许多人一起来的，所以请允许他首先去禀报殿下。法军元帅巴松皮埃尔以同样优雅的姿态，骑着马在雪地上半旋过身，向他的陛下脱帽致敬，并通报，小提琴手已经就位，假面舞会的参加者就在门外，请他允许舞会开始。黎塞留就在野外做了弥撒，法国步兵发动攻势，苏萨随即被攻克。

事已至此，卡洛·埃马努埃莱决定，路易十三是他最尊敬的客人，他前去表示欢迎，只是请求对方不必在卡萨莱城浪费时间，因为他自己正在过问此事，相反，要请路易十三帮忙的是夺取热那亚。法国人礼貌地请他不必再说糊涂话，同时往他手里放了一支漂亮的鹅毛笔用来签定一份和约，允许法国人在皮埃蒙特随意自由行动，作为报酬的则是将特里诺城让给他，并强制曼托瓦公爵向他缴纳蒙费拉的年租金。与罗伯托同桌吃饭的朋友说：“这样一来，讷韦尔公爵为了得到原就属于他的地盘，只好向从未拥有所有权的人来交租金了！”

“而他也真交了，”另一人笑道，“那个笨蛋！”

“讷韦尔永远都在为他的疯狂掏钱。”一位神父说道。有人给罗伯托介绍，说这位是图瓦拉斯身边专听忏悔的神父。神父继续说道：“讷韦尔公爵是上帝疯狂的信徒，他自以为是圣伯纳德。他始终和唯一想的是重新聚集起基督教世界诸王，进行一次新的十字军东征。许久以来，基督徒互相残杀，设想一下，现在我们要去对付那些异教徒了。卡萨莱的先生们，如果这座可爱的城市还将留下一砖半石，你们就等着新主人邀请诸位去耶路撒冷吧！”神父捋着他修剪整齐的金黄色胡须，很有兴致地微笑着，罗伯托则想：“好样的，今天早晨我差点儿因为一个疯子而丧命，而这个疯子之所以疯狂，是因为他在做梦，就像我曾做过的一样，梦想着美丽的梅利桑德①和麻风病国王②的年代。”

后面发生的事情也未能让罗伯托将那段历史的是非曲直理出个头绪来。遭到卡洛·埃马努埃莱背叛之后，贡萨洛·德·科尔多瓦明白自己已经输掉了战争，他承认了苏萨和约，将他的八千名士兵带回米兰公国。一支法国守卫部队进驻卡萨莱，另一支驻军部署在苏萨，路易十三的其他军队则重新穿越阿尔卑斯山脉，去消灭朗格多克以及罗讷河谷里最后的胡格诺派教徒。

然而，那些绅士却谁都没有遵守和约的意思，同桌吃饭的人讲述往事时也表现得好似一切都十分自然，其中一些人甚至还表示赞同

---

① Melisende(1105—1161)，耶路撒冷王国的女王。

② 指耶路撒冷王国国王鲍德温四世(Baldwin Ⅳ，1161—1185)。

地说道："国家利益，啊，国家利益。"以国家利益作为托辞，奥利瓦雷斯伯-公爵[1]——罗伯托明白他好比西班牙的黎塞留，然而却较少地被幸运所眷顾——在意识到自己出了大丑后恶意遣走了贡萨洛，让安布罗焦·斯皮诺拉接替了贡萨洛的位置，并且开始宣称对于西班牙的冒犯就是伤害教会。神父则提出："全是胡说八道。教皇乌尔班八世赞成让讷韦尔接班。"而罗伯托则不禁想，教皇与这些和信仰问题没有丝毫关联的事件又有什么关系呢？

与此同时，神圣罗马帝国皇帝——谁知道奥利瓦雷斯千方百计地给他施加了多少压力——回想起来，曼托瓦仍然处于特派员的控制之下，而讷韦尔对于尚不属于他的东西，何来付不付租金之说；他失去了耐心，派出两万人去围困曼托瓦。教皇看见新教徒雇佣兵在意大利四处流窜，马上担心罗马会再遭一次劫掠，于是派部队到曼托瓦边境镇守。斯皮诺拉要比贡萨洛更有雄心壮志，意志也更坚定，他决定重新围困卡萨莱城，但这一次是认真去做。总而言之，罗伯托从中得出结论，为了避免战争，永远也不要去签署和平条约。

一六二九年十二月份，法国人再度跨越阿尔卑斯山脉；按照和约，卡洛·埃马努埃莱应该让他们通过，但是为了互表忠诚，他又重新提出自己对蒙费拉的主权，并且催促六千名法国士兵去围困热那亚城——这正是他心中抹不去的执念。黎塞留将他看作一条毒蛇，不置可否。一位在卡萨莱穿着也像在皇宫里一样讲究的上尉回忆着二月份的一天，说道："我的朋友们，那是一个盛大的节日呀，虽然没有宫廷乐师，但却有军乐队！陛下后面跟着军队，他身穿绣有金丝的黑色军服，头戴羽饰头盔，胸甲闪闪发光，骑马立于都灵城前！"罗伯托等着听一场激烈的围城战，然而却不是，那也仅仅是摆摆样子罢

---

① Gaspar de Guzmón, Count-Duke of Olivares (1587—1645)，西班牙政治家，国王腓力四世的宠臣，曾任西班牙帝国首相。

了；国王没有发动进攻，而是出其不意地绕道去了皮内罗洛，并占领该城，或者说，重新将该城据为己有，因为几百年前，它曾是一座法国城市。罗伯托对于皮内罗洛位于何方印象十分模糊，他不明白为了解放卡萨莱，为什么要先拿下这座城市。“也许我们被围困在皮内罗洛了？”他心中疑惑。

教皇看到事情进展不顺，心中充满忧虑，于是派出一名代表去见黎塞留，主张他将皮内罗洛城还给萨伏依。关于那位使者，同桌进餐的人议论纷纷、闲话连篇，他名叫朱利奥·马扎里尼[①]：有人说他是西西里人，一个罗马平民；神父却反驳并提高了他的身价，不对，他是罗马乡下一个出身低微的农民的私生子，不知怎么后来变成了上尉，为教皇服务，但正竭尽全力获得黎塞留的信任，而后者对他也宠信有加。现在必须对他进行监视，因为眼下，他已经或正要离开，前往拉蒂斯博纳，那是个远在天边的鬼地方，但也正是在那里，而不是这里的几条地雷或反地雷的坑道，卡萨莱的命运将被决定。

这时，由于卡洛·埃马努埃莱正设法切断法国军队的联络，而黎塞留又拿下了安纳西和尚贝里两座城市，于是萨伏依人和法国人在阿维利亚纳发生冲突。在这场漫长的对峙中，神圣罗马帝国军队威胁法国、进入洛林，华伦斯坦正前去援助萨伏依人；七月份，乘着驳船被运过来的一小部分帝国军队突然攻破了曼托瓦的一处壁垒，然后全军进入该城，对全城进行了七十个小时的抢劫，将公爵宫室从上到下搜刮一空，而像是回应教皇之前的担心，帝国军队里的路德教教徒把城内所有的教堂都掠夺个精光。是的，罗伯托亲眼看到过那些德国雇佣兵，他们是被派来助斯皮诺拉一臂之力的。

---

① 指后来的儒勒·马萨林枢机主教（Jules Mazarin，1602—1661），法国外交家、政治家。出生时名为 Giulio Mazzarini，生于意大利，后进入罗马教廷。1630 年作为教皇乌尔班八世的调节使谒见黎塞留，后入籍法国，成为法国国王路易十四的宰相和枢机主教。

法国军队仍在北方作战，谁也说不清楚在卡萨莱城陷落之前，他们是否能够及时赶到。现在剩下的只有寄希望于上帝了，神父说道："先生们，政治智慧要求我们懂得变通，既要相信自助者天助，又要在人力难为时寻求天赐良机。"

"这么说，我们要寻求天赐良机。"一位绅士惊呼道，但他讲话的口气里却毫无痛心，他摇晃着酒杯，直晃得杯中的酒都洒在神父的外袍上面。"先生，您的酒弄脏了我的衣服。"神父叫了起来，他脸色发白——这是那个时代人们生气时的样子。对方回答道："权当是您在祝圣时洒下的吧。那个酒跟这个酒都是一样的。"

"圣萨万先生，"神父高声说道，同时站起身来，并伸手按住剑柄，"您玷污自己的名字，并亵渎我主的圣名，这不是第一次了！请上帝饶恕我，您最好是留在巴黎去污辱贵妇人们，这也正是你们皮浪主义者的习俗！"

"得了吧，"圣萨万回敬道，他明显喝醉了，"我们皮浪主义者夜晚去为贵妇人们弹琴奏乐，想玩点儿好把戏的有胆量的男人都会加入到我们之中。但是，当贵妇人没在窗前露面的时候，我们非常清楚，那是因为家庭教士正在温暖她的床铺，所以她才不愿离开呢。"

这时其他军官都站起身，拉住了想拔剑出鞘的神父。他们对他说，圣萨万先生是被酒搞昏了头，对于像他一样在今天英勇战斗过的人，应该作出某些让步，对于刚刚战死的同伴，也应该有些尊重。

在离开大厅的时候，神父总结式地说道："圣萨万先生，好吧，我邀请您今晚为我们过世的朋友们朗诵一遍《悼亡经》，这样我就心满意足了。"

神父走出去了，正好坐在罗伯托身旁的圣萨万，将身子弯向他的肩膀，然后说道："河边的狗叫和鸟鸣都不如我们喊叫一遍《悼亡经》更加吵人。为什么要不断地敲钟、做弥撒，让死人复活呢？"他将杯中的酒一饮而尽，竖起一根手指提醒罗伯托，似乎要教育他过一种正派的生活并参透我们神圣宗教的至高神秘，说道："先生，今天您与死亡擦肩而过，您应该自豪。将来您要以同样毫不在乎的态度来为人处世，要知道，灵魂与肉体一起死亡。因此您要在体味和享受过生命之后才去死。我们是动物之中的动物，大家都是物质之子，只是我们更加手无寸铁而已。但与野兽不同的是，我们知道，我们终须一死，因此我们应该尽情享受这偶然得到的生命，为最后的时刻做好准备。智慧教导我们把时日用在饮酒和友好的谈天说地上，就像绅士君子所做的那样，同时去鄙视卑贱的灵魂。战友们，生活欠着我们的账！我们正在卡萨莱等死，我们出生得太晚了，享受不到好王亨利[①]的太平盛世，那时在卢浮宫，你可能遇见私生子、猴子、疯子和小丑、侏儒以及双腿残缺者、音乐家和诗人，而国王则与他们一起消遣娱乐。现在淫荡好色如同公山羊一样的耶稣会修士们却对阅读拉伯雷以及拉丁诗人作品的人大声咆哮，他们希望所有的人都英勇刚毅，好去屠杀胡格诺派教徒。我主上帝啊，战争是美好的，但我愿为我的享乐而战，而不是因为我的对手在星期五吃肉。异教徒比我们更聪慧。他们也有三位一体，然而至少他们的母亲库柏勒[②]并不宣称以处女之身生育了他们。"

"先生。"罗伯托在其他人大笑的时候提出抗议。

"先生，"圣萨万回答，"一个正派人的首要品质是藐视宗教，它要我们恐惧世界上最自然不过的事情——即死亡，憎恶命运给予我们的唯一美好的事情——即生命，而去向往只有星球才永恒至福地生活着的天空，那些星球既不因奖赏得意，也不因谴责动容，只在虚无的怀抱中享受它们永无休止的运转。您应该像古希腊的先哲们那样坚强，以泰然自若、毫无恐惧的目光来看待死亡。耶稣在等待死亡的

① 指亨利四世（Henri Ⅳ，1553—1610），法国国王（1589—1610），也是法国波旁王朝的创建者。

② Cybele，弗里吉亚的自然女神。

时候流了太多的汗。再说,他有什么可害怕的?反正他终将复活。”

“圣萨万先生,讲到这里就够了,”一位军官几乎是对他下了命令,并拉住他的胳膊,“请您不要引起我们这位年轻朋友的愤怒,他还不知道,如今在巴黎,蔑视宗教是良好教养最优雅的形式,他有可能拿您的话太过当真的。格里瓦的少爷,您也去睡觉吧。您应该知道,善良的上帝救苦救难、慈悲为怀,他肯定也会宽恕圣萨万先生的。正如那位神学家所说:国王强大,能摧毁一切;女人更强大,能获得一切;但是最为强大的是酒,它能淹没理智。”

“先生,您只引用了一半,”圣萨万被他的两个战友几乎拖着拉到外面时,嘴里咕噜道,“这句话是献给舌头的,后面补充道,然而还要更强大的是真理,是我所说的真理。而我的舌头,尽管我翻动它已很吃力,它却不会沉默不语。贤人哲人不应该只用剑去抨击假话,他还应该用舌头去抨击。朋友们,如果一位神灵只为了平息他一刹那的怒气,就要我们永远不幸,你们怎么能够称他为慈悲为怀、救苦救难呢?我们应该原谅邻人,而他却不?那么我们应该热爱一个如此残酷的神吗?神父说我是皮浪主义者,随他去,但我们可是为安慰谎言的受害者而操碎了心。有一次,我和三个同伴一起将带有淫秽小圣牌的念珠分发给贵妇人们。但愿你们知道,从那天开始,她们变得多么虔诚啊!”

圣萨万伴随着在场所有人的笑声离开,那位军官则评论道:“如果上帝不肯,至少我们原谅他的舌头,因为他有一把如此锋利的宝剑。”然后他又对罗伯托说:“请您把他当作朋友,而不必过分地与他计较。在巴黎,他为了一点神学上的问题撂倒的法国人,比我们连队这些天刺死的西班牙人还要多。做弥撒的时候,我不愿他在我身边,但是在战场上有他在身旁,我会求之不得。”

就这样,罗伯托接受了对宗教最初的怀疑,而在第二天,他又产生了其他一些疑虑。那时他又回到与他的蒙费拉老乡一起睡过前两个夜晚的厢房，为的是取回他的口袋，然而他在一个个院落和走廊间却难以辨别方向。他穿过其中一条走廊往前走着，发现自己走错了路，这时他看见走廊的尽头有一面铅灰色的镜子，上面落满了尘垢，从里面可以看见他自己。但是，当他走近时，却发觉，那个他有着他的面孔，然而身上穿的却是式样趾高气扬的华服，头发都拢在发网里。不仅如此，那个他过了一会儿便不在对面，而是从旁边消失了。

这么说，那不是一面镜子。实际上，他发觉那是一扇大窗户，上面的玻璃已经沾满灰尘；透过窗户可以看见一道斜坡，从那里可以沿阶梯下到庭院里。因此，他看到的不是自己，而是某个非常像他的人，现在他却失去了那个人的线索。这时，很自然地，他马上想到了费兰特。费兰特跟着他来到了卡萨莱，或者比他还先到达，也许是在同一个军团中的另外一个连里，或者是在一个法国军团里，当他在小碉堡里面临着生命危险时，谁知道费兰特从战争中得到了些什么好处。

在那样的年纪，罗伯托已经开始嘲笑自己对费兰特的幼稚想象，思索着自己看到的景象，他很快就确信了，他只是看见了某个与自己大体相似的人。

他想忘记这件事情。多少年以来，他反复思念着一个无法见面的兄弟，那个晚上，他以为看见了他，但是，确实如此（可以说，他试图用理智反驳他的心灵），如果他看见了某个人，不是虚构的人——而费兰特是虚构的人——那么他看见的那个人就不可能是费兰特。

一位逻辑学大师也许会对这不合逻辑的推论提出异议，但是从目前看，对于罗伯托来说，这已经足够了。

六

光和影的伟大艺术

在写完早年间卡萨莱围城的回忆之后，罗伯托在船长室找到了几瓶西班牙葡萄酒。我们不能责备他，即便看到他生了火，炒了一盘熏鱼鸡蛋，然后打开一瓶酒，在一张摆放得近乎完美无缺的桌子上，享受一顿国王一样的晚餐。如果这位海难幸存者要在此长期逗留的话，为了不致变得粗野迟钝，那他就应该遵循良好的习俗。他记得在卡萨莱，当伤痛和疾病迫使军官们表现得像海难逃生者一样时，图瓦拉斯先生要求他们，至少在餐桌前，每个人都应该记得在巴黎学会的那些礼仪："出席时服装整洁，不要每吃一口饭后就喝酒，要先擦干净胡须，不要舔吮手指头，不要将东西吐在盘子里，不要用餐桌布来擤鼻涕。先生们，我们不是帝国军人！"

第二天鸡叫时罗伯托醒过来，但他仍然懒散地躺了很久。当他从瞭望台上打开一半窗户时，他明白，与前一天相比，他今天起晚了：黎明过后，已见曙光，现在山丘后面的云块慢慢散开，天空愈加现出玫瑰色来。

因为第一道阳光很快就会照耀到沙滩上，令眼睛难以忍受，所以，罗伯托决定看看太阳尚没有照到的那边，于是，他沿着瞭望台挪向"达佛涅号"朝向西方陆地的甲板。马上，一个犬牙交错的青绿色轮廓出现在他的面前，没过几分钟，这个轮廓就已经分成平行的两块地带：长满草木和浅色棕榈的灌木丛在幽暗的山峦下面闪闪发光，而在山峦的上面，夜间的云彩仍然迟迟不肯散去；不过，这些云层虽然中间依然浓黑如炭，却从边缘开始层层剥落，染上白色和玫瑰色。

这时，太阳并不是从正面直射到云层，而是想方设法地从它的内部穿透出来；而云彩虽然也因为边缘的光线而变得越来越虚弱，但是最终还是满载氤氲、逐渐膨胀，不想消散在天空中，让后者变成海洋的一面忠实的镜子；此时此刻，大海也被闪烁的光斑照亮，神奇地亮堂起来，宛若身内带着灯笼的鱼儿成群结队地从水中游过一般。不过，瞬息之间，云层便屈服于阳光的邀请，轻盈起来，扑向山脉的顶峰；它们从一侧贴到山坡上，就像松软的奶油一样，在那里凝结并沉淀，然后滴落到植被上，山顶部分则更为结实浓密，形成一层雪原；而在山脉的另一侧，雪原变成了一块孤立的冰雪熔岩，这些云彩呈蘑菇状在空气中炸开，在那想象中的乐土形成火山喷发一样的奇妙景象。

仅就所观，也许已足够抵消罗伯托遭遇船难的不幸了：这样说吧，与其说是大自然那变幻莫测的姿态愉悦了他的感官，还不如说是因为光线，那种光线又让他清晰地回忆起他曾经从迪涅修道院院长口中听到的话语。

事实上，直到那时为止，他经常询问自己是否在做梦。在他身上所发生的事情并不常见，或者最多也只是让他回忆起童年读过的小说而已。船以及他在船上遇着的那些创造物，仿佛梦中所见。由相同的内容所构成的梦境，三天以来像影子一般时时环绕着他，他头脑冷静时也能意识到，自己在花园及鸟笼里欣赏到的色彩，只是在他惊异的眼睛里，才显得光艳夺目，但实际上，这些颜色之所以突显出来，不过因为有了古老诗琴身上的铜锈——这种绿色的铜锈包裹着船上的每件物品——以及拂过木质桁梁和桶板（这些存放了相当久的风干木材上积满了油垢、漆和沥青）的阳光……那么，他现在自以为看到的地平线上美妙似骗局一样的天象，不也有可能是梦境吗？

不，罗伯托想："光线现在对我的眼睛造成的疼痛告诉我，这不是梦境，而是我亲眼所见。我的瞳孔因原子的冲击而难受，它们就像从一艘大战船上、从彼岸向我狂轰滥炸着，所以眼睛与伤害它的物质灰尘的相遇不会是什么幻象。"当然，修道院院长对他说过，事物并不是如伊壁鸠鲁所希望的那样，从远处向你发送完美无缺的幻象来揭示它们本身的外部形态和看不见的属性：你只能通过象征和符号，从中找出我们称之为幻象的假设猜想。但是，罗伯托不久前给自以为看到的那些东西起了各种比喻的名称，同时又以词汇的形式创造出某些尚无形态的东西向他提示的意思，这一事实本身就让他确认，那些正是他亲眼所见。在我们抱怨缺席的诸多确定之事中，有一种是确定存在的，那就是这样一个事实：所有在我们面前出现的东西就是在我们面前出现的，不可能它们就这样出现在我们面前却不是最真实的。

因此，罗伯托在看见、并确信自己看见的时候，便有了感官和理智都能够依赖的唯一把握，那就是他确信看见了某些东西，而那某些东西就是他能够讲出的存在的唯一形式，存在只不过是在宇宙这个海螺壳里搭起的可见之物的庞大剧场——它向我们讲述着那个光怪陆离的世纪的方方面面。

他这时生气勃勃，十分清醒，在那边，有一座岛屿或是一片陆地，不管是什么，反正是有一样东西。那到底是什么，他不知道，就好像色彩取决于什么，取决于它所附着的物体，取决于它所反射的光线，取决于盯着它看的眼睛，如此这般，即便是最遥远的土地，在他偶然看见时，在光线、风向、云彩，还有他兴奋又灼痛的眼睛这些因素暂时结合在一起的情况下，也会显得十分真实。也许明天，或许再过几小时，那片土地就会变得截然不同。

他看到的那些景象不仅仅是上天传达给他的信息，而且还是天、地以及他观望时的位置(还有时辰、季节以及角度)共同合作的结果。当然,假使船是停泊在另一个罗经方位上,那么,所看到的景物就会是不同的,就会是另外一个太阳、另外一片曙光、一片相似但却不一样的海洋和陆地。圣萨万谈到的无限多的世界不该去比繁星更远的地方寻找,而是在眼前这个空间气泡的中心便可以寻到。他自己纯粹的肉眼,现在变成无止境的视差的源泉。

我们允许罗伯托在经历许多灾难之后,没有超越诸如此类的符号——形而上的也好,肉身上的也好——进行思辨;这样说是因为我们将看到,他在晚些时候会那样做的,甚至超出应该的范畴。不过,就在此刻,我们发现他已经在思索,如果只能够存在一个世界,在其中出现不同的岛屿(许多岛屿,在那一时刻,有许多个罗伯托在被安排到子午线的不同刻度上的许多条船上观望),那么在这个仅有的世界上,就会有许多个罗伯托和许多个费兰特出现并混杂在一起。也许那一天,在城堡里,在他毫不知情的情况下,自己与费罗岛上最高的山峰错开了区区几个臂膀的距离,并看见了另一个罗伯托居住的时空,那个罗伯托没有被派去占领城墙外面的小碉堡,或者被另一个没有杀死那位善良的西班牙人的父亲所解救。

但是,罗伯托不得不进行这些思考肯定是为了不必承认,那具遥远的肉体,变成并融化为感官满足之化身的躯体,对于他来说,已经变成了他想拥有的另一具躯体的变体:那块陆地含情脉脉地向他微笑,他想到达那里,并与它合二为一,成为那优雅的女巨人乳房上面幸福的小矮人。

然后他回到船里,不过,我不相信这是出于羞耻,他只是害怕太过强烈的光线。也许还因为另一声召唤:实际上,他听到了母鸡下蛋之后的咯咯叫声,产生了晚上烤鸡肉串吃的想法。但是,他选择花一点时间整理仪容,拿起船长的剪刀,开始修剪遭遇船难以来尚未修整过的胡须和头发。他决定把他的沉船生活过得像是在一座别墅中度假一样，这生活能为他提供一首舒缓的组曲，包括黎明、曙光以及（让他预先感受到乐趣的）黄昏。

因此，母鸡咯咯叫后差不多一小时，罗伯托才走到下面，他马上意识到，母鸡下了蛋（它们既然咯咯地叫了，就不会撒谎），可他却没有看见鸡蛋。不仅如此，所有的鸟儿都又有了粮食，分配得很均匀，就好像它们从没有用爪子扒过一般。

带着疑惑不解的心情，罗伯托回到了花果园里；这时他发现，同昨晚、甚至昨晚之前一模一样，所有叶子上都闪着露珠的光芒，风铃草上还聚集着清澈的水珠，植物根部的泥土是潮湿的，污泥更是泥浆稀稀的，这一切足以表明夜间曾有人去浇过花草树木。

说来奇怪，罗伯托的第一个反应是嫉妒：有人在管理着他的这艘船，而且夺走了他有权进行的那些照管和从中得到的好处。失去人世而获得一条弃船，然后又发现，另有人居住在此，这既让他觉得无法忍受，又让他感到害怕：仿佛他的*夫人*，他的欲望所无法抵达的对象，却有可能成为别人欲望的猎物。

后来他又突然被一种更为合乎情理的不安所困扰。这就好像他的童年世界被“另一个人”居住，那个人在他之前，又紧随其后。很显然，“达佛涅号”上有他还不知道的贮藏室，甚至防御工事，而且在那里还生活着一个隐藏起来的主人，每当他刚刚离去，这个人便走上与他相同的小路，或者在他完成这些路线之前的一刹那，那个人已经离去。

他赶紧跑去躲进自己的房间，就像非洲鸵鸟一样，藏起了脑袋，就以为世界不复存在。

为了赶到船尾楼，他经过一条通往舱底的楼梯口：如果他在底层甲板找到一座微型岛屿，那么这底下又隐藏着什么东西呢？难道是那个*闯入者*的王国？我们看得很明白，他对待船的态度已经像对待一件心爱之物，他刚一发现它，就知道自己想拥有它；所有那些从前拥有它的人都变成了窃取者。正是在这个时候，罗伯托在写给心上人的信中供认，他第一次见到她，是追随着望着她的另一个男人的目光，并产生出一种看见一朵玫瑰花上爬着毛毛虫时的厌恶心情。

面对一个充满鱼腥、烟味以及粪便的船壳，却产生出那样的妒忌，这真有点好笑；但是罗伯托已经迷失在一座不稳定的迷宫里，在那里，每一个岔口又总是把他引向唯一的形象。他既为他无法拥有的岛屿而难过，又为他所拥有的弃船而痛苦——这两者都遥不可及，前者是由于距离所致，后者是由于它的扑朔迷离——然而，这二者又代替了那个躲避着他的爱人，用他独自许下的诺言抚慰着他。否则，我将无法解释下面这封信件。信中，罗伯托以哀怨的美丽词藻所倾诉的，说到底，仅仅是有人剥夺了他的早餐。

我的夫人：

我怎能期待使我痛苦的人会施以怜悯呢？但是，如果不对您，我又能对谁倾诉我的痛苦，以期获得安慰？如果不是在您的倾听中，至少也是在我未被倾听的语言中寻求吧？假如爱情是一种以更大的痛苦来医治各种痛苦的良药的话，那么，或许我也可以把它理解为一种极端地扼杀任何其他痛苦的痛苦，以至于变成了除了它自身的痛苦、包治一切痛苦的灵丹妙药？因为即便我看到一个漂亮女人，我想得到她，那也只有对您的渴望会让我痛苦，我为什么要为其他漂亮女人同样让我渴望而感到痛苦呢？如果我得到了那个漂亮女人并且因此感到满意，从此不再为您的倩影而忍受痛苦，那将更为糟糕。那时，我服下的是吝啬的药，疾病也将会因为我这种不忠诚所产生的内疚而日益严重。所以最好还是信赖您的倩影，尤其是现在我又一次瞥见了一个情敌的身影，但我不了解他的相貌，也许我永远都不想了解。为了不理睬这个可恶的幽灵，但愿您可爱的幻影能够助我一臂之力。但愿爱情至少能让我变成一块感觉迟钝的碎片、一株曼德拉草、一座石头喷泉——它会用泪水冲走所有痛苦……

然而，痛苦归痛苦，罗伯托却并没有变成一座石头喷泉，他马上从这苦恼联想到在卡萨莱的痛心疾首，其后果呢——我们将会看到——是极为有害的。

七

流泪的帕凡舞*

历史有多么清晰，就有多么模糊。当时小规模的战争此起彼伏，它们的作用可以如此归纳：在国际象棋中，不是某一步棋，而是审视对手举棋时令其生疑的目光，让对方放弃制胜的一步，败下阵来。于是图瓦拉斯决定发起一次货真价实的突围。很明显，这场较量的关键在于间谍和反间谍；在卡萨莱有许多传闻，有人说援兵由法王本人率领，正在靠近，蒙莫朗西公爵已经从阿斯蒂赶来，而克雷基和科蒙两位元帅也从伊夫雷亚前来助阵。这个传闻是假的，正如罗伯托从图瓦拉斯的气愤中所能了解到的那样：当时图瓦拉斯在接见一位北方的信使，在交换信息的过程中，图瓦拉斯向黎塞留汇报自己已经没有粮草，而红衣主教则回答他说，阿让库尔公爵曾经在适当的时机视察过仓库，认为卡萨莱完全可以坚持整个夏季。大部队在八月份才会行动，利用行军途中刚刚收割的作物来补充军粮。

罗伯托看见图瓦拉斯教科西嘉人开小差，让他们去禀报斯皮诺拉，大部队要九月份才能等到，这使他十分震惊。但他又听到图瓦拉斯对他的参谋部说："如果斯皮诺拉认为自己有时间，那么，他便会不慌不忙地挖掘地道，这样一来，我们就能从容地挖掘反地雷坑道了。相反，要是他以为援军马上就会到达，那又会怎样做呢？当然不会与法国军队正面冲突，因为他知道自己没有足够的兵力；也不会坐等法国军队到来，因为那样有可能使自己反过来被围困；更不会回到米兰去准备一次米兰保卫战，因为荣誉感会阻止他撤退。那么，他所能做的就只有马上攻克卡萨莱城了。但是，因为无法凭正面攻击取胜，所以他必须花费钱财去鼓动背叛行为。从那一刻开始，对于我们来说，每一个朋友就都变成了敌人。因此我们要派出奸细，让斯皮诺拉相信增援会迟一点到，我们允许他们在不影响我们的地方挖掘地雷坑道，同时摧毁那些真正威胁我们的地道，让他们在这场游戏中疲于奔命。波佐先生，您最了解这个地区，依您看，我们应该在哪里休战，又在哪里不惜一切代价地阻止他们呢？"

老波佐并不看地图(对他来说，这种地图装饰太过，缺乏真实性)，用手指向窗外，解释道，在一些地方，因为有河水渗入，所以土质容易塌陷，这是人所共知的，在那样的地方，斯皮诺拉爱挖到哪里就让他挖好了，他的工兵甚至有可能因吞吃蚯蚓而呛死。而在其他地方，挖掘地道则轻松愉快，在那里应该用大炮轰击并进行突围。

"很好，"图瓦拉斯说道，"明天我们将迫使他们赶去保卫圣卡洛堡外面的阵地，然后，我们在圣乔治堡外面对他们采取突然袭击。"计策已经准备停当，对各个连队都下达了准确无误的指示。由于罗伯托能写一手好字，图瓦拉斯便向他口授信件，让他从晚上六点钟一直忙到夜里两点钟，随后又要求罗伯托在他房间前面的一只箱子上和衣而睡，以便接收和检查回复的信件，一旦出现意外，也好唤醒他。从凌晨两点钟到天亮，这样的情况发生了不止一次。

次日清晨，部队已经在通往堡垒壕沟外墙的小道以及城墙处待命。图瓦拉斯在城堡上控制着局面，他一发出号令，一支人数众多的先遣部队便向着迷惑敌人的方向涌出，前面是由长矛兵和火枪手组成的先锋部队，不远处跟着五十名短枪射手作为后备军，然后，非常

---

* pavane，一译"孔雀舞"，16 世纪从南欧传进英国的庄严的男女双人行列舞。

醒目地，是由五百人组成的步兵军团以及两个骑兵连。这真是一次壮观的阅兵式，事后他们才明白，原来西班牙人是真的把它当成了阅兵仪式。

罗伯托看见三十五名士兵在科伦巴上尉的指挥下，以散兵队形扑向一条战壕，而西班牙上尉则从防御路障中出来，向他们隆重致意。科伦巴以及他的部下基于教养，也都停下脚步，以同样的礼貌回敬了对方。在此之后，西班牙人开始撤退，而法国人则止步不前；图瓦拉斯从城墙上命人向战壕开炮，科伦巴明白了，下令进攻，骑兵紧随其后，从两侧攻打战壕，西班牙人不情愿地重新回到阵地上，很快被击溃。法国人就像疯了一般，有人一面战斗，一面高喊在前几次突围中被杀死的朋友的名字："这一击为贝西埃，这一击为布里切托的农舍！"他们是那样地激愤，以至于当科伦巴想重新集结队伍的时候，根本集合不起来，士兵们甚至在倒下的人身上也要再捅上几刀，进城的时候，他们纷纷拿出战利品招摇：耳环、腰带，还有挂满头盔的长枪长矛。

反击并没有立即开始，图瓦拉斯误认为那是个失误，而实际上那是对方的计谋。他断定帝国军队正忙于派出其他部队遏制进攻，于是又用炮火诱使敌军出动，然而，敌军却只局限于在城内射击，一颗炮弹炸毁了司令部边上的圣安东尼奥教堂。

图瓦拉斯对此感到满意，他命令另外一支队伍从圣乔治堡出发。不多的几个连队，但是在德拉格朗热先生的指挥之下；这位先生虽然已经五十五岁了，却仍精力充沛，如同年轻人一样。剑指前方，德拉格朗热下令袭击一座废弃的小教堂，在它边上进行着的挖掘工程已经很深入。这时，在一个排水沟的后头，敌军的主力部队突然之间露出头来，实际上他们等待这次交战已有好几个小时了。

图瓦拉斯高声喊道："有叛徒！"他一面下到城门口，一面命令德拉格朗热赶紧撤退。

过了一会儿，打着蓬帕杜军团旗号的士兵带来了一个卡萨莱男孩，被一条绳子捆着胳膊；这个男孩是在城堡附近的小塔上用一块白布向攻城士兵发送信号时，被当场捉住的。图瓦拉斯让人将男孩推倒在地，然后又将他的右手拇指插在自己手枪已抬起的击铁下，而枪管则对准他的左手。图瓦拉斯手指扣在扳机上面，问道："Et alors?"[1]

男孩子马上意识到形势不妙，开始坦白：前一天晚上夜半时分，在圣多梅尼科教堂前面，某位叫做甘贝罗的上尉向他许诺，如果他能在法国部队从圣乔治堡出发行动之时做后来他实际上做了的那些事，就给他六支手枪，并提前给了他三支。男孩子现在甚至露出希望得到其余手枪的表情，他根本不懂得战术，好像图瓦拉斯应该为他的效劳感到满意似的。过了一会儿，他看见罗伯托，并开始大声喊叫，说那个臭名昭著的甘贝罗就是他。

罗伯托目瞪口呆，父亲波佐几乎是朝卑鄙无耻的造谣者猛扑过去，要掐断他的脖子，幸亏随行的几位绅士及时劝阻了他。图瓦拉斯马上提醒说，罗伯托整夜都在自己身边，尽管他仪表堂堂，却不会有任何人把他当成一位上尉。与此同时，其他人也出来澄清，确实存在一名叫作甘贝罗的上尉，在巴西亚尼军团里，于是，他们连推带搡，把他带到图瓦拉斯的面前。甘贝罗声明自己的无辜，而实际上已成俘虏的男孩子也没有认出他来，但是为了慎重起见，图瓦拉斯还是命人将他关了起来。祸不单行，这时有人前来禀报，德拉格朗热的部队撤退之际，有人从圣乔治堡中悄悄出逃，直奔西班牙的队伍，并受到热烈欢迎。对于此人的情况，尚无法得知更多，只知道他是个年轻人，头戴发网，穿着为西班牙人的式样。罗伯托马上想到了费兰特。但让他印象更为深刻的是，法国将领们注视图瓦拉斯身旁的意大利人时那种怀疑的眼神。

---

① 法文，现在如何？

“难道一个小坏蛋就足以让一支军队止步不前吗?”他听见父亲指着撤退的法国人质问。“请您原谅,亲爱的朋友,”波佐转身对图瓦拉斯说道,“眼下给人造成的印象就是,我们这些人,似乎人人都有点像是那个不得好死的甘贝罗,难道我说错了吗?”这时,图瓦拉斯向他声明尊重和友情,却是一脸不以为然的样子。于是父亲说道:“算了。我觉得好像所有的人都吓得往裤子里拉屎,我真看不下去。那些讨厌的西班牙人就在我们面前,如果您允许的话,我真想要他们两三条狗命,也好让他们看看,在需要的时候,我们也会让他们吃不了兜着走,真见鬼!”

随后波佐出了城门,他骑在马上,高举佩剑,狂怒地朝着敌人的队伍疾驰而去。显而易见,他没指望让敌军落荒而逃,只是在他看来,自作主张很合时宜,反正也是为了做给别人看的。

为了证明勇气,他的做法很好;但作为军事行动,他就大大失策了。一颗子弹射入他的额头,他沉重地倒向爱驹帕纽夫利的屁股。第二轮射击朝堡垒壕沟的外墙袭来,罗伯托感到太阳穴好像被一块石头击中,这猛烈的一击使他身体摇晃起来。那子弹从他身边擦过,但他却挣脱跑来搀扶他的人的手臂。他口中呼喊着父亲的名字,站直身子,他看见帕纽夫利的神情犹豫不决,背上驮着主人昏死过去的身躯,飞奔在一片不属于任何一方的土地上。

他又一次把手指含在嘴里,吹响口哨。帕纽夫利听到了,朝着城墙往回跑,但是跑得很慢,踩着一种庄重的小跑步伐,为的是不让它的骑士坠下,因后者已不再用力夹紧双胯了。马儿跑进城里,为他去世的主人嘶叫着帕凡舞曲,把尸体还给罗伯托。罗伯托为父亲大睁的双眼合上眼皮,并擦干脸上留下的已经凝结成块的血迹,而此时他的面颊上,也满是鲜血。

没人知道刚刚的子弹有没有伤到他的神经:第二天,图瓦拉斯在圣伊瓦西奥教堂为格里瓦的波佐·迪·圣帕特里齐奥先生举行了肃穆的葬礼。罗伯托刚一走出教堂，就感到很难忍受白天的阳光。眼泪早已使他的眼睛变红，但问题是，从那一刻起，他的眼睛便开始感到刺痛。今天心理学家会说，他的父亲已经进入阴间，因而他也想走进阴暗的所在。罗伯托对于心灵所知甚少，但这种颇具象征意味的说法却可能诱惑他，走入后来的光明或黑暗中。

我认为波佐是为荣誉而死的，这在我看来很崇高；然而，罗伯托却无法赞赏它。所有的人都赞扬他父亲的英雄气概，他却必须带着骄傲的神情忍受哀伤，默默呜咽。他记起父亲曾对他说过，一个正人君子应该习惯在承受不幸事件的打击时不流眼泪，所以他为自己的软弱而感到抱歉(然而他已经无法在父亲面前为自己的软弱道歉)，并不停地重复道，这是他第一次变成孤儿。他觉得自己应该习惯成为孤儿这件事，他还没弄明白，"习惯失去父亲"其实毫无用处，因为这种事不会再发生第二次，所以不妨就让伤口一直裂开。

然而为了赋予发生的事情一种解释，他不得不又一次求助于费兰特。费兰特就在他身边尾随着他，向敌人出卖了他所了解的机密，然后又厚颜无耻地加入敌人的队伍，去享受当之无愧的酬金。父亲已经明白了这些，所以他要以那种方式来清洗家族受到玷污的荣誉，将自己勇敢的荣耀投射到罗伯托的身上，以便让刚刚溅到无辜的儿子身上的那点滴怀疑得到澄清。为了不让父亲白白死去，罗伯托的举止要符合卡萨莱的所有人对英雄之子的期待。

他别无选择：从今往后，他便是格里瓦合法的主人，家族姓氏以及财产的继承人，图瓦拉斯不敢再为小差事驱使他，却也不能为大事召唤他。这样一来，他变得孤身一人，而为了能够扮演著名孤儿这个新的角色，他发现自己变得孤家寡人，甚至无事可干：就在围城的关键时刻，他被解除了一切义务，他在心里盘算应该如何打发这些被围困的日子。

八

旧时才子的古怪教义

罗伯托让回忆的思绪停留片刻，意识到自己追忆父亲的去世，并不是出于让菲罗克忒忒斯①的伤口永不愈合的虔诚目的，而是纯粹的偶然，“达佛涅号”上闯入者的幽灵引得他回想起费兰特的幽灵。这两个影子像孪生兄弟一样在他面前显现，它们如此相似，以至于他决心消灭较弱的那个，仿佛这样便可以制服较强的那个。

他思忖：“在围城的那些日子里，到底我还有没有再度风闻费兰特的任何消息呢？没有。那么，发生了什么？只记得是圣萨万让我相信了费兰特并不存在。”

实际上，罗伯托与圣萨万先生早就结下了友谊。在父亲的葬礼上，罗伯托又一次看见了他，并从他那里得到了情感上的慰藉。当圣萨万不再被酒精控制，他是个彬彬有礼的绅士。他个子很小，容易激动，动作敏捷，脸上留有他讲述过的巴黎骄奢淫逸的生活所留下的痕迹，虽然他可能还不满三十岁。

圣萨万为那顿晚饭上自己的放肆道歉，他说这道歉不是为了自己所说过的话，而是为了他讲那些话时不文雅的方式。他听罗伯托讲述波佐先生的往事，而罗伯托则对他充满感激，因为他至少假装兴趣浓厚。罗伯托对他说起父亲如何教会自己击剑的本事，圣萨万向他提了不少问题，又特别着迷于他提到的某种剑法，于是抽出佩剑，就在广场中央，要求罗伯托为他表演击剑动作。或许他早就熟悉那招剑法，或许由于他十分敏捷：他很熟练地躲过了攻击，但他承认，那是属于高级剑术的击法。

为了表示感谢，圣萨万只向罗伯托展示了他的一个招式。他让罗伯托摆好招架之势，双方佯攻虚晃数招之后，罗伯托便等待对手第一剑劈刺，这时圣萨万好像突然滑倒在地，而当罗伯托不知所措时，他却已经奇迹般地重新站起，并削掉罗伯托上衣的一颗钮扣——这足以证明，如果他再推进右攻步，便完全可以伤及对手。

"您喜欢吗，我的朋友？"当罗伯托认输并向他致意时，他说，"这是 coup de la Mouette，或者用你们的语言说，海鸥剑法。如果哪天去海边的话，您就会看见，这种鸟儿向下俯冲的时候，就像坠落下来一样，然而，刚一沾海水，它们就会嘴叼猎物，重新展翅高飞。这是一种戳刺，它需要长时间的练习，而且还不是总能成功。吹嘘发明这种剑术的人与我交手时就没有成功。这样一来，他赠送给我的既有他的性命，还有他的绝招。我相信，他更为遗憾的是失去绝招，超过失去性命。"

如果不是有一小群平民凑过来看热闹的话，他们俩可能还要继续谈论很长时间。"我们到此为止吧，"罗伯托说，"我不想让人看见，说我忘记了守孝。"

"您现在正在更好地表达对您父亲的尊敬，"圣萨万说道，"通过回忆他的教诲，这胜过像刚才那样待在教堂里听差劲的拉丁文。"

"圣萨万先生，"罗伯托对他说，"您不怕最后上火刑柱吗？"

圣萨万的脸色沉下了一瞬间，然后说道："当我差不多像您这般年纪时，我很崇敬一个人，他对我来说就像兄长一样。我管他叫卢克

---

① Philocttetes，特洛伊战争中用其父大力神赫拉克勒斯所遗之方和毒箭杀死特洛伊王子的英雄。他在战斗中足部曾受伤，并严重感染。

莱修，就像那位古代哲人一样，他本人也是一位哲学家，此外，他还是位神父。他最后在图卢兹被送上柴堆烧死了，但在那之前人们割下了他的舌头，然后把他勒死。所以您看见没有，如果说我们哲学家拥有如簧巧舌的话，不仅是像前天晚上那位先生所说的，为了赋予我们优雅的谈吐，还为了在舌头被割去之前，充分地利用它。就是说，除去玩笑之外，是为了与偏见决裂，并发现事物天然的道理。”

“这么说，您真的不相信上帝？”

“我在自然里找不到相信的理由。不止我如此。斯特拉博[①]告诉我们，加利西亚人没有关于上帝的任何概念。当传教士要对西印度群岛的土著人讲述上帝的时候，阿科斯塔[②]——而他甚至还是耶稣会的教士——对我们说，他们只好使用西班牙语单词 Dios。也许您不会相信，但是在他们的语言里，不存在任何相应的词汇。如果上帝的观念在原始状态下不被认知的话，那么，它就应该是人类的一种发明了……不过，您也别认为我没有正直的原则，或者我不是我王忠实的仆人。一个真正的哲学家绝不会要求颠覆事物的秩序。他接受它。他只要求人们让他去培植安慰强大心灵的思想。对于其他人，不管什么人，有教皇和主教能够阻止人们去造反和犯罪，这已经很幸运了。国家的秩序要求行为的一致性，宗教对于人民来说是必要的，智者应该牺牲他的部分独立性，以便确保社会稳定。至于我，我相信自己是一个正直的人：我忠于朋友，我不撒谎——除了发表爱情宣言的时候，我热爱知识，而且按照别人的说法，我还写得一手好诗。因此，贵妇们认为我文雅潇洒。我想写很时髦的小说，我构思了很多部，但没动手写其中任何一部……”

“您都构思了些什么呢？”

---

① Strabo（约前 64—24），希腊地理学家、历史学家。

② José de Acosta（1539—1600），西班牙天主教耶稣会神学家。

“有时候我望着月亮，我想象着那些黑影可能是些洞穴、城市、岛屿，而那些发亮的地方则是海水在反射太阳光线，就像镜子上的玻璃一样。我很想讲述他们的国王、他们的战争以及他们的革命故事，或者讲述那里情人之间的不幸福，这些人在夜间望着我们的地球，唉声叹气。我将很高兴讲述身体各部分之间的争斗和友谊，如胳膊向脚宣战，而静脉与动脉谈情说爱，或者是骨骼与骨髓发生性关系。所有我想写的这些小说都对我纠缠不休。当我在自己的卧室时，我觉得他们好像都在我的四周，如同一些小鬼，有的拽我的耳朵，有的揪我的鼻子，而且每个小鬼都对我说：‘先生，写我吧，我漂亮极了。’后来我发觉，编造一场特别的决斗，也可以成为一个同样趣味盎然的故事，比如与一个对手相斗，并说服他背叛上帝，然后再刺穿他的胸脯，让他死后下地狱。好了，格里瓦的大人，请您再一次拔出剑来，就这样，做好防御，闪开！脚跟放在同一条线上；不行，这样下盘就不稳了。脖子不要挺得太直，因为肩膀和脖子伸得越长，为对手的攻击提供的面积就越大……”

“但是，我一伸手就可以用剑保护头部。”

“错误，这种姿势会失去力量。再说，我的防御姿势是德国式的，而您的防御姿势却是意大利式的。这样不好。当对手采取防御姿势时，应该尽可能地模仿他的姿势。而且您还没有对我谈谈您自己，以及您在来到这个充满火药味的河谷之前的人生。”

没有什么能像善于以邪恶的谬论引人注目的成年人那样更能迷惑一个青年，后者会马上竭力仿效他。罗伯托向圣萨万打开了心扉，而为了让自己的讲述更为有趣——因为他前十六年的生活实在没什么可多说的——罗伯托向他谈及对未曾谋面的兄弟的执念。

“您读了太多的小说，”圣萨万对他说，“您在试着经历它们中的一部，因为小说的任务是使人在感到愉快的同时受到教育，教人认清世事的陷阱。”

“那么，您称之为《费兰特小说》的东西要教给我什么呢？”

“小说，”圣萨万向他解释道，“总要以一种误会作为基础，人物、行为、地点、时间或情境方面的误会，然后，从这些根本的误会，再衍生出断断续续的误会、纠缠的枝节、高潮，最后再以意想不到却令人愉快的真相大白而结尾。我说误会，就好比一个人物的假死，或者一个人代替另一个人被杀死，要么是量上的误会，比方说一个女人以为自己的情人死了便与另一个男人结了婚，要么是质上的误会，当感官上的判断发生错误，或者某人在催眠药剂的支配下像是死了一样，结果被埋葬了；更有甚者，是人与人之间关系的误会，比方说某人被错当成杀人凶手；或者是工具方面的误会，如有人假装用匕首刺人，刀尖没有刺入咽喉处，而是刺到了衣袖里，挤压到一块沾满鲜血的海绵……更不要说还有假书信、伪声音、没有及时寄到的信件，或者投错地点和收信人的信件。在这些计谋里面，最为有名也最为普通的则是把一个人换成另外一个人了，而能掩人耳目的原因是两人相貌酷似……这个替身要么总是尾随正主出现，要么则是在任何情况下，他都把事情做在前面。这真是安排巧妙的阴谋诡计，通过这种方法，读者便会对人物感同身受，与他分担对敌人-兄弟的模糊不清的恐惧。可是您看到了吧，人也如同机器一样，只要让表面上的一个齿轮转动起来，便可以让内部的其他齿轮也跟着转动起来；其实，兄弟也好，敌人也好，只不过是每一个人对他自己、对心灵隐蔽处的恐惧的反映，在心灵深处潜伏着没有忏悔过的欲望，或是如同眼下人们在巴黎所说的，隐约感到的、没有表达出来的念头。那里存在着一些难以察觉的想法，它们震动心灵却又不让心灵发现，这些秘密念头的存在是从这样的事实上反映出来的：每个审视自己的人，一定会发觉自己怀抱着爱情和仇恨、快乐和痛苦，然而却不能清楚地记得使这些情感产生的种种念头。”

“这么说，费兰特……”罗伯托试着问道。圣萨万总结道：“因此，费兰特来自您的恐惧以及羞耻。经常是这样，人们由于不愿意承认他们就是自己命运的作者，索性将命运看成一部小说，是由一名富于幻想、肆无忌惮的作者炮制而成的。”

“那么，我自己无意识地创作出的这部寓言小说，对于我又意味着什么呢？”

“谁知道？也许您不如您以为的那般爱您的父亲，您曾经觉得他教导您德行时过于严厉，您因此埋怨他，而后用另外一个人的、而不是您自己的过错来惩罚他。”

“先生，您正同一个还在为自己最敬爱的父亲去世而痛哭的儿子讲话！我认为，教人轻蔑他们的父亲比轻视我们的主，罪过还要更大些！”

“算了，算了，亲爱的格里瓦大人！哲学家应该有勇气批评一切灌输给我们的说谎的教训，在这里面，就包括对老人家愚蠢的尊敬，似乎年轻就不是更大的善良和美德。开诚布公地说，一个年轻人有能力理解、判断和行动，难道不比一个头发花白、想象力冻结了的六旬笨蛋更持家能干吗？老年人身上我们尊称为谨慎的东西，其实只不过是他们对行动的恐惧而已。当懒惰使他们的肌肉松弛虚弱、血管硬化、精气神蒸发殆尽、骨髓被吸干时，您愿意屈从于他们吗？如果您喜欢一个女人，难道不是因为她的美貌吗？当年迈体衰把那具躯体变得幽灵般难看，让人想到死亡近在眼前时，难道您还能继续对她顶礼膜拜吗？如果您对自己的情妇态度尚且如此，为什么就不能对老人家们持同样的态度呢？您也许会说，那个令人敬畏的老人是您的父亲，而上天会让您长命百岁，如果您尊重老父的话。是谁这么说的？那些犹太老人明白，只有依靠他们的子孙后代，自己才能在沙漠中生存。如果您相信，由于您曾是您父亲孝顺的羔羊，上天就会让您多活一天的话，那您就受骗了。您以为一个尊敬的问候，甚至让您帽子上的羽饰低得拖到父母的脚前，就能治好您的恶性脓肿，让一个剑戳的伤口结疤痊愈，或者让您膀胱里的一块小石头跑出来吗？如果是这样的话，那么医生们就不会吩咐您使用他们那些难喝的药水，而是命令您在晚饭之前向您的父亲大人行四次屈膝礼，在睡觉之前向您的母亲大人献一枚亲吻，以此来摆脱梅毒了。您可能会对我说，如果没有您的父亲，也就不会有您了，而他如果没有他的父亲，也不会有他，代代相传，一直上溯到麦基洗德。但实际上，是他对您，而不是您对他亏欠些什么：因为您用多年的泪水，为他一时的云雨之欢付出了代价。

“您自己都不会相信您说的话。”

“的确不信。几乎从来不信。然而，哲学家就好像诗人。诗人为理想的仙女谱写理想的文字，目的只是借用词汇来探测激情的幽深处。哲学家则用他目光的冷漠，审视笃信的堡垒究竟能够毁坏到什么程度。我并不想削弱您对您父亲的尊敬，因为您对我说过，他给过您良好的教诲。但您不该因为回忆日渐憔悴。我看到您流眼泪……”

“啊，这不是痛苦所致。可能是头部的伤口引起的，它让我的视力减弱……”

“您喝咖啡吗？”

“咖啡？”

“我敢打赌，过不了多久，它将会变得时髦。咖啡是万应灵丹妙药。我会给您弄一些来。它能干燥寒冷的体液、祛除风寒、强壮肝脏，是治疗水肿和疥疮的良药，它还能镇定心脏，减轻胃痛。它的蒸汽被认为专治眼睛肿痛、耳鸣、鼻炎、感冒或者鼻塞。然后，把您想象出来的那位经常打扰您的弟兄，随同您的父亲一起埋葬吧。尤其是您应该找个爱人。”

“一个爱人？”

“会比咖啡还有用。为了一个活着的人忍受痛苦，就会减轻为了死去的人所遭受的剧痛。”

“我从来没爱过一个女人。”罗伯托红着脸承认道。

“我没有说爱一个女人。也可以爱一个男人。”

“圣萨万先生!”罗伯托高声喊道。

“看得出来,您来自乡下。”

罗伯托尴尬至极,告辞离开,推说自己眼睛疼得厉害,便结束了那次会面。

为了给他听到的所有那些话语找出个理由,罗伯托对自己说,圣萨万是拿他寻开心：这就仿佛在一次决斗里向他展示巴黎人懂得使用多少剑法。而自己的样子显得实在土气。还不止如此,假如他把那些话当真,他便犯了罪过;当成玩笑就万事大吉了。听着那许多违反信仰、风俗、国家和对家庭应有的尊重的话题,他为自己犯下的罪过列出了一份清单。思考着自己的过错,罗伯托又被另外的痛苦所俘虏,因为他记得,父亲在临死之际,说了一句亵渎神明的话。

九
亚里士多德机器

第二天，他回到圣伊瓦西奥教堂做祷告。他那样做是为了感觉清凉一些，因为在六月初的那个下午，烈日照射到几乎空无一人的街道上，就像此时的"达佛涅号"，他感受到正在海湾上扩散着的热量，让舷墙无法承受，似乎连木板都被烤红了。同时，他也感到有必要做忏悔，既为自己的罪过，也为父亲的过错。他在教堂的中殿拦住一位教士，这位教士起初对他说自己不属于这个教区，但是后来，面对年轻人的目光，他同意了，于是坐进一间告解室，接待了这位忏悔者。

埃马努埃莱神父年纪不算太大，大概四十岁左右，按罗伯托所说，他"相貌堂堂，和蔼可亲，脸色红润，充满元气"，因而罗伯托受到鼓舞，向他吐露出自己所有的痛苦。首先他说出了父亲曾亵渎神明。这是否足够让他现在不能在上帝的怀抱中安息，而是沉入地狱底层忍受痛苦？听忏悔的神父问了几个问题之后，引导罗伯托承认，不管老波佐注定要在何时离开人世，都有可能在溘然长逝前徒劳地呼唤上帝的名字：那些渎神的话是从农民那里学来的一种坏习惯，蒙费拉的贵族们认为，在与他们身份相同的人面前，讲些乡下人的粗话，可以彰显自己不凡的地位。

"孩子，你看，"听忏悔的神父总结道，"你父亲是在完成一种那样伟大而崇高的行为时去世的，凭借那样的行为，就可以进入英雄的天堂。尽管我不相信存在着一个那样的天堂，我认为在天国里，乞丐与君主、英雄与懦夫都十分和谐地生活在一起。那么，善良的上帝肯定不会拒绝你的父亲进入他的天国，只为着他在考虑一项伟大事业的瞬间，没有管住自己的舌头而出言不逊；我还敢说，在那样的时刻，一句那样的喊叫，可能还是呼唤上帝来见证和判断自己行为的方式呢。假如你实在担心的话，那就请你为你父亲的灵魂祈祷吧，并请为他做些弥撒，但不是为了恳求上帝改变他的裁决——因为上帝的判决不是一个风向标，可以随着伪善者吹风的方向而转动——而更多是为了对你自己的灵魂有好处。"

罗伯托还对神父说了他从朋友那里听到的带有煽动性的话语，神父则神情忧伤地对他张开双臂，说道："孩子，我对巴黎了解不多，但我听说的那些却让我知道，在那座新的索多玛，存在着多少不动脑子的人、野心勃勃的人、离经叛道的人、间谍、搞阴谋诡计的人。而在这些人之间，还有做伪证的人、偷圣体盒的盗贼、践踏耶稣苦像的人，以及送给乞讨者钱财让他们背离上帝的人，甚至还有纯粹出于嘲弄的目的而为狗施洗的人……这些被他们叫作追逐时尚。他们进入教堂，不再做祷告，而是走来走去、谈笑风生，躲在圆柱后面引诱贵妇人们，那里充满了不断的嘈杂声，甚至在高举圣体时都不例外。他们自以为是在探讨哲学，却向你发起恶毒的进攻。为什么上帝给世界制定法律，为什么它禁止私通，为什么上帝之子化为肉身，他们用无数问题向你发起进攻，再利用你的每一个回答将它们转变为无神论的证据。这些就是所谓时代的才子，实际却是伊壁鸠鲁的信徒、皮浪主义者、犬儒主义者，以及放荡的不信教者！因此，你不要听信这些来自于魔鬼的诱惑。"

平时，罗伯托并不像他那个时代的作家那样过度地使用大写字母，然而，当他写到埃马努埃莱神父的格言和警句时，他却记录了这么多，似乎这位神父不但在写作的时候，而且在讲话的时候，也能让人听出他要讲的事情的特殊威严——这标志着他是一位具有极大吸引力和雄辩才能的人。实际上，从他的讲话中，罗伯托感到那样的平静安心，以至于当他走出告解室后，还想再与神父多待上一会儿。他了解到，神父是一位来自萨伏依地区的耶稣会修士，而且肯定不是一个无足轻重的人物，因为他实际上是被萨伏依公爵作为观察员，派来坐镇卡萨莱城的；这是只有在那个年代才有可能在围城期间发生的事情。

埃马努埃莱神父心甘情愿地履行着他的职责，因为围城的凄凉气氛给了他以平静松弛的心情进行某些研究的方便：此类研究是不能忍受类似都灵那样的城市的娱乐消遣的。当罗伯托问到他在忙些什么时，他说，他也像天文学家一样，正在制造一架望远镜。

“你也许听说过佛罗伦萨的那位天文学家，他使用望远镜这种夸张的眼睛来解释宇宙。通过望远镜，他看见了肉眼只能想象的东西。我非常尊崇使用机械工具来弄懂——正如今天人们习惯的说法——形形色色的事物。但是为了理解思想范畴的事物，也就是我们认识世界的方法，只能用另一种望远镜，即亚里士多德早就使用过的那种望远镜，它既不是筒管，也不是镜片，而是词汇的纬纱、颖悟的思想，因为只有人造的雄辩才能让我们理解这个宇宙。”

埃马努埃莱神父说着把罗伯托领到了教堂外面。那天下午，他们一边散步一边登上了位于僻静之处的一座碉堡前的斜坡，这时，从城市的另一端传来已经减弱的几声炮响。在他们的面前，远处是神圣罗马帝国军队的营地，但是在相当大的一片区域里，田野中却没有军队以及他们的运输车，草地和山丘在春天阳光的照耀下闪着光芒。

“孩子，你看见什么了？”埃马努埃莱神父向罗伯托问道。口才不佳的罗伯托回答：“草地。”

“那当然，谁都能看见那下面的草地。但是你很清楚，根据太阳的位置、天空的颜色、一天的时辰，以及季节的变化，草地可以呈现出不同的形态，同时也激发出你不同的感情。对于乡下人而言，他们因劳作而疲惫，这片田野就像草地，别无其他。同样的情况也发生在粗鲁的捕鱼人身上，他们被天空中有时出现的某些火的形象所惊吓，感到十分害怕；但是只要陨星学家——他们也是诗人——敢于把它们叫作长着鬃毛的彗星、长着胡子和尾巴的彗星、山羊、三角星座、盾牌、火炬和标枪，那么，这些语言的形象就会让你明白，大自然想说明哪些机智的象征，它想把这些形象作为象形文字，它们一方面让你想到黄道十二宫，另一方面，又让你联想到过去或者将来会发生的大事纪。那么，草地呢？你看，关于草地，你可以说出多少东西，一边说一边又能看到或将它们比作更多的东西：刮着和风，大地很开阔，夜莺啼啭哀鸣，枝繁叶茂的树木高大挺拔、似在炫耀，而你则发现了各种青草的非凡天性，它们从正嬉戏在快乐童年时期的溪流里吸吮着乳汁。喜悦的草地风趣诙谐地跳跃着，在太阳出来时，它们张开笑脸，而你则在它们中间看到一个微笑的弧形；它们因星辰重归而高兴，它们陶醉于南风甜蜜的亲吻，笑着在大地的身上跳舞，而大地则在静默的欢乐中张开臂膀；清晨的温暖使它们充满欢乐，以至于流出露水的眼泪。戴着花冠，草地沉浸在自己的天赋中，调配出彩虹灵动的曲线。然而，很快它们的青春便知晓死亡将至，它们的微笑便被突然降临的苍白搅得局促不安，天空黯然失色，耽搁了的和风已在有气无力的大地上唉声叹气，就这样，在冬季的天空到来的最初的悲愤中，草地开始枯萎，并变成了挂霜的光秆。你看，孩子，如果你只是简单地说，草地令人愉快，你向我展现的就仅仅是一片绿色——而这个，我已经知道——但如果你说草地在微笑，那么，你就能让我看到大地像一个有生命的人一样，相应地，我将学会像面对一张人脸那样观察我在草地上收集到的所有色调的深浅变化……这便是所有修辞手法之中最杰出的方法——隐喻——的作用。如果天资，或者说学问，在于将相隔遥远的基础知识彼此连接在一起，并在不相同的事物之间找到相同之处，那么，在所有修辞手法之中最为敏锐、最为特别的隐喻，就是唯一能够创造奇迹的了，乐趣便由此而产生，就像剧场中布景的变化。如果修辞手法带给我们的乐趣是毫不费力气地学会新鲜事物，那么说到用很少的内容表述许多东西，就要靠隐喻了，它能让我们的思绪飞快地从一种事物到达另一种事物，从而让我们在仅仅一个词汇里就能了解不只一样东西。”

“但这需要善于发明隐喻，不是像我这样的乡巴佬能会的东西，我有生以来，在草地上就只知道射鸟……”

“你是一个出身高贵的人，用不了多久就可以成为在巴黎人们叫作绅士的那种人，他们既善于唇枪舌战，又善于真刀真枪地玩弄剑术。善于使用隐喻，就能够看到无知者看不到的更为广阔的世界，这正是你需要学习的艺术。你以后会知道，在现如今这个世界上，大家都痴迷于各种不寻常的机器，唉，有些机器你在这场围城里也看到了，而我在造亚里士多德机器：它会让任何人都能通过词汇去看……”

在后来的日子里，罗伯托结识了萨莱塔先生，他承担了图瓦拉斯和卡萨莱城首领之间的联络官的差使。罗伯托听过图瓦拉斯抱怨卡萨莱人，他不相信城里人会忠诚。图瓦拉斯生气地说：“他们怎么就不明白，就连在和平时期，卡萨莱城也处于这种境地：如果不请求西班牙的大臣们，哪怕是一兵一卒或是一篮子食品也无法通行？只有靠着法国人的保护，他们才能受到尊重！”然而，现在罗伯托从萨莱塔先生那里得知，就是在曼托瓦公爵的时代，卡萨莱城也不曾自由自在。贡萨加的政策一直是削弱卡萨莱的对抗，六十年以来，这座城市已经被陆续剥夺了许多特权。

“格里瓦先生，您明白吗？”萨莱塔说道，“起初，我们抱怨苛捐杂税太重，而现在我们则要承担起城里驻军的生计开销。我们不喜欢西班牙人来到我们家里，难道我们就真的喜欢法国人吗？我们是正在为自己、还是为他们而死？”

“那么，我父亲又是为谁而死的呢？”罗伯托问道。萨莱塔先生不知道如何回答他才好。

罗伯托对于政治话题感到厌恶，因此几天之后，他回到了埃马努埃莱神父居住的修道院里；人们没有把他领到修士的单人小室，而是来到一处僻静庭院的拱门之下，那是专门留给神父的区域。他发现埃马努埃莱神父正在与两位绅士谈话，其中一位穿着奢华：他的绛红衣服上面有黄金饰带，披风上装饰着镀金的花边，衬里则是短毛皮子，马甲由红色斜纹饰带和镶着小宝石的缎带镶边。埃马努埃莱神父向他介绍说这位加斯帕尔·德·萨拉萨尔大人是名少尉，另外，仅从他傲慢的语调以及胡须和头发的式样上，罗伯托就已经看出，他是敌军方面的一位绅士。在场的另一位是萨莱塔先生。有那么一会儿，罗伯托产生了一种掉进间谍窝的怀疑，后来他明白了，正像我在这种情形中学到的一样，围城期间的礼仪允许围攻者的一个代表进入被围困的城市，以便进行接触和谈判，正如萨莱塔先生也可以自由进出斯皮诺拉的营地。

埃马努埃莱神父说他正准备为他的客人们展示一下亚里士多德机器，于是他把他们领到一个房间里，那里竖立着那件最为奇特的家具；关于它，可以这样说——我也没有把握按着罗伯托在给他的夫人的信中的描写，准确地再现其形状，因为它肯定是某种前无古人、后无来者的东西。

喔，它的基座是由一个大屉柜或曰大木箱组成的，在柜子的正面如同棋盘一样开了八十一个抽屉——九排横向的乘上九排纵向的，每一排的每个抽屉上都刻了一个字母（BCDEFGHIK）。在屉柜之上，左侧竖着一个读经台，上面放了一本大书，是一本写着彩色大写字母的手抄本。在读经台的右侧有三个滚轴，一个套着一个，长度次第变短，而宽度次第变宽（最短的一个是能量最大的，可以遏制两个较长的滚轴），这样一来，只要转动右手边的摇把，然后靠着惯性作用，就可以让一个滚轴在另一个滚轴里面按照各自重量以不同的速度转动。每一个滚轴的左侧边缘都有标明抽屉的那九个字母。因此只要转动一下摇把，那些滚轴便各自独立地运转起来，而当它们停下来的时候，人们便可以读到随机组合而成的一组三个字母，比方说CBD、KFE，或者BGH。

埃马努埃莱神父开始解释机器的原理。

“正如哲学家亚里士多德传授给我们的那样，智力只不过是深入认识在十种范畴之下的事物的能力，这些范畴就是：本质、数量、性质、关系、活动、遭受、姿态、时间、地点和状态。本质是每一种机智的主题本身，而关于本质，我们须得歌颂的是它们之间机巧的相似性。哪些是本质，已经记载在这本书中的字母A下面了，也许我穷尽一辈子都不足以完成它完整的目录。总而言之，我已经从诗人和智者的书籍里，从那本非凡的文件集——费拉拉的弗朗西斯科·阿卢诺的《世界工厂》中收集到几千条名目了。这样，在本质的范畴之内，在至高无上的上帝之下，我们可以放入诸位圣人，思想，发布寓言的神灵，大、中、小诸神，天神，空、海、地诸神以及冥神，被神化的英雄，天使，魔鬼，小精灵，天空和行星，天象和星座，黄道十二宫，天体时圈和球体，元素，蒸汽，散发物，也不必说全了，还有地火以及火花，大气现象，海洋，河流，泉水，以及湖泊和礁石……接下来是人造的本质，各种艺术作品、书籍、各种笔、墨水、地球仪、圆规、角尺、宫殿、庙宇以及陋屋、盾牌、剑、鼓、画、刷子、雕像、斧头和锯子，最后还有形而上的本质，如品种、类别、特性、偶然性以及类似的概念。”

现在他又指着他家具上的抽屉，然后打开它们，展示每一个抽屉里面用很厚的羊皮纸做的正方形纸页，那种羊皮纸是用来装订书籍的，依照字母的顺序排得满满的。他说：“您知道，每一竖排，从B到

K，都代表着其他九个范畴中的一种，针对它们中的每一种，每个抽屉都收集了其相应类目的词族。例如，在数量范畴，记录了表示大小的词族，其中包括小的、大的、长的或短的；或者是表示数字的词族，其中包括无、一、二，等等，或者许多以及很少。在性质这一范畴之下，您将会找到属于视觉的词族，比方说可见的、不可见的、美丽的、丑陋的、明亮的，黑暗的；或者属于嗅觉的，有诸如美妙的香气和难闻的臭气；在情感方面，又有快乐和悲伤。每一个范畴都是如此这般地划分。每一张羊皮纸上都标注了一个类目，而关于每一类目，又加入了附属于它的所有事物。这样清楚吗？”

所有人都表示极为赞赏，神父接着说：“我们现在随便翻开本质这本大书，随便找到任何一个……就这个，侏儒。关于一个侏儒，在妙趣横生地讲解它之前，我们能说些什么呢？”

“丑陋的，小的，矮的，”加斯帕尔·德·萨拉萨尔先生说道，“他们既难看，又不幸，又可笑……”

“确实如此，”埃马努埃莱神父承认道，“但是假如要谈的不是侏儒，而是珊瑚，我就不知道做何选择了，我不敢肯定自己能否马上找出同样非常突出的特征。再说，数量方面的矮小，性质方面的丑陋，我应该从哪个开始谈起呢？不，最好还是靠运气吧，我的这些个圆筒，就是执行者。现在，我让它们转动起来，然后任取一组随机组成的三个字母：BBB。第一个位置上的B是数量，第二个位置上的B让我到数量的类目中去寻找表示大小的抽屉，在那里，恰恰在B所代表的序列的开始部分，我找到了小的一词。在描述小的的这一张纸上，我找到小天使，因为天使可以站在一根针的尖端，还有极，它是球体上一个不动的点；在定为基本元素的事物里面，有火花、水滴、微量[1]石头，以及按照德谟克利特的说法，构成每一种物质

① scruple，古代重量单位，相当于二十四分之一盎司。

的原子；关于人类的事物，有胚胎、瞳孔、距骨；关于动物，有蚂蚁和跳蚤；关于植物，则有树枝、芥子的种子以及面包碎屑；关于数学这门科学，有苏格拉底举不起来的最小重量、字母I、十六开本的书，或者香料的打兰[①]；关于建筑，则有框架或者轴；或者关于寓言，有老鼠和青蛙的疯狂故事以及由蚂蚁变来的密耳弥多涅人，等等。但我们就此打住好了，我也许已经可以把我们的侏儒叫作大自然的首饰盒、儿童的奶瓶、人类的碎屑。你们会发现，如果我们试着转动圆筒，还可以获得别的组合，好，到了，CBF，字母C会让我去参考性质这一范畴，B会把我引向视觉的抽屉，而后面的字母F则会让我遇到不可见的类目。随后在不可见的事物中间，我会适当地找到原子和点，而它们可以让我把我的侏儒定义为原子人或者肉点。”

埃马努埃莱神父转动着他的圆筒，像变戏法似的迅速地翻着抽屉里的羊皮纸，这样一来，隐喻就如同施了魔法一般在他面前出现，而没有人注意到那将它们创造出来的机器的呼吸声。然而，他还不十分满意。

“先生们，”他继续说道，“天才的隐喻要更为复杂得多！我迄今为止所找到的每样事物都应在十种范畴之下被分析；正如我的书所解释的，如果我们要把一件事物看作从属于性质的，那么，我们就要看看它是否是可见的，还有，有多远，是丑陋或是漂亮，什么颜色，什么声音，什么气味，什么味道；它是否可以感觉得到，或者可以触摸得到，它是稀疏的抑或稠密的，热的抑或冷的，以及它的形象如何，在激情、爱情、艺术、知识、健康、疾病方面又如何；还有是否可以致力于对它的研究。我把这些提问称为质点。现在我知道，我们的第一次尝试将我们引向了对数量的研究，在它的类目里包括了小的这个词族。现在我重新转动圆筒，我获得了三字一组的BKD。字母B，我们已经

① dram，英制计量单位，相当于3.887克。

决定了它是指数量，假使我去我的书里看一下，那它会告诉我说，第一个能够胜任表述一件小的事物的质点便是确定用什么来测量。如果我在书上寻找测量是指什么，它则会让我回到数量的抽屉去查寻，在表示普遍数量的词族之下。我来到测量的羊皮纸页，我选择了K所代表的事物，几何手指的测量。这样我就已经能够组成一个相当机智的定义了，举例说，如果想要测量这个儿童奶瓶、这人类的原子，一根几何手指就将是无边无际的尺度——它还将夸张法与隐喻结合在了一起，从而告诉我许多有关侏儒的可悲与可笑。”

“多么令人惊奇，”萨莱塔先生说，“可是，所获得的第二组词中，您还没有用过最后一个字母D呢……”

“先生，我正等着您机智的问话呢，”埃马努埃莱神父高兴地说，“您可是触及了我创造的机器的最不寻常的一点！这剩下的一个字母——如果我感到厌烦了，或者我认为自己已经达到了目的，那么，我也可以把它扔掉——是可以让我重新开始研究的字母！这个D能够让我重启质点的循环，到状态的类目之中去寻找（比方说，什么样的状态才适于它们，或者它是否可以用来作为某种事物的标志），从那个字母，还可以再度启程，正如刚才我用数量的范畴所做的那样，让圆筒重新转动起来，使用前两个字母，并且保留第三个字母，再做另一次尝试，如此这般，无休无止，会出现几百万个可能的组合，尽管并没有哪个显得比其他的更为机智，但我的理智仍会让我辨别出那些更能够产生出惊异效果的组合。先生们，我并不想对你们讲假话，我不是随意选出侏儒一词的，正是昨天夜里，我非常小心谨慎地从这个本质当中吸取了所有可能的教益。”

他摇晃着一张纸，然后开始阅读一系列的定义，他正在用这些定义让他可怜的侏儒几乎感到窒息：比他的名字还短的小矮人，胚胎，小人碎块——以至于通过光线从窗户里渗透进来的微粒都显得比他还要更大，同数以百万计的它的同类一样沿着沙钟的颈部指示钟点的沙粒，脚靠近头的体格，在开始之处结束的肉质切片，在一个点上凝结的线，针尖，对其讲话须加小心、害怕一喘气就将其吹跑的人，小到不能接受色彩的物质，黑芥的火花，比它所拥有的既不多任何一点、也不少任何一点的小实体，无形状的物质，无物质的形状，无身体的身体，纯理性的实体，天才的发明——是这样的微小、小到没有任何打击可以触及它、从而伤害它，它能够从任何一个缝隙逃跑、而且一颗大麦粒就够它吃一年，一个你永远不知道它是坐着、躺着或站着的点，它可以淹死在一个蜗牛壳里，种子，颗粒，一粒葡萄，字母 i 上的点，数学上的个体，算术中的乌有……

如果不是在场的人用掌声打断了他，他恐怕还要继续讲下去，因为他有的是素材。

一〇
革新的地理学和水文地理学

现在罗伯托明白了，埃马努埃莱神父的行事方式实际上正好像德谟克利特以及伊壁鸠鲁的追随者：他积累各种微量的概念，然后再以不同的方式把它们组合成许多事物。正如修道院院长所认为的那样，由原子组成的世界与按照理智将原子安置在一起的神性理念并不相左，就这样，埃马努埃莱神父只接受那些细微概念中真正敏锐的成分。如果让他去排一出戏，说不定他也会采取同样的做法，难道喜剧作家不是从近似真实、但却缺乏情趣的事物中，抽取荒诞离奇、机智敏锐的事件加以改编，以便用光怪陆离、始料未及的情节来取悦我们吗？

如果事实如此，那么，一连串创造了船难的机缘巧合和“达佛涅号”所处的境遇——每件微小的近似真实的事件、船体发霉的臭味和吱嘎响声、各种植物的气味、鸟儿的叫声——这一切争相描绘出一种存在的印象，而这种存在又只不过是脑子感知到的一种幻影的效果，就像草地的微笑和露珠的眼泪，难道这一切不是偶然吗？因此，一个隐藏起来的闯入者的幻觉就是情节的原子之组合，如同那个失去的兄弟，都是由罗伯托自己的面孔以及他的愿望或思绪的片断所组成的。

罗伯托隔着玻璃听见淅沥的雨声，雨使酷热的正午变得凉爽，他自言自语道:“自然而然,是我而不是其他人,作为闯入者登上了这艘船,我的脚步声打破了这种寂静,这就可以解释,我几乎是害怕破坏了其他人的圣所,才制造了另一个我,让他在甲板下面徘徊。我有什么证据证明他是存在的?叶片上的几滴水吗?难道没有可能,比方说现在在下雨,昨天夜里也下过雨,尽管下得很小?粮食呢?难道没有可能是鸟儿在扒食时让原来就有的谷粒移动了位置,却让我以为是有人又撒下了新粮食?鸡蛋怎么没有了?昨天我还看见一只鹰隼在飞翔时吞吃一只老鼠呢!我正居住在一个货舱里,我还没有参观过这艘船,我的幻想也许是为了让我自己放心,因为被遗弃在天空和海洋之间的处境让我害怕。”“格里瓦的罗伯托先生,”他重复着,“你只有一个人,也许到死都只有你一个人,而这个结局也可能就在眼前——尽管船上的食物很多,但只够几个星期而不是几个月的。因此,你最好去把一些器皿放到甲板上,以便接到尽可能多的雨水,再学会从船舷边上钓鱼,哪怕得忍受日晒。早晚有一天你得设法到达岛上,作为唯一的居民在那里生存。你应该想的是这些,而不是闯入者以及费兰特的故事。”

他把几个空桶收集起来,放在后甲板上,忍受着从云彩间透射的光线。在做这项工作的时候,他意识到自己还十分虚弱。他又走到下面,为动物加满食物(也许为的是再没有别的什么人企图顶替他去做这件事),他又一次放弃了再往深处走的念头。他回到房间,躺了好几个小时,外面的雨丝毫没有减弱的迹象。他听见疾风呼啸的声音,第一次意识到自己身处一座漂浮的房子里,船身像摇篮一样晃动着,而舷窗上的拍击声则使这片广阔的多林腹地充满了生气。

他十分赞赏这个最新的隐喻,心里寻思着埃马努埃莱神父是否会把船舶看作高深莫测的箴言的源泉。后来他又想到岛屿,并把它表述为无法抵达的临近。这是一天当中的第二次,这个美妙的表述向他显示出,在岛屿和他的夫人中间有着不相似的相似之处,他一直熬到深夜，给他的心上人写信，正是从这封信中，我总结出了这一章的文字。

“达佛涅号”颠簸了整整一夜，破晓时分，随着海湾里波涛渐渐平静，船体也安静下来。罗伯托透过窗户看出这是一个寒冷但晴朗的黎明。他记起前一天回忆起的那种夸张的眼睛，自言自语道，大概可以用自己在旁边房间里看见过的望远镜来观察海岸，因为镜片的边缘以及有限的镜头可以减弱太阳光的反射。

于是罗伯托把望远镜架设在船尾瞭望台一扇窗户的框子上面，然后大胆地凝视海湾的尽头。岛屿看起来很清楚，山峰被羊毛絮团般的云雾所缭绕。正如他从前在“阿马丽利斯号”上所了解到的那样，大洋里的岛屿容易留住信风所包含的湿气，并把这些湿气凝结成片片的云雾团，这样一来，航海者经常是在发现海岸之前，先从它所牵系的空中的雾气来辨认出一块陆地的存在。

伯德博士曾经对他讲述过有关信风的事情——他叫这种风为贸易风，而法国人则将它叫作 alizés：海上会刮起最猛烈的大风，发布着飓风猖狂或者风平浪静的命令，然而信风却可以和这些大风开玩笑，它是一种古怪任性的风，以至于在地图上，要以一种曲线和气流的舞蹈，以疯狂的颂歌和优雅的变奏，来表现它的随意漫游、飘忽不定。信风会在刮大风时乘机卷入，并扰乱大风的行程，将其横切阻断，在其间穿梭狂奔。它们是一条条的蜥蜴，在意想不到的小路上游走跳动，互相碰撞，又互相躲避，仿佛在这片充满矛盾的海面上，只有艺术的规律，而不是大自然的规律在起作用。信风具有人工雕琢的事物的特质，而不是如雪花或水晶这些来自天空或大地的东西一般具有和谐的布局，它们呈现的是建筑师赋予圆屋顶和柱头的那些涡形装饰之美。

罗伯托许久以前便怀疑那是一片人工的海洋，这就解释了为什么宇宙学家总是想象在那儿有反自然的生物，它们能四脚朝天地行走。

当然不可能是艺术家——他们忙着在欧洲的宫廷里建造镶嵌着天青石的岩洞和配有隐藏水泵的喷泉——赋予自然灵感，创造出那些海洋中的陆地；也不可能是这片陌生极地的大自然去启发那些艺术家。罗伯托心想，无论是艺术还是大自然，都喜欢密谋策划，原子也是一样，在它们聚集的时候，一会儿呈现出这种方式，一会儿又呈现出另一种姿态。难道还存在着比数千年之前金匠们精心打造的阿喀琉斯的盾牌更为匠心独具的奇迹吗，以乌银细细镶嵌的盾牌上禁锢着一条粗爪的蛇？

罗伯托在心里说："在我们那里，所有植物都长着带有脉序的脆弱叶子，花朵也只开一个上午的时间，然而，这里的植物却坚如皮革，厚实且含油脂，鳞壳也能耐受疯狂的太阳光线。每一片叶子——当然，在这片土地上，未开化的居住者不了解金属和黏土的工艺——都可以变成工具：刀片、高脚杯、抹刀，而花瓣则像漆器。所有植物在这里都是强壮的，然而，所有动物都非常虚弱，从我所看到的鸟儿来判断，它们披着彩色玻璃般的羽毛，而在我们那里，动物就意味着马的力量或者牛迟钝的强健……

"那水果呢？在我们那里，苹果是肉红色的，呈现出健康的色彩，爽口的味道也证明了这一点，而蘑菇的青灰色则表明了它是有毒的。可是在这里，正如我昨天还有从前在'阿马丽利斯号'上的所见，则是一种反其道而行之的诙谐游戏：水果死人般的煞白保证了鲜美的甜味，而看上去最为健康的果实却可能分泌出致命的春药。"

罗伯托用望远镜观察着对岸，他注意到在陆地和大海之间的那些攀缘植物的根系，好像在蹦蹦跳跳地往天上蹿，一簇簇长方形的果实确实无疑地显露出它们蜜糖般的成熟度，然而外观却又好像未长成的浆果。他从棕榈树上看到黄色的椰子，好像夏季的甜瓜一样，然而他知道，当它们真正成熟时会变成土灰色。

因此，要在这块陆地上生存——如果想与自然界达成协议的话，他就应该记住这些——必须按照与自己的本能相反的规律行事，所谓本能本来就是最初的巨人们想方设法去适应地球另一边的自然界所找到的生存之道，他们相信，最自然的自然就是他们要适应的那个自然界，他们同时自然而然地以为大自然的诞生也是为了适应他们。为此，他们相信，太阳小得就像它出现在他们眼前时那样，而有些草的茎秆却又巨大得就像他们俯身向地底时亲眼所见的那样。

因此在地球上的对跖点生活就意味着重新培养天性，善于把奇迹变成自然，又把自然变成奇迹，发现世界是多么不固定，在世界的这一半遵循着某些规律，而在另一半则遵循着相反的规律。

他又重新听到甲板下面鸟儿的叫声，与第一天有所不同的是，他发现那些鸟鸣似乎产生出艺术效果，如果与故土的鸟啼进行比较的话：这些是连续不断的嘟哝、口哨、潺潺的流水声、劈啪声、哑嘴的声音、狗的低吠、火枪减弱的射击声、啄木鸟的全半音阶，有时他还听见好像是隐藏在树叶之间的青蛙发出的呱呱声，如荷马时代的人在窃窃私语。

望远镜让他看清了一些如纺锤般、带有羽毛的圆球，抖动着黑色或辨别不出颜色的什么东西，从一棵最高的树上朝着大地猛扑下来，那种疯癫宛如伊卡洛斯当年加速奔赴自己的灭亡一般。忽然之间，他甚至觉得好像是一棵中国的橘子树，朝天空射出它的一枚果实，带着一束鲜亮的橙色的光，很快便离开了望远镜的圆形视野。他相信，自己看到的是一种反射效应，所以没有多想，或者，至少他是这么认为的。我们之后会看到，关于模糊不清的思想，圣萨万是有道理的。

他想，这个不自然的自然界里的飞禽是他几个月之前离开的巴黎社会的象征——在眼下这个没有人类的世界之中，鸟儿如果不是唯一的生物，也是唯一能讲话的生物——他觉得自己重新回到了那些沙龙，刚一进去时，他只听见人们用一种他不懂的语言喋喋不休地说着模糊不清的话语，他只能胆怯地去猜测其中的味道——我想说，即便如此，他最后也应该是很好地理解了，否则也就不会像现在这样提及。但是，当回忆起他是在那里遇见了那位*夫人*——因此，如果在所有地方之中，有一个是最至高无上的，就将是那里，而不是这里——他得出结论，不是在那里的人们模仿这座*岛屿*上的鸟类，而是在这座*岛屿*上，动物在尽力讲一种非常类人的鸟语。

想到*夫人*以及她的遥远——他昨天曾经将其比喻为无法到达的遥远的西方大陆——他又开始观察*岛屿*，望远镜只能让他模糊地看到一些外围的迹象，但却像那些凸透镜一样，后者在反射出小房间的一个侧面时，却让人仿佛看到一个无限和令人惊奇的球形宇宙。

如果有一天靠近那座*岛屿*，它在他眼里又将会是什么模样呢？从他现在看到的景象以及在船上找到的作为证据的标本来看，那也许就是伊甸园？在那儿，小溪里流淌着奶和蜜，周围是一片丰饶的果实和温驯的动物所构成的狂欢曲？勇士们甘心顶着看似平静的海洋上的狂风暴雨，漂洋过海地航行，在这些地球对跖点的南方岛屿中，他们要寻找的还能是什么其他东西？红衣主教派自己来侦察“阿马丽利斯号”的秘密时，所要的难道不就是看看是否有可能将法兰西的百合花带到一片*未知的大陆*上，从而最终重建一个既未被巴别塔的罪过、也未被大洪水和亚当的第一个错误所玷污的约沙法谷[①]？这里的人应该是真诚的，他们皮肤黝黑，但是心地纯洁，对于金山和香脂，这些漫不经心的守护者不屑一顾。

但如果是这样的话，那么，亵渎这座*岛屿*的童贞，难道不就意味着重犯第一个罪人的错误吗？也许天意只是让他为这种美丽作一个

① 又名断定谷，出自《圣经·约珥书》，是神审判绵羊和山羊的地方。此词常用来描述地上的芸芸众生，也喻表人类生存的世俗世界。

清白的证人，而他是永远都不该去破坏的。这难道不是关于最完整的爱情的启示——就像他的夫人所说的那样，远远地爱着，放弃宣示统治权的傲慢？寻求征服的爱情还是爱情吗？假如在他看来，岛屿与他爱的对象别无二致，那么他应该对岛屿抱着他曾给予爱情的同样的克制。每当他害怕另一个人的眼睛威胁到他不愿意让人看见的圣地时，他便会感受到同样疯狂的嫉妒，这种嫉妒不应该被理解为他奢望自己的所有权，而是为对所有人的权利的否定，这是他的爱情命令他作为圣杯的看护人要去完成的任务。在对待岛屿的态度上，他把一切归于它所具有的同样的贞洁：它越是充满希望，他便越是不应该去碰它。他应该远离他的夫人，远离这座岛屿，对她们二者，他只应该谈论，愿她们洁白无瑕，直到永远，只接受自然的抚摸。如果岛上的某个地方有美存在的话，那么美的目的便是无目的地保留下来。

他所看到的岛屿果真如此吗？是谁鼓励他去译解如此难以理解的奥秘？人们知道，从最早到这些岛屿来的旅行开始——地图所标出的地方都不准确——哗变者被遗弃在这里，岛屿变成了带有栅栏的露天监狱，被判刑的人就是他们自己的看守狱吏，一轮轮地彼此惩罚。所以不要到那里去，不要去发现它的秘密，这不是义务，而是避开无尽恐怖的权利。

或许不是这样，岛屿上唯一的现实就是在岛的中心挺立着一棵遗忘树，它有着引人注目的浅淡颜色；如果吃了它的果实，罗伯托可能会获得平静。

失去记忆。就这样表面懒散地度日，积极努力地变得头脑空洞。然而正如发生在强迫自己遗忘的人身上的那样，他越是努力这样去做，他的记忆便越是活跃。

他试着将自己听过的所有劝告付诸实施。他想象着自己身处一间摆满了能够勾起回忆的物件的房子里，有夫人的面纱、纸张——他在上面写下哀叹她不在自己身边的文字，从而让她的形象出现——他细数她的宫殿里的家具和挂毯，他向自己描绘着把所有这些物件从窗户扔出去的动作，直到房间（以及与房间一起的他的记忆）变得光秃秃和空荡荡。他付出了巨大的努力才把餐具、衣柜、座椅、全副盔甲拖拉到窗台前面，但与人们对他说过的相反，慢慢地，由于疲劳他变得沮丧起来，而他的夫人的形象却成倍地扩大，从不同的角度，带着她狡黠的微笑，追随着痛苦不堪的他。

就这样，罗伯托成天拖拉着家具，却什么也没有忘记。事实正好相反。在那些日子里，他回想着自己的过去，眼睛盯着他眼前唯一的舞台，即“达佛涅号”上的景象，这艘船变成一个他那个时代的人所构思出的怀旧剧场，每个细节都让他回忆起往事中或远或近的一个情景，如艏斜桅，沉船之后他正是从那里登上船，那时他明白自己可能再也看不见心爱的女人了；破碎的船帆，瞧着它们，他良久地妄想着已经失去的她，他失去了她；船尾瞭望台，他曾经从那里观察远方的岛屿，想象着她如此遥远……然而，他对她的沉思默想太多了，以至于若要留在这里，这座海上的房子的每一个角落都会让他每时每刻回忆起自己本想忘记的一切。

他发觉情况就是如此，于是他走去甲板，吹吹风散心。甲板是他的树林，他去那里，如同不幸的恋人们一样；这是他虚构的大自然，有被安特卫普的木匠抛光的植物，粗布船帆如河流迎风流动，捻缝是被填上的洞穴，星盘则是他的星空。如同恋人在旧地重游时能够通过每一朵花、叶片每一次沙沙的响声以及每一条小路，回想起自己所爱的女人，现在，他抚摸着一门大炮的炮口，几乎死于他的爱情……

难道诗人颂扬他们的贵妇人时不是赞美她们红宝石一般的双唇、黑玉一般的眼睛、大理石一般的胸部、钻石一般的心肠吗？好吧，他——在这忍耐成冷杉化石的姿态里——的激情也只能是矿物的激情，缀着绳结的缆绳在他看来就像是她的头发，球形捏手上的光泽宛如她被忘却了的眼睛，一连串的屋檐就像她滴着芳香唾液的牙齿，从滑轮上脱落的链式绞盘犹如她装饰着大麻项链的脖颈，也许他在幻想着自己爱的是一件自动装置作品的过程中，已经找到了安宁。

后来他又后悔自己在虚构她的僵硬时太过严厉，他对自己说，在使对方的脸庞僵化的时候，他也使自己的欲望麻木了——而他实际上是希望那欲望强烈并永无满足的——因为夜幕已经降临，他把目光转向广阔的天空，那里缀满了许多难以辨认的星座。只有在凝视天体时，他才可能理解上天的思想，而这些思想也只适宜于那些接受天命、被罚无望地爱着最美好的女人的男人。

森林女王为丛林穿上了白袍，为田野披上了银装，虽然她自己还没有从覆盖着云彩的岛屿的顶峰探出头来。天空的其他地方已经被照亮，能够看得见了，在西南方的尽头，几乎是在陆地的另一边，在大海的边上，闪动着一群星团，伯德博士曾经教过他辨认：那是南十字星。罗伯托想起一位他忘记名字的诗人，但他的家庭教师、加尔默罗会修士让他背过几段这人的诗，有一个场景曾经吸引了童年时代的他：有一位穿过阴间世界去朝圣的人，当他在一处未知之地重新回到人间时，朝圣者看见了那四颗星星——除了伊甸园最初的（也是最后的）居住者，它们还不曾被别人看到过。

一一
谨慎的艺术

罗伯托看见那四颗星星，是因为他当真在伊甸园的边缘沉船了，还是因为他从船的肚子里钻出，就像从漏斗状的地狱重返人间一样呢？也许两者都是。船难将他送至拥有另一番景象的大自然中，让他逃出了世界的地狱——在卡萨莱，当他抛却了青年时代的妄想和错觉，他便进入了那里。

还是在那里，在模模糊糊地看见历史就是一系列心血来潮的事件发生的地方，以及所谓家国大义的无法理解的纬线之后，圣萨万让他懂得了世界这架大机器是如何不可靠，它受到命运极不公正的干涉。他青年时代怀有的建功立业的梦想在短短几天就破灭了，埃马努埃莱神父让他明白了，人应该为了创造英雄的箴言而充满激情——还让他明白了，人可以这样过他的一生：不为战胜一个巨人，而是为了给一个侏儒起多到数不清的名字。

离开修道院之后，罗伯托便陪着萨莱塔先生，而这位先生又陪着萨拉萨尔先生，一行人走出城墙之外。为前往萨拉萨尔口中的“麻絮门”，他们正穿过一段碉堡。

两位大人在赞扬埃马努埃莱神父的机器，罗伯托则天真地问起，掌握这么多科学知识对解救一座围城有什么意义。

萨拉萨尔先生笑了起来。“我的年轻朋友，”他说道，“我们所有人都在这里，按照不同君主的意愿，一直到这场战争根据正义和荣誉的原则得到解决为止。但现在已不再是用剑可以改变星体运行的时代了。绅士塑造国王的时代结束了；现在是国王来塑造正人君子。从前，宫廷生活是等待时机，届时绅士将在战争中不辱使命。现在，您猜在那下边的所有绅士，"他指着西班牙的帐篷，"还有在那下边，"又指指法国的营地，"他们参战是为了能够回到他们天生选择的地方，那就是宫廷，而在那里，我的朋友，他们不再在英勇美德方面一较高下，企图达到他们君王的高度，而是一心想获得后者的恩宠。今天，在马德里，可以看到一些绅士，他们从来就没有把剑拔出来过，也没有离开过城市：因为当他们在荣誉的战场上征尘仆仆时，会让城市落入有钱的自由民以及穿袍贵族[①]手里，对于后面这些人就连君王也不敢小觑。所以勇士们所能做的唯有放弃勇气而遵循谨慎。"

"谨慎？"罗伯托问道。

萨拉萨尔请他看一下平原。双方在进行着懒懒散散的小规模战斗，可以看见一股股烟尘从地道的出口处扬起，因为炮弹就落在那里。神圣罗马帝国军队正往西北方向推着防弹盾：这是一辆很结实的战车，两边的车轮上装有镰刀，车身正面是栎木墙板，墙板背面钉着铁制横杆的装甲保护。战车正面开着射击孔，臼炮、长炮、火枪都从这里瞄准，从侧面则可以看见躲在车上的德国雇佣兵。这辆战车的前面竖着枪管，侧面是刀剑，并装有铁链的履带，枪管里不时地喷出一股股的火舌。显然，敌人并不想马上让它加入战争，因为它是要在地雷坑道已经完成任务的时候，才开到城墙下面去的。同样很显然，敌人把战车开出来是为了吓唬被围困的人。

"您看，"萨拉萨尔说，"战争将取决于机械、装有镰刀的战车以及不管什么样的地雷坑道。我们那些优秀的同伴，双方阵营里都有，他

① 通过获得一定官职而得到爵位的官僚贵族。

们与对手短兵相接——只要没有由于失误而战死——并非是为了获取胜利，而是为了获取在回到宫廷后可以利用的名誉。他们中间最为勇敢的人能精明地选择声势浩大的业绩，但同时也会权衡风险以及好处之间的比例关系……”

“我的父亲……”罗伯托这个不曾做过任何算计的英雄留下的孤儿开始讲话。萨拉萨尔打断了他，说道：“您的父亲恰恰就是属于过去时代的人。请您不要以为我不怀念那个时代，但是，当人们更多地谈论一次漂亮的撤退而不是一次强有力的攻击时，难道还值得勇往直前吗？难道您刚刚没有看到一辆战车正准备去迎击，而不是像过去那样刀兵相见吗？难道不是许多许多年以来刀剑早就让位于火枪了吗？我们仍然身披胸甲，但是一个流浪汉在一天之内就能学会将伟大的巴亚尔骑士①的胸甲射穿。”

“那么绅士还剩下什么呢？”

“智慧，格里瓦先生。成功不再具有太阳的光辉，而是沐浴在月光的照耀下，而且从来没有任何人说过，这第二种光源不被创造一切事物的造物主所喜欢。耶稣本人就是在夜间的橄榄园里沉思冥想的。”

“可是后来他却按着最为非凡的美德，并不谨慎地……做出了一个决定。”

“然而，我们并不是上帝的长子，我们是世纪儿。当这次围城结束之后，假如战车没有夺走您的生命，格里瓦先生，您将做什么呢？也许您会回到乡下，在那里却没有任何人会给您机会证明自己配得上您的父亲。与巴黎的绅士打交道才短短几天，您已经被他们的习俗所征服。您可能想在大城市里试试运气，您很清楚地知道，您应该在那里消耗骄傲的光环——这光环是在这些城墙内长时间的无所事

---

① Chevalier de Bayard(1473—1524)，法国中世纪名将，以侠义善战著称。

事所给予您的。您也将找机会扬名立万，您得灵活精明。如果在这里您学会了躲避一支火枪射出的子弹，那么，在那里您就应该学会善于躲避嫉妒、吃醋、贪婪，用同样的武器与您的对手战斗，也就是说与所有人作战。听我说。这半小时来，您不停说出您心里的想法，打断我的话，您以提问的神情，想向我表明，是我弄错了。请您不要再这样做了，尤其是对有权势的人。有时对自己洞察力的自信以及证明真理的责任感可能会促使您去给一位比您还自信的人提建议。请您永远都不要这样做。每一次胜利都会使落败者产生仇恨，而如果您战胜的是自己的主人，那么这种胜利要么是愚蠢的，要么是有害的。君主们愿意被辅佐而不是被超越。但即便是对地位相同的人，您也应该谨慎行事。不要以您的美德去羞辱他们。请您永远不要谈论您自己：您自我赞扬，这是虚荣；您自我贬低，这是愚蠢。宁可让其他人发现您的某些小毛病，也不要让旁人的嫉妒啃咬腐蚀您，这样可以避免更大的损失。您应该实际上很有价值，但有时却表现得似乎乏善可陈。鸵鸟并不奢望高飞至空中，去冒变成一个摔下来的标本的危险；它让人慢慢地发现自己羽毛的美丽。尤其是，如果您有激情的话，请您不要展露，不管这份感情对您来说显得多么高尚。不要让所有人都进入您的心灵。谨慎而小心的沉默是珍藏智慧的首饰盒。”

“先生，莫非您是在告诉我，一个绅士的首要任务就是学会伪装！”

萨莱塔先生微笑着讲道：“您看，亲爱的罗伯托，萨拉萨尔先生没有说智者应该伪装。他建议您，如果我理解正确的话，应该学会掩饰。伪装的是不存在的东西，而掩饰的是存在的东西。如果您吹嘘您没有做过的事，那您就是在伪装。但是，您回避充分说出您已经做过的事，为的是不引人注意，那么，您就是在掩饰。掩饰美德是美德之上的美德。萨拉萨尔先生这是在教您成为有道德的人的一种谨慎方式，或者按照谨慎的原则做有道德的人。从第一个人睁开眼睛并认识到自己赤身裸体时，他便设法把自己藏起来，即便在面对自己的造物主时也是如此。如此说来，勤于隐藏几乎是与世界本身同时诞生的天性。掩饰就是展开一层面纱，这面纱是用诚实的幽暗安抚人心，由此不会造就出虚假，而只赋予真实以某种安宁。玫瑰花看起来很美丽，因为第一眼望去，它掩饰了自己易凋落的特点，虽然通常人们会说它那极端的美丽不属于人间，但它只不过是被岁月的宠爱掩饰起来的死尸而已。在这个人世间，不必事事总是以真心实意去对待，对我们最为紧要的真理总是只被说出一半。掩饰不是欺骗。它是不让人看清的一种技巧。而且是一种困难的技巧，因为要在这方面出类拔萃，必须做到让其他人识别不出我们的杰出才能。如果有人因其乔装的才能而闻名，就像演员一样，那么，所有人都将知道，他并不是他所假装的那样。然而，关于过去曾经是、今天仍然如此的优秀掩饰者，人们却毫无察觉。”

“您注意到了吗，”萨拉萨尔先生又补充道，“掩饰并没有要您沉默不语或者表现得像个笨蛋。正好相反。您应该学会使用机智的语言去做那些使用坦率的语言无法做到的事情，学会在一个表象被赋予特权的世界里，以一切雄辩的机敏游刃有余地活动，学会做一个词语丝绸的编织者。如果说箭矢能够刺穿人的身体，那么，词语则能够穿透人的灵魂。您要把埃马努埃莱神父机器中的东西变成您的天性，那是机械的艺术。”

“可是，先生，”罗伯托说道，“埃马努埃莱神父的机器在我看来，更像是才智的一种象征，它并非意味着攫取或者诱惑，而是发现和揭示事物之间的关联，因此，它变成了真理的新工具。”

“对哲学家是如此。然而，面对愚蠢的人，使用才智是为了使他们感到惊奇，而您会得到赞许。人们喜欢感到惊奇。如果您的命运和运气不是取决于战场，而是取决于宫廷的沙龙，那么，在谈话过程中，一个漂亮的论点将会比在战场上的一次成功攻击产生更好的效果。谨慎的人以一句优美的话语，就能从任何杂乱的境遇中脱身，他善于使用舌头，如同羽毛般轻盈灵活。大多数事情都可以用词语来弥补。”

“他们在城门口等着您，萨拉萨尔。”萨莱塔说道。这样一来，对于罗伯托来说，关于人生和智慧的始料未及的课程就此结束了。他没有被感化，但他对两位老师充满了感激之情。他们向他解释了本世纪的许多奥秘，而在格里瓦，却从没有任何人对他说过。

一二
灵魂的激情

鉴于每个幻想都落了空，此时罗伯托便陷入了爱情躁狂症。

已经到了六月底，天气相当炎热；十几天以来流传着在西班牙军营里发生瘟疫的谣言。城市里弹药的供应已经开始减少，给士兵也早就只发十四盎司的黑面包了，而为了从卡萨莱人那里弄到一品脱的葡萄酒，则需要付三个弗罗林，相当于十二枚金币。萨拉萨尔与萨莱塔轮流去城里和营地，谈判赎回在交火过程中被对方俘虏的军官，被赎回的人必须保证不再拿起武器。人们又重新谈论起眼下在外交界扶摇直上的上尉马萨林，教皇把谈判的使命交给了他。

几线希望，几次突袭，像玩把戏似的彼此破坏一下地道，这便是那不痛不痒的围城战的进展情况。

在等待谈判或者援军到达的间歇，好战的情绪平息下来。有些卡萨莱城的居民决定走出城墙，不理会远处西班牙士兵气喘般的射击，到没有被战车和战马糟蹋的那些田地里去收割小麦。但并不是所有人都解除了武装：罗伯托看见一个黄褐色头发的高个儿农妇，她时不时地停下镰刀活计，在麦穗中间弯下身子，举起火枪，肩膀抵住枪把，把枪托顶在她的红脸蛋上，向骚扰者射击。西班牙人对战斗的谷物女神感到十分恼火，于是进行还击，一颗子弹从她的手腕擦过。现在她流着鲜血向后撤退，却并没有停止装填子弹，继续射击，并冲敌人大声喊叫着什么。当她几乎退到城墙下面的时候,西班牙人对她大声叱喝:“法国人的婊子!”对此她回答道:“是的,我就是法国人的婊子,反正不是你们的!”

那个纯洁的形象,那丰腴的美丽和英武的愤怒,与言语辱骂中所暗示的不洁的揣测连在一起,这一切大大地刺激了少年的感官。

那天他走遍了卡萨莱的街道,为的是再重温一次那个幻象;他询问了一些农民,知道了那个农妇的名字,一些人说叫安娜·玛丽亚·诺瓦雷塞,另一些人说叫弗兰切斯卡,在一个小酒店里,人们对他说,此女年方二十,来自城郊,与一名法国士兵相好。“弗兰切斯卡很棒,真的很棒,”人们面露狡黠的微笑这样说道,对于罗伯托来说,这可爱的女人引起他越来越强烈的渴望,因为她又一次被那些放荡的暗示奉承了一番。

几个晚上之后,从一所房子前路过时,罗伯托在底楼的一间阴暗的房间里瞥见了她。她坐在窗前,为的是能吹到一丝小风,以稍稍缓解蒙费拉地区的闷热,她被一盏从外面看不见的灯所照亮,在窗台前显得宁静安详。猛然间的第一眼,他没有认出她来,因为她漂亮的头发都被盘在头顶,只余两绺垂落在耳朵上方。罗伯托只能看见她微微低着的脸庞,那是一张极其纯洁的鹅蛋脸,上面沁着几枚珠子似的汗滴,好似那间半明半暗的屋子里唯一真正的灯光。

她正在一张小矮桌前做着针线活计,目光专注地盯着缝纫物,这样一来,她就没有发现少年正隐藏在墙后,缩在边上偷偷地看着她。罗伯托的心脏在胸膛里剧烈地跳动着,他看见了她的嘴唇,周围长着金色的汗毛。忽然她举起了比脸蛋还要明亮的一只手,把一根深颜色的线扯到嘴边,然后放进鲜红的嘴唇之间,露出雪白的牙齿,只咬了那么一下,就把线咬断了,那动作活像一只可爱的猛兽,她对自己温柔的残忍露出快乐的微笑。

罗伯托害怕自己被发现，炽热的感情使他不知所措，他屏住呼吸，几乎可以这样整夜地等待下去。但过了一会儿，女郎熄灭了灯，于是那幻影也就此消失了。

后来的几天他又多次从那条街上走过，却再也没有见到她，只除了一次，但他也不敢肯定，因为她——如果是她的话——低头坐着，只露出裸露的玫瑰色颈项，垂落下来的长发遮住了她的面庞。一位体态高大的妇女站在她的背后，用一只牧羊女的梳子在她那狮子鬃毛般的波浪长发中梳来梳去，并时不时地停下动作，用手指捉住奔逃的小虫子，老妇人手指甲一个干脆的动作就让它们命归西天。

罗伯托对于捉虱子的习俗并不陌生，不过这是他第一次发现了这一程序的美妙，他想象着自己把手放在她波浪般的发丝之间，然后用手指肚儿去按那后颈，去亲吻那些褶皱，并由他本人去摧毁那些污染她头发的密耳弥多涅人。

由于街上传来流氓的吵嚷声，他不得不走出迷人的遐想，这是那扇窗户最后一次为他保留的爱情的幻影。

其他几个下午和晚上他仍然看见过那个体态高大的妇人，还有另一个姑娘，但却不是她。他得出结论，那不是她的家，而是她亲戚的家，她只是去那里做些活计而已。至于她去了哪里，他多少天以后也不得而知了。

爱的柔情就像酒一样，当它在一个朋友的耳朵里发酵时，便变得更加真实具象，罗伯托跑遍卡萨莱也无济于事，他的身体瘦削下来，再也无法向圣萨万隐瞒。出于虚荣心，罗伯托向他坦诚相告，因为每一个情人都会炫耀自己所爱的女人的美貌——对此美貌，他是确信无疑的。

“好哇，您这是爱了，”圣萨万漫不经心地做出反应，“这不是新鲜事。似乎人类喜欢相爱，不同于动物。”

“动物不相爱吗?”

“不,正如简单的机器不相爱。一辆车的车轮沿着斜坡能做什么？它们向低处滚去。机器是一份重量,而重量会使它倾斜,它受推它向下的盲目需求控制。动物就是这样：它向交媾倾斜,在没有得到对方之前,它就总也平静不下来。”

“可是您昨天不是还对我说过,人类也是机器吗?”

“是的,然而,人类这种机器却比矿物的那个、动物的那个,更为复杂,他们得意的是来回摆荡。”

“所以呢?”

“所以就是您爱了,因此,您既渴望又不渴望。爱情会把人变成自己的仇敌。您害怕达到目的之后会失望。您要在门槛上,就像神学家所说的,您享受延迟。”

“这不是真的,我……我想马上要她!”

“如果这样的话,那您就还是,并仅仅是一个乡巴佬而已。但是您有才智。假如您想要她的话,您早就已经得到她了——那您和畜生没什么分别。不,您是希望您的欲望被点燃,与此同时,也能点燃她的欲望。但如果她的欲望被点燃,并立刻向您屈服,很可能您又不想得到她了。爱情是在等待之中茁壮成长的。而等待是要经过时间的广阔田野向机遇行走的。”

“那我这段时间做什么?”

“向她求爱。”

“可是……她还什么都不知道,我应该向您坦白,接近她有些困难……”

“您可以写一封信,告诉她您对她的爱情。”

“但我从未写过情书！甚至,我不好意思说出口我连普通的信都没写过。”

“当天赋不足时,我们转向技巧。我将为您口述。一个绅士经常会很乐意为一名素未谋面的情人起草信件，而我在这方面也不差。虽然没有爱上她，但我比您更会谈论爱情，您因爱情变成了哑巴。”

“可我相信，每个人爱的方式都不一样……您这样做是骗人。”

“如果您以真诚的口气向她坦露您的爱情，就会显得笨拙。”

“但我愿意向她说出实情……”

“实情犹如一个美丽贞洁的少女，因此，她总是包裹在披风里出门。”

“但我想对她说出我的爱情，而不是您想描绘的那些东西！”

“那好，为了让人相信，您就应该假装。没有什么尽善尽美不闪着阴谋诡计的光辉。”

“可是她会明白那封信不是在讲她的。”

“您不必害怕。她会相信，您所写的是依她本人构思的。过来吧，您坐下来，开始写。让我找找灵感。”

圣萨万在房间里来回走动，在罗伯托看来，他好像正在模仿一只回到蜂巢的蜜蜂的飞舞。他几乎是在跳舞，目光游移不定，似乎是要阅读空气中尚不存在的那些信息。然后他便开始口授。

“夫人……”

“夫人？”

“那您想叫她什么？也许，嘿，你，卡萨莱的小婊子？”

“法国人的婊子。”罗伯托情不自禁地低声说出，他暗自惊心，圣萨万开着玩笑说出来的即使不是事实，至少也离那日西班牙人的诬蔑不远。

“您说什么？”

“没什么。很好。夫人。然后呢？”

“夫人，在宇宙非凡的建筑之中，从世界诞生的第一天开始，就已经写下，我注定会遇见您并爱上您。然而，从这封信的第一行开始，我就已经感到，我的灵魂非常坦诚地吐露出我的担心，在写完此信之前，这灵魂就会丢下我的双唇以及我的笔。”

“……好了。但我不知道……她……是否看得明白。”

“真话越是充满难点，就越是受到欢迎，泄露心事越是花费代价，就越会受到尊敬。那么我们就这么说……夫人……”

“还有？”

“是的。夫人，一位美如阿尔琦迪娅娜的夫人，毫无疑问是需要一处坚不可摧的住所的，您这样的女主角也必然如此。我相信，由于魔法妖术使然，您被带到了别的地方，您的王国变成了第二座漂浮的岛屿，我的叹息之风让它随着我试图靠近的脚步而向后退去，它是地球上的对跖点，是冰雪阻碍接近的土地。格里瓦少爷，我看到您很犹豫，在您看来，我写得很平庸吗？”

“不，是……我想说正好相反。”

“您不必担心，”圣萨万误解了他的意思，“不会缺少反义词对照法的。我们继续吧。也许您的优雅赐予您令我遥遥相望的权利，就如同人们对待神明应该采取的态度。然而，您可能不知道，神明至少还愿意接受我们在尘世为他们点燃的芬芳的香火。因此，请不要拒绝我的敬慕：您拥有如此卓越的美貌和光彩，若是禁止我崇拜您身上这两种神性的最大特征，您就将让我陷入不虔诚的境地……这样说更好些吗？”

这时罗伯托心想，反正唯一的问题是但愿这位诺瓦雷塞夫人识字。只要越过这个障碍，任何她读的东西都会使她陶醉，因为写这封信正令他自己都兴奋不已。

“我的上帝，”他说，“她要发疯了吧……”

“她会疯狂的。请您继续。当我将自己的自由赠送给您的时候，我远不是丢掉了我的心灵，从那天开始，我重又找到了一颗更大的心灵，好像一颗心不够我爱您，它在我所有的血管里繁衍，我能听到它的跳动。”

“噢，上帝……”

“请您保持冷静。您是在谈论爱情，而不是在爱。请您——我的夫人——原谅一个不顾一切的人的热望，不，您还是不要为此费心：从来没有听说过哪位君王需要费心了解他奴仆的死亡。啊，是的，我应该认为自己的命运值得妒忌，因为您正不辞辛苦地屈尊让我毁灭：如果您还屑于恨我，至少我对您不是无关紧要的。这样一来，您以为用来惩罚我的死亡就将变成我快乐的原因。是的，死亡：假如爱情就是懂得两个灵魂是为了结合才被创造出来的，当一个灵魂发现另一个灵魂感觉不到爱情，那么，他只能死亡。我的身体现在还活着，过不了多久，我的灵魂就将与它分离死去，它将会给您消息。”

“……给您什么？”

“消息。”

“请您让我喘口气。我的脑袋都发热了……”

“您要控制自己。请不要将爱情与艺术混淆。”

“可是我爱她！我爱她，您明白吗？”

“可我不爱她，这也是为什么您要把这事交给我。您写信时不要想着她。我们看一下，您可以想着图瓦拉斯先生……”

“求求您了！”

“别做出那种表情。他毕竟还是一个漂亮男人。写吧。夫人……”

“又来了？”

“又来了。夫人，另外，我还注定要像盲人一样死去。难道不是您将我的双眼变成了蒸馏器，以便提取我生命的精华、让它一滴滴地流走？怎么会发生这样的事，我的双眼越是潮湿，便越是灼烧？也许我的父亲没有用创造第一个人时所用的陶土塑造我的肉体，他用的是石灰，因而我流出的泪水会耗尽我。怎么会发生这样的事，虽然耗尽了，但我还活着，接着又涌出新的泪水，以便继续消耗？”

“不会太过夸张了吗？”

"在讲究排场的场合,想法也要大气。"

罗伯托已经不再表示反对。他觉得自己好像变成了诺瓦雷塞夫人,正在感受她阅读这些信纸时可能会有的感受。圣萨万仍在口授。

"在放弃我这颗心的时候,您在我心中留下了傲慢的形象,它夸口说在我的身上拥有决定生死的大权。您远离我,就如同君王离开处罚囚犯的刑场,是害怕被赦免的请求所纠缠。如果我的灵魂和我的爱情拥有各自的临终叹息,那么,当我死去的时候,我不恳求灵魂弥留,而是让我爱情的叹息最后离开我,从而实现——作为我最后的礼物——应该会让您感到骄傲的奇迹,那就是至少有一瞬间,您还能被一具已经死去的躯体所渴望。"

"死了。完了?"

"没有,让我想想,需要一个点睛之笔(pointe)……"

"什么东西? 一个矛尖儿(puen)?"

"差不多,一种机智的表达,用来表现超出我们认知之外的,两种客体之间闻所未闻的关联,这样一来,在这个令人愉快的才智游戏之中,人就会快乐地失去对事物本质的关注。"

"我不明白……"

"您会明白的。这就是:眼下我们要推翻呼喊的内容,实际上您还没有死去,我们给她跑去拯救垂死者的机会。您写吧:夫人,也许您还可以来救我一命。我把心赠给了您。但是,如果没有生命的原动力本身,我又怎么能活下去? 我不要求您把心还给我,它只有被您监禁着,才能享受到最崇高的自由,但我请求您以交换的形式将您的心赐给我,它将不可能找到更有此意的神龛来迎接它。您活着不需要两颗心脏,我的心为您猛烈跳动,足以保证您拥有永恒的激情。"

随后,圣萨万单脚旋转一圈,像等待鼓掌的演员一般欠下身子,问道:"难道不漂亮吗?"

"漂亮? 可我觉得……怎么说呢……可笑。难道您不觉得仿佛看见这位夫人在卡萨莱跑来跑去取回又交出心脏，活像一个……奴才？”

“您难道愿意她爱上一个讲话乏味得如同任何一个平民的男人吗？快签名盖封吧！”

“可我想的不是这位夫人，我想的是如果她把信给别人看的话，我会羞死的。”

“她不会给别人看的。她会把信搂在怀里，每个夜晚在床边点燃一支蜡烛，重新读上一遍，并亲吻上面的每一个字。请签名盖封吧。”

“但我们想象一下，我只是说说而已，她或许并不识字呢。那么她就得找人为她念了……”

“嘿，格里瓦先生！您是在说，您正迷恋一个乡下女人？难道您是在浪费我的灵感，去让一个粗鲁的女人难堪不成？那我们只能打一架了。”

“只是举个例子。开个玩笑。但我曾被教导过，谨慎的人应该深思熟虑，权衡各种情况、处境，所有可能的和最不可能的……”

“看吧，您正在学习以适当的方式来表达。但是您错了，您在所有可能性中选择了最为可笑的一种。不管怎么说，我不想强迫您。您干脆删去最后一段话，继续按着我下面说的写……”

“不过，如果删去的话，那我就得重写这封信了。”

“您还是个懒人。然而一位智者应该从不幸中吸取教益。删除吧……像这样，好了。”圣萨万在水壶中浸湿指头，然后让一滴水流淌到那一段删除的文字上，水滴让墨水的黑颜色在纸上洇开，逐渐变得越来越淡，最后变成一小块轮廓模糊的潮湿斑点。“现在您写吧。夫人，请您宽恕我，如果我没有勇气抱着希望——这让我落泪的希望是那样大胆，它同时也令我害怕。就像埃特纳火山的烈焰能孕育出极为美妙的咸水小溪，噢，夫人，我的心犹如海里的贝壳，它喝饱了晨曦的美丽汗水，生出珍珠，并与珍珠长成一体。想到您的无动于衷将从我的心中取走那颗用心血慷慨浇灌的珍珠，我的心便从双眼中涌出……是的，格里瓦，毫无疑问这样写更好些，我们减少了过分的夸张。最好没那么夸张地结束信件，这样反而更加触动对方。请签名、盖封、让人送交她。然后您就等着好了。”

“等什么？”

“谨慎的指南针所指的北方表示在顺风的时刻扬帆远航。在这类事中，等待永远不会有害处。随时在场会减损声誉，而远离却会使声誉提升。待在远处，您会被当作一只老虎，而来到跟前却可能变成一只山里的小老鼠。您确实具有许多极好的品质，然而触摸得太多的话，这些品质就会失去光彩，想象能达到的领域比眼睛更远。”

罗伯托连连道谢，跑回了家，他把那封信藏在胸口，就好像是偷来的一样。他害怕有人会再偷走他偷来的东西。

他将会找到她，罗伯托对自己说：“我将鞠躬致意，把信件交出去。”后来，他又在床上辗转反侧，想象她读信时嘴唇翕动的样子。从此之后，他想象中的安娜·玛丽亚·诺瓦雷塞具备了圣萨万赋予她的所有美德。虽然是通过别人的声音，他毕竟表白了自己的爱情，这时他感到爱得更强烈了。虽然一开始是违心如此，但是这才智很合他的心意。现在他正以情书中所写到的同样优雅的激情爱着那位诺瓦雷塞夫人。

城市的上空还响着炮击的声音，罗伯托却不顾危险，开始寻找圣萨万要求他与之保持距离的佳人。几天之后，在一条路的转角，他发现她抱着些麦穗，像一个神话中的人物。他怀着纷乱的情感向她跑去，但却不清楚应该说些什么或做些什么。

他颤抖着走近她，突然出现在她的面前，对她说道：“小姐……”

“叫我吗？”姑娘笑着回答，然后又说，“有什么事吗？”

“是的，”罗伯托不知道怎样说更好，“您能告诉我去城堡从哪边走吗？”姑娘把头转向后面，甩了甩她浓密的头发，说道：“从那边，不是吗？”说完就转过拐角。

在那街角上，正当罗伯托犹豫不决是否要追随她时，一颗炮弹呼啸落下，击中了一座花园的矮墙，并扬起一片尘土。罗伯托咳嗽起来，他等待着尘埃消散，这时他才意识到，在时间的广阔田野里行走时，由于太过犹豫不决，他失去了机遇。

为了惩罚自己，他痛心疾首地撕毁了那封信，朝家里走去，这时，他的心的碎片似乎也都同时蜷曲在地上。

他的第一次模模糊糊的爱情让他永远地相信，被爱的对象存在于远方，而我相信，这也标志着他作为情人的命运。后来的几天里，他又回到每一个角落（在那里，他得到过一条消息；在那里，他猜测过一处踪迹；在那里，他听到过有人谈论她；在那里，他曾经看见过她），以便重新组成记忆的一道风景。他就这样绘画出自己情感的“卡萨莱”，把街道、喷泉、广场变成了倾慕之河、冷漠之湖或敌意之海；他把这受伤的城市变成了自己得不到满足的柔情之乡，他的孤独之岛（从那时起，就有了预言）。

一三
柔情地图

六月二十九日夜晚，一阵剧烈的嘈杂声惊醒了围城里的人，紧接着是震天的鼓声。这是敌人成功在城墙下面引爆的第一颗地雷，它炸毁了一座半月堡，并埋葬了二十五名士兵。第二天傍晚六时左右，人们听见西方好像要来一场暴风雨，而在东方却又出现了一个丰饶角，它比天空的其他地方显得更白，尖头先是变长后又变短。那是一颗彗星，它使士兵变得心烦意乱，而居民们则决心闭门不出。在随后的几周之中，城墙的其他几处也相继被炸开，被困在城里的人从碉堡前的斜坡上射击，但却无济于事，因为敌军已转入地下，而反地雷坑道没能将他们驱逐出去。

罗伯托是以异乡过客的心情来体验那场溃败的。他与埃马努埃莱神父长达几小时地对话，讨论怎样才能更好地描述围城的战火，然而他更经常找的还是圣萨万，为的是与后者一起精心创造描绘他的情欲之火的同样机智的隐喻：他不敢承认自己在爱情上的失败。圣萨万为他提供了一个舞台，在那里他的爱情故事可以幸福地发展；他沉默地忍受着与朋友一起精心炮制其他情书的耻辱，然后又假装投寄出去，实际上，他每天夜晚都要反复阅读这些情书，如同阅读由她寄到自己手上的记载着诸多相思痛苦的日记。

他向自己讲述着虚构的情景：诺瓦雷塞被德国雇佣兵追逐，精疲力竭地倒在了他的怀中，他打垮了敌人，然后把疲惫不堪的她带到一座花园里，享受她狂野原始的感激。他躺在自己的床上，沉浸于那样的思绪之中，就这样想入非非地过了许久，才重新振作起精神来，给他所爱的女人写十四行诗。

他将其中一首诗拿给圣萨万看，后者评论道："如果您允许我讲实话，我认为您写得太淫秽了，但不必难过，巴黎那些自诩为诗人的人，其中大部分写得更糟糕。您不要就您的爱情来写诗，激情会夺走那种神圣的冷静，而后者才是卡图卢斯[①]的荣耀。"

罗伯托心情忧郁，他向圣萨万诉苦，而他的朋友说："您应该高兴才是，因为忧郁不是排泄的废物，而是血液的精华，它产生诗人，因为它在邻近疯狂的时候，便带领英雄去完成最勇敢的行为。"然而，罗伯托却感到自己没被带领去做任何事情，他为自己尚不够忧郁而感到忧郁。

他听不见人们的喊声，也听不见大炮的轰鸣，只听见一些令人慰藉的消息（西班牙方面危机重重，听人说，法国的援军正在前进），他感到高兴，因为七月中旬，反地雷坑道终于成功地炸死了许多西班牙士兵。但是眼下，士兵们开始从许多半月堡中撤离；到七月中旬，敌人的先遣部队就已经可以直接在城里射击了。他听到消息说，有些卡萨莱居民企图到波河中钓鱼，于是他没有多加考虑走在敌人可能射击的道路上有多么危险，就跑去察看，担心帝国军队会对他的诺瓦雷塞开火。

他从叛乱的士兵中为自己开辟道路，这些士兵签定的合约并没有事先写明他们得挖战壕；但是卡萨莱城的居民又拒绝为法国人干活，因此图瓦拉斯只好答应付给他们额外报酬。他像大家一样欣喜地获知，斯皮诺拉得了瘟疫，他高兴地看见一群那不勒斯逃兵由于害

---

① Catullus（前 87—前 54），古罗马诗人。

怕而进入城里，抛弃了陷入疫病的敌方阵营。他听埃马努埃莱神父说，那里可能有瘟疫的传染源……

九月中旬，城里出现了瘟疫，罗伯托并不介意，他只害怕他的诺瓦雷塞被传染上。一天早上，他醒来时发现自己发着高烧。他设法派人去通知了埃马努埃莱神父，于是被偷偷地送进神父的修道院里，以避免成为那些临时传染病医院中的一员：那里的病人死得很快，而且为了不分散其他忙于死在花炮工场的人的注意力，他们死得悄无声息。

罗伯托没有想到死：他将发烧想作爱情，当他将草褥子的折痕处弄皱时，或者当他抚摸着自己身体上出汗和疼痛的部分时，他梦想着在触摸诺瓦雷塞的肉体。

一天晚上，在"达佛涅号"，那段记忆重新涌上心头，那样鲜明，当时夜色渐浓，天空在完成它缓慢的运动，南十字星座已经消失在地平线，罗伯托不再清楚他重新燃起的爱情是为了卡萨莱的女勇士狄安娜，抑或距离他的视线同样遥远的那位夫人。

他想知道她可能会逃到哪里，他跑进航海仪器室；他印象中那里似乎有一张那些海域的地图。他找到了它，地图很大，是彩色的，并且是不完整的，因为那时许多地图出于不得已都是没有绘制完的。对于一片新大陆，航海者只绘出他所看见的海岸，然后放着剩下的轮廓不管，因为他永远都不知道那块陆地以何种方式向何处延伸以及延伸到多远；为此，太平洋的地图经常像是有着海岸、勾画出外围轮廓、推算出大概体积的阿拉伯式图案，只有少数被环绕航行过的小岛才绘画得比较明确，而风的方向则按照经验来辨别。有些航海家为了使海岛更易识别，只能非常准确地画出岛上最高处的尖顶以及浮云的形状，以便让人认出这些岛屿，如同从帽檐上，或者从大概的走路姿势上，老远就能认出一个人来。

现在，在那张地图上，可以看见两条海岸之间的界线，它们被一条由南向北的海峡分开来；两条海岸线中的一条蜿蜒曲折地界定出一座岛屿的轮廓，那可能就是他的*岛屿*；但在宽阔的海面的另一边，还有其他假定存在的岛屿群，从十分相似的形态上来看，它们可能就是罗伯托的足迹到过的地方。

如果认为罗伯托是被地理学家的好奇心所驱使，那你就想错了。埃马努埃莱神父的谆谆教导教会他的仅仅是通过亚里士多德机器的镜片来转换可见的东西。圣萨万极为耐心地教授他的也只是通过语言来激发欲望，从而将一个少女变成天鹅，将一只天鹅变为少女，将一轮太阳变成深底圆铜锅，而将一个深底圆铜锅变为太阳！到了深夜，我们发现罗伯托正对着地图陷入空想，因为那地图已经变成了他所渴望的女人的身体。

如果说把所爱的名字写在海滩的沙子上是错误的，因为波浪很快便会把它冲蚀掉，那么罗伯托则感到自己是个谨慎的情人，他把所爱的人的身体托付给了海岸线和小海湾的圆弧，把头发托付给了群岛周围蜿蜒曲折地流动着的海水，把夏天面颊上微微沁出的汗水托付给海水的反光，把眼睛的神秘托付给一片空旷的浩瀚蓝天——这样一来，那张地图就可以无数次地勾勒出爱人身体的线条，它们随意地被画在海湾和海角的不同部位。他满怀热望，让嘴唇在纸上流连，吸吮着海洋的性感，他使一处岬角微微发痒，他不敢深入到某一条航道，他把面颊紧贴到纸上，呼吸着海风的气息，他恨不得小口地吞下所有的水脉和水源，任由自己贪婪地喝干所有的江湾河口，变成太阳去亲吻海岸，化作潮汐去抚摸入海口的秘密……

但是他所享受的却不是占有，而是丧失：当他渴望触摸博学的画笔所描绘出的那个模糊不清的战利品时，也许在真实的*岛屿*上的*其他人*——那*岛屿*，它以地图所无法尽显的优雅的形态伸展——正咬着那里的果实，在它的海水中游泳……其他人，愚蠢而凶恶的巨人，在那一瞬间正将粗糙的手靠近她的胸脯，畸形的伏尔甘[①]占有了娇弱的维纳斯，愚笨地擦过她的嘴唇，其愚笨正如失落岛上的渔民，由于无知而将最为罕见的珍珠抛到了加那利群岛最远的地平线之外……

她正在另一个爱她的人的手中……正是这种想法，这种极端的狂热妄想，让罗伯托身心扭曲，他只能为自己身带长矛却无能为力而哀号。在这种疯狂的状态下，他摸索着桌子，似乎想抓住一条裙子的下摆，他的目光从描绘那如波浪般柔软而平和的躯体的地图滑落到另一张地图上；在这张图上，不知名的作者也许曾竭力描绘出西方大陆上火山喷发的管道：那是一张涵盖整个地球的航海指南，在地壳突出部分的顶端全部冒着缕缕烟尘，而在里面，则是错综复杂的枯焦的岩脉；他突然感到自己就是那个地球的活生生的形象，在濒死时发出嘶哑的喘息，从每一个毛孔中喷发出熔岩，从而将无法得到满足的生命活力全都发泄出来，最后失去了知觉——"被灼烧的肿胀所毁灭"（他这样写道）——在那具他朝思暮想的南半球的肉体上失去了意识。

① Vulcan，罗马神话中的火神，他是长得最丑陋的天神，而且瘸腿，但娶了最美丽的女神维纳斯。

一四
决斗一席谈

在卡萨莱，罗伯托也梦想着开阔地，以及他第一次看见诺瓦雷塞的宽敞的凹地。但是现在他不再是病人了，因此他头脑更加清楚地想到，他也许永远都不会再找到她了，因为他自己或许不久于人世，而她或许已经死去。

实际上，他并非正在死去，甚至相反，他正慢慢地痊愈，然而，他却并没有意识到这一点，他把健康恢复期的倦怠与生命的消逝混为一谈了。圣萨万经常来看他，当埃马努埃莱神父在场的时候（神父斜眼看着圣萨万，似乎后者要夺走罗伯托的灵魂），向他提供报导时事的报纸，而当神父离开的时候（因为在修道院里，谈判变得愈来愈频繁），他便像哲学家一样论述生命和死亡。

“我的好朋友，斯皮诺拉快要死了。您被邀请去参加我们为他的死亡所组织的庆祝活动。”

“下一周我也要死了……”

“这不是真的，我能分辨出一个将死之人的面孔。但是让您回避关于死亡的思考也非我所愿。甚至，您可以利用生病来做一下这种良好的训练。”

“圣萨万先生，您讲话活像一位教士。”

“根本不是。我没有要您为另一次生命做准备，而是要您使用好已经给予您的这唯一的生命，以便当您永远不会有经验的唯一的死亡到来时，能够应付它。有必要对死亡的艺术提前进行思考，并且多次思考，以便以后能够只一次就做好。”

罗伯托想起身，埃马努埃莱神父却阻止了他，因为后者不相信他已准备好回到战争的喧嚣之中。罗伯托告诉他自己迫切地想要与某个人重逢。埃马努埃莱神父则认为，他如此干瘦的身体因对其他人的身体的思念搞得衰弱不堪，这是愚蠢的，因此神父企图让他看到，女性是应该蔑视的。“那个极为虚荣的女性世界，”神父对他说道，“她们高高托起新潮的女像柱，围绕着耻辱运转，身上带着南回归线和北回归线的标记。镜子，作为她们的原动力，在反射着她们淫荡的眼睛组成的群星时，比任何时候都更昏暗，那群星为了散发出愚蠢的情人的毒气，而变成了流星，而这些流星则预示着对诚实的灾难。”

罗伯托并不赞赏这种天文学的比喻，也不承认他爱的女人具有那种世俗女巫的形象。他仍然躺在床上，但是散发出更多的毒气。

与此同时，又从萨莱塔先生那里传来其他消息。卡萨莱的居民正在犹豫是否允许法国人进入城堡：他们已经明白，如果要阻止敌人进入，那么就应该团结各方力量。然而萨莱塔先生却让罗伯托明白，只有当城市马上就要陷落的时候，他们才做出合作的姿态，比任何时候更甚地重新想起同盟条约。他说：“对待图瓦拉斯先生时，要像鸽子一样纯洁，但为了防止他的国王事后又想出卖卡萨莱，还应该像蛇一样狡猾。必须战斗，做到假如卡萨莱城被拯救，其中也有我们的功劳；但不要超过限度，这样，假使城市陷落，那罪过也仅仅是法国人的。”作为对罗伯托的教诲，他又补充说：“谨慎的人不应该把自己绑在唯一一辆马车上。”

“可法国人说你们是商人：谁都没见到你们打仗，可所有人都看到你们忙着发战争财！”

“为了活得久些，最好做些卑琐的营生。带裂纹的花瓶永远不会完全打碎，虽然最后会因为它永远不坏而令人厌烦。”

九月初的一天早上，卡萨莱暴雨肆虐。无论是健康的人，还是尚在恢复期的病人，全都跑到室外去淋雨，似乎雨水能够冲洗掉所有传染病的痕迹。这与其说是治疗，不如说是一种清凉一下的方式，因此在暴雨过后，疾病仍然继续蔓延。唯一令人感到安慰的消息是，瘟疫同样也在敌军营地横行无阻。

罗伯托现在已经能够站起来了，他冒险走出修道院，看见一所房子上面带有绿色十字形的标记，这就意味着那是被传染的地方，门槛处有一个女人，也许叫安娜·玛丽亚或者弗兰切斯卡·诺瓦雷塞。她苍白消瘦得就像《死亡之舞》中的角色。从前雪白和石榴红的肌肤已经被疫病折磨得只剩下萎黄色了，虽然从那遭受着苦楚的轮廓上还能隐约想起她先前优雅的风姿。罗伯托回忆起圣萨万说过的一句话：“当年迈体衰把那具躯体变得幽灵般难看，已经让人想到死亡近在眼前时，难道您还能继续对她顶礼膜拜吗？”

姑娘趴在一位修士的肩上哭泣，好像失去了亲爱的人，也许是她的那位法国情人吧。修士的脸色比他的胡须还更灰败些，扶着姑娘，瘦骨嶙峋的手指伸向天空，似乎在说：“某一天，在那里……”

只有当身体在渴望，而欲望又遭到压制的时候，爱情才能变成精神追求。假如身体衰弱到无力承担欲望，那么精神追求便烟消云散了。罗伯托发觉自己已经衰弱得没有力气再爱了。安娜·玛丽亚（弗兰切斯卡）·诺瓦雷塞就此退场。

罗伯托回到修道院，又爬上了床，决心真的死去：他为不再痛苦而万分痛苦。埃马努埃莱神父鼓励他去呼吸新鲜空气。然而从外面传来的消息却并不鼓励他活下去。除了瘟疫之外，还发生了饥荒，甚至更糟糕：卡萨莱的居民藏起食物，不愿交给盟军，因此发生了激烈的拼抢。罗伯托说，如果不能死于瘟疫，他愿意死于饥饿。

最后还是埃马努埃莱神父说服了他，把他撵到了外面。当罗伯托绕过街角时，他遇见了一群西班牙军官。他企图逃走，而那些人却十分客气地向他问候。他这才知道，敌人炸毁了一些堡垒，已经占领了许多居民稠密的街区，因此可以说，不是田野正在围攻卡萨莱城，而是卡萨莱城正在围攻它的城堡。

在街道的尽头他碰见了圣萨万。后者对他说："亲爱的格里瓦，您生病时是个法国人，病愈后则是西班牙人了。城市的这一部分已经落入敌人手中。"

"那我们还能通行吗？"

"您不知道已经签订了停战协议？再说，西班牙人要的是城堡，而不是我们。在法国人那边，葡萄酒奇缺，想让卡萨莱人从他们的酒窖中取酒出来，就好像要抽出我们上帝的血一样。您不能阻止和善的法国人到这边的一些酒馆里来吃喝，这里的酒馆老板已经从城郊买进最好的葡萄酒。西班牙人将我们当绅士对待，只是必须遵守礼节：如果想要吵架的话，那应该回我们那边和自己人去吵，而在这边，则需要表现得有礼貌，就像在敌人之间惯常所做的那样。这样一来，我承认，西班牙这边就不如法国那边好玩儿了，至少对于我们是如此。请您加入到我们之中吧。今天晚上，我们想为一位夫人唱小夜曲，直到前天为止——当我看见她在窗前探出头来的一瞬间——她都向我们隐藏她的妩媚呢。"

就这样，那天晚上，罗伯托重新看到了图瓦拉斯宫廷中的五张熟悉的面孔。当然少不了修道院院长，他为了这场合还特地穿上了饰有镂空花边的衣服，并披上了一条缎子做的肩带。"但愿上帝宽恕我们，"他以漫不经心的虚伪口吻说道，"如果我们还想完成我们的本分的话，就需要让心灵安静下来……"

这所房子在一个广场上，位于西班牙人的一边，然而，在那个时间，西班牙人正全部聚在下等小酒馆里。低矮的屋顶以及广场边上种的树木的团团簇叶勾画出一片长方形的天空，举目望去，是一轮上面有些疤痕的月亮，月光静谧，倒映在一处喷泉的水面上，而那喷泉在沉静的正方形水池中心发出潺潺的水声。

“啊，最温柔的狄安娜，”圣萨万说道，“你的城市和乡村现在该是多么安静和平啊，它们不知道什么叫战争，因为月球居民享受着一种不懂得什么叫罪过的自然的幸福……”

“请圣萨万先生不要发表渎神的谬论了，”修道院院长说道，“即使月亮上真有人住着，就像穆利内先生在他最近那部长篇小说中胡说的那样——因为《圣经》没有这样教导过我们——那些月球居民也将是非常不幸的，因为他们不了解降世为人。”

“上帝剥夺了他们受启示的机会，真是太残忍了。”圣萨万反驳道。

“请您不要深究神圣的奥秘，对美洲的土著人，上帝虽未允许他的圣子为其讲道，但是他出于善心，派出传教士为他们带去光明。”

“那么，为什么我们的教皇大人不也往月亮上派些传教士呢？也许因为月球居民不是上帝的子民？”

“请您不要说蠢话了！”

“我不在乎您说我愚蠢，院长大人，但您应该知道，在这些胡言乱语之下隐藏着一种奥秘，这显然是教皇大人不愿意揭示出来的。如果传教士发现了月亮上的居民，而且看见他们正望着就在他们眼皮子底下、而我们却不得见的别的星球的话，那么他们就要思量在那些星球上是否生活着类似于我们的其他人类。他们可能还要思量一下是否那些恒星也同太阳一样，被它们的月亮以及其他的星球所环绕，而那些星球上的居民是否也能看见我们不认识的其他星球——同样被星球所包围，如此等等，直到无穷无尽……”

“上帝让我们没有能力考虑无穷无尽，因此，您最好心满意足地做个这里的人类。”

“小夜曲，小夜曲，”这时其他人小声地说道，“就是那扇窗户。”窗户上透出一层淡淡的玫瑰色光线，它来自让人心怀绮梦的卧房。然而，两位辩手却已经十分激动。

“而且，”圣萨万嘲笑地继续强调，“假如世界完了，它被*虚无*所包围，那么上帝也就不复存在了；正像您所说的，他的任务是待在天上和地上以及任何地方，因此他不可能待在什么都没有的地方。*虚无*是一个不存在的所在。或者，为了扩张天地，上帝也要扩张自己，第一次诞生在他从前不存在的某个地方，而这就与他所谓的永恒互相矛盾了。”

“够了，先生！您正在否定*永恒*的永恒性，我不允许您这样做。到了我该杀死您的时候了，好让您假冒的才智不会再损害我们！”修道院院长拔剑出鞘。

“如果您希望这样的话，”圣萨万说道，同时欠身行礼，并开始摆出防御姿势，“不过，我不会杀死您，我不想让我的国王损失士兵。我只需简单地将您毁容破相，好让您必须戴面具才能苟活，就像意大利喜剧演员那样，这种尊严才适合于您。我将给您留下一道从眼睛直到嘴唇的伤疤，让我在两剑之间先给您上一堂自然哲学课，然后再给您这阉割猪崽漂亮的一击。”

修道院院长发起攻击，企图马上大刀阔斧地砍倒对方，嘴里还高声喊着对方是一条毒虫、一只跳蚤、一只虱子，必须毫不留情地碾死。圣萨万躲过攻击，步步紧逼，直把对手逼到一棵树边，每一个动作都伴随一段高谈阔论。

“啊，击手腕以及横击可都是气急败坏、因愤怒而失去理智的人的粗俗击法！您缺乏*击剑的概念*。您也缺乏怜悯心，鄙视跳蚤和虱子。您是个过于渺小的动物，无法把世界想象成一个大动物，正如神一般的柏拉图已经向我们展示过的。试想一下，群星是载有其他小动物的天体，而这些小动物又各自是载有别的动物的世界——因此，我们，还有马匹以及大象，对于居住在我们身上的跳蚤和虱子来说，也是天体了，这样想并不矛盾。它们无法理解我们的巨大，正如我们因自己的渺小也无法理解更加庞大的天体一样。也许现在正有虱群把您的身体当作一个天体，当它们中的一只从您的额头爬到后颈时，它的同伴会说它勇敢地到达了已知陆地的边界。这个小小的族群把您的汗毛当成它们国家的森林，而当我刺伤您之后，它们就会把您的伤口看成湖泊和海洋。当您梳头的时候，它们会把这种摇动看成大洋的涨潮和落潮，您像个女人似的每时每刻都要梳头的爱好，对它们来说很糟糕，因为这让它们的世界变化不定，现在我为您剪去那一绺毛，它们将会把您愤怒的喊叫当作十二级台风，看那！”他捅破了修道院院长衣服上面的装饰物，几乎快要撕碎他的绣花礼服。

修道院院长气愤地撇去被撕坏的饰带，站在广场的中心。他不时留心身后，以确认自己有足够的空间，他现在准备虚晃一剑，然后后退背靠喷泉作为掩护。

圣萨万似乎是在围着对方跳舞，而不发动攻击：“院长大人，请抬起头来望望月亮，然后思考一下，假设您的上帝能够让灵魂不死，那么，他就完全可以让世界无穷无尽。但是，假设世界是无穷尽的，那么它就应该在空间和时间上均是无穷尽的，因此世界就将是永恒的，而如果存在一个永恒的世界，那么就不需要创造了，那么，关于上帝的设想也就没用了。噢，多么美妙的嘲弄啊，院长大人，假如上帝是无限的，那您就无法限定他的能力：他永远不会*停止活动*，因此世界也将是无限的；然而，如果世界是无限的，那么就不会再有上帝了，正如过不了一会儿，在您的上衣上就不再有缨绕了一样！”他说到做到，又砍掉了修道院院长十分引以为豪的几处衣服垂饰，然后把剑尖稍稍扬起，缩短了两人的距离；当修道院院长试图后退，圣萨万往对手的剑身刀刃上砍下干脆利落的一刀。修道院院长差一点将剑掉在地上，赶紧用左手按住自己疼痛的手腕。

他大喊大叫:“我最终会在您身上戳个窟窿,您这个蔑视宗教的渎神者、畜牲,为了天堂里所有神圣的门徒,为了十字架上的鲜血!”

那位夫人的窗子打开了,有人探出头来并高声叫喊。在场的人已经忘记了此行的目的,他们围着两个决斗者转来转去,而两个决斗者则围着喷泉边转边喊,此时圣萨万正用一系列圆圈式防守和剑尖刺杀使对手狼狈不堪。

“不要求救于降世为人的奥秘,院长大人,”他讽刺地说道,“您神圣的罗马教堂教授您,我们这个泥土做成的圆球是宇宙的中心,整个宇宙围绕着它转动,像吟游诗人那样为它演奏天体的音乐。注意,您靠水池太近了,您的衣服下摆都弄湿了,就像生了结石症、小便失禁的病弱老头儿……但是,如果在巨大的真空里有无限多的天体在转动——正像一位被与您身份相同的人在罗马烧死的伟大哲学家所说的那样——而许许多多的天体又被类似我们这样的生物所居住,如果所有的生物又都是由您的上帝创造出来的话,那么,赎救又怎么解释呢?”

“上帝会惩罚你的,该死的!”院长高声喊叫着,同时吃力地躲过对方的反手一击。

“难道基督只有一次降世为人吗?这么说,原罪也只在这个地球上产生过一次?多么不公平啊!无论对于被剥夺了圣恩的其他人,还是对于我们来说。因为在那种情况下,在所有其他星球上的人将像我们的祖先犯下原罪之前那样完美无缺,将享受一种不用背负沉重的十字架的自然而然的幸福。又或者无穷无尽的亚当们将被无穷无尽的夏娃们用无穷无尽的苹果诱惑而无穷无尽地犯下原罪,而基督则无数次被迫降世为人,被迫布道并在他被钉死的十字架上无穷无尽地受苦受难,也许他现在仍在这样做着,假如星球是无穷无尽的,那么他的任务也将是无穷无尽的。如果他的任务无穷无尽,那么他的酷刑的形式也将是无穷无尽的:假设在星系之外存在着一个星球,那里的人有六只胳膊,正如在我们这个地球上的未知的大陆上那样，那么上帝的儿子将不是被钉在十字架上，而是被钉在一块星状的木头上，因为十字架的横木不够钉他的六条胳膊——我觉得这好像很值得一位喜剧作者拿来当素材。”

“够了，我来结束您的喜剧！”修道院院长怒不可遏地大喊，同时发起最后几剑攻击，向圣萨万猛扑过去。

圣萨万回敬他的是几个漂亮的防守动作，然后是一瞬间的暂停。当修道院院长一击不成又举起剑时，圣萨万向前一步，似乎是要凌空反手劈下，却又假装向前跌倒。院长退到旁边，希望在他摔倒时砍上几刀。然而，圣萨万却没有失去对自己双腿的控制，他已经快如闪电地重新站立起来，左手用力撑着地面，右手敏捷地向高处抖动：这是海鸥剑法。他的剑尖瞄准了院长的脸，从鼻根到嘴唇，削去了他左边的胡须。

修道院院长破口大骂，还没有过哪一位伊壁鸠鲁的信徒胆敢如他这般放肆。这时圣萨万已经站定，行礼致意，而在场旁观的人则纷纷为那绝招鼓掌叫好。

但就在那一刻，从广场的另一端走来一队西班牙巡逻兵，也许是被喧闹声吸引过来的。法国人本能地把手按在剑柄上，西班牙人看见六个持武器的敌人，高声大骂他们背信弃义。一位士兵举起火枪瞄准并开了一枪。圣萨万被打中胸脯，应声倒下。军官注意到四个人没有还击，而是丢下武器，往倒下的人跑去。他还看到修道院院长满脸是血，他明白了，自己扰乱了一场决斗，于是命令手下人撤退。巡逻队消失了。

罗伯托朝他可怜的朋友俯下身子。“您看见了，”圣萨万吃力却清晰地说道，“格里瓦少爷，您看见了我的剑法？请您好好琢磨，加以练习。我不愿意我的绝招随着我的死而失传……”

“圣萨万，我的朋友，”罗伯托哭着说，“您不应该以这样愚蠢的方式死去!”

“愚蠢?我打败了一个蠢货,我战死在沙场,被敌人的炮弹打死。在我的一生中,我选择了明智的分寸……烦扰的时候说严肃的话,轻蔑的时候开开玩笑,忧伤的时候哲学家般高谈阔论,不自在了就嘲讽取笑。我按照时间和场合,审时度势地扮演了所有的角色,有时候我甚至还成了宫廷里的狂人。但是,今天晚上,如果您以后能好好讲述这个故事的话,它不是一幕喜剧,而是一场美好的悲剧。罗伯托,不要为我的死而悲伤,”这是他第一次叫他的名字,“死后一小时,我们的灵魂消失,如同我们出生前的那一个小时一样……多漂亮的诗句,难道不是吗?”

他死了。人们决定撒一个高尚的谎,就连修道院院长也表示同意,他们到处去说,圣萨万是在德国雇佣兵逼近城堡时,在一次交战中阵亡的。图瓦拉斯以及所有的军官都将他作为勇士哀悼。修道院院长还到处说在那次交战中他本人也负了伤,准备在回到巴黎时接受一份教会的有奉圣职。

在很短的时间之内,罗伯托相继失去了父亲、爱人、健康、朋友,很可能还有战争。

他无法从埃马努埃莱神父那里得到安慰,因为后者忙于出席各种秘密会议。他逗留在图瓦拉斯大人的身旁,这是他最后一个熟人,他传递命令,成为最新事件的见证人。

九月十三日,法国国王和萨伏依公爵的特使们,还有马萨林上尉本人到达城堡。援军部队也在与西班牙人进行谈判。法国人要求暂时休战,以便能及时赶到,解救卡萨莱城,这已不是这次围城最新鲜的怪事;西班牙人同意休战,因为他们的军队也被瘟疫破坏惨重、危机重重,士兵纷纷开小差,而斯皮诺拉则已经到了生死边缘。图瓦拉斯被迫接受新来的人强加给自己的协议条款,这些条款允许他继续保卫卡萨莱城，而后者实际上已经陷落：法国人在城堡驻扎，但将城市甚至城堡本身完全丢给西班牙人，至少到十月十五日为止。如果直到这一日期援军还未赶到，法国人将承认战败，然后离开。否则的话，西班牙人就将要归还城市和城堡。

与此同时，攻城的人必须向被围困的人提供生活物资。这显然不是在我们看来那个时代的围城应有的方式，然而这却正是那个时代的人接受的行事方式。这不是战争，而是玩掷骰子游戏，当对手要去解小手的时候，游戏便暂停。或者，如同赌马。被下注的马匹是那支援军，它的阵容随着人们希望的羽翼丰满而渐渐变得强大，尽管还没有任何人看到过它。人们生活在卡萨莱，在城堡中，就如同在“达佛涅号”上——想象着远处有一座岛屿，尽管闯入者就在他们家中。

如果说西班牙的先头部队起初尚表现良好的话，现在随着大部分队伍进入城里，卡萨莱的居民则要把他们看成撒旦魔王了，他们征用一切，强奸妇女，棒打男人，在树林和田野中生活了数月之后的今天，完全沉溺于城市里的寻欢作乐。同样地，瘟疫也开始在征服者、被征服者以及躲藏在城堡中的人之间蔓延。

九月二十五日，传出斯皮诺拉去世的消息。城堡里一片欣喜，而征服者那边则是一片混乱，因为他们也像罗伯托一样变成了孤儿。那是比在“达佛涅号”上所度过的还要黯然无光的日子，直到十月二十二日传来消息说援军已经抵达阿斯蒂城。西班牙人开始在城堡里架起武器，往波河岸边部署大炮，完全背信弃义（图瓦拉斯这样辱骂），此前双方曾约定，在援军到达时，西班牙人就得放弃卡萨莱城。而西班牙方面则通过萨拉萨尔之口提醒，协议确定的最后日期为十月十五日，这样一来，法国人早在一星期之前就应该让出卡萨莱城了。

十月二十四日，从城堡前的斜坡上可以看到敌方部队正在进行大规模的行动，图瓦拉斯决定用大炮来支援赶来的法国军队；在后来的日子里，西班牙人开始把他们的行李装载到河里的船上，运往亚历山德里亚，这对于城堡里的人来说是个好兆头。然后，敌人又开始在河流上架设浮桥，准备撤退。对于图瓦拉斯来说，这好像太不地道，因此他下令炮轰。出于恼火，西班牙人拘留了仍然留在城里的所有法国人，至于他们为什么还待在那里而不是撤到城堡，我承认我也不知道，但罗伯托是这么说的，反正关于那次围城，我已准备好听信一切。

法国人已经靠近，人们知道，马萨林正在按照教皇的委托竭尽全力地周旋，以避免冲突。他来往于两个部队之间，接着回到埃马努埃莱神父的修道院里商议，然后再骑马出发，把反馈意见带给双方。罗伯托总能看见他，但只是远远地看见他风尘仆仆，并频频慷慨地向所有人脱帽致意。此时双方部队都按兵不动，因为先行动的将被将上一军。罗伯托后来不禁琢磨，援军是否只不过是那位年轻上尉的一个谎言，让攻城者和被围困者都发起同样的梦。

实际上，从六月份以来就在雷根斯堡召开了选帝侯会议，法国派去了使节出席，其中包括约瑟夫神父。在与会者瓜分城市和省区的同时，在十月十三日还达成了一项关于卡萨莱的协议。马萨林很快就知道了这个消息，正像埃马努埃莱神父对罗伯托说的那样，他谈判的目的只是说服那些将要到达的人以及等待他们到达的人，接受这一协议。西班牙人得到的消息不止一个，但是互相矛盾；法国人也早就听到了某些风声，但却害怕黎塞留不会同意——而实际上的确如此，从那些日子开始，未来的红衣主教马萨林便想方设法让事情按照自己的方式来进行，当然是背着他日后的庇护者。

事情就这样进行着，十月二十六日，两军正面对峙。在东边，沿朝弗拉西内托方向的丘陵地部署着法国军队；对面，在河的右岸，城墙和丘陵之间的平原上，是西班牙军队，在他们背后图瓦拉斯正发起炮轰。

一队敌人的战车正从城里面驶出，图瓦拉斯召集他身边剩下的少量骑兵队伍，让他们冲出城外，去拦截敌军。罗伯托恳求参加这次行动，然而却没有获得准许。现在他感到如同待在一条船的甲板上，却不能登陆上岸，只能观望着大片海面以及拒绝他前去的岛屿上的许多山丘。

这时人们突然听到枪声，也许是双方的先头部队开始交手：图瓦拉斯决定突围，在两条战线上牵制神圣罗马帝国军队。部队正要冲出城门，这时，罗伯托从堡垒上看见一名黑衣骑士，不顾第一批射过来的枪弹，在两军之间，也就是在火线地带飞驰着，他手里摇晃着一张纸，并高声喊着，后来听在场的人说，他喊的是："和平了！和平了！"

此人正是马萨林上尉。在最近几次往返于两边的朝圣中，他说服了西班牙人接受雷根斯堡的协议。战争结束了。卡萨莱城仍然留给了讷韦尔，法国人和西班牙人答应离开这里。当队伍解散时，罗伯托跳上忠诚的坐骑帕纽夫利，跑向已没有冲突的地方。他看见身穿镀金胸甲的绅士们正专心致志地互相问候，互道祝贺，跳着舞步，同时还有人正在临时准备应急的小桌子，以便签订协议。

次日开始撤军，西班牙人先走，而后是法国人，尽管如此场面仍有些混乱，有人不期而遇，有人交换礼品，提出建立友谊。与此同时，在城里，染上瘟疫死去的人的尸体在阳光的照射下开始腐烂，寡妇们在呜咽啜泣，有些平民则变得富裕起来：因为在战争期间大敲竹杠，赚得盆满钵满，虽然不曾眠花宿柳，只是老实地跟自己的妻子睡觉，还是得了花柳病。

罗伯托竭力想重新找到他的佃农们。然而格里瓦的部队却再也没有了消息。他们中有些人想必已经死于瘟疫，但是其他人却是四处逃散了。罗伯托心想，也许他们已经回到了家里，而他的母亲可能已经从这些人那里获悉丈夫去世的消息。他扪心自问，在那样的时刻，自己是否应该回到她的身旁，但他却不再清楚自己该做些什么。

很难说更大程度上动摇了他的信仰的，是圣萨万让他隐约看见的没有上帝、没有规则、处于虚无之中的无限小和无限大的众多天体，还是萨莱塔和萨拉萨尔关于谨慎的说教，抑或是埃马努埃莱神父作为唯一的科学留给他的关于英雄的箴言的艺术。

从他在“达佛涅号”上回忆往事的方式来看，我认为，在卡萨莱，当罗伯托在一场意义太过深远、又毫无意义的战争中，失去了父亲又迷失了自己的时候，他便学会了将宇宙世界看作一连串不确定的谜团，其背后再没有一个始作俑者；或者，假使有的话，也因为前景太过纷繁而消失在重塑自己的过程之中了。

如果在卡萨莱，他已直觉地明白存在着一个再无中心、只由外围组成的世界，在这里，他则真正感到身处最为偏远、最为迷茫的边缘地带；因为，假如真有一个中心的话，那么它就在他的面前，而他就是它不动的卫星。

一五

钟(摆荡)

我用了至少一百页纸讲述“达佛涅号”遭遇海难之前的许多事件,然而在“达佛涅号”上我却没有让任何事情发生,原因在于:如果在一条弃船上的日子是空虚的,那不能把责任推到我的身上,因为谁也不能够断言这段故事是否值得去写。同样也不能把责任推到罗伯托的身上。非要挑毛病的话,我们可以责备他花费了一天时间(在两件事之间,从他发现有人偷了他的鸡蛋时起到现在,仅仅过去了三十几个小时)去打消一个念头,那是让他在船上逗留的时光变得更有趣味一些的唯一可能性。事实很快变得明朗,认为“达佛涅号”安全无虞是于事无补的。在这艘木船上,不只有他,还有某些别的人或物在游荡,或者说在埋伏等待。在这艘船上,情况甚至不能理解为一次简单的围城。因为敌人就在城内。

在亲吻地图的那个夜晚,他就应该有所怀疑了。回过神来之后,他感到口渴,玻璃水瓶是空的,于是他去寻桶水来。他放到外面去接雨水的桶很重,但在贮藏室里面有小一点的桶。他走到那里,拿起手边儿的第一桶——晚些时候经过思考他不得不承认,那只桶离他太近了——回到房间之后,他把桶放在桌子上,拔出塞子。

那不是水,他一面咳嗽一面意识到,小桶里面装着的是白酒。他说不清是什么酒,但作为经验丰富的乡下人,他敢说那不是葡萄酒。

他觉得那饮料不难喝，于是突发兴致，毫无节制地狂饮起来。那时他脑子里没有想过，如果贮藏室里全都是这种东西的话，他就要为饮用水的储备担忧了。翌日晚上，当他打开第二只存水小桶并发现里面盛满了淡水时，也没有怀疑。要到更晚些时候他才相信了，这是有人摆在那里的陷阱般的礼物，让他首先抓到这个小桶。有人希望他喝得酩酊大醉，以便控制他。如果这果真是计划好的，那么罗伯托简直是以过分的热情顺从了。我不认为他喝了许多，然而对于像他那样的新手来说，喝个几杯也算过量了。

从接下来的所有叙述中，我们可以推断，后来的事情罗伯托都是在反常的状态下经历的，随后的日子他也都是这样过的。

由于喝醉了酒，罗伯托昏昏入睡，但他仍然被更厉害的口渴所折磨。在昏沉的梦境中，卡萨莱最后的形象又回到他的头脑里。他在离开之前曾去向埃马努埃莱神父告别，他看见神父正在拆卸他那具有丰富想象力的机器，然后打包，运回都灵。刚离开埃马努埃莱神父，他就遇见了几辆战车，西班牙人和神圣罗马帝国军人正往车上堆放他们围城期间所用机械的零件。

充斥他梦境的是那些带齿的轮子：他听见生锈的门插销发出的响声、铰链擦刮的动静，这一次不会是风的声音，因为海上风平浪静。他感到十分烦恼，正像那些刚刚醒来却仍觉得在做梦的人一样，他竭力重新睁开眼睛，但他仍然听到那种声响，或许来自底层甲板，又或许来自货舱。

他站起身子，感到剧烈的头痛。为了治愈这疼痛，他别无他法，只能再去抓起小桶，他打开桶塞，发现喝过之后感觉更糟。他寻找武器，失误了许多次才把刀插进皮带，他在胸前划了许多次十字，然后摇摇晃晃地走了下去。

他知道，在他的下面是舵柄。他继续往下走，一直走到梯子的尽头。如果他直奔船艏，那么他将走进动物园。朝向船尾的则是一扇还没有打开过的紧闭的门。现在正从那个地方传来一种极为强劲的滴答声，声音多种多样，又不甚均等，就好像许多节奏重叠在了一起，可以分辨出时而“啪—啪”，时而“叭—叭”，时而“咚—咚”的声音，然而整个给人的印象就是“滴滴答答——咚咚——噔噔嗒嗒——滴”的声音。听起来就好像在那扇门后有一群黄蜂和大胡蜂，正在循着不同的轨迹疯狂地飞舞，有时撞到墙壁上，有时又互相碰撞。他害怕开门，担心自己被那个大蜂窝里的发疯原子冲倒在地。

在犹豫良久之后，他做出了决定。他用火枪的枪托砸开了门锁，走进里面。

这间贮藏室通过另一面舷窗采光，里面放着钟表。

钟表。水钟、沙时计、靠在墙壁边上被弃置的日晷仪，尤其是摆放在架子和屉柜上面的机械钟——依靠钟锤以及平衡锤的缓慢下降而运行的钟表——它们的一些齿轮钳住其他齿轮，这些齿轮再咬住其他的，直到最后一个齿轮挟住一根垂直杆上的两个薄片，让垂直杆向两个方向各完成半圈运动，这样，在它不太体面的扭动过程中，连接最顶端的水平杆也会随之摆动；还有发条钟，在这种钟表里，一个带槽的锥状体拉开一条小链子，后者由卷筒的环形运动所驱动，这卷筒通过每一节链环控制着链子。

在这些钟表之中，有些把机械装置隐藏在已经生锈的装饰物和被腐蚀的凿刻作品的表象之下，只露出指针的缓慢运动；但是，大部分钟表却在展示它们内部咬牙切齿的一堆废铁，让人想到《死亡之舞》，而唯一活着的东西就是挥动着时间镰刀冷笑的骷髅们。

所有这些机械都在活动着，最大的沙时计还在咀嚼着沙粒，最小的沙时计下面的半截则几乎被填满，其余的则从牙齿里发出尖锐刺耳的声音，一种气喘病人嘟嘟哝哝的声音。

对于第一次走进来的人而言，那一大片钟表似乎连绵不断、永无止境：小房间的尽头被一块画布盖着，上面画着被其他钟表填满的房间的透视图。但是哪怕避开这种魔术手法，哪怕仅仅端详这些活生生存在的钟表，这么说吧，也会让人大惊失色。

可能看起来令人难以置信——对于以漠不关心的态度阅读这次经历的你们来说——然而，一个遭遇沉船的人，又是醉意朦胧，在一条无人居住的弃船上，如果发现一百只钟表几乎是一齐讲述着无止无休的时间的故事，那么他所想的首先是故事，而不是它的作者。罗伯托正是这样做的，他一个一个地细细查看着那些消遣之物，这成了他这个被判处极为缓慢的死亡的人在衰老的青春期的玩具。

来自天空的惊雷出现在后面，正如罗伯托所写，当他从噩梦中惊醒，他终于意识到，必须找到眼前这噩梦的原因：如果这些钟表还都运转良好，想必是有人为它们上过弦；即使它们的发条被上得很足，可以走很长时间，但如果它们是在他到来之前被上的发条，那么当他第一次从那门边经过的时候，应该就已经听见了声响才是呀。

假如涉及的只是一只钟表，他还可以认为，那只钟表万事俱备，只要有人给它拧上一下，便可走起来；而这拧上一下的动作正好由船的一次晃动完成了，或者由从舷窗飞进来的一只海鸟完成了，那只鸟落在一只操纵杆上、一个摇柄上，这样一来，就开启了一连串的机械运动。这和强风刮响教堂的大钟，或是轻触门闩，有时也能让门扇滑开的道理如出一辙。

然而一只鸟不可能一下子为数十只钟表上发条。不可能。费兰特是否存在是一回事，但在这艘船上，肯定有闯入者。

那个人曾经进入过这间小房间，并且为他的机械上了发条。他这样做是为什么呢，这是第一个问题，但罗伯托不急于找到答案。更紧急的是第二个问题：他后来又躲藏到哪里去了。

因此必须深入货舱的尽头：罗伯托告诉自己已经不能回避这件事，然而，在他重复着这些坚定的话语时，行动却迟疑了。他明白自己的头脑并非完全清醒，他走上甲板，用雨水淋湿脑袋，在头脑更加清醒时，思考起闯入者的身份。

他不可能是从岛屿来的野人，也不可能是幸存下来的水手，否则他什么都可能做（青天白日袭击他，深更半夜设法杀死他，或者求饶），除了喂鸟和为自动装置上发条。这么说，藏在“达佛涅号”上的是一个平和而有学问的人，也许就是住在地图房间里的那个人。那么——假如他真的存在，鉴于此人又在自己之前就存在——他就是一个合法的闯入者。然而，这绝妙的对立命题却无法使他的焦虑不安平息下来。

如果闯入者是合法的，为什么要躲藏起来？因为害怕不合法的罗伯托？如果他躲藏起来，那为什么又设计了这场时间音乐会，让自己的存在显而易见呢？也许他是个思想邪恶的人，害怕罗伯托，没有能力对付罗伯托，便想将他逼疯、从而毁灭他？但是他这样做又有什么好处呢，因为如果他同样遇到海难、沦落到这座人工岛上，难道不是能从与一个不幸的同伴结成联盟中得益吗？罗伯托又心想，也许“达佛涅号”上还隐藏着他不愿意揭示给任何人的其他秘密。

这么说，金子、金刚石，还有未知的大陆上的所有财宝，或者科尔贝曾对他讲过的所罗门群岛的宝藏……

回想起所罗门众岛屿时，罗伯托恍然大悟。那当然，是钟表！在一艘航行于大海的船上，晨昏是由太阳的运行来划分的，那么在这里摆放那么多钟表做什么呢？闯入者一路来到这个遥远的纬度，与伯德博士一样，他也是来寻找所谓定点的！

肯定是如此。机缘巧合，罗伯托由荷兰出发，作为红衣主教的密探，追踪一个英国人的秘密勾当——后者为了寻找定点，几乎是秘密地上了一条荷兰商船。现在，罗伯托又返回天晓得来自哪个国家的另一个人的（荷兰）船上，而这人正一门心思地发掘同样的秘密。

一六
交感粉末之演说

他怎么会陷入这种麻烦中呢?

对于从回到格里瓦到进入巴黎社交圈之前的那些年月,罗伯托能让人瞥见的东西很少。从零散的暗示中我们得知,他留下照顾母亲,直到他二十岁为止,其间不情愿地与农场管家们讨论播种和收获的事宜。他的母亲刚刚追随丈夫进入了坟墓,罗伯托就发现自己与那个世界已经格格不入。于是他不得不把土地委托给一位亲戚,保证自己有份可靠的定期收益,然后去周游世界。

他与在卡萨莱认识的一些人保持着通信联系,这促使他不断扩充知识。我不知道他是如何到达普罗旺斯地区的艾克斯的,不过他肯定到过那里,因为他心怀感激回忆起在当地一位绅士那里度过的两年时光,那位绅士通晓各门科学,他的图书馆里不但藏有各种书籍,而且还陈设着丰富的艺术品、古董以及用稻草填塞的动物标本。正是通过这位艾克斯的东道主,他又认识了那位他总是带着虔诚、尊敬口吻提到的老师,他有时称他为"迪涅修道院院长",有时又称他为"和蔼可亲的神父"。正是手持他的担保信,罗伯托终于来到了巴黎,但日期不甚明确。

他马上开始与修道院院长的朋友们接触,并且被允许出入城里最具名望的场所。他经常提起杜皮伊兄弟的一间会客室,他回忆起那里：每天下午他与饱学之士交往，因此他的见识变得更为开阔。同样我也看到他提及在那些年里拜访过的其他会客室，里面有着丰富的纪念章收藏品、土耳其刀具、玛瑙宝石、稀有的数学书籍，以及印度贝壳……

他经常引用的那些在我们看来彼此矛盾的教诲告诉我们，在他生命中那个快乐的四月（或许五月），罗伯托正在怎样的十字路口游荡。他每天都向修道院院长学习应该如何按照伊壁鸠鲁的教导去理解世界是由原子构成的，但同时又是由神的旨意安排和控制的；同样，出于对伊壁鸠鲁的热爱，他又与一些自称伊壁鸠鲁信徒的朋友度过晚上的时光，这些人善于将讨论世界的永恒与探访情操卑劣的漂亮女人这两件事轮流进行。

他经常提起一群无忧无虑的朋友，他们在二十岁已通晓别人在五十岁才会引以为豪的知识，利尼埃、沙佩勒、斜背着诗琴转悠的哲学家和诗人达苏西，翻译卢克莱修的作品、但梦想成为滑稽喜剧作者的波克兰，还有埃居尔·萨维尼安——他在阿拉斯围城期间曾经英勇作战，喜欢为想象中的情人书写爱情宣言，喜欢炫耀自己与年轻绅士的亲密关系，吹嘘得了梅毒；但是，与此同时，他却取笑一位放荡的同伴“乐于与男人们谈情说爱”，并且讽刺道，应该原谅那个人，因为他过于害羞，所以才老喜欢贴在人家背后。

罗伯托感到自己在一个才华横溢的圈子里受到欢迎，因而成为一个——即使不是学问渊博的人——蔑视愚昧无知的人，无论是在宫廷中的绅士身上，还是在一些平民新贵身上，他都能识别出他们的愚蠢，尽管这些人经常拿出用来自东方的摩洛哥皮装饰的空盒子——背部还用金字印着最著名的作家的名字——用以炫耀。

总而言之，罗伯托进入了那些“绅士”的小圈子，那些人即使血统并不高贵，却也至少“衣着高贵”，他们构成了那个世界的精华。但他尚年轻，急于体验新事物，尽管他经常接触学问渊博的人，也时常出入自由思想者的圈子，但对于贵族阶级的魅力他却无法无动于衷。

许久以来，他常常在傍晚沿着卢浮宫旁边的圣托马大街散步，从外面欣赏朗布依埃城堡，它优美的正面由上楣、中楣、下楣以及壁柱所构成，红色的砖头、白色的石块和深色的石板岩变化巧妙地组合在一起。

他望着灯火通明的窗户，看着宾客走进城堡，想象着后花园闻名于世的美景，脑海里似乎呈现出那座小庭院的环境；这座受到整个巴黎推崇的庭院是由一位颇具品位的夫人一手打造的；她认为另外那座听凭国王的突发奇想建造的庭院不够精巧，因为后者根本不懂得鉴别匠心之细腻。

最后，罗伯托直觉地认为，作为一个内高卢人，在一位母家为罗马人的夫人家里，他可能会享受到某种信任。那位夫人的母亲出身于比罗马本身还更古老的门第，足可追溯到阿尔巴隆加[①]的时代。大约十五年之前，作为那个家族的贵宾，马里诺骑士曾向法国人展示新诗的写法——这新诗注定要让古人的艺术黯然失色——这一切并不是偶然。

他成功地让自己被那座圣殿接纳，那是充满优雅和才智的地方，是绅士和“女才子”（正像当时人们习惯的说法）集中的地方：他们学识渊博，却不卖弄学问；他们殷勤献媚，却不放荡；他们赏心悦目，却不庸俗；他们语言纯正，却不可笑。罗伯托在那个环境里感到舒服惬意，他觉得好像被允许呼吸大城市以及宫廷里的空气，却又不必屈服于萨拉萨尔先生在卡萨莱城向他灌输的那些谨慎的准则。人们并不要求他服从有权势的人的意志，甚至让他彰显自己的与众不同。他不必装模作样，而是可以与比他优秀的人物——当然，要依从品位良

---

① Alba Longa，意大利古代城市，大约建于公元前1152年，公元前600年前后为罗马所毁。

好的规则——比试一番。人们也不要求他阿谀奉承，而是希望他展示勇气，在善良、有教养的谈话中展现自己的才干，善于轻描淡写地表达出深邃的思想……他不必自觉是个仆人，他是一个决斗者，人们要求他的是精神上的傲慢自负。

他学着避免装腔作势，在任何事情上都尽力隐藏技巧和辛劳，使做事或讲话看起来宛若本能的天赋使然，竭力使自己成为在意大利称作"轻蔑的从容"、而在西班牙称作"聪明伶俐"的那种本事上的大师。

罗伯托习惯了格里瓦充满薰衣草香味的厅堂，现在他走进阿泰妮塞的宅邸，徜徉在无数花篮始终散发着芳香的书房客厅里，仿佛那里永远是春天。在他所熟悉的为数不多的贵族豪宅里，楼梯都在房屋中间；而在阿泰妮塞这里，楼梯则是安排在了院子深处的角落里，这样一来，其余的客厅和书房就连在了一起，它们的门和窗户都很高大，并且两两相对；卧室并不是枯燥的大红颜色或者鞣制过的皮革色，而是被漆成各种不同的颜色，其中，女主人起居的蓝色卧室墙壁上贴着同样颜色的织物，上面装饰着金丝和银丝。

阿泰妮塞就躺在她的卧室里接待朋友，为了不让客人感到寒冷，卧室里摆着屏风和厚重的挂毯。她既忍受不了太阳光，又忍受不了炭火盆的灼热。火和白昼的光会煮沸她血管里的血液，使她失去知觉。有一次，仆人忘记了她床下的炭火盆，结果让她得了丹毒。她与某些鲜花有共同点，为了使那些花儿保持鲜艳，它们既不能一直晒着太阳，又不能永远处在背阴处，它们需要园丁为其营造一个特殊的季节。为此，阴翳的阿泰妮塞在她的床上接待客人，双腿放入一只熊皮做成的口袋，头上用许多顶睡帽裹得严严实实，她幽默地说，圣马丁节一到她的耳朵就聋了，等到复活节才又恢复听力。

女主人虽然不再年轻，却仍是优雅的化身，高挑、端庄，脸庞的线条令人钦羡不已。她双眼的光彩更是无法描绘，它们不会引起非分之想，而是会激发起一种掺杂着敬畏的爱意，同时净化因她而激动的心灵。

在那些客厅里，女主人引领客人讨论关于友谊或爱情的话题，她不强加于人，同时以同样轻巧的口吻触及道德、政治、哲学的问题。罗伯托发现了女性在温柔地表达意见时的美德，他远远地仰慕着那些高不可攀的公主们，漂亮的波莱小姐——因她得意的发型而被称为“母狮”——以及那些善于将美与才智结合在一起的贵妇们，尽管守旧的学院派以为只有男人才具备这种才智。

经过几年熏陶之后，罗伯托终于遇见了他的夫人。

第一次见到她是在晚上，她穿着深色衣服，罩着面纱，宛若一轮羞怯的月亮，隐藏在云彩般的缎子之后。“传言”是巴黎上流社会用以代替真理的唯一形式，这种传言告诉罗伯托关于这位女士的各种说法前后不一，有人说她忍受着残酷的寡居生活，但她失去的并不是丈夫，而是一个情人，她炫耀这种失去，以便重申自己对于失去爱人的主权。还有人悄悄地对他说，她之所以要把脸遮住，因为她是来自于摩里亚半岛[①]的埃及美女。

不管真相如何，只要看到她衣裳的飘动、她脚步的轻盈、她掩盖着的面庞的神秘，罗伯托的心便被她掳去。他心灵中那些暗处也都闪耀着四射的光芒，他把她想象成黑夜里光亮的鸟儿，他为奇迹的出现而激动不已：为此，光亮变得昏暗，黑暗闪烁光芒，墨水变成了牛奶，乌木则变成了象牙。缟色玛瑙在她的头发中闪闪发光，轻柔的织物时隐时现地衬托出她脸庞和身体的轮廓，她拥有同繁星一样的银色清寒。

就在第一次见面的那天晚上，她的面纱突然之间从额头上掉了下来，罗伯托在一轮弯月下瞥见了她眼睛里深邃的光芒。两颗相爱

① Morea，今伯罗奔尼撒半岛，位于希腊南部。

的心互相观望着，它们讲出来的东西要比这宇宙之中操着所有语言的人在一整天里讲得还要多。罗伯托这样幻想着，他确信她的眼睛扫过自己，并在那个瞬间看见了自己。于是，回到家里以后，他给她写了一封信。

夫人：

您在我身上点燃了火，散发的烟雾是如此微弱，以至于您完全可以否认自己在挥发这些发黑的蒸汽时曾为之目眩。仅仅您目光的威力就足以使我骄傲的武器从手中失落，并促使我恳求您拿走我的生命。我就像一个一心求败的人那样开始作战，我多么希望我本人为您的胜利提供援助，为您的袭击奉献出我身上最手无寸铁的部分——一颗已经流出和着血的眼泪、正在哭泣的心灵，它证明您已经夺走了我家中的存水，让房子被火灾所吞没，从而引起您哪怕短暂的注意！

他自觉信写得非常精彩，灵感来自埃马努埃莱神父的亚里士多德机器的准则，非常适合向他的夫人展示拥有独一无二的柔情蜜意的他自己，以至于他认为根本没必要署名。他还不了解，贵妇人们收集情书就像收藏蝴蝶结和金属包头，更为在意的是当中机巧刺激的成分，而不是它们的作者。

他在随后的几个星期乃至数月时间里都没有收到任何回信。在此期间，夫人先是换掉了深色的衣服，随后摘下了面纱，最终在他面前露出了洁白无瑕的皮肤——并非摩尔人的那种——她的头发是金黄色的，她的双眸不再躲闪，而是兴高采烈，宛若晨曦照亮的窗口。

现在他可以让自己的目光自由自在地与她的眼神交汇，他知道自己能够在她的目光去看别人时将其拦截下来；他陶醉在歌曲当中，尽管那歌词不是为他而写。他只能生活在她的光辉里，然而却被判留在吸收其光线的另一具黯淡无光的躯体里。

一天晚上，他听见有人叫她莉丽雅，从而知道了她的名字；那显然是她作为“女才子”的附庸风雅的名字，他非常清楚，那类名字都是别人开玩笑起的：女侯爵本人被唤作阿泰妮塞（Arthénice），就是改变她的真正名字卡特琳娜（Catherine）的字母顺序之后得来的。但有人说，精通那种组合艺术的大师们——拉康和马莱尔布——还曾设想过另外两个名字：埃拉辛泰（Eracinthe）和卡丽泰（Carinthée）。但是他认为，正是莉丽雅而不是别的名字，才真正适合他的夫人，真正具有白色芳香的百合花之美。

从那时开始，他的夫人对于他来说就是莉丽雅，他为莉丽雅献上情诗，但很快又撕毁，因为他害怕自己写得太差。比如：“啊，最温柔的莉丽雅，/未及采摘一朵鲜花，我就失去了你！/你不屑再见到我？/我追随着你，你却绝尘而去，/我对你讲话，你却缄默不语……”但罗伯托没有与她讲过话，如果不算用他充满近乎吵架的爱意的目光看着她的话，因为越是爱恋，就越是幽怨，那寒冷的欲火使人直打哆嗦，孱弱的身体在颤抖中生了病，心灵却快乐得像一根铅制的羽毛，被无穷无尽的爱情的可爱行为拨弄着。他继续写着情书，不署名地寄给他的夫人；但为“莉丽雅”写的诗句，他却小心翼翼地留给自己，每天反复阅读。

他写下（却未寄出）“莉丽雅，莉丽雅，你在哪里？你隐藏在哪里？/莉丽雅，你是天上的闪光/来时只在一瞬间/伤害过后，便即刻消逝”，好让她无处不在。夜晚她与女佣回家时，他便尾随其后（“穿过最茂密的森林，/走过最阴暗的田间小路，/我将享受追随你的快乐，/即使找不到/你转瞬即逝的优雅的足迹……”），最后发现了她住在哪里。在她白天散步的时间，他隐蔽在那所房子附近，当她走出来时，他便跟踪她。几个月之后，他甚至能牢记她换发型的日期和钟点（用诗句来表达就是：“那些亲爱的灵魂的套索，它们在洁白的前额上漂泊，宛若好色的条条小蛇”）。他记得那个迷人的四月，她第一次穿上豆蔻色小披风，当她迎着春天的第一缕清风款款而行时，那披风赐予她如太阳鸟般轻盈的步伐。

有时候，在像侦探一般追踪她一阵之后，他又恢复自己大步流星的走法，在建筑群中绕来转去，只为在拐角处放慢脚步，假装与她不期而遇，以便在擦肩而过时，向她颤巍巍地行礼致意。她则适度地向他微笑，对那种机缘表现出惊奇，并慷慨地送上一个转瞬即逝的眼神，一如礼节所要求的那样。然后他滞留在马路中间，呆若木鸡，任由过往的马车将污泥浊水溅在身上，被这场爱情的战役打得匍匐在地。

在几个月的时间里，罗伯托成功导演了五次那样的胜利。但每一次过后，他都痛苦不堪，每一次都好像是第一次和最后一次，并且他确信，这种相遇如此频繁地发生，不可能都是偶然，很可能不是他、而是她在指导这场冒险。

在这片不可捉摸的爱情圣地上，他就像罗密欧，因恋爱而变得反复无常，他想变成风，好去吹动她的头发；想变成清晨的水，好去沐浴她的身体；变成睡袍，好在夜晚爱抚她；变成书，好在白天对她温存；变成手套，好去温暖她的手；变成镜子，这样才可以欣赏到她的每一个姿态……一次他得知，有人赠送给她一只松鼠，于是他梦想变成那只好奇的小动物，在她的抚摸之下，将自己天真无邪的口鼻钻进她处女般纯洁的乳房中间，同时再用尾巴抚过她的面颊。

他为受激情驱使而表现出来的厚颜无耻感到局促不安，他把鲁莽和悔恨写成不平静的诗句，然后对自己说，一个绅士可以像疯子一样去爱，但却不可以成为笨蛋似的爱人。只有在蓝色卧室里展露才华，才可能赌赢他作为情人的命运。他还是对那些和和气气的礼仪尚不熟悉的新手，但明白只有通过连珠妙语，才能征服一位“女才子”。于是他倾听客厅里的谈话，那些绅士正专心致志地侃侃而谈，如同参加一场比赛，但他感到自己还未准备就绪。

正是杜皮伊会客室里学者们的例行聚会教会了他，那些在社会上尚不为人所熟知的新科学，它们的规则可以成为心灵活动的直喻。然后又正是与德·伊格比先生的相遇启发他做了一番演说，而后者则将他引向毁灭。

德·伊格比先生——或者至少在巴黎人们是这样称呼他的——是英国人；起初，罗伯托是在杜皮伊那里认识他的，后来，某个晚上他又在另一个沙龙里遇见了他。

此时距离白金汉公爵证明一个英国人的脑袋里也可以有浪漫故事并能做出许多可爱的疯狂之举还不到十五年：人们对公爵说，在法国有一位漂亮高傲的女皇，于是公爵为赢得其芳心，长期生活在一艘船上，并在船上建起一个献给心上人的祭坛，奉献出他的一生，直到为她而死。当得知德·伊格比正是受这位公爵的委托，在大约十二年之前参加过掠捕西班牙商船的活动，整个贵妇人圈子都被他吸引。

但在杜皮伊的社交圈里，英国人并不受欢迎：人们往往把他们与诸如罗伯特·弗拉德[①]、医学博士、金马刺爵士，以及牛津见习骑士之类的人混为一谈，人们写过各种短文批评他们，责备他们过分相信自然秘术。然而，同样是这一批人，却欢迎像加法雷尔先生那样的被附身的教士，他相信起闻所未闻的稀奇古怪事来，不逊于任何一个不列颠人。而德·伊格比恰恰相反，善于以渊博的学识来讨论真空的必要性——在一群憎恨反对真空的自然哲学家当中。

偶尔他的声誉也会遭到一些正派夫人的质疑，因为他曾向人推荐过一种自己发明的美容霜，引得一位贵妇人长了水疱，于是便有人窃窃私语说几年之前，他心爱的妻子维内蒂娅正是死于他搞的蝰蛇

① Robert Fludd(1574—1637)，英国医生、神秘主义者。

药水。当然还有一些别的嫉妒者的流言蜚语，他们被德·伊格比谈及的治疗肾结石的其他处方所激怒，听说基本成分是母牛粪以及被狗咬死的野兔的粪便。在他们那种圈子中——人们会细心地遣词造句，讲给女士们听的话中不会包含哪怕只是发音上模模糊糊让人作呕的音节——他的配方不可能赢得热烈的掌声。

有一天晚上，德·伊格比在一次沙龙集会上引用了他家乡一位诗人的几句诗：

假如我们的灵魂是两个
它们应该像圆规的脚，
你的灵魂是固定的脚，它看似不动，
但当另一只脚移动时，它也会移动。
虽然它在中心，
但当另一只脚远离时，
它也会拐弯，一心地追随而去，
当另一只脚回来时，
它也径直回到
自己的住处。
你将这样对我，而我
也要像那另一只脚一样
倾斜着前行：
你的坚定操纵着我的轨迹
并将我带到我的出生之地。

听着这些诗句时，罗伯托正盯着背对自己的莉丽雅，他决心让自己为她永恒地变成圆规的另一只脚，并决心要学习英语，以便能够阅读那位诗人的其他诗句，后者将他的苦恼表达得淋漓尽致。在那个时代，在巴黎没有任何人愿意学习一种如此粗劣的语言，陪伴德·伊格比回到他的小旅店的途中，罗伯托了解到，对方正苦于无法用通顺的意大利语表达自如，虽然他曾到那座半岛旅行；他因为自己不能充分地掌握一种对任何一位有教养的人来说都必不可少的语言而感到丢脸。罗伯托决心与德·伊格比经常见面，互相学习对方的母语，锻炼口才。

就这样，在罗伯托和这位有着丰富的医学以及自然主义知识的先生之间，结下了牢固的友谊。

德·伊格比有一段可怕的童年。他的父亲曾被牵连到“炸药密谋事件”中，并被判处死刑。而德·伊格比则倾其一生精力琢磨另外一种粉末，这是不同寻常的巧合，或者也许是难以探测的灵魂操纵的后果。他云游四方，先是在西班牙住了八年，后来在意大利逗留三年，又出于其他的巧合，他认识了罗伯托的家庭教师、加尔默罗会修士。

伊格比还因为在私掠船上的经历，成为了很好的剑客，相识短短几天，他就很高兴地与罗伯托玩起了击剑。那天同他们在一起的还有一名火枪手，后者正与军校学员部队的一位上尉展开较量；这本是玩玩而已，双方都十分小心谨慎，但有那么一会儿，火枪手却太急于求成，迫使对手劈了一刀来招架，结果火枪手胳膊上挨了一下，伤得还很严重。

德·伊格比马上用他的一条袜带捆住火枪手的胳膊，让血液不再流出，但在短短数日之内，伤口就险些出现坏疽，外科医生说必须截去手臂。

事情到了这一步，德·伊格比表示自己可以帮忙，但是他提醒说，可能会有人把他看成招摇撞骗的江湖术士，因此他请求大家给予他信任。火枪手早已不知去求哪路神仙，只用一句西班牙谚语作为回答："创造你的奇迹吧，愿老天帮忙。"

于是德·伊格比向他索要沾有伤口血迹的布条，火枪手给了他一块直到昨天为止还包着伤口的布片。德·伊格比让人端来一盆水，往水里倒入硫酸盐粉末，让它们迅速溶化。接着他又把那块布片浸到水盆里。这时，本来还漫不经心的火枪手突然惊跳起来，抓住自己的胳膊；他说，灼痛的感觉一下子就消失了，他甚至还感到伤口上有些凉意。

"很好，"伊格比说道，"现在您只需每天用水和盐来清洗伤口，让它保持清洁，以便它能够接受适当的影响。我白天会把这盆水放到窗口晒太阳，夜晚则放到壁炉的角落里，让它始终保持适中的温度。"

罗伯托把火枪手伤口的突然好转归结到某些别的原因，德·伊格比带着会意的微笑把那块布片拎出来，在壁炉前烤干；这时，火枪手又重新开始呻吟，直到布重新浸入溶液里。

火枪手的伤口在一个星期之内就痊愈了。

我相信，在那个消毒手段还很粗糙的时代，仅仅每天清洗伤口可能就已经成为治愈的充分理由，但即便罗伯托在随后的日子里不停地询问他的朋友关于那次治疗的情况，我们也不该苛责他，因为别的不说，这首先让他想起了他在童年时期看见加尔默罗会修士所做的事情。不同的是加尔默罗会修士是往造成伤害的武器上敷了药粉。

"确实如此，"德·伊格比回答道，"关于武器油膏的争论由来已久，首先谈到它的是伟大的帕拉塞尔苏斯[①]。许多人使用一种多油的面团，认为用在武器上更有效。但是正如你们所看到的，伤了人的武器或者包扎过伤口的布条其实是相同的，只要药剂贴在有血迹的地方就好。许多人看见我们通过处理武器而治愈伤口，便联想到妖术，可我的交感粉末遵循的完全是自然的规律。"

① Paracelsus(约1493—约1541)，中世纪瑞士医生、炼金术士、占星师。

“为什么叫交感粉末呢?”

“同样,这名字也有可能让人误解。许多人谈论过相似或好感会将不同的事物联系在一起。阿格里帕[①]说,为了激发出一颗星体的能量,必须求助于与它相似的东西,这样才能接受它的影响。他把事物之间的这种相互吸引叫作交感。正如使用树脂、硫磺和油可以让木头接受火焰一样,运用符合某种星体运动或与星体本身相似的东西,其特殊的效用就可以通过宇宙的灵魂,影响到正好有准备的物质。为了对太阳施加影响,那么就应该对天然呈太阳颜色的黄金,以及一直面向太阳的,或者随着太阳的升起落下开合叶片的植物——如荷花、牡丹、白屈菜等——采取措施。然而这些都是荒唐的无稽之谈,这种类比法不足以解释大自然的活动。”

德·伊格比将他的秘密和盘托出。地球这个空气球体里充满了光线,而光线又是一种实质的和有形的实体;罗伯托心甘情愿地接受了这些知识,因为在杜皮伊的会客室里他曾听说过,光线也只不过是原子构成的极细微的尘埃罢了。

“非常明显,”德·伊格比说道,“光线不停地从太阳那里射出,从每一个侧面以笔直的轨迹极快地迸射而出,在行进的路途上,由于撞到坚硬和不透明的物体,它便遭遇阻碍,于是以相同的角度反射,开始另外一段旅程,直到再与另一个坚硬物体相遇而偏离到另一个方向,如此不停地运行,直到消失为止。好比在壁球游戏里,球被击到一面墙壁上,由墙壁反弹回来,常常完成一整个圆周,又回到球出发的原点。那么当光线撞在一个有形的物体上又会发生什么呢?光线折回时会剥落下一些原子,一些小小的粒子,正如壁球有可能带走墙壁上一部分潮湿的灰泥一样。这些原子是由四大元素构成的,光线连同它的热量吸收了黏性的部分,并把它们运到远处。有一点可以

① Marcus Vipsanius Agrippa(前63—前12),古罗马政治家、将军。

证明这些，假如您试着把一块湿布用火烤干，您将会看到，布上反射出来的光线本身会带走一种充满水的雾气。这些飘忽不定的原子就好像是骑在长了翅膀的战鸟上的骑士，驰骋在太空，直到太阳落山时飞马被撤回，骑士被丢下，失去坐骑的他们于是又重新一起奔向来时的大地。但是这些现象并非只因光线才会出现，也可以通过别的媒介发生，比方说风，风其实不过是被地球上的固体所吸引的、无计其数的彼此相似的原子而已……”

“还有烟雾。”罗伯托提醒道。

“那当然。在伦敦，人们用来自苏格兰的土质煤炭生火，那里面含有大量非常刺鼻的挥发性盐；烟雾带来的盐散布在空气中，损坏墙壁、床铺以及浅色的家具。一间屋子关上门窗几个月以后，人们会发现一层黑色的尘土覆盖着每件物品，就好像磨坊以及面包师傅的店铺里覆盖着一层白色的面粉。到了春天，所有的花儿都好像被一层油弄脏。”

“可是怎么可能许许多多的微粒散布在空气之中、而在散发出微粒的物体上我们却感觉不到丝毫的减损呢？”

“当您让水蒸发的时候，就会发觉水少了，然而，固态物体的减损我们就发觉不了，麝香或其他芳香的物质也一样，我们意识不到它们减少了。任何物体，不管多么小，总还可以切分，这种切分永远没有尽头。您思量一下，从一个活着的躯体里散发出来的微粒该有多么细小，但由于它们的存在，我们的英国犬受到嗅觉的指引，却可以追踪动物的行迹。难道狐狸在它跑完一段路时，在我们看来会显得小一点吗？恰恰是由于那些微粒，才发生了吸引现象，有些人赞颂它们为远距离作用，然而事实上并不是远距离，因此不存在魔法，而是由于原子的不停交流使然。就这样，有通过抽吸来吸引，正如用虹吸管吸水或葡萄酒；有磁石对铁的吸引；有通过过滤来吸引，比如当您把一条棉花放入一个盛满水的花瓶，并让棉花条的大部分都垂在花瓶的外沿，您会看见水上升到花瓶边缘，然后滴落到地上。最后一种吸引是通过火来完成的，火吸引了它周围的空气连同所有在空气中旋转的微粒；当火按着自己的特性活动时，它携带着四周的空气，正如河流里面的水拖带着河床上松软的土。由于空气是潮湿的，火是干燥的，所以它们互相黏附。因此，为了占据被火带走的空气产生的空位，必须让附近另外的空气补充进来，否则就会出现真空状态。”

“这么说您否定真空？”

“不。我是说，大自然刚一遭遇真空，便会设法用原子去填满它，此时会展开一场争夺每一寸空间的斗争。假如不是这样的话，我的交感粉末便不会发挥作用，况且实验证明情况恰是如此。火焰引起空气不停汇聚，出类拔萃的希波克拉底令人在各处点起熊熊篝火，让一整个省保持洁净，免受瘟疫的祸害。还是在瘟疫流行的时期，人们杀死猫、鸽子以及其他热血动物，因为它们会不断地散发出精气，而空气则占据了被释放的精气的位置，使受到瘟疫传染的原子黏附在那些动物的羽毛和体毛之上，正如将刚出炉的面包放在酒桶的盖子上，它便会把酒桶里的泡沫吸收到自己身上，并使葡萄酒变质一样。也正如会发生这样的情形：假如您让一磅适当焙烧的酒石盐接触空气，它就会制造出十磅品质优良的酒石油来。教皇乌尔班八世的医生为我讲述过一位罗马修女的故事：因为斋戒时间太长，又祷告太多，竟使她的身体发热到体内的骨头全被烤干。她体内的热量把骨骼中包含的空气吸引过来，就像酒石盐那样，它们到达体液污物保存之处，也就是膀胱，于是这位可怜的圣女在二十四小时之内，排出了二百多磅的尿液，这真是一个奇迹，大家都把此事当作她具有圣德的证明。”

“但是如果一切东西吸引一切东西，那出于什么原因，元素以及物体又各自分开，并不是随便什么力量都能与另一种力量碰撞呢？”

“这是个尖锐的提问。由于具有相同比重的物体更容易结合在一起，所以油更容易与油、而不是与水相结合，因此我们可以由此得出结论，使具有相同性质的原子牢固地聚在一起的是它们的密度，正如您经常往来的那些哲学家也有可能会告诉您的那样。”

“他们确实对我讲过，并且用各种不同的盐来向我证明：不管怎样碾磨或者使它们凝固，它们最终还是会恢复其自然的形状；普通的盐始终呈现出正方形面的立方体；硝酸钾盐则呈六面的柱状体；铵盐像雪花一样，是带六个尖儿的六角形。”

“而尿盐的形状则是五角形，戴维森先生据此解释了从佩尔蒂埃先生的膀胱里发现的八十块小石子中每一块的形状。但是，如果形状相同的物体以更强的亲和力混合在一起，那么便更足以说明，它们之间以比与别的物体混合时更强的力量互相吸引。因此，假使您烧伤了一只手，那么在火前烤一会儿手，灼痛将会减轻一些。”

“我的家庭教师有一次看到一个佃农被一条蝰蛇咬伤，就把蝰蛇的头按在了伤口上面……”

“那当然。这样正渗入心脏的毒液，便会流回它的源头，因为那里的同类数量更多。假如在瘟疫期间，您随身带着一小瓶蟾蜍粉，或者也可以带上一只活的蟾蜍和一只活的青蛙，甚至一些砒霜，那么这些有毒物质便会把空气中的毒素吸引到自己身上来。当菜园子里的洋葱开始发芽的时候，干燥的洋葱头也会在粮仓里萌芽。”

“这也解释了孩子们的愿望，是因为母亲非常强烈地渴望一件事情……”

“关于这一点，我会更为谨慎。有时候相似的现象却有不同的原因，一个懂科学的人不应该相信任何迷信。我们还是回到我的粉末上来吧。当我把沾染了我们朋友的血迹的脏布条放在粉末下作用几天之后，发生了什么事情呢？首先，太阳和月亮从远距离吸引了布条上的血液的精气，而由于环境的热度，同血液混合的硫酸盐溶液也不可避免地完成了同样的过程。另一方面，伤口不停散发出大量温热的精气，这样也就吸引了周围的空气。这些空气又去吸引别的空气，影响的范围就这样越来越大，而散发到远处的血液精气以及硫酸盐溶液，最后便与空气结合在一起，要知道二者携带着相同的血液原子。现在，那些来自布条的血液原子和来自伤口的血液原子彼此相遇，把空气当作无用的旅伴加以驱逐，然后被吸引到它们最初的来处，即伤口上，与此同时硫酸盐溶液的精气也汇聚其上，一起渗透进人体的肌肉里。”

“难道您不能够把硫酸盐直接用在伤口上吗？”

“如果伤者就在眼前，我是可以这样做的。但是如果伤者离得很远呢？再者说，假设我直接把硫酸盐敷到伤口上，那么，它的腐蚀性会刺激伤者，而经由空气传输后，硫酸盐赐予伤者的就只有它止血止痛的温和疗效了，用来治疗眼疾的眼药水也同理。”罗伯托伸长了耳朵听着，为的是在将来的日子里善加利用，这也解释了为什么后来他的眼疾会日趋恶化。

“另外，”德·伊格比补充道，“显然不应该使用过去常用的那种普通硫酸盐，那样弊大于利。我设法弄到了塞浦路斯的硫酸盐，我首先将它在太阳下焙干，去掉多余的水分，这就好比将清汤煨成了浓汤；其次，焙干的过程又会使这种物质的精气更适于被空气运送。最后，我再加入西黄耆胶，加速伤口愈合。”

我之所以停下来详细地叙述罗伯托到底从德·伊格比那里了解了多少事情，是因为这个发现决定了他的命运。

还必须说明的一点是，让我们的朋友感到难为情的是——他本人在书信中也承认——罗伯托被如此新奇的发现所吸引，并非为自然科学折服，而是仍然并且永远出于爱情之故。换句话说，那种宇宙之中充满着精气以及它们按照亲和性能彼此结合的描绘，在他看来仿佛是对钟情爱恋的一种寓言，于是他开始出入阅览室，寻找可能找到的关于武器油膏的所有书籍，在那个时代，这类书已经很多，当然后来就更加多了。他听从加法雷尔阁下的建议（低声说的，为的是不让杜皮伊家的其他客人听到，因为他们对这类事情不太相信），阅读了基歇尔的《磁学》、郭克兰纽的《论磁处理创伤治疗》、弗拉卡斯托罗的著作、罗伯特·弗拉德的《关于武器油膏的讲话》，以及福斯特的《神圣的武器油膏》。他的知识丰富起来，为的是把渊博的学识改写成诗歌，有朝一日能够以辩才引人注目，从而博得众人的好感，要知道，过去他总是不断被别人的雄辩口才所羞辱。

许多个月以来——他固执的研究已经持续了很久，而在成功的道路上他却没有前进一步——罗伯托奉行一种双重的，甚至是多重的真理准则，这是在巴黎许多人同时出于鲁莽和谨慎而奉行的理念。白天，他讨论物质不灭的可能性，夜晚则点灯熬油地写些短篇论文，这些论文虽然只限自然科学的范畴，却让他隐隐冀望看不见的奇迹。

在伟大的事业中，需要努力去做的与其说是创造机会，还不如说是利用那些已经出现的机会。一天晚上在阿泰妮塞家里，在关于《阿丝特蕾》[①]的热烈演说结束之后，女主人鼓励在场的人谈谈爱情和友谊有何共同点。于是罗伯托发了言。他认为，爱的原则，无论是朋友之间，抑或情人之间，都与交感粉末所发挥的作用没有什么不同。一看到听众表现出兴趣，他便复述了德·伊格比的话，只是省去了修女排尿的那一段，然后他开始论述主题，但却忘记友谊而只顾谈爱情。

“爱情与刮风遵循同样的规律，风永远受到它们来的地方的影响，如果是来自菜园和花园，它们可能会散发出茉莉花、薄荷或者迷迭香的芬芳气味，这样一来，就会让航海者油然而生踏足陆地的渴望，因为陆地向他们许下诺言。与此相同的是，爱情的精气会陶醉钟情者心灵的鼻孔（让我们原谅罗伯托的这种蹩脚的比喻吧）。被爱者的心是一把诗琴，它会让另一把诗琴的弦与之共鸣，如同教堂的钟声

---

① 法国作家奥诺雷·德·于尔菲（Honoré d'Urfé，1567—1625）的小说。

作用于溪流，尤其是在夜间，万籁俱静，它会在水里产生出同在空气中一样的韵律。在爱人心灵上所发生的事情如同在酒石上所发生的一样：在玫瑰花盛开的季节，当把酒石放在阴暗的酒窖里溶化时，充满了玫瑰原子的空气因为酒石盐的吸引而变成水，散发出酒石的气味，与此同时，酒石也散发出玫瑰的芳香。但这一切对于被爱的女人的残忍并不生效。当葡萄秧开花时，一桶葡萄酒会跟着发酵并在表面开出白色的霉花，直到葡萄秧上的花儿凋落为止。然而，情人的心却比葡萄酒更加固执，即使所爱之人的心灵已是落英缤纷，它依然坚定如昔，培植自己的花朵。”

他仿佛瞥见莉丽雅的目光变得柔和，于是又接着说道：“恋爱就如同月光浴。来自月亮的光线是反射到我们身上的太阳光线。用一面镜子聚集太阳光线时，会加强暖热的力量。用一个银质小盆聚集月亮的光线时，就将看到，它的凹面底部会反射出由于所含露水而变得清凉的光线。在一个空荡荡的水盆里洗手看似毫无意义，然而人们却会感到双手变湿，这对治疗疣十分有效。”

“格里瓦先生，”有人说道，“可是，爱情却不是治疗疣的药物！”

“噢，当然不是，”罗伯托继续讲下去，他滔滔不绝，“我举这个浅显的例子是为了提醒你们，爱情也取决于同一种微粒粉末。这是用来说明，爱情的规则与那既控制着尘世、又控制着天堂的规则并无不同，除了一点：爱情有着比它们更为高贵的表达。爱情诞生于视觉，它是由一见钟情所点燃的：视觉如果不是接受我们所见身体反射出的光，又是什么呢？看见的瞬间，所爱之人身体最美好和轻盈的部分就这样深入我们的身体，经过眼睛这一通道直接进入心灵。因此，一见钟情的爱就是畅饮所爱女人心灵的精气。自然界伟大的建筑师在创造我们的身体时，在里面预留下这些精气，它们像哨兵一样，将自己的发现汇报给将军，也就是说，汇报给想象力——它就好像是身体这个大家庭里的女主人。假如想象力受到某种客体的刺激，那么就会发生同聆听大提琴演奏如出一辙的事情：我们会把旋律送到记忆里，甚至在睡眠中都能听到。我们的想象力会据此创造出一个幻影，它让情人感到快乐，虽然也让他因为它仅仅是个幻影而饱受折磨。由此造成一种现象：当一个男人看见所爱的人时，他会脸色大变，转红或变白，这就要看精气来往于对方和自己想象力之间的速度了。但是这些精气并不仅仅拥向大脑，它们还能通过一条大道直接进入心脏，这条大道将操控生命的精气从心脏拖拉到大脑，并在那里变成操控肉欲的精气；还是通过这条大道，想象力把一部分它从某个外部客体接收到的原子运送到心脏，正是这些原子使操控生命的精气骚动起来，它们有时让心脏扩张，而有时又把它引向晕厥。”

“先生，您对我们说，爱情的产生如同一种物理活动，与酒花的生成没有什么区别；但是您却没有告诉我们，为什么爱情与其他的物质现象不同，它具有自由选择的美德。出于什么原因，爱情让我们成为某个人而非另一个人的奴仆呢？”

“正是为此，我才把爱情的美德重新引向交感粉末的原理，也就是说，外形相同的、结构一致的原子才会彼此吸引！假如我用那种粉末浸泡使皮拉德受伤的武器，则不会治愈俄瑞斯忒斯的伤口。因此，爱情只连结在某方面具备相同本性的两个人，将一颗高尚的灵魂与另一颗同样高尚的灵魂连结，将一颗庸俗的心灵与另一颗同样庸俗的心灵连结——因此乡巴佬也会恋爱，正如牧羊女也会恋爱，于尔菲先生令人钦佩的故事已告知我们这一点。爱情揭示出早在光阴初始就已绘制好的两个人之间的协定，正如命运一直注定皮拉摩斯和提斯柏要结成连理桑枝。”

“那么不幸的爱情呢？”

“我不相信真的会有不幸的爱情。只存在尚没有达到完美成熟的爱情，由于某种原因，被爱的女人没有捕捉到情人眼睛向她传出的信息。但是，情人却知道对方展示给自己的本性与他本人如何地相似，所以出于这种信念，他会等待，甚至等待终生。他知道彼此的默契，当他们死后，两具尸体在土里腐烂，双双蒸发变成原子，在天空的某处结合在一起，从而再度团聚。这也许如同一个伤者，他并不知道有人正往刺伤他的武器上涂*药粉*，却重新获得了健康，谁知道现在有多少爱恋着某人的心灵正在享受精神上突然而至的慰藉，却浑然不知他们的幸福归功于被爱的那颗心灵回心转意，也变得多情，因此开始让双方相似的原子结合在一起。”

我应该说，整个这套复杂的比喻只能在某种程度上站得住脚，也许埃马努埃莱神父的*亚里士多德机器*就能揭示出它的不稳定性。但是，那天晚上，所有人都信服了那种存在于粉末与爱情之间的相似之处，前者治愈病痛，后者在治疗之外，更常造成伤害。

正因为如此，关于*交感粉末*以及*爱情交感*的演说传遍了巴黎，长达好几个月之久，至于其后果，我们以后再谈。

正因为如此，在演说结束的时候，莉丽雅仍然在对罗伯托微笑。这是一种赞赏的微笑，至多包含着钦佩，但无比自然地，罗伯托相信自己已经赢得芳心。罗伯托把那微笑理解成对方接受了他寄出的所有信件。他太习惯于独角戏的折磨了，对这场胜利十分满意，他离开了聚会。他搞砸了，以后我们将会看到原因何在。从那时开始，他当然敢跟莉丽雅讲话了，然而得到的回应却永远自相矛盾。有时候她小声说：“不过是几天前的老调重谈。”而有时她又嘟嘟哝哝地说：“您之前可不是这样说的。”甚至有时候她本来还答应着，却在消失时甩下一句话：“这事我们以后再谈，您要有恒心。”

罗伯托不明白：她是否由于粗心大意，才一次又一次地将其他人讲的话和做的事归到自己身上，或者，她是在欲擒故纵地吊他胃口。

那些本应该发生在他身上的事情将促使他将罕见的情节写进一个更加令人不安的故事。

一七
炙手可热的经度科学

终于，我们抓住了一个日期，那是一六四二年十二月二日的晚上。他们走出一家剧院，罗伯托在人群中默不作声地扮演着他可悲的爱情角色。莉丽雅在剧院门口偷偷地握住了他的手，窃窃私语道："格里瓦先生，这么说，您变得胆怯了。那天晚上您可不是这样。那么，明天同一个地方再见。"

罗伯托方寸大乱，几乎发狂；他被邀请去赴一个约会，在一个他根本不清楚的地点，被要求重复他根本没敢讲出的话语。然而，她不可能把他当成另外一个人，因为她没有弄错他的姓氏。

"噢，"他写下自己在心里说过的话，"今天小溪回溯到源头，白色骏马登上巴黎圣母院的塔楼，一团烈焰微笑着在寒冰中燃烧，因为居然也发生了她邀请我这样的事情。或者不，今天鲜血从岩石上流出，一条游蛇与熊交媾，太阳变成了黑色，因为我爱的女人赐予我一杯酒，可我却永不能畅饮，因为我不知道宴会在何处……"

在距离幸福只有一步之遥时，他绝望地跑回了家，那是他唯一确定她不会在的地方。

其实可以把莉丽雅的话理解得不那么神秘，她只是简单地在提醒他不要忘记自己关于交感粉末的那次遥远的演说，鼓励他说出更多关于这一主题的见解，在阿泰妮塞的那间会客厅里。自从那天的演说之后，她发现他变得沉默不语和心醉神迷，而这并不符合游戏规则，诱惑的游戏有着极为严格的规则。今天我们可以说，她正在提醒他对上流社会的义务。她在对他说："得了，别泄气，那天晚上您没有胆怯，现在请您再走回同一个地方，我在走廊等您。"我们还能从一位"女才子"那里期待什么其他挑战呢。

然而，罗伯托却理解成了："您很胆怯，可是几个晚上之前，您并不是这样，您对我……（我想，是嫉妒心同时妨碍又鼓励着罗伯托想象这后半句话的内容。）因此，明天，在同一个地方，在同一个秘密之处，再见。"

这样一来，很自然——他让自己的幻想走上了一条荆棘丛生的小路——他马上想到她是否搞错了人，把别人当成了自己，而那个人则以他的身份从莉丽雅那里得到了他本人愿意用生命去交换的东西。因此，费兰特的影子又出现了，过去种种如根根丝线，重新纠缠。这心肠恶毒的另一个我——费兰特——居然利用罗伯托的缺席、迟到和早退，也参与到故事当中，并在恰当的时机，窃取了罗伯托关于交感粉末的演说所得到的奖励。

正感到极度痛苦之时，他听见有人敲门。他突然燃起希望，就像醒着的人做的白日之梦！他赶紧冲过去开门，满以为会看见她站在门槛上，谁知却是红衣主教卫队的一位军官以及两个随从。

"我想您是格里瓦先生，"来人说道，然后，他介绍自己是德·巴尔上尉，"很遗憾，但我必须这么做。先生，您被捕了，请把您的佩剑交给我。如果您能乖乖跟随我的话，我们将像密友一般登上等待着我们的马车，您也将免于遭受羞辱。"对方的言行让罗伯托明白，他也不了解逮捕的原由，并且希望这只是一场误会。罗伯托默默地跟着他，以行动表达着同样的愿望，在旅程的最后，他被连连道歉地交到一名昏昏欲睡的看守手里，然后就发现自己被关进了巴士底狱的一间牢房。

他在那里度过了两个极其寒冷的夜晚，探访他的只有两只老鼠（这为他在“阿马丽利斯号”上的航行做了有远见的准备）以及一名小狱吏。对于罗伯托的任何提问，这个人都只回答道：此地来过的尊贵客人太多了，他根本就不再过问他们为何来到这里；况且，如果说像巴松皮埃尔那样的大老爷都在这儿待了七年的话，那么，罗伯托只待了短短几个小时便开始怨天尤人，就不合时宜了。

那两天他吃尽苦头，第三天晚上德·巴尔又来了，为他带来了沐浴用品，并通知他，他将面见红衣主教。现在罗伯托至少明白了，自己是一个因“国事”而入狱的犯人。

他们在很晚的时候来到宫殿，从大门外的热闹景象即可猜到，那是一个不同寻常的晚上。楼梯上挤满了身份各不相同的人群，他们四下奔走；在一间候见厅里，绅士和教士气喘吁吁地走进来，以文雅的姿态对着绘有壁画的墙面吐痰，接着摆出一副痛苦的表情，走进另一间大厅；而从那里走出的差役高声呼叫着已经不见踪迹的仆人，并示意所有人保持安静。

罗伯托也被带到那间大厅里，他只看到一些人的背影，这些人踮着脚尖，朝另一个房间的门口探头望去，不出一点儿声音，似乎在看着什么悲惨的场面。德·巴尔四下打量，好像在寻找什么人，最后他示意罗伯托待在一个角落，然后就离开了。

另一个侍卫正试图驱离闲杂人等，他的礼节因每个人的身份地位而有所不同；他看见罗伯托胡子拉碴，还因监禁而衣衫褴褛，于是便厉声问他待在那里做什么。罗伯托回答，他是在等红衣主教，侍卫则回答说，对所有人来说，很不幸的是，红衣主教本人也正在等待某位更为重要的“人物”。

无论如何侍卫还是让他留在了那里，他等啊等啊，却不见德·巴尔（对他来说，这也许已是唯一剩下的友好的面孔了）回来，于是，罗伯托决定靠近人群，他一面等待，一面往前挤，终于来到了最后一间房间门前。

在那里，在一张床上，他看见并认出了一个身影，这个靠在雪白的枕头上的人，整个法国都害怕他，只有极少数人爱戴他。红衣主教大人被一群身着深色袍子的医生包围着，比起主教，这些人似乎更关心他们的争论；一位神职人员为他擦干净嘴唇，因为一阵阵微弱的咳嗽在上面留下血色的泡沫，而在被单的下面，不难猜出那是一具体力已经消耗殆尽的躯体的艰难呼吸，一只手从衬衣里伸了出来，紧紧握着耶稣受难的十字架。那个神职人员突然呜咽起来。黎塞留费力地偏过脑袋，挤出一丝微笑，然后低声说道："这么说，您真以为我是永生不死的吗？"

罗伯托正心里疑惑着是谁把自己召唤到一个濒死者的床前，在他的背后响起了一阵巨大的骚动。有些人小声地说着圣厄斯塔什本堂神父的名字，当众人让出路来，一位神父以及他的随从携带着圣油走了进来。

罗伯托感到有人碰了他的肩膀，是德·巴尔，"咱们走吧，"德·巴尔对他说，"红衣主教在等您。"罗伯托还没明白过来，就随他穿过一条走廊。德·巴尔将他领到一间房间，示意他再等一会儿，然后就退了出去。

房间很宽敞，中间放着一架巨大的地球仪，在角落的小家具上，是一座时钟，靠着红色的帷幔。帷幔的左边，在黎塞留的巨幅全身肖像画下面，罗伯托终于看见一个人背对自己站着，身穿红衣主教的长袍，正专心地在一张斜面书桌上写字。这位红衣主教微微斜转身子，示意他走近些，但是当罗伯托走上前时，他又朝写字的桌面弯下腰去，并且把左手放在纸的边缘遮盖住内容，尽管就罗伯托保持的恭敬距离而言，其实什么也看不到。

接着大人物转过身子，他身着绛色衣服，有那么几秒钟，他挺直身子，像是要再现他身后那张肖像画里的人的姿势，右手支在桌面上，左手举到胸脯的高度，手心矫揉造作地朝上翻着。然后他坐在时钟旁边的一把椅子上，卖弄地捋起小胡子和山羊胡须，问道："您是格里瓦先生吗？"

直到那时为止，格里瓦先生都确信自己是在做着一场噩梦，在距此十几米开外的地方，同一位红衣主教正在断气，然而现在他却看见他重新恢复了青春，线条不那么尖瘦，好像在画像上那张苍白无色的贵族面容上，有人涂上了较深的颜色，并且用更明显和曲折的线条重新勾勒了嘴唇；后来，那有些外国口音的嗓音唤醒了他对一位上尉遥远的记忆，十二年之前他曾在卡萨莱骑着马奔跑于对峙的两方军队之间。

罗伯托发觉眼前人正是马萨林红衣主教，他明白了，在他的保护人走向死亡的当口，马萨林正慢慢地承担起前者的职务，刚刚那位长官已经称之为"红衣主教"，就像前任已经不存在了似的。

他正准备回答第一个问题，但很快就发觉，红衣主教只是做出要问询的样子，然而实际上他十分肯定，确信自己的对话者所能做的只有赞同而已。

"格里瓦的罗伯托先生，"红衣主教果然确认道，"您就是波佐·迪·圣帕特里齐奥家的人。我们熟悉那里的城堡，正如我们十分熟悉蒙费拉一样。它是那么富饶，简直可以称之为法国城市了。您的父亲，在卡萨莱的日子里，曾英勇奋战，对我们表现得比您的其他同胞更为忠诚。"他频繁使用"我们"一词，就好像在当年他就已经是法国国王的心腹了。接着他又说："听说您在那时表现得也非常勇敢。您不认为，正因为如此，我们这些忝为父执的人才会更加地遗憾：作为这个王国的客人，您没有履行客人的义务？您不知道，在这个王国里，法律对于臣民也罢，客人也罢，是以同样的方式来执行吗？当然，当然我们不会忘记，一位绅士永远是一位绅士，不管他犯下了什么罪过，您将享受同给予桑克·马尔斯一样的恩惠，看样子，您似乎没有从他身上吸取足够的教训。您将同样死于铡刀，而不是绞索。”

罗伯托不会不知道这个整个法国都在议论的事件。德·桑克·马尔斯侯爵曾竭力说服国王驱逐黎塞留，而黎塞留则让国王相信了桑克·马尔斯阴谋反对王国。在里昂，被判死刑的侯爵面对刽子手，竭力表现出傲慢的尊严，然而后者却以十分卑鄙的方式砍断了他的脖子，以至于被激怒的人群最后把刽子手给杀了。

当惊慌失措的罗伯托示意要讲话时，红衣主教却用一个手势抢在他之前："得了，圣帕特里齐奥。"罗伯托推断出，主教使用这个名字是为了提醒他，自己是个外国人；况且，他用法文跟自己讲话，而实际上主教是可以用意大利语与他交谈的。他接着说："您屈从于这座城市和这个国家的恶习。正如红衣主教阁下经常说的那样，法国人惯常的轻浮，让他们因为对眼前事物产生厌烦而渴望改变。国王摘掉了这些人的脑袋，好让他们更'轻浮'些。而他们中的一些人以其颠覆意图引诱了您。您的情况无须打扰任何法庭。对国家的保护高于一切，如果颠覆国家的案件还需要普通案件所需要的明确证据的话，那么，国家就会快速地灭亡。两天前的晚上，有人看见您与桑克·马尔斯的朋友们待在一起，而他们又一次发表了叛国的讲话。在那些人之中看见您的目击者是值得信任的，因为他是我们派去的。这些已经足够了。够了，"他厌烦地阻止道，"我们让您来这儿，不是为了听您抗议说自己无辜，因此，请您保持冷静并好好听着。"

罗伯托无法冷静下来，但他已得出一些结论：在莉丽雅触摸他手的同一刻，他被人看见在别处策划反对国家的阴谋。马萨林对此如此深信不疑，以至于所有想象即刻变成了事实。到处都有人在窃窃私语，黎塞留的怒气尚未平息，大家都害怕被选作新的儆戒。而自己竟以某种方式被选中了，罗伯托已经完蛋了。

罗伯托应该想到一件事情，他经常，而不仅仅只在两天前的晚上，在朗布依埃城堡的沙龙门口逗留，与人聊天；在那些对话者中有几个桑克·马尔斯的知己也不无可能；假如马萨林出于他个人的某种原因想要毁灭他的话，那么，只要以恶毒的方式来解释密探向他汇报的任何一句话就足够了……然而，很显然，罗伯托并没有这样想：这一切证实了他的担心，可能有人借着他的面容和姓氏自吹自擂，参加了一次煽动叛乱的会议。

因此他不想辩解。眼下他唯一无法解释的便是——如果说他已经被定了罪——红衣主教为什么还要费神向他解释自己的命运呢？他并不是判决的收信人，他的命运还是一个谜，是其他人摸不透国王的决定、因而需要破译的未解之谜。所以他在静静地等候着解释。

“圣帕特里齐奥，您明白吗？如果不是一年前教皇在国王的要求下，授予了我们高级教士的尊荣，我们会说，是天意操纵了您的轻率之举。我们观察您已有一段时间，我们自问，怎样才能请您帮一个忙，而这个忙您没有任何义务非帮不可。我们抓住您两天前的晚上走错的一步，这简直是上苍赐予的特殊礼物。现在您欠了我们，我们的地位也发生了变化，您的处境也同理。”

“欠了什么？”

“您欠的是一条命。当然，是否宽恕您并不在我们的权利之内，不过，从中调停却是我们能力所及。或许您可以通过流亡来避免法律的严惩。等过了一年或更多时间之后，证人的记忆肯定会变得模糊，那个人可以以他清白无瑕的名誉发誓说，两天前的晚上他看到的人不是您；甚至可以证实在那个时辰，您正在别处与德·巴尔上尉玩十五子棋。这样一来——请您当心，我们还没有决定，这只是假设，也许发生的事情会恰恰相反，但是我们相信自己看人很准——最后全部的正义以及无条件的自由将偿还于您。请您坐下吧，”他说道，“我要交给您一项任务。”

罗伯托坐了下来，问道："一项任务？"

"非常棘手。在完成任务的过程中，我们不想对您隐瞒，您有时可能会冒着丧命的危险。但这是一桩交易：它让您免去了被刽子手处决的定局，并让您得到全身而退的机会，如果您能机警应对的话。咱们这么说吧，用一年的灾难换取一整条命。"

"阁下，"罗伯托至少看见刽子手的身影消失了，所以说道，"就我目前所理解的，再以我的名誉或对着十字架发誓也没办法……"

"如果我们完全不考虑一切可能只是一场误会，而您可能是无辜的，那就显得缺乏基督徒的怜悯心了。但既然误会于我们计划之事有益，我们看不出有什么澄清它的理由。另外，您不会是在暗示，我们正在对您提出的是一项不光彩的交易：要么成为铡刀下的冤死鬼，要么通过为我们所用，即便是已经认罪的犯人，也可以瞒天过海……"

"阁下，我远没有这种不恭敬的想法。"

"那就好。我们有可能让您冒些风险，但这肯定会为您带来荣耀。让我们告诉您为什么会留意到您，在此之前我们根本不知道您在巴黎。如您所知，这座城市非常喜欢谈论沙龙里发生的事情，不久之前整个巴黎都在议论，一天晚上，您的表现吸引了许多名媛淑女的目光。是整个巴黎，您不必脸红。我们所指的是那天晚上，您津津乐道于一种叫作*交感粉末*的东西的效能，以至于（在这种情况下应该用这个词对吧）您用讽刺赋予这话题以妙趣，用近音词连用赋予其优雅，用警句格言赋予其庄严，用夸张赋予其丰富华丽，用比喻赋予其明晰……"

"啊，阁下，我只是转述听来的事……"

"我钦佩谦虚的美德，但看样子，您的演讲展现出对某些自然界奥秘的博学。而现在，我正需要一位通晓此类知识的人，不能是法国人以避免牵累法国，混到一条从阿姆斯特丹出发的船上，去揭示一个在某种程度上与那种粉末的用途有关的新秘密。”

在罗伯托还没来得及表示异议之前，他又说道：“您别害怕，我们需要您十分清楚地知道我们寻找的是什么，以便您能够察觉最不确定的线索。我们希望您对此无所不知，因为我们看到您已经准备满足我们的要求了。您将有一位天才的老师，请不要因他年纪轻轻而轻视他。”说完他伸出一只手，摇晃绳索。听不见任何响动，但这个动作应该让别处的一只钟或其他什么信号发出声响——罗伯托只是这样推断，要知道在那个时代，最了不起的大老爷们，为了召唤仆人，尚须高声喊叫。

果然，只过了很短的时间，一位看上去二十岁出头的年轻人就恭恭敬敬地走了进来。

“欢迎您，科尔贝，这位就是今天我们对您提到的人，”马萨林对他说，然后又对罗伯托说道，“科尔贝刚刚加入情报部门，前途不可限量，许久以来他都在研究一个黎塞留红衣主教十分关心、因而也是我所惦念的问题。圣帕特里齐奥，您也许知道，在红衣主教为这艘以路易十三国王陛下为船长的伟大战船掌舵之前，无论是在战争之中，还是在和平时期，在我们的敌人面前，法国海军都无足轻重。而现在，我们却可以为自己的造船厂、东方舰队以及西方舰队感到自豪，您可能还记得，不到六个月之前，布雷泽侯爵多么成功地在巴塞罗那排兵布阵，其中有四十四艘战船、十四艘双桅战船，以及我记不清数目的其他船只。我们在新法兰西巩固了我们的胜利，我们确保了对马提尼克岛、瓜德罗普岛以及秘鲁的许多岛屿的统治权，正如红衣主教热衷谈论的那样。我们又开始建立商业团体，尽管还没有取得圆满的成功，但是，遗憾的是，在荷兰、英国、葡萄牙和西班牙，没有哪一个贵族世家不派自家人去海上发财的；唉，不这样做的只有法国。这样说的证据就是，也许我们对于新大陆相当了解，但对于世界尽头却知之甚少。科尔贝，请让我们的朋友看一下，在地球的另一边，大地显得多么空荡。”

年轻人转动地球仪，马萨林忧郁地微笑：“唉，这大片的水域不是由于大自然的厚此薄彼才空空荡荡；是因为我们对大自然的慷慨了解得太少。但是，在发现通往马鲁古群岛的一条西部航线之后，伸展于美洲大陆西海岸以及亚洲最后的山梁分支之间的这片广阔的、未经勘探的区域，将真正发挥其作用。我讲的是叫作太平洋的海域，葡萄牙人正是这样为其命名的，在它之上显然伸展着未知的南方大陆，人们只见过它的少数岛屿以及几处海岸，但是已足以确信其间孕育着令人难以置信的丰富宝藏。因而在那些海域上，许久以来，现在依然如此，太多不讲我们语言的冒险家来往奔波。我们的朋友科尔贝抱有一种想法，他提出法国也应该出现在那些海域，我认为这不只是年轻人的异想天开。更何况据我们推测，第一个踏足南半球的人正是位法国人，戈纳维尔先生，比麦哲伦的壮举早十六年之久。然而，那位英勇的绅士，或者，可能还是位基督教徒，却忘记在纸上记录下他的船靠岸的位置。我们可以认为一位勇敢的法国人竟会如此疏忽吗？当然不是，而是在那个遥远的时代，他不知道如何彻底解决一个难题。而这个难题，您也许会觉得不可思议，对于今天的我们来说，它仍然是一个谜。”

他停顿了一会儿，罗伯托明白，无论是红衣主教还是科尔贝，对于这个谜，他们即使不知道解决办法，至少也知道它的内容，因此，这片刻停顿是留给自己的。他确信最好还是扮演一个着迷的观众的角色，于是问道：“那么，劳驾，这个谜是什么？”

马萨林以会意的神情望了一眼科尔贝，然后说：“是经度的奥秘。”科尔贝严肃地表示同意。

“为了解决定点的问题，”主教继续说道，“早在七十年之前，西班牙的腓力二世就曾经拨出一笔巨款，再晚些时候，腓力三世又答应拨出六千杜卡托作为永久的定期收益，以及两千杜卡托作为终身年金，而荷兰国民议会也曾拨出三万盾。我们也不吝惜给予有才华的天文学家以经济帮助……说到这儿，科尔贝，那位莫兰博士，我们已经让他等了八年了……”

“阁下，您本人说过，您确信那种月球视差的说法是一种空想……”

“是的，但是，为了让他疑虑十足的假设能够站得住脚，他也曾卓有成效地研究过，同时批评了别的假设。让他参加这个新的计划，也许他可以给圣帕特里齐奥先生一些启发。我们可以为他提供膳宿费，没有任何东西能像金钱那样刺激人们投身良好的兴趣爱好。假使他的想法里包含着一点儿真理，我们也好核实，同时还可以避免他因感到在祖国被人遗弃而屈服于荷兰人的诱惑。在我看来，荷兰人正是看到西班牙人犹豫不决，才开始与那位伽利略谈判，我们最好也不要置身事外……”

“阁下，”科尔贝迟疑地说，“如果您愿意记起来的话，伽利略在今年年初就死了……”

“真的吗？愿上帝保佑他比活着的时候更快乐。”

“不管怎么说，尽管他的解决办法长久以来好像已成定论，但实际上并非如此……”

“科尔贝，您很幸运，比我们先行了一步。但是假设莫兰的解决办法也一文不值，我们仍然会支持他，我们要重燃围绕着他的想法的讨论，刺激荷兰人的好奇心；我们要做的是让别人受到诱惑，让对手们暂时走上歧途，无论如何，这钱都花得值。不过，关于这方面就到此为止吧，我们已经说得相当多了。请您继续讲下去，在圣帕特里齐奥先生了解情况的同时，我们也能跟着了解。”

“阁下，您对我所知道的一切无所不知，”科尔贝红着脸说道，“但是您的亲切善意鼓励了我。”他这样说着，想必已经感到放松了不少；他抬起头——在此之前他一直低着脑袋——敏捷地走到地球仪跟前。他说：“先生们，在大洋里，即使遇到一块陆地，也不知道它是哪块，如果想朝着一块熟知的陆地驶去，便要日复一日地在广阔的水域不停地前进；除了星辰，航海者没有其他的参照。有一些令古代天文学家声名卓著的仪器，利用它们可以确定一颗星星到海平面的高度，据此再推断出到天顶的距离，并了解到它的偏角，因为天顶距离加上或减去偏角，就等于纬度，这样人们即刻就能了解自己处在什么纬线上，也就是说，他离一个已知点的北边或南边有多远。我觉得很清楚了。”

“一个孩子都能听懂。”马萨林说道。

“人们一定会认为，”科尔贝继续说，“通过相似的做法，也可以确定自己在同一个点以东或以西多远，也就是说，身处什么经度，即在哪一条子午线上。正如萨克罗博斯克所说，子午线是经过我们的地极的一个圆圈，位于我们头上的天顶处。它叫作子午线，是因为不管一个人身处何地，在一年中的任何季节里，当太阳到达他所在的子午线上时，对于那个人来说，就是正午。然而，自然界神秘莫测，不管我们想出什么办法企图确定经度，最后总是以失败告终。一个门外汉也许会问，它有那么重要吗？重要至极。”

他渐渐自在起来，随手转动了一下地球仪，指着欧洲的轮廓线说道：“巴黎和布拉格相隔大约十五个经度，巴黎到加那利群岛也只有大约二十多个经度。假如一支地面部队的指挥官自以为是在白山[①]作战，而事实上，他是在圣热纳维埃夫山脉，也就是说他所残杀的是索邦神学院的博士而不是新教徒，又该怎么说呢？”

马萨林微笑着将手摊在身前，好像在说：但愿那类事情只发生在正确的子午线上。

“但是，悲剧在于，”科尔贝继续说，“如此严重的错误也可能因我

① White Mountain，位于布拉格附近，1620 年，在此曾发生三十年战争的一场重要战役——白山战役。

们眼下用来确定经度的旧方法而产生。差不多一个世纪之前，西班牙人门达尼亚就是如此。他发现了所罗门群岛，那是地上盛产水果、地下富藏金矿的上天赐福的乐土。这位门达尼亚确定了他所发现的这片土地的位置，然后回到祖国通报了事件始末，于是在大约二十年间，西班牙向他提供了四艘船，让他再回到岛上，并以他们无比虔诚的陛下——这当然是西班牙人的说法——的名义最终建立统治。可后来又发生了什么？门达尼亚再也未能找到那片土地。与此同时，荷兰人也没有闲着，在本世纪之初，他们成立了自己的东印度公司，在亚洲创建了巴达维亚城，以此为出发点多次向东远征，并且到达了被叫作'新荷兰'的地方。还有可能位于所罗门群岛东边的其他陆地——是由英国海盗发现的，圣雅各的宫廷毫不迟疑地授予他们贵族头衔。然而，所罗门群岛，却没有任何人再找到其踪影，因此也可以理解为何有些人倾向于认为它不过是一种传说。然而，不管是不是传说，门达尼亚却的确到达过那里，并且精确测定过它的纬度，但其经度却不够确切。再说，即使上苍帮忙，他确实测出了真实的经度，寻找那个经度的其他航海家（包括第二次出航的门达尼亚本人）也无法清楚地知道自己身处的经度。也就是说，即使我们知道巴黎在哪里，但却不知道自己是身处西班牙，还是在波斯人中间，先生，您现在明白了，我们将如同盲人带领着其他的盲人。”

“果真如此，”罗伯托大胆地说，“真是难以置信，就我所知，我们在这个世纪已获得了很大的知识上的进步，想不到我们知道的还是如此之少。”

“先生，我就不为您一一列出各种方法了：从根据月蚀进行测量的方法，到考虑磁针变化而测定的方法——直到最近我们的勒泰利耶还在为此忙碌，更不用提使用测程仪了，对此，我们的尚普兰曾许诺精确无误……然而，所有这些方法都不够用，除非法国拥有一座观象台，能在里面检验这许多假设为止。自然，还是有一种保险的方法：在船上安装一只钟，它能保持巴黎所在经度的钟点，然后在海上确定当地的时间，从而从时差推断出经度差。这就是我们生活的地球，可以看到古人是多么地充满智慧，将它分成了三百六十个经度，通常是从穿过加那利群岛中的耶罗岛的那条子午线开始计算。太阳在天上运行的过程中（无论是太阳在转动，还是如今人们所说的，地球在转动，都无关紧要），每小时行经十五个经度，如果说巴黎现在是半夜时分，那么距离巴黎一百八十个经度的地方便是正午时分。因此，只要您确切地知道在巴黎的钟指示的时间，我们假设是中午，接着再确定您现在所处的地方是早上六点钟，然后计算出时间差，把每一个小时转化成十五个经度，那么，您就会知道，您是在离巴黎九十个经度的地方，因此，差不多也就是在这里，"他转动地球仪，指着美洲大陆上的一个点，"然而，如果说所在地的时间尚不难确定的话，那么在一艘被风吹得摇摇晃晃的船上安装一只钟，让它在经历数月的航行之后仍能继续显示正确的钟点，就相当困难了，因为船的颠簸会使最为精巧的现代仪器都出现误差，就更不必说沙时计和水钟了，它们必须在一个不动的平面上才能运转。"

红衣主教打断他的话："我们不认为，圣帕特里齐奥先生现在就需要知道这么多细节，科尔贝。您还是让他在去阿姆斯特丹的旅途中继续了解吧。在那之后，将不再是我们教导他，我们相信，到时要反过来拜他为师了。亲爱的圣帕特里齐奥，实际上，红衣主教从过去到现在一直比我们看得远，我们但愿长久如此；他许久以来就布置好了一个可靠的间谍网络，这些人到别的国家旅行，常去码头转悠，向即将出航或者刚刚回港的船长发问，以便了解别国的政府都做了什么，知道哪些我们不知道的事情，因为，在我们看来十分明显，发现经度的秘密而又秘而不宣的国家，必将获得凌驾各国之上的巨大利益。现在，"说到这里，马萨林又停顿下来，并又一次捋顺胡须，然后合掌，似乎是为了聚精会神，并同时恳求上天的帮助，继续说道，"现在，我们获悉，一位英国医生，伯德博士，想出了一种新的妙招来确定子午线，它的基础是利用*交感粉末*。怎么样，亲爱的圣帕特里齐奥，您不必询问什么，因为，我们也只是了解这种新玩意儿的名字而已。我们肯定所涉及的是这种粉末，但是我们对伯德企图使用的方法一无所知，毕竟我们的告密者也不通晓神法仙术。然而，可以确定的是英国海军部已经允许他装备一艘船远赴太平洋。此行事关重大，以至于英国人并不放心派他们自己的船去。那艘船属于一个荷兰人，他故弄玄虚，主张应该再走一次大约二十五年之前他的两位同胞的航程，那次他们在比麦哲伦海峡更远的地方，在大西洋和太平洋之间，发现了一条新的航道。但是，由于这次冒险的花费之巨大有可能引起人们对于相关资助人的怀疑，这位荷兰人便公开装货上船，并寻找乘客，仿佛担心无法承担经费。几乎纯属偶然，船上将有伯德博士以及他的三名助手，他们自称是奇花异草的采集者。而实际上，他们会全权控制这次行动。在乘客之中，还将有您，圣帕特里齐奥，我们在阿姆斯特丹的密探将会安排好一切。您将是一位萨伏依家族的绅士，在每一片陆地上都有一张布告追捕您，因此在相当长的时间里消失在海上会是聪明之举。如您所见，您也没有必要撒谎。您身体虚弱——正像别人告诉我们的，您真的有眼疾，这是完善我们计划的另一个因素。您将几乎所有时间都把自己关在舱内度日，脸上涂些药膏，不过问任何事。但是，您也会心不在焉地到处闲逛，而实际上，您是睁大眼睛、伸长耳朵在看和听的。我们知道，您懂英语，但您将装作不懂，好让敌人当着您的面自由自在地讲话。如果船上有人懂意大利语或是法语，您可以提问，然后记住他们对您说过的话。不要不屑与普通人交谈，花上几个钱就能把他们肚子里的东西都掏出来。但是钱不要多给，要像是馈赠礼物，而不是支付酬劳，否则，将会引起怀疑。永远不要直接提问，今天问过之后，明天还可以用不同的形式再提出同样的问题，这样一来，如果那个人起初撒了谎，就会自相矛盾：不大中用的人经常会忘记他们说过的胡话，在第二天又编出相反的话来。此外，您还要识别出说谎成性的人：当他们笑的时候，脸蛋上会出现两个酒窝，他们的指甲会剪得很短。同样，您还要小心身材短小的人，出于傲慢，他们会讲假话。在任何情况下，您与他们的对话都要简短，不要给人一种从谈话中得到满足的印象：您真正要结交的是伯德博士，理所当然，您要试图与他接触，从教养上讲，他是船上唯一与您旗鼓相当的人。他有学问，能讲法语，也许还讲意大利语，肯定讲拉丁语。您患了病，可以向他寻求建议和安慰。不要像有些人一样，吃桑葚或红土然后装出口吐鲜血的样子，但是可以在晚饭之后让他来诊脉，因为人好像总是爱在那个时辰发烧。然后您对他说，您夜晚从不合眼；这将为接下来发生的事情找到理由：您可能神志清醒地在某个地方被人意外撞见，这应该发生在他们在深夜做实验的时候。这位伯德应该有不少固执的念头，正像所有从事科学的人一样；您要让他心血来潮，与他推心置腹，这样一来，他就会愿意谈论自己脑子里的想法，而那正是他的秘密。您要表现出感兴趣的样子，但要假装懂得很少，或者压根儿一窍不通，以便让他第二次讲述得更清楚些。您要重复他讲过的事，好像您真懂了一样，您还要犯些错误，好让他受虚荣心驱使，纠正您的错处，再原原本本地详细解释那些他本该闭口不谈的内容。永远不要断言，而是始终暗示：因为含沙射影可以试探人的思想，洞察人的心灵。您要设法博取他的信任：如果他经常笑的话，您也同他一起笑；如果他暴躁易怒，那么您也表现出暴躁易怒，但您要始终赞赏他的学识。假如他容易发火，惹您生气，那您就忍受他的冒犯，要知道在他得罪您之前，您就已经开始惩罚他了。在海上，白日漫长，夜晚更是无边无际，没有任何东西比那种小罐啤酒更能排解一个英国人的寂寞，幸亏荷兰人总会在他们的货舱中贮存着些。您要假装是那种饮料的忠实信徒，鼓励您的新朋友比您喝得更多。也许有一天他会心生怀疑，派人去搜查您的船舱，为此，您不要写下任何观察笔记，但是您可以保留一本日记，在里面讲些您悲苦的命运，或者讲讲圣母以及诸位神灵，或者您渴望再度重逢的心上人，并且在那本日记上，还要出现有关博士品质的记载，赞扬他是您在船上找到的唯一朋友。关于他的记录，不要涉及我们计划的语句，只需记些说教即可，是什么无关紧要：不管是怎样枯燥无味的话，他既然说得出口，便不会嫌弃，还会因为您牢记在心而洋洋得意。总而言之，我们在这里并非向您推荐成为优秀密探的日课经，这也不是一个教会人员精通的事情。请依靠您的灵感，凡事小心谨慎，外表笨拙而行事敏捷。”

马萨林站起身来，为的是让客人明白，谈话已经结束了，也为了在客人没有起身之前俯视他。然后他说：“您跟着科尔贝。他会教授您其他东西，再把您托付给带您到阿姆斯特丹登船的人。去吧，祝您交好运。”

正准备出门的时候，主教叫住了他们，说道：“啊，圣帕特里齐奥，我差点儿忘了。您应该明白，从这儿到登船，您的每一步都有人跟着，可是您也许会问，为什么我们不害怕，那之后，在船第一次靠岸停泊时，您会试图变成林中的小鸟而重获自由呢？我们不害怕，因为那样做对您无益。这样一来，您不可能再回到这里，在这儿您将永远是一个被放逐的人，或者您流亡到远方的某个地方，那您就将永远害怕我们的密探再次把您找到。在这两种情况下，您都得放弃您的名字以及地位。我们甚至也不用怀疑一个像您这样身份的人会去卖身投靠英国人。再说，您又能出卖什么呢？您的密探身份是一个秘密，为了出卖这一点，您就得揭开这个秘密，而一旦暴露了，您就一文不值了，等待您的只有挨上一刀。相反，如果您将来回来，即使所获甚微，也会换来我们的感激。我们不会随意打发一位善于应付如此困难使命的人。其余的一切就都取决于您了。大人物的恩赐，一旦获取，就该小心对待，为的是不再失去，并用各种效劳手段加以巩固，以期永存：到那时您就可以决定，您对于法国的忠诚是否与它所要求的相当，并将自己的未来奉献给国王。要知道，的确有人出生在别的国度，却在巴黎发迹。”

红衣主教将自己作为因忠诚而受奖的榜样。然而，对于罗伯托来说，关键的显然不是酬劳的问题。红衣主教让他隐约看见了一个冒险机会、一些新的视野，并向他灌输了一种生活的智慧，而他对此原本愚昧无知，也许直到那时，都因此无法得到别人的尊重。或许还是接受命运的邀请为好，这样可以使他远离痛苦。至于另一个邀请，即两天前的晚上的那一个，当红衣主教开始讲话的时候，对他来说一切就变得清清楚楚了：如果是*另一个人*参加了反叛密谋，而所有的人都认为那是他，那么，那*另一个人*肯定已经得逞，让她说出许多使他快乐得发疼、嫉妒得发狂的句子。在他与现实中间，存在着太多的*另一个人*。那么，孤独地待在海上也许更好，在那里，他才可能以命运赐予他的唯一方式拥有他所爱的女人。最后，爱情的完美不在于被人爱上，而在于成为一个*恋爱中的有情人*。

他屈膝，然后说道：“阁下，我是您的仆人。”

啊，至少我但愿如此，因为在我看来，让对方给他一份安全通行证，上书“出于我的命令，也出于国家的利益，此信的携带者得以行他所行之事”似乎不太恰当。

一八

闻所未闻的怪事

假如“达佛涅号”如同“阿马丽利斯号”一样，是被派出寻找定点的，那么，那个闯入者就很危险。罗伯托已经知道，为了掌握那个秘密，欧洲各国之间暗流涌动。他必须充分准备，与对方斗智斗勇。显而易见，闯入者最初是在夜晚活动，等罗伯托开始警觉，大白天里也闭门不出，他便明目张胆地白天活动了。因此，他应该打乱对方的计划，给闯入者一种他白天睡觉、夜晚醒着的印象吗？这没什么用，对方也会随着改变习惯。不行，他应该让对方无法预料，不按牌理出牌，当对方觉得自己在睡觉时，他得醒着，而在他以为自己醒着的时候，却去睡觉……

他应该设法想象出那人以为自己在想些什么，总之设法揣摩对方的心思……在此之前，闯入者都是他的影子，现在，罗伯托应该变成闯入者的影子，学着追踪跟在他后面的人的脚印。但是，这种相互打埋伏不可能无止境地继续下去，难道一个人顺着一架梯子钻上来时另一个人恰好从相反的梯子走下去，一个人在货舱里时另一个人恰好待在甲板上，一个人急忙赶到底层甲板时另一个人恰好沿着舷侧——怎么不说从船体外面——再上来不成？

每一个有理智的人都会马上决定继续搜查船的其他部位，但是我们不要忘记，罗伯托已不再有理智。他又忍不住喝起烧酒来，自我安慰这是为了增强体力。既然爱情只能启发他等待，这种忘忧剂也不能激发他做出果断决定。因此，他行动缓慢，却自以为快如闪电。他自以为是大步迈进，实际是在匍匐前进。尤其因为无法鼓起勇气在大白天走出舱房到露天去，他在夜晚才感到强壮。然而夜里他却喝酒，懒于行动。这正是他的敌人所希望的，到了早晨他自言自语说。而为了获得勇气，他又扑向酒桶。

不管怎么说，到了第五天的傍晚时分，他决定进到货舱那边去探险，在存放储备物的船舱底板下面，他尚未去过那里。他发现，在“达佛涅号”上，人们最大限度地利用了空间，在底层甲板和货舱之间，也安装了许多隔板，搭成假的楼层，为的是用摇摇晃晃的小梯子连成几个隐蔽的处所；他走进放置缆绳的舱室，在一卷卷各种类型的绳子之间磕磕绊绊，那些绳子还浸透着海水。他又往下面走去，发现自己来到了副舱，站在各种类型的箱子和包裹中间。

在那里，他发现另有食物和许多桶淡水。他该为此高兴才是，但他高兴的只是如此一来便可借口盘点存粮把搜索行动暂时抛诸脑后，带着将其推迟的快乐。这是恐惧的快乐。

在水桶的后面，他又找到了另外四桶烧酒。然后，他爬回上面的船舱，检查那里的桶。它们全是盛水的，这说明他前一天找到的那桶酒是从下面带到上面来的，目的在于诱惑他。

他不担心埋伏，选择再次下到货舱，把另一桶烈酒带到上面，喝得酩酊大醉。

后来罗伯托又回到货舱，我们可以想象他的模样，他闻到舱底水阱散发出的腐烂气味，于是停下脚步。已至尽头。

因此，他应该朝着船尾往回走，但是灯笼快要灭了，他被什么东西绊了一下，他明白自己是在船的压舱物中间行走着，正是在那里，在“阿马丽利斯号”上，伯德博士为狗开辟出住处。

也恰恰是在货舱里，在一摊摊水迹和堆着的食物碎屑之间，他发现了一个脚印。

至此他已经十分肯定，船上有一个闯入者，而这时他唯一的想法就是他终于找到了自己并未喝醉的证据，醉酒的人每走一步都在试图寻找这样的证据。无论如何，证据明白如日，即使他正行走在黑暗与灯笼的微光之间也可以这么说。他已经肯定，存在闯入者，他并没有想过在来回上下数次之后，这脚印也有可能是他自己留下的。他回到上面，决心开始战斗。

已是黄昏时分。这是五个夜晚、黎明和曙光交替的日子之后，他看到的第一个黄昏。几片几乎平行的黑云沿着远处的岛屿向前飘移，然后又沿着山峰聚集在一起，并从那里如箭一般向着南方喷射出去。大海已经变成浅墨水的颜色，与之相比，海岸显得昏暗，而天空其余的地方则露出一种枯萎衰败的春白菊的颜色，太阳似乎无意在它的祭品后面庆祝一番，而是昏昏欲睡，要求天空和海洋轻声伴它进入梦乡。

此时罗伯托却重振斗志，决定迷惑敌人。他走到藏钟室，把能带的都带到了甲板上，然后把它们一一摆开，就像台桌上的台球一样，一只靠着主桅，三只放在后甲板上，还有一只放在绞盘边上，其余的放在前桅的四周，每一个舱门和舱口处也都放上一只，这样一来，无论谁试图在黑暗中从此处通过，都会摔上一跤。

后来他又把那些机械钟都上了发条（却没有考虑到这样做会让敌人有所察觉，而他本来是希望出其不意），将水钟和沙时计都翻转过来。他眼睛瞄准般盯着摆满了时间机器的甲板，很为它们发出的声响而沾沾自喜，相信定能使敌人心慌意乱，望而却步。

在布置完那些不伤人的捕兽器之后，他却成为第一个受害者。当夜幕降临在极其平静的海面上时，他置身那些像蚊子一般响动的金属机械之中，从一个钟表走向另一个钟表，倾听着万籁俱寂中的嗡嗡声，凝视着那无穷无尽的水滴一滴一滴地消失，他惧怕那些无嘴却贪吃（他确实是这样写的）的蛀虫，那些齿轮将他的日子撕成瞬间的碎片，并在一种死亡的音乐中消耗着他的生命。

他记起了埃马努埃莱神父说过的一句话："如果胸前嵌上一块水晶，让人能够隐约看见心脏的跳动，就像在钟里一样，那将是多么令人高兴的景象啊！"他在星光下注视着从一只沙时计中缓缓漏出的沙粒，宛若慢慢捻动的念珠，他对那些像捆起的柴草一样的分分秒秒，对将时间连续分割的解剖学，对那些让钟点一点一点地滴漏下来的裂缝，陷入了沉思。

从时间消逝的节奏中，他获得了对自己死亡的预感。他正向其一步步地移动，他将近视的眼睛凑上去，以便辨认出那关于飞逝时光的谜，他忧虑地将一只水钟比作一口流动的棺材，最后又咒骂那些无赖的占星学家，只能够向他预言已经逝去的时光。

如果不是感到必须放弃他那些充满诗意的奇思妙想，就像他先是丢开了那些关于精密计时的奇思妙想一样，天晓得他还会写下什么；这并不是出于他自己的本意，而是因为在他的血管里烧酒多于活力，他听任那滴滴答答的声响逐渐变成一种类似轻微慢性咳嗽的催眠曲。

到了第六天的早晨，他被寥寥几只还在急速走着的钟吵醒，发现所有的钟都被移动过了，在它们的中间有两只扒土的小鹤（是鹤吗？），它们一面不安地啄食，一面将一只最漂亮的水钟翻倒打碎。

闯入者丝毫也没有受到惊吓（就是，他为什么害怕呢？他非常清楚船上的人是谁），而是以愚蠢的玩笑来对付玩笑的愚蠢，从底层甲板释放出两只动物来。罗伯托痛心地想着，这是为了将我的船弄得乱七八糟，是为了表明他比我强大……

接着他又闷声自问，为什么是鹤呢？他习惯于把每一件事都看成某种迹象，而把每一种迹象又看成某种箴言。对方想表达什么意思？他竭力回忆鹤的象征意义，在他还记得的皮奇内利或者瓦莱里亚诺的著作里寻找，但他没有找到答案。现在我们十分清楚，在这座惊奇的宫殿里，既没有目的，也没有巧计，闯入者像他一样，已经丧失了理智。但是，这一点罗伯托却无从知晓，他费尽心思想读懂的东西只不过是充满怒气的涂鸦而已。

“我要抓住你，该死的我要抓住你。”他大声喊着。半睡半醒间，他抓起佩剑，又一次冲向货舱，结果从小梯子上面倒栽下来，跌到一片他尚未勘察过的区域，周围全是成捆的柴草以及一堆堆刚刚砍下的树干。他在跌倒时撞到了树干，与它们滚在一起，随后他发现自己的脸正对着一排桁架，闻到舱底水阱那股恶心的气味。他眯起眼睛，看见一些蝎子在爬来爬去。

有木材在，是可能会生出一些昆虫来，我也不知道那些是否真是蝎子，但是就罗伯托看来，它们自然而然是闯入者带进来的，为的是毒死他。为了躲避危险，他开始费力地爬向梯子；然而，在那些木头上面，他不管怎么奔跑仍停在原地，甚至失去平衡，不得不抓住栏杆。最后他终于爬到上面，却发现一只手臂被割开一道伤口。

毫无疑问他是被自己的剑划伤的。这时，罗伯托非但不考虑伤口，反而又回到刚刚的木头堆里，在木材中间疯狂地寻找他的武器；剑上留有血迹，他把它带回甲板，将烈酒倒在刀刃上。后来，他发现没有缓解疼痛，于是背弃了他的一切科学原则，将酒直接倒在手臂上。他又以过于随意的口吻祈求几个圣人保佑自己，接着跑到外面，那里开始下起大暴雨，两只鹤在雨中无影无踪。这场美妙的倾盆大雨使他振作起来：他担心钟被淋坏，所以跑前跑后地将它们移到遮雨处，匆忙之中他踩进了格栅，又把一只脚弄伤了，于是像鹤那样单腿跳着回到了室内，脱下衣服，经过所有这些没有意义的事，他开始写作，这时外面的雨势先是变猛，后又平静下来，太阳重新出来了几个小时，最后夜幕降临。

他写作对我们来说是好事，这样我们就能够明白他身上都发生了什么，以及在随“阿马丽利斯号”旅行的过程中，他又发现了什么。

一九
灿烂的航海学

“阿马丽利斯号”从荷兰启程，中途短暂地停靠在伦敦。在这里，它在夜间偷偷地装上了一些什么货物，水手们在甲板和货舱之间排成警戒线，罗伯托无法弄明白到底是怎么一回事。然后船只起锚，向西南驶去。

罗伯托兴致勃勃地描写着他在船上的同伴。似乎船长在挑选乘客时花费了极大的心思，他们都是充满幻想和古怪乖僻的人，船长在出发时拿他们当幌子，而在之后的旅途中，即使把他们丢了也不必费心寻找。他们可以分为三个群体：那些明白船正向西航行的人（比如一对加利西亚的夫妇，他们想去巴西的儿子那里，还有一位犹太老人，他发愿要走一条最长的路去耶路撒冷朝圣）；那些对于地球的延伸根本没有清楚概念的人（比如一群冒失鬼，他们决定到马鲁古群岛去撞大运，他们本该往东走更快到达）；最后是那些完全上当受骗的人，比如一群皮埃蒙特山谷地区的异教徒，他们打算到达新大陆的北部海岸，加入英国清教徒的队伍，却不知道船会直接驶向南方，第一个停靠之地将是累西腓。当最后所说的这些人发现自己被欺骗时，他们已经到达那块殖民地——当时是在荷兰人的手里——所以无论如何，他们也只能接受留在那个新教徒的港口，因为他们害怕再往前到葡萄牙人中间会遭遇更大的麻烦。在累西腓，船上又上来一位马耳他骑士，面容颇像海盗，他计划去寻找一座岛屿，一个威尼斯人曾对他讲过，岛屿的名字叫作埃斯孔迪达，他不知道它的位置，而且“阿马丽利斯号”上也没有任何人曾经听说过这个名字。这说明，船长找来的这些个乘客，正如俗话所说，都是打着灯笼找的。

对于这一小群聚集在底层甲板的人，无需担心他们过得如何：直到穿过大西洋，食品都不会短缺，船在美洲海岸又补充了储备。但是，在过了麦哲伦海峡之后，船只航行在絮片状的云彩和淡蓝色的天空下，除了有身份的客人之外，几乎所有的人，至少在两个月的时间里，都只能喝足以引起脑包虫病的水，吃散发着老鼠尿味的饼干了。一些船员连同许多乘客都因坏血病而死去。

为了寻找饮食，船在智利西海岸靠岸，停在了一个船上的航海图称为“马斯阿富埃拉”①的荒岛上。他们在那里逗留了三天。当地气候宜人，植物繁茂，以至于那位马耳他骑士说，如果有朝一日能在这片海岸遭遇海难，简直是交了好运，那样他将很高兴地在这里生活下去，而不愿意再回到祖国——他竭力想让自己相信，这里就是埃斯孔迪达岛。不管是不是埃斯孔迪达，如果我在那儿留下的话——罗伯托在“达佛涅号”上说——现在就不会在这里，仅仅因为在货舱里看见了一个明显的脚印，就如此害怕一个闯入者了。

后来，船长说外面刮的是逆风，船开始毫无道理地朝北航行。罗伯托没有感受到逆风，甚至，当决定改变航向时，船正在一帆风顺地疾驶，而为了改变航道，它不得不倾向一边。很可能是伯德博士以及他的人为了做他们的实验，需要沿着同一条子午线前行。事实是，他们到达了加拉帕戈斯群岛，在那里他们兴致勃勃地将巨大的乌龟翻个个儿，然后在龟壳下面点火将其烤熟。那位马耳他人查看了许久他的地图，认定那不是埃斯孔迪达岛。

---

① Más Afuera，英国作家丹尼尔·笛福的《鲁滨逊漂流记》中所述故事的地理背景。

船只继续向西航行，来到南纬二十五度以下，又在一个地图都没有讲到的岛屿上补充了淡水。除了孤独，岛上一无所有，骑士——他忍受不了船上的食物，对船长看不顺眼——便对罗伯托说，假如在他身边有一小队好样的、勇敢又不怕冒险的人，就能控制这艘船，将船长和那些胆敢追随他的人用小艇放逐，烧掉“阿马丽利斯号”，定居在那片陆地上，再一次远离熟悉的世界，建立起一个新的社会。罗伯托问他那是否就是埃斯孔迪达岛，骑士忧郁地摇了摇脑袋。

他们借着信风的帮忙，又向西北航行，最后找到一处有野人居住的群岛，那些人的皮肤是琥珀色的；他们参加了野人的狂欢，并与他们交换了礼物。狂欢庆典因有跳舞的姑娘而变得欢快和热烈，她们的舞姿宛若某些花草，在海岸线上随风摇摆。骑士估计不曾发誓禁欲吧，借口要为几位少女画像（这种勾当他相当熟练），毫无疑问得以与她们中的一些达到了肉体上的结合。船员们也想效仿他，于是船长提前启程。骑士对于是否留下犹豫不决，在他看来，那是度过他生命的一种极为美好的方式：每天大概齐地做做画来打发光阴。但后来他还是肯定，那里不是埃斯孔迪达岛。

后来，他们仍是朝着西北航行，发现了一座岛屿，上面居住的土著性情十分温和。他们在那里停留了两天两夜，马耳他骑士开始给当地人讲故事。他用连罗伯托都不懂的方言讲述，当地人就更不懂了，但是他在沙土地上画图来解释，像演员一般做着手势，激发起当地人极大的热情，他们用“图西塔拉[①]，图西塔拉！”的欢呼赞美他。骑士思索之后对罗伯托说，在那样的人中间过完自己的人生，向他们讲述宇宙之中所有的奥妙，将是多么美好啊。“但这是埃斯孔迪达岛吗？”罗伯托问道。骑士摇了摇头。

他死在了船难中。罗伯托在“达佛涅号”上思考着：“我也许找到

---

① 萨摩语，故事作家。

了他的埃斯孔迪达岛，然而我却再也不能讲给他听了，也不能讲给任何其他人听了。”也许正因如此，他才写信给他的夫人。为了生存，需要讲些故事才行。

骑士的最后一座空中楼阁出现在一个晚上，在发生船难之前的几天，离船难地点不远。当时他们正沿着一片群岛航行，船长决定不靠近岛屿，因为伯德博士好像急于重新驶向赤道。在旅行过程中，罗伯托明显注意到，船长的表现不是他听人讲述的航海家的样子，那些人都会仔细记录下所有新陆地的情况，以便完善他们的地图，绘画出云彩的形状，勾勒出海湾的线条，收集当地的物品……而航行中的“阿马丽利斯号”却像一个炼金术士的漂泊的窑洞，只潜心于自己的巫术，而对它面前展开的广阔世界无动于衷。

天色已是黄昏，云朵似在与天空游戏，在背光岛屿的映衬下，这些云从一侧描绘出许多条翠绿色的鱼，仿佛在山顶上游动。另一侧则飘来恼怒的火球，上面是灰色的云层。紧接着，一颗烧红了的太阳消失在岛屿之后，但是一大片玫瑰色反射到云层上，将它的下边缘染得鲜红。又过了短短几秒钟，岛后大片火一般的红光竟扩展到船的上空。整个天空像个炭火盆一般，只余很少几丝蓝色。又过了一会儿，漫天血色，宛如死不悔改的人被一群角鲨吞食的景象。

“也许现在死去很是时候，”马耳他骑士说道，“您有没有产生过这样的愿望：吊死在一门大炮的炮口上，然后滑落到海里？不仅死得利落，而且在那一刻，我们将知晓一切……”

“是的，但是，我们刚刚知晓一切，就停止知晓了。”罗伯托说道。

船仍继续航行，进入墨色的海域。

日子一成不变地流逝着。正如马萨林所预见的那样，罗伯托只能够与绅士们打交道。水手们都是恶棍，夜间在甲板上碰上他们都会令人害怕。旅客们则忍饥挨饿，身染疾病，哀叹连连。伯德的三名助手都不敢坐在他的餐桌旁，只顾从他身旁安安静静地溜掉，去执行他的命令。船长就好像压根不存在似的：傍晚他已经酩酊大醉，再说，他只会讲佛兰芒语。

伯德是个瘦削干瘪的英国人，大脑袋上长着红色的头发，几乎可以用作船灯。罗伯托本人只要有可能，便尽力洗澡，并利用雨水来清洗衣服，但他在航行的数个月中，却从未看见那位博士换过衬衫。幸运的是，即使对于一个习惯于巴黎沙龙生活的年轻人来说，整条船上的恶臭已经强烈到使他闻不出同伴身上的异味。

伯德是个喝啤酒的能手，而罗伯托则学会了对付他，假装大口喝下，实际却让酒在杯子里保持差不多同样的水平。看样子伯德只被教会了斟满空酒杯。他自己的杯子永远是空的，于是他就不断地斟满，并站起身来祝酒。骑士不喝酒，只是倾听，并提些问题。

伯德法语讲得还算不错，就像那个时代每一个愿意到自己岛屿之外的地方去旅行的英国人一样，他被罗伯托关于蒙费拉地区葡萄种植的故事所吸引。罗伯托则很有教养地倾听在伦敦如何酿制啤酒。然后，他们又讨论了海洋的话题。罗伯托是初次远洋航行，而伯德则不愿就此说得太多。骑士只是提出些如何找到埃斯孔迪达方位的问题，但因为他提供不出任何线索，所以也得不到答案。

从表面上看，伯德博士进行那次旅行是为了研究花卉，于是罗伯托便就这个话题去检验他。肯定无疑的是，伯德对草木知识并非不了解，能谈论解释很长时间，罗伯托则做出兴趣盎然的样子。每到一地，伯德和他的助手确实采摘植物，尽管不像为此目的进行远游的学者那么细心，但许多个晚上他们都在研究找到的那些标本。

最初几天，伯德试图了解罗伯托以及那位骑士的过去，好像对他们有些怀疑。罗伯托按照在巴黎讲好的版本，说自己是萨伏依人，曾站在神圣罗马帝国那一方在卡萨莱打过仗，后来他先后在都灵和巴黎惹下麻烦，经历过一系列的决斗，不幸误伤了红衣主教跟前的一位红人，因此，他选择了太平洋之路，让海水将他和他的迫害者隔开。骑士讲述了许许多多的故事，有些发生在威尼斯，另外一些发生在爱尔兰，还有的是在南美洲，然而人们却无法弄明白哪些是他自己的经历，哪些又是其他人的。

最后罗伯托发现，伯德喜欢谈论女人。他编造了与疯狂的贵妇人疯狂恋爱的几段故事，他看见博士的眼睛闪闪发光，表示有朝一日打算去巴黎。后来他重又恢复镇定，并且指出，天主教徒全都是堕落的人。罗伯托则提醒说萨伏依人几乎全是胡格诺派教徒。骑士划了个十字，然后又把话题引向女人。

直到在马斯阿富埃拉登陆，博士的生活似乎一直很有规律，当其他人在陆地上的时候，他仍在船上进行观测。航行途中，白天他停留在甲板上，晚上则与同桌吃饭的人站着聊到深夜，睡觉时肯定已是夜半。他的舱室与罗伯托的相邻，这两间细长狭窄的舱室用一块隔板分开，罗伯托常常守夜倾听动静。

然而，刚刚进入太平洋，伯德的习惯就改变了。在马斯阿富埃拉停靠之后，罗伯托发现他每天早晨七点到八点之间都要离开，而从前在那段时间他们通常是一起吃早餐的。而从船向北方行驶一直到来到有海龟的岛屿的整个期间，伯德则每天在六点钟左右离开。等船刚刚把船头重新转向西方，伯德又把起床时间提前到五点钟，罗伯托能听见他的一个助手来叫醒他。后来，他又逐渐在四点钟、三点钟、两点钟醒来。

罗伯托之所以可以监视他，是因为他带上了一只小沙时计。黄昏之际，他就像一个游手好闲的人，走到舵手身旁；在那里，挨着浮在鲸鱼油里的罗盘，有一张小桌子，领航员在那儿根据最新测量结果标记船只的位置以及假定的时间。罗伯托记在心里，然后回去将自己的沙时计颠倒过来，当他觉得一个钟头快走完的时候，便回去重复这个动作。因而即便晚饭之后会耽搁一些，他始终能够比较准确地计算出时间。这样一来，他确信无疑：伯德每天都要更早一点离开，如果以那种速度发展下去的话，那么，有一天，恐怕他半夜三更就得起床了。

根据罗伯托从马萨林、科尔贝以及其助手那里获悉的情况，他很快便得出结论，伯德的离开与陆续经过每条子午线的时间正好相符。这么说来，就好像有人每天在加那利群岛的正午，或者在另一个地方的固定钟点，从欧洲发射出一个信号，而伯德正是要到哪里去接收它。加上已经掌握“阿马丽利斯号”船上的时间，这样一来，伯德就能够知道自己所在的经度了！

只要在伯德离开的时候跟踪他就够了。但是这并不容易。他起初一直都是在早晨消失，所以不可能悄悄尾随。当伯德开始于夜里消失时，罗伯托能听到他起身离开的声音，但却不能马上跟在他的后面。他要等待一小会儿，然后重新找到他的足迹。但是，他的每一次努力都以徒劳无功告终。有几次，当罗伯托在黑暗中试图探寻道路，最后不是碰到水手的吊床，就是被乘客绊倒；然而，更多的情况是他总会遇到某些人，在那个时辰他们本该睡觉的：所以他们是在守夜。

每当碰到这样的暗探，罗伯托就告诉对方自己时常失眠，然后便登上甲板，没有引起怀疑。长此以往，他真的成了一个怪人：夜间睁着眼睛做梦而白天又闭着眼睛度日。但是，当他来到甲板上，在那儿遇见值班的水手，并交谈几句——如果他们碰巧能听懂彼此的语言——这个夜晚也就白费了。

这就解释了为什么好几个月过去了，罗伯托似乎已经接近“阿马丽利斯号”的秘密，但是却仍然没办法将鼻子伸到他想去的地方。

另外，从一开始罗伯托就想方设法从伯德那儿套出些真话。他想出了一个马萨林都不曾教他的办法。为了满足自己的好奇心，白天他向马耳他骑士提出一些问题，而后者不知道如何回答。于是，他向对方强调，自己问询的事情意义重大，假使对方真想找到埃斯孔迪达岛的话，就要留心了。这样一来，骑士便会在晚上对伯德博士提出同样的问题。

一天夜里，他们在甲板上观望星辰，伯德博士说道，现在应该是半夜。骑士几个小时之前刚被罗伯托调教过，于是说："天晓得此时此刻在马耳他是什么时辰……"

"很简单，"博士脱口而出，又改口道，"我是说，非常困难，我的朋友。"得知不能通过子午线来推断时间，骑士十分吃惊，说道："太阳不是每个小时行经十五个经度吗？因此，只要说出我们距离地中海有多少个经度，除以十五，再知道我们现在的时辰——这我们是知道的——就能算出那里是几点钟了。"

"您真像那些天文学家，他们穷其一生翻阅地图，却从来都没有出海航行过。否则的话，您就会晓得，我们是不可能知道自己处在什么子午线上的。"

伯德或多或少地重复着罗伯托早已经了解、而骑士却一无所知的事情。伯德滔滔不绝："我们的先人认为研究了月蚀，就可以找到一种万无一失的方法。您知道蚀是什么意思：那就是太阳、地球和月亮处在唯一的一条直线上，地球的阴影投射在月亮表面上的那个时刻。由于可以预见未来发生的蚀的日期以及准确钟点——只要随身携带隆哥蒙塔努斯[①]的《星历表》就够了，假设您已经知道某次月蚀应该在夜半时分发生在耶路撒冷，而您是在十点钟观察到的，那么您就会知道，您距离耶路撒冷有两个小时的时差，因此，您的观察地点是在耶路撒冷以西三十个经度的地方。"

"一点不差，"罗伯托说，"值得赞美的先人！"

---

① Christen Longomontanus(1562—1647)，丹麦天文学家。

“的确如此，不过这种计算只在某种程度上适用。伟大的哥伦布在第二次航行途中，当船停靠在伊斯帕尼奥拉岛的外海时，计算出一次月蚀，但犯下了偏西二十三度的错误，也就是说，相差了一个半小时！在第四次航行中，还是通过月蚀，他又弄错了两个半小时！”

“是他错了，还是隆哥蒙塔努斯错了呢？”骑士问道。

“天晓得！在一艘即使停止不动也始终在颠簸的船上，永远很难做出完美无缺的测量统计。啊，您或许知道，哥伦布不惜一切代价想证明自己到达了亚洲，因此，是他的愿望将他引向错误，好证明自己到达了他远远没能抵达的地方……那么所谓月球距离呢？它在最近一百年以来非常流行。这种想法一度显得(我还能怎么说呢？)很有才智。月球在它每个月的运行之中，由西向东，与星辰的移动轨迹相反，完成一圈完整的公转，因此，它就好像一只天上大钟的指针，走完黄道带的刻度盘。星辰则是由东向西，以大约每小时十五度的速度划过天空，在这同一段时间里，月球只走过十四度半的经度。如此一来，与星辰相比，月球每小时偏离半个经度。于是，我们的先人以为，月球与一颗恒星——即在一定时间内固定不动的星辰——之间的距离，对于从地球上的任意一点进行观察的人来说，都是一样的。因此，只要懂得借助通常使用的对照表或是《星历表》，观察天空时使用天文仪器，十字形的……”

“是十字测量仪吗？”

“正是，运用这种十字测量仪，能计算出在我们起初所在的子午线上的某个特定钟点，月球与那颗星星之间的距离，也就能知道，当他在海上观察时，某座城市里是什么时间。了解了时间差，经度就找到了。但是，但是……”伯德停顿一下，为的是更加吸引住他的听众，“但是有个视差的问题。这是一件非常复杂的事情，我不知道如何对你们解释，是由于天体对地平线上的不同高度产生的折射有区别所致。因此，现在，由于视差，在此地所得出的距离将不同于我们的天文学家们在欧洲所得出的。”

罗伯托回忆起曾经听马萨林和科尔贝讲过一段关于视差的往事，以及莫兰先生自以为找到了计算视差的办法。为了试探伯德的知识程度，罗伯托便问道，天文学家们是否能够计算出视差。伯德回答说是可能的，但这是件极其困难的事情，很可能会犯错误。“再说，”他补充道，“我是个门外汉，关于这些知识，我知道得很少。”

“这么说，能做的只有寻找一个更可靠的方法了。”于是罗伯托这样建议道。

“您知道你们的维斯普西[①]说过什么话吗？他说，计算经度是件相当艰难的事情，只有少数人能弄明白，就是那些为了观察月球和行星轨迹而舍得牺牲睡眠的人。他又说，为了确定经度，他经常牺牲睡眠，为此将自己的生命缩短了十年……要我说，这是浪费时间。但是现在眼看天空乌云密布；因此，我们还是回到舱房，结束我们的谈话吧。”

几个晚上之后，罗伯托请求伯德把北极星的位置指给他看。对方微笑着说，从这个半球是看不到它的，必须以其他的恒星作为参考。“这是寻找经度的人遭遇的另一个不便之处，”他评论道，“这样，他们甚至都不能参照罗盘磁针的变化。”

后来，在朋友们的催促下，他只得又开始分享他的知识。

“罗盘的针应该永远指向北方，也就是北极星的方向。但是，除非是在耶罗岛的本初子午线上，在任何其他的地方，指针都会偏离北极的精确位置，依照气候和纬度的不同或偏向东边，或偏向西边。比方说，从加那利群岛朝着直布罗陀海峡前进，任何一个水手都知道，磁针朝西北偏六个罗经方位以上，而从马耳他岛到特里波利，磁针的

① Amerigo Vespucci(1454—1512)，意大利商人、航海家，美洲的命名即来自他的名字。

变化将是向左偏三分之二个罗经方位——你们应该非常清楚，罗经方位就是风向方位。有人说，这些变化根据经度的不同而遵循着固定的规律。因此，通过一张精确的磁针偏差表，我们就可以知道身在何处了。但是……”

“还有但是?”

“遗憾的是，的确有。不存在可靠的磁针偏差表，想列出这张表的人都失败了；我们有十足的理由可以推测，磁针不会随着经度的变化分毫不差地偏转。况且这种变化非常缓慢，就算船没有颠簸破坏磁针的平衡，在海上也很难注意到。谁若相信磁针，他就是一个疯子。”

另外一天吃晚饭的时候，骑士反复思考着罗伯托若无其事地说出的半句话，然后说，埃斯孔迪达大概是所罗门群岛之中的一个吧，于是他问道，是否他们快接近了。

伯德耸了耸肩膀说道：“所罗门群岛！根本不存在!”

“德雷克[①]船长没有到过那里吗?”骑士问道。

“荒谬至极！德雷克发现的是新英格兰，完全是在另一边。”

“西班牙人在卡萨莱提到它时，说得好像人所尽知，说是他们发现了那个群岛。”罗伯托说。

“是门达尼亚在七十多年之前说的。但是他口中的群岛在南纬七到十一度之间。这就好像是说，在巴黎和伦敦之间。但是，在什么经度上呢？奎伊罗斯[②]说距离利马一千五百里格。很可笑。果真如此，从秘鲁海岸随便吐口痰，就能吐到所罗门群岛上。最近一位西班牙人说，所罗门群岛距离秘鲁本土有七千五百英里。也许又太远了。但请你们看一下这些地图，其中有些是新近绘制的，然而只是重复了

---

① Francis Drake(1540—1596)，英国历史上著名的探险家、海盗。

② Pedro Fernandes de Queirós(1565—1614)，葡萄牙航海家，效力西班牙。

那些最古老的地图，另外一些则向我们展示了最新的发现。你们看，有些人把所罗门群岛放在了二百一十度子午线上，也有人放在了二百二十度上，还有人放在了二百三十度上，更有甚者把群岛想象在一百八十度上。若是他们中有一人说对了，那其他某个人便有可能犯了一个偏差五十度的错误，这差不多相当于伦敦与示巴女王[①]领土之间的距离！”

“博士，您懂得真多啊，真正值得人钦佩，”骑士说，他抢在了正准备说出此话的罗伯托之前，完成了后面的恭维：“似乎您生命的全部精力都用在了研究经度上。”

伯德博士长满白色雀斑的脸一下子便红了起来。他往自己的酒杯里倒满啤酒，一饮而尽，没喘一口气。然后说：“唉，这只是博物爱好者的好奇心而已。实际上，如果要我说给你们听我们现在何处，我还不知道从何说起了。”

“但是，”罗伯托认为可以壮着胆子说下去，“在舵柄旁边，我看见一张表格，在那上面……”

“啊，是的，”博士马上接口道，“可以肯定，一艘船不是随意航行的。他们戳着地图。他们记录日期、磁针的指向以及它的偏角，风从哪里吹来，船上钟表的时间，已经航行的里程，太阳以及星辰的高度，还有纬度，并由此推算出经度。你们或许偶尔在船尾看见过一名水手，他将一根绳子抛进海水里，绳子的末端绑着一小块木板。那是测程仪，或者像一些人说的，测程小船。绳子上面打有小结，小结之间的距离表示固定的长度，将绳子抛入海中，再利用一只钟，就可以知道船行驶一段固定里程所需的时间。以这种方式，假如一切运行正常的话，就可以测出从最后已知的子午线算起走了多少英里，并且，

---

① Queen of Sheba，又称希巴女王，是《圣经》记载的第一位女王。示巴古国在阿拉伯西南，即今之也门。

通过适当的计算，还将重新了解船正从哪一条子午线上经过。”

“您看还是有办法的，”罗伯托得意洋洋地说道，他已经知道博士将会怎样回答他。如果没有更好的仪器，测程仪确是差强人意的工具，因为它的确可以告诉我们船走了多少里程，只是船要一直走直线才成。然而，船通常会受到风向影响，当不是顺风时，那么船就要忽儿向右、忽儿向左移动了。

“汉弗莱·吉尔伯特先生，”博士说道，“大约在门达尼亚的时代，在纽芬兰岛一带，他本想沿着四十七度纬线航行，可遇到的风不作美，风——怎么说呢——总是那么懒惰、那么吝啬，以至于船长时间地在四十一度和五十一度之间的海域缓慢行驶，只移动了十个纬度，我的先生们，这就好比一条巨大的游蛇从那不勒斯行至葡萄牙，蛇头先到了勒阿弗尔，蛇尾仍在罗马；后来蛇尾又到了巴黎，而蛇头则在马德里！因此，必须计算偏差，做好假设，非常小心；而一般水手做不来这类事情，也不可能有一位天文学家整天跟在身旁。当然，也可以做出推测，尤其是走一条熟悉的航线的话，便可以把别人已经得到的成果汇集在一起。因此，从欧洲海岸到美洲海岸，地图所给出的子午线距离是相当可靠的。另外，从陆地上对星辰的方位测定，也能给出正确的结果，因此，我们知道利马处在什么经度上。但即使在这种情况下，我的朋友们，”博士愉快地说，“发生了什么事情？”他狡猾地望着其他两个人。“这位先生，”他用手指敲打着一张地图，“把罗马放在了加那利群岛以东三十个经度的地方，而另一位呢，”他摇晃着手指，似乎像父亲一般训诫画了另外一张地图的人，“另外一位先生把罗马放在了四十度子午线上！这份手稿中还包含着一位颇有见识的佛兰德人写的报告，他告诫西班牙国王，关于罗马与托莱多之间的距离，从未达成过一致，‘从如此严重的错误上，正如从这条线上所能明白的，人们对那距离的认定千差万别’，等等。这便是那条线：假如把本初子午线定在托莱多（西班牙人始终认为他们生活在世界的中心)，对于墨卡托[1]来说，罗马应该在更偏东二十度的地方，但对于第谷·布拉赫[2]来说，则是二十二度，对隆哥蒙塔努斯来说，差不多是二十五度，对于克拉维乌斯[3]，是二十七度，对于杰出的托勒密来说，是二十八度，而对于奥里加努斯[4]来说，则是三十度。只是测量从罗马到托莱多之间的距离，就有如此大的误差。那么，你们想象一下，在类似的航线上会发生什么，我们也许是首先到达某些岛屿的人，又或许其他旅行家写的报告都十分模糊。更何况假如一个荷兰人测出了正确的结果，他不会告诉英国人，也不会告诉西班牙人。在这样的大海上航行，船长的直觉很重要，举例说，他用自己简陋的测程仪推断出船是在二百二十度子午线上，而实际上也许或东或西偏了三十度呢。"

"这么说，"骑士直觉自己明白了，于是说，"谁如果找到了确定子午线的方法，那他就是海洋的主人了！"

伯德的脸又一次红了，他定睛看着骑士，好像想弄明白此话是否刻意试探，然后他微笑了一下，像是要刺痛对方似的说道："你们二位可以试试。"

"哎呀，我就算了。"罗伯托说，同时举起双手，做出投降的样子。那天晚上，谈话在一片笑声之中结束。

后来的许多天，罗伯托都认为将话题再引回经度上不太合适。于是他改变话题，为此，他做出了一个勇敢的决定。他用刀子将自己的手掌割伤，然后用一块经风吹水洗已经磨损的衬衫上的碎布包扎起来。到了晚上，他让博士看他的伤口，说："我真是不谨慎，我把刀放在包裹里面，却落了刀鞘，于是翻找的时候就被割着了。灼痛得

---

① Gerardus Mercator(1512—1594)，荷兰地图制图学家。
② Tycho Brahe(1546—1601)，丹麦天文学家和占星学家。
③ Christoph Clavius(1537—1612)，德国天文学家、数学家。
④ David Origanus(1558—1629)，德国天文学家。

很呀。”

伯德博士以行家的目光察看了伤口，罗伯托心里祈祷着上帝能让他把一盆水端到桌子上，再化开一些硫酸盐。然而，伯德只是表示，在他看来，伤口并不严重，建议他每天早晨好好洗洗就行了。幸运的是骑士过来帮忙：“啊，有武器油膏就好了！”

“那是什么玩意儿？”罗伯托询问道。由于骑士阅读过所有那些罗伯托已经了然于胸的书籍，所以开始对武器油膏赞不绝口。伯德默不作声。罗伯托在骑士大肆推荐之后，便开始出招，故意说道：“这简直是老奶妈讲的故事！好比说怀孕的妇女，看见自己的情夫被砍下头，结果生下的孩子脑袋也与上半身分开。或者那些村姑，为了惩罚在厨房里拉屎的狗，便取出一块燃烧着的木头，放在狗粪上，希望这畜牲感到屁股火烧火燎！骑士，没有哪个有见识的人会相信这些可笑的事情！”

这个激将法真灵，伯德无法再沉默下去。他说：“啊，不，我的先生，狗和狗屎的故事是真的，甚至有人做了同样的事情：一位先生出于恶意在人家房前拉屎，我可以向你们打保票，此人事后便知道了害怕那个地方！当然必须多次地重复这个行动，因此，您需要有个朋友，或者敌人，经常到您的门槛上拉屎！”罗伯托取笑博士会开玩笑，以刺激他提供更多的论据：总的来说，都与德·伊格比先生的议论大差不差。但是博士已经情绪激动起来，他说：“啊，是的，我的先生，你们一副哲学家的派头，看不起医生们的知识。我甚至要告诉你们——既然我们正在谈论粪便——患有口臭的人应该对着粪坑张开嘴吸气，最后就会治愈：因为那些屎尿的臭味远比他的口臭更厉害，强的气味会产生吸引力，从而带走相对较弱的气味！”

“您正在向我揭示不寻常的知识，伯德博士，我真佩服您的学识！”

“我还真可以告诉你们更多些。在英格兰，当一个人被狗咬伤，即使那不是疯狗，也要把它杀死。因为那人也可能变成狂犬病患者，狗的狂犬因子会留在被它咬了的人的身体里，因此他会把狂犬病的精气吸引到自己的身上。你们从来没有看见过农妇往炭火上倒牛奶吗？她们又马上往上面撒一把盐。这真是平民百姓的伟大智慧！牛奶滴到煤炭上会变成蒸汽，然后由于光线和空气的作用，这些蒸汽伴随着火的原子，就会蔓延到产奶的母牛身上。而母牛的乳房是一个充满了腺体的很娇嫩的器官，那些火烤热了它，使它变硬，导致出现溃疡，又由于乳房靠近膀胱，所以又刺激了后者，进而造成在那里汇聚的血管吻合，这样一来，母牛就尿出了血来。”

罗伯托说：“骑士对我们谈到的武器油膏似乎是医疗用的，可您又让我们明白了，它还可以用来造成伤害。”

“那当然，正是因为这个，所以许多秘方还是隐瞒为好，防止被用来做坏事。唉，我的先生，关于油膏，或粉末——这种我们英国人叫作 Weapon Salve 的东西——可谓众说纷纭，莫衷一是。骑士对我们谈到，一种武器，如果处理得当，会减轻伤口疼痛。但是，如果你们拿起同一件武器，把它放在火上烤，即使隔着几千英里的距离，伤员也会喊疼。如果你们把还沾染着血的刀刃浸在冰水里，伤员将会冷得发抖。”

从表面上看，那次谈话并没有告诉罗伯托什么他不知道的东西，包括伯德博士对于交感粉末十分精通。然而，博士言谈间关于这种粉末的坏作用扯得太多了，这不可能只是偶然。但是，所有这些与子午线有什么关系，又是另一个故事了。

直到有天早上，一名水手从帆桁上跌下来，摔碎了头盖骨，引起甲板上一片混乱，伯德被叫去照顾不幸的伤员；罗伯托借此机会溜进了货舱。

他几乎是摸索着找到了正确的方向。或许是运气好，或许由于那天早晨那畜牲比平时哀叫得更厉害；罗伯托在差不多是后来在“达佛涅号”上发现烈酒桶的地方，看到了可怕的一幕。

足以躲开人们好奇的目光，在一个像是按着它的大小量身定制的小房间里，有一条狗躺在一堆破布上。

也许这是条纯种的狗，但是，病痛和艰苦的条件使它瘦成皮包骨。然而，刽子手们显然仍想让它活下去：为它提供了充足的食物和水，还有不是狗吃的食物，肯定是从旅客身上克扣下来的。

它侧躺着，脑袋耷拉着，舌头吐在外面。在它的肋部张开着一个很宽的、可怕的伤口。伤口很新鲜，皮开肉绽，活像两片巨大的玫瑰色嘴唇，中间陷下去的裂缝又深又长，十分吓人。伤口已经化脓，分泌出酷似乳浆的液体。罗伯托理解，伤口如此这般的模样，是因为出自一位外科医生之手，他不但不缝合那绽开的伤口边缘，反而故意让它们无法愈合，张着口留在皮肤上。

这真是混账的技艺，它不仅造就了那个伤口，而且以残忍的手段来进行治疗，为的是不让后者结疤，因此那条狗仍在继续忍受痛苦——天晓得从什么时候开始的。不只如此，罗伯托还发现，在伤口周围以及里面，还有一种晶体物质的残余，好像是哪个医生（同一位残忍和精明的医生！）每天往上撒刺激伤口的盐。

罗伯托感到无能为力，他抚摸着不幸的狗，现在呻吟的声音低了下来。他在心里想着该怎样做才能使那动物好受一些，结果一不留神用力过重，反而使它更难受了。另外，他的怜悯之心正被一种胜利的心情所取代。毫无疑问，这就是伯德博士的秘密，在伦敦装上船的那个神秘的东西就是它。

就罗伯托的所见，加之他已经了解的知识，他推断出，这条狗是在英格兰受的伤，伯德负责让它的伤口始终不愈合。而某个在伦敦的人，每天在一个商定好的固定钟点，对用来伤害狗的武器，或是浸染着这动物的血的一块布做些什么，以便引起反应——也许是缓解，也许造成更大的痛楚，因为伯德博士说过，使用武器油膏也能带来伤害。

以这种方式，在“阿马丽利斯号”上，在一个固定的时刻，就可以知道欧洲的时间。同时了解所经过的地方的钟点，就可以计算出经度！

剩下的事情只有等待事实的证明。那段时间里，伯德总是在十一点钟前后离去，这么说，他们正在接近对向子午线①了。罗伯托应该在大约那个钟点，藏匿在狗的附近等待博士的到来。

他是幸运的，如果对于一次海上风暴，可以用幸运形容的话。正是那次暴风雨将整条船，以及上面的所有人都带往最后的噩运。当天下午，海面已经掀起很大的风浪，这让罗伯托得以借口感到恶心、胃里不舒服而躲到房间的床上休息，没有去吃晚餐。天刚黑下来、还没有人开始站岗时，他便偷偷地下到货舱里，只拿了一把火镰以及一条涂了焦油的绳子，用来照路。他走到狗的旁边，看见在狗窝的上面有一块搁板，铺了几捆麦秸，是用来替换乘客腐烂的床铺的。他走进那堆材料之中，弄出一块凹进去的空间，从那里再也看不到狗了，但却能偷看到他前面的人，并且肯定听得见每一次讲话。

这一等就是几个小时，那条可怜的狗的呻吟让等待显得更加漫长，但终于他听见了其他的响声，瞥见了一些亮光。

过了一会儿，他发现自己成了一次实验的见证人，地点就离他几步之遥，出现的人是博士和他的三名助手。

“你在记录吗，卡文迪什?”

“是的，是的，博士。”

“好的，我们等一下吧。今晚它叫得太厉害。”

“它感受到了大海的风浪。”

“好好的，好好的，哈克卢特，”博士说，他正在用虚情假意的抚摸

---

① 即 180 度经线，是本初子午线向东或向西 180 度的经线。

安慰那条狗，然后又说，“我们错了，没有确定下来一套固定的程序。永远从镇痛剂开始才好。”

“并不见得，博士，有些晚上，它恰好在睡觉，还要刺激它将它弄醒。”

“小心，我看它好像很烦躁……乖乖的，哈克卢特……是的，它很烦躁！”这时，狗发出一声声不自然的低吠，“他们把武器放到火边上了，威斯林顿，记录下时间！”

“这里是大约十一点半。”

“对一下表。应该再过差不多十分钟。”

狗仍在低吠哀叫，似乎没完没了。后来，它又发出一声不同的哀号，快断气了似的“嗷嗷，嗷嗷”，越来越微弱，直到周围安静下来。

“很好，”伯德博士说着，“威斯林顿，什么时间？”

“应该对上了。差一刻十二点。”

“不能高兴得太早。要等候校对。”

接下来是再一次没完没了的等待；后来，狗明显地平静下来，感到疼痛缓解了，但接着又重新开始嗥叫，好像有谁踩了它的尾巴。

“威斯林顿，时间？”

“时间过了，少了几粒沙子。”

“钟已经敲过十二点。”第三个声音说道。

“足够了。现在，先生们，”伯德博士说，“我希望他们马上停止刺激，可怜的哈克卢特支撑不住了。水和盐，霍尔西，还有小布块。好好的，好好的，哈克卢特，现在你会好受些……睡吧，睡吧，你看主人就在这儿，都结束了……霍尔西，把安眠药放到水里……”

“是的，是的，博士。”

“完事了，哈克卢特，喝吧……听话，快点，快喝这好水……”哈克卢特又发出一声胆怯的吠叫，然后周围恢复了寂静。

“非常好，先生们，”伯德博士说着，“如果这艘该死的船不是摇晃得这么不像样子，甚至可以说，我们度过了一个很满意的夜晚。明天早晨，霍尔西，像往常一样在伤口上撒盐。我们做总结，先生们。现在是关键的时刻，我们快到半夜了，而他们从伦敦向我们显示，那里是正午。我们正处在伦敦的对向子午线上，因此是偏离加那利群岛一百九十八度。假如像传说的那样，所罗门群岛是在耶罗岛的对向子午线上，而我们又处在正确的纬度上顺风向西航行，那么，我们就应该要在圣克里斯托瓦尔靠岸了，或者，我们将重新给那座受诅咒的岛屿命名。我们将会找到西班牙人找了几十年的地方，与此同时，我们将掌握定点的秘密。啤酒，卡文迪什，我们应该为陛下干杯，愿上帝永远保佑他！”

“愿上帝保佑国王陛下，”其他三人异口同声地说道——显而易见，这四个人都忠心耿耿的，仍然效忠于那位君主：事实上在那些日子里，他如果还没有掉脑袋的话，至少也快失去王位了。

罗伯托正在思考。他在早晨看见狗的时候注意到，当他抚摸它的时候，它便安静下来，而当他用粗暴的方式碰它的时候，它便疼得发出哀号。在一艘被大海和风浪颠簸的船上，只需很小的刺激就能在一具生病的躯体上引起不同的强烈感受。那些坏家伙以为是从远方接收了信息，而实际上，狗是在忍受痛苦还是感到痛苦缓解取决于起伏的波涛正干扰它还是摇它入眠。或者还有，如圣萨万所说，假如存在着潜意识，那么伯德通过手的动作，就可以让狗按照他没有言明的愿望做出反应。他自己不是说过哥伦布犯了错误，是因为他迫切地想要证明自己到达了更远的地方吗？世界的命运就这样与那些疯子解释一条狗的语言的方式相连了吗？那条可怜的狗肚子里发出的低声叫唤就能让那些可耻的家伙断定自己是在靠近还是远离同样卑鄙的西班牙人、法国人、荷兰人、葡萄牙人渴望得到的那个地方吗？难道他卷入这次冒险，是为了有朝一日向马萨林或者乳臭未干的科尔贝建议，在法国的船上也放上几条饱受折磨的狗吗？

其他人已经全部走远了。罗伯托从他的藏身之处出来，然后在他沾着焦油的绳索的照耀下，停在了睡着的狗面前。他轻轻地摸了一下狗的头。在那个可怜的动物身上，他看到了全世界所有的苦难，听到了一个荒谬绝伦的故事。从卡萨莱的岁月，直到那一时刻，他所受到的缓慢的教育将他带到了残酷的现实面前。啊，要是当初作为船难的幸存者留在荒岛上多好，就像马耳他骑士所希望的那样；要是像骑士所希望的，他放把火烧了“阿马丽利斯号”该多好；要是他把脚步就停在第三座岛屿上，生活在肤色同锡耶纳家乡的土地一样的土著人中间，或者留在第四座岛上，成为那里的吟游诗人，该多好啊。要是他能够找到埃斯孔迪达岛，藏身在那里，躲开残酷无情的世界上的所有凶手，该多好啊！

那时他不知道，命运不久还将留给他第五座，也许是最后的岛屿。

“阿马丽利斯号”好像发了疯，它紧紧抓住船上的每一个人不放，罗伯托重新回到船舱，暂时忘记全世界的苦难，专心忍受大海的祸害。然后就是我们前面说过的海难。他成功地完成了自己的使命：作为唯一的幸存者，他随身携带着伯德博士的秘密。但他却无法再将其泄露给任何人。再说，这也许是一个毫无价值的秘密呢。

难道他不应该承认吗：当他走出那个癫狂的世界之后，他得到了真正的健康？海难赠予了他最大的礼物，流放，以及再没有任何人可以从他身边夺走的夫人……

然而，那岛屿不属于他，而且还距离遥远。“达佛涅号”不属于他，而且另有一人想要拥有它：说不定是为了继续进行残酷程度不亚于伯德博士的研究。

二〇
天才的艺术

罗伯托仍然在拖延时间，对闯入者耍把戏，以便拆穿对方玩的把戏。他重新把钟摆放到甲板上，每天为它们上满发条，然后再跑去给动物喂食，为的是不让另外那个人越俎代庖，之后他又把每个房间以及甲板上的每样东西都收拾整齐，这样一来，如果对方有所活动，他就能注意到。白天他关在舱房里面，但总让门半开着，以便能听到外面以及下面传出的任何动静，夜晚他也保持警觉，喝着烈酒，仍然下到"达佛涅号"的船底。

有一次他在放置缆绳的仓房里，在靠近船艏的地方，发现了另外两间储藏室，其中一间是空的，而另一间则堆满了太多的东西，里面安装了许多架子，边缘都包上了挡板，以防大海波动时上面的物品掉下来。他看见几张晒干的蜥蜴皮，不知何种果子的果核，各种颜色的石头，被海水打磨光滑的卵石，几许珊瑚的碎片，一些用针钉在一块小木板上的昆虫，一块琥珀里面的一只苍蝇和一只蜘蛛，一条干瘪的变色龙，几只盛满液体的玻璃瓶子——里面漂浮着一些小蛇或小鳗鱼，几块巨大的鱼骨——他认为是鲸鱼的骨架，还有剑——应该是装饰一条鱼的口鼻部位的，还有一个长长的兽角，在罗伯托看来好像是传说中的独角兽的角，然而，我认为可能是独角鲸的角。总而言之，这个房间显示出学识渊博的收藏品位，正如在那个时代，在探险家以及博物学家的船上可以看到的。

在房间的中央有一只打开的箱子，箱底垫着麦秸，里面空无一物。里面放过些什么呢，罗伯托回到房间之后就明白了，因为当他打开房门的时候，一只直立着的动物正等待着他；在那相遇时分，他觉得比看见有血有肉的闯入者更为可怕。

一只老鼠，一只阴沟里爬出来的大耗子？都不是，一只豚尾猴，半人多高，长长的尾巴拖在地板上，眼睛死死地瞪着，身体靠两只爪子撑着地，一动不动，另外两只爪子则像两条短臂般伸向他。它的毛很短，在腹部有一个袋子，一个开口，一个天然的口袋，在那里，一个同类的小怪物正贪婪地注视着他。我们知道罗伯托在最初的两个晚上有过对于老鼠的记述，他想象着它们硕大骇人并野性十足到可以占领整艘船。然而，他所看到的东西却超出了他所有令人战栗的等待。他简直不相信，世上会有这副样子的老鼠，他是对的，因为我们以后将会知道，正如我所推断的一样，这是一只袋鼠。

经过最初的恐惧，事情变得清晰起来，那位入侵者一动不动，原来是一座动物标本，而且稻草填充得不好，或者在货舱中保管得不妥，皮肤散发出腐烂器官的恶臭，而且从背部已经露出一绺绺的草料。

闯入者大概是在罗伯托走进那间装满奇怪物件的房间之前不久，才把这个大块头搬了出来，而当罗伯托在欣赏那座博物馆的时候，他又将此物放进了他的住处，也许闯入者期望，受害者会失去理智，冲出舷墙，消失于大海。“他想让我死，他想让我疯，”罗伯托嘟哝着，“但我要让他一口一口地吃下他的老鼠，我要把他制成标本，放到那些架子上，该诅咒的家伙，你躲在哪儿了？你在什么地方？也许你正望着我，看我是否精神错乱了，可我要让你精神错乱，你这个恶棍！”

他用火枪的枪托把那动物推到甲板上，然后战胜了恶心的感觉，双手抱起标本，将它扔进了大海。

他决心去寻找闯入者的藏身之处，回到柴草房里，并且留心不再被已经散落在地上的小木桩绊倒。除了柴草房之外，他找到了另一个地方，在“阿马丽利斯号”上，人们把它叫作饼干舱：它在一块宽布的下面，被很好地遮盖和保护着，他首先找到的是一架很大的望远镜，比他舱室里的那架倍数高出许多，无疑是用来探索天空的。然而，这架望远镜被放在一个用轻金属做成的大盆里，在盆的旁边，在其他的布里面还仔细地包裹着性质不明的仪器、金属臂状物、一块周围缀有环状物的圆形布料、一种罩子一样的东西，最后是三个有鼓肚的容器，从散发的气味上看，里面盛满了浓稠而不新鲜的油。所有那些东西都是做什么用的，罗伯托没有多想；在那会儿，他一心只想找到一个大活人。

他相当认真地检查了在饼干舱下面是否还藏着另一个房间。还真有个地方，但是太低了，只能够匍匐着往前爬。他把灯放低，探索着那个地方，防备着被蝎子蜇着，还怕把天花板烧着。爬了一会儿之后便到达尽头，他的头撞到了坚硬的落叶松木，这是“达佛涅号”的尽头，在它背面，海水拍打船体的声音清晰可闻。因此，除了这个没有出口的地洞，不可能再有其他什么东西了。

于是他停下来，似乎“达佛涅号”不可能再对他保留其他秘密了。

如果事情有哪里显得奇怪的话，那就是，在一个多星期无所作为的逗留中，罗伯托竟然没能够查探完船上的一切，但只要想想在一个孩子——他在一座巨大的祖宅里上上下下，深入到阁楼和地窖——身上发生的事情就可以理解了：每走一步，都能看见盛满旧书的箱子、弃置的衣服、空瓶子、一堆堆的柴捆、废旧的家具、沾满灰尘和摇摇欲坠的柜橱。男孩每到一处地方，便因发现某些宝贝而在那里逗留，然后他瞥见一个通道、一条黑暗的走廊，想象着里面也许藏着什么可怕的东西，于是便把探索推迟到下一次。每一次来他都是迈着小步向前探寻，一方面是害怕走得太快太深，另一方面又几乎是在预先品尝着未来发现的甜头，被那些最新发现的激动所俘虏，兴奋得几乎透不过气来。那些阁楼和地窖多得没完没了，即使花费他的整个童年，直至长大，也还有许多角角落落来不及逛完。

假如这个男孩子每一次都被新奇的响声惊退，或者为了让他远离那些错综复杂的建筑，大人每天对他讲述耸人听闻的传说故事——假如那个男孩沉醉于此的话——就可以明白那空间是如何随着每一次新的冒险渐渐扩大。这与罗伯托在他这块尚有敌意的领地上所体验到的经历没有什么不同。

还是清晨时分，罗伯托又做起了梦。他梦见了荷兰。事情发生在红衣主教的人把他带到阿姆斯特丹去乘坐“阿马丽利斯号”的旅途中。他们中途在一座城市停留，于是他走进一座教堂。中殿的明净打动了他，它与意大利和法国教堂的中殿是如此不同。没有装饰物，只有几面旗帜挂在光洁的圆柱上，玻璃窗十分明亮，上面没有图案，太阳照射进来，制造出一种乳白色的气氛，只有当为数不多的信徒走进时，这种氛围才被黑色的身影所破坏。在那种宁静中，只能听见一种声音，一种悲伤的曲调，仿佛是从柱头或拱顶石上诞生之后，飘荡在象牙色的空气中。后来，他又注意到，在一间小礼拜堂里，在祭坛边上的过道里，有一位黑衣人，独自待在角落，吹着一只鸟嘴形的长笛，两只睁大的眼睛望着虚空。

晚些时候，当音乐家结束表演，罗伯托走近他，不知道是否该给他一枚铜币；那人并不看他的脸，对他的赞扬表示了感谢，罗伯托明白了，他是个盲人。他是教堂里敲钟的师傅（der Musycin en Directeur van de Klok Werken, le carillonneur, der Glocken Spieler，他设法用不同语言向他解释），但是属于他工作的还有：晚上，当信徒们在教堂门前的空地以及教堂周围的墓地逗留的时候，为他们吹笛子。他熟悉许多曲调，而且对于每首曲调，他都精心处理成两种、三种，有时甚至五种更为复杂的变奏，他根本不需要看乐谱，他说，他天生失明，但却可以在教堂里那块漂亮、明亮的空间里活动（他是这么说的：明亮的），通过皮肤看见太阳。盲人向他解释说自己的乐器好像有生命的东西，对于季节的变化、早晨和黄昏的温度都会做出反应，然而，在教堂里，弥漫着一种始终温暖的空气，它让木笛能恒久地保持完美状态——罗伯托对此的反应则是，一个北方人可能会感受到弥漫着温暖的空气，然而他本人在那种明亮中却冻得发抖。

这位音乐家又为他吹了两遍第一首曲子，并且说，曲名叫作《无比美丽的达佛涅》。他拒绝任何馈赠，摸摸罗伯托的脸，然后说——或者至少罗伯托这样理解——“达佛涅”何等美妙，将会陪伴他的一生。

现在罗伯托身在“达佛涅号”上，他睁开眼睛，毫无疑问，他听见透过木板的缝隙，从下面传来“达佛涅”的旋律，似乎是由一种金属乐器演奏的，不再有变奏，而是每隔一段音程，便重复一遍那首曲调的第一句，好像一首持续不断的回旋曲。

他马上在心里说，在一艘叫作“达佛涅号”的船上，听上一段用笛子吹奏的名为“达佛涅”的音乐，真是精妙无比的象征。一厢情愿地把它当作一个梦也无济于事：它是闯入者发出的一个新信号。

他又一次地武装起自己，仍旧是从小酒桶里汲取力量，然后注意倾听那吹奏声。声音似乎来自放钟的储藏室。但是，自从他将那些机械摆放到甲板上之后，那地方已经空无一物。他又去重新检查了一遍。仍然空空荡荡，然而，乐声从房间尽头的墙壁处传来。

第一次来到这里时他被那些钟惊呆，第二次又是在气喘吁吁地搬动它们，他从未考虑过，这间船舱是否直抵船身骨架。如果是这样的话，尽头的墙壁应该是弯曲的。那么它到底是不是弯曲的呢？绘有钟透视画的宽大帆布制造出一种视觉欺骗效果，这样乍看之下就无法弄明白，后面的墙壁是平面的还是凹进去的了。

罗伯托动手去撕扯那块帆布，他发现原来那是一幅活幕，就像舞台上的幕布一样。在幕布的后面是另一扇门，门闩锁着。

凭着酒神巴克斯虔诚信徒的勇气，似乎只需用长筒猎枪放一枪就能够战胜敌人似的，他举起火枪瞄准，并大声高喊（上帝才知道为什么）："讷韦尔和圣德尼！"然后他用脚踢门，大无畏地冲了进去。

占据新空间的是一架管风琴，在顶端有二十来支琴管，从管口传出"达佛涅"的旋律。管风琴固定于墙壁上，它的主要结构为木质，由许多金属小圆柱组成的台架支撑。上层中央是琴管，两侧是小型自动装置。左边的一组立在一个圆形底座上，像是内部凹陷的铁砧，又像一个铃铛；在底座的周围有四个人偶，它们有节奏地挥动着胳膊，用金属小锤子敲打铁砧。小锤子的重量各不相同，发出银铃般的声响，与琴管里唱出的曲调并没有不协调，而是通过一系列的和弦为那曲调作出评注。罗伯托回忆起在巴黎的时候，曾与最小兄弟会的一位神父所进行的对话，他谈到对宇宙大和谐的研究，通过这些人偶的奏乐而不是它们的面孔，他能分辨出伏尔甘和三个独眼巨人；根据传说，毕达哥拉斯正是借用这四个形象断言，音程的区别取决于数目、重量和节拍。

在琴管的右边是爱神丘比特在敲打着（用指挥棒敲它拿在手里的一本木刻书本）三拍子，而《无比美丽的达佛涅》的曲调正是基于此。

紧接着在下面铺展开的就是管风琴的键盘了，琴键随琴管演奏出的旋律协调一致地上升和下降，似乎有一只看不见的手在上面滑动。在键盘的下面，通常由演奏者用脚踏动风箱，现在却安装着一个圆筒，上面刺着一些牙齿般的尖头，按照一种难以预料的规律，或者说有迹可循的出人意料排列着，正如音符在乐谱上的排列一样，有上升和下降，有意想不到的中断，有大片空白和雨点一样密集的八分音符。

圆筒的下面有一根水平横杆，这根杆支撑着一些小杠杆，随着圆筒的滚动，杠杆相继碰撞尖头，然后在半隐蔽的杆柄作用下，它们便带动了琴键，琴键继而带动琴管。

然而，最让人目瞪口呆的要属圆筒滚动以及琴管接收气流的原理。在管风琴的旁边固定着一根玻璃虹吸管，它的形状让人想起蚕茧，而在它的内部可以看见两片粗眼筛板，一上一下将虹吸管分成三个不同的小室。虹吸管从一根由下面深入进去的管子接收来自于打开的舷孔处的海水——那开着的舷孔给周围带来亮光——显然是从大海直接吸进来的，通过某种隐蔽的水泵，伴着空气一起进入蚕茧。

汹涌涌入蚕茧下部的海水就好像沸腾了一般，形成漩涡撞击着壁面，当然也会释放从两个筛孔吸进来的空气。通过一根将蚕茧的上部连到琴管底座上的管子，空气便在精妙的人造智慧下变成了动人的音乐。而水则在下层部分汇集，通过一根管子流出，去推动一座小磨轮上的叶片，然后再向下流入一个金属盆里，通过另一根管子排到舷孔之外。

磨轮带动横杆，横杆作用于圆筒，让它也转动起来。

对于醉醺醺的罗伯托而言，所有这一切都十分自然，直到圆筒开始放慢速度，琴管发出的曲调声音变得有气无力、好像要在嗓子眼儿里消失一般，而独眼巨人和爱神丘比特也停止了拍击，他才感到被欺骗了。十分显然——虽然在他那个时代，人们仍在谈论着永动机——控制吸水和集水的隐蔽水泵，只能在初次驱动之后的一定时间内起运转，而后便到了它应力的尽头。

罗伯托不知道自己更该惊异的是博学的技术魔法——他听人讲过其他类似的东西，它们能让没有生命的小孩人偶或是长着翅膀的丘比特跳起舞来——还是闯入者做的好事，除了他以外，没有人能够在那天早晨的那个时辰，让那装置运转起来。

那么，他要向罗伯托传达什么信息？也许他从一开始便注定失败。“达佛涅号”上可能还隐藏着许多类似的出其不意，即使穷尽一生他也不可能将它们一桩桩全部揭开？

一位哲学家曾经对他说过，上帝比我们更了解世界，因为是他创造了它。为了与神的见识相符，哪怕只是稍许接近，就应该把世界作为一座大建筑来理解，并设法试着去建造它。罗伯托正应该这样做：为了认识“达佛涅号”，他必须建造它。

于是他坐到了桌前，画出船的轮廓，既从“阿马丽利斯号”的结构上得到灵感，又从直到那时为止他在“达佛涅号”上的所见中受到启发。这么说，他对自己说，他所居住的舱房在后甲板上，下面则是舵手室，再下面(但仍旧位于同一层甲板)，是守卫室以及舵柄的支承空间。后者应该连通船尾，再往后就什么都没有了。所有这一切都与前甲板上的厨房在同一平面。再往前，艏斜桅则处在一个加高的位置上，在那里——假使我理解对了罗伯托尴尬的迂回说法——安排的是那个时代人们屁股朝外解大手的地方。假如往下走到小厨房的下面，就来到了食品贮藏室。他察看了整个贮藏室，直至补助帆桁，直至冲角的边缘，那里也不可能再有什么了。在那下面他已经找到了缆绳以及化石收藏。再远他也去不了了。

因此他往回走，穿过有着鸟舍和果园的整个底层甲板。如果闯入者不能随意幻化为某种动物或植物，那么，他便不可能隐藏在那里。舵柄的下面是管风琴室和钟室。在那里，他也碰着了船的骨架。

再往下走，他来到了最宽敞的货舱，那里有另一些贮备物、压舱物、木柴；他已经敲打过货舱的侧体了，为的是检查是否还有隔层发出空洞的声响。假如那艘船是正常的，那么，舱底水阱是藏不了人的。除非闯入者能够紧贴船的龙骨，像一只水蛭似的待在水下，到了夜间才爬上甲板：然而，在所有解释中——他列出了许多的可能性——在他看来，这一个是最不科学的。

在船尾处，大概在管风琴室的下面，是饼干舱，里面有盆、望远镜以及一些仪器。他想到自己在检查这块地方的时候，并没有核对在它和舵柄之间是否还有其他空间存在；但是，从他正在绘制的图上来看，纸上似乎容不得他再想象出另一个空间——假如他把船尾的曲线画对的话。再往下只剩下那个没有出口的地洞，除此之外，别无他物，对此他可以肯定。

因此，他把船分成了几个部分，又把每个部分都填满了，再没有空间作为藏身之处。最后的结论是：闯入者没有一个固定的处所。自己怎么移动，那人就跟着移动，就好像是月亮的另一面，我们知道它存在，但却从来都看不见它。

谁能够看见月亮的另一面呢？只有恒星上的居民：他将等待，不再动弹，那么，也许可以偶尔得见那张遮掩着的脸。他若一直跟着闯入者活动，或者让闯入者跟着自己活动，那么，他将永远也见不到那个闯入者。

他应该变成一颗恒星，迫使闯入者活动。很明显，当他在舱室内的时候闯入者便待在甲板上，相反亦然，那么，他应该让对方相信自己身在舱室，以便在甲板上将他当场捉住。

为了迷惑闯入者，他让船长室里的一盏灯一直亮着，这样一来，闯入者就会以为他是在忙于写东西。然后，他藏身于前甲板的至高点，就在大钟的后面，为的是转身时能够看到艏斜桅下面的区域，而他的面前则可以俯视甲板以及另一边直到船尾灯处的船舱。他把火枪放在身旁——我看只怕还有烈酒桶。

他对任何响声都很敏感，就这样度过了一个夜晚，似乎仍在监视伯德博士，他不时地拧拧耳朵，强撑着不睡，一直到天亮为止。但毫无收获。

于是他回到房间，这时，房间里的灯已经熄灭。他又发现自己的纸张乱七八糟。闯入者夜间来过这里，也许读了他写给夫人的信件，而自己当时正餐风饮露地在船头挨冻！

闯入者居然闯入了他的回忆……他想起了萨拉萨尔的警告：表露自己的情感时，你就在心灵上打开了一个缺口。

他冲到甲板上，盲目地射出一枚铅弹，结果打碎了一根桅杆；后来他又射了几枪，直至认识到，这样杀不死任何人。而在他往火枪装填弹药的时间里，敌人可以利用两次射击的间隙悠闲地走动，并且嘲笑他造成的混乱——他只能惊吓着动物，它们正从下面传来咯咯嘎嘎的乱叫声。

这么说，他正在笑。那他在哪里笑呢？罗伯托回到他的图纸前，不得不承认自己对船的构造一窍不通。他的图上只显示出船的高、低和长度，但没有宽度。从纵向（我们会说，从它的剖面图上）来看，船上似乎不可能还有其他隐蔽处，但是从它的宽度上来考虑，其他的藏身之处也许是插在已经发现的各种小空间之间。

到现在罗伯托才开始思考，这条船上还缺少许多东西。举例说，他没有找到其他的武器。有可能是水手们把那些武器带走了——如果说他们是自愿弃船离开的。然而，在“阿马丽利斯号”上，货舱里面堆放着许多建筑木料，以便在坏天气造成损坏的情况下用来修理船桅、船舵或船壳板，而在这里他找到的相当多的都是小木柴，刚烘干不长时间，是供厨房烧饭用的，却一点都没有橡木、落叶松木，或者干燥的枞木。再说，就算木材，还缺少做木工活的工具，如锯子、各种型号的斧子、锤子以及钉子……

还存在其他的储藏室吗？他又重新绘图，不画船的纵向剖面图，而是桅楼顶端视角的俯瞰图。他断定在他想象出的蜂房之间，有可能再加进一间小屋，就在管风琴室的下边，从那里不必使用梯子就能下到地洞里。这间小屋或许不会宽敞到可以装得下所有那些缺少的东西，但是，不管怎么说，也是多了一个空间。假如在那条没有出口的地洞的低矮天花板上有一条通道的话，便可以从那里爬到这个崭新的空间，再从那儿登上钟室，继而穿过整个船体。

现在罗伯托肯定，敌人只能待在那里。他跑到下面，钻进地洞，然而这一次他是照亮了上头。有一处舷门。他抑制住打开它的冲动。如果闯入者正在上方，那么他可能正等待自己把头探进去，并将自己制服。必须在他想不到的地方发起进攻，将其当场拿下，就像在卡萨莱所做的那样。

假如那里有间密室的话，那它应该紧邻放望远镜的饼干舱，他应该从那里突破。

他回到上面，进入饼干舱，跨过仪器，来到了一面壁板前——他到现在才意识到——那并不是船体所用的坚硬木头。

壁板相当单薄，就像他之前进入传出乐声的房间一样，他用力踢了一脚，木头便裂开了。

他来到了一个光线微弱的如鼠窝般的地方，在最深处的圆形船壁上有一扇小窗户。在那里，在一张简陋的床铺上，有一个人蜷缩成一团，膝盖几乎贴到了下巴上，手中握着枪：他就是这船上的另一个人。

这是个老人，目光涣散，形容枯槁，满脸灰白的胡须，头上长着稀疏的白色直发，嘴里几乎没有了牙齿，露出蓝黑带紫的牙龈，身体埋在一件曾经大抵是黑色的衣服里——上面已经有多处褪色的斑点。

他几乎是双手抓着手枪，要瞄准的样子，然而他的手臂却在颤抖，以微弱的声音喊着什么。第一句讲的是德语，或者荷兰语，第二句话，肯定无疑是在重复着前面的信息，用费劲的意大利语——这意味着，他偷偷地阅读过罗伯托的纸张，并由此推断出他的国籍。

“再动一下我就杀了你！”

罗伯托看到这一景象呆若木鸡，所以迟迟没有反应。幸好如此，因为这样他才来得及注意到，手枪的击铁并未后扳，因此，他的敌人根本不是精通武器的人。

于是他很客气地走近些，抓住枪管，企图从紧紧握住枪托的手里抽出武器，闯入者口中发出性情暴躁的德国佬的叫喊。

费了很大的劲儿，罗伯托终于拿下对方的武器，那人的情绪也随之低落下来，这时罗伯托在他旁边跪下，并扶住他的脑袋。

“先生，”他说道，“我不想伤害您。我是朋友。您懂吗？Amicus[①]！”

那人张开嘴巴，又闭上，但并未讲话；罗伯托只能看见他的眼白，或者说布满血丝的眼白，罗伯托担心他快要死去了。于是尽管他本人仍很虚弱，还是抱住他，把他带到自己的住处。罗伯托给他喝水，又让他喝了一点白酒；这时那人说“Gratias ago，domine[②]”，又举起一只手，好像是为他祝福，直到这时罗伯托才更仔细地端详了他的衣服，发现他是一名神职人员。

---

① 拉丁文，朋友。

② 拉丁文，感谢您，先生。

二一
神圣的地球理论

我不会复述接下来两天里他们之间的对话，因为从那时起，罗伯托的记录更为简洁了。由于他写给夫人的知心话多半已被外人看过（他从来没有勇气向他的新伙伴求证），于是随后许多天他停笔不写，只是以更为枯燥无味的方式记录下目前他了解以及发生的事。

总之，罗伯托来到了卡斯帕·旺德尔德罗塞尔神父面前，他是耶稣会的教士，曾在艾尔比波利塔的法语中学任教，后又转至罗马寄宿学校任数学教授，不仅如此，他还是一位天文学家以及精通许多其他学科的学者，曾在耶稣会总教廷任职。由一位荷兰船长指挥的“达佛涅号”已经为联合东印度公司考察过这条航线，几个月之前它离开地中海海岸，绕非洲航行，前往所罗门群岛。这恰恰同伯德博士乘坐“阿马丽利斯号”不谋而合，不同的是“阿马丽利斯号”是由西向东航行，而“达佛涅号”则正好相反，但这无关紧要；因为从两边都可以到达此对跖点。他们要在岛上（卡斯帕神父指出是比海岸更远的地方，在树林之后）搭建马耳他观象台。至于这种观象台是什么，罗伯托并不清楚，而卡斯帕在低声谈论它的时候，却好像这是一个如此有名以至于全世界都在议论的秘密。

为了到达那里，“达佛涅号”花费了很长的时间。我们都知道那个年代航行于大洋之间是个什么情况。离开马鲁古群岛之后，船打算朝东南方向新几内亚的圣托马斯港航行——因为他们必须停靠在耶稣会有传教团的地方——而船却在一场暴风雨中迷失在从未见过的海域，来到了一座大如孩童的巨鼠居住的岛上，那些鼠的尾巴极长，肚子上还长着一个口袋，罗伯托见过一个这种动物的标本（卡斯帕神父甚至责备他扔掉了一个价值连城的奇珍）。

卡斯帕神父讲述道，它们是些友好的动物，经常围着下船的人伸出小手索要食物，甚至还会拉着人们的衣服，但是后来他们才算清楚，这些家伙是名副其实的窃贼，居然从一个水手的口袋里偷走了饼干。

请允许我介入一下，卡斯帕神父讲的没错，确实存在着一座类似的岛屿，我们不可能将它与其他任何一座岛屿相混淆。那些假袋鼠叫作短尾矮袋鼠，只生存在那里，在罗特内斯特岛上，这是荷兰人不久前才发现的，将其命名为 Rottenest，就是大耗子窝的意思。但是，由于此岛位于珀斯对面，这就意味着“达佛涅号”到达了澳大利亚的西海岸。让我们想一下，船因此实际上已经位于南纬三十度，在马鲁古群岛的西边了，然而，它本应该在赤道偏下向东航行，所以我们可以说，“达佛涅号”迷失了航道。

不仅如此。“达佛涅号”上的人应该看得见距离岛屿不远的一条海岸，但是他们可能认为那是另外某个小岛，上面居住着其他什么啮齿动物。他们寻找的是别的地方，天晓得船上的仪器给了卡斯帕神父什么提示。能够肯定的是，人类梦想了几个世纪的未知的大陆以及澳大利亚距离他们只有几桨之遥了。我们百思不得其解的是——鉴于“达佛涅号”最终应该到达了（我们将会看到这一点）南纬十七度的方位——他们是如何环绕澳大利亚航行至少一半海岸、却没能发现这片陆地：或者他们又重新北上了，穿越澳大利亚和新几内亚之间的海域，每时每刻都冒着在这处或那处海滩搁浅的危险；或者他们向南航行，在澳大利亚和新西兰之间穿行，并且目之所及始终都是公海。

你们也许会以为我是在讲述一个虚构的故事，假如阿贝尔·塔斯曼没有——在差不多与这个故事相同的时间——从巴达维亚出发，最终到达一片他命名为“范迪门斯地”的陆地，而今天我们知道那就是塔斯马尼亚岛；但是由于他也在寻找所罗门群岛，所以他是沿着那块陆地的南海岸靠左行驶，而没有想到在它的另一边有一片大出百倍的陆地，于是他最后只去到了新西兰的东南部，然后朝着东北方沿海岸航行，将这块大陆抛下，到达汤加群岛；后来，我有理由认为他大致也到达了“达佛涅号”到达的地方，他也是穿行于那里的珊瑚礁，最终朝着新几内亚的方向航行。一切如同球桌上一颗象牙球的轨迹，似乎注定了在此后许多年间，航海家们纷纷距澳大利亚两步之隔、却不得其门而入的命运。

这么说来，我们能把卡斯帕神父的讲述看作是可信的。“达佛涅号”经常被任性的信风改变航向，最后毁在另一场狂风暴雨中，残破不堪——不得不停留在天知道是哪里的一座岛屿上，那里没有树木，所有的沙子都堆成环状围绕在一个位于中央的小湖四周。他们在那里修葺船只，这也解释了为什么船上居然没有一块备用的木料。在此之后，他们重新起航，最后终于在这个海湾抛锚停泊。船长派出一个先头队乘坐小艇上岸，然后得出结论：那里没有居民。但无论如何，他还是匆忙将他的几门大炮填上弹药并瞄准岸上，然后开始着手最基本的四项大事。

第一项事宜，收集饮水和补给食物，因为船上储备均已到达极限；第二项，捕捉动物以及采集植物，以便带回祖国，取悦耶稣会的博物学家；第三项，砍伐树木，为将来发生灾难时需要的粗木桩、木板，以及各种类型的材料做新的储备；最后，在岛屿的一块高地上搭建马耳他观象台，而这项工作才最劳神费力。他们需要把所有的木工工具以及观象台的各种零件从货舱中取出，然后运到岸上；说它艰苦，还因为不可能直接卸货：从船只到海岸的几乎片水之隔上只有几条极为狭窄的通道，上面横着一处狭长的外堡、一座假围墙、一处炮台垒道、一面全部由珊瑚垒成的墙——总而言之，即我们如今所说的珊瑚礁。在经过许多徒劳无功的尝试之后，他们发现，每一次都必须从海湾的南边绕过海角，在海角的后面有一处小湾可以靠岸。“正因如此，我们找不到那条被水手们抛弃的小艇，它仍留在那后面，噢，我太倒霉了！”正如从罗伯托的记载中可以推论出的一样，这个德国佬曾住在罗马，与来自一百个不同国家的善会兄弟讲拉丁语，而意大利语则十分生疏。

在观象台完工之后，卡斯帕神父就开始了他的观测，在差不多两个月的时间里，工作进展顺利。那么此时船员们在做什么呢？他们变得懒懒散散，船上的纪律也涣散放松了。船长随船带来许多桶白酒，但只能在狂风暴雨时作为兴奋剂来饮用，而且得非常节制，或者用来与土著人交换东西；然而，船员却违抗了每一道命令，把酒桶搬到甲板上，所有人都狂饮起来，船长也不例外。卡斯帕神父在工作，而其他人则像畜牲一样生活着，从观象台上都能听见他们无耻的歌声。

一天，卡斯帕神父独自一人在观象台工作着，因为天气炎热，所以他脱去了长袍（这位虔诚的耶稣会教士羞愧地说，他犯下了不端庄的过错，但愿上帝现在能原谅他，因为当时上帝马上就惩罚了他），一只昆虫在他胸脯上蜇了一下。刚开始他只是感到一阵疼痛，然而晚上，他刚一回到船上，就发起高烧。他没有向任何人谈起自己的遭遇，到了夜间，他的耳朵里听到雷鸣般的响声，脑袋变得极为沉重，船长为他解开长袍，他看见了什么？一个脓包，就像黄蜂蜇的那样，或者说是体积巨大的蚊子叮的。但是，在肿胀之后，那脓包却马上变成了一块燃烧着的炭火、一块炭疽、一个颜色发黑的疖子——简言之——一种腹股沟淋巴结炎，有极为明显的鼠疫症状，“这叫作淋巴腺鼠疫”，船长马上在航海日记上面记载下这些文字。

恐慌传遍了整条船。卡斯帕神父讲述了昆虫蜇他的经过，但是没有用，因为瘟疫病人为了不被隔离总是说谎，人们知道这一点。他保证自己非常了解鼠疫这种病，有许多理由能够证明他得的不是鼠疫，但也毫无用处。船上的人几乎要把他扔进大海，以便隔离传染源。

卡斯帕神父设法解释道，在十二年之前，当这种恶性传染病在米兰和意大利北部流行时，他曾与其他的耶稣会弟兄们一起被派去隔离医院帮忙，就近研究这种病的症状。因此，他非常清楚鼠疫的传染特点。有些疾病在不同的时间传染给不同地区的个体，比如说“英国汗热病”；还有一些特殊疾病只在一个地区流行，如“马耳他痢疾”或者“埃及象皮病”；最后还有一些疾病，如鼠疫，在很长的时间里危害许多地区的所有居民。然而，鼠疫会由太阳黑子、蚀、彗星等现象预告，还有，地下的动物会从它们的隐蔽处爬出来，植物会被毒气熏得枯萎凋谢；然而眼下这些迹象却无一显露，无论是在船上、陆地上、天上，甚至海上，都没有。

其次，鼠疫是由来自沼泽地的发臭空气、战争期间大量腐烂的尸体，甚或蝗虫成群结伙地溺死在海里后又倒流到岸上而造成的。传染的发生，正是那些散发物由口腔进入，经过肺部，再由腔静脉到达心脏。但是，在航行的过程中，除了腐臭的饮水和食物——最多也只是造成坏血病，而不是鼠疫——水手们没有遭遇任何有害气体，相反，他们呼吸的是纯洁的空气以及极其有益健康的海风。

但船长说，有毒物质散发的痕迹会黏附在衣服以及其他许多物体上，在船上肯定有某些东西长久地携带病毒，然后传播导致传染。他又提起书籍。

卡斯帕神父曾经把一些关于航海的好书带到船上，例如梅迪纳的《航海术》、威理博·斯涅尔的《荷兰斑疹伤寒》，以及安吉亚里的彼得·马特的《海事论与新大陆三十天见闻录》。有一天，他告诉船长自己买这些书只花了微不足道的几个小钱，而且正是从米兰买的：瘟疫之后，在运河边的矮墙上，摆着售卖一位年纪轻轻就去世了的绅士的所有藏书。这些便是其私人收藏的一小部分，而神父又将它们带到了海上。

对于船长来说，十分显然，这些曾经属于一个鼠疫患者的书籍，正是传染的媒介。众所周知，鼠疫通过有毒的香脂传播，他读过一篇记载，说起有人用手指蘸取唾液翻动上面涂有毒物的书页，并因此死去。

卡斯帕神父极力辩解，在米兰他曾经使用一种最新的发明研究瘟疫患者的血液，叫作显微镜，他看见在那些血液中浮动着类似小虫子一样的东西，而它们正是那种活性传染物的组成元素，它们从腐烂物中经过自然力量而形成，然后通过毛孔或者口腔，有时甚至还通过耳朵，这些微小的传染物得以传播。但是这种迅速繁殖的东西是活的，为了生存，它需要血液，在纸张死亡的纤维上绝无可能存活十二年的时间。

船长不想听这些道理，于是卡斯帕神父美好的小图书馆最终被海水冲走了。但这还不够：虽然卡斯帕神父竭力解释，鼠疫可能由狗和苍蝇来传播，但以他所了解的科学知识来说，肯定不会经由老鼠传染，然而整艘船的人还是开始追捕耗子，冒着造成货舱泄漏的危险到处开枪。最后，因为卡斯帕神父的高烧在一天之后仍然没有退，而且他的淋巴结炎也不见好转，于是船长做出了决定：所有人都到岛上去，大家在那里等待着神父或者死去，或者治愈，等待着船上的病气被净化。

事不宜迟，所有人都登上了小艇，上面还装着武器和工具。鉴于预计从卡斯帕神父的死亡到船得到净化，这中间恐怕得经历两三个月的时间，所以他们决定在陆地上搭建棚屋，“达佛涅号”上所有能够变成一座小厂房的材料都被装上小艇运往陆地。

大部分盛着烈酒的酒桶当然也不在话下。

“然而，他们没做一件好事，”卡斯帕神父痛苦地评说道，他为上帝因那些人将自己独自抛下而为他们准备好的惩罚而感到惋惜。

实际上，他们刚一到达那里，便立刻去树林里捕杀动物，晚上则在海滩上点起熊熊的篝火，连续三天三夜尽情寻欢作乐。

可能是篝火引起了野人的注意。虽然那座岛屿上无人居住，但在附近的群岛上却生活着类似非洲人的黑人，他们应该都是优秀的航海者。一天早晨，卡斯帕神父望见天晓得从西边大岛之外的什么地方开过来的十来艘“海盗船”，朝着海湾的方向驶去。这些小船是由树干挖凿而成的，就像新大陆上的印第安人的独木船一样，但不同的是前者的船成双成对：一条船上载着船员，另一条则如同单人雪橇一样在水上滑动。

卡斯帕神父起初害怕那些野人朝着“达佛涅号”行驶，但他们却像是要避开这艘船，反而朝着水手们登陆的小海湾驶去。他竭力高声喊叫，想提醒岛上的人，然而那些人却在醉酒后睡着了。没过多久，船员们就发觉，野人突然从树林里钻出，来到他们面前。

水手们一跃而起，土著人也马上露出好战的凶相，但是没有任何人明白是怎么回事，甚至也不记得把武器放在了哪里。只有船长走向前去，开枪撂倒了一名袭击者。听到枪响，又看见同伴没有任何身体接触就倒地而亡，土著人现出顺从的样子，这时候他们中的一个走近船长，并将脖子上的项链取下递给他。船长躬身致谢，然后，明显在寻找一件物品作为回赠，他转过身去向他的手下要什么东西。

他这样做的时候，将背部袒露给土著人。

旺德尔德罗塞尔神父认为，远在船长开枪之前，土著人就已经对他的外形大感震惊了，因为他是个荷兰大汉，金色的胡须、湛蓝的眼睛，这些均被那些当地人看作几乎是神祇的特性。但是，刚一瞧见他的背部（很显然，那些野人认为神不该也有脊背），土著人的头领立即举起手中的棍棒，朝船长发起攻击，将他的脑袋劈开，于是船长脸朝下倒地，再也不动弹了。其余的黑人也向船员们猛扑过去，在这些人还不知应如何自卫时，便将他们消灭光了。

自此开始了一场持续三天的可怕宴会。卡斯帕神父生着病，用望远镜密切地注视着这一切，但却什么也做不了。至于那些船员，则都成了牺牲品：卡斯帕神父最初看见土著人剥光了他们的衣服（这些野人在瓜分物品和衣服时发出欢乐的叫声），然后将他们肢解并煮熟，最后极为平静地慢慢吃，同时还喝着热气腾腾的饮料，唱着一些任何人听来都祥和平静的歌曲——假如没有目睹那样悲惨的欢庆场面的话。

土著人吃饱喝足之后，开始对大船指指点点。很可能他们没有把船与水手们联系在一起；大船的桅杆和风帆是那么雄伟，与他们的独木舟截然不同，他们想不到这会是人类的作品。据卡斯帕神父说（他认为自己非常了解全世界偶像崇拜者的思想，因为耶稣会教士云游回到罗马之后都会对他讲述），他们相信那艘船是一只动物，当他们专心致志地搞食人仪式时，船保持中立，这更让他们确信无疑。从另一个角度讲，卡斯帕神父肯定地说，麦哲伦就曾经讲述过，某些土著人相信，大船是从天上飞落的，它们是小艇的生母，所以让小艇悬挂在舷侧，为其哺乳，然后再断奶、把它们抛向水中。

但是现在有人可能会提出，假如这只动物很温驯，而且它的肉也像水手们的肉一样鲜美多汁的话，就应该占有它。于是，野人们划船朝“达佛涅号”驶来。就在这时，平和的耶稣会神父为了驱赶他们（他的圣职命令他为上帝至高无上的荣耀而活，而不能为把肚子当上帝的异教徒而死），点燃了一门已装填炮弹的大炮的导火线，瞄准岛屿，射出一枚炮弹。带着巨大的轰隆声，炮弹落在了那些小船中间，并炸翻了其中两条，同时，“达佛涅号”的船侧冒出一片烟雾，似乎这只动物正因动怒而喘着粗气。

这奇迹很有说服力。野人们回到了岛上，消失在矮树丛里，过了不长时间，他们头戴用鲜花和树叶编成的花冠重新冒了出来，然后把花冠扔进水里，做了一些表示尊重的手势，接着就把船头对准西南方向，消失在岛屿西岸的背面了。他们对那头发怒的巨兽献上了在他们看来足够的贡品，可以肯定，他们没有在海岸上再出现过：他们认定，这块海域被一只易发脾气、报复心强的生灵所侵扰。

这就是卡斯帕·旺德尔德罗塞尔神父讲述的故事。在罗伯托到来之前的一个多星期，他仍然感到不舒服，但是由于服用了一些他自己配制的药剂（“酒、油、鲜花，以及其他此类的植物/动物/以及矿物质药物”），他已经开始康复了，就在这时，他在一天夜晚听到了甲板上的脚步声。

从那个时刻开始，由于害怕，他又病倒了，他离开了自己的住处，躲进那间阴暗的小室，并随身带上了药物，以及一支手枪，甚至都不清楚枪里是否装了子弹。他只有在寻找食物和饮水的时候，才会从那里出来。刚开始他偷了一些鸡蛋，是为了恢复体力，但后来就只限于偷一些水果了。他相信闯入者（在卡斯帕神父的讲述中，闯入者自然而然就是罗伯托了）是一位有学识的人，对于船以及船上的东西均感到好奇，于是他开始认为，那不是一个遭遇沉船的人，而是某个信奉异教的国家派来的密探，想要获取马耳他观象台的秘密。这就是善良的卡斯帕神父为什么开始做出那些幼稚的行为，他的目的在于迫使罗伯托离开这艘被魔鬼骚扰的大船。

接下来就轮到罗伯托讲述自己的故事了，由于他不知道卡斯帕神父是否读过他写的东西，所以他特别详细地讲述了自己的使命以及在“阿马丽利斯号”上的经历。讲完之后，天色已暗，他们煮了一只鸡，开了船长留下的最后一瓶酒。卡斯帕神父想必又恢复了力气，焕发生机，于是他们彼此庆祝，两个人似乎都重新回到了人类社会中。

“真可笑，”卡斯帕神父在听完伯德博士令人难以置信的故事之后，这样评论道，“那样残暴的兽行，简直是闻所未闻。他们为什么要伤害它呢？我想我听过所有关于经度的奥秘，但却从未听说过可以使用武器油膏来寻找！假如这样行得通的话，一位耶稣会修士就能发明出来了。这与经度没有任何关系，我将向你解释我的工作做得有多好，你也会看到它是多么地不同……”

“总而言之，”罗伯托问道，“您是在寻找所罗门群岛，还是想解开经度的奥秘？”

“难道不能一石二鸟吗？找到了所罗门群岛，也就了解了一百八十度子午线的位置，找到了一百八十度子午线，也就知道了所罗门群岛在哪里！”

“那为什么这些岛屿应该在这条子午线上呢？”

“啊，我的上帝，但愿上帝宽恕我无端地说出了他最神圣的名字。首先，在所罗门王命人建造了耶路撒冷圣殿之后，正如《列王纪》中所说，又组建了一支庞大的船队，这支船队到达了俄斐[①]，并从那里为所罗门王带回了……你们怎么说……quadringenti und viginti……”

“四百二十。”

“四百二十他连得[②]的金币，这是一笔庞大的财富：《圣经》为了说明非常多，将其说成很少，正如说一部分是全部。以色列附近的任何一个地方都没有这么多的财富，这意味着船队到达了世界的尽头。也就是这里。”

“为什么是这里呢？”

“因为这里是一百八十度子午线，恰恰是将地球分成两半的地

---

① Ophir，《圣经·列王纪》中盛产黄金和宝石之地。

② talent，《圣经》中常见的货币重量单位。

方，而在它的对面，是第一条子午线所在的地方：你从一、二、三数下去，一共有三百六十条子午线。如果你是在一百八十度子午线上，这里是半夜，那么在那本初子午线上，就是中午。明白了吗？现在你猜一下为什么所罗门群岛叫这个名字？所罗门王说过将婴儿一切为二，所罗门王也说过将地球一切为二。”

“我明白了，假如我们在一百八十度子午线上，我们就是在所罗门群岛上了。但是谁告诉您，我们是在一百八十度子午线上了呢？”

“不是有马耳他观象台吗？如果之前所有的证据还不足以说明一百八十度子午线确实经过那里的话，观象台则向我证明了这一点。”他将罗伯托拉到甲板上，让他看向海湾，并说道：“你看见北边的岬角了，就是有许多大树、它们粗壮的根系漂在水面上的地方？现在，你看见南边还有另一个岬角吗？在这两个岬角之间画一条线，你就能看见，这条线就从这里与海岸之间穿过，它离海岸更近，而离船稍远……你看见这条线——我是说你通过想象的眼睛看到的一条精神上的线——了吗？好，这条线就是子午线！”

第二天，从来不会忘记计算时间的卡斯帕神父提醒道，这一天是星期日。他在自己的房间里做弥撒，供奉的是剩下的少量圣餐中的一个圣体饼。然后继续他的日课，起先是在房间里，在地球仪和地图之间的空地上，然后是在甲板上。当听到罗伯托为自己抗辩说受不了强烈的光线时，神父从他放眼镜的柜橱里取出一副来，这是一副镜片已熏黑了的眼镜，他曾用它成功地勘察过一个火山口。罗伯托开始看到一个色彩更加柔和的世界，总而言之，是令人极为舒适的颜色，于是，逐渐地，他也适应了白天的强烈光线。

为了让读者能够明白接下来的事情，我应该加些评注，否则连我自己也会弄糊涂。卡斯帕神父相信“达佛涅号”位于南纬十六到十七度之间，以及一百八十度经线上。在纬度方面，我们可以充分信任他。不妨想象一下，他大胆提出的经度也是对的。从罗伯托模糊不清的记录之中，可以推测出，卡斯帕神父所谓的三百六十条子午线是从耶罗岛，即格林威治以西十八度开始，这是从托勒密时代以来的传统做法。因此，假如他认为自己是在他的一百八十度子午线上，这就意味着，他实际上是在格林威治以东一百六十二度的地方。现在，我们都知道所罗门群岛好好地待在大约东经一百六十二度、南纬五至十二度之间的地方。因此，“达佛涅号”的方位就太低了，在新赫布里底群岛以西、被一片珊瑚层覆盖的地方，也就是后来的昂特雷卡斯托暗礁。

卡斯帕神父是否能够从另外一条子午线开始计算呢？肯定能。正如在他们那个世纪末期，科罗内利[①]在他的地图册《球体之书》中所言，本初子午线，“厄拉多塞[②]将其定在了海格力斯之柱上，提尔的马里努斯[③]定在‘幸运岛’上，而托勒密在他的《地理学》中遵从了同一种观点，但在他的《天文集》中，却又把本初子午线移到了埃及的亚历山大。在现代人当中，艾布·菲达[④]把它标在了加的斯，阿方索十世[⑤]定在了托莱多，皮加费塔[⑥]以及埃雷拉也做了同样的界定。哥白尼将本初子午线定在弗龙堡；莱因霍尔德[⑦]定在‘国王之山’，或者说柯尼斯堡；开普勒定在乌拉尼亚堡天文台[⑧]；隆哥蒙塔努斯定在哥本哈根；

---

① Vincenzo Coronelli(1650—1718)，意大利宇宙学家、地图绘制家。

② Eratosthenes(约前 276—约前 194)，一译埃拉托斯特尼，古希腊天文学家、数学家。

③ Marinus of Tyre(70—130)，希腊地理学家、地图绘制家。

④ Abu al-Fida(1273—1331)，阿拉伯历史学家、地理学家。

⑤ Alfonso X of Castile(1221—1284)，卡斯蒂利亚王国国王，在位时间为 1252 年至 1284 年。

⑥ Antonio Pigafetta(1491—1534)，意大利水手，麦哲伦环球航行幸存下来的十八人之一。

⑦ Erasmus Reinhold(1511—1553)，德国数学家、天文学家。

⑧ Uranienborg，又称天文堡，望远镜发明以前的最后一座古代天文台，由天文学家第谷·布拉赫于 1576 年建立。

兰斯伯格[1]定在胡斯；利奇奥里[2]定在博洛尼亚。詹森[3]和威廉·布劳[4]的地图册则定在了皮科山。为了延续我的地理学的秩序，我在这个球体上把本初子午线放在了耶罗岛最西边的地方，这也是为了遵从路易十三的圣谕，他在一六三四年与地理委员会一起，决定把本初子午线定在这个地方。”

不过，如果卡斯帕神父决定拒绝听从路易十三的命令，而是将他的本初子午线，我们举例说，放在博洛尼亚，那么，“达佛涅号”大约就将要停泊在萨摩亚群岛和塔希提岛之间了。然而，那里的土著人肤色却没有他叙述中见过的人那么黑。

出于什么理由要认为耶罗岛的传统做法为佳呢？必须从卡斯帕神父的一个原则出发，他谈到本初子午线时，就好像谈到从上帝创造世界之初起、由神的旨意规定的一条固定的线。那么上帝认为让这条线从哪里穿过才是合乎情理的呢？难道从飘渺不定、大约在东方的伊甸园吗？从世界的尽头，即天涯海角吗？从耶路撒冷吗？到那时为止，没有任何人胆敢做出一个神学上的决断，这是自然：上帝的意旨非人意可猜度。这么说吧，当亚当出现在地球上时，已经有了太阳、月亮、白昼和夜晚，因而也就有了子午线。

所以，答案不该从历史的范畴，而是从神圣的天文学的角度去寻找。应该把《圣经》上的指示与我们已知的天体规律知识互相印证。现在，根据《创世记》，上帝首先创造的是天空和大地。直至此刻，仍是“渊面黑暗；神的灵运行在水面上”，但是这些水却不是我们所熟悉的水，上帝在第二天才将其分开，成为苍穹之上的水（从那里至今仍能降下雨水）与苍穹之下的水——也就是河流以及海洋。

---

① Philippe van Lansberge(1561—1632)，荷兰天文学家、数学家。
② Giovanni Battista Riccioli(1598—1671)，意大利天文学家。
③ Jan Jansson(1588—1664)，荷兰地图绘制家。
④ Willem Blaeu(1571—1638)，荷兰地图绘制家。

这就意味着，神创造的第一个成果是“原始物质”，没有形状，没有体积、性质、特征、倾向，也没有运动和静止，纯粹的原始混沌状态，物质既不是光亮的，也不是黑暗的。这是一大堆没有消化好的东西；四种元素尚混杂在一起，也没有冷和热、干燥和潮湿，沸腾的混合物爆发成炽热的岩浆，如同一锅煮开的豆子，如同一个腹泻的肚子，一截堵塞的管子，一座池塘——由于瞎眼的幼虫突然地浮出水面和潜入水里，于是水面上忽儿出现一个个水圈，忽儿又消失不见。以至于异教徒便由此推断，这种迟钝的物质与造物主的气息绝缘，却同造物主一样永恒。

但仍然需要神的命令，以便在它之上规定光明与黑暗、白昼与夜晚的交替。在创造世界的第二个阶段所谈到的光（以及白昼），还不是我们所了解的光：各个星体以及太阳和月亮上面的光，要在第四天才被创造出来。这是具有创造力的光，处于纯粹状态的神赐能量，就像一桶火药的爆燃一样，起初只是一些黑色颗粒，被压缩成一种不透明的块状物体，然后突然之间，就膨胀为熊熊烈火，那光辉浓缩之后一直传播到自己最远的周界线上，在此线之外创造出与它对立的黑暗（即便爆炸发生在白天也是一样）。这好像从一次屏住的呼吸中，从一块由于内部的一丝气息而变红的煤炭中，从宇宙的黄金源泉中诞生出一道杰出的光梯，朝着最无可救药的缺憾渐次减弱；就好像造物主的气息是从神汇聚起来的无穷无尽的光明威力出发，被烧得通红，以至于在我们看来像是黑暗的夜晚，向下，向下，经过相对完美的炽天使和智天使，通过座天使以及主天使，直到最低级的下脚料，在那里，爬着蚯蚓，长着毫无知觉的石头，已是虚无的边界了。“这就是上帝庄严的启示！”

如果第三天已经生长出青草、树木以及草地，那是因为《圣经》谈的并非是令人赏心悦目的风景，而是一种幽暗的植物力量，能令种子结合，让弯曲痛苦的根部颤动，去寻找太阳，然而太阳在第三天还没有出现。

第四天生命到来，月亮、太阳和星辰被创造出来，将光带给大地，并将白昼与夜晚分开，形成我们计算时光流逝时所理解的意思。也是在那一天里安排好了天体运行的轨迹，从第十层天[①]、众恒星，直到月亮，这些圆圈都以地球为中心——这块坚硬的石头则刚好被行星的光线照亮，周围环绕着的星辰仿佛由珍贵的宝石镶嵌的花环。

太阳和月亮确定了我们的白天和夜晚，它们是未来所有钟表最初的、无法超越的雏形；它们如同苍穹中的长尾猴，在黄道带的刻度盘上标记出人类的时间，一种与宇宙时间毫不相干的时间：因为它有方向，是一种由昨天、今天和明天组成的焦虑的喘息，而不是永恒的平静呼吸。

"那么我们就停留在第四天吧。"卡斯帕神父说道，"上帝创造了太阳，当太阳被创造出来的时候——而不是在此之前，这是自然而然的——它便开始移动。在太阳开始它永不息止的行程的那一刻，在那闪电般的瞬间，在它迈出第一步之前的那个刹那，它恰好悬在一条线上，这条线精准地将地球竖直分成两部分。"

"所以本初子午线就是突然之间到了正午的那条！"罗伯托评论道，他自以为什么都弄明白了。

"不！"他的老师制止了他，"你以为上帝像你一样愚蠢吗？他怎么能够从正午开始第一天呢？！或许你会在尚不明朗的第一天就造出一个胎儿，一个只有十二小时的一天里的胎儿？"

不，肯定不会。在本初子午线上，太阳的行程应该是在繁星漫天的午夜时分开始的，在此之前时间还不存在。在那条子午线上——在夜里——开始了创造世界的第一天。

罗伯托反驳道，如果那条子午线上是午夜，那么，在另外一边应

① 又称原动天，希腊天文学家托勒密的天动说中的最外层天体，带动所有天体转动。

该有一个夭折的白日，在那里，突然出现了太阳，而在此之前，既不存在夜，也不存在其他，一切只是黑暗的混沌状态，没有时间的概念。卡斯帕神父指出，《圣经》没有告诉我们太阳是如变戏法一样出现的，他情愿认为（如同所有自然与神的逻辑使他所坚信的），上帝创造出太阳，让它在天空中行进，在最初的几小时里，它只是一颗熄灭的星辰，在从本初子午线到它的对跖点行进的过程中，才一步步被点亮。也许它是一点一点地被点亮的，就像刚砍下的木柴碰到火镰的第一个火星，起初只是勉强冒点儿烟，然后，在造物主的气息的催促下，它开始发出劈劈啪啪的声音，最后燃起熊熊大火。想象一下，宇宙之父对着那个还是绿色的球体吹气，带着它去庆祝自己的胜利，在时间诞生十二个小时之后，在那条对跖点的子午线上，一切难道不是那样的美吗？

剩下的是确定哪一条才是本初子午线。卡斯帕神父承认，耶罗岛的那条仍然是最佳候选，鉴于——罗伯托已经从伯德博士那里知道了这一点——在那儿，罗盘的指针不会偏斜，子午线又经过有着耶罗山的最高峰并接近极地的那个点。这无疑是稳定的标志。

那么，概括一下，假设我们接受这种说法，即卡斯帕神父以这条子午线为本初子午线开始计算，并且找到了正确的经度，那也只能说明作为航海家，他很好地设计了航线，然而作为地理学家却翻了船："达佛涅号"并没有锚泊在我们的所罗门群岛，而是在新赫布里底以西的某个地方，阿门。但是，讲述这样一个故事实在无趣极了：正如我们将会看到的，它本该发生在一百八十度子午线上——否则的话，它就失去了所有趣味——而我们不得不接受它发生在天晓得往这边或那边偏多了多少度的地方。

于是，我试图做出一个假设，我想有些读者应该会对此喜闻乐见：卡斯帕神父稀里糊涂地到达了我们的一百八十度子午线，却浑然不知，我说的是从格林威治开始计算的那条——说起来格林威治大概是他最难以想象的起点，因为那是反对教皇的教会分立者的国土。

在这种情况下，“达佛涅号”就有可能来到了斐济群岛（那里的土著人恰恰肤色很深），就在今天一百八十度子午线经过的塔韦乌尼岛。

还有别的部分对得上。塔韦乌尼岛的轮廓像一座火山，就像罗伯托在西边所看到的大岛屿。卡斯帕神父告诉罗伯托，那宿命的子午线恰恰从岛屿的海湾前边穿过。然而，如果我们位于子午线以西的话，那么，我们会看见塔韦乌尼岛在东边，而不是在西边；如果我们在西边看见一座岛屿好像符合罗伯托的描写，那么，在我们东边肯定有一些更小的岛屿（我会选择卡米亚岛），但是这时，子午线就将从我们故事中望着岛屿的主人公们背后经过了。

事实真相是，以罗伯托向我们讲述的资料来看，不可能弄清“达佛涅号”最后究竟到了哪里。再说，所有那些小岛就如同欧洲人眼中的日本人，以及日本人眼中的欧洲人：它们全都彼此相似。我只是想试着弄清楚，但愿有朝一日我能重新走一次罗伯托的航行路线，去追寻他的足迹。但我的地理知识是一回事，他的故事又是另一回事。

我们唯一的安慰是：所有这些苦思冥想，对我们这部不确定的小说都是绝对无关紧要的。旺德尔德罗塞尔神父对罗伯托所讲的无非是他们在一百八十度子午线上，在绝对的对跖点上，而那条一百八十度子午线所穿过的不是我们的所罗门群岛，而是他的所罗门群岛。再说，岛屿在不在那里，又有什么要紧？这只是自以为到达了那里的两个人的故事，而不是实际到了彼处的两个人的故事，为了听故事——即便最极端的自由主义者也要遵循该教义——必须将怀疑搁置一边。

因此，“达佛涅号”面对的是一百八十度子午线上的所罗门群岛，不仅如此，我们这里的所罗门群岛是在所有所罗门群岛之中最为所罗门的岛屿，我的裁决如同所罗门王本人一般，从此问题一劳永逸地得以解决。

“怎么？”在听完解释之后，罗伯托问道，“您真的认为能在那座岛屿上找到那个门达尼亚提到的所有财宝吗？”

“但那是西班牙国王的谎言！我们正面对着人类有史以来最伟大的奇迹，而你却什么都不懂！在巴黎你眼睛只盯着那些贵妇人，奉行伊壁鸠鲁式的享乐，而不是思考我们宇宙的伟大奇迹——但愿它的创造者的圣名永远被称颂！”

因此，卡斯帕神父出航的原由与其他国家的各种航海家出于掠夺的目的完全不同。这一切都源于神父正在撰写一部关于《圣经》中的大洪水的作品，它注定会比青铜器更加传世不朽。

作为教会人士，他想证明《圣经》没有说谎，然而作为科学家，他想让神的启示与他那个时代的研究成果协调一致。为此，他采集化石，勘察东方各国的领土，期待能在亚拉腊山顶有所发现，他还对诺亚方舟可能具有的规模进行了极为仔细的计算，以便了解它如何容得下那么多的动物（请注意，是每种动物都有七对），同时保持浮出部分与浸入部分的正确比例，不致因为负重而沉入水底，或者被波浪掀翻，要知道在大洪水期间，大海可不像唱诗班的歌声那样温柔。

他画了一张草图，向罗伯托展示诺亚方舟的剖面图，它好像一座巨大的方形建筑，共有六层，最高处的飞禽能照到太阳，住在木栅栏里面的哺乳动物从小猫到大象都有，而爬行动物则养在一种类似舱底水阱的地方，两栖动物也可以在这儿找到住处。没有任何空间可供庞大的动物栖身，正因为这样，此类物种才遭灭绝。最后，鱼类不在诺亚方舟考虑之内，它们是唯一不害怕大洪水的动物。

无论如何，在研究大洪水的时候，卡斯帕神父都要面对一个从表面上看无法解决的水力学问题。《圣经》说，上帝往地上连续降雨四十个昼夜，水高出地面，洪水淹没山川，甚至没过最高的山峰十五肘[1]之多，直到一百五十天之后才退去。非常好。

“但是你试着接过雨水吗？下一整天的雨，可你只能接到一桶底的水！假如下一星期的雨，你才能勉强接满那只水桶！你甚至可以想象一场大暴雨，你在它下面根本无法忍受，整个天空的雨水都浇到你可怜的脑袋上，一场比使你遭遇沉船的暴风雨更糟糕的大雨……但四十天是不够的，不可能填满大地，没过最高的山脉！”

“您是想说《圣经》说了谎话？”

“不！当然没有！但是我应该证明上帝从哪里取来那么多的水，不可能都是从天上降下的！远远不够！”

“那怎么办？”

“我有更好的法子，我并不愚蠢！”卡斯帕神父想到了一件在今天之前没有任何一个人想到过的事情。首先，他熟读《圣经》，书上说，上帝打开了天上的所有水闸，但他又让所有的泉源，大渊的泉源都喷出水来，这在《创世记》第七章第十一节里提到过。在大洪水结束后，渊源也关上了，《创世记》第八章第二节提到过！那么这些大渊的泉源是什么呢？

“它们是什么呢？”

“是在海底最深处的水！上帝不仅取了雨水，而且还取了海底深处的水，然后把它们倾注到大地上！他从这里汲取水，因为，假如地球上最高的山脉是在本初子午线附近，在耶路撒冷和耶罗岛之间，那么基于对称，最深的海底深渊必然位于对向子午线上。”

“是的，可是地球上所有海洋里的水也不够淹没山脉，否则，它们

---

① 古长度单位，从肘部到中指端，约等于 0.5 米。

一开始就会永远将山脉盖住。如果上帝将海水倾注到地上，淹没大地，也就将海洋抽干了，那么，海洋就变成了一个巨大的空洞，诺亚连同整个方舟就会掉到里面……”

“你说得极为正确。还不只如此：如果上帝汲取未知的大陆上全部的水，把它倒在已知的大陆上，那么地球就会因为半边海水的干涸而失去重心，它会整个翻转过来，偏出轨道，就像被踢了一脚的皮球跳向天空。”

“然后呢？”

“然后，你试着想一下，假如你是上帝的话，你会做什么。”

罗伯托完全被吸引住了。“如果我是上帝，”他甚至忘记了他们意大利人的上帝所规定的这种情境下应该使用的动词变位，“我创造新的水出来。”

“你会，但上帝不会。上帝自然能够从无到有地造出水来，但在大洪水之后又该把这些水放去哪里呢？”

“那么，上帝一开始就把大量的水储备在深渊里，藏在了地球的中心，时机一到便让它喷涌出来，仅仅出来四十天，如同火山爆发。当我们读到上帝让大渊的泉源喷涌而出时，《圣经》上想说的无疑就是这些。”

“你这样认为吗？然而从火山里喷出的是火。整个地球中心，地下世界的心脏，是一大团火焰！如果在地心的是火，那么，那里就不会有水！而如果有水的话，那火山岂不变成了喷泉？”神父最后总结道。

罗伯托并不让步，又说道：“那么，如果我是上帝，我就从另外一个世界取水，因为世界无穷无尽，然后倾倒在地球上。”

“你在巴黎听到那些无神论者宣扬世界无穷无尽。可是，上帝只创造出一个世界，这一个也足以证明他的荣耀了。不，你再好好想一下，假如你没有无穷无尽的世界，没有时间专门为了大洪水创造出那些世界并在大洪水后把它们重新抛向虚无，你怎么做?”

“那我真不知道了。”

“因为你有的只是狭隘的想法”。

“或许我的想法很狭隘。”

“是的，很狭隘。现在，你想一下。如果上帝是昨天汲取了整个地球上的水，今天倒了下来，明天他又汲取了今天全部的水，那么水就是双倍的了，后天再倒下来，如此下去，也许有朝一日，他将灌满我们的地球，直至淹没所有的山川。”

“我不善于计算，但我想说，从某种程度上讲，是的。”

“就是！他在四十天之内，用四十倍的海水灌满了地球，正如如果你让海洋的深度增加四十倍的话，那么肯定能淹没山川：大渊之深等于，或者说甚于山川之高。”

“但是，如果昨天已经过去，上帝又到哪里去取昨天的水呢?”

“当然是这里了！现在你听着。假设你正在本初子午线上。你能想象吗?”

“是的，能想象。”

“现在，你想，那里是正午，我们就说是圣周五的正午吧。在耶路撒冷是什么时间呢?”

“根据我学习的关于太阳的运行以及子午线的所有知识，在耶路撒冷，太阳应该早已经过了子午线，将是下午晚些时候了。我明白您想说什么。好吧：在本初子午线上是正午，而在一百八十度子午线上，则是午夜，因为太阳已经过去十二个小时了。”

“很好。因此，这里是午夜，因此，圣周四也就过完了，那么这里之后会发生什么呢?”

“将会进入星期五的凌晨。”

“在本初子午线上不是这样吗?”

“不是，那之后将仍然是那个星期四的下午。”

“太妙了。因此，这里已经是星期五了，而那里还是星期四，不是吗？但是，当本初子午线上变成星期五的时候，这里已经是星期六了，我主复活了，而在那里依然是死去的，不是吗？”

“是的，好吧，但我不明白……”

“你会明白的。当这里是午夜零一分钟时，甚至只过了一分钟里微不足道的一小部分，你能说这里已经是星期五了吗？”

“那当然是了。”

“但你想想看，在同一时刻，你并不是在这里、在船上，而是在你看见的那座岛上，在子午线的东边。你会说那里已经是星期五了吗？”

“不，那里仍然还是星期四。差一分钟到午夜，差一瞬间，但仍是星期四。”

“好吧！在同一时刻，这里是星期五，而那里是星期四！”

“那当然，而且……”罗伯托停下来，他脑子里闪过一个念头，“还不仅如此！您让我弄懂了，如果在那同一个瞬间，我人在子午线上，那将是午夜整点，但如果我朝西望去，我将会看到星期五的半夜，而朝东望去，我将看见星期四的半夜。嗳呀，上帝！”

“劳驾，不要妄称上帝的名字。”

“请您原谅，神父，但真是太神奇了！”

“在奇迹面前不要妄称上帝之名！你不如说萨克罗博斯科。况且最大的奇迹是没有奇迹！一切都在开始时设计好了！如果太阳用二十四小时绕地球一周，那么一百八十度子午线的西边开始新的一天时，在东边我们还是前一天呢。这里，在船上，是星期五的半夜，而在岛屿上则是星期四的半夜。你不知道当麦哲伦的水手们完成了环游世界的航行时发生了什么，你不知道安吉亚里的彼得·马特是怎么描述的吗？他们回来之后，以为还是前一天，而实际上已经到后一天了，他们以为是上帝的惩罚，从他们身上取走了一天，因为他们没有遵守圣周五守斋的教规。实际上那是十分自然的事情：他们是朝西方航行。假如你从美洲向亚洲旅行，你会损失一天，假如你以相反的方向旅行，你便赢得一天，这便是'达佛涅号'选择了亚洲路线的原因，而愚蠢的你们则走了美洲路线。现在你比我更老一天！这不让你觉得好笑吗?"

"但是如果我回到岛上，我将年轻一天!"罗伯托说道。

"这正是妙处所在。可对我来说，你更年轻还是更衰老，都无关紧要。我在意的是，在地球的这个点上有一条线，线这边是后一天，而线那边则是前一天。不仅仅是在午夜，在七点钟，在十点钟，在每个钟点都是如此！因此，上帝从这个大渊（就是你看到的那里）汲取昨日之水，降在今日之世界上，第二天仍然如此，循环往复！没有奇迹，是大自然使然！上帝把大自然预先设计得如同一只大钟！就比方我有一只钟，它显示的不是十二个小时，而是二十四个小时。在这只钟上，指针朝向二十四移动，在二十四的右侧是昨日，在其左侧是今日!"

"但是，怎么能使地球安稳地停在空中，假使在这个半球里已经没有水了呢？它不会失去重心吗?"

"你是以人类的时间观念来想问题的。对于我们人类来说，昨日已不复存在，而明日尚未到来。上帝的时间，是很不一样的。"

罗伯托推论道，如果上帝取走昨日之水，今天再放回，也许昨日的地球会因为那见鬼的重心而颠簸晃动，不过，对于人类来说，这一切根本无关紧要，因为在他们的昨日里，晃动并未发生，它是发生在上帝的昨日里，上帝显然懂得驾驭不同的时间以及不同的历史，正如一位叙事作家能写出不同的小说，所有小说都有相同的人物，但却根据不同的故事各自经历不同的奇遇。正如在《罗兰之歌》中罗兰死在一棵松树下面，而在另一部作品中，他却在查理曼大帝死后，变成了法兰西国王，并把加纳隆的皮做成地毯。我们会看到，这种想法将伴随他很长时间，让他相信，世界不只在空间里可以是无穷无尽的，而且在时间里也是一样。但是，关于这些，他不愿意讲给卡斯帕神父听，认为在同一个空间里存在着许多世界，神父已经把这样的观点看成了极端的异教邪说，假如再把自己那令人费解的想法说给他听，天晓得他会说些什么话。于是，他只是谨慎地询问上帝如何将水从昨日移到今日。

“当然是靠海底火山的爆发了！你怎么想？火山爆发时产生炽热的风，当一锅牛奶烧热的时候会发生什么？牛奶膨胀了，升高了，从锅里溢了出来，流到炉子上面！只是在大洪水的时候，不是牛奶，而是沸腾的水！天大的灾难！”

“那上帝在四十天之后如何排干所有的水呢？”

“如果不再下雨了，有太阳出来，便会一点一点地蒸发掉。《圣经》说，需要一百五十天的时间。假如你洗过的衣服能在一天之内晾干，那么用一百五十天的时间弄干地球也就不足为奇了。另外，还有许多水流入巨大的地下湖泊，它们现在仍旧在地表和地心火之间呢。”

“您差不多让我信服了，”罗伯托说，对于他来说，那些水怎样流动并不特别重要，他关心的是距离昨日只有两步之遥，“但是，千里迢迢来到这里，您又证明了什么凭借理智的光辉无法证明的事情呢？”

“把理智的光辉留给旧神学吧。如今，科学需要经验的证明。而经验的证明就是我在这里。另外，在我来到这里之前，我已做过许多水深测量，我知道那下面的海有多么深。”

卡斯帕神父撂下关于天文地理的解释，开始滔滔不绝地描绘大洪水的场面。现在，他用自己很有造诣的拉丁语讲述，同时挥动着手臂，在甲板上迈着大步，似乎想呼唤天上和地下的各种现象重返人间。在他这样做的时候，海湾的天空开始布满乌云，预示着一场暴风雨就要来临，只有在热带的海域才有这种云彩，并且常常是突然地聚集起来。现在，大渊的所有泉源，以及天空的所有水闸，全都打开了，诺亚以及他的家族目睹的是多么令人毛骨悚然和目瞪口呆的场面！

起初人们逃到屋顶上，但是他们的房屋被来自对向子午线的水流冲走，那水流以非凡的狂力将人们举起又掀翻；他们爬到树上，但是树木又像麦秆一样被连根拔起；他们仍能看见极为古老的橡树的树顶，于是赶紧抓住，然而狂风摇晃着他们，那风力大到让他们无法抓牢。海水已经淹过峡谷和山脉，随处可见水上漂浮着肿胀的尸体，最后剩下的惊恐万状的鸟儿试图在尸体上面栖息，将其作为勉为其难的巢窝，然而，它们很快也失去了这最后的避难所，在暴风雨中，它们的羽毛变得沉重，翅膀早已疲惫不堪，最后也筋疲力尽了。“啊，恐怖的天主审判的景象，”卡斯帕神父欣喜地说道，但这算不了什么——他肯定地说——与耶稣归来审判活人以及死人的那一天，人们能够看到的相比……

方舟上的动物对大自然的巨大喧嚣做出反应，狼群对风的呼啸报以怒吼，狮子加入到雷鸣之中，大象嘶鸣，回应闪电的咆哮，狗也狂吠着，对它们濒临死亡的同类的呜咽给予回答，绵羊哭诉着回应羊羔的呻吟，乌鸦呱呱地叫着回应方舟顶上雨水啪嗒的声响，牛儿哞哞地叫着回应浪涛的怒吼，大地和空中的所有生灵都以它们不幸的啜泣或呜咽的呻吟参加了地球这颗行星的葬礼。

卡斯帕神父肯定地说，可只有在这种时刻，诺亚以及他的家人才重新找回亚当曾经在伊甸园中用过、而他的子孙在被驱逐之后已经忘记的语言，诺亚的后裔也几乎在巴别塔倒塌后的喧哗混乱中丢失了这种语言，只除了歌篾的后嗣，他们将这语言带到了北部的森林里，在那里，德国人将其忠实地保留了下来。只有德语——现在过分激动的卡斯帕神父用他的母语大声地嚷道——“让舌头说话，让天空响起惊雷，让飞快移动的云层亮起闪电”，换句话，正如他接下来创造性地使用掺杂不同民族语言中最为强硬的音韵继续说的，只有德语在讲自然界的语言，“闪电霹雳，鹿鸣呦呦，猪的呼噜声，鳗鱼的哧溜声，猫的喵喵，鹅的嘎嘎，鸭子的呱呱，母鸡的咯嗒咯嗒，鹳的格格，乌鸦的聒噪，燕子的呢喃！”最后由于瞎喊乱叫得太厉害，他的嗓子都嘶哑了，罗伯托相信了，亚当真正的语言，与大洪水一起重新找到的语言，只扎根于神圣罗马帝国皇帝的荒原里。

这位虔诚的信徒满头大汗地结束了他召唤天地神灵的仪式。天空也许是被大洪水惊吓到，撤回了暴风雨，就像一个喷嚏，似乎就要打出来了，但随后却咕噜了一声就收住了。

二二
橙色鸽子

在后来的几天里，毫无疑问，马耳他观象台无法抵达，因为旺德尔德罗塞尔神父也不会游泳。小艇仍然停泊在那里，在另一边的小海湾里，因此就好像不存在一样。

鉴于眼下身边有个年轻力壮的男人，卡斯帕神父似乎应该知道怎么用一个大桨造出一只木筏来，但是，他解释过了，材料和工具都留在了岛上。连一把斧头都没有，所以无法砍倒桅杆或者帆桁，没有锤子，无法把门从铰链上卸下来，再把它们钉在一起。

另外，卡斯帕神父好像没有因那么长时间的海难生活而过分担忧，相反，他仅仅因为又能重新使用他的住处、甲板以及一些仪器，以便继续进行研究和观察而感到高兴。

罗伯托还没有弄明白卡斯帕·旺德尔德罗塞尔是什么人。一位智者？当然是，或者至少是一个学识渊博的人，一个对自然科学和神学都怀抱兴趣的人。一个狂热分子？可以肯定。有一次，他透露，那条船不是由耶稣会、而是由他自己出资装备的，或者说，是由他的一个兄弟，一位同他一样古怪的富商出钱装备的；另外一次，他又放任自己对他的几位耶稣会会友发了几句牢骚，说他们在假装声称他的想法令人费解并全盘否定之后，却“偷窃了（他的）许多极有成果的想法”。显而易见，在罗马，那些令人尊敬的神父巴不得见到这位爱好诡辩的人物离开，既然他自己花钱上路，并且极有可能沿着那些无法到达的航线迷失方向，他们鼓励他是为了彻底摆脱他。

罗伯托在普罗旺斯和巴黎的见识让他在听这位老人有关物理学和自然哲学的论断时，表现出犹疑。但是我们看到，罗伯托像海绵吸水一样吸收知识，甚至不太在意自己所接受的实际上是互相矛盾的真理。这也许并不是因为他缺乏条理，而是刻意为之。

在巴黎，世界对他而言就好像一个上演着骗人戏码的舞台，每个观众每天晚上都期待欣赏和追随不同寻常的故事，再奇怪的事，一旦司空见惯，也就麻木了，只有不寻常和不确定之事才能够让他们激动起来。古人以为一个问题只有一个答案，然而巴黎大剧场却向他奉上好戏，对于一个提问，以各种不同的方式来回答。罗伯托决定对于自己相信（或者以为相信）的事物只上一半的心，以便在真相恰好相反的状况下还有另外一半可以使用。

如果他真是这样想的，那么，我们就能够理解为什么对卡斯帕神父那些可信度或高或低的论断，他都不觉得有必要去否定。在他所听到的所有故事之中，这位耶稣会修士对他讲的确实是最不寻常的。那又凭什么认为它虚假呢？

我敢保证，不管任何人，发现自己被遗弃在一条无人居住的船上，处在漫无边际的天空与大海之间时，都难免会幻想：在如此巨大的灾难中，至少会被命运安排偶然来到时间的中心吧。

因此他本来甚至可以对那些讲述提出许许多多的异议以自娱，但是，他却经常像苏格拉底的门徒一般，几乎是恳求自己认输。

从另一方面讲，又怎能拒绝一位对他而言已像父亲一样的人的知识呢？此人一下子就将他从惊慌失措的海难幸存者变成一艘有人了解并驾驭着的船上的乘客。卡斯帕神父既领受圣职，又是那座海上城堡最开始的主人，在罗伯托的眼里他是权威的化身，而罗伯托对他们那个时代的规矩知道得很清楚，他懂得应该赞同权威，至少表面上如此。

每当罗伯托开始对他的主人表现出怀疑，后者就会马上领着他去重新检视一遍船体，将他未曾注意过的仪器指给他看，从而让他学到很多独一无二的东西，赢得他的信任。

比方说，他给他看了一些渔网和鱼钩。“达佛涅号”停泊在水产非常丰沛的水域，如果有可能捕到新鲜的鱼，当然就没有必要消耗船上的储备物了。罗伯托现在白天戴着墨镜活动，马上学会了撒网以及抛鱼钩，不费多大力气就能捕到肥美的猎物，不止一次险些被上钩的大鱼大力拖下船。

他把捕到的鱼排列在甲板上，卡斯帕神父似乎了解每种鱼的习性，甚至知道它们的名字。至于他是根据习性推测出名字，还是随意命名，罗伯托就不得而知了。

在罗伯托原先生活的半球上，鱼是灰色的，最多是亮银色，而这些鱼则呈天蓝色，长着马拉斯加酸樱桃色的鳍，藏红花色的须子，或者紫红色的口吻。他捕到了一条大鳗鲡，身体的两端各有一个长满眼睛的脑袋，但是卡斯帕神父指给他看，第二个脑袋实际是尾巴，它被自然装饰得如此巧妙，只消摇动尾巴就能吓跑背后的敌人。他还抓到一条腹部有斑点的鱼，背部有黑色的线条，眼睛周围有彩虹的所有颜色，长着山羊的口吻，然而卡斯帕神父却让他马上扔回海里，因为他知道(是教会里的弟兄们讲述过，还是旅途中积累的经验，或是水手的道听途说?)，这种鱼比细网牛肝菌的毒性还强。

另一条鱼，长着黄色的眼睛，一张厚大的嘴，钉子一般的牙齿；卡斯帕神父立刻说，这是别西卜①的造物。应该让它在甲板上窒息，看着它死掉，然后扔回它来的地方。他这样说他是出于已有的知识，还是从鱼的外表来断定的呢？无论如何，事实证明，卡斯帕认为可以食用的鱼类都极其美味——甚至其中有一种，他还能说出是水煮还是

① Beelzebub，《圣经》中的魔王，弥尔顿《失乐园》中地位仅次于撒旦的堕落天使。

烧烤风味更佳。

这位耶稣会修士不仅向罗伯托展示所罗门海域的奥秘，还将关于岛屿的情况和盘托出；“达佛涅号”到达之后，环岛航行过一圈。在东边有几处小海滩，但暴露于劲风之下。绕过南岬角后，他们曾经乘着小艇靠岸，那是平静的海湾，但是水太浅，“达佛涅号”无法系泊。船现在停泊的地方是最合适的：靠近岛屿，有可能会搁浅在一处浅滩上，而离得太远，又有可能遭遇到两座岛屿之间自西南流向东北的湍流的冲击。要向罗伯托证明这一切很容易：卡斯帕神父叫他用尽全力把别西卜之鱼的死尸朝着西边的海域扔去，那怪物的尸体漂浮了片刻，转眼便被看不见的水流卷走了。

无论是卡斯帕，还是水手们，都曾经勘察过这座岛屿，虽然足迹没有遍布全岛，但也至少走过了大半；足以确定，他们选定搭建观象台的山顶，最适宜监控那块如罗马城一样大小的陆地。

岛内有一处瀑布，以及一片非常漂亮的植被，不仅有椰子树和香蕉树，还有一些树干剖面呈星形的树木，它们的棱边如刀刃一般锋利。

至于动物，罗伯托曾经在底层甲板见过一些；这座岛屿可谓鸟类的天堂，甚至还有狐蝠。他们在灌木丛里发现过野猪，但却未能捕获。还有蛇，但没有一条看上去有毒或者性情凶恶，蜥蜴的品种则不计其数。

然而，最丰饶繁茂的是沿珊瑚带生存的生物。各种各样的乌龟、螃蟹和牡蛎，与我们海里的那些很不一样，它们大如篮筐，状如铁锅，好似盛放丰盛菜肴的餐盘，往往极难撬开，但一旦打开，便露出大块白色的肉来，柔软肥滑，是名副其实的美味。不幸的是，没法把它们带到船上，因为刚一出水，它们就在炎热的太阳下腐烂变质了。

他们没有看到任何大型猛兽，不像在亚洲其他地方随处可见大象、老虎和鳄鱼。另外，也没有任何动物长得像牛——耕牛也好，斗牛的公牛也罢——或像马和狗。似乎在那块土地上的每一种生命都不是由建筑师或者雕塑家所设计构思，而是由一名金银匠雕琢出来的：鸟儿像色彩斑斓的水晶一般，树林中的动物小巧玲珑，鱼则扁扁平平，几乎通体透明。

无论是在卡斯帕神父，还是船长或者水手看来，在那片海域里都不会有鲨鱼，否则鉴于这种鱼的鳍锋利如斧子，从很远就能发现。可其实在那片海里，鲨鱼处处可见。说在这座岛屿四周没有角鲨，以我之见，是那位热爱异想天开的探险者的一种幻想，或许他的推断也有些道理，在更西边一点的地方有急流险滩，角鲨喜欢在那里活动，因为确信可以找到丰盛的食物。不管怎么样，卡斯帕和罗伯托都不认为会有鲨鱼，只有如此，后面的故事才顺理成章，否则他们也就不敢下水，而我也不知道该讲述什么了。

罗伯托认真地听着这些描述，他越来越迷恋那座远方的岛屿，试着想象它的形状、它的色彩，以及卡斯帕神父介绍的那些生物的活动情况。还有珊瑚，他原先只知道它们被加工成珠宝首饰，用诗意的语言形容起来，与一位漂亮女人朱唇的颜色相仿。那么，这里的珊瑚是什么样子呢？

关于珊瑚，卡斯帕神父缄口不言，只是抬头望向天空，露出至福极乐的神情。罗伯托谈到的是死去的珊瑚，正如放荡的人滥用陈旧的比喻形容的那些交际花，其德行也早已死去。在珊瑚礁上有不少这样的死珊瑚，也正是它们会划伤碰摸那些礁石的人。但是，它们和活着的珊瑚不可同日而语；后者——怎么说呢，它们是海底的花朵，银莲花、风信子、女贞花、毛茛、一束束的紫罗兰——不，这不能形容万一——它们是瘿、浆果、球果、蓓蕾、苍耳、嫩芽、菜心、叶脉的狂欢——不，不止如此，它们缤纷灵动宛若阿尔米达①的花园，它们模仿了田野、菜园

① Armide，意大利诗人塔索的长诗《耶路撒冷的解放》中的巫女，迷惑士兵，让他们在自己营造的安乐窝里乐不思归。

和树林里的所有植物，从黄瓜到恺撒蘑菇，再到卷心菜……

多亏了他的耶稣会会友的仪器（他去船舱翻箱倒柜了半天才寻了出来），他在其他地方看见过那样的珊瑚。那就像一副皮制面具，上部有个锁边加固的开口，装着一副大玻璃眼镜，两侧还有一对束带，这样就可以绑在脖子上，让面具从额头到下巴紧贴在脸上。乘坐不会搁浅在浅滩上的平底小船出游时，可以把头探到水中，观察水下的世界——而如果一个人不戴装备就把头浸入水中的话，不说眼睛会被海水刺痛，也根本看不清任何东西。

卡斯帕认为，这种装置——他称其为 Perspicillum[1]，或者叫做 Persona Vitrea[2]（不是用于遮掩，而是用来揭示的面具）——甚至可以为擅于在礁石中游泳的人所用。虽说海水迟早会渗透到里面，但是屏住呼吸一小会儿，仍可以继续观察。随后，浮出水面，倒干面罩里面的水，便可重新开始。

“如果你能学会游泳，就能看到那下面的东西。”卡斯帕对罗伯托说道。罗伯托则模仿着他的语气说道：“假如我游泳的话，我的肺就变成一个行军水壶了！”但实际上他暗自为不能到水下去而惋惜不已。

再说，再说，卡斯帕神父又补充说，在岛屿上有火焰鸽子。

“火焰鸽子？那是什么？”罗伯托问道，语气热切得有些过分，好像岛屿许久以来向他允诺了一个隐晦的象征，直到现在才变得清晰起来。

卡斯帕神父解释说，很难描绘这种鸟是多么美丽，必须亲眼看见，才有资格谈论。他也是抵达的当天靠着望远镜得以惊鸿一瞥。从远处看，就如同一个着了火的金球，或者说一团镀了金的火，它从最高的树梢上，如箭一般地飞向天空。刚一踏上陆地，神父便想进一

① 拉丁文，眼镜。
② 拉丁文，玻璃面具。

步了解它们，并且教会水手们辨认这种鸟。

他们潜伏良久才弄明白这种鸟栖息在什么样的树上。它们发出的声音十分特别，一种"咚咚"的叫声，就像将舌头顶在上腭时发出的声音。卡斯帕发现用嘴巴或者手指模仿这种声音时，鸟儿便会回应，有时，可以一窥它们在枝头飞来飞去的身影。

卡斯帕多次回到那里埋伏，特意带了望远镜，至少有一次，他清楚地看见了那种鸟，几乎一动不动。它的头是深橄榄色的——不，也许是芦笋的颜色，爪子也一样——而喙上则洇开药草色，好似一副假面，上面镶嵌着的眼睛则像一粒玉米，瞳孔乌黑，闪闪发光。它的脖子下面有一簇短毛，同翅膀的羽梢一样，是金色的，然而，它的身躯，从胸脯一直到尾巴上的翎毛——那里的羽毛细极了，就像女人的头发，就像(怎么说呢?)——是红色的，不，这个词不贴切……

罗伯托建议道，铁锈色，茜草色，胭脂红，风疹色，淡红色，橙红色，微红色，红棕色。不，不，卡斯帕神父发火了。罗伯托又说道，像草莓，天竺葵，悬钩子，马拉斯加酸樱桃，萝卜；如同枸骨叶冬青的浆果，槲鸫的肚子，红尾鸲的尾巴，欧鸲的胸脯……也不对，不对，卡斯帕神父固执地说道，与他的母语以及别种语言苦苦缠斗，想找到精准的词汇——从最后罗伯托的概括中我们已无法弄明白哪一方更夸大其辞，是提供信息的人，还是被聆听者——应该是一种酸橙、苹果橙的喜庆颜色，它是长着翅膀的太阳，总而言之，当人们看见它在白色的天空飞翔时，就如同曙光向雪地上投掷了一颗手榴弹。而当它飞向太阳时，又比智天使更加闪闪发光!

这种橙色的鸟，卡斯帕神父说，肯定只能生活在所罗门岛上，因为正是在那位伟大国王的《雅歌》中提到一种鸽子，它展翅飞翔时宛如曙光，它光辉灿烂宛如太阳，威武如展开旌旗的军队[①]。正如另一首

① 出自《圣经·旧约·雅歌》第6章第4节。

诗所说，它的翅膀上覆盖着银子，它的羽毛上闪烁着金子。

卡斯帕还看见另一种差不多的鸟与它在一起，只不过后者的羽毛不是橙色，而是蓝绿色，它们总是成双成对地栖息在同一根树枝上，看样子应该是一雄一雌。它们的外形，以及它们频繁的呻吟，说明它们应该是鸽子。至于其中哪只是雄性的，哪只是雌性的，则很难说；神父命令水手们不准猎杀它们。

罗伯托问在岛上可能有多少只鸽子。据卡斯帕神父所说，每一次他都只看见一只橙色球体冲向云端，或者说，总是只有一对鸟儿出现在高高的树枝上，在这座岛上可能只有两只鸽子，只有一只为橙色。这种推测让罗伯托焦躁不安，他渴望看见那奇异的美丽——它也许在等待着他，从昨日等待着他。

卡斯帕说，如果罗伯托愿意的话，几小时几小时地用望远镜观察，在船上也能够看见鸽子。只要他肯摘下那副墨镜。罗伯托说他的眼睛不允许自己这样做，卡斯帕听了他的回答，对那种婆婆妈妈的毛病说了些蔑视的话，并且建议他使用自己曾用来治疗腹股沟淋巴结炎的药水（酒，油，鲜花）。

不知罗伯托是否使用了那些药水，但他开始逐步训练自己不戴眼镜观察四周，起初只在黎明和黄昏时分，后来则是在大白天，虽然如我们将会看到的，他学游泳的时候仍然戴着眼镜——但事实是，从这时候起，他再也没有以眼睛作为逃避的借口。这样一来，就可以推论，也许是由于清新的空气，或者是由于海水的治疗作用，逐渐地治好了罗伯托那种真的也好、假的也罢，使他成为变狼妄想狂十多年之久的疾病（如果读者还不明白从这个时刻开始，我要让他全天候地待在甲板上的话，那么我以本书作者的傲慢将他从各种病症中解放出来，不理会是否前后矛盾）。

也许罗伯托愿意不惜一切代价治好眼疾，以便看见鸽子。如果不是被另一个无法解决的问题分心的话，说不定他会马上扑向舷侧，整日地仔细察看树木。

描述完岛屿以及它的丰饶之后，卡斯帕神父指出，这么多令人赏心悦目的东西只能在那里，在对向子午线上出现。于是罗伯托问道：“但是，尊敬的神父，您告诉我，马耳他观象台向您证实了，您是处在对向子午线上，我相信这一点。可是您没有到您旅途中所遇到的任何一座岛上去搭建观象台，而只是在这座岛上这样做了。那么就表示，在观象台没有向您证实之前，您就以某种方式确信自己已经找到了您所寻找的经度了！”

“你想得很对。如果我来到这里，而不知道这里是这里，我就不能知道我是在这里……现在，我解释给你听。由于我知道观象台是唯一精确的仪器，为了到达能够试验观象台的地方，就必须使用错误的方式。我正是这样做的。”

二三
巧夺天工的机械

鉴于罗伯托不相信，又自以为了解各种找到经度的方法，还认为这些方法毫无用处，卡斯帕神父便反驳说：这些方法如果单个地使用，全是错误的，但是如果放在一起，则可以权衡各种结果，并且补偿单个的欠缺。“这就是数学！”

的确，一只钟在经过几千海里的路程之后，不会再精确地显示出发地的时间。然而大量各式各样的钟，有些做工特殊、考究，罗伯托在“达佛涅号”上发现了多少呢？比较它们不精确的时间，每天将一只时钟上的显示根据其他钟进行校准，就能知道某种确切的时间。

那测程仪呢？那些习以为常的东西不管用了，但是看看卡斯帕神父造出了什么玩意吧：一个盒子，上面有两根垂直的杆，一根收线，一根放线，两杆各配一条长度固定的绳子，代表固定的里程；收线的杆上环绕着许多叶片，就像一架风车，推动这架风车的风力与使船帆涨满的风力一模一样，风车的转速随着风力和风向变化——因此，收起绳子的多少也随之变化——这样一来也记录下了由于抢风或是逆风行驶所出现的偏向。这并不是所有方法中最准确无误的，但确实胜过其他测量方法得出的结果。

月蚀呢？可以肯定，在旅途中观测会出现无穷无尽的误差。但是眼下，在陆地上的观测又有多完善呢？

“我们必须在世界上的很多地方安排很多的观察员，而且为了上帝的最高荣誉，他们之间要精诚合作，不能互相轻侮或厌恶。你听着：一六一二年十一月八日，在澳门，令人尊敬的尤柳斯·德·阿莱西斯神父记录下了从晚上八点三十分到十一点三十分的月蚀。令人尊敬的卡罗鲁斯·斯皮诺拉神父告诉人们，当天晚上的九点三十分他在日本长崎也观察到了同一次月蚀。克里斯托福罗·施纳达神父则在南斯拉夫的下午五点钟看见同一次月蚀。一个小时的差别说明相距十五个经度，因此，这就是澳门与长崎之间的距离，而不是布劳所说的十六度零二十。明白了吗？自然，为了观测，要注意不喝醉酒，不吸烟，还要有精确的钟表，不要放过完全消失的那一刻，在月蚀的最初和最后阶段准确记录，观察黑影变深的中间时刻，等等。如果几个观测点相距很远，一个极小的误差不会造成很大的区别，但是如果相距很近，那么几分钟的误差就会造成很大的区别。”

单就澳门和长崎来讲，在我看来，布劳神父比卡斯帕神父更有道理（这证明了在那个时代经度确实是一片混乱）。但除此之外，耶稣会修士把传教士的观测所得收集起来并互相印证，创建了一座天主教大钟，如此命名并不是说这是一座对教皇极其忠诚的大钟，而是表示这是一座世界之钟。它实际上是一种地球平面球形图，上面标记着从罗马到已知世界的边界里所有的耶稣会会址，并且标出了每个地点的当地时间。这样一来，卡斯帕神父解释道，旅程开始时他没有必要考虑时间问题，而只注意基督教世界最后一个哨兵阵地的时间就可以了，那里的经度是毋庸置疑的。因此，误差大大减小了，而且在一个观测点与另一个观测点之间还可以使用其他方法，虽然它们不能保证绝对准确，如指针的偏差或者对月亮阴影的计算。

幸运的是，他的教友确实遍布世界，从伯南布哥到果阿，从棉兰老岛到圣多美港，如果风向不利于他们在一个港口靠岸的话，马上便可转往另一个港口。比方说澳门，啊，澳门，一想到那次冒险卡斯帕神父就暴跳如雷。那是葡萄牙的属地，中国人之所以叫欧洲人“长鼻子”，正是因为第一批在他们的海湾登陆的是葡萄牙人，他们确实长着非常长的鼻子，跟他们一起去的耶稣会修士也是如此。那座城市是丘陵上的一个孤单的花冠，由白色和蓝色的城堡组成；这些城堡由耶稣会的神父控制着，他们还必须处理军事事务，因为城市受到荷兰异教徒的威胁。

卡斯帕神父决定向澳门航行，他认识的一位天文学知识非常渊博的教友正巧在那里，然而他却忘记了自己是在一艘荷兰商船上。

澳门的好神父们做了些什么呢？他们看见了这艘荷兰商船，便忙着发射大炮和长炮。卡斯帕神父在船头挥动胳膊，立即升起耶稣会的旗帜，却无济于事，那些该死的葡萄牙长鼻子教友在弥漫的硝烟里向他们发起一场神圣的屠杀，根本没有注意到船上的动静就让“达佛涅号”陷入枪林弹雨。如果说这艘船还能够鼓起船帆，掉转头勉强朝着外海逃去的话，纯属上帝的恩典，船长用他的路德教的语汇对那些欠缺考虑的神父说了许多粗话。这一次显然是他占理：让荷兰人沉入海底，这很好，可是也不能不管船上还有一位耶稣会修士呀！

幸运的是，在合理的航程范围内不难找到其他耶稣会分会，于是他们将船头对准最好客的棉兰老岛驶去。就这样，他们一程一程地紧盯着经度（我补充一句：只有上帝知道为什么他们在离澳大利亚咫尺之遥时失去了所有参考点）。

“现在，我们必须进行新实验，以便再清楚和明显不过地证明，我们正在一百八十度经线上。否则，我那些宗座额我略大学的教友们就会认为，我是一头蠢驴。”

“新实验？”罗伯托问道，“您刚才不是对我说，观象台总算确认，您处于一百八十度经线上，并且面对着所罗门岛了吗？”

是的，耶稣会修士回答道，他对此十分肯定：他比较了其他人的各种各样不完善的方法，认为综合所有这些有缺陷的方法一定会得到可靠的结果，就如同用人类的一致同意来证明上帝那样：在相信上帝的人里，的确有很多人容易犯错，但不可能从非洲的丛林到中国的沙漠，所有人都弄错了。就这样，我们相信了太阳、月亮以及其他行星的运动，或者相信了白屈菜中所隐藏的能量，或者相信了在地球的中心燃烧着一团地下火；几千万年以来，人类相信这些；同时由于相信着，他们才得以在这个星球上生存，并且在阅读自然这本大书时，获益良多。然而，一个如此伟大的发现必须得到许多其他证据的佐证，让怀疑论者也屈服于显而易见的事实。

再说，我们不应该仅仅出于对知识的热爱才钻研科学，而是为了分享给自己的教友。所以，鉴于他花费了许多精力才找到正确的经度，现在应该通过其他更容易的方法进一步确认结果，让这知识成为所有教友的财富，“或者至少是基督教教友，最好是天主教教友的财富，因为荷兰或者英国的异端，或者更糟的摩拉维亚人，他们还是永远都不知道这些秘密为妙”。

现在，在所有求得经度的方法中，神父认为有两种最有把握。一种适用于陆地观测，正是珍贵的马耳他观象台；另一种适用于海上观测，是阿切特里仪器，它放在底层甲板，尚未投入使用，因为首先必须通过观象台确定自己的位置，然后再查看仪器的测量结果是否与之吻合，这样才最为稳妥。

这个实验，如果没有发生所有那一切已经发生的事情的话，卡斯帕神父很早之前就可以进行了。然而现在合适的时刻到来了，就是今天夜里：天空以及星历表都表明今夜是合适的时机。

阿切特里仪器是什么呢？这是伽利略很多年之前预言过的一种仪器——但请注意，它被预言过、介绍过、承诺过，但在卡斯帕神父着手之前，却从未被制造出来过。当罗伯托问这个伽利略是否就是对地球运动做过一个遭到严厉谴责的假设的伽利略时，卡斯帕神父回答说是，在插手形而上学和《圣经》时，这个伽利略说了一些非常糟糕的话，然而，作为机械师，他却很有天分，甚至可以用伟大来形容。当被问到借用一个教会指责过的人的主意是否不合时宜，耶稣会修士回答说，如果一个异教徒的思想本身并非邪说，那么便也可以为上帝的荣耀增光添彩。试想一下，既然卡斯帕神父对所有已知的方法都敞开怀抱，不盲目迷信任何一种，而是从它们争执不下的秘密交流中吸取教益，难道不应该也从伽利略的方法中得到启发吗？

甚至可以说，尽快利用伽利略的想法，无论是对科学，还是对信仰，都是极其有利的；此人曾经试图将他的学说兜售给荷兰人，幸亏那些荷兰人像几十年之前的西班牙人一样，持怀疑态度。

伽利略从一个本身非常正确的前提中得出一个怪异的想法，也就是说，他从佛兰德人那里偷了望远镜的主意（他们只用它观察港口中的船只），把这种仪器指向天空。他在天空中发现了许多卡斯帕神父做梦也不会想到的东西，他发现木星有四颗卫星，等于说有四个月亮，但从创世之初到那时为止，却从没有被观测到过。四颗小星星围绕着它运转，而它则围绕着太阳运转——我们将会看到，对于卡斯帕神父来讲，木星围绕太阳运转，这是可以接受的，只要别把地球掺和进来即可。

当我们的月亮进入地球的阴影里时，有时会发生月蚀，这是众所周知的，正如所有的天文学家都知道什么时候会发生月蚀，星历表可作为权威依据。因此，如果说木星的月亮也会发生月蚀，并没有什么可惊奇的。甚至，至少对于我们来说，存在两种情况，一种是名副其实的月蚀，一种是月掩星。

也就是说，当地球处于月球和太阳之间时，月亮就从我们眼前消失了，但是，木星的卫星会消失两次，第一次是当它们转到木星后面，第二次是当它们从它的前面经过时，与木星的光芒融为了一体，借助一架好的望远镜，便可以非常清楚地看到它们消失和显现的过程。这当中有不可估量的好处：月球的月蚀只在教皇去世时才会发生，持续的时间非常长，而木星月蚀则经常发生而且过程相当快速。

现在我们假设，每一颗卫星（它们的轨道距离行星有远有近）的木卫蚀出现的钟点和分秒都在一条已知的子午线上得到了证实，这一点星历表可以做到；这样一来，只要能够确定木卫蚀在我们所在的（未知）子午线上发生是几点几分，这一点计算起来也很快，就能推算出观测地的经度了。

确实存在着一些小缺陷，说了外行也未必懂，但是对于一个计算能手来说并不太难，只要他备有一个时间测算仪器，换句话说，备有一个钟摆，能够绝对精确地测量出哪怕只有一秒钟的差别；另外，他还要有两只正常的钟，忠实地告诉他在观测点的子午线上和在耶罗岛上，木卫蚀开始的钟点以及这一现象结束的时间；还有，他必须懂得通过正弦表，测出被观测的天体在人的眼睛里形成的角度——这个角度可以理解为钟指针的位置，能用分秒来表示两个天体之间的距离及其逐渐变化。

有必要重申，只要拥有准确的星历表就行了。伽利略当时已经年迈并且重病缠身，因此未能完成，但是卡斯帕神父的教友能够熟练地计算出月蚀，所以现在他们将星历表做得尽善尽美。

当年伽利略的对手们发难指出的主要缺陷是什么呢？是说这类观测不能通过肉眼实现，而是需要一架好的望远镜或者说所谓的天文望远镜吗？卡斯帕神父已经拥有了做工精良的望远镜，这是伽利略做梦也不会想到的东西。还是测量和计算超出了水手的能力？但是其他所有测量经度的方法（如果不算上测程仪的话）事实上都需要仰仗天文学家！再说如果船长们能学会使用等高仪——而这并非任何外行都能掌握的——那么望远镜自然也难不倒他们。

然而，学究们会说，如此准确的观测对精确度要求极高，或许可以在陆地上进行，但在一艘晃动的船上则行不通，因为在船上，没有人能够让望远镜牢牢对准一个肉眼看不见的天体……好吧，卡斯帕神父身在此地就是为了证明，只需灵巧一些，就算在一艘晃动的船上，也能进行观测。

最后，几个西班牙人提出异议，说木卫蚀白天看不到，在暴风雨的夜晚也不得见。“也许他们以为只要一拍巴掌，就马上、立刻、突然会有木卫蚀出现在他们面前？”卡斯帕神父发怒了。又有谁说过观测每时每刻都要进行？在西印度群岛旅行过的人都知道，测定经度只需与观测纬度保持一样的频率，而测定纬度也不能在大海波涛汹涌的时刻进行，无论用等高仪或十字测量仪都不行。要准确地测定这讨人厌的经度，只需每两三天观测一次就可以了，而在两次观测之间，记录下航行时间和里程就好，就像从前用测程仪所做的那样。只是直到那时为止，几个月以来，神父只使用了测程仪。“他们让我想起，”善良的神父越来越愤怒地说道，“处于严重饥荒中的人，你送去一篮子面包，他们不是表现出感激，而是困惑地寻思，怎么在桌子上没有一只烤猪或是一只大野兔。啊，这群榆木脑袋！难道只是因为你知道发射一百颗炮弹有九十颗会扑通一声掉在水里，就要将这艘船上的所有大炮都推进海里吗？”

后来卡斯帕神父让罗伯托去为实验做准备，这类实验应该在那天那样的晚上进行，天空晴朗，但是波涛稍稍涌动。如果选一个风平浪静的晚上来做实验的话，卡斯帕神父解释道，那就同在陆地上一样，不用做就已经知道将会成功。因而实验应该在一艘晃动的船上进行，却给观察者一种风平浪静的假象。

首先得在过去几天被如此漫不经心地对待的钟里，找到一只还走得准的。由于幸运的偶然，只找到一只即可，而不是两只：他们要借助一份精确的昼间记录（已完成）将钟校准到当地时间，既然他们肯定自己是在对跖点的子午线上，便不需要第二只钟来指示耶罗岛上的时间。只要知道时差是正正好好十二个小时即可。这里是半夜，那里是正午。

细想一下，这个决定似乎建立在一个循环论证上。他们是否身处对跖点的子午线，还有待实验证明，并非不证自明的。然而，卡斯帕神父却对他从前的观测极有把握，他只想去证实它们而已，再说——很可能——在经历种种混乱之后，船上已经没有哪怕一只钟能够准确指示出地球另一面的时间了，必须克服这个障碍。另外，罗伯托也不够敏锐，想不到这个过程中所隐藏的瑕疵。

"当我说'开始'时，你看看钟点，并且写下来。然后马上推一下钟摆。"

钟摆由一个金属小架子支撑着，架子叉住一根铜棒，而铜棒的末端则有一个圆形摆锤。在摆锤划过的最低点，有一个水平的轮子，轮子上面有齿，这些齿有讲究：齿的一侧能够与轮子的平面呈直角，另一侧则呈偏斜状。在来回摆动的过程中，摆锤——摆过去的时候——用突出的尖头碰撞一把鬃毛刷，而这把鬃毛刷则去碰撞直角一侧的齿，从而推动轮子；但是，当摆锤摆回来的时候，那把鬃毛刷子几乎不会碰撞齿的偏斜侧面，于是轮子就不会动。用数字标每个齿，当摆锤停下时，就可以数出移动的齿的数量，从而计算出当中经过的时间单位。

"这样你就不必每一次都去数一二三了，最后当我说'够了'的时候，你要让摆锤停下来，并清点齿的数目，明白了吗？你要记下移动了多少齿。然后，你要看一下钟，并且记下时间为几点几分。当我重新说'开始'的时候，你要推动钟摆让一切重新来过。很简单，连小孩也明白。"

当然这里说的不是什么了不起的钟摆，卡斯帕神父非常清楚，然而关于这个话题他们还来不及讨论，恐怕只有将来的某一天，它们才有可能臻于完美。

“不容易啊，我们要学的还有很多，但是如果上帝不禁止 die Wette[①]……把钱押在什么东西上怎么说？”

“打赌。”

“就是。假如上帝不禁止的话，我可以打赌，将来所有人都会用钟摆去寻找经度，并用它来研究所有其他地球现象。但是这在一艘船上是十分困难的，你要非常小心才是。”

卡斯帕让罗伯托在船尾楼上安放两个装置，与此同时还要预备好纸笔。船尾楼是整个“达佛涅号”上最高的观测点，他们将在那里安装阿切特里仪器。他们从饼干舱里将那些玩意儿搬到船尾楼上，罗伯托当初寻找闯入者时曾经瞥见过。它们很容易搬运，除了金属盆，它被竖在甲板上，淹没在咒骂和一次次凌乱不堪的失败中，因为它无法通过梯子。但是卡斯帕神父虽然瘦削，却坚持要实现他的计划，表现出与他的意志旗鼓相当的体力。

他几乎是独自一人，用一件拧紧平头钉的工具安装好一个铁杆支撑的半圆形支架，看得出是用来支撑什么圆形的东西，他借助许多小环将圆形帆布固定在上面，这样一来，就有了一个半球形的大盆，直径大约为两米。还必须在上面浇一层柏油，防止渗漏。现在罗伯托正一桶一桶地往里灌油，他一边灌一边发着牢骚。但是卡斯帕神父提醒他说，这种油像嘉布遣会修士一样纯净，可不是用来炸洋葱的。

“那它用来做什么？”

“我们试着在这片小小的海洋中放入一艘更小的船，”他让罗伯托帮着他把那个几乎扁平的金属小盆安放在大的帆布盆里，小盆的直径比它的容器稍微小一些，“你从来没有听人说过，海平如油？好了，你已经看见了，甲板向左倾斜，帆布盆里的油却向右倾斜，反之亦

---

① 德文，打赌。

然，或者说看上去如此；实际上，油一直保持平衡，它从未升高或者降低，它与地平线平行。即便是水情况也是一样，小盆在油面上就像在风平浪静的海上一样。我在罗马就曾经做过一次小实验：用两个盆，大盆里装满水，小盆里装满沙子，在沙子里再插上一支笔，我让小盆浮在大盆里，无论我怎么移动大盆，都可以看见笔像钟楼一般笔直挺立，而不像博洛尼亚的塔那样倾斜！”

“Wunderbar[①]，”罗伯托操着别国语言赞同道，“那现在呢？”

“现在我们拿掉小盆，因为得在上面安装一台机器。”

盆的下半部分外侧有些小弹簧，神父解释说，为的是载着重物的盆漂浮在帆布盆里时，它能够与容器的底部保持至少一个手指的距离；如果它的主人动作太猛，将它推至底部（罗伯托问道，什么主人；神父回答说，马上你就知道了），那些小弹簧能让小盆稳稳地浮上来。现在他们要在盆底钉入一把靠背倾斜的椅子，它能让一个人差不多平躺着，眼睛观望上方，双脚放在一块用来平衡重量的铁板上。

盆被放在甲板上，又用几个楔子支稳，随后卡斯帕神父坐在椅子上，向罗伯托解释如何在他背上和腰上系上一副由帆布和皮革制成的背带，这套装备还附带一个类似钢盔的帽子。钢盔上有为眼睛留出的小孔，而在鼻梁位置则突出一根短杆，上面安有一枚小环。就在这个小环上穿着望远镜，从望远镜上垂下一根末端带钩的坚硬悬杆。夸张的眼睛可以自由活动，直至找到事先选定的天体为止；一旦被选中的天体出现在透镜的中心，就要把悬杆钩到胸前的背带上，从那一刻起，不管这个“独眼巨人”怎样移动，都能保障固定的视野。

“太完美了！”耶稣会修士兴高采烈地说道。当小盆在风平浪静的油面上漂浮时，就连最游移不定的天体也可以定睛去看，动荡不安的大海再怎样波涛汹涌，观测的眼睛也不会偏离事先选定的星星！

---

① 德文，妙极了。

"伽利略先生描述过的一切如今倒由我来实现了。"

"巧妙至极,"罗伯托说,"可现在谁把所有这些东西都放进帆布油盆里呢?"

"现在我解开自己,然后下来,接着我们把空盆放到油里,然后我再上去。"

"这不太容易吧。"

"总比连盆带我一起放进去要容易很多吧。"

尽管费了些力气,盆和椅子还是被放入油里并浮了起来。然后卡斯帕神父戴上钢盔和背带,又把望远镜架在钢盔上,试图爬上支架,罗伯托从旁协助,一只手紧握着他的手支撑,另一只手在背后推。他们试了许多次,都没有成功。

倒不是支撑着巨大帆布盆的金属支架撑不住一个人,而是没有合适的立足之地。卡斯帕神父试着——他试了好几次——一只脚踩在金属支架的边缘,再迅速把另一只脚放进小盆里,可刚一用力小盆就向相反的一侧移去,于是神父的两条腿好像圆规一样叉开,他开始大声呼救,直到罗伯托将他拦腰抱住,拉回自己这边,退到"达佛涅号"这片陆地上——与此同时,罗伯托则一面咒骂伽利略,一面赞美迫害他的那些刽子手们。倒在救命恩人怀里的卡斯帕神父听不下去了,呻吟着向罗伯托保证,那些迫害伽利略的人不是刽子手,而是非常值得尊敬的教士,他们仅仅想捍卫真理,对待伽利略曾如慈父一般,充满怜悯。他头上还戴着钢盔,一动不动地眼望天空,望远镜架在脸前,活像一个长着机械鼻子的波利奇内拉[①],他提醒罗伯托,至少伽利略在这个发明上没有犯错误,只是需要反复试验。"因此,*我亲爱的罗伯托*,"他继续说道,"也许你刚才忘记了我是谁,以为我是一只可以在肚皮朝天时抓住的乌龟?好,来吧,再推我一把,好了,让我

① 意大利喜剧中的丑角。

踩到盆边儿，好，就这样，人还是身子直立才合适。”

经过所有这些不愉快的折腾，很难相信油还是原来的油，毕竟没过多久，两位实验者就发现自己变得黏糊糊的，更糟糕的是，两个人都成了“臭油人”——如果此处允许我这位叙述者创造这个词汇的话，但愿没人去追究其来源。

当卡斯帕神父已经对坐进那张躺椅不抱希望时，罗伯托发现，也许先要把帆布盆里的油倒空，再把小盆放进去，随后让神父爬上去，最后再重新将油倒入，当油面升高时，小盆以及观测者便也会跟着浮起。

他们这样做了，老师高度赞扬了学生的机敏才智，这时天色已近午夜。虽然整套装置也说不上多稳定，但是假如卡斯帕神父能不冒冒失失地乱动的话，仍然大有成功的希望。

过了一会儿，卡斯帕便扬扬得意地喊道：“我看见了！”因为叫喊，他动了一下鼻子，而望远镜又很重，差点从小环上滑脱，他伸手想要扶稳，而胳膊一动又让肩膀失去平衡，差点儿把小盆弄翻。罗伯托扔下纸和钟去扶卡斯帕，好不容易才让它们重新恢复平衡，并嘱咐这位天文学家保持不动，请他在移动望远镜时加倍小心，尤其是不能流露激动的情绪。

后来的报告都是以耳语的形式传来的，经过钢盔的扩音作用，仿佛是一只鞑靼人的号角发出的沙哑回声：“我又看见它们了，”神父说着用克制的动作保证望远镜牢牢地架在胸前。“啊，妙极了！有三颗小星星在木星的东边，只有一颗在西边……最近的一颗好像是最小的，还有……等一下，好了，距离木星零分三十秒。你写下来。现在它快要与木星重叠了，过一会儿就要消失了，注意记下它消失的时间……”

罗伯托先前离开他的岗位去帮助老师，现在他重新拿起用来记录时间的表格，然而坐下时却没有注意到身后的钟。他转身时又撞翻了钟摆。细竿从它的支架上脱落下来。罗伯托抓住了它，试图重新装好，但是没能成功。卡斯帕神父已经在喊着要记录下时间，罗伯托转头去找钟，这样做时他又碰翻了墨水瓶。他心急地扶正墨水瓶，不想失去所有的墨水，谁承想又把钟撞到地上。“你记录下时间了吗？赶快让钟摆动起来！”卡斯帕高声嚷着，罗伯托则回答道：“我记不了，我记不了。”

“你怎么记不了，笨蛋?!”他没听到回答，所以继续嚷道，“你为什么记不了，傻瓜?! 你记下了吗，写下了吗，你推钟摆了吗？它快消失了，快点!”

“我弄丢了，不是，我没弄丢，我都弄砸了。”罗伯托说道。卡斯帕神父把望远镜从钢盔前移开，斜着眼睛瞄见摔成碎片的钟摆，打翻的钟，双手被墨水弄脏的罗伯托，再也无法抑制怒火，破口大骂：“Himmelpotzblitzsherrgottsakrament![①]”他的整个身子都摇晃起来。这轻率鲁莽的动作导致小盆剧烈倾斜，卡斯帕神父滑到了油里；望远镜从他手中以及背带上滑落，随后又由于前后颠簸，在整个船尾楼翻滚了好多次，在楼梯上弹跳一阵，撞到一门大炮的炮尾又被弹回来，最终停在甲板上。

罗伯托不知道是该先救人还是仪器。人在哈喇味的油里胡乱地挣扎着，还高尚地对他喊着要看好望远镜，于是罗伯托匆匆去追逐那逃跑的望远镜，总算又找回这一双夸张的眼睛，但它已经撞得坑坑洼洼，两只镜片也碎了。

当罗伯托终于将卡斯帕神父从油里拉出来时，后者已像是一头待烤的乳猪了，他以不服输的固执口吻简单总结道，并非一切尽失。同样倍数的望远镜，还有另一架，装在马耳他观象台上，只待去岛上取回来。

---

① 混杂了多种语言，大意为诅咒。

“但怎么去呢?”罗伯托说。

“游过去。”

“可您说过您不会游泳呀,再说您的年纪……”

“我不能。你能。”

“但我也不会呀,这该死的游泳!”

“你学吧。”

二四
星系漫谈

接下来的事情有些不确定：我不明白是发生在罗伯托和卡斯帕神父之间的对话的记录呢，还是前者晚上写下，以备次日白天用来反驳后者的。无论如何，很明显，罗伯托在与这位老人一起滞留在船上的整个期间，没有给他的夫人写过信。同样，他也逐渐地从昼伏夜出恢复正常。

举例说，在那之前，他总是清晨观察岛屿，看的时间也极短，或者是在傍晚，当轮廓和远方都变得模糊的时候。直到现在他才发现潮涨潮落，也就是潮汐的交替游戏，白天的一些时间里，潮涌裹挟海水去轻舔将它们与森林分隔开的沙滩，而在另外一些时候则将海水向后推，露出礁石地带，卡斯帕神父解释说，那是珊瑚礁最靠近陆地的部分。

老人向他的同伴解释道，潮水涨落间大约需要经过六个小时，这是在月球的影响之下，海洋呼吸的节奏。并非如古人所说是深渊怪物的喘息，更不是像那位法国绅士坚称的，即使地球不是由西向东转动，它也总是在，这么说吧，从北向南或从南向北转动，在这种周期性的活动中，海洋自然而然地就会起起伏伏，正如一个人耸肩时，他的长袍也会沿着脖颈上上下下一样。

潮汐是个神秘的现象，因为它是随着陆地、海洋以及海岸相对于子午线的位置而变化的。一般规律是，在新月时，中午和半夜海水涨高，之后这种现象每天推迟五分之四个小时，不晓得这一点的人，某一天的某一个小时，看见某一条水道可以航行，于是在第二天的同一个钟点也如法炮制，却搁浅了。至于潮汐引起的湍流就更不必说了，有时它们汹涌异常，以致在退潮时，船都无法靠岸。

而且，老人又说，在你所到的每一个地方，都需要重新计算，必须准备天文图。他尽力向罗伯托解释那些计算方法——比方说需要观察月亮的延迟，把有月亮的日子乘以四，然后再除以五——或者相反。对这些事情，罗伯托一窍不通，后面我们将会看到，他的漫不经心将如何给他招致大麻烦。每一次他都只是惊讶于子午线本应该从岛屿横穿而过，实际上却有时穿过海洋，有时穿过礁石，他永远也弄不明白何为合适的时机。另外，尽管潮涨潮落，潮汐的巨大神秘对他来说，远不如那条子午线来得要紧，因为跨越此线，时间就倒回过去。

我们说过，他没有什么特别的倾向促使他不相信耶稣会修士的话。但他却经常以挑衅为乐，好让后者讲出更多的事情，因此，他拿出过去在绅士的小圈子听来的论据，而耶稣会修士则认为那些人即使不是撒旦密使，至少也是把酒馆当成学园的酒鬼和荒淫无耻之徒。不过，罗伯托终究还是难以拒绝这位老师的物理课，现在他的老师正在以物理学原理为基础，教他怎样游泳。

由于罗伯托忘不了自己的沉船经历，所以他的第一反应是断言无论如何都不想再与水打交道。卡斯帕神父请他注意，在海难中正是那些水将他托起——因此说明，水是友非敌。罗伯托回答说，水托起的不是他，而是他紧紧抓住的木头，于是卡斯帕神父巧妙地向他指出，如果水能托起木头——一个没有灵魂的造物，正像任何一个从高处扔下木头的人一清二楚的那样，它的属性让它向下坠落——那么托起一个准备顺从液体自然属性的鲜活生命就更不在话下了。罗伯托应该知道，假使他把一条小狗扔进水里，那么这动物就会活动它的爪子，不仅能够浮起来，而且还能生龙活虎地游回岸上。卡斯帕又补充道，也许罗伯托不知道，如果把几个月大的婴儿放进水里，他们会游泳，因为天性让他们能漂浮在水上，就像任何其他动物一样。不幸的是，我们比动物更容易产生偏见和犯错误，因此，在成长的过程中，我们获得了关于液体属性的错误知识，这样一来，恐惧和不信任使我们丧失了那种天赋。

这时罗伯托问道："尊敬的神父，您是否学过游泳？"而尊敬的神父回答说，他不敢说自己比那些回避做有益之事的人更加高明。他出生的地方距离大海非常遥远，他第一次踏上船甲板的时候年纪已经不小了，当时——他说道——他的身体已日薄西山，颈背部长了皮癣，视力模糊不清，鼻子流着鼻涕，耳朵里老是嗡嗡作响，牙齿发黄，项颈僵硬，咽喉处长出垂肉，脚后跟疼痛，面容憔悴，头发灰白，胫骨咯吱作响，手指颤抖，脚步踉跄，胸腔里积的尽是浓痰。

但是他又马上强调，他的脑袋可比身体灵敏多了，他知道古希腊的智者已经发现的现象，也就是说，如果把一个物体浸入一种液体，这种物体便受到支撑以及往高处的推力，因为被驱逐的水会设法重新占据属于自己的空间。是否浮起取决于物体形状的说法是错的：古人认为一件扁平的东西会浮起来，尖的则会下沉，他们错了；假如罗伯托试着把，比如说，一只瓶子（它不是扁平的）按入水里，他将感受到与他尽力按下一个托盘时同样的阻力。

因此，只要了解水这种元素的秘密，一切就自然而然了。他建议罗伯托顺着悬在船艄的绳梯爬下去，这条梯子又被称为"雅各之梯"，但是安全起见，还要将他绑到一条粗麻绳上，或者说绳缆、绳索，随你怎么叫，这种绳子既长又结实，牢牢固定在舷侧。如此一来，当他快要沉没的时候，只要拉住绳子就行了。

显然，这位老师教授的是一项自己从未实践过的技艺，所以他没有考虑到这是一个需要不断协调的过程，当中也充满了事故，这些也被古希腊的智者所忽略。比如说，为了让罗伯托行动自由，神父为他准备了一条很长的粗麻绳，罗伯托第一次下水时，就像每一个向往学会游泳的人一样，最终沉到了水里，这时他拼命拉绳子，但在神父把他拉上来之前，他已经吞下了许多咸水，以至于在第一天，他就开始打退堂鼓了。

不过，这个开始还是令人鼓舞的。罗伯托攀着梯子入水，刚一接触到水，他就发现水是舒适的。沉船留给他的回忆是冰冷和激烈的，现在他重新发现的是几乎温热的大海，催促着他继续沉浸其中，他始终抓紧绳梯，任由海水浸到下巴处。他以为这样就是游泳了，感到十分享受，沉浸在对巴黎种种优越生活的回忆之中。

我们看到，自从登上这艘船之后，他是洗过几次澡，但是都像小猫用舌头舔毛一样，只洗脸部和生殖器官。至于其他部位——在追踪闯入者的过程中，他怒不可遏，就越来越不成样子了——他的双脚沾满了货舱的废渣，汗水让他的衣服粘在身上。在接触到那有点温热的海水、将身体连同衣服洗涤一新时，他想起了从前在朗布依埃宫里的发现，侯爵夫人居然有两个浴缸，在一个洗澡不是经常为之的社会里，那位女主人对身体的着意爱护便成了人们的谈资。即便她最高雅的客人也认为，卫生表现在内衣的清洁，勤加更换是一种优雅的标志，但与沐浴无关。因而许多侯爵夫人使用的令他们晕眩的香精不是奢侈品——对于她来说——是必需品，是为了在她敏感的鼻孔以及他们油腻腻的臭味之间加上一道屏障。

罗伯托感到自己比在巴黎时更像贵族，他用一只手紧紧抓住绳梯，另一只手抓住衬衣和裤子去摩擦他的脏身体，同时还用一只脚的脚后跟为另一只搔痒。

卡斯帕神父好奇地注视着他的一举一动，但他缄默不语，希望罗伯托能与大海结下友谊。然而他又害怕罗伯托会因为对身体的过分关心而迷失灵魂。为了分散他的注意力，神父对他讲起潮汐以及月亮的吸引力。

他以一段令人难以置信的理论作为开场白：假如潮汐回应月亮的呼唤，那么，它们就应该在月亮出现时活动，而不是当月亮在我们星球的另一边时。然而，潮涨潮退在地球的两边都是持续不断的，差不多每六个小时交替一次。罗伯托竖起耳朵听着有关潮汐的讲话，心里想的却是月亮——在所有那些逝去的夜晚，他想月亮远远比想潮汐要多。

他问道为什么我们看到的永远是月亮的一面，唯一的面孔。卡斯帕神父解释说，这就好比一个运动员旋转链球时只能看到球体朝向自己的那一面。

"但是，"罗伯托反驳道，"这一副面孔，无论是印度人还是西班牙人都能看见；可是在月亮上面，他们的月球——月球居民称之为'伏尔瓦'，而实际上就是我们的地球——却并非如此。住在面朝我们那一面的'萨勃伏尔瓦人'总能看见地球，然而住在另外半球的'普拉伏尔瓦人'却看不见它。您想象一下，当后者来到面朝我们的半球，当他们看见一个比我们的月亮大上十五倍的圆形天体在夜空里闪闪发光时，天晓得他们是什么感觉！可能会以为这天体随时会砸到他们身上，就像古代高卢人始终害怕天会塌下来一样！更不要说那些恰好住在两个半球边界上的人，他们整日看见'伏尔瓦'正要从地平线上升起！"

耶稣会修士对月亮上有居民的无稽之谈进行了傲慢的讽刺，因为众多天体与地球的性质不尽相同，因此并不适宜生命繁衍，所以最好还是把它们留给一群群的天使，它们可以在水晶般的天空飘渺而过。

"可是天空怎么可能像水晶一样呢？如果是这样的话，彗星穿过时早把它撞碎了。"

“谁告诉你彗星是从以太穿过去的？彗星经过地球上空，那里正像你也看到的，有空气。”

“如果不是物体，便不能活动。然而，天空却活动。因此，它是物体。”

“这么说只要你能讲出废话，你就会变成亚里士多德的信徒。可我知道你为什么这么说。你希望在天空之上也有空气，这样一来，天空上下就不再有区别了，一切天体都在旋转，地球也像妓女一样扭动它的屁股。”

“我们每天夜里看到的星星都在不同的位置上……”

“正确。事实上它们在动。”

“等等，我还没说完。您是想说太阳以及所有巨大的天体每二十四小时围绕着地球转一圈，而恒星，或者说镶嵌它们的大星环，要多运行两万七千乘两亿里格的距离绕地球一周？如果地球不是每二十四小时完成一周自转，这种情况倒真的要发生了。但恒星怎么可能转得那么快呢？住在上面的人还不晕头转向！”

“那也要有人住在上面。这可是个原则性的问题。”

神父向他指出，找出一个论据来支持太阳运动说很容易，何况还能找出更多的论据反对地球运动说。

“我很清楚，”罗伯托回答道，“《传道书》说，地却永远长存，日头出来[①]，又说，约书亚阻止了太阳的、而不是地球的转动。正是您教导我说，逐字逐句地阅读《圣经》，就会知道，在太阳创造出来之前，我们就有了光。所以，要带一点机巧去读这本圣书，圣奥古斯丁也说过，这本书的叙述常常带有寓意……”

卡斯帕神父微笑着提醒他说，从许久以来，耶稣会修士早已不再用《圣经》的诡辩去击败对手，而是使用建立在天文、常识、数学以及

---

① 出自《圣经・旧约・传道书》第1章第4—5节。

物理学的理性基础上的不容置疑的论据去战胜他们。

“哪些理性，譬如说？”罗伯托问道，一边擦去肚子上的一点油垢。

“譬如，”卡斯帕神父生气地举出了有力的轮子论据，“现在你听我说。你想象一只轮子，好吗？”

“我想象一只轮子。”

“好样的，这样一来你也能想事儿了，而不是像猴子一样重复你在巴黎听到的话。现在你想象这只轮子插进一根轴，就好像一个陶轮。然后你想要让这轮子转动起来，该怎么办呢？”

“我把手或者一根手指放到轮子的边上，动动手指轮子就转起来了。”

“你没想过让轮子中心的轴转动吗？这样不是更好吗？”

“不，那不可能……”

“这就是了！你们这些伽利略或者哥白尼的信徒总想把固定不动的太阳放在宇宙的中心，让它去转动周围一整圈星球，而不愿认为运动是由围成一圈的星球驱动的，而地球恰恰一动不动地待在中心。上帝怎么能够把太阳放在最低处，而把黯淡堕落的地球放在闪闪发光且永恒存在的繁星之间呢？你明白自己错在哪里了吧？”

“可是太阳应该存在于宇宙的中心！自然中的天体都需要它的烈焰，它位于王国的心脏是为了满足各方面的需要。难道生育繁衍的事业不应该被放在所有一切的中心吗？大自然不是把精囊置于脑袋和脚中间吗？种子不是在苹果的中心吗？桃核难道不是在桃子的中央吗？因此，地球需要那团火焰的光芒和热量，围绕太阳旋转，以便沐浴在它的光热之中。认为太阳会绕着一个它不知该用来做什么的点旋转，无疑是可笑的，这就好比一只烤熟的云雀，我们竟以为是让炉子围着它打转才把它烤熟了……”

“啊，是吗？那么，当主教拿着香炉围着教堂为它祈福时，你难道希望教堂会围着主教转悠吗？太阳旋转，是因为它是燃烧的物质。

你很清楚，火会飞，会动，永远不会静止。你从来没有看见过山脉会移动吧？那么，地球又怎么移动呢？”

“太阳的光芒冲击地球，让它旋转起来，就像用手拍打一只皮球就能让它转动一样，假如皮球很小，甚至我们一吹就……归根结底，您是想说上帝命令比地球大四百三十四倍的太阳跑起来，仅仅为了让我们的白菜成熟吗？”

为了赋予自己最后这条反驳更好的戏剧效果，罗伯托决定用手指向卡斯帕神父，因此，他伸出胳膊，双脚一蹬，以便挪到距离船侧稍远些的地方好让对方看见自己。在做这个动作时，他的另一只手也放松了，结果脑袋向后仰去，罗伯托沉到了水里，就像我们先前说过的那样，安全绳太长了，无法迅速地把他拉回到水面。他就像所有溺水的人一样，手忙脚乱地扑腾，喝下更多的海水，直到卡斯帕神父扯紧绳子，把他重新拉回梯子。上船之后，罗伯托发誓再也不下水了。

“明天你再试试。咸水就好像良药，不要只想着它的坏处。”卡斯帕在甲板上安慰他说。当罗伯托钓着鱼，重新与大海握手言和时，卡斯帕向他解释登岛的无穷好处。甚至没有必要说明找回小艇后，他们将重获自由，在船上和陆地间活动自如，而且可以前往马耳他观象台了。

从罗伯托的转述中可以看出，这项发明超出了他的理解能力——或者说卡斯帕神父的讲话，如同他的其他许多长篇大论一样，被省略以及感叹切割得支离破碎，忽而讲到它的外观，忽而讲到它的功能，忽而又讲起支配它的理念来。

再说，那理念也不是他的。关于观象台，神父是在翻找一位已故的耶稣会教友的手稿时才得知的，而那位教友又是从另一位教友那里听来的，后者在前往无比显赫的马耳他岛的旅途中，听到有人赞扬这个仪器，它是奉闻名遐迩的骑士大教长约翰内斯·保罗·拉斯卡里斯王子阁下之命制造的。

观象台长什么样子，从来没有任何人看见过：第一位教友只是留下了一本绘有草图和扼要记录的蹩脚小册子，而且也已经失传了。再说，卡斯帕抱怨道，那本小册子“非常简略，没有任何具体图解，没有表盘，也没有任何相关说明”。

卡斯帕神父根据有限的资料，在“达佛涅号”漫长的航行途中，让船上的木工开始干活儿，他自己重新绘制了，或者说错误阐释了装置结构的各部件，然后再在岛上把它们组装起来，就地演练它不计其数的功用——观象台当之无愧是一件有血有肉的杰作，它所用的材料包括木头、铁、帆布等，是一座巨大的钟，一本能够揭示出宇宙所有奥秘的有生命的书。

它——卡斯帕神父说话时双眼如同红宝石一般放出灼灼光芒——“融合了最先进的数学和物理学知识，由精心布置的齿轮和周期来操控”。接着他又在甲板上或是空中用手指头画着，对罗伯托说，想象第一个圆形的部分，也就是仪器的基础或底座，它通过三十二个罗盘方位来指示固定不动的地平线，通过预言每一场暴风雨来指导航海的艺术。“中间的部分，”他又补充道，“在已建造好的底座上，想象一下，有五个面的立方体——你能想象出来吗——不，不是六个面，第六面贴着底座，因此你看不见它。在这个立方体的第一面上，是历法，你可以看见八个轮子在永恒的周期里协调地运行，它们代表着儒略历和格里历，还能指示何时为星期天，岁首月龄①，以及恒星相对于本地静止标准，不固定的节期和复活节，还有新月、满月，太阳方照和月弦。在立方体的第二个面上，是宇宙镜，首先需要一张天宫图，通过它可以知道马耳他以及地球上其他地方的时间。接着你会看见一只轮子，上面是两幅地球平面球形图，其中一幅显示并解释了有关原动天的所有科学知识，第二幅则显示出第八重天以及恒星

---

① 指新月先于1月1日岁首的日数。

的学说和运动。还有涨潮和落潮，也就是说月球在宇宙中的运动所引起的海水的降低和升高……”

这一面是最有趣的。通过它，可以了解前面讲到的天主教大钟，上面标记着各个耶稣传教团在每一条子午线上的时间；不仅如此，它似乎还可以起到一个好的等高仪的作用，因为它能显示出白昼和黑夜的数量，根据垂直投影、赤经和赤纬的比例判断太阳高度，黄昏的数量，以及在各个年份、月份和日子里恒星的中天位置。正是利用这一面进行反复试验之后，卡斯帕神父才终于确认他们身处对向子午线上。

接下来就是第三面，它包含了七个轮子，涵盖关于占星学的一切，对未来将会发生的所有日蚀、月蚀的预测，各个时代关于农业、医学和航海术的占星图像，连同黄道十二宫，以及属于各宫的自然事物的特点和对应宫。

我无心重复罗伯托所有的叙述，现在说说第四面吧，它告诉人们关于草药学、炼金术、化学的所有奥妙，从矿物或者动物身上提取的单一或合成药物，及其“诱人的解毒、镇痛、通便、镇静、消化、腐蚀、黏合、开胃、发热、降温、清除、减缓、切割、催眠、利尿、麻醉、苛性、舒缓之疗效”。

我没法解释在第五面上都有些什么，就瞎编了一点，这一面好比立方体的屋顶，与地平线平行，类似天穹。但也可以比作一个金字塔，它的底部不与立方体贴合，否则它就将遮住第五面了，或许更有可能的是它如同一顶帐篷一样盖住了整个立方体——但是，这样的话，它就应该是由透明的材料制造成的。可以肯定的是，它的四个面应该代表世界的四个地域，每一个地域的人种拥有各自的文字和语言，包括原初的亚当的语言的组成元素、古埃及的象形文字，以及中国和墨西哥的文字，卡斯帕神父将它说成“引人入秘教的斯芬克司，埃及的俄狄浦斯，象形单子，语言的钥匙，宇宙和历史的剧场，自然以及人造字母写成的《木林集》，崭新的奇怪建筑，组合灯具，伊希斯铜板，一种分节现象，人类语言起因摘要，密码编成的大教堂，智慧的圆形剧场，公开的密码记忆术，多角度反射镜，拉丁语词典，神秘的暗号书写术，计数学匣子，多语言的原型，赫拉波罗的绪论，有关记忆技巧的纲要，书写中的隐蔽字符，再生水银，词源学的欢乐园”！

至于所有那些知识都注定只是他们私有的财富，因为他们也许永远找不到回程之路，并不使这位耶稣会修士担忧，我不知道是出于对上帝的信仰，还是出于对知识本身的热爱。但令我吃惊的是，那时就连罗伯托也没有任何注重现实的想法，而是开始把登岛看成一件赋予他的生命永恒意义的事。

首先，观象台对他而言的重要性，仅仅在于那神谕一般的启示可能会告诉他，在那一时刻，他的夫人身在何处以及在做些什么。事实证明，对于一个陷入恋爱的人，哪怕有益身体的锻炼已经分散了他的注意力，与之谈论星际信使仍是枉费心机，因为他一心寻找的只是甜美的痛苦和温柔的哀伤。

除此之外，不管他的游泳老师对他说什么，他梦想的都是一座并非在他眼前的、现时现刻的岛屿，而是出于神的旨意，憩息在非现实中，或者存在于非存在中的昨日之岛。

面对波涛时，他脑子里全是对登上一座昨日之岛的期盼，对他来说，橙色鸽子似乎就是那座岛屿的象征，因为遁入过去而抓不住逮不着。

罗伯托还受到一些模糊念头的鼓动，本能地要完成一件并非卡斯帕神父授意的事情，然而他尚不清楚究竟是什么事。应该理解他的这种犹豫不决，因为他是在人类历史上被赋予游泳回到二十四小时之前的可能性的第一人。

不管怎样，他相信自己的确应该学会游泳，我们大家都知道，良好的动机足以帮助人战胜千百种恐惧。所以，第二天我们就发现他又重新试水了。

在这个阶段，卡斯帕神父告诉他如果他松开绳梯自由地活动双手，并像跟随乐手的节拍那样将放松的动作传递给双腿，那么海水就可以将他托起来。神父引导他尝试，起初系紧粗麻绳，后来偷偷地松开了绳索，直到他的学生游动自如时，才如实相告。罗伯托闻听此言便马上感到要沉入水里，他一边呼救一边本能地蹬了一下腿，于是，脑袋又钻出了水面。

这样的尝试持续了足足半个小时，罗伯托开始明白自己能够浮起来。然而，当他试图更大力地划水时，头向后仰去。卡斯帕神父鼓励他顺势后仰，身体绷紧，稍稍弓起，胳膊和双腿尽力向外伸，像去够一个圆圈的圆周一样：他会感到自己像被一个吊床支撑着，游上好几个小时也不觉得累，甚至可以睡上一觉，任由波涛和日落时分的斜阳轻吻自己。卡斯帕神父从没有游过泳，他是怎么知道所有这些事情的？通过流体静力学，他说。

找到合适的姿势并不容易，罗伯托在打嗝和打喷嚏的过程中险些被粗麻绳勒死，但是有时又好像达到了某种平衡。

罗伯托第一次感觉到大海就像一个朋友。按着卡斯帕神父的指导，他又开始活动胳膊和大腿，稍稍抬起头，向后仰，他习惯了耳朵里的水和压力。他甚至还能开口讲话，大声喊叫好让船上听见。

“现在如果愿意的话，你可以翻身，”卡斯帕适时对他说，“放低右臂，就好像把它悬挂在身体下面，再慢慢抬高左臂，这样你就会腹部朝下了！”

但他没有特别指出，在做这个动作的过程中必须屏住呼吸，因为到时他的脸是在水下，而水最喜欢的莫过于钻到闯入者的鼻孔里探险。流体和气体机械学的书籍里没有写明这一点。于是，由于卡斯帕神父的不恰当结论，罗伯托又喝了一大口咸水。

但是罗伯托已经学会了学习。他试着翻了两三次身，明白了一个原则，这是每一个游泳的人都必须知道的，当脑袋在水下的时候，不应该呼吸——连用鼻子都不行，而是要用力吐气，就好像要从肺里把珍贵而稀少的空气排出去似的。这看似是本能反应，可实际上并非如此，正像这次经历告诉我们的那样。

他也明白了仰卧于水上比俯身向下要更容易。对我来说正好相反，但是罗伯托首先学会了仰泳，于是一两天以来他都继续如此练习。同时他还在与神父谈论星系。

他们又回到了地球运动的话题上，卡斯帕神父用日蚀和月蚀的论据来反驳罗伯托。他说如果把地球从世界的中心移开，让太阳取而代之，就必须把地球要么放在月亮下面，要么放在月亮上面。假如放在月亮下面，那就永远不会有日蚀了，因为月亮不是在太阳上面就是在地球上面，那它就永远都不会位于地球和太阳之间。假使我们把它放在月亮上面，那就永远都不会有月蚀，因为这样一来地球永远不会位于月亮和太阳之间。另外，天文学将不能再像从前那样预言日月蚀，因为它是按着太阳的运动来进行计算的，而如果太阳不运动的话，一切将无的放矢。

接着他又谈到弓箭手论据。假设地球二十四小时不停地转动，当弓箭手将一支箭直接射向高空，这支箭可能会落到西边，距离他几千英里的地方。说到底，这和高塔论据很相似。假设让一个重物从一座高塔的西侧落下去，那重物不应该掉在建筑物的脚下，而是离它很远的地方，同样，重物不应该垂直降落，而是斜着落下，因为在此期间，高塔（连同地球一起）在朝东移动。然而事实上，所有人都从经验中得知，那重物是垂直落下的，这就使得地球运动说变成无稽之谈。

更不必说鸟类论据了，假如地球在一天的时间里不停转动，那么鸟在飞翔时将永远不可能跟上地球的转动，哪怕它们永不疲倦。然而我们清清楚楚地看见，即使我们骑马朝着太阳的方向飞奔，任何鸟儿都追得上我们，并且能飞到我们前面。

“好吧。我不知如何回答您的异议。但是我听说，让地球和所有其他星球转动而让太阳静止不动，便可以解释许多现象，然而托勒密却要为此捏造什么本轮、均轮以及其他许多胡言乱语，在天上和地上都站不住脚。”

“我原谅你，如果你只是想开个玩笑。但你如果认真这样讲的话，那么我要告诉你，我不是像托勒密那样的异教徒，我非常清楚他犯了许多错误。因此我相信，非常伟大的第谷·布拉赫曾经提出过一个非常正确的观念。他认为，我们知道的所有星体，比方说木星、火星、金星、水星和土星都围绕着太阳转动，太阳又与它们一起围绕着地球转动，月亮也围绕地球转动，而地球则在恒星圈的中心静止不动。这样一来，你就能解释托勒密的错误——托勒密只是犯了错误，而伽利略所散布的却是异端邪说——也不必被迫解释如此沉重的地球怎么能够在天空中转动。”

“那太阳和恒星又怎么做到在天空中转动的呢？”

“是你说它们很重，我可没这么说。它们是天体，不是尘世之物！而地球是，所以很重。”

“那么一艘船载着一百门大炮，又怎么在海上航行呢？”

“有大海载着它，又有风推着它。”

“那么，如果想标新立异而又不激怒罗马的红衣主教们的话，我在巴黎曾经听见一位哲学家说，天空是一种液态物质，就如同大海一样，它会转动，形成 tourbillons①……”

“这是什么？”

“就是旋涡。”

“啊，旋涡。好。那这些旋涡做什么？”

“这些旋涡拖着星体加入它们的转动，当一个旋涡拖着地球围绕太阳转动时，其实是旋涡在移动。地球在拖着它的旋涡里静止

① 法文，旋涡。

不动。”

“太棒了，罗伯托先生！你不希望天空是水晶做成的，因为你害怕彗星会把它撞碎，然而你却愿意它们是液态的，这样里面的鸟儿就都给淹死了！另外，这种旋涡理论只能解释地球围绕太阳转动，而不能解释它像孩子玩的陀螺似的自转！”

“是的，但那位哲学家说，即使在这种情况之下，也是海面以及我们地球的表面地壳在转动，而地心深处是静止的。大致是这样。”

“这比先前更愚蠢。那位先生在哪本书里发表的这些谬论？”

“我不知道，我想他大概断了写出来或者出版的念头了吧。他不愿意激怒他一向敬重的耶稣会修士。”

“那么，我更喜欢伽利略先生，虽然他有异端思想，但他向非常仁慈的红衣主教忏悔，所以没有人烧死他。我不喜欢你那位先生，他的思想更不容于正统，却不做忏悔，哪怕是对他耶稣会的朋友们。也许有朝一日，上帝会宽恕伽利略，但绝不会宽恕他。”

“不管怎么说，他后来似乎修正了最初的想法。从太阳到恒星，整个大的星团都在一个大圈内转动，由一阵风推助……”

“可你不是说天空是液态的吗？”

“也许不是，也许是一团大的气流……”

“你看？连你也说不清楚……”

“好吧，这阵风让所有的星体围绕着太阳转动，与此同时，它又让太阳自转。还有一股小些的旋风让月亮围绕地球转动，也让地球自转。但也不能说地球在动，因为动的是风。同样地，假如我在‘达佛涅号’上睡觉，‘达佛涅号’朝着西边那座岛屿航行，我就从一个地方到了另一个地方，可没人能说我的身体移动过。至于每天的自转运动，就正如我坐在陶轮上，轮子在转动，您先看见我的脸又看见我的背，但并不是我在转动，而是轮子在动。”

“这是个狡猾的假设，他像异教徒般思考，却又不希望别人这样看他。那么你告诉我星星在哪里。整个大熊座以及英仙座也都在同一旋涡中转动吗?”

“我们看见的所有星星都同样是太阳,每一个都在它自己旋涡的中心,整个宇宙就是一个巨大的旋涡圈,里面有无穷无尽的太阳和更无穷无尽的星体——甚至在我们肉眼可见的范围之外——每一个行星上面都住着自己的居民!”

“啊!我就在这里等着你和你的异教徒朋友!你们要的是这个,无穷无尽的世界!”

“您至少应该允许我说不止一个世界。否则的话,上帝把地狱置于何处?总不能放在地心深处吧。”

“为什么不能放在地心深处?”

“因为,”在这里罗伯托只是大约莫地重复了他在巴黎听过的一种论点,我也不能保证他的计算完全准确,“地球中心的直径为两百意大利里,我们把它变成立方体,就有了八百万里。考虑到一意大利里相当于二十四万英尺,而上帝给每一个被打入地狱的人至少分配六立方英尺,那么,地狱就只能容纳得下四千万人,考虑到从亚当诞生直到如今在我们这个世界上生活过的所有那些坏人,我觉得这个数目远远不够。”

“你可能是对的,”卡斯帕不屑于核实计算结果就回答道,“假如被打入地狱的人连同他们的身体都进去的话。但这一切只能在肉体复活以及最后的审判之后!那时将不再有地球,也不再有行星,而是出现新的天国和新的尘世!”

“我同意,如果被打入地狱的只是灵魂,那么在针尖大的地方就可以容纳千百万个灵魂。但是存在着一些我们用肉眼看不见的星星,然而使用您的望远镜就可以看见。那么您有没有想过,一架倍数高一百倍的望远镜能让您看见其他星球,然后再有一架高一千倍的望远镜能让您看见更遥远的星星,如此这般直到无穷?难道这样您还认为宇宙是有限的吗?”

“《圣经》没有谈到这一点。”

“《圣经》也没有谈到木星,然而前天晚上您却用您那该诅咒的望远镜看见它了。”

现在罗伯托已经知道这位耶稣会修士反对的到底是什么了。正像那天晚上圣萨万向修道院院长提出决斗时的情况一样:如果世界无穷无尽,就再也无法赋予救赎以意义,人们不得不选择相信要么有无穷无尽的耶稣受难地,要么我们的地球在宇宙中享有特权,上帝允许他的儿子降生于此,把我们从罪孽中解救出来,而对其他星球则没有施予类似的恩惠——这等于诋毁了他无穷无尽的仁慈。而这正是卡斯帕神父的反应,这让罗伯托得以重新向他发起进攻。

“亚当的罪是何时犯下的?”

“我的耶稣会兄弟们以《圣经》为依据,做过精确无误的计算:亚当犯下原罪是在我主耶稣降世之前的三千九百八十四年。”

“那好,也许您不知道,去过中国的众多旅行者,其中包括很多您的耶稣会兄弟,他们发现从中国历代君王和朝代的列表中可以推断出,中国早在六千多年之前就存在了,也就是在亚当犯罪之前,如果中国是这样的话,天晓得还有多少其他民族也是如此。因此,亚当犯罪,犹太人赎罪,以及由此而产生的我们天主教会冠冕堂皇的真理只涉及一部分人类。但还存在着另一部分人,他们并没有受原罪牵连。这并未损害上帝无限的仁慈,他对亚当后裔的态度正如寓言中的父亲对浪子一样,为了拯救他们不惜牺牲自己的儿子。但正如看到浪子回头宰牛庆祝的父亲并非不爱其他善良、有德行的儿子一样,我们的造物主也亲切地爱着中国人以及所有在亚当之前出生的人,而且很高兴这些人没有犯下原罪。如果在地球上是这样,为什么在其他星球上就不是如此呢?”

“是谁对你说的这些蠢话?”卡斯帕神父愤怒地高声叫道。

“许多人都这么说。一位阿拉伯学者说过，甚至可以从《古兰经》的一页上推断出来。”

“你居然对我说《古兰经》证明了一个真理？啊，万能的主啊，请劈死这个极其轻浮、空洞无物、自持骄矜、狂妄自大、悖逆不轨的人中畜牲、瘘疮鬼、狗和魔鬼，该诅咒的疯狗，让他再也别登上船来！”

卡斯帕神父举起粗麻绳，让它像鞭子一样劈劈啪啪地抽在罗伯托的脸上，然后他松开了绳子。罗伯托一头栽进海里，忙着胡乱挣扎，却没有力气拉紧绳索，于是一边嚷着救命，一边大口喝下海水，这时卡斯帕神父仍在对他高声叫嚷，说要看着他吐出最后一口气，奄奄一息，好沉入地狱，这才是他这种没教养的人应得的下场。

后来，出于基督徒的好心肠，当神父认为罗伯托已经受到足够的惩罚，还是把他拉了上来。那一天，游泳课和天文学课程就此结束，二人各自回到船舱去睡觉，彼此没有再说一句话。

第二天他们和好了。罗伯托吐露心里话，说他根本就不相信那个关于旋涡的假想，他更相信无穷的世界是原子在真空里旋转的结果，这并不排除有一种神力对这些原子下命令并贯彻自己的决定，正如迪涅修道院院长教诲他的那样。不过，卡斯帕神父对这个观点也予以否定，因为它涉及一个原子在其间活动的真空。而罗伯托也不想再与一位如此宽宏大量的帕耳开[①]争辩，因为他虽然没有割断维持他生命的绳子，却将绳索放得极长。

在得到了不会再受到死亡威胁的承诺之后，罗伯托又重新开始试水。卡斯帕神父说服他试着在水中活动，这在无论哪种游泳技巧中都是最起码的要求，他建议罗伯托慢慢划动双手及双腿，然而后者却更喜欢懒散地漂浮在水面上。

---

① Parcae，罗马神话中的命运三女神。此处指负责剪断生命线、决定生死的摩耳塔。

卡斯帕神父听任他懒散地躺着，利用这个机会滔滔不绝地对他讲述驳斥地球运动的其他论据。首先，*太阳论据*。假如太阳不动，而我们又恰恰在正午时分，从一间房屋的中心通过窗户观望它，如果地球真以人们所说的速度转动——它需要在二十四小时转完一整圈，想必速度应该相当快——那太阳在一瞬间就将从我们的视线中消失。

接下来便是*冰雹论据*。它时常下起来就是整整一小时，但不管乌云向东或向西，向北或向南移动，冰雹永远都不会覆盖二十四或三十里以上的田野。但是如果地球转动，含有冰雹的乌云就会被迎面而来的风带动，这样冰雹就势必会覆盖至少三百或四百里的原野。

还有就是*白云论据*，当天气晴朗时，白云在空中好像永远都以同样缓慢的速度移动；然而，假如地球转动的话，那些云朵就应该以极快的速度向西飘动才是。

最后他以*地球上的动物论据*来作结尾，出于本能，这些动物应该总是朝东方移动，才能顺应地球的自转，因为地球会影响它们；而且它们应该极其反感向西方移动，因为它们将感受到这有悖自然。

罗伯托差一点就接受了所有那些论据，但是后来又感到憎恶，用他的*愿望论据*来加以反驳。

“无论如何，”他对神父说，“请不要剥夺我想象的快乐，我多想能够飞起来，在二十四小时内看着地球在我身下转动；我将会看到许多不同的面孔从我眼前经过，有白皮肤、黑皮肤、黄皮肤、茶青色皮肤，有的戴着帽子，或者包着包头巾；城市之中，有尖顶钟楼，有圆形钟楼，有的带有十字架，有的则是新月标志，还有的城市有瓷制高塔，有的小镇则遍地茅屋，易洛魁人正准备生吃一个战俘，特索[①]女人忙着把自己的嘴唇染成蓝色，以取悦地球上最丑陋的男人，而哈密地区的

---

① Teso，位于乌干达中部地区。

女人则被自己的丈夫作为礼物让给第一个上门的客人，正如《游记》[1]的作者阁下在书中所讲述的一样……”

“你看，就像我说的：当你们在酒馆里面思考你们的哲学时，永远都是充满淫欲的念头！如果你没有这些个想法，那么你或许可以完成这次旅行，况且上帝施恩让你围着地球转，比起让你在空中悬着，并不是更小的恩惠。”

罗伯托并未信服，但他不知道再怎样反驳。于是，他选择了一条最迂回的路线，从听来的其他论据出发，在他看来，这些论据同样丝毫不与上帝的观念相矛盾。他问卡斯帕，是否同意把自然看成一座大剧场，我们只能看到作者安排在舞台上的东西。从我们所处的位置，我们看不见剧场实际是什么样子，布景及机械都被事先安排妥当，以便远远看去效果绝佳，而制造运动的滑轮以及砝码配重却隐藏在我们看不见的地方。然而，如果在剧场正厅里坐着一个精通艺术的人，他就能猜出怎样让一只机械鸟突然飞起。面对宇宙的演出，哲学家也应该如此。只是对哲学家来说，这无疑更加困难，因为在自然界，这些机械的绳索隐藏得如此完美，以至于长久以来对于操纵它们的人我们仍不得而知。尽管如此，哪怕在我们的剧场里，假如法厄同朝着太阳飞翔，那是因为它被几条绳子拽着，同时有一个配重向下坠的缘故。

因此（最后罗伯托得意洋洋地说道，他终于东拉西扯地绕回初衷），舞台向我们展示在转动的太阳，然而由机器操纵的自然是很不相同的，我们不可能马上就觉察到所发生的事。我们看见了演出，但没看见让福玻斯移动的滑轮，因为我们恰恰就生活在那滑轮的轮子上面——说到这里，罗伯托也糊涂了，因为如果接受滑轮的隐喻，就得放弃剧场的暗喻，他的所有推论变得如此生硬——如圣萨万所

① 指《马可·波罗游记》。

言——变得一点也不尖锐了。

卡斯帕神父回答说，人为了让一架机器唱歌，必须用木材或金属造形，在上面打孔，或者架设琴弦并用琴弓摩擦，甚而至于——就像他在“达佛涅号”上所做的那样——发明一个水力装置，而如果我们割开一只夜莺的咽喉却看不到任何这类机械，这说明上帝采用的是有别于我们的方法。

接着他又问道，既然罗伯托如此钟爱无穷无尽的太阳系在天空旋转的想法，他是否认为，这些星系中的每一个都是一个更大体系的一部分，而这个更大的体系又是在一个还要更大的体系内部径自转动，以此类推——鉴于从这一前提出发，就如同一个贞女、一个诱惑者的牺牲品，刚开始，贞女对他做出一个小让步，很快她就要做出更大的让步，然后再大一点，最后不知道在那条道路上她会沦落到何种田地。

当然，罗伯托说道，一切都可以想象。没有星球的旋涡，互相碰撞的旋涡，并非圆形、而是六边形的旋涡，这样一来，它们的每一面或每一侧都能嵌进另一个旋涡，所有旋涡加在一起组成一个蜂巢；或者它们呈多边形，一条边与另一条边互相支撑，留下一些空当，大自然再用其他小旋涡去填补，它们彼此咬合在一起，如同钟表的小齿轮——它们合成一体，在宇宙中转动，就像一只大轮子，它转动并在内部带动其他轮子转动。这个大圆圈在宇宙中完成持续几千年之久的公转，也许是环绕着一些旋涡的旋涡的旋涡……说到这里，罗伯托突然感到一阵剧烈的眩晕，竟险些溺水。

正是在这一刻，卡斯帕神父感到自己获得了胜利。现在，他解释说，如果地球围着太阳旋转，而太阳又围着其他东西（而他暂且不论这个其他东西还围着别的东西旋转）旋转，那么，我们就遇到了旋轮线的问题——罗伯托在巴黎应该听人讲过，因为这些伽利略的信徒是从巴黎来到意大利的，他们为了扰乱世界，绝不会错过任何机会。

"旋轮线是什么东西?"罗伯托问道。

"你也可以把它叫作轮转线或者摆线,但其实都一样。你想象一个轮子。"

"像上次那样?"

"不,这次你想象一辆马车的轮子。你想象在那个轮子的边缘有一根钉子。现在你想象轮子是静止不动的,那根钉子正好接触地面。现在马车开始跑,轮子在转,你认为这根钉子将会怎么样?"

"好吧,如果轮子转动的话,过一会儿钉子会跑到上面,可当轮子转完一整圈的时候,钉子就会再回到地面。"

"这么说,你认为这根钉子是完成了一个类似圆周的运动?"

"是的。肯定不会是正方形的。"

"现在你听着,傻孩子。你是说这根钉子又回到了地面上,回到原先的同一个位置上?"

"等一下……不对,如果马车往前跑的话,那么钉子虽然回到了地上,但却前进了许多。"

"因此,它没有做圆周运动。"

"没有,天堂诸圣作证!"罗伯托说道。

"不要妄称圣徒的名字。"

"请您原谅。那它做的是什么运动呢?"

"它画出了一条旋轮线,为了让你明白,来打个比方,就像一个皮球,你向前抛出,它接触地面,接着它又画了一个圆弧,再一个圆弧——只是皮球画出的弧形会越来越小,而假如轮子始终匀速前进的话,钉子永远会画出规则的弧形。"

"那这又意味着什么?"罗伯托问道,他已隐约预见到自己的失败。

"这意味着你想证明许多旋涡以及无限的世界,还有地球在转动,可你看,你的地球不是在转动,而是像一个皮球一样奔向无限的天空，嗵，嗵，嗵——啊，对这个极为高贵的星球来讲，这是多么美好的运动！如果你关于旋涡的理论是正确的话，那么所有天体就都会嗵，嗵，嗵——现在让我好好笑上一会儿，这毕竟是我这辈子听到的最有趣的事情！”

很难反驳一个如此精妙、从几何学的角度讲又无懈可击的论据——除此之外，还充满了恶意，因为卡斯帕神父应该知道，即使星球如第谷·布拉赫所希望的那样转动，也会发生类似的情形。罗伯托像条落水狗一样垂头丧气地去睡觉了。夜里他考虑良久，不知道是否应该抛弃所有关于地球运动的异端思想。他在心里说，假使卡斯帕神父是对的，地球不转动（否则的话，它将比应有的速度转得还快，再也无法让它停下来），这难道会将他对对向子午线的发现，还有他关于大洪水的理论，以及岛屿就在那里、比这里的日子提前一天这些事实都置于危险境地吗？根本不会。

因此，他对自己说，也许最好还是不要与他的新老师讨论天文学方面的见解，而是专心致志地学游泳，以便达到他真正感兴趣的目的，不必去证明哥白尼和伽利略，或是气急败坏的第谷是否有道理，而是要看橙色鸽子，踏足昨日——这是无论伽利略，还是哥白尼，或是第谷，以及他在巴黎的老师及朋友，都从来没有梦想过的。

因此，第二天他像一个听话的学生那样重新出现在卡斯帕神父面前，无论在游泳学习上，还是在天文学知识方面，他都十分顺从。

然而卡斯帕神父却以海面有风浪为借口，又推说还要进行别的计算，把当天的课程延期了。傍晚时分，神父对他解释说，要想学会游泳，就像他说过的那样，需要全神贯注并保持安静，不能让脑袋腾云驾雾，更不能心不在焉。鉴于罗伯托以往的表现恰恰相反，所以他得出结论，罗伯托没有游泳的天赋。

罗伯托寻思，他的老师一向成竹在胸，怎么会如此突然地放弃自己的计划。我相信他得出的结论是正确的。卡斯帕神父认为，在太阳下仰躺或者在水里活动会使罗伯托的大脑异常活跃，催生出危险的想法。与自己的身体亲密交流，又浸在水里，而水这种液体也是物质，在某种程度上会让他变得愚蠢，并会将他引向那些缺乏人性的疯狂思想。

因此，对于卡斯帕·旺德尔德罗塞尔神父来说，必须找到其他方法登岛，而这方法又不致让罗伯托付出灵魂堕落的代价。

二五
奇怪的技术

当卡斯帕神父说又到了星期天时，罗伯托意识到，从他们见面的那天算起，已经过去一个多星期了。卡斯帕神父做了弥撒，然后朝他转过身来，神情坚定。

“我等不及你学会游泳了。”他说道。

罗伯托回答说这不是他的过错。耶稣会修士承认，这也许不是罗伯托的过错，但与此同时，恶劣天气以及各种野兽正在毁坏他的观象台，而这装置是应该每天精心维护的。因此，最后只剩下一种解决办法：该由他登岛。当被问及怎么做到时，卡斯帕神父说他将用水底钟试试看。

他解释道，很长时间以来，他一直在研究如何在水下航行。他甚至想过要建造一艘木船，用铁皮加固，并有双层船骨，就像一个带盖的盒子。木船长约七十二英尺，高三十二英尺，宽八英尺，重量要足够沉到水面之下。它由一个桨叶轮来推进，由船内的两个人来发动，就如同驴子拉动磨坊里的石磨。为了看清船正往哪里前进，要把一个镜筒伸到外面，那是一种眼镜，通过内部镜子的反射作用，能让船里的人观察到外面的情况。

为什么他没有建成呢？因为大自然就是这样——他说道——让我们为自己的无能为力而感到羞辱：有些想法在纸上完美无缺，但一经试验就暴露出缺陷，没有任何人知道是何缘故。

但是卡斯帕神父却造出了水底钟："如果对一群愚昧无知的人说，某人下到莱茵河河底，可以让衣服保持干燥，甚至手里拿的火盆，火苗也不熄灭，他们将会斥之为胡说八道。然而，这类实验却成功过，是差不多一个世纪之前在西班牙托莱多的城堡里完成的。因此，我现在要用我的水底钟登岛，走着去，就像你现在看见我在平地上走路一样。"

他朝饼干舱走去，那显然是一个取之不尽的宝库，除了天文装置之外，还存放着其他东西。罗伯托不得不将另外一些铁杆、金属半圆支架和一大包笨重的皮料拿到甲板上去，他甚至还能辨别出那皮子是哪种有角动物献出的。那是个星期日，不应该工作，但罗伯托的这句提醒却不管多少用。卡斯帕神父回答说，那不是工作，而是在练习一种所有手艺之中最为高贵的技巧，他们的辛劳也将为增加对自然这本大书的了解做出贡献。因此，这就等于是对神圣的文字静思冥想，而自然之书与上述文字殊途同归。

罗伯托只能在卡斯帕神父的督促之下开始工作；棘手的工序，比如把已经准备好的金属零件组装在一起，神父会来帮一下忙。干了整整一个上午，他装配好了一个锥形的笼子，有一人多高，共有三个圆箍，顶上那个直径最小，往下直径逐渐变大，四根倾斜板条使圆箍保持平行。

在中间的圆箍上固定着一套帆布护具，可供一人穿着，肩膀和胸部的一系列背带，托住腹股沟以阻止其下滑，又固定住肱骨以及脖子，保证头部不至于撞到上面的圆箍。

当罗伯托正在纳闷所有这些东西到底有什么用途的时候，卡斯帕神父打开了皮料包袱，原来是个完美的套子，与金属装置天衣无缝，很容易罩在上面，从内部用些钩子固定住也不是难事，一旦安装得当，就不会再脱离开。完工后的物件是个顶端没有尖角的锥状物，上面封闭，底部开口——或者说，正像一只大钟。在上层以及中层圆箍之间的侧面，还开着一扇小玻璃窗户。大钟顶端则安装了一个结实的圆环。

此刻，大钟被移向链式绞盘，钩在一支臂杆上，借助灵巧的滑轮装置可以把大钟升高、降低、移出船舷，放下或者提起，和船上装卸的任何货物、箱子或包裹没什么两样。

由于多日不用，链式绞盘有点生锈，但最后罗伯托还是成功地启动了它，并把大钟升到半空，这样一来，它的内部结构一览无遗。

现在这口大钟只等待着一位旅客钻进去，穿戴完毕，像钟锤一样悬空晃动。

任何身材的人都进得去，只要调整皮带，放松或者勒紧带扣和绳结。好了，大钟里的乘客一旦捆吊停当，就可以带着他的座舱漫步了，系带可以使人的头部维持在小窗的高度，而下部边缘则和小腿多少平齐。

卡斯帕神父得意洋洋地说道，现在罗伯托只需发挥一下想象力，当链式绞盘把大钟降到海里的时候，将会发生什么情况。

"乘客将会淹死。"罗伯托得出这个结论，无论谁都会这样说。卡斯帕神父责备他对于"液体平衡"了解得太少。

"你也许认为某处存在着真空，就像在巴黎的撒旦聚会里那些高谈阔论的花瓶所说的一样。但你必须承认，在大钟里没有真空，只有空气。当你把一口充满空气的大钟放到水里时，水不会进去。只有人和空气。"

确实如此，罗伯托承认。因此，不管海水有多深，人都可以行走自如，不用担心进水，至少在乘客的呼吸没有消耗尽所有的空气、并把空气变成蒸汽前（正如人对着一面镜子呼气时，便可看见蒸汽），由于这蒸汽比水密度低，所以它最终会让出地方——这就是决定性的证据，卡斯帕不无得意地评论道，说明自然憎恶真空。依据卡斯帕神父的计算，在那样大小的钟里，乘客至少可以呼吸三十分钟。如果游泳的话，海岸好像很远，但是如果走路的话，那就将是闲庭信步。因为差不多在半路上，在船与海岸之间，开始出现珊瑚礁——以至于船不可能直行，而是必须在岬角那边绕一个大圈。在有些区域，珊瑚几乎露出水面。假如在退潮时踏上征途，那么在水下行走的路程将大大缩短。只要能够到达那片露出水面的珊瑚礁，乘客刚一踩上来，哪怕仅有半条腿的高度到了水面上，大钟便会重新充满新鲜空气。

但是人在海底怎样行走呢，那里必然充满了各种危险，他又怎样登上珊瑚礁呢，那由尖利的石头和比石头还锋利的珊瑚构成的礁堡？此外，又怎样把大钟放到水里而不把它弄翻，或者不让它被推回水面？毕竟潜入水下的人总会出于同样的原因再浮上水面。

卡斯帕神父带着狡黠的微笑补充说，罗伯托忘记了最重要的反对理由：把充满空气的大钟沉入海里时，将会推开同等体积的水，而这些水的重量大于沉入水中的物体的重量，因此，水会以很强的力量与之抗衡。但是在大钟里还有人的许多磅分量，还有金属厚底靴的重量。他露出一副把什么都考虑到了的神情，从取之不尽的饼干舱里取出一双靴子，铁质靴底，厚达五指，靴筒高及膝盖。铁既可以用作压载物，又可以保护跋涉者的双脚。穿上它也许走得更慢些，但是也能使人免去在崎岖不平的海底行走时的那些担忧，而通常这些担忧让人的步伐变得畏畏缩缩。

“但是如果您必须从这下面的陡坡爬上海岸的话，那将完全是一段上坡路！”

“他们抛锚的时候你不在这里！我首先测了水深。没有任何深坑！如果‘达佛涅号’再前进一点儿的话，就要搁浅了！”

“可是您怎么支撑大钟呢？它就压在您的头上！”罗伯托问道。卡斯帕神父提醒他说，在水里，他不会感觉到重量，假如罗伯托曾经试过推一艘船，或者用手从池塘里捞起一只铁球，他就会知道，离开水面之后才费力，而不是浸在水里的时候。

罗伯托面对固执的老人，想方设法地拖延全面溃败的时刻。“如果把大钟连同链式绞盘放下去，”他问道，“然后怎样让绳子脱钩呢？否则，绳子会拉住您，您就没法离开船附近了。”

卡斯帕回答说，他一到海底罗伯托就能感觉到，因为绳子会变松：那时就可以剪断绳子。他难道以为自己将循原路返回？一旦到了岛上，他就去找回小艇，划船返回，如果上帝愿意帮忙的话。

但是一到地面上，当他从系带上解脱出来，如果没有另一个链式绞盘提着大钟的话，它就会把他囚禁在里面。“难道您想被关在一口大钟里面，在一个岛屿上度过余生吗？”老人回答说，一旦从护具里解脱出来，只需用他的刀子割破兽皮就行了，他将如同密涅瓦一样从朱庇特的脑袋里钻出来。

那如果在水下遇到那种吃人的大鱼呢？卡斯帕神父笑了，即使最凶残的鱼，在游动途中遇到一口游走的大钟，连人都会感到害怕的大钟，它肯定会惶恐不安，吓得逃之夭夭。

“总而言之，”罗伯托真心为他的朋友担忧，最后说道：“您年岁大了，身体孱弱，如果确实必须有人试一下的话，那也应该是我！”卡斯帕神父感谢了他，旋即向他解释说，罗伯托已经多次证明自己是个性情不专一的人，天晓得他会把事情搞成什么样；而他卡斯帕，对于那片海域以及珊瑚礁已经有了好些了解，并且曾经乘坐平底船在别处见过类似的珊瑚礁；那口大钟是他亲手做的，因此他熟悉它的毛病及长处；他对流体静力学颇有钻研，在出现意外时，也知道如何摆脱困境；最后，他又补充了似乎最后一个有利于自己的原因：“最后，我有信仰，而你却没有。”

但罗伯托清楚，这绝不是最后一个理由，而是第一个，而且无疑是最漂亮的理由。卡斯帕·旺德尔德罗塞尔神父相信他的大钟，如同他相信他的观象台，他认为自己正在做的所有一切都是为了上帝的伟大荣耀。正像信仰可以夷平山脉，它也肯定能够穿越海水。

现在只剩把大钟安放在甲板上，然后准备将它沉入水里。这项工作让他们一直忙碌到晚上。为了将皮子鞣制得水渗不进去、空气也钻不出来，必须使用一种用文火熬出来的混合物，加入三磅蜡、一磅威尼斯松节油，以及四盎司木匠使用的清漆。然后让混合物被皮子充分吸收，晾到第二天。最后，用另外一种由沥青和蜡制成的糊状物填补小窗户边缘的所有缝隙，玻璃早已用胶黏剂固定妥当，同时又涂了一层柏油。

“万事俱备，”卡斯帕神父说完这句话后祈祷了一夜。天亮时，他们又重新检查了大钟、系带、挂钩。卡斯帕等待着可以最大限度地利用退潮的合适时机，到那时也许太阳已经升得相当高了，足以照亮他眼前的海面，把每一道阴影都抛到他身后。然后，他们俩互相拥抱。

卡斯帕神父重复说，这将是一件十分有趣的事，在此过程中，他将会看到就连亚当或者诺亚都不曾目睹的惊人景象，他害怕自己会犯下骄傲的罪行——他因自己是第一个下到海底世界的人而自豪。“不过，”他又说道，“这又是一次苦修的考验：如果说我们的主曾在海面上踏浪而行，那么我这样一个罪人只配在水下行走。”

剩下的就是把大钟升起来，罩在卡斯帕神父的身上，再检查一遍他是否能够舒服自在地移动身子。

几分钟里，罗伯托观看了一只大蜗牛的表演，什么蜗牛呀，是以缓慢而笨拙的步伐前进的马勃菌，一只迁移的伞菌，当神父想往右或往左看的时候，它经常停下来，原地转上半圈。那个移动的风帽与其说是在行走，还不如说是纵情跳着加沃特舞，跳着奥弗涅民间舞，由于没有音乐，显得更粗俗不堪。

最后卡斯帕神父好像对试验很是满意，他用一种似乎是从靴子里发出来的声音说道，可以出发了。

他走到链式绞盘附近，罗伯托挂好钩，准备推动绞盘，他又检查了一遍，确保大钟升起来时，露出一双脚轻轻摆动，老人没有掉下去，大钟也没有缩上去。卡斯帕神父拍着手大声说一切都很好，但是必须加快速度："这靴子就要把我的腿从肚子上坠下来了！快点，把我放到水里！"

罗伯托又高声喊出几句鼓舞的话，然后便慢慢地用人力马达降下大钟。这并非易事，因为他独自一人承担了很多水手的工作。下降过程好像无休无止，似乎随着他不断加大力气，海面也在下降。终于他听见水面上传来一记声响，感觉到省力了许多，又过了片刻（对他来说，却好像是好几年），他注意到链式绞盘已经开始空转了。大钟触到了海底。他剪断绳子，然后扑到舷侧向下张望。可他什么也看不见。

卡斯帕神父以及大钟已经消失得无影无踪。

"这些耶稣会修士的脑袋瓜太聪明了，"罗伯托钦佩地自言自语，"他成功了！想想吧，海底有位耶稣会修士正在行走，谁能想得到。也许所有海洋的谷底都挤满了耶稣会修士，只是没人知道！"

接下来他的念头就谨慎多了。卡斯帕神父现在在水下，这谁也无法看见，却又十分明显。但他能否回到上面来，却还说不准。

他觉得海上正涌起波涛。选中这一天，恰恰是因为风平浪静；但是，当他们完成最后的操作时，却刮起一阵风，在附近的海面上只是掀起浅浅的波纹，然而在海岸上却会形成大浪，冲击露出海面的礁石，有可能会扰乱登陆。

在岛屿北角耸立着一片几乎平直的峭壁，他隐约看见溅起的层层泡沫拍打着岩石，然后消失在空中，宛若许多白色的火花。那想必是由波浪撞击海岸上一系列他无法看见的小礁石引起的，但从船上看却宛若一条蛇从深渊里喷出水晶般的熊熊烈焰。

不过，海滩似乎更为平静，海浪止于半路，这对于罗伯托来说是个好迹象：它标明了珊瑚礁露出水面的地方，卡斯帕神父只要越过那条界限，就不会再遇到危险。

老人现在在哪里呢？如果他刚一触到海底便马上开始前进，那么他可能已经走过……到底过去了多长时间呢？罗伯托失去了时间的概念，似乎每一秒都变成了永恒，因此，他宁可保守一点，他说服自己，老人刚刚下去，说不定还在船底下正设法辨别方向呢。他脑中突然闪过疑虑：如果下降时绳子拧绞起来，让大钟转上半圈，这样一来，卡斯帕神父在不知情的情况下，就会认为自己与小窗户是面向西方，这样他就会朝着外海走去。

后来罗伯托又对自己说，如果朝着外海走，任何人都将会发觉是在走下坡路而不是上坡路，自然会改变方向。但是如果在那里恰好朝西有个小坡度，他上去了便以为是在朝东走呢？不过，太阳的倒影也应该指示出他移动的方向……但是，在海底深处能够看见太阳吗？它的光线穿过海水时，是像穿过教堂的彩色玻璃窗那样变成集中的光束，还是分散成点点滴滴的光斑，在水下的人眼中不过是辨不清方向的亮光闪烁？

不，接着他又寻思，老人非常清楚自己要去哪里，说不定已经走到船与珊瑚礁的半路，甚至已经到达了，是的，也许他正脚踏厚底铁靴往上爬呢，再过一会儿我就能看见他了……

可他又想到：事实上，在今天之前，没有任何人去过海底。谁能保证，在那下面，超过几英寻深的地方，不会进入绝对黑暗，只有一些眼睛闪烁朦胧光芒的生物才能存活……谁能保证在海底不会失去走直线的方向感？也许他正在原地打转，也许他遇上鬼打墙了，直到他胸膛里的空气变成湿气，把友好的海水请进大钟里面……

他责备自己没有带一个沙时计到甲板上：过去多长时间了？也许已经半个多小时了，唉呀，太长了，他感到快要窒息了。于是，他深深地吸了一口气，直到肺部胀满，他放松下来，认为那是刚刚只过去了短短片刻的证明，卡斯帕神父还在享受着极为纯净的空气。

但说不定老人走偏了呢，自己这样盯着正前方也无济于事，就好像对方一定会沿着火枪子弹射击的路线重新浮出水面似的。他可能绕了很多路，寻找登上珊瑚礁的最佳入口。他们当初组装大钟的时候，他不是说过吗，链式绞盘恰巧把他放到最佳位置上，全凭侥幸？朝北十步远，有一处陡峭的暗礁，有一次船就撞上了它；而在链式绞盘的正前方，却有一条通道，小船能从那里经过，但之后会搁浅在暗礁逐渐升高的地方。

然而他可能在方向上出了差错，发现自己面前是一堵墙，正在沿墙朝南走，寻找一条出路。或者，他正沿墙朝北行进。因此，必须扫视整段海岸线，从一头到另一头，说不定他会从哪边冒出来，头上缠满了海里的常春藤……罗伯托来回张望，从海湾的一头到另一头，生怕在望着左边时，卡斯帕神父会从右边冒出来。可实际上，即使隔着一段距离，他也能够马上注意到一个人的出现，更不用说还是一口在阳光下淌着水的皮制大钟了，就像一口刚刚洗过的铜锅……

鱼！也许在水里确实有一条食人鱼，它根本没有被大钟吓住，而是把耶稣会修士整个吞了下去。不，那么大的鱼他在船上应该能看到它的黑影：果真存在的话，它也应该在船和珊瑚礁之间活动，而不会超出这片水域。但也许老人已经到达了礁石附近，而鱼吻或者礁石的棱角把大钟戳了个窟窿，让所剩无几的空气都跑了出去……

他又想到：谁能保证大钟里面的空气当真可以用那么长时间？老人是这样说过，但他也会出错，当他说他的那些盆子管用的时候就犯错了。实际上，这位善良的卡斯帕是一位空想家，也许那一整套关于大洪水、子午线，以及所罗门群岛的故事全都是无稽之谈。再说了，即使他对关于那座岛屿的一切了如指掌，也可能计算错了一个人所需要的空气量。最后，谁能确保所有那些浆膏油料真的把每一道缝隙都填补得滴水不漏？也许此时此刻，那口大钟的内部就像一个到处都在滴水的岩洞，也许整张皮子就像湿海绵一样渗水，难道我们的皮肤不也像是一整块布满了难以察觉的小孔的筛子，小孔的存在正是为了滤出汗液？如果人的皮肤是这样，那么牛的皮肤难道不是这样吗？还是说牛不会出汗？那么在下雨的时候，一头牛会不会觉得湿到了骨头里？

罗伯托拧绞双手，咒骂自己太着急。十分清楚，他以为已经过去了几个小时，而实际上只是脉搏跳动了几下的时间。他对自己说他没有理由感到害怕，他那位勇敢的、令人敬畏的老人要担忧的事比他多多了。也许他更应该用祈祷，或者至少用希望和祝福来支持神父完成旅行。

后来他又对自己说："我想象出太多造成悲剧的理由，制造出一些现实无法匹敌的幽灵，这正是忧郁症患者的特点。卡斯帕神父熟悉流体静力学原理，他已经探测过这片海域，他还通过海里到处都有的化石研究过大洪水。冷静下来，我只要相信才过去了一会儿时间，我应该学会等待。"

他意识到自己已经爱上了当初那个闯入者，只要一想到他会遭遇某种不幸，就已经要痛哭流涕了。因此他喃喃道："老人家，努力呀，回来吧，复活吧，重生吧，天哪，我们会杀一只最肥的母鸡来庆祝一番，你总不会扔下你的马耳他观象台吧？"

他突然发觉，现在已经看不见海岸附近的礁石了，这意味着开始涨潮了；太阳呢，起初不必抬头就看得见，而现在却高悬在他头顶上。这么说，从大钟消失的时刻算起，已经过了不止几分钟，而是几小时了。

他必须大声重复那个事实，才能相信它。他把分钟当作秒来计算，他以为在自己的胸膛里有一个疯狂的钟，发出急促的滴答声，其实恰恰相反，他体内的钟放慢了节奏。他还对自己说，卡斯帕神父刚刚下去，但天晓得他等待了多长时间，而实际上神父已经缺氧多时。天晓得他等待了多长时间，而在这段时间里神父没有生命的躯体已躺在汪洋大海的深处。

究竟发生了什么事情呢？所有的，他之前想过的所有事情都有可能——或许正是由于他疑神疑鬼的恐惧促使不幸发生，他是个扫把星。卡斯帕神父的流体静力学原理可能是骗人的，也许水恰恰是从底下进入大钟的，况且里面的人每走一步还要折腾出去许多空气，罗伯托对液体的平衡又了解多少呢？或许触底撞击得太厉害了，大钟被弄翻了。或者卡斯帕神父在半路上绊了一跤。或者他迷了路。或者他年逾古稀的心脏无法负荷他的热情，顶不住了。最后，谁敢说，在那样深的海底，海水的重量不会像挤柠檬或像剥蚕豆那样压坏皮套呢？

但假如他死了，他的尸体难道不应该漂上水面吗？不，它被铁靴给绊住了，只有当海水与许多贪嘴的小鱼联合行动，把尸体变成一副骨架时，他那双可怜的腿才能够摆脱桎梏……

接着，心念一转，他又有了两个欣喜的直觉。他脑子里叽叽咕咕的都是些什么呀？当然了，卡斯帕神父对他说得清清楚楚，他眼前看见的岛屿并不是今天的岛屿，而是昨日之岛。在子午线的另一边，时间还停在昨天！难道他期待现在在那片仍然是昨天的海滩上看见一个今天下到海水里的人？当然不可能。老人是那个星期一的清晨沉到水里的，但是假如在船上是星期一的话，那么在岛屿上就还是星期日，因此，他只可能在船上的第二天早上，而在岛屿上刚到星期一的时候看见老人登陆……

他自言自语道："我必须等到明天。"但后来他又想："可是卡斯帕等不了一天呀，空气不够用呀！且慢，必须等候一天的人是我，而他一旦跨过了子午线，就直接回到了星期日。我的上帝，这么说，我所看见的岛屿是星期日的岛屿，假如他是星期日到达那里的话，我早就应该看见他了！不，我把一切都弄错了。我所看见的岛是今天的岛，我不可能像在一个水晶球里那样看到过去。是在岛上，只有在那里——才是昨天。但是假如我看见了今日之岛，我应该看见他已经到了岛屿的昨日，正在第二次度过星期日……可是，不管他是昨日还是今日到达的，都应该把捅破了的大钟留在海滩上，而我却没有看到。不过，他也有可能把大钟一起带到矮树丛里。什么时候呢？昨天。因此，假设我所看见的是星期日的岛屿，我要等到明天才能看见星期一到达那里的他……”

可以说，罗伯托彻底晕头转向了，他是有十足的理由的：因为不管他怎样计算，都无法自圆其说。时间的悖论让我们也晕头转向了。因此，他不再知道到底应该做什么，这也十分正常；最后他也只能做那些每一个人，至少每一个像他那样怀抱希望的人会做的事情。在彻底绝望之前，他准备等待第二天的到来。

他是怎样做的，很难复述出来。他在甲板上来来回回地走动，他不吃不喝，自言自语，对卡斯帕神父和繁星说话，也许又重新喝起了酒。事实上，当夜晚快要过去，天空染上曙光，而后太阳升起时，我们发现随着时间一个钟头一个钟头地逝去，他变得越来越紧张，等到十一点和正午之间，他神情扭曲，从正午到黄昏，他手足无措，直到他不得不屈服于现实——这一次是丝毫没有怀疑了。昨天，肯定是昨天，卡斯帕神父沉到了南半球的大洋里，无论是昨天也好，还是今天也罢，他再也没有浮上来。由于对向子午线的所有奇迹都发生在昨天与今天之间，而不是昨天与后天之间，或者明天与前天之间，因此已经可以肯定，卡斯帕神父是再也不会从那片海里走出来了。

他可怜的朋友带着对数学，甚至宇宙学以及天文学的自信消失了。谁也无法说清楚他的尸体在哪里，大概是海底某处。也许在那里有凶猛的暗流，尸体已经漂到外海。或者相反，在“达佛涅号”的下面有条海沟，一个深谷，大钟就陷在那里，老人无法爬上来，他想出声呼救，用尽最后一点越来越水汽氤氲的空气。

也许，为了逃生，他解开了系带，充满空气的大钟往高处跳了一下，但是它的铁质部分限制了冲力，让它停在水中央，谁知道什么地方。卡斯帕神父曾试图脱下靴子，但失败了。现在在那斜坡上，他苍白的尸体就扎根在岩石里，像海藻一样随波摇摆。

当罗伯托这样想着的时候，星期二的太阳已经跑到他背后了，卡斯帕·旺德尔德罗塞尔神父死去的时刻变得越来越遥远了。

夕阳西下，把深绿色的海岛背后的天空染成了一片黄疸色，大海也变成了冥河般的阴森模样。罗伯托明白，大自然正和他一起悲伤，正像有时候发生在一个失去亲人的人身上的那样，渐渐地他不再为那逝去的人的不幸而哭泣，而是为自己的不幸，为自己又变得孤独而伤心。

在他摆脱孤独的极少几天里，卡斯帕神父已经成了他的朋友、父亲、兄长、家和祖国。现在他意识到自己又变回孑然一身、孤单寂寞。这一次将会是永远。

然而在那种灰心丧气之中，另一个幻想却逐渐成形。现在他相信，摆脱孤独的唯一方法不是到不可逾越的空间中寻找，而是到时间里去寻找。

现在真的必须学会游泳，抵达那座岛屿。不是去找卡斯帕神父遗落在过去时光褶皱里的遗迹，而是为了阻止明天到来的可怕步伐。

二六

箴言的剧场

三天以来，罗伯托的眼睛一直没有离开船头的望远镜（同时还抱怨着，另一架倍数更高的望远镜已经不能用了），盯着沿岸的树丛顶端。他期待着发现橙色鸽子。

第三天他心烦意乱。他失去了唯一的朋友，迷失在最远的一条子午线上，假如能够瞥见一只可能只在卡斯帕神父的脑袋里展翅飞翔过的鸟，他也将感到欣慰！

他决定重新搜索一遍自己的避难处，弄明白还能在船上生存多长时间。母鸡在继续下蛋，而且孵出了一窝小鸡。采摘来的蔬菜所剩不多，而且已经变得太干，早知道就用作家禽饲料了。还有不多的几桶水，但是如果能收集雨水，问题就解决了。最后，鱼是一点都不缺的。

后来他考虑到，吃不到新鲜蔬菜的话，他将会死于坏血病。温室里有蔬菜，不过只有下雨的时候才能得到浇灌：如果来一次长时间的干旱，那么他就得用饮用水去浇菜了。但假如遇上一场持续几天的暴风雨，那么他是有水了，可是又不能钓鱼了。

为了缓解自己的焦虑，他回到管风琴室，卡斯帕神父曾经教过他如何启动这个装置，他只能一直听《无比美丽的达佛涅》，因为他没有学会如何更换滚筒，然而，他并不厌倦几个钟头几个钟头地始终听同一首曲调。有一天，他把“达佛涅号”幻想成他所爱的女人的身体。神话中的达佛涅不正是变成了一棵月桂树吗？她变成了一种木材，而“达佛涅号”正是木材建造的呀！因此，那曲调就是在为他歌颂莉丽雅。看得出这一连串的想法非常轻率——但是罗伯托就是这样想的。

他责备自己从卡斯帕神父到来之后，因追随神父的机械狂想分心走神，忘记了爱情的誓愿。这首唯一的歌曲——他不知道歌词，谁知道它到底有没有歌词呢——化为祈祷文，他准备每天都让机器低声轻唱，这样一来，在“达佛涅号”的角落里由水和风奏响的《无比美丽的达佛涅》就变成了对旧日那位达佛涅女神的化身的纪念。每天晚上，他眼望天空，低声哼唱那首曲子，就像做连祷一样。

接下来他便回到舱内，继续给莉丽雅写信。

与此同时，他意识到，先前的日子都是在光天化日之下度过的，他又重新躲回昏暗的房间，实际上这才是他熟悉的环境，不仅在“达佛涅号”上，在他遇到卡斯帕神父之前如此，从卡萨莱的伤痛开始，十多年间都是如此。

事实上，我不认为，罗伯托一直如他反复让人相信的那样昼伏夜出。说他避免在酷暑天太多地出去，这是可能的，然而当他跟踪莉丽雅的时候，就是白天出去的。我认为，他的那种病症更可能是由忧郁引起的，而不是真正的视力障碍。只有在最忧郁的时刻，光线才让他难受，而当更愉快的想法分散其注意力时，他就不会在意了。

反正不管怎样，那天晚上他第一次思考起了影子的魅力。在他写字或者提笔蘸墨水的时候，他看见光线要么如同金色的光晕一样照在纸上，要么如同差不多半透明的蜡黄条纹，勾勒出他深暗的手指轮廓。就好像那光就住在自己的手里面，却只显露于边缘。周围的一切都被一位嘉布遣会修士热情的教袍包裹住，或者说，笼罩在他也说不清的浅褐色光亮中，只是一碰到影子，光亮就消失了。

他盯着油灯里的火苗，发现生出两种火焰：一种是红色的，里面掺杂着易腐蚀的材料，另一种则往上升腾成令人眼花的白光，淡紫色的根部在顶端化成烟雾。这就好像，他对自己说，他的爱情受到一个走向穷途末路的躯体滋养，他将生命献给他所爱的女人的绝美幽灵。

经过了那些背叛的日子之后，他想庆祝一下自己与影子的重归于好，他再次登上甲板，这时影子正向四处蔓延，在船上，在海上，在岛屿上，此时只能隐约看到岛上迅速变得阴沉的丘陵。他凭借自己对乡下生活的回忆，试图在海岸上找到萤火虫，这些长着翅膀的有生命的火星儿常会在黑暗的树篱上面飞来飞去，飘忽不定。他没有看见萤火虫，他思索着对跖点的矛盾修辞法，在这里也许萤火虫只在正午发光。

后来他躺在后甲板上，开始仰望月亮，任由甲板像摇篮一样将自己摇来晃去，这时从岛上传来浪涛拍岸的声响，其中混杂着蟋蟀，或者是这个半球上它们的同类的鸣叫。

他发觉白昼的美就好像是一位金发女郎，而夜晚的美则像棕肤佳丽。过去对金发女神的爱情渐渐隐没在夜晚的棕色中，他细细品味着这种对比。他回忆着那如同成熟小麦一样的金发，它让朗布依埃侯爵夫人沙龙里的每一处灯光都黯然失色，他需要美丽的月亮，因为它能把一个潜藏的太阳的光芒溶化在自己微弱的光里。他又盼望着白昼重占上风，好在波光粼粼中阅读对那头金发和那双碧眼的赞美。

但是他也品尝着夜晚的美，当一切看似都停歇下来时，繁星比太阳更安静地移动着——这促使人相信，自己是整个大自然界中唯一一个沉迷在梦中的人。

那个夜晚他差一点决定，在未来的日子里，他将永远留在那条船上。但是当他抬头仰望天空时，他看见群星之间突然现出一只张开翅膀的鸽子的轮廓，嘴里还叼着一根橄榄枝。的确，在南半球的天空，在距离大犬座不远的地方，至少在四十年前就已经发现了一个天鸽座。但是我也不敢肯定，罗伯托在那样的时刻、那样的季节，从他待的地方能够恰好看到那些星星。不管怎么说，由于那些从中看出一只鸽子的人（比如撰写《测天图》的约翰·巴耶，还有更晚些时候，撰写《球体之书》的科罗内利）表现出比罗伯托更丰富的想象力，我只能说，群星在那一刻不管排列成什么样子，对于罗伯托来说，都好像是一只鸽子，一只原鸽、斑尾林鸽或山斑鸠，你想怎么叫都行：尽管到了早晨他开始怀疑其存在，可是橙色鸽子已经像一根钉子一样嵌进了他的脑海里——或者，像我们将会看到的那样，那不仅仅是一根钉子，还是一枚金制的装饰用钉。

实际上我们应该想一下，卡斯帕神父与他第一次见面时提到了岛上诸多引人入胜的美妙事物，罗伯托为什么会对鸽子情有独钟。

随着故事往前发展，我们将会逐渐看到，在罗伯托的头脑里（孤独已经让他变得日益狂热），那只在讲述中一语带过的鸽子已经变得那么鲜活生动，他反而更不可能看到了，它实际上变成了对他热恋的灵魂、钦佩、尊重、崇敬、希望、嫉妒、羡慕、惊讶、欢乐，总之每一种看不见的激情的概括综合。对他来说，不知道（我们同样不得而知）这鸽子是变成了岛屿，还是莉丽雅，还是二者兼而有之，或者变成了它们被放逐的昨日，对于我们的流亡者来说，他本人被放逐到了一个没有尽头的今日，他的未来仅仅是要在他的某个明日里到达昨日。

可以说，卡斯帕让他回想起《所罗门之歌》，应该注意这一巧合，他的那位加尔默罗会修士家庭教师曾为他念过许多次，以至于他倒背如流：从青年时代开始，他就对长着鸽子眼睛的动物怀有甜蜜又痛苦的感情，他会躲在岩石的大裂缝后窥视鸽子的面孔、偷听它的咕咕声……但这些只在某种程度上让我的好奇心得到满足。我认为很有必要做一番"对鸽子的分析"，草拟某些要点，据此撰写一篇题为揭密鸽子的小论文。我相信，如果有人曾花费整章篇幅探究鲸鱼的意义——说穿了就是黑色或灰色(还有白色，但凤毛麟角)的庞然大物，那么我的计划并非完全多余之举，因为我们要谈的是一种颜色更为少见的稀有鸟类，人类对它们的思考远远多于对鲸鱼的。

实际上这正是关键所在。假如他曾经与加尔默罗会修士或者埃马努埃莱神父讨论过，假如他翻阅过在他那个时代被十分看重的许多书籍，假如在巴黎他听到过被称为"谜语般的箴言或象征"的论述，罗伯托便应该对鸽子略知一二。

我们记得，在那样一个时代里，人们发明创造出各种各样的象征，用于阐释晦涩难懂的道理。我们不提一朵美丽的花或一条鳄鱼这类老生常谈，甚至围绕一只篮子、一架梯子、一个筛子或是一根柱子，就能构建出许多乍看之下怎么都想不出的网络。我在这里并不想花时间区别箴言与象征，也不想展开讲如何以不同的方式赋予这些象征以诗句和词语(只简单提一下，象征从对某个个别事件的描述中得出一个普遍的概念，并不一定非要通过形象去表现，而箴言则是通过一件特定物品的具体形象来说明一个独特个体的某种性质或意图，比如"我将比雪还要清白"，或者"比蛇更加狡猾"，或者还有"我宁可死亡，也不背叛"，直至最著名的"宁为玉碎，不为瓦全")，然而那个时代的人认为唯有用象征、符号、骑术比赛、化装舞会、绘画、贵族武器、战利品、荣誉徽章、讽刺画像、硬币背面的雕刻图案、寓言故事、讽喻、道德故事、讽刺短诗、格言警句、双关语、谚语、牌签、简洁的书信体诗文、墓志铭、文艺作品的增补、碑文石刻、盾形纹章、竖面浅槽饰、古罗马人用的圆盾组成的密林才能表达整个世界，如果你们允许的话，我就仅仅举出这些，都说出来恐怕没完没了。每一个好的箴言都应该是富有诗意的隐喻，需要一个有待揭示的灵魂，更需要一个与世间某件实物相联系的敏感的实体，它应该是高贵的、值得钦佩的、新颖的，但同时又是易于理解的、直观的，而且是高效的、独特的、匀称的、简洁而有洞见的、暧昧而又坦率的，谜语一般恰如其分、独具匠心、可歌可泣的。

总而言之，一个箴言就是一种神秘莫测的平衡，一种互相呼应的表达；一首不能吟唱的诗歌，由无声的形象和生动的词汇所谱写；它珍贵只因它难以觉察，它的光辉灿烂隐藏于珍珠以及钻石里面，只能一点一点地显露出来。它意味深长却不喋喋不休，英雄史诗需要寓言以及插曲，历史需要深思熟虑和高谈阔论，箴言只要有两条线和一个音节就足够了：因为它的芳香只是点点滴滴地蒸馏出来，看不见摸不着，也只有这时事物才能披上引人入胜的外衣，看起来好像异乡人和面具怪客。它所隐藏的要比暴露出来的更多。它不是为精神填充物质，而是用本质来滋养精神。它应该是（使用一个那时候用得非常多、现在已经过时的词汇）朝圣者，然而，朝圣者意味着外国人，而外国人意味着古怪。

有什么东西比一只橙色鸽子更像外乡异客呢？而且，有什么比一只鸽子更像朝圣者呢？啊，鸽子是一个意义丰富的象征，那些意义十分微妙又彼此矛盾。

最先提到鸽子的自然是古埃及人，从赫拉波罗极为古老的《埃及象形文字》开始就有记载，这种动物被看作所有动物中最为纯洁的，以至于在瘟疫危及人畜时，只有那些只吃鸽子的动物幸免于难。原因十分明显，鸽子是所有动物中唯一不分泌胆汁的（也就是说其他动物的肝脏中都附着了毒素），普林尼早已经说过，如果一只鸽子生病了，它会采食一片月桂树叶，然后便可痊愈。既然那棵树是月桂，而月桂是达佛涅的化身，那我们就明白了。

但是，鸽子虽然纯净，却也可以是一种十分邪恶的象征，因为它们把许多精力消耗在淫欲上，它们成天互相亲吻（加倍地亲吻，为的是让彼此缄默不语），将舌头交缠在一起，由此出现了许多淫猥的表达，如“用鸽子一样的嘴唇”和“鸽子吻”，神学家常常会用到。而动词“鸽戏”则被诗人用来形容像鸽子一样酣畅而频繁地做爱。别忘了罗伯托一定熟知这样的诗句：“当在床上时，原始的热情/已经发泄出火热和强烈的欲望/一对淫男浪女像鸽子一般/采摘着一个又一个吻。”人们注意到——所有其他动物都有一定的发情季节——一年里却没有哪段时间，雄鸽不往雌鸽的背上爬。

要追溯一下的话，鸽子来自塞浦路斯，维纳斯的神圣之岛。阿普列乌斯，甚至比他更早的其他人，就曾经讲述过，维纳斯的座驾是由四只洁白无比的鸽子拉着跑的，恰恰因为它们终日思淫，所以鸽子也被叫作维纳斯之鸟。还有人提醒说，希腊人把鸽子叫成“佩丽斯泰拉”，因为嫉妒的爱神厄洛斯把维纳斯极为宠爱的水仙女佩丽斯泰拉变成了鸽子，她在一次采花比赛之中帮助维纳斯击败了厄洛斯。但是说维纳斯“宠爱”佩丽斯泰拉又是什么意思呢？

艾利安说，鸽子是献给维纳斯的，因为女神经过利比亚时，西西里岛的埃里切山上曾经举行过欢庆仪式；那一天，在整个西西里岛上一只鸽子也看不见，因为所有的鸽子都飞越大海，去列队欢迎女神了。但是九天之后，一只火红的鸽子（这是诗人阿那克里翁的描述，我请你们记住这种色彩）却从利比亚海岸飞回特里纳克里亚岛[①]；这正是维纳斯本人，她别称“紫红女神”，而在她身后还跟着一群其他鸽子。艾利安还讲过少女皮提亚的故事，宙斯爱上了她并将她变成了鸽子。

亚述人把萨穆-拉玛特描述为鸽子的样子，她由鸽子养大，后来也变成了鸽子。我们大家都知道，她的品德并非无可指责，然而她那

① 西西里岛旧称。

么漂亮，以至于印度国王斯考罗巴泰疯狂地爱上了她，她是亚述国王的宠妃，没有一天不犯下通奸的罪过，历史学家朱巴说过，她甚至爱过一匹马。

但是人们很容易宽恕一个爱情的象征，它对诗人的吸引从未停止，彼特拉克就曾经问过自己（我们姑且假设罗伯托不知道）："什么恩惠，什么爱情，或者什么命运——将赐予我鸽子一样的羽毛？"还有班戴洛，他写道："这只鸽子象征我的热情/在刺目的烈火中燃起炽热的爱情/它走遍每个地方去寻觅/它的配偶，并因爱欲而死亡。"

不过，鸽子的优点比萨穆-拉玛特更多，人们迷恋它们，因为它们具备另一种如此温柔的特质：它们以哭泣或呻吟代替歌唱，就好像激情餍足不能带来真正的满足。卡梅拉里乌斯的徽章铭文是：*如歌声如呻吟*；而另一个更加色情的徽章则说：*欢愉的呻吟*。真是令人晕头转向了。

然而这些鸟儿亲吻连连、极其淫荡的事实——这是令鸽子与众不同的自相矛盾之处——又是它们极为忠诚的证明，因此，它们同时又是贞洁的象征，至少在夫妻忠诚这个意义上讲是如此。普林尼早就说过，鸽子虽然很多情，却有着很强烈的羞耻感，不会犯下通奸罪。关于这一点，无论是异教徒普洛佩提乌斯还是德尔图良都可以作证。据说，在极少数怀疑通奸的情况下，雄鸽会变得蛮横无理，它们的呻吟里充满了埋怨，并且用嘴去痛啄配偶。但是很快地，为了弥补过错，雄鸽便向雌鸽大献殷勤，围着它转来转去，不停献媚。疯狂的嫉妒最能够撩动爱意，爱意又能巩固新的忠诚——还是无休止地亲吻吧，不管在什么季节——这种想法在我看来很美，正如我们将会看到的，对罗伯托来说，也是非常美好的。

怎么能够不热爱这样一个对你承诺忠诚的象征呢？这样的忠诚甚至延续到死后，因为这种鸟儿一旦失去了伴侣，就再也不和其他同类结合了。因此，鸽子被选作贞洁寡妇的象征。费罗讲述过一个寡妇的故事：丈夫死后，她极为悲伤，于是在身边养了一只白色的鸽子，有人为此责备了她，她回答说："痛苦而非色彩"，重要的是痛苦，而不是色彩。

总而言之，不管鸽子是否淫荡，这种对爱情的虔诚让奥利金说出，鸽子是仁爱的象征。同样，圣西普里安认为，圣灵是化作鸽子来到我们身边的，因为这种动物不仅没有胆汁，而且不用爪子和喙伤人，天性让它们喜欢与人类杂居共处，它们只认一个家，悉心哺育自己的幼鸟，在与伴侣亲吻的和睦中——在这种情况下，是极为令人信服的和睦——在长长的对话中度过一生。可见亲吻也可成为"爱汝邻人"的表现。教会就采用了平和的亲吻仪式。表示欢迎以及见面时要亲吻，即使男人和女人之间也不例外，这是古罗马人的风俗习惯。不怀好意的古典文学批注者说，他们之所以这样做，是因为禁止女人喝酒，而在亲吻她们的时候，男人可以检查她们嘴里是否有酒味，但总而言之，努米底亚人被评价为粗俗，就是因为他们只亲吻自己的孩子。

由于所有的民族都认为空气是最为高贵的元素，所以他们也都尊敬鸽子，因为鸽子比其他鸟儿飞得更高，而最后又总会忠诚地回到自己的窝里。当然燕子也是这样，但没有任何人能够让它成为我们人类的朋友并且驯养它，而鸽子却可以。圣大巴西勒举例说，养鸽人往一只鸽子身上洒上带有香味的膏脂，其他鸽子受到吸引，便会成群结队地紧随其后，拉丁文作 Odore trahit①。我不知道这与我先前所言有什么关系，但这种散发香气的慈爱，这种芬芳的纯洁，这种吸引人的贞操已深深触动了我。

鸽子不仅贞洁和忠诚，而且十分单纯(《圣经》说，你们要灵巧像

---

① 拉丁文，被气味吸引。

蛇，驯良像鸽子[①]），为此，它有时也是修道和隐居生活的象征——至于这与所有那些亲吻有什么关系，请发发慈悲不要强令我回答。

鸽子的另外一个魅力就是颤抖：它的希腊文叫 treron，无疑源自 treo，“我颤抖着逃跑”。荷马、奥维德和维吉尔都这么说过（“他们惊慌得就像一场狂风暴雨中的鸽子”），还有别忘了，鸽子始终生活在对老鹰，或者更糟糕的秃鹫的恐惧之中。正因如此在瓦勒里乌斯的作品里，鸽子在难以靠近的地方做窝，以便保护自己（箴言“安全地做窝”就出自于此）；耶利米早就提到过这一点，在《诗篇》第五十五篇中呐喊：“但愿我有翅膀像鸽子，我就飞去得享安息。”

希伯来人说，鸽子和斑鸠是最受迫害的鸟，因此它们适合当祭坛上的牲礼，因为被迫害总好过迫害。而对于阿雷蒂诺来说（他可不像希伯来人那样温和），谁若像鸽子那样，则活该被猎鹰给吃掉。伊皮凡尼乌斯说，鸽子从来不会保护自己远离陷阱，奥古斯丁则进一步说，鸽子不但在面对无法对抗的强敌时不会自我保护，甚至面对麻雀也是如此。

传说在印度有一种枝叶茂盛、青翠碧绿的树，希腊人称之为天堂树。在树的右侧居住着鸽子，它们从来都不离开树木投下的阴影；一旦离开树，它们就会被敌人——一条龙所抓获。然而对于龙来说，树荫又是它的敌人，当树荫在右侧时，龙便埋伏在左侧，反之亦然。

但是，不管怎样颤抖，鸽子却有着蛇一样的灵巧，假如在岛上有龙，橙色鸽子一定知道如何应付：据说，鸽子总喜欢在水面上飞翔，一旦雀鹰朝它扑来，它便能看见对方在水中映出的身影。所以，这到底算不算懂得自卫呢？

由于具有所有这些各种各样又自相矛盾的特质，鸽子也成为神秘的象征，但我认为确实没有必要用大洪水的故事来使读者感到厌

---

① 出自《圣经·马太福音》第 10 章第 16 节。

烦：这种鸟在宣告风停雨歇、陆地浮出水面时所扮演的角色人人皆知。然而对于许多宗教作家来说，它也是*慈母恸子*以及她无力招架哀哀呻吟的象征。可以说它*表里如一*，因为它里面和外面都洁白无瑕。有时，它被表现为挣脱束缚的形象，有时又成为死而复生的耶稣形象。此外，好像确信无疑，它在黄昏时归巢，为的是不被夜晚攫住，黑夜象征死亡，罪愆尚未洗净，怎可贸然赴死？更不要说——而实际上已经说过了——圣约翰的教诲了："天忽然为他开了，他就看见神的灵仿佛鸽子降下，落在他的身上。"

至于其他有关鸽子的美丽箴言，谁知道罗伯托还了解多少，比方说*铺毛筑巢*，因为鸽子会拔下羽毛，让它的幼鸟的窝变得更柔软些；*更明亮的光辉*，因为当它展翅飞向太阳时，会闪闪发光；*动中求静*，因为它在飞行时总是收拢一只翅膀，为的是节省体力。甚至曾经有一名士兵，想为他无节制的爱情寻找借口，他选了一对鸽子用来做窝的头盔表明心迹，上面刻着*爱神维纳斯*。

在读者看来，鸽子所包含的意义似乎太多了些。但是如果必须选择一个象征或是一种象形文字穷究到底的话，那么它的意思肯定得丰富，否则就等于说面包就是面包，酒就是酒，或者叫原子为原子，真空为真空。这会让罗伯托在杜皮伊那里遇到的自然哲学家高兴，却不能讨埃马努埃莱神父喜欢——而我们都知道，落难海上的罗伯托两方都不想得罪。最后，最美丽的鸽子，至少(我认为)对于罗伯托来说，就在于它不只如同每个*箴言*或*徽章铭文*一样，只是一个*信息*，而且还是一个内涵深不可测的信息。

当埃涅阿斯要进入地府——并且重新看到亡父的幽灵和逝去的时光——西比尔做什么了呢？她对他说，去吧，去埋葬米塞努斯，献上公牛和其他牲畜作为祭品，但是如果他真想完成一桩从来没有任何人有勇气和运气尝试的事，就必须找到一棵长着一根金枝的枝繁叶茂的树。这棵树隐藏在幽谷密林间，若没有它的那根金枝，便不能看透地下的秘密。那么谁能帮助埃涅阿斯发现那根树枝呢？两只鸽子，而且——我们也该知道——它们是他的母亲维纳斯派来的。剩下的事就连长眼屎的人和剃头匠都熟悉。总而言之，维吉尔丝毫不了解诺亚的传说，然而却不约而同地将鸽子作为信使，让它们传达某种讯息。

此外还有人相信，鸽子在宙斯神庙里担负着传达神谕的职责，神灵借鸽子之口解众生之惑。后来，这些鸽子中的一只飞到了阿蒙神庙，另外一只飞到了德尔斐神庙。因此就可以理解，无论是古埃及人还是古希腊人，他们都讲述同样的事实，虽然语焉不详、含糊不清：没有鸽子，就没有任何启示。

但是时至今日我们仍然在问，金枝到底意味着什么。这证明尽管鸽子传达信息，但信息却包藏在密码里。

我不知道罗伯托对于犹太教的喀巴拉了解多少，它在那个时代曾经非常时髦，如果他经常与加法雷尔先生来往的话，就应该听到过不少相关的事情：犹太人以鸽子为基础建立起复杂的神学系统。这事我们提起过，或者，卡斯帕神父提起过：在《诗篇》第六十八章中讲到"鸽子的翅膀镀白银，翎毛镀黄金一般"。为什么？又为什么在《箴言》里有这样一个十分相近的意象："就如金苹果在银网子里"，用来形容"一句说得合宜的话"。为什么在《雅歌》中，对一个眼睛"好像鸽子眼"的少女说出"我的佳偶，我们要为你编上金辫，镶上银钉"？

犹太人解释说，金是指文字，银则是指字母或者语词之间的空白。有一位也许罗伯托并不认识、但却启示了许多拉比的评论家说过，放在用银线精编细织的网袋里的金苹果意味着在《圣经》的每一个句子里（无疑也在世界上的每一件物品或每一个事件之中）都有两面，明显的那一面以及隐藏的那一面，明显的那面是银，但是隐藏的那面却是更为珍贵的，因而是金。从远处观望那网袋时，看见被银丝包裹着的苹果，以为苹果是银的，只有仔细看时才会发现金子的光辉。

《圣经》包含的一切第一眼看去像银子一样发光，但是当中隐含的意义却像金子一样灿烂辉煌。上帝的语言具有不可冒犯的纯洁性，世俗的眼睛是看不见的，就好像被一层贞洁的面纱掩盖着，处于神秘的阴影中。《圣经》中说不要把珍珠丢在猪前。眼睛好像鸽子意味着不要停留在表面意思上，而是要善于挖掘它们的深奥意义。

然而这些秘密却像鸽子一样躲着我们，让我们无从知晓其藏身之处。于是鸽子就意味着世界用象形文字来讲话，它本身就是代表所有象形文字的象形文字。而象形文字既不说话，也不隐藏，它只是呈现在那里。

还有些犹太人说，鸽子是一种神谕，在希伯来文中鸽子叫作 tore 并不是偶然的，它让人想起 Torah(《托拉》)。而这正是他们的《圣经》、圣书、所有启示的来源。

鸽子在阳光下飞翔时，看似仅仅泛出银白色的光，只有善于长时间等待的人才能发现它隐藏起来的面孔，才能看见它真正的金子，即光辉夺目的橙色。

从令人尊敬的圣伊西多尔的时代开始，基督徒就已经记录下鸽子在飞翔中反射阳光、色彩斑斓的奇景。它的色彩取决于太阳，由此便出现这样的句子："我的装饰来自你的光亮"，或者"由于你，我才装点得光辉夺目"。它的脖子在阳光照耀下闪着缤纷的色彩，但其实永远没有改变。正因为这样，它也在告诫人们不要相信表面，而是要找到虚假表象下的真相。

鸽子到底有多少颜色？正如一本古老的动物寓言集所说：

在我看来，尚须详细道来
鸽子有灰有白

有些呈空气的颜色
有些呈花冠的色彩
有的是黑色，有的为红色
有的朱红色，有的灰烬色
还有许多鸽子
它们集所有颜色于一身。

那么，一只橙色鸽子会是什么样呢？

最后，我在《塔木德》中发现一则有关鸽子的故事，不知罗伯托是否听过：以东的权贵下令反对犹太人，凡是敢佩戴护身符的人一律处以斩刑。以利沙戴着护身符出门，一个执法者发现了他，上前追捕。当以利沙被追上时，他摘下了护身符，把它藏在手心里。敌人对他说："你手里拿的是什么？"他回答道："是鸽子的羽毛。"对方掰开他的手掌，确实是鸽子的羽毛。

我不知道这个故事意味着什么，但我觉得它很美。罗伯托可能也应该这样认为。

可爱的鸽子，
你从哪里，从哪里飞到此地？
是什么缘故
让你迅速地穿越高高的天空
非常慷慨地
去传播一种美妙的芳香？
非常慷慨地
洒下受人欢迎的芬芳？

我想说，鸽子是一个重要的象征，我们可以理解为什么一个迷失在对跖点的人决定要紧紧盯住鸽子，弄明白它的寓意。

岛屿无法抵达，莉丽雅不见踪影，他的每一个希望都遭到了打击，为什么看不见的橙色鸽子就不会变成金色的骨髓，变成点金石，变成终极目标，如人们苦苦求索的任何一件东西一样遥不可及？期望得到永远得不到的某件东西，这难道不是一切欲望的极点？

在我看来事情是如此清楚（更明亮的光辉），我决定我的揭密鸽子就到此为止了。

还是回到我们的故事上吧。

二七
潮汐之谜

第二天，曙光初现罗伯托便脱光了衣服。与卡斯帕神父在一起时，由于害羞，他是穿着衣服下水的，但他明白，衣服让他往下沉，而且碍手碍脚。现在他终于可以赤身裸体了。他把缆绳捆在腰上，顺着雅各之梯下去，重新进入海里。

他浮在水面上，这个技巧他早已掌握。现在他应该学会划动胳膊和腿，像狗那样用爪子刨。他试了一些动作，练习了好几分钟，发觉距离梯子只游出几英寻远。而且，他已经感到很累了。

他懂得如何休息，于是翻身仰泳了一会儿，任由海水和阳光轻柔地抚摸他的肌肤。

他恢复了体力。于是又开始活动，直到感到疲劳为止，然后就像死人一般休息几分钟，接着便重新开始。他移动的距离很短，花的时间却非常长，但也只能这样坚持下去。

试过几次之后，他做出一个大胆的决定。下垂到艏斜桅右侧的梯子，正好对着岛屿。现在他试图游到船的西侧，在那儿休息一会儿，再游回来。

艏斜桅下面的水道并不很长，他很快便从另外一侧望见船艏，觉得这是一次胜利。于是他仰面躺在水面上，胳膊和腿放松地伸展开，心想这一侧的波浪摇晃起来比另一侧舒服许多。

过了一些时候，他感到腰被猛拉了一下。原来缆绳已经拉到最大限度。于是他又换回狗刨式，他明白：海水将他冲到了北边，让他移动到了船的左侧，现在他距离艏斜桅有许多英寻之遥了。换句话说，那股从西南流向东北、在“达佛涅号”偏西一点的地方变得汹涌的激流，实际上在海湾就已经能感觉到了。他在船舷右侧下水时没有注意到是因为船体很大，使他受到了保护，但是当他向左移动时，便身陷其中，要不是缆绳把他拽住的话，他很可能就被卷走了。他以为自己是静止不动的，其实他在移动，就像在旋涡中的地球一样。正因为这样，绕过船艏对他来说十分容易，并不是因为他的本事见长，而是海水助了他一臂之力。

他感到忧心忡忡，试着靠自己的力量游回“达佛涅号”，一番狗刨后，他发觉自己只前进了几巴掌的距离，等他放慢速度，刚喘上一口气，缆绳又拉紧了，这意味着他又回到了原地。

他抓紧绳子，使劲往自己身上拉，然后转动身子把绳子缠在腰上，总算回到了梯子跟前。一到船上，他就断定，游泳到达对岸是很危险的。应该造一条木筏。他看了一下可用的木料，即“达佛涅号”，意识到没有趁手的工具用来砍下哪怕最小的一段木头，除非花上几年时间用他的小刀去锯断一根桅杆。

不过，他自己不是绑在一块木板上到达了“达佛涅号”吗？那么，应该把一扇门从铰链上卸下来，当作小船，哪怕用手往前推着前进都行。至于锤子，可以用剑柄上的圆头来代替；他把剑身插进去当作杠杆，成功地把船上一个大休息室的门板从合页上拆了下来。一番折腾，剑身最终被折断了。等着瞧吧，现在他不再需要与人争斗了，但却要与大海搏斗。

但是如果他把自己捆在门板上，海水将会把他冲到哪里去呢？他把门板拖向左侧的舷墙，然后抛进大海。

门板起初慢慢腾腾地漂浮着，但是过了不到一分钟，它就已经离船远去，刚开始是被推到船的左侧，多多少少是他自己早前漂过去的方向，后来就朝东北去了。随着它离船艄越来越远，它的速度也加快了，直到过了一会儿——在海湾北岬——它越发加快速度向北漂去。

假如“达佛涅号”起锚，也会像它那样。罗伯托起先用肉眼紧盯着门板，直到它越过海岬，后来就要用望远镜来看了，他看见它仍然快速地往前漂着，越过海角又漂出去一大段路程。可以说，那门板迅速地逃跑了，逃到了一条宽广的河流的河床里，那河流的堤和岸都在一片风平浪静的大海中央。

他认为，如果一百八十度子午线沿着一条理想的线延伸下去，而这条线又在海湾的中间连起两个岬角的话，如果那条河流在流过海湾之后便朝向北方拐弯的话，那么，在越过岬角之后，门板便正好是沿着对向子午线漂流了！

也就是说，如果他在那块门板上面，他就将沿着那条将今天与昨天分开，或者将昨日与它的明日分开的线航行了……

不过在那一刻，他脑中想的还有别的。假如他在门板上面，那么除了用双手划水之外，他根本没有别的办法去抵抗水流。控制自己的身体已经相当费力了，更何况是一块没有船头、没有船尾，也没有舵的门板呢。

他到达的那个夜晚，只是由于风力不大或者水流不太湍急，门板才将他带到艏斜桅的下方。要想模拟类似的情形，他必须仔细研究潮汐，花上几个星期，甚至几个月的功夫，并且往海里扔下几十个门板——即便如此，谁知道会不会有结果……

这样行不通，至少他掌握的流体静力学或流体动力学的知识太少。最好还是继续学习游泳。身处水流中，一条乱刨的狗比篮子里的狗更容易到达岸边。

因此，他必须继续训练自己。对他来说只学会在“达佛涅号”与海岸之间游泳是不够的。即便在海湾里，在一天的不同时刻，随着潮汐变化都会出现小股的水流，因此，在他满怀信心地往东游的时候，潮水可能将他先推到西边，然后又冲向北边海角。因此，他还必须训练自己逆着水流游泳。有缆绳的帮助，他不应该放弃挑战船身左侧的水流。

接下来的几天，罗伯托站在悬梯边，想起了格里瓦，在那里他看见的会游泳的动物不仅有狗，还有青蛙。由于人的身体在水里时两腿和胳膊是伸开的，更像青蛙而不是狗，因此他对自己说，也许能够像青蛙那样游泳。他甚至发出声音来为自己鼓劲儿。他喊道“呱呱”，然后伸出胳膊和腿。后来他停止了呱呱叫，因为模拟这些动物的声音让他在跳跃时太费力，而且还让他不得不张开嘴巴，由此而来的后果是游泳新手也能够预料得到的。

他变成了一只年迈而稳重的青蛙，庄严地沉默不语。当他因为不停将双手拨向外面的动作而感到肩膀酸痛时，便重新换回狗刨式。有一次，他看见白色的鸟儿高声鸣叫着追随自己，有时甚至俯冲到距他只有数英寻的地方，为的是逮住一条鱼(不正是海鸥剑法吗!)。于是他也试图模仿鸟儿的姿势，张开双臂做展翅飞翔的动作；但是他发觉自己无法像鸟紧闭喙那样紧闭着嘴巴和鼻子，所以放弃了这一创举。他已经不知道自己是什么动物了，是狗还是青蛙；或许是一只长毛的大蟾蜍，一只四足两栖动物，一只海洋里的半人半马怪物，一条雄性美人鱼。

不过，在各种各样的尝试之后，他发现，不管姿势好坏，他终于能游出一点距离了：他是从船艄开始自己的行程的，现在已经游过了大半个船身。但是当他决定调头游回悬梯时，发觉再也没有力气，只好靠拉绳索回到原点。

他缺少的是正确的呼吸方法。他能够游出去，但却游不回来……他学会了游泳，但就像他听人讲过的那位先生一样，此人走完了从罗马到耶路撒冷的整个朝圣之路，却是靠每天在自家花园里来回走上半英里积累而成的。他从来就不是个运动健将，在“阿马丽利斯号”上的几个月时间，他始终躲在自己的舱室里，遭遇沉船的疲惫不堪，在“达佛涅号”上的无所事事（除了卡斯帕神父强迫他做的少量训练之外），这一切都让他身体虚弱。

罗伯托似乎并不知道，游泳会增强体力，看来他更想为了能游泳而增强体力。因此，再次入水之前，他一次就吞下两个、三个、四个鸡蛋黄，并狼吞虎咽下一整只母鸡。还好有那条绳索在。刚一下水，他就抽筋了，差一点儿就再也回不到船上来。

于是到了晚上，他开始思考这一新的矛盾。从前，在他压根就没有希望登上岛屿的时候，岛屿似乎触手可及。现在，他学会了游泳，这个技巧可以把他带领到那里，岛屿却变远了。

更有甚者，他看到岛屿不只在空间上离他远去，而且在时间上也是如此（向后倒退），从那以后，每一次提到那遥远的距离，罗伯托都混淆空间和时间，他写道：“啊，海湾太昨天了”，以及“要到达如此早的那里，是多么困难啊”；或者“大海让我与刚刚过去的一天离得如此远”，甚至还有“大片令人害怕的雨云正从岛屿那边飘来，而这里却已经晴朗……”

但是假如岛屿离他越来越远，那还值得费那么多工夫学会如何到达那里吗？罗伯托在接下来的日子里放弃了游泳练习，又重新用望远镜去寻觅橙色鸽子。

他看见树叶间的鹦鹉，认出了一些果子，从黎明到黄昏他紧盯着草木中各种不同色彩的苏醒和幻灭，但就是没有看见鸽子。他又开始思考，卡斯帕神父是否对自己说了谎，或者他成了神父一句玩笑话的受害者。有时候他相信，就连卡斯帕神父这个人可能都从来不曾存在过——在船上也再找不到任何他存在过的痕迹。他不再相信鸽子，也不再相信在岛上有观象台。他找机会自我安慰，对自己说，用一架机器去破坏那个地方的纯净是不恭敬的。他开始重新设想一座符合他的梦想的岛屿。

如果那座岛屿矗立于过去，那么它就是他不惜一切代价也要到达的地方。在这个失去理智的时刻，他应该做的不是找到亚当的乐园，而是重新创造出伊甸园。岛屿不是永葆青春的源泉所在，它本身就是源泉，在那里，每一个人都忘却自己枯竭变质的知识，如同一个被遗弃在森林里的孩子，通过与事物的全新接触找到一种新语言。从这种语言中将产生出唯一真正和新颖的科学，它来源于对大自然的直接经验，没有任何哲学能够歪曲它（就如同岛屿不是传授给儿子法律词条的父亲，而是教他咿咿呀呀地说出最早几个词语的母亲）。

只有这样，一个从海难中生还的人才有可能发现控制天体运行的准则，参透天体在空中所画的字谜的意思，不必苦苦思索《天文学大成》和《四论文》，而是直接阅读日蚀月蚀的出现、银色火流星的经过以及星辰的位相。只有被一颗落下的果子砸出鼻血的倒霉鬼，才能一下子既理解地心引力，又理解心脏与血液的运动。只要观察一个池塘的表面，并且插入一根树枝、一根芦苇、一块那种长且坚硬的金属薄片，新的那喀索斯不需要借助任何屈光学或日晷理论，便能捕捉到光和影之间的轮番战斗。也许他将能够理解大地是一面不透明的镜子，它把反射出来的东西都涂上一层墨水，而水则是一面墙壁，它把留在上面的影子弄得透明，然而在空气里面，影像却永远也找不到一个平面来反射，它们渗透到空气中，逃到以太最尽头，仅仅偶尔以海市蜃楼或其他幻象的形式归来。

但是占有岛屿不就是占有莉丽雅吗？那然后呢？罗伯托的逻辑与那些迂腐笨拙、愚蠢透顶的哲学家不同，这些人闯入高级中学，始终宣称一件事情如果是某种样子，就不可能又是相反的样子。我想说，出于专属于陷入爱情的人的胡思乱想，他认定占有莉丽雅的同时，就找到了一切启示的源头。通过一架望远镜去发现宇宙的规律，在他看来，仅仅是认识真理的最远的一条途径，如果他可以把头枕在心爱的女人的怀抱里，在一座每棵灌木都是善之树的花园里，真理将在享乐的震耳欲聋的光芒里向他显露出来。

但是由于——众所周知——希望获取某些遥远的东西，往往召来某个幽灵把它偷走，罗伯托害怕的是，在伊甸园赏心悦目的美景中，会钻进一条蛇来。因此一个念头突然攫住了他：在岛屿上，有一个手脚更快的窃取者——费兰特——正等着他。

二八

小说的起源

对于陷入爱情的人而言，不幸的事远比幸福更加刻骨铭心。罗伯托一心想着他永远离开了他所爱的人，但是，他越是想到他们的分离，就越是被另一种想法所折磨：也许别人未必如此。

我们看到，当罗伯托被马萨林指责去过一个实际上他并未去过的地方时，脑子里面想到的是，费兰特可能也在巴黎，而且在一些场合冒充了他。假如这是真的，罗伯托被红衣主教逮捕，并被派到“阿马丽利斯号”上，而费兰特却留在了巴黎，于是对所有人(她也包括在内！)来说，他就是罗伯托。现在罗伯托满脑子想的都是她在费兰特的身边，于是这个海上炼狱就变成了一座地狱。

罗伯托懂得，嫉妒的形成丝毫不尊重或是或非或者也许永远不会如此的那个事实；它是从一种想象出来的不幸获得一种真实痛苦的激动情绪；嫉妒的人就如同一个患了疑病症的人，是因为害怕生病才变成病人的。因此，要小心了，他对自己说，别任由这种令人悲伤的废话强迫你想象她与另一个他待在一起，没有什么比孤独更能助长怀疑的了，也没有什么比幻想更能把怀疑变成肯定。不过，他又补充说道，既然不能回避去爱，就无法避免产生嫉妒，既然无法避免嫉妒，就不能回避幻想。

实际上，在所有恐惧之中，嫉妒是最为吃力不讨好的：如果你害怕死亡，你可以想，正好相反，你将会长寿，或者在一次旅行中找到不老泉，于是你松了一口气；如果你一贫如洗，你会从有可能找到宝藏的想法中得到安慰；对于每一件害怕的事情，都有一个与之相反的希望鼓舞着我们。但是当你陷入爱情而所爱之人又不在眼前时，情况就不同了：缺席之于爱情，就好比风之于火，扑灭了小火，却让大火熊熊燃烧起来。

如果嫉妒是因强烈的爱情而产生的话，那么，对于心上人感觉不到嫉妒的人就不是情人，或者他爱得不上心，甚至还有一些情人，因为害怕他们的爱情会平静下来，不惜一切代价地寻找嫉妒的理由，使爱情得到滋养。

因此，嫉妒的男人（他其实是要求或者希望所爱的女人贞洁和忠诚的）只想、也只能认为她值得去嫉妒，因而也就是犯有背叛罪行，这样一来，他就可以在眼前的痛苦之中，重新燃起对缺席的爱人的欲望。还因为当你想象自己占有远方的爱人——心里十分清楚这不是真的——并不能让她的款款柔情、红颜和体香变得更加鲜活，而是只能让你想到说不定有另一个人正越俎代庖替你享受着这些礼物：当你对于自己的缺席确定无疑，对于那位情敌的在场，即使不敢肯定，至少也不是毫无把握了。在一个妒火中烧的人眼中，情人和其他男人的交往无一不带有情爱色彩，即使那些想象中的场景并没有真的发生，至少也是有可能发生的，而自己却没份参与其中。

因此，嫉妒者既做不到、也不愿以乐观的态度去想象，甚至他只能夸大自己的痛苦，夸大那种自己被排除在外的处境而获得乐趣。爱情的乐趣是让人渴望的折磨，甜蜜和痛苦相伴相随，爱情是自觉自愿的精神错乱，地狱般的天堂，天堂般的地狱——总而言之，它是对立又和谐的欲望、痛苦的笑靥和易碎的钻石。

在这样痛苦的同时，罗伯托还记得自己从前与人讨论过的无限世界的话题，这时他有了一个想法，甚至是一个创意，伟大而又变了形的天才的一笔。

也就是说，他想到可以创作一个故事，他肯定不是故事的主人公，因为故事不发生在这个世界里，而是在一个小说的国度里，故事的情节将与他所生活的世界里的那些事件平行发生，但两个系列的冒险却永远不得相遇和重叠。

罗伯托从中能得到什么？很多。一旦决定编造一个只存在于他思想中的另外一个世界的故事，他就变成了那个世界的主人，他可以让那里发生的事情不超出他忍耐的极限。从另一方面讲，一旦变成了自己写的小说的读者，他就能够分担故事人物的悲伤，难道小说读者不会幻想自己是皮拉姆斯，从而不带嫉妒地去爱西斯贝，或者幻想自己是瑟拉多而甘心为阿丝特蕾受苦吗？

在小说的国度里相爱并不意味着没有嫉妒，在那里，不是我们的也可以以某种方式成为我们的，而在这个世界原本属于我们却被人偷走的东西，在那里却不存在——尽管那里存在着类似我们拥有或失去的东西……

因此，罗伯托应该写（或者想象）一部关于费兰特以及他与莉丽雅恋爱的小说，也只有构建那个小说的国度，他才可能忘掉在真实世界里嫉妒带给他的折磨。

此外，罗伯托还考虑到："为了弄清楚在我身上都发生了什么，以及我是如何落入马萨林对我设下的陷阱的，我应该重建整个历史的来龙去脉，找出背后的原因以及秘密的动机。然而，还有比我们所读的历史更不确定的东西吗？假如两位作者向我们叙述同一场战役，那些我们注意到的不相符的部分，几乎可以让我们认为那是两场不同的战役。实际上，还有比小说更确定的东西吗？在小说的最后，每一个谜团都能按照现实世界的规律找到解释。小说讲述的事情也许并没有真的发生过，但却完全有可能发生。以小说的形式来解释我的不幸，也就是让我确信：对于那些杂乱无章的经历，至少存在一种办法可以理出个头绪，以证明我不是在做噩梦。这个想法大不一样，因为这样一来，小说中的故事就可以与真实的历史重叠了。”

最后，罗伯托推论：“我的故事讲述对一个女人的爱情；只有小说，而非历史，才关注爱情，也只有小说（永远不是历史）才会负责解释夏娃的女儿们的所思所感，从过去的尘世天堂到而今的宫廷地狱，她们对人类产生了深远的影响。”

所有合情合理的理由都逐一考虑过了，但却没有综合思量。实际上，小说家与一个饱受嫉妒煎熬的人之间是有区别的。嫉妒者享受的是想象那些他不希望发生的事情——但与此同时，他又拒绝相信事情真的发生了——而小说家却是千方百计地让读者不仅享受想象那不曾发生过的事情，而且在一定程度上还能忘记他正在阅读，并且相信所有的事情都真实发生过。对于一个嫉妒的人，阅读别人写的小说已经痛苦万状了，因为不管作者说什么，在他看来，好像都是在说自己的经历。更不用说一个假装编写自己经历的嫉妒者了。人们不都说嫉妒者最擅捕风捉影吗？因此，不管一部小说的人物有多么像影子，由于小说是历史的亲兄弟，那些影子对于这嫉妒者来说都显得太实在了，尤其当那是他自己的影子时——而不是另外一个人的影子——就更严重了。

从另一方面讲，小说虽然有它的优点，但也有它的欠缺，罗伯托应该知道这些。正如医学也教授如何使用毒药，形而上学会通过不适宜的诡辩扰乱宗教教义，伦理道德会推崇华丽（它不是对所有的人都有好处），星相学助长迷信，光学会骗人，音乐会煽动情欲，几何学会助长暴政，数学会造成悭吝——小说艺术虽然告诫我们它提供的是虚构，但还是打开了一扇荒谬之宫的大门，在我们轻率地跨越过门槛之际，宫门就在我们身后关闭了。

然而，阻拦罗伯托迈出这一步却不是我们能力所及，因为我们确切地知道，他已经这么做了。

二九
费兰特的灵魂

从哪里继续讲述费兰特的故事呢？罗伯托认为从那天开始比较合适：他背叛了佯装与之一同在卡萨莱战斗的法国人，在冒充甘贝罗上尉之后躲藏到西班牙人的阵营里。

也许为了表示热情欢迎，有几位贵族曾向他许诺，在那场战争结束之后，把他带到马德里去。就是在那里，费兰特从西班牙朝廷的最底层往上爬，他懂得了君主们把武断专横当作美德，权力是一头永不满足的怪物，必须像一个忠实的奴隶那样侍奉它，以便得到从它饭桌上掉下来的每一块面包渣，并从中获取缓慢而迂回的升迁机会——起初他做过打手、刺客、走狗，后来则摇身一变成为贵族。

费兰特不得不变得聪明机智，虽然是被迫用在坏事上，他很快就学会了如何在那种环境中为人处事——也就是说，他倾听（或者自己猜出）那些阿谀逢迎的学问，萨拉萨尔大人曾试图运用这种学问说服罗伯托。

他培育自己平庸的才能（这是他私生子的卑鄙本性），不害怕在平凡的事情中冒出头来，以避免有朝一日在卓越的事情中成为平庸者。

他明白，当一个人不能披上狮子皮的时候，就该披上狐狸皮，因为从大洪水中活下来的狐狸多于狮子。每一种生物都有自己的智慧，从狐狸身上他懂得了，光明正大地行事既得不到好处，也享受不着乐趣。

假如他被派去在仆人中间散布谣言，以便让中伤的话一点一点地传到他们的主人耳朵里，而且他也知道自己可以利用一个女仆的青睐，他会毫不迟疑地宣称自己会试着到小酒馆里从马车夫身上下手；反过来，假如马车夫是他在小酒馆里的狐朋狗友，他便带着会意的微笑断言自己非常懂得如何让某个女仆听话。他的主人不知道他是怎样行事的，与他相比，在某种程度上就输掉了一分，而他则知道，不马上亮出自己的底牌会让别人不安；这样一来，他就会被神秘所包围，而那奥妙本身则会引来别人的尊敬。

在铲除自己的敌人时——这些人起初是王室里的少年侍从和马夫，后来则是那些把他视为同类的“绅士”——他决定必须从侧面瞄准，永远不能正面进攻，因为精明的做法是使用精心谋划的诡计，出其不意地行事。如果他暗示一次行动，那只是为了引诱对方上当受骗，如果他巧妙地空挥一拳，那么随后就要出人意料地暗度陈仓。永远不要在对手占上风时进攻（相反要向对方表示友好和尊敬），只在对手不设防时，才带着前去救援的神情将其领向悬崖峭壁。

他经常说假话，但却不是没有准则的。他知道，为了让人相信自己，他必须向大家证明即使会受到伤害他也会说真话，而即使可能因此被称赞他也会缄默不语。另外，他设法在手下人中赢得真诚的名声，这样一来，这种声音就会传到权贵的耳朵里。他相信，对地位相同的人伪装并非智举，而对大人物不伪装则是鲁莽。

不过，他为人处事也不过分坦率，总之并不始终如此，以免他人发现这种一致性，从而有朝一日能够预见他的行为。但他的虚伪也极讲究分寸，不然骗人的把戏迟早会被揭穿。

为了变成智者，他训练自己忍受身边的傻瓜们。他不会毫无远见到让他们替他背每个黑锅，但是当风险大的时候，他总会在身旁找到一头替罪羊(出于自己虚荣的野心,这种人总是挺身站到第一排,而他则留在后面),而且不是他,而是其他人把罪过推到那人身上。

总而言之,那些能够赢得美名的事情,看起来都是他做的,而有可能招致怨恨的事情,一律假借他人之手。

在炫耀自己的德行(说穿了不过是些阴险的本事)时,他知道犹抱琵琶半遮面要比彻底显露出来更有益处。有时候他是在一种无声的雄辩中漫不经心地展现自己的杰出才能,他十分机灵,绝不一次暴露无遗。

随着逐渐升迁,以及更频繁地与位高权重的人打交道,他非常善于模仿他们的手势和语言,但他却只对地位低下的人,在他需要为了某些不正当的目的而诱惑他们的时候,动用这些本领;对于大人物,他小心翼翼地表现出不在行的样子,并钦佩他们身上自己早已通晓的才能。

他会完成主使人交给他的每一项伤风败俗的任务,但条件是他所做的坏事还不太出格、不至于令下命令的人都感到反感;假如他们要求他犯下那么严重的罪行,他便加以拒绝,一来免得他们想到,有朝一日,他也将同样做出对他们不利的事情;二来(如果恶毒的言行果真会在上帝的面前遭到应有的报应的话),自己不致变成他们悔恨时不受欢迎的见证人。

在公众场合,他表现得十分虔诚,但是他真正尊敬的只有被损坏的信仰、被践踏的美德、对自己的爱、忘恩负义、对神圣事物的蔑视;他在心里亵渎上帝,认为世界是偶然诞生的,但他却相信命运,这命运有意为懂得让其为己所用的人改换面貌。

为了让他偶尔短暂的休憩变得轻松愉快,费兰特只跟已婚妓女、纵欲的寡妇和不害臊的姑娘发生关系。但又十分节制,一旦脑中闪过什么阴谋诡计,他会毫不犹豫地放弃就要得手的好事,似乎他的恶毒从来不让他休息片刻。

总而言之，他每天的生活都像一个躲在床幔后头一动不动窥伺的杀手，匕首的刀刃甚至不会闪出光芒。他知道，成功的首要规则便是等待时机，然而他很难受，因为时机似乎离他还很遥远。

这种阴暗又顽强的野心剥夺了他心灵的宁静。他认为罗伯托篡夺了他原本有权占有的位置，任何补偿都不能使他感到心满意足，在他看来，财富和幸福能够呈现出的唯一形态就是兄弟的厄运，就是他可以促成厄运的那一天。除此之外，在他的头脑里喧闹的就是争战不休的烟雾般的巨人，在大海、陆地、天空都找不到出口或宁静。他所拥有的触怒他，他所渴望的都是让他痛苦的根源。

他从来不笑，除非是在酒馆里想把一个不知情的告密者灌醉时。独自一人在房间里时，他每天都对着镜子检查自己，确认自己行动时是否流露出焦虑的神情，眼神是否显得目空一切，低垂的脑袋是否表现出犹豫不决，额头上深陷的皱纹是否让他看起来尖酸刻薄。

当他中断这些练习的时候，当他在深夜疲劳地卸下假面具时，才可以看见他真正是怎么一个人——啊，这时罗伯托只能低声念出几年之前他读过的几行诗句：

在驻留着忧伤和死亡的眼睛里
燃烧着混浊的朱红色光芒，
躲闪的目光和斜视的瞳孔
好像彗星，睫毛像灯，
含怒、高傲和绝望的雷声
是呻吟，气喘如闪电。

没有人是完美无缺的，在恶的世界里也不例外，费兰特无法完全控制自己过盛的恶毒，不可避免地迈出了错误的一步。他受主人的委托，策划诱骗一名出身极其高贵且已注定要与一位有德行的贵族成婚的贞洁少女，他开始给人家写情书，然后署名为他的唆使者。后来，尽管她一再回避，他还是潜入她的闺房——使她成为粗暴诱惑的牺牲品——他奸污了她。他只用一次行动就欺骗了她、她的未婚夫，以及命令他去诱骗的主使人。

当罪行被揭露出来，他把过错推到他的主人身上，此人在与被背叛的未婚夫的决斗中死亡，而此时费兰特也已经踏上了去法国的路。

心情好的时候，罗伯托让费兰特在一月份的寒冷夜晚，骑着一头偷来的母骡子冒险穿过比利牛斯山，这头母骡仿佛过分虔诚的新教徒，毛发像僧侣一样稀少，而且乖巧、朴实、禁欲，并且循规蹈矩，还苦修肉体——这从肋骨的骨架上便可以看得很清楚——它每走一步都要跪下亲吻大地。

比利牛斯山的悬崖峭壁仿佛涂了一层凝乳，似乎处处都打了石膏。寥寥几棵没有完全被积雪掩埋的树木看起来那样苍白，好像是被剥光了衬衣，与其说是被风吹得晃动，还不如说被寒冷冻得瑟瑟发抖。太阳躲在它的宫殿里面，都不敢在阳台上露一面；即使露出一点脸来，也要用小绺胡须般的云彩遮住鼻子。

在那段路上能够遇到的很少的过客好像是橄榄山修道院的年轻修士，他们一边走一边唱着“洗涤我，让我洁白胜雪……”费兰特看见自己的绿袍变得雪白，也感觉仿佛摇身一变成为秕糠学会[①]的词典的一页。

一天夜里，天空飘下大片厚厚的棉絮般的雪花，有人都变成了盐雕，费兰特也怀疑自己要变成雪人了。灰林鸮、蝙蝠、鹿角锹甲、天蚕蛾，以及猫头鹰都在他周围跳着摩尔舞步，似乎要捕捉他。最后他的鼻子撞到了一个吊死鬼的两只脚，这个缢死者在一棵树上摇摆着，在灰色的田野中看起来十分古怪。

---

① Accademia della Crusa，意大利著名学会，旨在纯洁意大利文艺复兴时期的文学语言。

但是费兰特——尽管一部小说应该点缀装饰些令人愉快的描述——不可能成为一个喜剧人物。他必须朝着目的地赶路,同时按照自己的盘算想象着正在靠近的巴黎。

为此他感慨道:"啊,巴黎,你是无边无际的海湾,在那里,鲸鱼变得如海豚一样渺小,你是美人鱼的故乡,豪华的市场,令人心满意足的花园,阴谋诡计的迂回街道,阿谀献媚的尼罗河,虚伪做作的海洋!"

罗伯托想编出一段还没有任何作者想到过的文字,来表达那个贪婪的家伙的情感,他已经准备好征服一座城市:在那里,人们把欧洲概括为文明,亚洲概括为奢靡,非洲概括为怪诞,美洲概括为富饶;在那里,新奇有它的舞台,欺骗有它的圣殿,奢侈有它的中心,勇气有它的竞技场,美有它的厅堂,时尚有它的摇篮,美德有它的坟墓。他往费兰特的嘴里放入一句狂妄的玩笑话:"巴黎,我们俩斗一斗吧!"

从加斯科涅到普瓦图再到巴黎,费兰特借机策划了一些厚颜无耻的骗局,得以将一笔小小的财富从那些笨蛋的口袋里转移到自己身上,这样他在到达首都时就已经是一位年轻的绅士,谨慎而可爱的波佐先生了。他在马德里搞过的骗术还都没有传到这里,他与几位亲近王后的西班牙人有了交往,他们很快就赞赏起他办事谨慎的能力,要知道那位王后虽然忠于她的丈夫,从表面上看也尊敬红衣主教,但却与敌对朝廷也有来往。

他作为非常忠诚的执行者的名声传到了黎塞留的耳朵里,这位对人心了解极深的行家认为,一个尽心尽力地效忠王后、而且以手头拮据闻名的人,许以一份更为优厚的报酬,自然乐意为自己效力。于是他便开始利用费兰特,其行事秘密到连他最知心的合作者都不知道这位年轻密探的存在。

除了在马德里长时间的磨炼之外,费兰特还具有轻而易举地学习语言和模仿口音的罕见能力。炫耀自己的天赋不是他的习惯，但是有一天，黎塞留当着他的面接见一名英国密探，他与那个叛徒交谈自如。为此，黎塞留在法国和英国关系最为困难的时刻，把他派到了伦敦，他在那里假扮成马耳他商人，收集关于港口里船只来往活动的情报。

现在，费兰特实现了他的一部分梦想；他是一名间谍，不再为随便哪个主子所雇用，而成了无所不及的利维坦的左膀右臂。

一个密探（令惊呆了的罗伯托感到愤慨）是宫廷里最具腐蚀性的瘟疫，是神话故事中的*鸟身女妖*，带着她涂脂抹粉的面孔和锋利的脚爪，落在国王的桌上，时而鼓动蝙蝠似的翅膀飞翔，时而用长着大鼓膜的耳朵偷听；他是猫头鹰，只能在黑暗中视物；他是在玫瑰花中爬行的蝰蛇；他是花朵上面的蟑螂，把品尝到的极为甘甜可口的浆汁变为毒物；他是候客厅里的蜘蛛，把话语编成细丝织成网，以便捉住每一只飞过的苍蝇；他是长着钩嘴的鹦鹉，搬话传话，把真的变成假的，假的变成真的；他是变色龙，接受每一种色彩，唯独不穿的就是自己原本的颜色。任何人都会为这些品性感到羞耻，除了那出于天主（或者魔鬼）的旨意为服务于罪恶而生的人。

然而费兰特却并不满足于当间谍，不满足于影响那些听他转述观点的人，而是想成为一名在那个时代人们所说的双面间谍，他就像传说中的怪物，有本事同时用两种相反的步伐行走。假如把*权力*交锋的竞技场比作充满阴谋诡计的迷宫，那么谁将成为半人半牛的弥诺陶洛斯呢？那就是双面间谍。假如把明争暗斗的宫廷战场称为*地狱*，在那里，在*忘恩负义*的河床上，涨满忘川水的冥界火河急速流淌，在那里，情欲的浑水滚滚沸腾，谁是长着三个脑袋的刻耳柏洛斯，在嗅察不速之客后便狂吠嚎叫，把那人撕咬得皮开肉绽？正是双面间谍……

刚到英格兰，在充当黎塞留的密探的同时，费兰特决定为英国人做些情报工作，赚点钱花花。在烧烤肥羊肉烟熏火燎的饭馆里，面对着盛啤酒的大陶罐，他从仆人和小官员的嘴里刺探着情报。当有教会人士在场时，他便宣称自己是一名西班牙神父，决定脱离罗马教会，因为再也忍受不了它的肮脏污秽。

那些反对教皇的人正费尽心机收集天主教教士卑鄙下流的证据，所以他们对费兰特的自白求之不得。他们甚至不需要费兰特供出什么他们不知道的秘密。英国人手里已经有了另一名神父或真或假的匿名供词。于是，费兰特做了那份文件的担保人，以马德里主教助手的名义在上面签了字，那位主教助手有一次对他态度倨傲，所以他发誓要报复。

当他从英国人那里接到任务要回西班牙，以收集其他声讨罗马教廷的言论时，他在当地的一家小酒馆里遇到一名热那亚来的游客，他与那人谈得十分热络，很快就发现那人实际上名叫马哈茂德，是一个在东方改信伊斯兰教的叛徒，他乔装成葡萄牙商人，正在搜集关于英格兰海军的情报，与此同时其他被奥斯曼帝国收买的间谍也正在法国做着同样的事情。

费兰特透露自己也曾为在意大利的土耳其间谍工作，并且皈依了同一种宗教，取名为德克纳·奥格路。他马上向那人出卖了关于英国港口活动的情报，并因把一个消息传给那人在法国的同伙而得到一份报酬。当英国教士以为他已经出发去西班牙的时候，他仍不想放弃在英国能捞到的额外好处，于是他又与海军部的人接触，自称是威尼斯人，名叫格兰切奥拉(为了纪念甘贝罗上尉而取)，为共和国的内阁履行秘密职责，尤其是刺探有关法国建造商船的计划。现在，他由于一次决斗而被放逐，必须在一个友好的国家找到藏身之处。为了表明诚意，他通报他的新主人，法国正通过马哈茂德这个假扮成葡萄牙人生活在伦敦的土耳其间谍来搜集英国港口的情报。

马哈茂德马上被逮捕了，并在他身上找到了关于英国港口的资料，于是费兰特，或者说格兰切奥拉，被视为值得信任的人。他得到最后会被英国接纳的许诺，以及第一笔巨额酬金，然后被派遣到法国，与其他英国间谍会合。

到达巴黎之后，他立刻把英国人从马哈茂德那里截获的情报传递给黎塞留。接下来，他又按照热那亚叛徒给他的地址，找到那些朋友，自称是夏尔·德·拉布雷歇，一个为异教徒效力的前神父，刚刚在伦敦策划了一起阴谋，目的是让所有基督教徒名誉扫地。那些间谍相信了他，因为他们已经从一本小册子里得知，英国圣公会公布了一个西班牙神父所做的坏事——消息已经传到马德里，他们逮捕了为费兰特背黑锅的主教，现在，此人正在宗教裁判所的牢房里等死呢。

费兰特取得了土耳其间谍的信任，获取了他们搜集到的关于法国的情报，并且马上寄送到英国海军部，从而又得到了第二笔酬金。然后他又回到黎塞留身边，向他报告巴黎正受到土耳其阴谋活动的威胁。黎塞留又一次赞赏了费兰特的能力和忠诚。于是请他去从事一项更为艰巨的工作。

长久以来，红衣主教便对朗布依埃侯爵夫人的沙龙里的活动十分关心，他的心被一种怀疑所占据，即那些自由的心灵会表达对他的不满。他因此犯下了一个错误：派一名他信任的朝臣到朗布依埃侯爵夫人身边，而后者却愚蠢地直接询问有没有人发泄怨言。夫人回答说她的客人们都非常了解她对主教阁下的敬仰，即使他们对大主教有什么不满，也绝不敢当着她的面说出赞赏之外的言论。

现在黎塞留打算让一个外国人出现在巴黎，混入那些达官显贵的圈子。简而言之，罗伯托懒得编出所有费兰特为混进沙龙使用的欺骗手段，但他认为应该事先给他一些引荐，再乔装打扮一番：戴上一顶假发，安上一把白胡子，用油膏和染料将面孔弄得衰老些，左眼上蒙上一条黑布条儿，于是就成了莫尔菲修道院院长。

罗伯托当时不可能想到，和自己面容肖似的费兰特在那些已经遥远的晚上就在自己身旁，但他记得看见过一位眼睛蒙着黑布条儿的年迈修道院院长，于是他认定，那人应该就是费兰特。

这么说，那人真的就在那个圈子里——在十多年之后——他又重新找到了罗伯托！言语无法形容那个小人再次看到自己所憎恨的兄弟时心头涌起的恶毒的快乐。如果不是乔装打扮得面目全非，那恶意一定会让他的脸扭曲变形，他对自己说，毁灭罗伯托、将他的名字和财产据为己有的机会终于来了。

头几个星期的夜晚，他首先做的是窥视罗伯托，仔细地观察他的面孔，捕捉每个念头的痕迹。他习惯于隐藏自己，同时又非常善于发掘。更何况爱情也无法隐藏：它就如同火苗会冒烟一样一目了然。费兰特追随着罗伯托的目光，立刻就明白了，他爱上了那位夫人，因此他对自己说，第一件事就是偷走罗伯托最心爱的东西。

费兰特发现，罗伯托虽然用言谈吸引了夫人的注意力，却没有勇气接近她。兄弟的踌躇不前正好对他有利：夫人可能会把这理解成他对她毫无兴趣，而轻蔑恰恰是最好的征服办法。罗伯托正在为费兰特开辟道路，费兰特则让夫人在不确定的等待中备受折磨，然后——算计好适宜的时机——再向她大献殷勤。

但是罗伯托能够允许费兰特怀抱和自己同样的爱吗？肯定不。费兰特认为女人水性杨花、工于心计、信口雌黄、行动迟缓又常常心血来潮。他受到的是孤僻的苦行僧的教导，这些人每时每刻都在提醒他，“男人是烈火，女人是柴草，魔鬼来了，他在草上面吹气”。因此他习惯于把夏娃的每一个女儿都看成不完美的动物、大自然的错误，如果她丑陋，那么对于眼睛就是酷刑，如果她漂亮，就会让心灵备受煎熬，对爱她的人，她是暴君，对轻蔑她的人，她便与之为敌，她的欲望没有节制，她的愤怒难以平息，她善于用嘴去迷惑，用眼睛去束缚。

但恰恰是这种轻蔑促使他去引诱女人：从嘴唇流出来的是阿谀奉承的话语，然而心里却在庆贺他的受害者的堕落。

最终，费兰特准备把手伸向罗伯托哪怕在想象中都不敢抚摸的身体。此人憎恨所有对于罗伯托来说神圣不可侵犯之物，准备好了——现在——去偷走他的莉丽雅，让她成为自己喜剧中的乏味情人。何等的酷刑！构思出最令人憎恨的主人公作为自己想象的产物，小说的荒谬的逻辑强迫我们参与最丑恶的情爱游戏，这是多么令人痛苦的义务。

然而别无他法。费兰特将会得到莉丽雅——否则的话，又为什么要进行虚构，如果不是为了因此痛苦而死的话？

怎样发生的、到底发生了什么，罗伯托无法想象（因为他从来都没能去尝试）。也许费兰特是在深夜里潜入莉丽雅的卧室的，显而易见，他抓住一棵常春藤（它坚韧的拥抱，在夜晚引诱着每一个恋人的心），攀缘而上，一直爬到她的闺房。

这时的莉丽雅觉得自己清誉受损，任何人都会相信她的愤怒，只除了像费兰特这样的人，他认为所有人都是假正经。于是费兰特跪在她面前，开始讲话。他说了些什么？他模仿罗伯托的声音说出了所有那些罗伯托不仅想对她说、而且已经在信里说过的话——她却一直不知道对她说这些话的是谁。

罗伯托寻思，这个强盗怎么能够了解他曾经寄给她的那些书信的内容呢？不仅如此，圣萨万在卡萨莱口授给他的那些信件，不也都销毁了吗！甚至还有现在在这条船上他正在写着的那些！但是毫无疑问，费兰特现在正以真诚的语调朗诵着罗伯托十分熟悉的句子：

“夫人，在宇宙非凡的建筑之中，从世界诞生的第一天起，就已经写下，我注定会遇见您并爱上您……请您原谅一个不顾一切的人的热望，不，您还是不要为此而费心：从来没有听说过哪位君王需要费心了解他奴仆的死亡……难道不是您将我的双眼变成了蒸馏器，以便提取我生命的精华、让它一滴滴地流走？我请求您，不要扭转您美丽的头颅：失去您的注目后，我双目失明，因为您不再看我；我喑哑无声，因为您不再与我讲话；我失去了记忆，因为您已将我遗忘……啊，但愿爱情至少能把我变成一块感觉迟钝的碎片、一株曼德拉草、一座石头喷泉——它会用泪水冲走所有痛苦！”

现在，夫人肯定在颤抖，她的眼睛里燃烧着从前隐藏起来的全部爱情，并拥有了堪比越狱囚犯的力量：有人为她砸碎了克制的围栏，并向她提供机会的丝绸梯子。只要对她继续紧追不舍就行了，费兰特不只说出罗伯托曾经写过的那些话语，他还知道其他词句，现在把它们都灌进她的耳朵里，让她陶醉甚至也使罗伯托迷惑，因为他不记得自己还写过这些。

“啊，我苍白的太阳，在您的温柔浅淡的色彩面前，朱红色的黎明失去了它所有的烈焰！啊，温柔的双眸，我只请求您让我相思成疾。为了忘记您而逃到田野或森林里，这一切对我丝毫都不管用。看不见您的微笑，大地上就不再有森林，森林中不再有树木，树木不再抽出枝桠，枝桠上不再绽开鲜花，鲜花不再结出果实……”

这时，看见她面露红晕，他又说道：“啊，莉丽雅，但愿您能够知道！当我还不知道您的面容和名字，就爱上了您。我寻找您，却不知道您在哪里。但是，有一天，您却像天使般给我一击……啊，我知道，您想问为什么我不让这份爱情因沉默而保持纯净，因远离而变得贞洁……然而，我在死去，啊，我的心肝，您已经看见了，我的灵魂已经从我的躯体逃离，请您不要让它散落在空气中，请允许它停留在您的嘴唇上！”

费兰特的语气是如此真诚，以至于现在连罗伯托都希望她落入那甜蜜的圈套。只有如此，他才能确定她是爱他的。

就这样，莉丽雅弯下身子准备吻他，但突然又害怕起来，她犹疑不决，三次将自己的嘴唇靠近她所渴望的气息，又三次缩了回去，然后大声喊道："噢，是的，是的，如果您不用铁链拴住我，我将永远不得自由，如果您不强暴我，我将不会是贞洁的！"

于是，她抓起他的手，在吻过它之后，又把这只手放在她的胸口上；然后，她把他拉进自己的怀中，温柔地嗅着他嘴唇上的气息。费兰特弯腰转向那快乐的器皿（罗伯托把自己的心烧成了灰，装进了那里面），两个身体融化成了唯一的灵魂，两个灵魂融化在了唯一的身体里。罗伯托不再知道拥抱她的到底是谁，而她以为自己是在他的怀抱中，罗伯托将费兰特的嘴巴递上去时，又试图移开她的嘴唇，为的是不把那亲吻赐予他。

就这样，当费兰特亲她时，她也回吻了一下，于是亲吻在虚空中消散，对于罗伯托来说，所剩下的便只是确信自己被人偷去了一切。然而他又不能回避去想他本想放弃想象的后续，因为他知道，贪得无厌乃爱情的本性。

他被这过分的贪婪所激怒，忘记了她正在给予费兰特——她把他当成了罗伯托——的恰恰是自己曾非常渴望的爱的证明，现在他憎恨莉丽雅，于是他在船上四处奔跑，叫喊着："啊，可耻呀，如果叫你女人，就是冒犯了所有与你同性别的人！你所做的与其说是女人所为，不如说是复仇女神所为，就连凶残的野兽，也比你这种下贱东西好太多了！你比毒死克娄巴特拉的蝰蛇还要坏，比诱捕鸟儿的角蝰还阴险，比毒杀猎物的两头蛇还可怕，比长着四颗毒牙、腐蚀皮肉的眼镜蛇还狠毒，比从树上猛扑下来、勒死猎物的长锦蛇还毒辣，比向喷泉喷射毒汁的方花蛇还凶恶，比用目光杀人的蛇怪还残忍！你是穷凶极恶的母夜叉，不知天高地厚、无视人伦纲常，你是从石头里、从高山上、从一棵橡树里诞生出来的怪物！"

后来，他停止了咒骂，重新意识到：她是将费兰特错认为自己才献身的，因此，她不该被诅咒，而应该从那骗局中被解救出来，于是又喃喃道："小心，我心爱的爱人，那个以我的容貌出现在你面前的人知道你不可能爱上其他人，除非是我本人！现在我应该做什么，除了憎恨我自己以便憎恨他？我能允许你在享受他的拥抱时却以为是我在抱你、让你继续被欺骗吗？我已经开始接受生活在这座监狱之中，以便将我的日日夜夜用来思念你，怎能让你自以为是在蛊惑我，实则是被他的魔咒蛊惑？啊，宝贝，宝贝，宝贝，难道你还没有惩罚够我吗？难道这不是让我求生不得求死不能吗？”

三〇

相思病或性爱忧郁症

罗伯托两天以来又重新躲避阳光。他在梦中只看见死人。他的牙龈和嘴巴都发炎了。疼痛从五脏六腑一直蔓延到胸口和背部，虽然没有吃进什么食物，仍然呕吐酸水。黑胆汁啮咬和腐蚀着他的整个身体，在他体内翻腾，就像水在高温下释放出气泡。

他肯定是得了所谓的“性爱忧郁症”（可令人难以置信的是他直到现在才意识到这一点）。难道他竟不知道，那天晚上在朗布依埃侯爵夫人那里，他所钟爱的人的形象激起他的爱恋，如幽灵一般经由眼睛——灵魂的守门人和密探——潜入他的身体里面？然而，后来，这爱情的形象却慢慢地经过血管，到达肝脏，引起性欲，促使他全身发生骚乱，并且长驱直入夺取心脏的堡垒，由此出发向大脑最为崇高的权威发起挑战，并使之成为它的奴隶。

也就是说，这种病症会使它的受害者丧失理智，意识迷失，智力混乱，想象力也随之衰减，可怜的恋人开始消瘦，面容憔悴，眼睛深陷，唉声叹气，因嫉妒而提不起劲儿。

如何治愈呢？罗伯托自以为颇通药理，然而，一切对他都无济于事，除非拥有所爱的人。他不知道，这是不够的，因为性爱忧郁症患者不是因为爱情而变成那种样子，而是为了表现他们的忧郁而恋爱——他们宁可待在荒无人烟的地方，以便与不在身旁的爱人心灵交汇，一心梦想着如何去她身边；但是，一旦到达那里，他们会更加悲伤，恨不能另寻一个目标。

罗伯托试图回想起他曾经从一位“性爱忧郁症”专家那里听来的话。似乎是这样的：这种病是由于终日无所事事、睡觉时仰卧导致精液过度滞留在体内所造成的。而他好些日子以来无疑很懒散，至于精液滞留，他则回避寻找其原由，或者制定治疗方案。

他听人讲过狩猎活动可以帮助人们忘却忧愁，决定必须加强游泳练习，不再躺着休息；然而，在刺激感官的物质里面有盐，在游泳的时候，他会喝下去不少……此外，他还记得听人说过，非洲人经常晒太阳，比北方人要更加邪恶堕落。

也许是他吃的食物激起他忧郁的倾向？医生建议禁食野味、鹅肝、开心果、松露和姜，但却没有说哪些鱼类最好不吃。他们提醒人们不要穿太过舒适的衣服，如紫貂皮和天鹅绒，也劝告不要使用麝香、琥珀、肉豆蔻和西普香粉，但是他们怎么能够知道从温室里散发出来的，以及被风从岛屿上吹向罗伯托的上百种香气的不为人所知的功能？

他本来可以使用樟脑、琉璃苣、白花酢浆草来消除许多坏影响；可以灌肠，用溶解在肉汤里的硫酸盐催吐；还可以在胳膊或额头上的正中静脉放血；此外，他可以只吃菊苣、苦苣、莴苣，以及甜瓜、葡萄、樱桃、李子和梨，新鲜的薄荷效果尤其好……然而，在“达佛涅号”上，这些东西没有一样他能找得到。

他于是重新下水，尽量不喝进太多的咸水，并且尽量少休息。

当然他还一直在想他之前提及的故事，但是现在，对费兰特的恼怒变成了狂妄自负，他与大海较量着，就好像让大海屈服于他的意志，他就征服了自己的敌人似的。

几天之后的一个下午，他第一次发现自己胸脯上的汗毛都变成了琥珀色——正如他用各种隐晦的修辞笔法写下的——会阴部的体毛也是这样;他还意识到,体毛之所以变成那种样子,是因为他的身体被晒成了古铜色;他也变得强壮了,在胳膊上他看见从未注意到的肌肉隆起来了。他觉得自己已经变成了一个大力士,因此不那么谨慎了。第二天,他没有系绳索就下到水里去。

他放开悬梯,沿着船体向右舷游去,一直游到艉柱,后来,他大概打算绕过船尾,经过艏斜桅的下面,从另外一侧登船,他手脚并用地卖力游着。

海面并不平静,一些小波浪不断地把他冲向船体,因此,他必须使出双倍的力气,使自己既能沿着船体前进,又能尽量离它远一些。他的呼吸已经变得沉重,但仍英勇无畏地继续前进。直至到达中途,也就是说来到船尾处。

他发现自己已经筋疲力尽。他无力再游到船身另一侧了,然而调头游回去也不可能。他试图抓住船舵,但几乎无从着手——那上面布满了黏液——它此时正在海浪交错的拍击之下,发出缓慢的呻吟。

他看见自己头顶上的船尾平台,猜想着在玻璃窗的后面就是他的房间,那安全的终点所在。他对自己说,万一船艏的悬梯脱落了,那么,在死亡之前,他将在对自己无数次想逃离的甲板的渴望中度过最后的时光。

太阳被一层云彩遮住了,他已经变得麻木。他把脑袋向后仰去,几乎要睡着了,过了一会儿,他重新睁开眼睛,翻转身子,然后他意识到,自己害怕的事情发生了:海浪将他冲离了船体。

他使尽力气才回到船边,他摸了一下船舷,似乎是为了从那里得到力量。抬头可以看到一门大炮,炮筒从船的舷孔处露出来。假如他带着绳索,他心里想着,就可以打上一个活扣,把它抛向高处,挂在炮口,然后双臂抓紧绳子,双脚抵着船舷爬上去……然而,现在不但没有粗麻绳，而且他肯定也没有勇气和臂力爬到那样的高度……就在自己的住处近旁这样死去，真是无论如何也说不通。

他做出一个决定。反正已经绕过船尾，不管是回到了右舷，还是沿着左舷继续前进，他与悬梯的距离都是一样的。几乎像抽签一样，他决心从左侧游，并小心翼翼地不让水流把自己冲离“达佛涅号”。

他咬紧牙关，绷紧肌肉，开始游泳，不愿随波而去，咬牙切齿地下定决心要活下去，哪怕——如俗话所说——只剩最后一口气。

到达艏斜桅的时候，他高兴得欢呼起来，扒着船艏来到雅各之梯的下面——但愿他以及《圣经》里所有族长家长都得到了天主，即万军之耶和华的祝福。

他再也没有力气了。他停在悬梯上，一动不动大概有半小时之久。最后，他还是成功登上了甲板，并试图对自己的经历做一番总结。

第一，他能够从船的一头游到另一头；第二，这就是他的体能极限了；第三，船与海岸之间的距离要比“达佛涅号”的周长大出许多倍，即使在落潮的时候，他也不指望能够游到双手可以触及某件坚实物体的地方；第四，落潮可以使他离陆地更近，然而，逆潮前行只会更难；第五，假如游到一半他就没力气了，那么，他也不可能再游回来了。

因此他必须继续系上绳索，而且这一次要更长的绳索。他将朝东边游去，直到体力不支，然后再用绳子把自己拉回去。只有这样日复一日地练习，他才可以进一步尝试。

他选择了一个风平浪静的下午，当时太阳已经照到他的后背上了。他准备了一条非常长的绳子，一头牢牢地系在主桅杆上，并在甲板上盘了许多圈，放在那里准备一点一点儿地松开。他平静地游着，为了不过分疲劳，他经常停下来休息。他望着海岸和两个岬角。只有这个时候，从低处，他才意识到那条理想的线有多么遥远，它从南到北贯穿于两个岬角之间，越过它就将进入昨日。

由于误解了卡斯帕神父，他以为珊瑚礁区域开始于白色的浪花拍击礁石的地方。而实际上，即使在落潮的时候，珊瑚礁也比肉眼所见更近些。否则的话，“达佛涅号”本该搁浅在更靠近陆地的地方。

就这样，他的两条赤裸的腿碰到了什么东西，这东西在海水里漂流，在碰到时它已经漂到上面来了。几乎是在同一时刻，他被水面下什么彩色的东西撞了一下，大腿和胫骨感到难以忍受的灼痛。好像是被咬了或是被爪子抓了一般。为了离开那片珊瑚礁，他脚后跟一蹬，但这样一来，又伤了一只脚。

他急忙抓住绳子，用力地拽着回到船上，手上的皮都被擦破了；然而他更加担心的还是腿上和脚上的伤。那里现在起了非常疼痛的密密麻麻的脓包。他用淡水冲洗了一下，稍稍缓解了灼痛。但是到了傍晚时分，及至整个夜里，灼痛伴着严重的奇痒发作，在睡梦中他可能用手抓过，第二天早上，那些脓包便流出鲜血和白色的黏液。

于是他动用了卡斯帕神父留下的药物（酒、油、鲜花），缓解了感染，但是在一整天的时间里他还是感到想用指甲抓挠发炎伤口的本能冲动。

他又一次对自己的经历进行了总结，并从中得出四个结论：第一，珊瑚礁比落潮时露出的部分还要近，这鼓励他再次探险；第二，生活在上面的某些生物，如螃蟹、鱼，也许还有珊瑚或者锋利的石头，都有可能让他染上一种恶性传染病；第三，假如他想再回到那些礁石旁边，必须穿上鞋子和衣服，而这又可能妨碍他的活动；第四，由于无论如何他都不可能保护自己的整个身体，所以他需要能够观察水下情况。

最后的结论让他想起了那个玻璃面具，卡斯帕神父向他展示过的能在海中视物的面罩，他试着将它扣在后颈上，这时他发现，面罩把他的脸包上了，让他好像透过一扇窗户那样看到外面。他试着呼吸，感觉到进来一点空气。如果空气进来了，那么水也能进来。因此这就意味着，在使用它时要屏住呼吸——留在里面的空气越多，进来的水就越少——等水一灌满，他就得马上浮出水面。

操作并不容易，罗伯托用了三天时间在水里演练所有的步骤，但都是在“达佛涅号”附近练习。他在水手的床铺旁边找到了一双帆布高统靴，可以保护他的脚，又不至于太拖后腿，还找到一条裤子，可以在小腿肚上扎紧。他花费了半天时间，重新复习他在裸泳时已经掌握得很好的那些动作。

接下来他戴着面罩游泳。在深水中他无法看得很清楚，但瞥见一群金色的鱼从他身下几米深的地方游过，仿佛航行在一个大缸里。

已经说过了，他花了三天时间。在这段时间中，罗伯托首先学会了在水中屏住呼吸进行观察，然后学会边移动边观察，接下来就是在水下摘掉面罩。在这项练习中，他本能地学会了一个新的姿势，就是让胸脯鼓胀起来，双脚像疾奔一样踢水，同时把下巴向上仰。而最困难的是保持着同样的平衡时，重新戴上面罩并且把它系到后颈上。此外，他马上想到，一旦到了暗礁上面，如果身体依然直立，他就有可能触到礁石，如果把头露出水面，他就看不见自己正在踢的是什么东西。因此他认为最好不要系紧面罩，而是用双手把它按在脸上。不过，这就迫使他只能靠腿部动作来前进了，还必须让两条腿平行地伸展，不与底下的礁石相碰；这个动作他从未试过，所以在他能够熟练掌握之前，必须长时间地练习才行。

在练习的过程中，他把所有的暴躁都转移到有关费兰特的小说的新篇章里。

他让自己的故事走上了一条充满怨恨的道路，费兰特理所当然地受到了惩罚。

三一
圆滑人物的日课经

从另一方面讲,他也不能够迟迟不重新捡起他的小说。确实,诗人们在讲述完一件值得回忆的事之后,会把它忘却一段时间,好吊一吊读者的胃口——正是由于这种技巧,人们才承认那是一篇好作品;但是,主题不应该被搁置得太久,否则读者会迷失在其他平行发展的情节中。因此,要回到费兰特身上。

把莉丽雅从罗伯托手里夺过来,只是费兰特所确定的两个目标中的一个。另一个目标就是让罗伯托在红衣主教身边失宠。这项计划并不容易:红衣主教甚至不知道罗伯托的存在。

然而费兰特却懂得利用机会。一天,黎塞留当着他的面阅读一封信件,并且对他说:

"马萨林主教对我提起一件英国人的事,是关于他们的交感粉末的。您在伦敦从来没听人讲过吗?"

"阁下,那是什么东西?"

"波佐先生,或者不管您到底叫什么名字,请记住永远不要用另一个问题来回答一个问题,特别是对一个地位比您更高的人。如果我知道那是什么玩意儿的话,就不会问您了。总而言之,先不说这种粉末,您是否听人提起过一种找到经度的新秘方呢?"

"我承认,我对这个话题一无所知。如果阁下您愿意明示,也许我可以……”

“波佐先生，您如果不是蛮横无理，就是在开玩笑吧。假如要由我去启发其他人连我自己也不了解的秘密——除非这个其他人是法国国王，在我看来这好像不是您的情况——那我就不算是这个地方的主人了。因此，您可以只做您善于做的那些事情：睁开双眼，去发现您一无所知的秘密。然后，您再来转述给我，接下来再设法忘掉它们。”

“阁下，那正是我一直在做的。啊，至少，我相信是如此，因为我已经忘记了我做过什么。”

“正应如此。您可以走了。”

过了些时候，费兰特在那个难忘的晚上听到罗伯托恰恰在谈论这种粉末。终于能够向黎塞留汇报，一个经常去见那个英国人伊格比（众所周知，从前他与白金汉公爵关系密切）的意大利贵族，对于那种粉末似乎了如指掌：在他看来，运气好得简直不真实。

在策划抹黑罗伯托的同时，费兰特还应该设法占据对方的位置。因此，他向红衣主教吐露，他，费兰特，扮成波佐先生，因为他的情报工作要求他隐姓埋名，而实际上，他是真正的格里瓦的罗伯托，曾在卡萨莱围城时期与法国人并肩英勇作战。而如此笑里藏刀地谈论那种英国粉末的另一个人，却是一个欺世盗名的冒险家，他利用外表上的模糊相似，曾以阿拉伯人马哈茂德的名义，奉土耳其人之命在伦敦当间谍收集情报。

费兰特做了这样一番声明后，便在等待时机，一旦他的兄弟完蛋，他便可以作为唯一和真正的罗伯托取而代之，不只对留在格里瓦的亲戚们是如此，而且在整个巴黎城的眼里也是一样——就好像另一个人从来不曾存在过。

在这段时间里，在他乔装成罗伯托去征服莉丽雅的同时，费兰特如所有人一样，得知了桑克·马尔斯的失宠，他知道一定会冒非常大的危险，然而为了报复，他却准备搭上性命，于是他披着罗伯托的外衣，与那个阴谋家的朋友们招摇过市。

随后他经常对主教吹风说，那位冒牌的罗伯托对英国人非常看重的一项秘密一清二楚，显而易见，他是在搞阴谋。此外，费兰特还为罗伯托制造出了一些目击证人，这些人断言曾经看见过罗伯托和这位或那位可疑人士待在一起。

可以看得出，一个由谎言和伪装搭成的圈套张开了，罗伯托只差被引入其中了。但是，罗伯托跌入其中的原因和方式，却连费兰特本人都不清楚，因为他的计划被黎塞留的死亡打乱了。

那么到底发生了什么？黎塞留生性多疑，他雇用费兰特，却没对任何人讲起过，就连马萨林也不告诉，因为十分明显，他不相信此人，在他看来，此人早就像一只俯向他病体的秃鹫一般。然而，在他的病情逐渐加重的时候，黎塞留又向马萨林传递了某些消息，却不揭示消息的来源：

“关于此事，我亲爱的朱利奥！”

“是的，阁下，我最敬爱的神父……”

“请您留意一下格里瓦的罗伯托。他晚上去朗布依埃夫人那里。看样子，他十分了解您的那种交感粉末……另外，据我的一个探子讲，这个年轻人还经常出入一个阴谋家的圈子……”

“阁下，您不必费心。我会亲自来处理的。”

于是马萨林对罗伯托展开调查，直到他知道了罗伯托被捕那天晚上他向其吐露的少量情况。然而，他对于费兰特却一无所知。

与此同时，黎塞留去世了。费兰特身上会发生什么呢？

黎塞留死后，他便失去了支持。他必须投靠马萨林，因为这个卑鄙的家伙是一种很可悲的向阳植物，他总是转向强者的方向。但是，如果不能证明自己的本事，他无法去投靠新的首相。他再也找不到罗伯托的踪影。莫非他生病了，或者出远门了？费兰特什么都想到了，就是没有想到，自己的诬蔑中伤起了作用，罗伯托被逮捕了。

费兰特不敢以罗伯托的身份到处露面，为的是不引起怀疑，有些人应该知道被冒充的人身在远方。不管他和莉丽雅之间进展如何，他都停止了与她的往来，不动声色，因为他懂得任何胜利都以时间为代价。他明白必须善于利用距离感；频繁露面，优点会失去光泽；而想象力却能够超越视力所及；凤凰也会利用隐蔽栖地，使它的传奇色彩永不退色。

然而时间紧迫。必须赶在罗伯托回来之前，让马萨林已经有所怀疑，并欲置他于死地。费兰特向他在宫廷中的朋友打听，他发现可以通过年轻的科尔贝去接近马萨林，因此，他让前者收到一封信，信中提到来自英国的威胁以及经度问题（他对此一无所知，只是听黎塞留提到过一次）。作为泄密的交换条件，他要求了一大笔款项，并获得一次面谈的机会。会晤时，他以年迈的修道院院长的穿着打扮出现，眼睛上还蒙上了黑色的布条儿。

科尔贝并不是天真幼稚之辈。这位修道院院长有着一把他熟悉的声音，此人对他说的少量内容也疑点重重，于是他唤来两名卫士，走近来访者，撕下他的绷带和胡须，他面前出现的是谁呢？正是格里瓦的罗伯托，他亲自交给手下带到伯德博士的船上的那个人。

在讲述这段经历的时候，罗伯托心中充满欣喜。费兰特是掉进了自己设计的陷阱。“您是圣帕特里齐奥！？”科尔贝立刻喊叫起来。鉴于费兰特一头雾水并保持沉默，他便命人将其投入了牢房。

罗伯托饶有趣味地想象着马萨林与科尔贝之间的对话——后者马上将此事通报给了红衣主教。

“这人一定是个疯子，阁下。他胆敢违背他的承诺，我倒可以理解，但是他竟自以为是地再回来向我们出售我们曾经给他的情报，这可真是疯了。”

“科尔贝，不可能有人会如此疯狂，竟把我当成傻瓜。因此，这个人正在玩把戏，自以为手里握着王牌。”

“什么意思？”

“举例说，他登上了那艘船，马上发现了他应该知道的秘密，所以就没有必要继续留在上面了。”

“但是，如果想背叛我们，他可以去找西班牙人或是荷兰人，而不应该来向我们挑战。说到底，他又想向我们要什么呢？钱吗？他非常清楚，假如他忠诚，甚至可以在宫廷谋到一个差事。”

“显而易见，肯定是他发现了比宫廷中的一个差事更值钱的秘密。请您相信我，我了解人心。我们只能将计就计。今天晚上我想见他。”

马萨林接见了费兰特，当时他正亲自为餐桌做着最后的布置，那是他为自己的客人摆的酒席，所有东西看起来都那么不同寻常。在桌子上，从酒杯里突出来的烛芯闪闪发光，瓶子里的葡萄酒有着不寻常的颜色，莴苣花篮里装饰着假花和假水果，散发出人工的芳香。

马萨林相信罗伯托，也就是说费兰特，掌握着一个秘密，而他想尽可能从那秘密中获利，他决定装出知道一切的样子（我想说的是他所不知道的一切），让对方露出某些蛛丝马迹来。

另一方面，费兰特——当他与红衣主教面晤时——已经直觉到，罗伯托掌握着一个秘密，必须好好利用，所以打算做出一种了解一切的姿态（我想说的是他所不了解的一切），让对方不由自主地走漏风声。

这样一来，我们的舞台上就有两个人，每个人对于他认为对方所了解的情况都一无所知，而为了互相欺骗，每个人都话里有话，每个人都徒劳地希望对方有那把破译暗语的钥匙。罗伯托自忖，这是多么美妙的故事啊，与此同时，他也在自己造成的这堆乱麻里寻找头绪。

“圣帕特里齐奥先生，”马萨林说，这时他把一只盛着好像熟了却是生鳌虾的盘子靠近一只盛着好像活着的却是熟鳌虾的盘子，“一个星期之前，我们送您登上去阿姆斯特丹的‘阿马丽利斯号’。您不可能放弃您的任务：因为您很清楚，那样您将付出性命的代价。这么说，您已经发现了您应该发现的东西。”

处在进退两难的困境中，费兰特意识到，供认自己放弃了所托的任务是不合适的。因此，他的面前只剩下另外一条道路。“如果这能让阁下高兴的话，”他说道，“从某种意义上说，我知道阁下您想知道的那些事情。”然后他又在心里对自己补充：“现在我知道了，秘密是在一条叫作‘阿马丽利斯号’的船上，它在一个星期之前已经从阿姆斯特丹开走了……”

“来吧，您不必谦虚。我十分清楚，您知道的要比我预期的还要多。自从您离开之后，我收到过其他情报，您不会认为您是唯一为我服务的密探吧。因此我也知道，您找到的消息价值很高，可我在这里不是为了讨价还价的。但是我却不明白您为什么要以如此曲折的方式回到我身边。”这时，他又指示仆人们把肉放进鱼形的模具里，让人在上面浇的不是汤，而是糖浆。

费兰特越来越相信，那秘密是无价之宝，但他心里说，杀死一只直线飞行的鸟很容易，射中不停偏离航向的鸟就难办多了。因此，他耐下心来试探对手的想法：“阁下知道，风险太高，不得不走曲折的道路。”

“啊，真无赖，”马萨林在心里说，“你对自己的发现有多大价值尚无把握，你在等着我开价。但是首先开口的应该是你。”他把一些冰糕移到桌子中间，那些冰糕制作得好像还挂在树枝上的桃子一样，然后大声说："我知道您有什么。您看在这种场合能把白的说成黑的，把黑的说成白的吗？"

"噢，该死的狐狸，"费兰特在心里说，"你根本不知道我应该知道什么，糟糕的是，就连我自己也不知道。"然后他高声说道："阁下非常清楚，有时候，真相可能就是从痛苦中提取出来的精华。"

"知识永远不会有害处。"

"但有时候却使人痛苦。"

"那么，您就让我痛苦吧。它不会让我比知道您犯有叛国罪、逼我把您丢到刽子手手里更加痛苦。"

费兰特终于明白了，扮演罗伯托的角色要冒着上断头台的风险。最好还是暴露自己的真实身份，这最多只会被仆人棒打一顿而已。

"阁下，"他说，"我错在没有马上向您说明真相。科尔贝先生把我当成了格里瓦的罗伯托，而他的错误可能又影响到了阁下您敏锐的目光。然而，我不是罗伯托，我只是他的私生子兄弟，费兰特。我毛遂自荐是为了提供我相信阁下会感兴趣的情报，因为阁下是第一位向已故的永远留在我们心里的红衣主教提到了英国人密谋的人，阁下知道……交感粉末以及经度的问题……"

听到这些话，马萨林做了一个恼火的手势，差一点碰倒一个装饰着质地为玻璃、但精制成仿真珠宝的仿金汤盆。他迁怒于一个仆人，然后小声对科尔贝说道："把这个人送回他来的地方。"

确实，神会让他想毁掉的人变得盲目。费兰特以为显示他有多么了解已故的红衣主教保守得最严格的秘密，能够引起对方的兴趣，但出于告密者的骄傲——总想表现得比自己的主子还要消息灵通——他做过了头。没有任何人告诉过马萨林（向他解释这一点将是很困难的），费兰特与黎塞留之间有联系。马萨林面前的这个人，不管他是罗伯托还是其他人，此人不仅知道他对罗伯托讲过的话，而且还知道他写给黎塞留的话。他是从哪里知道的呢？

费兰特出去之后，科尔贝说："阁下相信这个人说的话吗？假如是双胞胎的话，一切就都说得通了。罗伯托还在海上，那……"

"不，如果这个人是他的兄弟，就更解释不通了。他是怎么知道那些一开始只有我、您，以及我们的英国探子，后来还有格里瓦的罗伯托了解的情况呢？"

"也许他的兄弟对他讲过。"

"不，他的兄弟是那天夜里才从我们这儿知道一切的，而从那时开始，他始终没有离开我们的视线，一直到那艘船起锚为止。不，不可能，这个人知道太多他不应该知道的事情。"

"我们怎么办呢？"

"这是个有趣的问题，科尔贝。如果他是罗伯托的话，他就知道在那艘船上发生了什么，必须让他开口。如果他不是罗伯托，我们就必须了解他是从哪里弄来的消息。无论是哪一种情况，都要排除把他送上法庭的想法，在那里，他会说得太多，面对太多的人，我们也不能将短刀刺入他的后背，让他消失：他还有许多东西要讲给我们听呢。假如他不是罗伯托，而是正如他所说的，什么费兰德或者费尔南德……"

"我想是费兰特。"

"不管叫什么。如果他不是罗伯托的话，幕后指使是什么人？就连巴士底狱都不是保险的地方。我们都知道，人们照样能从那里传送或者接收信息。必须等他讲话，找到让他开口的办法，但是与此同时，我们应该把他放到一个没有人知道的地方，让他的存在不为人知。"

此时，科尔贝产生了一个模糊的想法。

几天之前，一艘法国军舰在布列塔尼海岸截获了一艘海盗船。你们看有多凑巧，那是一艘荷兰船，船的名字很拗口，叫作 Tweede Daphne，也就是"达佛涅二号"，这就意味着——马萨林说道——在某个地方应该有一艘“达佛涅一号”才是，这就说明那些新教徒不仅没有什么信仰，而且还缺乏想象力。那条船上聚集着各个种族的海员。当然该把他们统统绞死，但是还有很多东西值得调查：他们是不是英国出钱雇来的，还有他们是从谁手里偷来的那艘船，有无可能与合法的船主做一笔有益的交易。

因此，他决定让人将那艘船停泊在离塞纳河河口不远的地方，在一个十分隐蔽的小河湾里，它甚至能避过打佛兰德来、从不远处经过的圣雅各的朝圣者的视线。在河湾尽头的一个岬角上，有一座古老的小碉堡，过去被用作监狱，但现在几乎已废弃不用。海盗们就被扔在那里，关在牢房里，只派了三个人去看守。

“这就行了，”马萨林说，“从我的卫队里面挑出十个人，派一位谨慎能干的军官指挥……”

“比斯卡拉。他表现很好，向来如此，过去为了捍卫红衣主教的荣誉，还曾与火枪手决斗过呢……”

“非常好。把犯人带到小碉堡，让他和卫兵住在一起。比斯卡拉和他一起在房间里用餐，并且陪同他一起放风。夜晚房间门口也要有人放哨。铁窗生活可以消磨最骄傲的心灵，我们的这位顽固之徒只有比斯卡拉一个伴儿，有可能会泄露某些秘密。尤其是不能让任何人认出他，无论是在旅途中，还是在碉堡里……”

“如果他外出放风的话……”

“唉，科尔贝，动动脑子。可以盖住他的脸嘛。”

“我建议……准备一个铁制面具，用一把锁锁上，再把钥匙扔进海里……”

“算了吧，科尔贝，难道我们是在小说的国度吗？昨天晚上我们看见那些意大利喜剧演员全都戴着长鼻子的皮制假面具，既能改变脸型，也能让嘴自由讲话。去找一个那样的面具来，给他戴上，让他自己摘不下来，在房间里给他装一面镜子，这样一来，他每天不羞死才怪。他不是想乔装打扮成他的兄弟吗？就把他扮成小丑好了！我可嘱咐了，从这里到碉堡，让他坐在关得严严实实的马车里，只能在夜间停留，在野地里歇脚，避免在驿站让他露面。假如有人盘问，可以说成发配一名贵妇人到边境去，因为她阴谋反对红衣主教。”

费兰特为自己滑稽的乔装改变而感到十分难堪，几天以来他都穿过铁窗遥遥望着(这装了铁栅的小窗户只能给他的房间一点儿光亮)被荒芜的沙丘包围着的一个灰色圆形露天剧场，还有停泊在河湾里的“达佛涅二号”。

当比斯卡拉在场的时候，他克制着自己，让对方有时以为他是罗伯托，有时又以为他是费兰特，为的是让传送给马萨林的报告始终糊里糊涂。他还成功地利用看守经过的时间窃听他们的谈话，结果弄明白了，在碉堡的地下室里还关押着一些海盗。

他想报复罗伯托，为了他并没有犯下的错误惩罚他，他费尽心机想着怎样才能鼓动一次叛乱，释放那些流氓无赖，掌控那艘船，去追寻罗伯托的足迹。他知道从哪里开始，在阿姆斯特丹，他能找到一些间谍，打听到“阿马丽利斯号”前往何处。他将追上那艘船，发现罗伯托的秘密，让自己讨厌的重影消失在大海里，然后以极高的价格向红衣主教出售情报。

啊，也许不，一旦发现了秘密，他很可能决定把它卖给其他人。说到底为什么要出售呢？就他所知道的情况看来，罗伯托的秘密有可能是关于一座宝岛的地图，或者是二十年以来人们一直在谈论的光照派以及玫瑰十字会的秘密。他将利用秘密为自己争取更多好处，以后不必再为某个主子效劳了，甚至可以雇用密探为自己服务。一旦获得了财富和权力，不但可以拥有世袭的姓氏，而且那位夫人也将是他的了。

可以肯定，费兰特内心充满了矛盾，他没有能力去真正爱上一个人，但是，罗伯托心里说，有些人如果没有听别人谈论过爱情，他们是永远不会恋爱的。也许费兰特在他的牢房里找到一本小说，他读了，确信自己陷入了爱情，为的是感觉身在别处。

也许她在他们第一次见面时，赠给费兰特梳子作为信物。现在，费兰特正亲吻着梳子，而在这样亲吻它的时候，他忘情地沉没在海湾里，那象牙的喙形船艏正在乘风破浪呢。

天晓得，也许那样一个无赖也会回忆起那张面孔……罗伯托现在看见费兰特坐在镜子前的黑暗里，从侧面看来，那镜子反射出的只有面前所放的蜡烛。费兰特凝视着两簇火苗，其中一簇模仿着另一簇的模样，他眼睛紧紧地盯着，入了迷，竟生出些许幻觉。费兰特稍稍移动了一下脑袋，他看见了莉丽雅，是一张原蜡般光洁的脸，沐浴着那么多的光亮，足以吸收所有其他的光线，金色的长发像一团深色瀑布一样，合拢成纺锤的形状，流泻到肩后，薄如蝉翼的上衣领口很低，双峰若隐若现……

后来费兰特（总算！罗伯托欢欣鼓舞）奢望从空虚的梦境中索求更多，贪得无厌地移动了位置，面对着镜子，他却发现蜡烛后面映出的只是让他蒙羞的面具。

这畜牲无法忍受失落的白日梦，他又重新下流无耻地抚摸她的那把梳子，但是现在，在残烛挥发的烟雾之中，那东西（对于罗伯托来说，是最心爱的圣物）对费兰特来讲，就好像是一张长满利齿的大嘴，正准备啮咬他沮丧的心。

三二

尘世乐园

想到费兰特被困在那座岛上，看着自己永远都登不上去的“达佛涅二号”，远离夫人，罗伯托感受到——我们得承认——一种应该受到指摘、但又可以理解的心满意足，而这与叙述者的某种满足是分不开的，因为——用一种漂亮的交错修辞法来说——他将他的对手也困在了一座与自己的情形相似的围城。

你从你的那座岛屿，戴着你的皮面具，是永远也登不上船的。而我，从我的船上，戴着我的玻璃面具，已经快要到达我的岛屿了。他这样自言自语(也对对方说)道，同时准备再次踏上水上征途。

他还记得上次是在距离船多远的地方受的伤，因此，在一开始，他把面具系在腰上，非常沉着地游泳。当他认为快靠近珊瑚礁的时候，他套上了面具，动身去探索海底世界。

有那么一阵，他只看见斑斑点点，后来，就像一个人在浓雾的夜晚乘船来到一处海岸绝壁前，这峭壁是突然耸立在航海者眼前的，他看见了深渊的边缘，而自己正在那无底的深渊上面游着。

他摘下面具，倒空里面的水，用双手重新戴上，然后缓慢地踩水，向隐约看见的景象迎面游了过去。

啊，原来是珊瑚！从他的笔记上来判断，他的第一印象是混乱而惊奇的。好吧，就像是身处绸布庄，店主在他的眼前打开一卷卷的薄纱和塔夫绸、锦、缎、天鹅绒以及蝴蝶结、流苏和剪碎的布头，然后还有牧师用的圣带长巾、披肩外衣、无袖长袍、祭披。但是，这些衣料布匹却像撩人的东方舞女——仿佛有生命一般舞动着。

对于那些景物，罗伯托不知如何描绘，因为他是第一次看到，在脑海里找不到恰当的比喻来表达，这时突然又冲来一群生物——这些，是的——他可以认出来，或者，至少能够与他已经看见过的某些东西进行类比。这是一些鱼儿从他的面前游过，如同八月份从天空飞过的流星，而从它们身上色调和图案的搭配来看，自然界似乎是想显示一下在宇宙之中到底存在着多少种媒染剂，仅在一小块面积上，又能有多少种组合。

它们有的身上有色彩斑斓的条纹，竖的、横的、斜的、波浪状的，不一而足。还有的好像镶嵌工艺品，身上任意排列着碎小的斑点，有的是细点，有的是花斑，还有的一半一半，有的有麻点，有的有斑纹，还有的像大理石上的纹理。

有的身上布满了蜿蜒曲折的花纹，或者说交错的链条。还有的像是点缀上了珐琅，撒满了盾形纹章和玫瑰花饰。其中有一条，所有鱼中最漂亮的一条，似乎全身绕满了细丝带，这些丝带结成两排葡萄紫和乳白色的线条；真是个奇迹：丝带环环相扣，仿佛出自于艺术家之手的杰作。

在鱼群间看见那些一眼望去根本叫不出名字的各种珊瑚状的生物时，罗伯托一时间只能辨出一串串的香蕉，一篮篮的小面包，一筐筐的青铜色欧楂，在它们上面盘桓着金丝雀、绿蜥蜴和蜂鸟。

他是在一座花园中，不对，他错了，这里简直是一片石化了的森林，满目皆是长着蘑菇的废墟——也不对，他受骗上当了，现在土丘、褶皱、悬崖、洼地，以及洞穴相继出现，其间唯一在动的是些有生命的石头，上面长着一棵陆地上找不到的植物，它组成了扁平的、圆的或者长着鳞片的形状，好像身上穿着花岗岩做的、同时打了许多结或者是蜷缩在一起的锁子甲。但是，不管多么不相同，所有的形态都极其优雅秀丽，绝妙无比，以至于即使那些假作疏忽大意所制作出来的作品，虽然像被搞砸了，它们雄伟壮丽的粗糙仍然令人心折，就像怪物，却美丽绝伦。

啊，还有（罗伯托涂抹掉，又修改了，仍无法表达，就像一个人第一次描写方形的圆圈，一处平坦的斜坡，一种喧嚣的寂静，一条夜间的彩虹），他正在看着的朱红色的灌木丛。

也许由于憋气的缘故，他眼前变得模糊起来，海水侵入他的面罩，使他看到的形状和色调深浅都模糊不清。他把头伸到外面，让肺部吸进一些空气，他又开始漂浮在海堤的边缘，沿着它们的沟壑和断裂部分前进，那里打开了几条白垩土的通道，里面钻进去了一些像喝醉了酒一样的奇形怪状的鱼，他经过一个陡坡上方时，又看见一只长着乳白色冠的螯虾，它慢慢地喘着气，还晃动着钳爪，歇息在一块网状的珊瑚礁上（类似于他熟悉的那些珊瑚，但其形态却像斯特凡诺修士的乳酪一样，永远不会完结）。

他现在看见的不是一条鱼，但也不是一片叶子，当然是一个活物，好像两片宽宽的白色物体，边缘为胭脂虫的颜色，以及一把羽毛扇子；在本该长眼睛的地方，有两个蜡封一般的触角在躁动着。

这是带虎纹的珊瑚虫，在蠕动攒动时，露出中心部位一张肉红色的大嘴唇，轻抚长着鸡冠花似的突起的白色海参般的作物；长着茶青色斑点的玫瑰色小鱼儿擦过带有绯红色点点的灰白色菜花，还有呈黑色的树枝上长的带虎纹的块茎……接下来，还可以看到一个大型动物的秋水仙颜色的多孔肝脏，或者一团水银色阿拉伯式图案的焰火，滴着血的多毛而粗糙的荆棘尖，最后是一种松软的珠色花萼……

那花萼一样的东西在他看来，好像是一个骨灰盒，他想到在那些岩石里也许埋葬着卡斯帕神父的尸体。假如海水冲刷给它盖上珊瑚的软骨，就再也看不见那尸体了，然而珊瑚吸收了那尸体里的体液，便呈现出花园里的鲜花和果实的形状。也许过不了多久，他就将认出可怜的老人，已经变成了直到那时为止在水底前所未见的生物，圆圆的脑袋是用一个毛茸茸的椰子做成的，两个干枯的苹果组成了脸颊，眼睛和眼睑变成了两颗生涩的杏子，不规则的笋瓜变成的鼻子就好像是一种动物的粪便；下面，在嘴唇的地方，是干无花果，一颗顶端多节多叉的甜菜头是下巴颏，一个凹凸不平的刺菜蓟便是喉头；在两个太阳穴的地方，栗子的壳斗便成了一绺乱发，至于耳朵，则是分裂开的一颗核桃的两瓣厚皮；手指头成了胡萝卜；肚子成了西瓜；膝盖成了榅桲果。

罗伯托怎么可能以如此怪诞的形式去填充自己的哀思呢？那可怜的朋友的遗体可能以完全不同的其他形式，在此地宣布了预言："Et in Arcadia ego"①……

或许就是那个含有沙砾的珊瑚，它的形状酷似头骨……那块石头似的东西在他看来已经从海床上脱离了出来。或者是出于怜悯和对已故老师的纪念，或者是为了从大海里至少带走一件珍宝，他拿起它，再说，那一天他已经看到了太多的东西，所以便把战利品抱在胸前，回到了船上。

① 拉丁文，我在阿卡迪亚。

三三
地下世界

珊瑚对于罗伯托来说就是一项挑战。当他发现了自然界能够创造出那么多奇迹之后，他感觉到自己似乎受邀参加一场比赛。他不能让费兰特一直待在那座监狱里，也不能让自己的小说半途而废：那样可能会给他大仇已报的痛快，然而却满足不了他作为故事叙述者的自豪。那么，可以让费兰特发生点什么事情呢？

一天清晨，罗伯托有了想法，就像平常一样，从拂晓开始，他就埋伏下来，为的是捕捉橙色鸽子出现的瞬间。一大清早，太阳就刺痛了他的眼睛，罗伯托甚至试图用一页航海日记在望远镜的末端镜片周围制作一个类似遮阳板的东西，但是有些时候，阳光又弱得只能看见点点的闪光。后来当太阳升到地平线之上，大海好像镜子一样，每一道光线的威力都翻了倍。

不过那天罗伯托的脑子里却留下了一个印象，他觉得自己看见有什么东西从树上动身朝太阳飞去，然后就与它的光晕混成一片了。这很可能是一个幻觉。任何一种鸟类，在那种光线照耀下，都可能会闪闪发光……罗伯托一会儿确信自己看见了鸽子，一会儿又为自己弄错了而感到失望。就在如此模棱两可的精神状态中，他又一次感觉到挫败。

对于一个像罗伯托这样的人来说，事情已经到了这种程度：他只充满嫉妒地渴求别人从他那儿夺走的东西，只梦想费兰特拥有而自己却苦求不得的东西。但是因为故事的作者是罗伯托，他不想对费兰特让步太多，所以他决定：对方只能与另外一只鸽子，那只蓝绿色的鸽子打交道。而这样做是因为虽然没有任何把握，但罗伯托心里认定，在那一对鸟中，橙色的应该是雌的，就是说是她。由于在费兰特的故事里面，鸽子不应该成为占有的目标，而是联络的途径，所以雄鸽暂时为费兰特所有。

只在南半球的海洋上空飞翔的一只蓝绿色的鸽子，难道能够降落到那个窗台上歇脚吗？费兰特正在那扇窗户的后面为了他失去的自由而唉声叹气呢。是的，在小说的国度里是能够的。另外，那艘刚刚从南半球的海域返回的"达佛涅二号"，难道不能够比它的姊妹号更幸运，把这只鸟放在船舱带来又让它重获自由吗？

无论如何，费兰特由于不了解对跖点，所以不可能提出这些问题。他看见了鸽子，起初完全出于消遣才喂它一些面包屑吃，后来他开始寻思，是否能够让它为己所用。他知道，有时鸽子会被用来传递信息：当然，让这种鸟儿去送信并不意味着肯定能够把信息传递到他真正希望的地方，但在百般无聊中还是值得一试。

他对所有的人，甚至包括他本人在内，都心存敌意，他把所有人都变成了敌人，过去为他效劳的少数几个家伙都是无耻之徒，只愿意在他得势时跟随他，而在他倒霉时当然不会再鞍前马后地为他出力了，那么，他还能够向谁求助呢？他对自己说："我将向我的夫人求助，她爱我。"（"但是他凭什么对此这样肯定？"在编造出费兰特的自负之后，罗伯托嫉妒地想。）

比斯卡拉为他留下了写信的必需之物，是为了万一他夜里辗转反侧，说不定会想到给红衣主教寄封自白信。所以他在纸的一面写下了夫人的地址，并且又补充道，如果谁把信件交给她，便会得到一笔奖赏。然后，他又在另一面说明了自己身处何地（他从监狱看守那里听到一个地名），宣称自己是红衣主教的一次无耻阴谋的受害者，并恳求救助。然后，他卷好那张纸，把它绑在鸽子的爪子上，鼓动它起飞。

说实话，后来他几乎忘记了那件事。他怎么能想到蓝绿色鸽子真的飞到莉丽雅那里去了呢？这种事情只会发生在童话故事中，而费兰特却不是个相信童话的人。也许鸽子会被一个猎人打中，跌落在树枝上，弄丢了信……

然而费兰特却不知道，鸽子被一个佃农设计逮住，此人一心想获得些好处，因为种种迹象表明，那是传送给某人的一个信号，也许是要送给某个军队的指挥官的。

现在这个佃农把信带给村里唯一一个读书识字的人，也就是本堂神父去读，而后神父做了一切应做的安排。他找到了夫人，并派出一位朋友去与她商谈交信的条件，为他的教堂得到一笔丰厚的施舍，并为佃农要了一点小费。莉丽雅读了信，哭着向知心好友寻求帮助。她该怎么办，去打动红衣主教的心吗？对于一位宫廷中的美貌贵妇人来讲，也许没有比这更轻而易举的了，但她经常去朗布依埃侯爵夫人的沙龙，而马萨林偏偏对后者十分忌惮。关于新任首相已经有一些讽刺诗文在流传，据说这些诗文就来自那些沙龙。如果一位女才子去找红衣主教为朋友求情，后者肯定会遭受更加严厉的刑罚。

不行，必须纠集一伙勇士，搞一次突然袭击。但是要找谁呢？

写到这里，罗伯托不知道如何继续了。如果他是国王的火枪手，或者加斯科涅近卫兵团学校学员的话，莉丽雅将可以求助于那些勇士，他们素以兄弟义气而闻名。但是谁会为一名常去图书馆馆员和天文学家那里做客的外国人，而去冒险惹大臣、也许是国王生气呢？至于那些图书馆馆员以及天文学家，还是不谈为宜，哪怕在虚构小说中，罗伯托也不能想象迪涅修道院院长，或者加法雷尔先生策马朝他的监狱飞奔而去——也就是说，朝着关押费兰特的监狱，对于所有人来说，他早已经就是罗伯托了。

几天之后，罗伯托产生了一个灵感。他放下费兰特的故事，又重新开始探索珊瑚礁。那天，他追随着一群嘴上好像戴着黄色头盔的鱼。它们像极了骑马打转的武士，正要钻进两座石塔之间的一个缝隙里，四周的珊瑚宛若一座海底城市里坍圮的宫殿。

罗伯托心想，那些鱼是在他听人讲述过的那座伊斯城的废墟之中漫游，而这座沉城一直延伸到离布列塔尼只有几海里的地方，波浪把它淹没了。最大的鱼是从前的伊斯国王，后面跟着达官显贵，他们骑着马儿漫游，寻找被大海吞噬的财宝……

但是为什么要回想古老的传说？为什么不把鱼看作另一个世界的居民，有自己的森林、自己的山丘、自己的树木和自己的山谷，对陆地上的世界却一无所知呢？同样地，我们生活着，却并不知道，穹顶之外是其他的世界，在那里，人们不走路，不游泳，而是在空中飞翔或乘风而行；说不定我们叫作星球的那些东西是那里船只的水下部分，我们也只能看见它们发亮的底部，同样，海神的孩子仰头看见的是我们四桅大帆船的影子，他们把这些帆船看作以太的天体，在他们的水苍穹里穿行。

如果有可能存在存活于水下的生物，那么就有可能存在存活于地下的生物。比如蝾螈族可以通过它们的地下通道到达赋予行星生命的地心火海。

罗伯托这样思考着，这时他想起了圣萨万的一个论据：我们认为居住在月球表面是困难的，因为那里没有水，但是也许在月球地下凹陷处有水，大自然在月亮上挖好了一些井，那就是我们看到的斑点。谁说月球上的居民不能在那些低凹处找到居处，以躲避近在跟前的令人无法忍受的太阳呢？难道最早的基督徒不是生活在地下吗？同样，月球居民也可以一直生活在地下墓穴中，他们对此习以为常。

他们也未必生活在黑暗之中。也许在月球的外壳上有许许多多孔洞，内部可以通过几千个通风孔接受光线，所以那是被光束穿过的黑暗，就像在一座教堂里或是“达佛涅号”的底层甲板上。又或者，在它的表面有含磷的大石块，白天，它们吸收了太阳的光芒，晚上再把光芒释放出来，而月球居民每当日落时分，便把这些大石块囤积起来，好让他们的地下通道永远比一座皇宫更光辉灿烂。

罗伯托想到了巴黎。也许人们不知道，就像罗马一样，整座城市建在许多地下墓穴之上，据说夜晚做恶者和乞丐就藏身在那里。

乞丐，费兰特有救了！人们说，乞丐是被自己的国王以及一整套铁的规矩控制着的，这是一个由恶棍流氓、坏蛋无赖组成的社会，靠旁门左道、小偷小摸、偷奸耍滑、谋财害命、悖德违法、无赖及无情的手段生存，但同时他们又假装从基督徒的施舍中得到好处！

只有一个恋爱中的女人才能想出这样的主意！莉丽雅——罗伯托讲述道——没有向宫廷显贵或是位高权重的教士坦露心声，而是找到了她的一个女用人，后者与一个马车夫牵扯不清，这个马车夫熟知巴黎圣母院周围的小酒馆，每到傍晚，那里就会出现白天在圣母院大门口乞讨度日的乞丐们……这就是一条途径。

在深夜时分，她的引路人把她领到圣马丁修道院里，那人掀开一块铺在祭坛上的石头，让她走进巴黎的地下墓穴，然后在火把的照耀下，前去寻找乞丐国王。

让我们看一下莉丽雅，她装扮成贵族绅士的模样，这个柔软灵活的“阴柔男人”穿过隧道、楼梯和门下边的猫洞，当她在黑暗中往前走的时候，不时瞥见四下里衣衫褴褛的病人，缺胳膊少腿的身躯，以及一张张长着疣子、水泡、丹毒、干疥癣、脓疮、脓肿、癌病的面孔，所有人都伸出手来，发出含混的声音，不知道是为了乞讨，还是为了欢迎——摆出一副大管家的神情——“您去吧，请您去吧，我们的主人已经在等您呢。”

他们的主人在那里，在城市地面一千里之下的大厅中央，坐在一只小圆桶上面，周围则是小偷、骗子、造假者以及江湖艺人，全是精通各种陋习和秽行的流氓无赖。

他怎么可能是乞丐国王呢？他裹着一件破破烂烂的外套，额头上长满了结节，鼻子被脓包侵蚀，眼睛冷酷无情，一只是绿色的，一只是黑色的，目光像狐狸一样，眉毛向下倾斜，兔唇让他尖利和突出的狼牙都露了出来，头发是卷曲的，皮肤则像沙子一般粗粝，双手的指头很短，长指甲顶端弯曲……

听完夫人的话之后，他说自己手下有一支军队，法国国王的大军跟它相比就只是一个省的驻军而已。而且价格非常便宜，如果能以十分合理的条件得到补偿，比方说，报酬为他们在同一段时间里乞讨得来的双倍，那么他们将乐意为一个如此慷慨大方的买主卖命。

莉丽雅从手指上摘下一枚红宝石戒指（正如在那种情况下的惯例），并且以庄重的表情问道：“您看这够吗？”

“对我足够了，”乞丐国王说道，同时用他狐狸般狡猾的目光看着那枚宝石，“请您告诉我们去哪儿。”知道目的地之后，他又补充说：“我的人不骑马，也不坐马车，但那个地方可以顺着塞纳河的河水乘木船到达。”

罗伯托想象着，太阳落山的时候，费兰特正在小碉堡的塔楼顶上与比斯卡拉上校聊天，突然之间，后者看见来了一些人。起初他们是出现在沙丘上，后来又朝大片平地分散开来。

“是圣雅各的朝圣者，”比斯卡拉轻蔑地说，“这些低贱不幸的人，等到一只脚都进了坟墓，才去寻求健康和拯救。”

朝圣者排成长长的一队，离海岸越来越近了；能够看见这群人中有伸出双手的瞎子、拄着拐杖的独臂人、麻风病人、眼屎糊眼的人、浑身溃烂的人，以及瘰疬病人，全部四肢畸形、断手残脚和弯腰驼背，穿着更是破衣烂衫。

“但愿他们不要走得太近，更不要晚上在这儿歇脚，”比斯卡拉说道，“他们只会把我们的城墙弄脏。”随后他举起火枪朝空中放了几枪，为的是让对方明白，小碉堡不欢迎他们。

但是，那几声枪响却好像起到了召唤的作用。当另一群人从远处拥过来时，先前的人已经越来越靠近碉堡了，甚至都已经可以听见他们野兽一般的含糊不清的讲话声了。

“该死的，你们离远点儿，”比斯卡拉叫嚷道，他让人把面包扔到城墙脚下，示意他们这是主人仅有的慈悲心，不可能再多了。然而，那一群肮脏的人却眼见着越来越多，推动着先头部队走到城墙脚下，踩碎了那些送给他们的面包，他们眼望高处，似乎在寻求更好的礼物。

现在可以一个一个地看清楚他们了，他们根本就不像朝圣者，也不像为他们的头癣寻找良方的可怜人。毫无疑问——比斯卡拉担心地说——他们来者不善，是一群亡命之徒。或者，至少在短短的片刻里看上去如此，因为黄昏笼罩了那一大片平地和沙丘，现在他们看上去宛如一群攒动的灰色肥鼠。

“快拿武器，快拿武器！”比斯卡拉大声地嚷道，这时他已经猜出来了，这些人不是来朝圣的，也不是来乞讨的，而是来袭击的。他命人朝那些已经摸到城墙的人开了几枪。但是，正如向一群啮齿动物射击一样，那些后来赶到的人越来越推挤着前边的人，跌倒的人被踩在脚下，被后面挤上来的人当作垫背，已经可以看见最前边的人用双手抓住古老建筑的裂缝，把手指伸进缝隙里，把脚插进间隙内，再抓住最低的窗户的铁栏杆，让他们坐骨肢体部分慢慢地钻进城墙枪眼里。与此同时，另外一部分人也像潮水般拥来，准备用肩膀去撞开大门了。

比斯卡拉下令从里面把门窗牢牢闩住，虽然门窗的小梁相当结实，但在那些乌合之众的压力下，已经开始吱吱嘎嘎地响起来了。

卫兵们不停地射击，然而倒下的少数袭击者马上便被其他人跨过去，只能看见一片喧闹的人群，从某一刻起，他们开始行动，就像无数条绳子做成的鳗鱼被抛到空中，等人们弄明白那是些四爪铁钩时有些钩子已经钩到了城堞上。一名卫兵刚刚探出一点身子想拔掉那些铁钩，首先爬上来的人便马上用长矛和棍棒向他打去，后面的人用细绳套将他缠住，扯到下面，消失在那些狂怒的肮脏到极点的人群之中，再也无法从咆哮声中分辨出那个人嘶哑的喘气声了。

简单地说，如果有人从沙丘那边遥望刚才所发生的事情，他可能几乎再也看不到碉堡了，只看到尸体上面落的一群群苍蝇，蜂窝上面盘旋的蜜蜂，麇集在一起的大胡蜂。

这时从底下传来城门倒下的响声，以及庭院里的喧嚷骚乱声。比斯卡拉和他的卫兵们都撤到了塔楼的另一端——他们也不再管费兰特了，后者躲藏到正对着楼梯的大门门洞里，并不十分害怕，因为他早有预感：那些攻城的人在某种意义上可能是友非敌。

那些所谓的朋友已经来到并越过了城堞，毫不吝惜自己的生命，倒在火枪手射出的最后几枪之下，也不在乎自己的胸膛，越过剑拔弩张的障碍，用自己污秽的眼睛和抽搐扭曲的面孔恐吓卫兵。就这样，红衣主教的卫兵虽说原先也是钢铁铸成的勇士，现在只好放下武器，哀告上天，但愿那些被他们看作魔鬼的人能开开恩，而后者先是用大棒子把卫兵们打倒在地，然后扑向幸存者，扇他们嘴巴，打向颌骨、咽喉和脑袋，用牙齿咬断喉管、用爪子把尸体大卸八块，毫不掩饰恶毒残忍，对已经死去的人仍施以暴行，费兰特看见有些人剖开胸膛，揪出心脏，并且高声喊叫着活吞了下去。

最后一个幸存者是比斯卡拉，他像雄狮一般抗争着。当他看到败局已定，便背靠护墙，用沾满血迹的剑在地上划了一条线，然后高呼："比斯卡拉将在这里死去，血战到最后一刻！"

但就在那一刹那，有个拖着木脚的独眼龙挥舞着一把斧子出现在楼梯上，他发出一个暗号，结束了那场屠杀，并且命人将比斯卡拉捆绑起来。后来独眼龙又瞥见费兰特，恰恰是因为那个让他面目全非的面具认出了他，他用还拿着武器的手做了个夸张的动作向费兰特致意，好像要用一只帽子的羽毛来扫地似的，并且对他说："先生，您自由了。"

他从上衣里掏出一封信，交给费兰特，后者立刻认出上面的印章。

她建议他利用那支可怕但却可靠的军队，并在那里等她，她将于拂晓时分到达。

费兰特在摘去面具后做的第一件事就是释放海盗，然后与他们签订了一份协约。内容是重新登船，并按照他的吩咐航行，不得提出疑问。事成之后，他们将会得到大如阿尔托帕肖的医院骑士团的大锅那样的宝藏。如同往常一样，费兰特根本不打算兑现诺言。一旦重新找到罗伯托，他就会在第一次靠岸时告发自己手下的船员，看着他们全部被绞死，自己则仍旧做船的主人。

他不再需要这些乞丐了，他们的头领是个老实人，对他说，他们已经收到了应得的报酬，因此想尽快离开这里。后来这些人分散开来，走村串户地乞讨，回到了巴黎。

费兰特不费什么工夫就登上了一只保管在碉堡船坞里面的小船，然后划到大船旁，再把两个守卫大船的人扔进了海里。比斯卡拉被链条系住，关进了船舱，因为他是人质，可以充当筹码。费兰特休息了一会儿，在天亮之前回到海岸，以便及时迎接一辆马车的到来，因女扮男装而更显美丽动人的莉丽雅从那辆马车上走了下来。

罗伯托认为，最大的痛苦是想到那两个人为了不在海盗面前暴露身份，可能要矜持地互相致意，让海盗以为他们所载的是一位年轻的绅士。

他们登上了大船，费兰特检查了一遍，一切准备就绪，而当起锚之后，他就下到了让人为客人准备好的房间。

她在那里等待着他，眼睛流露出只有情人才有的期待，现在她的头发像欢乐的流水一样自由地倾泻在肩上，准备做出最愉快的奉献。啊，那飘动的长发，金色的、可爱的长发，飞舞和嬉戏的卷曲头发，它们在轻轻地舞动着——罗伯托为费兰特在内心疯狂地渴望着……

他们的脸靠近了，以便从一颗由叹息长成的古老种子里，收获亲吻的果实，就在那一瞬间，罗伯托在脑海里靠近了那肉色玫瑰般的嘴唇。费兰特吻着莉丽雅，罗伯托则回忆起被珊瑚咬啮时的痉挛。但就在那一刻，他感到她如一阵风似的逃跑了，他失去了原先以为在几秒钟间感受到的温暖，他看见冷冰冰的她在一面镜子里，在另一条船上的一张遥远的床上，躺在别人的怀抱里。

为了保护相爱的人，他让一块不太透明的薄被单落下来，而那些现在裸露在外的身体就是太阳巫术的篇章，其神圣的字体只会向上帝的这两个选民显现，他们嘴对嘴地互诉衷肠。

船快速地远去了，费兰特占了上风。她在他的身上爱的是罗伯托，而在后者的内心深处，这些影像则如同一把火炬落在干树枝上。

三四

多重世界独白

我们记得——我希望如此——罗伯托从他那个时代的小说家那里学到一种习惯，同时讲述好几个故事，这样一来，我们的故事有时候就很难按着原来的话头继续讲下去。我们的主人公第一次到珊瑚礁参观时，带回来一个“酷似石头的东西”，在他看来那好像是一个骷髅头，说不定就是卡斯帕神父的头颅。

现在，为了忘记莉丽雅和费兰特的爱情，他便在黄昏时分坐在甲板上，凝视着那个东西，研究着它的构造。

它并不像个骷髅头，更像是由不规则的多边形组成的矿石蜂房，然而多边形却不是那个组织最基本的单位：每个多边形都在其中心部分现出辐射对称的细线，而在线条之间又现出——如果眯起眼睛仔细看的话——一些间隙，可能它们又组成了其他的多边形，假如眼睛能够看得更深透的话，这些小多边形的边是由其他更小的多边形组成的，直到——一再细分——面对再也无法分割的原子才有可能停下来。但是正如罗伯托不知道物质可以细分到何种地步，他也不清楚他的眼睛——唉，遗憾，这眼睛不锐利，因为没有那样的透镜，卡斯帕用它甚至能够分辨出导致鼠疫的微生物——能够深入到何种程度的深渊，以便继续看到层层相套的新形状。

正如那天夜里在决斗中圣萨万高声喊叫的一样，修道院院长对于他身上的虱子来说，也可以是一个世界——噢，那些话让罗伯托想到了安娜·玛丽亚（或弗兰切斯卡）·诺瓦雷塞身上的虱子，那些无比幸福的昆虫所生活的世界！但是，鉴于虱子也不是原子，甚至对于构成它们的原子来说，也是无限庞大的宇宙；也许在一只虱子的身体里，还有更小的动物，它们在那里就像生活在一个宽敞的世界里。也许我的肉体——罗伯托心想——还有我的血液，也都只不过是由极小极小的动物组成的，它们在移动的时候为我提供了动力，而它们又听从我的意志，我的意志对它们来说就像马车夫一样。我的动物们现在肯定正在纳闷，这会儿我正把它们带到哪里，让它们轮番待在凉爽的海里和炎热的太阳下，让它们迷失在这种不稳定的气候变幻之中，它们也像我一样，对自己的命运捉摸不定。

那么，生活在刚刚说过的那些动物的宇宙中的更微小的其他动物，是否会感觉到被扔进了一个同样无边无际的空间里呢？

我为什么要拒绝这样想呢？仅仅因为我对此从来一无所知吗？正如我在巴黎的朋友对我说过的那样，如果有人站在圣母院的塔顶上眺望圣但尼郊区，他将永远无法想象，那些模糊不定的斑斑点点里是住着人的。我们看到木星，它非常之大，然而从木星上却看不见我们，他们甚至也想象不到我们的存在。直到昨天为止，我从未怀疑过，在海底——不是在一个遥远的星球，或者在一滴水珠之上，而是在我们这个宇宙的一部分中——会存在着另一个世界。

再说在几个月之前，我对南半球又知道多少呢？我可能会说，它是异端地理学家的突发奇想，而谁又知道，或许在这些岛屿上，在过去的岁月里，他们有没有烧死某位哲学家，因为他用喉音坚称蒙费拉和法兰西确实存在。然而现在我在这里，不得不相信，对跖点是存在的——而且与当时贤人智者的意见相反，我也并没有脑袋朝下地走路。十分简单，这片陆地和海洋上的居民占据着船尾，而我们则占据着同一艘船的船艏，彼此对对方一无所知，却同乘一艘船。

所以，虽然飞行的技艺还不为人所知——但如果听从伊格比先生曾对我讲过的那个叫作戈德温的人的话——有一天人类会登上月球的，正如人们已经到达了美洲一样，尽管在哥伦布之前，没有人相信存在着另一个大陆，也没有任何人想到有一天它会有这样一个名字。

落日让位给黄昏，之后夜幕降临。现在罗伯托看见一轮圆月在天空升起，他能瞥见上面的斑点，孩子和愚人把它们看成是一张安详脸上的眼睛和嘴巴。

为了激怒卡斯帕神父（现在这位亲爱的老人在哪个世界、在哪个义人居住的星球上呢），罗伯托曾与他谈论过月球上的居民。但是，月亮真的能够居住吗？为什么不能，那里就像圣但尼一样，人们对于远方的世界又知道多少呢？

罗伯托的论据如下：假如我待在月球上，向高处扔一块石头，它会落到地球上吗？不，它应该落回原地。因此，月球同任何行星或者恒星一样，是一个有着中心和圆周的宇宙，而这个中心能够吸引那个世界中、在它统治范围内生活的所有物体。正如在地球上那样。那么，所有发生在地球上的事为什么不能够也发生在月球上呢？

月球外围包裹着大气层。在四十年之前的圣枝主日①，据说不是有人看见过月亮上飘着云彩吗？不是有人看见那个星球因为即将发生月蚀而剧烈颤动吗？这不正证明那里存在着空气吗？星球都会释放蒸汽，恒星也一样——在太阳上的那些据说会产生流星的黑点儿，不是蒸汽又是什么呢？

月球上肯定有水。否则如何解释月球上的斑点，它们同湖泊的形状一样（还有人暗示，这些湖泊是人工的，几乎像人类挖掘的，因为

---

① 复活节前的星期日。

它们经过精心设计，分布得很均匀）？另外，假如月球仅仅被理解成一面大镜子，用来将太阳的光线反射到地球上，那么为什么造物主要往这面镜子上涂抹斑点呢？因此，斑点并不是缺陷，而是完善，也就是池塘，或者湖泊，或者海洋。而假如那里有水有空气的话，就有生命。

或许那是一种与我们不同的生命。或许那水有种（天晓得？）甘草、小豆蔻，甚至胡椒的味道。如果有无限多的世界，这就证明了我们宇宙的工程师有无限的天赋，但是，这样一来，对于这位诗人来说就没有任何限制了。他可能在任何地方都创造了可居住的世界，只是上面居住的生物各不相同。也许太阳上的居民比地球上的居民更阳光、更坦率、更开朗，而不像我们这样利欲熏心，月球上的居民则介于二者之间。在太阳上生活的所有人都由"形式"驱动，或者说亚里士多德意义上的"现实"，在地球上的人都是由发展进化着的纯粹的"潜能"所组成的，而在月球上的人则处在摇摆之中，换句话说，相当反复无常……

我们能够生活在月球的空气里吗？也许不能，它可能会让我们头晕目眩；从另一方面讲，鱼也不能生活在我们的空气里，鸟也不能生活在鱼的空气里。月球上的空气应该比我们的更纯净，但是同我们的空气一样，由于密度的缘故可以像透镜一样起到过滤太阳光的作用，因此月球居民可以更加清晰地看见太阳。当太阳尚未出来或者已经下山之后，笼罩我们的黎明和黄昏就是我们的空气赐予的礼物，这时的空气中充满着杂质，它们可以捕捉和传播光线；这是我们本不应该拥有的、但又大量慷慨地赐予我们的光。与此同时，这些光线让我们得以一点一点准备好得到和失去太阳。也许在月球上，由于空气更加洁净，白昼和黑夜会倏忽降临。太阳如同拉开幕布一般一下子就升起在地平线上。然后，最光彩夺目的光芒一下子就射入沥青般的黑暗中。月亮上可能看不到彩虹，因为那是蒸汽混杂于空气而产生的一种现象。也许由于同样的原因，那里没有雨，没有雷鸣，也没有闪电。

那么离太阳更近的一些星球上的居民又是怎样的呢？他们像摩尔人一样性格暴躁，但是比我们更加有灵性。他们看见的太阳有多大呢？他们怎样承受它的光芒？也许在那里，金属在自然状态里也会熔化并流到河里？

难道真的存在无限多的世界吗？因为一个类似的问题，在巴黎曾经发生过一场决斗。迪涅修道院院长说难以确知。或者应该说，对物理的研究会让他追随伟大的伊壁鸠鲁的步伐，倾向于说有。世界只能是无限的。原子挤满了真空。物体是存在的，感觉向我们证实了这一点。真空是存在的，理性向我们证明了这一点。否则，原子又将如何和向哪里移动呢？如果没有真空的话，也就没有了运动，除非承认物体之间互相渗透。想象一下，当一只苍蝇用翅膀去推动一小部分空气，这一小部分空气推动它前面的另外一小部分，以此类推，结果一只跳蚤的小爪随便一挥，推动，再推动，就将在世界的另一端弄出一个肿块来，这是多么可笑！

从另一个角度讲，假如真空是无限的，而原子的数目却是有限的，那么后者将永远不停地向各处移动，彼此永远不会互相碰撞（正如两个人在无边无垠的沙漠里闲逛时，如果不是由于意想不到的偶然，他们就永远不会相遇一样），那么也就不会产生化合物。而如果真空是有限的，物体是无限的，那么就没有足够的空间来容纳物体了。

自然，只要设想一个有限的真空里住着数目有限的原子，就足够了。迪涅修道院院长说过，这是最为谨慎的见解。为什么希望上帝如同一个剧场老板那样制作出无限的节目呢？他通过对唯一一个世界的创造和维持，永恒地彰显他的自由。并不存在反对多重世界的论据，但是也不存在支持它的论据。上帝存在于世界出现之前，他在一个足够宽广的空间里，创造出了数目足够多的原子，来组成自己的杰作。有限的天赋也是他无限完美的一部分。

为了了解在一个没有生命的东西里是否存在以及存在着多少个世界，罗伯托走进了“达佛涅号”的小博物馆，在甲板上，他把找到的所有东西，化石、卵石、鱼骨都摆放在面前，就像掷距骨游戏一样；他的眼睛从一件物体移到另一件物体上，同时不断地随机思考着有关偶然性以及偶然事件的问题。

是谁说（曾经说过）上帝倾向有限的世界，而经验却不断地向我揭示出其他崭新的世界，无论是在天上还是在海底？那么，有可能永恒而无限的不是上帝而是世界本身，它一向如此，并将永远如此，在一个无限的真空中把它无限的原子按照一些我还不了解的规律无限地重新组合，原子之间的间隔无法预见，却很有规律，否则的话，这些原子就会发狂了。这么说，世界就是上帝。上帝从永恒中诞生，如同没有边际的宇宙，我也将服从于它的规律，虽然无从知道这规律究竟是什么。

有些人说，你真愚蠢：你可以谈论上帝的无限，因为你不必用你的头脑去理解这无限，只是相信它就够，就像相信一个奥秘一样。然而，如果你想谈论自然哲学，就应该理解这个无限的世界，而你做不到。

也许吧。但是让我们设想世界是满的，也是有限的。让我们试着想象一下世界完结之后的虚无。当我们想到那种虚无时，也许我们可以把它想象成一阵风？不能，因为它应该是真正的虚无，连风也不是。从自然哲学的角度——而不是从信仰的角度——可以理解无止境的虚无吗？想象一个看不到边界的世界要容易得多，这就像诗人可以想象长着角的人或者长着双尾的鱼，用已知的部分组合而成，即在我们认为世界完结的地方，再给它增加其他部分（仍然并永远是由水和陆地、星辰和天空组成的广阔区域），类似于我们已经熟悉的那些就行了。没有止境。

再说，如果世界是有限的，而虚无因为什么都不是，所以也不可能存在，那在世界的边界之外，又将剩下什么呢？真空。正因为如此，为了否定无限，我们肯定真空，而这真空只能是无限的，否则的话，在它终结之处，我们不得不重新想出一个崭新的、难以想象的虚无的广阔区域。因此，最好还是马上并且自由自在地想象真空，并让它挤满原子，除非承认它比任何真空都要空无。

罗伯托感到自己享有一种很大的特权，这赋予他的不幸遭遇以意义。现在他拥有了明显的证据，说明存在着其他世界，与此同时，他不必飞到天外，在一个珊瑚礁内就能发现许多个世界的存在。既然这样，是否还有必要计算宇宙中的原子可以组成多少面貌（并且在柴堆上烧死那些否认原子的数目有限的人），只需用上几年时间对这些海洋物体中的一种进行思考，就能弄明白，仅仅一个原子的偏离（也许是上帝所希望的，抑或是偶然所推动的），如何催生出预料之外的银河。

那么救赎呢？无稽之谈，甚至更糟——罗伯托断言，因为他不愿意与他接下来可能遇到的耶稣会修士产生争执——相信救赎等于否认上帝的万能。谁能够否认在上帝创造世界的计划里，原罪是在同一时间，以不同的、始料未及但又转瞬即逝的方式，在所有的宇宙里发生的，谁能够否认耶稣是在十字架上为所有人而死的，包括月球人、天狼星人，还有珊瑚人——它们是趁这块多孔的石头还有生命时，靠着它上面的微小颗粒生存的？

实际上，罗伯托并没有被自己的论据说服；他做了一盘配料太多的大杂烩，也就是说，他在一个论证中，加入了从各方面所听来的太多东西——而他不会天真到意识不到这一点。因此，在战胜了一个可能的对手之后，他又将话语权交给对方并同意他的异议。

有一次，在谈到关于真空的问题时，卡斯帕神父用三段论将他置于哑口无言的境地，因为他不知道该如何作答：真空就是非存在，然而非存在就是不存在，所以真空就是不存在。论据很好，因为它否定了真空，但又承认它可以想象。实际上，确实完全可以想象并不存在的东西。一个在真空里嗡嗡叫的怪物能够吃掉隐秘的意图吗？不能，因为怪物并不存在，在真空里听不到任何嗡嗡的响声，叵测的居心只是头脑里的东西，我们无法吃到一只想象出的梨子。但是，我可以想象一只怪物，虽然它是空想出来的，也就是说不存在的。真空的道理也是如此。

罗伯托回忆起一位十九岁的年轻人的回答，那是在巴黎的一天，这青年被邀请来参加他的哲学家朋友们的一次聚会；据说他正在设计一架能够做计算的机器。罗伯托并不十分明白那机器怎样运转，他（也许出于尖刻）认为那个小伙子对于他的年龄而言，太过呆板，太过忧伤，太过卖弄学问，他那群放荡的朋友们则教导他，以戏谑的方式同样可以成为博学的人。他尤其忍受不了的是，当他们开始谈论真空的话题，年轻人也想表明观点，于是轻率冒失地说道："到现在为止，人们对真空谈论得太多了。需要通过实验来证明它。"他说话的腔调就仿佛被委以重任似的。

罗伯托问他想做什么样的实验，年轻人回答说，他还不知道。为了羞辱他，罗伯托向他提出了自己所熟悉的所有哲学方面的反对意见：如果存在着真空，它将不会是物质（物质是充实的），将不是精神，因为不可能理解一种精神是真空的，不可能是上帝，因为那样的话，他甚至将失去自己，也不可能是实体，也不是偶然，它不透明却能够传播光……那么，它又是何物呢？

年轻人以谦卑的自负作了回答，他低垂着眼睛说道："也许是介于物质和虚无之间的某种东西，它既不属于前者，也不属于后者。它因具有大小而与虚无不同，又因静止不动而与物质有别，它几乎是一个非存在。不是假设推测，不是抽象概念。可能是。可能是(怎么说呢?)一个事实。纯粹而又简单。”

“一个纯粹而又简单的事实如果没有任何确定的意义，那又算什么?”罗伯托以学究式的傲慢自大问道，关于这个话题他并没有成见，只是也想炫示一下博学。

“我不善于给那纯粹而又简单的东西下定义，”年轻人回答说，“从另外的角度讲，先生，您又如何为存在下定义呢? 为了定义它，必须说它是某种东西。因此，为了定义存在，就必须预设它已经存在了，也就是说用有待定义的东西去下定义了。我相信存在着不可能定义的词汇，也许真空就是这些词中的一个。但是也许我错了。”

“您没有说错。真空就好像时间。”罗伯托那些放荡朋友中的一个评论道，“时间不是动量，因为是运动取决于时间，而不是相反；它是无限的、永存的、连绵不断的，它不是空间的一个偶然……时间存在，如此而已。空间存在，如此而已。真空存在，如此而已。”

有人表示反对，说一件东西存在，如此而已，没有一个可以下定义的实体，就如同它不存在一样。“先生们，”这时迪涅修道院院长说道，“的确，空间和时间既不是物体，也不是精神，它们是无形的，可以这么说，但是这并不意味着它们不是真实的。它们不是偶然，它们不是本质，然而，它们却在创世之前就到来了，比任何实体、任何偶然都早，并且它们在所有实体都毁灭之后还将存在下去。它们是不可变更的和恒定的，你们可以把任何东西都放到这里面。”

“可是，”罗伯托表示异议，“空间有广延性，而延伸却是物体的一个特性……”

“不，”他的浪子朋友反驳道，“所有的物体都有广延性，但这事实却并不意味着凡是具有广延性的就是物体——有一位先生正是这么希望的，再说他也不屑于回答我，因为看样子，他也不想再从荷兰回来了。广延性是所有存在物的布局。空间是绝对的、永恒的、无限的、永存的、无法征召亦无法约束的广延。如同时间，它是不会衰减的，不可停止的，不会消失的，它是一只凤凰，一条衔尾蛇……”

“先生，”修道院院长说道，“我们不要把空间放到上帝的位置上……”

“先生，”那位浪子回答道，“您无法向我们提供大家都认可的想法，又奢望阻止我们归纳总结。我认为到了这个份上，我们不再需要上帝以及他的无限，因为我们已经从各个方面有了足够的无限，而在这些无限面前我们不过是昙花一现的幻影。因此，我建议大家摒除成见，一起到酒馆去。”

修道院院长摇晃着脑袋告辞了。还有那位年轻人，好像被那些话震撼了，低垂着头，请求原谅，辞别大家回家去了。

“可怜的孩子，”浪子说道，“他建造机器来计算有限，而我们却用太多无限的永恒沉默吓坏了他。啊，这就是一种美好志向的结局。”

“他经受不了打击，”另一个皮浪主义者说，“他会努力与这世界和平相处，最后成为耶稣会修士中的一个！”

罗伯托此时正想着那场遥远的对话。真空和空间就好像是时间，或者说，时间就好像真空和空间；因此，难道不可以想象一下，正如存在着恒星的世界，在那里，我们的地球宛如一只蚂蚁，也存在着珊瑚的世界（它们是我们地球的蚂蚁）——然而所有这些世界都是一个套着一个——这么说也存在着被置于不同时间的宇宙吗？不是有人说，在木星上一天就是一年吗？这么说，应该存在着这样的世界，它们就在一瞬间里诞生和寂灭，或者说，它们存在的时间远远超过我们的任何计算能力，远在中国的朝代以及大洪水之前就有了。有一些世界，所有的运动以及对于运动的回应都不是用小时和分钟来计算，而是采用千年的时间单位；还有的世界里，生死不过弹指一挥间。

那么在距离没有那么遥远的地方，难道就不存在着一个时间为昨日的地方吗？

也许他已经进入了一个这样的世界：在那里，从一个水原子开始腐蚀死珊瑚的外表，到那珊瑚开始微微破裂，就已经过去了许多年，就如同从亚当诞生到上帝救赎那样漫长。难道他不是体验着他自己的爱情，而在这段时间里，为了追寻莉丽雅和橙色鸽子，他感觉仿佛经历了几个世纪的厌倦？难道他不是准备好了生活在无限的未来里吗？

一位年轻的绅士刚发现珊瑚礁不太久，就生出了那么多的思考……如果他具有真正的哲学家的心灵，天晓得他将得出什么结论。但是，罗伯托不是哲学家，而是一个没办法走完他的旅程的不幸的恋人，在向躲藏在寒冷浓雾之中的昨日之岛行进的这场旅行中，总的来看，他还没有取得什么成就。

不过，他这样一个恋人，尽管在巴黎受教育，却没有忘记故乡的生活方式。因此，他得出这样的结论：他正在思考的时间，可以以一千种方式被拉扯，正像他在格里瓦看到妇女们用蛋黄和好的面团一样。我不知道为什么罗伯托的脑袋里会出现这种比喻——或许是思虑过度刺激食欲所致，或者他被那无限的永恒寂静给吓呆了，所以希望重新回到母亲的厨房里。但对他来说，不需费多大劲儿思绪就自此转向对更多美味佳肴的回忆了。

好了，有一些馅饼，是用禽鸟、幼野兔和野雉的肉做的馅儿，这几乎就等于说存在着许多个世界，一个挨着一个，或者一个在另一个的里面。他母亲还做另外一种她称为日耳曼风味的馅饼，里面有好多层水果，用黄油、白糖和桂皮将其分隔开。从那个想法出发后来又发明出了一种咸馅饼，在多层面团里加上一层火腿，有时还放进切成一片片的煮鸡蛋，或者一些蔬菜。这让罗伯托想到，宇宙可以是一个放在烤箱里的托盘，在同一时间里烹调出不同的食物，生产出不同的故事，每一种都有它自己需要的时间，但所有故事可以有同样的人物。就好像在馅饼里面，位于下面的鸡蛋不知道在其他层里，比如在它们上面的火腿层里，都发生了什么，同样，身处宇宙某一夹层上的罗伯托，也不知道其他层里发生的事。

好吧，这并不是一个优雅的推理方式，再者说，用的还是肚皮吃食的比喻。但是显而易见的是，他的头脑里已经有了他希望的结论：就在那同一时刻里，许多不同的罗伯托可以做着不同的事情，也许是以不同的名字出现的。

也可能是以费兰特的名字吧？那么，他编造的关于敌对兄弟的、自认为是小说情节的事情，难道不是他对另一个世界模糊的感知？在那个世界里，他，罗伯托，正经历着与他在这个时间、这个世界里所体验到的不同的人世沧桑？

这就对了，他自言自语道："当"达佛涅二号"起航的时候，你当然希望去体验一下费兰特的经历。但是关于这一点，人所共知，如同圣萨万所言，存在着一些我们压根没有想到的想法，这些想法左右心灵，而心灵（还有头脑）却对此毫无察觉；其中一些不可避免地——有些时候，它们只不过是模糊的愿望，甚至也不那么模糊——偷偷潜入小说的宇宙，尽管自以为是出于兴趣而构思，将别人的想法搬上了舞台……然而，我是我，而费兰特是费兰特，现在我要通过让他经历我不可能真正成为主人公的那些历险，来证明这一点——如果这些历险果真在哪个宇宙里发生的话，便是我想象的宇宙，与任何其他宇宙都不平行。"

那整个夜晚，他都十分得意，把珊瑚抛在脑后，去构思一次历险，不过，这经历又一次将他带向最撕心裂肺的快乐和最甜美的痛苦。

三五
漂流者的慰藉

莉丽雅已经相信了她所钟爱的人嘴里说出的每一句谎言，这时费兰特却向她讲述了一个几乎真实的故事，只除了他在其中扮演的是罗伯托的角色，而罗伯托则扮演了他。费兰特说服莉丽雅变卖随身携带的首饰盒内的全部珠宝，以便追回罗伯托，从他手中夺回一份攸关国家命运的文件，那份文件是对方从自己手里夺走的，物归原主后，他就将得到红衣主教的宽恕。

从法国海岸出逃之后，"达佛涅二号"的第一个停泊地便是阿姆斯特丹。作为双面间谍的费兰特找人打听"阿马丽利斯号"的下落。不管到底探听到了些什么，几天之后他抵达伦敦，为的是寻找某个人。他所依靠的这个人也只能是他的同类，一个寡廉鲜耻的恶棍，随时准备背信弃义。

临行前他从莉丽雅手里接过一颗清澈无瑕的钻石，入夜便进入一家简陋的小酒馆；迎接他的是一个性别难辨的人，说不定是个土耳其的阉奴，一张平滑无须的脸，嘴巴很小，一笑起来恐怕只能看见鼻子在动。

那间隐秘的陋室十分骇人：一堆白骨在干柴烈火上熊熊燃烧，满屋烟雾腾腾。角落里倒挂着一具赤裸裸的尸体，嘴里渗出一种荨麻色的汁液，滴在一个青铜容器里。

阉奴一眼便看出费兰特是个作奸犯科之徒。他听了对方的要求，又看了那颗钻石，立即背叛了昔日的主子。他把罗伯托引到另外一间密室，这里好像一个药房，到处都是陶土、玻璃、锡和铜制的瓶瓶罐罐。里面的药物都可以用来改头换面，既可以用在想变得年轻美丽的丑老太婆身上，又可以用来给流氓无赖易容；它们是胭脂，软化剂，阿福花的根，龙血树皮，以及用狍子的骨髓和香忍冬的汁液制成的、用以细嫩皮肤的好东西。还有把头发染成金黄色的膏剂，是由冬青、黑麦、夏至草、硝石、明矾，以及多叶蓍制成的。还有能改变皮肤颜色的药膏，是用母牛、熊、牝马、骆驼、蛇、兔子、鲸鱼、麻鸦、黄鹿、野猫和水獭身上的东西制成的。此外，还有脸上用的油剂，是用安息香、柠檬、松子、榆木、羽扇豆、野豌豆和鹰嘴豆制成的，还有一货架的膀胱，可以让荡妇看上去胜似贞女。如果想让某人陷入爱河，还有蝰蛇的舌头、鹌鹑的头、驴的脑、摩尔人的蚕豆、狗獾的爪、鹰窝里的石块、插满碎针的牛脂心，以及其他一些用泥巴和铅制成的东西，看上去极其恶心。

在房子的中间有一张桌子，桌子上有一个水盆，上面覆盖着一块沾血的布，阉奴以会意的神情向他指了一下。费兰特不明白，于是那人对他说，他找对人了。实际上，阉奴不是别人，恰是当初弄伤伯德博士的狗的家伙，他每天都在商定好的时刻，把沾着狗血的布块浸到硫酸溶液中，或者靠近火烤，借此把伯德等待的信号传递到“阿马丽利斯号”上。

阉奴讲述了伯德航行的全部计划，以及他肯定要停泊的港口。费兰特对于经度的事情了解甚少，因此他无法想象马萨林派遣罗伯托到那艘船上，仅仅是为了发现眼下对自己来说已很明显的事实，于是他得出结论，罗伯托最后应该向红衣主教揭示所罗门群岛的位置。

费兰特认为“达佛涅二号”比“阿马丽利斯号”要更快些，他相信自己的运气，认定不久便可以顺利赶上伯德的船，当后者登上所罗门群岛时，他能够轻而易举地对船员发起突然袭击，消灭他们（包括罗伯托在内），然后按照自己的意愿统治那片土地，因为他将是这岛屿的唯一发现者。

阉奴献上避免迷失航向的行动建议，即再伤害另外一条狗，只要他每天在沾有狗血的样品上做些手脚，正如对“阿马丽利斯号”上的狗所做的那样，那么费兰特就将每日收到同伯德一样的讯息。

费兰特说：“我马上启程。”对于对方首先必须先找到一条狗的告诫，他惊呼：“我的船上有比狗更好的。”他将阉奴领到船上；他很放心地盘算着，手下的船员中肯定有理发师，熟悉静脉切开放血术以及其他类似的活计。“船长，我呀，”一个躲过千百次刑罚和牢狱之灾的家伙说道，“当我们在海上抢劫时，我砍过的同伙的手脚远远多于敌人的手脚！”

下到船舱之后，费兰特便将比斯卡拉用链条拴在了两根斜向交叉的木柱上，然后他亲手操起一把利刀，深深地刺向他的肋部。当比斯卡拉哼叫的时候，阉奴便用一块布收集淌下来的血液，然后放到一个布袋里。事后他又对理发师解释，应该如何做才能在整个航行过程之中，使伤口始终无法愈合，又不置伤者于死地。

在犯下新的罪行之后，费兰特下令扬帆起航，朝所罗门群岛驶去。

写到这里，罗伯托感到一阵恶心，因为许多恶行而感到疲劳，他精疲力竭了。

他不愿意再想象后续了，宁愿写下一篇祈求大自然的诗句，为的是——像一位想哄着孩子在摇篮里入睡的母亲一样，在他身上盖上一条被单，罩住他——让大自然将巨大的夜幕铺在地球上。他祈求夜晚不要让他看见任何事物，并让他速速阖上双眼；他请求寂静随同黑暗一起降临；他祈告在太阳升起时，狮子、熊和狼（对它们来说，就像对于盗贼和杀人凶手一样，光明是可恨的）都将躲进它们藏身的岩洞里，而当太阳隐退到西边时，思想的所有嘈杂和喧哗也都沉寂下来。但愿光明一旦消失，靠着光明才生气盎然的灵魂也昏睡过去，并得到安息和宁静。

他吹灭油灯，双手只被从外面钻进来的一缕月光照亮。一股烟雾从他的腹部升腾到大脑，然后落到眼皮上，让眼皮闭阖，这样一来，心灵就不会再探头去观看让他分心的任何事物了。在他身上，睡着的不只是眼睛和耳朵，还有双手和双脚——只除了心脏，这心脏是永不停歇的。

灵魂也在梦里睡下了吗？唉，不，它守夜，只不过它隐退到一块帷幔之后，并且演戏：于是滑稽小丑般的幽灵登上舞台，演出一场喜剧，然而仿佛是由醉汉或疯子组成的剧团，那些形象看起来都是歪曲变形的，衣服稀奇古怪，行为举止更是污秽丑陋，情景遭遇纷纷脱离主题，言谈话语亦是毫无节制。

如果把一只蜈蚣切成数段时，那些脱离下来的部分每一段都不知该跑向何处，因为除了保留了脑袋的第一段之外，其余的都看不见；它们中的每一段都像一条未受损的毛毛虫，用剩下的五六只脚走来走去，承载着属于它的那一段灵魂。睡梦中的情景与此相似，可以看见从一朵鲜花的茎部冒出一只灰鹤的脖子，随后这脖子却变成了狒狒的脑袋，带着蜗牛的四个触角在喷火，或者在一个老翁的下巴颏上开出孔雀尾巴充当胡须；在另一个人身上，胳膊好像缠绕在一起的葡萄藤，而眼睛如小灯一样长在贝壳上，或者鼻子变成了一只芦笛……

罗伯托睡熟了，他梦见费兰特还在继续他的行程，只不过一切皆是梦中幻影。

我想说梦是泄密者。看样子，罗伯托在对无限世界进行沉思之后，几乎不愿意再继续想象发生在小说的国度里的事情，而是转而投身真实世界的真实故事，他也居住在这个真实的世界，只不过——正如岛屿是在临近的过去里——他的故事可能发生在一个并不遥远的将来，或许可以实现他的愿望，将困守弃船的时间缩短些。

如果说他开始写故事时，是把一个装腔作势的费兰特、一个《故事百篇》[①]里的旗官（他生来就为未遭受过的冒犯而心怀怨恨）放上舞台，现在却由于无法忍受看着别人待在他的莉丽雅身旁，决心抢回自己的位置——他大胆地将自己隐晦的想法付诸实施——直截了当地承认，费兰特就是他自己。

他已经确信，世界可以通过无限的视差来感受，如果说最初他作为一只冒失的眼睛，在小说的国度里，或者说在一段也属于他自己的过去时光里（但他却只是浮光掠影地经历过那段时光，甚至自己都没有意识到，然而那却决定了他的现在）窥探费兰特的行为，那么现在，他，罗伯托，则变成了费兰特的眼睛。他愿意与对手一起享受命运本该保留给他的所有经历。

此时，船队正航行在大海里，海面就像流动的田野一般，海盗也都十分驯服。在守护一对恋人的这次旅途中，他们仅仅发现了一些海怪，在到达美洲的海岸之前，他们看见了特里同[②]。就它露出水面的部分来看，具有人的外形，只是胳膊与躯干相比显得过短；手很大，头发呈灰色，而且很浓密，一把胡须垂至腹部。它的眼睛很大，皮肤很粗糙。当船靠近时，它好像很温顺地游向渔网。然而一发觉人们要把它提到小艇上，还没等到露出肚脐下边的美人鱼尾巴，它就一个猛劲儿冲破渔网，消失不见了。晚些时候，人们又看见它游出水面，在一块礁石上晒太阳，却始终将身体的下半部分隐藏起来。它眼望

① 意大利作家吉拉尔第·钦齐奥（Giraldi Cinzio，1504—1574）的作品，莎士比亚的悲剧《奥赛罗》取材于此。下文中的“旗官”即伊阿古。

② Triton，希腊神话中海里的半神半人的人鱼，海神波塞冬和他的妻子安菲特里特的儿子。

船只，挥动臂膀，似乎在鼓掌。

他们驶入太平洋之后，便来到一座岛屿，那里的狮子都是黑色的，母鸡像穿着毛衣一样，树木不到夜间不开花，鱼儿长着翅膀，鸟儿身覆鳞片，石块漂浮着，而木头则下沉，蝴蝶在夜里闪光，水则如同葡萄酒一般使人陶醉。

在第二座岛屿上，他们看见一座宫殿，却是用腐朽的木头建成的，涂着令眼睛不舒服的颜色。他们走了进去，发现一间墙壁用乌鸦的羽毛裱糊的大厅。在每一面墙上都开有壁龛，里面不是石制胸像，而是丑陋的小矮子，脸孔干瘦，由于大自然的偶然疏忽，他们生来无腿。

在一个极其肮脏的宝座上，坐着国王，他做了一个手势，便响起一片锤子、钻子敲打石板，以及刀具摩擦瓷盘的刺耳声音；随着声响又出现了六个人，个个都皮包骨头，奇怪的眼神令人生厌。

在他们对面出现了一些女人，肥胖至极，她们朝自己的舞伴鞠了一躬，然后便开始跳舞，一种强调四肢的残废和畸形的舞蹈。后来又突然闯进六个虚张声势的男人，似乎出自同一个娘胎，鼻子和嘴都极大，背部凹凸不平，与其说是造物，不如说是大自然的谎话。

跳过舞之后，由于还没有听见他们讲话，又以为在那个岛上讲的语言与自己的不尽相同，于是我们的旅行者试图通过手势来向他们问话，因为手势是同野人都能交流的通用语言。然而，那些人回答的语言却更像是鸟类失落的语言，由颤音和鸣叫所组成，但是听在耳里竟也能理解意思。这样一来，他们明白了，在其他任何一个地方，美都受到尊重，而在那座宫殿里，人们却只赞颂怪诞。只要他们继续航行下去，这类黑白颠倒的事情将数不胜数。

继续起程之后，他们抵达第三座颇为荒凉的岛屿，费兰特独自与莉丽雅朝岛内走去。他们一边前行，一边听见一个声音警告他们赶紧逃走，原来那是隐形人之岛。就在那一瞬间，他们周围冒出许多人来，对两个毫不羞耻地呈现在他们眼前的来访者指指点点。因为对于那个民族来说，身体被人观看就会成为对方目光的俘虏，并且会丧失本性，从而变成与自己相反的人。

在第四座岛屿上，他们看见一个男人，眼窝深陷，声音尖细，脸部满是皱纹，但肤色却极鲜嫩。他的胡子和头发细如棉絮，身体却很僵硬，如果他需要转身的话，就得整个身子都原地转过去。他说自己三百四十岁了，在这么长的时间里，由于喝过硼酸泉里的水，所以三次返老还童，仍葆青春，那泉源就在这片土地上，能够延长人的寿命，但不会超过三百四十岁。因此，过不了多久，他就将死去。老人请求旅行者不要寻找泉水：活三次，首先是自己的双重影，然后又是三重影，会造成很大的痛苦，到了最后，这人都不知道自己是谁了。不只如此，经历三次同样的苦痛是一种苦难，但是重新体验相同的快乐则是一种更大的苦难。生命的快乐来源于无论欢乐还是哀痛的情感，都只持续很短的时间，如果知道自己将享受永恒的至福，那必是不幸中的不幸。

对跖点的世界因其变化多端而美丽，船又向前行驶了一千海里，他们发现了第五座岛屿，那只不过是一片片星罗棋布的池塘而已；每一个居民都跪在水边默默欣赏自己的倒影，这样度过终生，他们认为，谁不被看见，就好像不复存在了一样，一旦他们移开目光，不再在水中看见自己，那么他们就会死去。

船又西行，他们登陆第六座岛屿，在那里，人们终日喋喋不休，他们互相讲述着希望对方怎样做人，如何行事。实际上，那些岛民认为只有充当话题议论的对象方能生存；而当一个人违反规则，对别人说不中听的故事，并强迫人家去体验时，那么其他人便不再讲述关于他的任何事了，这样一来，他也就死了。

但是他们的问题是要为每一个人编出一个不同的故事：因为如果所有人都有相同的故事，那么就再也不可能将他们区分开来了，我们每个人都是自己经历的事件所塑造的。这就是为什么他们建造了巨大的轮子，称之为“发亮的小熊星座”，将它竖在了村庄的广场上。它由六个同心圆所组成，其中每一个都能独立运转。第一个圆分成二十四个格子或窗户，第二个圆分为三十六个，第三个分为四十八个，第四个分为六十个，第五个分为七十二个，第六个分为八十四个。在各个格子里，按照一种莉丽雅和费兰特一时间尚不能理解的标准，写上了一些行为（如去、来或者死），情感（如憎恨、热爱或者感到冷），然后就是方式（如好和坏，悲伤地或者高兴地），以及地点和时间（比如在自己家里或者下个月）。

转动轮子就可以生成一些故事，比如“昨天他回家去，遇到他的敌人正在遭罪，于是他帮助了他”，或者“他看见一只长着七个脑袋的怪物，将它杀死了”。居民们认为，使用那架机器，能够写出或者想出七百二十二万亿个不同的故事，这样就可以在未来几个世纪里赋予他们每个人的生命以意义。这让罗伯托很高兴，因为他也可以造出那样一个轮子，即便要在“达佛涅号”上滞留一万年之久，也不愁没有素材。

罗伯托本来还想发现更多稀奇古怪的地方，但是在迷惘空想的某一刻，他突然希望让一对有情人到一处僻静的所在，享受一番鱼水之欢。

就这样，他让那对情侣来到第七座非常惬意的海岛，一片令人心旷神怡的小树林恰恰立在海岸上。他们穿过树林，来到一座富丽堂皇的花园；那里有一条绿荫覆盖的小径，小径穿行于花团锦簇的茵茵草地，沿路冒出许多喷泉来。

然而，就如同一对恋人要寻找更为隐蔽的地方，罗伯托则要寻找新的痛苦，他让那二人穿过一道鲜花装点的拱门，然后进入了一处小小的谷地；沼泽地里的芦苇秆随着微风轻轻摆动，在空气中散发出阵阵芳香——小湖泊里缓缓流出一股清泉，晶莹闪耀，宛若串串珍珠。

在我看来，他想让自己导演的场景能够遵守所有的规则——一棵枝叶繁茂的橡树用树荫鼓励情人纵情畅怀，加之令人快活的悬铃木、矮小的杨梅树、扎人的刺柏、脆弱的柽柳，以及柔软的椴树，它们好像为草地戴上了花冠，五颜六色的好似一块东方挂毯。作为世界画家的大自然还能为这挂毯画上些什么呢？当然是紫罗兰和水仙花。

他让一对恋人沉浸其中，此时此刻，一株野生的罂粟从深沉的忘却中抬起昏昏欲睡的花苞，为的是吸吮那些浸满甘露的气息。不一会儿它便因太多的美景而低垂下头，因羞赧害臊而满脸通红。至于他，罗伯托——我们应该说，他这是活该。

为了不再看那些他本来希望看见的场景，罗伯托以他睡梦中无所不知的能力登上整个岛屿之巅，现在喷泉的水声似在议论着这个爱情奇迹，渴望做他们的傧相。

在那些喷泉中，有些类似小细柱子，有些状如细颈瓶子，有些宛若管形玻璃瓶，从中只喷出一股水柱——或者说从许多喷嘴里喷出最终汇成一股的许多细小水柱——另一些喷泉在达到高潮时好似拱形桥孔，当中流淌出一条湍流，水落下时，形成双叠的垂柳模样。还有的喷泉就像圆柱形的树干，在顶端向不同方向射出许多水柱，宛如一座炮台，或者一座堡垒，或者一艘装有大炮的战船——只不过发射出的是水炮而已。

有些喷泉像是饰有羽毛、鬃毛、头盔，花样之多犹如圣诞时节耶稣降生马厩里面“三王朝圣”的星辰，从喷泉中喷出的水柱模仿着彗星的尾巴。在另一个喷泉上，有一个小男孩的雕像，他左手举着一把伞，伞骨架上喷出一道水丝；右手捏着他的小鸡鸡，撒出的尿与先前的水丝一道落入圣水池里。

在另外一个喷泉上，一条拖着大尾巴的鱼栖息在柱顶上，好像刚刚吞下约拿一般，水是从它的嘴里，以及眼睛上方所开的两个孔隙中喷出来的，还有一个手里拿着三叉戟的爱神丘比特骑在它背上。一个形状如鲜花的喷泉，用它喷出的水柱支撑起一个球；另外一个喷泉更像一棵大树，树上繁花盛开，每一朵都旋出一个球，好像许多星球围绕着各自的恒星在水球里转动。还有些花的花瓣是由水组成的，而水则是从水柱上方一个圆盘周边溢出来的。

有用水代替空气的管风琴，它们发出的不是声响，而是被液化了的气息；有用火代替水的枝形大烛台，支撑柱的中心点燃着火焰，光芒照在向四处流淌的泡沫上。

还有一个喷泉像孔雀，头上有冠，宽大的尾屏打开着，色彩缤纷，犹如天赐。不必说，还有一些喷泉宛若一位理发师用来做假发的支架，好似有假发如瀑布般倾泻而下。在一个喷泉上，一朵向日葵在唯一一朵霜花上盛放。另外一个喷泉精雕细刻，具有太阳一样的面庞，在周围有一系列喷嘴，但是这颗恒星放射出来的却不是光芒，而是凉爽的水珠。

在一处喷泉上有一个圆柱体，喷射出来的水来自一连串螺旋小槽沟。也有的雕成狮子或老虎的嘴、怪兽的口唇、蛇的舌信子的样子，甚至如同哭泣的女人，泪水从眼睛和乳房里流出来。还有的简直像农牧神的呕吐物，长翅生灵的排泄物，还有天鹅喷射，尼罗河的大象鼻子在滋着水，用雪花石做的两耳细颈酒罐也往外淌水，以及从丰饶角流出的泉水。

所有这些景象对于罗伯托来说——他都看得一清二楚——就好像从油锅掉入炭火——逃出龙潭，又入虎穴。

此时此刻，在山谷里面，已经得到满足的那对情侣伸出手来，接受一株枝叶茂盛的葡萄藤珍宝般的赐予，一棵无花果树窥视到有情人的柔情蜜意，温柔得几乎都要哭泣，于是滴下蜂蜜一样的泪珠儿，而在一棵开满花朵的杏树上，橙色鸽子在咕咕地叫着……

一觉醒来，罗伯托才发现自己大汗淋漓。

“怎么？”他说，“难道我屈服了，要一直沉溺于费兰特的生活？可要是没有我他哪来的艳福可享！我在这里一筹莫展，而他却利用我苦心创作的情节逍遥自在！”

为了平息怒气，也为了看到——至少——费兰特无法看到的景象，一大清早，他便重新系好绳索，戴上“玻璃面具”，朝着他的珊瑚世界游去。

三六
溺死之人

来到珊瑚礁附近后，罗伯托便戴着潜水面罩在那些无休无止的石廊里游来游去，然而，他却无法平静地欣赏那些有生命的石头，因为美杜莎已经将他变成了一块无生命的石头。罗伯托在睡梦里看见莉丽雅望向那位冒名顶替者的眼神，如果说在梦中，那目光使他兴奋的话；现在，在记忆里，它却使他的心变得冰冷。

他想夺回他的莉丽雅，游泳时，他把脸尽量隐藏在海底深处，仿佛大海的拥抱能够给予他自己在睡梦中给予费兰特的象征胜利的棕榈枝一样。对于他擅于刻画形容的心智来讲，不必花费很大力气，就能想象出莉丽雅在那座海底公园里随着每一波海浪有节奏地起落，或看见她的双唇怒放在每一朵鲜花上，他多想像一只馋嘴的蜜蜂一样，迷失在花丛里。在透明的花园里，他又看见了最初几个夜晚披在她脸上的绉纱，于是他伸出手，想揭去那层屏障。

陶醉淹没理智，他只恨自己的眼睛无法像心灵所希望的那样无远弗届，他在珊瑚中寻找他心爱的女人的手镯、束发的丝网、使她的耳垂变得柔软的耳坠，还有点缀她天鹅般脖颈的项链。

他找着找着迷失了方向，突然间，他被石缝中露出的一件珍宝所吸引，于是他摘下面罩，弯下脊背，用劲儿地抬起腿来，向海底奋力游去。劲儿用得太大了，他想抓住一个斜坡的边缘，就在他要把手指停在一块有硬壳的大石头周围的瞬间，他仿佛看见一只肥大又睡意未消的眼睛睁了开来。一瞬间，他记起了伯德博士对他讲过的一种石鱼，它们隐藏在珊瑚岩洞里面，用鳞片内的毒液出其不意地攻击每一种生物。

但是太迟了：他的手还是碰到了那个东西，一阵剧烈的疼痛穿过他的胳膊，直达肩膀。靠着腰部的一扭，他奇迹般地没跟怪物撞个满怀，但为了抵消惯性，他不得不用面罩去击打对方。在碰撞的过程中，面罩破碎了，不管怎么说，他都得扔掉它。他的双脚使劲儿在下面的岩石上一蹬，重新浮出水面，此时，有几秒钟，他还能看见玻璃面罩在下沉，天晓得它会沉到哪里去。

他的右手和整个前臂都肿了起来，肩膀失去了知觉；他害怕会昏迷过去；于是找到绳索，单手一段一段地往前拉，费了好大的力气终于登上了梯子，如同他刚到达时的那个夜晚一样，自己都不知道哪来的力气，如同那个夜晚一样，他颓然倒在了甲板上。

现在太阳已经高高升起。罗伯托牙齿打颤，突然记起伯德博士曾经对他讲过，大多数遭遇石鱼攻击的人都不能幸免于难，只有少数人能够存活，没有人知道哪种解毒药可以治愈那种疼痛。尽管眼前一片模糊，他还是想尽力查看一下伤口：那不只是一道伤痕，而是足以让致命毒素渗进血管的通道。他失去了知觉。

当他醒过来时，发现体温上升，并且干渴难耐。他明白，继续躺在甲板上，任凭风吹日晒，加上不吃不喝，自己挺不了多久。于是他爬到底层甲板，来到食物贮藏室和鸟舍之间的地方。从一个小水桶里贪婪地喝了个够，这又让他感到胃部紧缩难受起来。呕吐过后他又昏厥过去，脸庞贴在地板的秽物上。

在噩梦不断的这一夜，他把自己所遭遇的痛苦都归咎于费兰特，此时，后者已经与石鱼混为一谈。为什么他要阻碍自己接近岛屿和鸽子？难道是出于这个目的，他才对自己紧追不舍的吗？

他仿佛灵魂出窍，看见自己躺在那里，而另外一个自己则坐在对面，挨着火炉，身着晨衣，急于弄明白触摸到的双手和感受到的身躯是否是自己的。躺着的自己感觉到衣服被火烤热，然而衣服却是穿在另一个自己身上，他自己则赤身裸体——罗伯托再也弄不懂这两个人究竟谁清醒着，而谁又是在睡梦之中，他想，这两个人肯定都是他脑中的幻象。但他不是，因为他在思考，所以他存在。

其中一个（但到底是哪个呢？）突然站了起来，他一定是把世界变作梦境的恶灵，因为他已经不再是他，而是卡斯帕神父。“您回来了！”罗伯托低语道，同时向他伸出双臂。然而那人却没有回答，也未移动脚步。他定睛望着那人。肯定是卡斯帕神父，但是好像大海——在归还他时——将他梳洗一新，让他变得年轻了。胡须侍弄得很整齐，面庞饱满红润得就像埃马努埃莱神父一样，衣服也不再肮脏褴褛。后来，他始终没有移动身子，如同一名演员在朗诵，以一种无可非议的语言，像演说家一般熟练，带着阴郁的微笑：“不要再白费力气。反正整个世界只有一个终点，那便是地狱。”

他好似站在教堂的布道坛上一般，继续高谈阔论：“是的，是地狱，对此你们知之甚少，你和所有人都正在以飞快的脚步和疯狂的心灵往那里走着！你们以为在地狱里会找到刀剑、匕首、车刑轮子、剃刀、硫磺湍流、铅水、冰川、锅炉和烤架、锯条和棍棒、挖掉眼睛的锥子、拔掉牙齿的钳子、撕裂肋骨的斩刀、捣碎骨头的链条、咬人的牲畜、会伸长的动物尾刺、绞绳、拷问架、十字架刑具、钩子和断头台上的铡刀？不！这些是残忍的折磨，的确如此，但是，这些毕竟还是人类的头脑能够构想出来的，我们还构想过铜牛、铁椅或者用尖竹签刺穿指甲……或者你们希望地狱有一堵由石鱼组成的扶墙。不，地狱里的酷刑根本是另外一回事，因为它们不是由我们有限的头脑构想出来的，而是由一个发怒的、好报复的上帝的无限的头脑所创造，他之所以如此是为了证明自己在赦罪时是多么慈悲，而在惩罚时又是多么公正！那些刑罚向我们揭示自己的无能为力，而他又是多么的全知全能！”

“在这个世界上，”那位告解圣事的使者又说道，“你们通常看见，每一种病痛都会找到针对它的治疗方法，没有伤口找不到止痛剂，也没有毒物找不到解毒剂。但你们不要以为在地狱里面也是如此。在那里，烧伤难耐，却没有药剂缓和灼痛；干渴难忍，然而却没有水解渴；饥饿时像饿狗一样难受，却没有食物填饱肚子；羞耻难当，然而却没有被毯将你遮盖。那么，至少还有死亡，它可以结束许许多多的不幸，一死了之，一死了之……然而最糟糕的是在那里，你们就连自我毁灭这样悲哀的恩惠，也是永远也得不到的。你们寻找所有形式的死亡，你们会想方设法地自杀，然而却永远不得如愿。死亡啊，死亡，你在哪里(你们将不停地这样呼喊)，有没有一个魔鬼富有同情心，赐予我们死亡呢？于是你们将会明白，在那里，苦难将永远没完没了！”

此时，老人停顿了一下，他把双臂双手伸向天空，口中念念有词，几乎像是吐露一个不该从那条船上泄露出去的秘密。“永远不会完结的折磨吗？它意味着，我们将一直遭罪，直到一只金翅鸟——每年回来喝一滴水——喝干所有的海洋？还不止于此。永永远远。我们将一直遭罪，直到一只蛆虫——每年回来咬一口——吞下所有的树林？还要更长。永永远远。那么，我们将一直遭罪，直到一只蚂蚁——每年只爬行一步——绕完整个地球吗？还要更长。永永远远。假如整个宇宙是一片沙漠，每个世纪从中取走仅仅一粒沙，也许直到整个宇宙都被搬空，我们才能把罪遭完？也不是。永永远远。我们想象一下，一个被打入地狱的坏蛋，在千百万年之后，只流下两滴眼泪，那么他将一直遭罪，直到他的泪水汇成一场让整个人类消失的大洪水？啊，算了，不要再说了，我们也不是孩子了！总之，被打入地狱的人将一直遭罪至永永远远，永永远远；永永远远，就好比说，无数的世纪，没有终结，没有限度。”

这时候，卡斯帕神父的脸变得颇像格里瓦的加尔默罗会修士。他抬头望天，好像期盼着唯一的宽恕。“但是上帝，”他用令人心生怜悯的忏悔者的声音说道，“难道上帝看到我们的痛苦，他就不痛苦吗？难道他不会产生关心的冲动，难道最后他不会露面，让我们至少从他的哭泣中得到安慰？啊，你们太天真了！遗憾的是，上帝会露面，但你们仍不能想象出是怎样一种情景！当我们抬起头来，我们将会看见，他（我应该这样说吗？），我们将看见他，对于我们来说，变成了暴君尼禄，不是因为不公正，而是因为严酷，他不但不愿意安慰我们，救济我们，或者怜悯我们，反而带着令人难以置信的快乐放声大笑！因此你们想一下，我们将怎样的焦躁不安啊！我们将会说，我们在灼痛，而上帝却在大笑？我们在焚烧，而上帝却在大笑？啊，上帝太残酷无情了！为什么你不用你的雷电摧毁我们，却宁愿用你的嘲笑来侮辱我们？噢，无情的家伙，让焚烧我们的烈焰变本加厉吧，但请不要引以为乐！啊，嘲笑对我们而言比我们的哭泣更苦涩！啊，欢乐对我们而言比我们的灾祸更痛苦！为什么我们的地狱里没有深渊可以躲开上帝讥笑着的面孔？有人曾说，对我们的惩罚将是凝视上帝愤怒的脸庞，此人大大地欺骗了我们。一张大笑的上帝的脸庞，他应该告诉我们，这是一张大笑的上帝的脸庞……为了躲避那笑声，我们情愿高山压倒在我们的头顶上，或者让我们脚下的大地坍塌。但是不行，因为不幸的是，我们注定会看见让我们痛苦的东西，哪怕变成对一切都视而不见、听而不闻的瞎子和聋子，也躲不开那些我们宁愿听不见和看不到的东西！”

罗伯托闻到从木板的缝隙里传出来的鸡饲料的腐臭味儿，而外间传来海鸟的尖叫声，他把这声音当成了上帝的笑声。

“为什么让我下地狱？”他问道，“为什么让所有的人都下地狱？

耶稣救赎我们，难道不就是为了只将那里留给少数人吗？”

卡斯帕神父笑了，如同上帝在嘲笑被打入地狱的人：“他什么时候为你们赎的罪？你以为你生活在哪个星球上、哪个宇宙里呢？”

他拉住罗伯托的手，然后猛然将他从床铺上拽起来，拖着他走入“达佛涅号”迂回曲折的通道，此时，病中的罗伯托感到肠子像被啃咬了一般，而在脑袋瓜里则像有许多只长着尾巴的金黄鹂鸟。他心里想着，钟表，时间，死亡……

卡斯帕将他拖到一间阴暗的贮藏室，是他从未发现过的，四周的墙壁发白，那里有一个盖着盖子的灵柩台，它的一侧开着一个圆形孔眼。在孔眼前面一个开了槽的小方条上，嵌有一个檀木条，上面全部雕刻上了大小相同的孔眼，镶上了显然不透光的玻璃。当小方条活动起来时，便可以让眼睛对准箱子上的圆孔眼。罗伯托想起在普罗旺斯曾见过比那个机器更小的一个类似的装置，据说，它能够借助阴影生出光明。

卡斯帕打开了箱子的一侧，在一个三角支架上面，有一盏大灯，而在灯嘴对面，不是把手，却是一面弧度很特别的圆镜子。他点燃了灯芯，镜子把明亮的光线反射进一根管子里，这是一架短望远镜，它的末端镜片便是外面的孔眼。光线正是从这里（卡斯帕刚一关上箱子）穿透小木条上的玻璃，呈锥状扩大开来，使墙壁上映出彩色的影像，鲜活逼真，栩栩如生。

首先出现的是一个男人，长着一副魔鬼的面孔，被链条缚在海中的暗礁上，不时被海浪抽打着。罗伯托目不暇接，仿佛置身画中（卡斯帕让影像接连不断地播放），罗伯托则将画面组合在一起——梦中之梦——他再也分不清什么是亲眼目睹，什么是神父的讲述。

一艘大船向礁石靠近，他认出那是“达佛涅二号”；费兰特从船上走下来，现在他解开了那个被缚的人。一切都清楚了。在航行途中，费兰特遇到了——正如传说告诉我们的那样——犹大，他被囚禁在大海里，以赎清他背叛的罪孽。

“谢谢，”犹大对费兰特说道，然而罗伯托很清楚，这旁白显然来自卡斯帕，“自从我被缚在这里，到今天九点钟，我一直希望能弥补我的过错……兄弟，谢谢你了……”

“你在这里才待了一天，甚至还不到？”费兰特问他，“可你的罪过是在我们的主出生后的第三十三年犯下的，这么说就是一千六百一十年以前了……”

“噢，天真的人啊，”犹大回答说，“当然，按你们的年份我是在一千六百一十年前被放到这块礁石上的，但对于我来讲，还不到、也永远到不了一天。你不知道，进入这片环绕着我的礁石的大海，你就深入到了另一个宇宙，既在又不在你们的世界里，在这里，太阳绕着地球旋转，就像一只乌龟一样，每一步都比前一步更慢些。这样一来，在我的这个世界里，开始时，我的一天等于你们的两天时间，后来，等于三天，往后越来越多，直到现在，你们的世界已经过了一千六百一十年后，我的世界始终停留在九点钟。再过一会儿，我的时间将会更为缓慢，再往后还要慢，我将永远活在主诞生后的第三十三年的九点钟……”

“为什么？”费兰特问道。

“因为上帝希望惩罚我永远活在圣周五，为的是日日夜夜铭记我所背叛的人的苦难。我受罪的第一天，当对于其他人来说，日薄西山，夜幕降临，随后礼拜六的曙光亮起，对于我来说，却只度过了那个礼拜五九点之后的一分钟的一瞬间。随后太阳的脚步马上慢了下来，在你们那里，耶稣基督复活了，而我则刚从九点钟跨出一步。现在，对于你们来说，已经度过了许多个世纪，而我却始终待在那个瞬间之后一丁点儿的时间里……”

“不过你的这个太阳也在移动，也许在一万多年之后，你也会进入你的礼拜六。”

"是的，但那时会更加糟糕。我将走出我的炼狱，随后进入我的地狱。我出卖耶稣、让他钉死在十字架上的痛苦永远不会停止，而我还将失去目前尚存的挽回的可能性。"

"这是什么意思？"

"你不知道，离这里不远处有着对向子午线。越过那条线，无论是在你的世界里，还是在我的世界里，都是昨日。如果我现在被释放，就能跨越那条线，我将重新回到我的圣周四。你所看到的我身上的这件无袖圣衣迫使我的太阳如同影子一样地陪伴着我，迫使我不管走到任何地方，都永远活在自己的时间里。这样一来，我就可以利用这个极为漫长的礼拜四启程前往耶路撒冷，在我犯下背叛的罪行之前将我的*主人*从他的命运之中拯救出来。"

"但是，"费兰特表示异议，"如果你阻碍耶稣受难的话，那也就永远都没有救赎了，那世界至今还陷于原罪。"

"啊，"犹大哭了起来，喊道，"我只想到了我自己！那么，我应该怎么办？假如我放任自己背叛，不做任何补救，我将会被判下地狱。假如我补救我的过错，就会妨碍上帝的计划，我也会因此而被罚下地狱。这么说，难道从一开始就注定我会下地狱吗？"

由于灯油耗尽，在犹大痛哭的时候，那一系列影像暗淡下去。现在又是卡斯帕神父在讲话了，只是罗伯托几乎认不出他的声音了。少量的光线从墙壁的缝隙中射进来，仅仅照亮他的半张脸，扭曲了鼻子的线条，也模糊了胡子的颜色，一边非常之白，而另一边则是深色的。两只眼睛都凹陷下去，因为即使对着亮光的那只似乎也在阴影之中。罗伯托这才发现，他蒙着一根黑布条。

"到了那一步，"现在讲话的肯定是莫尔菲修道院院长，"就是在那一刻，你的兄弟构思出他*天才*的杰作。如果他完成了犹大提议的旅程，他将可能阻止耶稣受难，因此也就会阻止随后的救赎。没有任何救赎，所有人都成为原罪的牺牲品，所有人都注定下地狱，因此你的罪人兄弟，也就同所有人一样，等于无罪了。”

“但他是如何做到的呢?”罗伯托问道。

“噢，”这时修道院院长露出凶残的快意，微笑着说，“只须一点儿手段就够了。只要把天主也骗住就行了，毕竟他没法构想出真理的所有乔装改扮。只要杀掉犹大，正如我在那块暗礁上马上做的那样，然后穿上他的圣衣，再让人将我的船提前开到岛屿对面的海岸上，带着伪装来到这里，阻止你学会正确的游泳方法，让你永远都不能赶在我前头到达那里，迫使你与我一起建造那个水底钟，以便让我登上岛屿。”他一边说一边好似打算展示那件圣衣一般慢慢地脱下袍子，露出海盗的装束，随后，他同样慢条斯理地摘下胡须，脱去假发，罗伯托好像看见了镜子中的自己。

“费兰特!”罗伯托高声叫道。

“正是我本人，我的兄弟。当你像一条狗、一只蛙一样在岛屿另一边的海岸上费力练习游泳的时候，我又重新找到了我的船，朝着耶路撒冷航行在我的漫长的圣周四中，找到了正准备出卖耶稣的另一个犹大，把他吊死在一棵无花果树上，从而阻止了他将‘人子’交给‘黑暗之子’，我带着我的忠实随从进入客西马尼园，劫走了我们的主，让他远离髑髅地! 现在，你，我，所有人正生活于一个从未被救赎的世界里!”

“可是耶稣，耶稣，他现在在哪里呢?”

“这么说你竟不知道，古书上说过，耶稣在被钉上十字架之前，曾经穿过一件猩红色的祭服，因此便生出一种火红色的鸽子吗? 你还没有明白? 一千六百一十年以来，耶稣基督一直被囚禁在岛上，他试图化装成一只橙色鸽子逃走，然而却没有办法离开那个地方；我把犹大的圣衣留在了马耳他观象台的旁边，因此，那里的时间永远停留在同一天。现在我要做的就是杀死你，然后自由地生活在一个排除了悔恨的世界里，地狱人人有份，而我将作为新的路西法而受到欢迎!”这时他亮出一把弯刀，向罗伯托走去，准备犯下他最后一项罪行。

“不，”罗伯托喊道，“我不会允许你这样做的！我要杀死你，解救耶稣基督。我还会剑术，父亲没有把他的秘密剑法教给你!”

“我只有过一个父亲和一个母亲，那就是你空荡荡的脑袋瓜，”费兰特面带忧伤的微笑说道，“你只教会了我仇恨。你以为给了我生命，就是赋予我天大的恩赐，仅仅因为在你的小说的国度里，让我作为嫌疑犯的化身吗？只要你还活着，只要你还想越俎代庖，代替我去思想，我就不会停止蔑视自己。因此，你杀死我也好，或者我杀死你也行，反正结局是一样的。来吧。”

“请原谅，我的兄弟，”罗伯托哭着嚷道，“好的，来吧，我们两人中有一个应该死去，这很公正!”

罗伯托想要做什么呢？死去，或者杀死费兰特以解救他？阻止费兰特去阻止救赎？我们将永远都不得而知了，因为连他自己都不知道。然而，梦就是如此。

他们登上了甲板，罗伯托寻找他的武器，发现（我们会回忆起原因）只剩下一小段残余部分；但是他喊道，上帝将会赐予他力量，一个击剑高手即使用一把折断了的剑，也仍然可以战斗。

两弟兄第一次这样面对面地站着，准备开始他们最后一次较量。

上天似乎决心协助那场兄弟相残。一片微红的云彩突然之间在船只和天空铺展出一块血红色的阴影，就好像有人割断了太阳神的坐骑的咽喉。随后便上演了一场喧闹的音乐会，爆发出阵阵雷鸣电闪，随后倾盆大雨，天空和海洋让一对决斗的兄弟震耳欲聋，头晕目眩，用冰凉的水抽打他们的双手。

然而，二人只能在如雨点一样迅猛落下的雷击中间腾挪，施展戳刺和侧刺互相袭击，一会儿突然后退，一会儿又抓住一条绳子，腾空而起躲避对方的杀招，他们还不时地互相谩骂，每一次攻击都伴随着一声吼叫，那声声喊叫与周围呼啸的风声不相上下。

罗伯托在光滑的甲板上战斗着，为的是让耶稣能够被钉上十字架，为此他呼唤神的保佑；而费兰特则是为了阻止耶稣殉道，他呼喊着众魔鬼的名字。

亚斯他录被恳求来帮助罗伯托，我们的闯入者（从现在开始他甚至闯入了上帝的计划）无意间祭出了“海鸥剑法”。或者他是有意为之的，以便结束那个没头没尾的梦。

罗伯托假装跌倒，对方赶紧乘机向他扑来，想要了结他的性命；罗伯托左手撑地，将残缺不全的剑朝对方的胸口刺去。他没有像圣萨万那般灵活地一跃而起，是费兰特自己用力过猛地冲了过来，因此未能躲避剑锋，甚至是他自己将胸骨穿透在半截剑刃上。鲜血从濒死之人的嘴里喷涌而出，啐在罗伯托脸上，几乎让他窒息。

他感到嘴里有血的味道，可能是在神志不清时咬破了自己的舌头。现在，他就在那血海里游泳，血从船上一直流到岛上；由于害怕石鱼，他不想再往前游，然而他只完成了自己使命的前一半，耶稣在岛上等待着抛洒自己的鲜血，而他则成了基督唯一的弥赛亚。

现在，他在梦里到底在做什么？他用费兰特的匕首将一块帆布割成一条条的长带，然后将它们用绳子捆在一起；他又从底层甲板抓来几只最强壮的鹭，或者鹳，都不重要了，他把它们的爪子绑上，充当驱动飞毯的战马。

他乘着自己的飞船御风而行，朝着现在已经近在咫尺的岛屿飞去。在马耳他观象台的下面，他找到了那件圣衣，然后将它销毁。他又将空间赋予了时间，看见鸽子飞落到他的身上，最终他欣喜若狂地目睹了那鸽子的无限光辉。但是自然而然——甚至，不是自然而然，而是超越自然——那鸽子现在好像不是橙色的，而是洁白无瑕。它不可能是一只鸽子，因为那种鸟不适宜用来代表第二位格，那也许是一只“良善的鹈鹕”,“人子”也应当如此。就这样,那只直到最后他也没有弄清楚是什么的鸟自荐为善良的鹦鹉,赐予他带有翅膀的大船。

他只知道自己正往高处飞翔,影像如幽灵一般一个紧随一个相继出现。他们现在正朝着无数个无限的世界航行,他们要去每一颗行星,每一颗恒星,为的是在每一个世界的同一时刻完成救赎。

他们抵达的第一个星球是皎洁的月亮,在一个被地球正午的光照亮的夜晚。地球就在那里,在地平线上,天空好像一口巨大到无边无际的锅,里面煮着玉米粥,咕噜咕噜地响着,几乎快要浇到他的头上,在沸腾的温度中,先是低热,后是中热,再是高热,又像是发低烧,再发高烧,再退烧,又高烧一样,发出咕噜、噗噜、潽潽的声音。正如发烧的时候,你也会变成玉米粥,而你看到的亮光全部来自你头脑里的沸腾。

在月亮上面他同鸽子在一起……

我希望,在我以上叙述的所有情节之中,我们不要去寻找连贯性和真实性,因为这是一个中了石鱼毒的人所做的噩梦。而我下面的叙述会超出读者的期待。罗伯托的思想或者心灵,或者不管怎么说,他的想象力,正在编排着一场亵渎神明的变化:这时,在月亮上他看见自己不是与主在一起,而是与夫人——终于从费兰特身旁夺回的莉丽雅在一起。罗伯托正在月球的湖畔享受着他的兄弟在喷泉岛的池塘旁边曾享受过的乐趣。他用眼睛亲吻她的面庞,用嘴巴欣赏她,吸吮,舔舐,再啃咬,他们用两条舌头纠缠嬉戏,情意绵绵。

恰恰在这时,罗伯托也许由于退烧之故,恢复清醒,但他仍然受着梦中情景的影响,正如我们刚从梦中醒来时那样,不仅是心灵,而且连同身体,都受到激荡。

他不知道是应该为自己重新找到的爱情喜极而泣,还是因为将——发烧作为同谋,它才不管体裁的规则——他神圣的英雄史诗颠倒成为一场放荡的喜剧而流下悔恨的眼泪。

他对自己说:“现在真的应该让我下地狱,因为我既不比犹大,也不比费兰特更好些——甚至,我只不过就是费兰特,直到现在为止,我所做的也只不过是利用他的歹毒去梦想做出那些我的懦弱不让我做的事情。

“也许我不必对自己的罪过负责任,因为犯下过错的不是我,是石鱼让我做了这样的梦。但是,假如我果真如此精神错乱,也就离死不远了。居然直到被石鱼螫伤我才决心认真思考死亡,而这本该是一个好基督徒的首要义务!。”

“为什么我从未曾思考过死亡,以及一位笑着的上帝的愤怒?因为我按照我的哲学家们的教诲,认为死亡是一种自然的必然,而上帝则是在杂乱无章的原子之中引进规律,使原子组成和谐的宇宙的那个人。一个那样的上帝,一位几何学大师,哪怕是为了公正,难道会在地狱里制造混乱,然后对颠覆和破坏报以嘲笑吗?”

不是,上帝并没有发笑,罗伯托对自己说。“他遵从他本人所希望的规律,即肉身必然衰亡腐烂的铁律,正如现在我的身体肯定正在这种腐烂中解体一样。”这时,他看见自己的嘴边有蛆虫,然而这却并非精神恍惚所致,而是母鸡的秽物之中自然孕育出来的小生物,它们在排泄物中繁衍子孙后代。

他对那些身体瓦解的通报官表示欢迎,他明白与黏乎乎的物质融为一体,应该作为所有痛苦的终结、达到与自然以及主宰万物的上天的意志和谐一致来体验。

“我应该不会等待太久,”他像做祷告那样低声说道,“不需几日,我现在还齐齐整整的身躯,会改变颜色,然后变得如鹰嘴豆一般苍白,接着它就会从头到脚地变成黑色,被昏暗的热气所笼罩。接着是莫名其妙的肿胀，肿胀之处将生出发臭的霉菌。很快，腹部便开始四处爆裂——然后涌出腐烂物，可以看见这里流出半个生了蛆的眼睛，那里又有一片裂口的嘴唇。在这些如泥的污物中，便滋生出很多小苍蝇以及其他小动物，它们蜷缩在我的血液中，一口一口地吞食我的肉体。这些生物中的一部分从胸脯里冒出来，另一部分则变作我也说不清是什么的黏液从鼻孔里滴落下来；还有一些小生物吸附在这些腐臭的物质上，从嘴里出出进进，而更多吃饱喝足的则从咽喉里咕噜咕噜地流出来……与此同时'达佛涅号'逐渐变成鸟类王国，来自岛上的胚芽也会在这里生长成动物一般的植物，我的体液将营养它们的根须，因为它们早已在舱底水阱扎下了根。最后，当我的整个肉体工厂变成一副纯粹的骨架时，在月复一月、年复一年的过程中——或者在几千年的岁月中——就连这个支架也会慢慢地散落成原子灰尘，活着的人走在上面却意识不到：整个地球，它的海洋，它的沙漠，它的森林，以及它的山谷，其实只不过是一块活着的墓地而已。"

没有任何东西能够像"善终的祈祷"那样有利于疾病的治愈，当死亡让我们顺从，它也就弃我们而去了。有一天，加尔默罗会修士就是这样对他说的，实际上也正是如此，因为罗伯托感到了饥饿和口渴。他现在比在睡梦中在甲板上决斗时更虚弱一些，但没有躺在母鸡旁边时那么惨，他居然有力气吸了一只鸡蛋。这些流到他喉咙里的透明黏液很美味。当然他在储藏室里打开的一只椰子的汁液就更鲜美了。在对自己死亡的躯体思考良久之后，现在，在他正在恢复健康的躯体里，他让大自然每天都赐予其生命力的其他鲜活健康的生命死去。

这就是为什么在格里瓦，除了加尔默罗会修士的些许唠叨之外，没有任何人教过他思考死亡。在日常交流中，几乎总是在午餐和晚饭之际（是在罗伯托从古老的宅子里探险回来之后，偶尔他可能会在一间背阴的大房间里耽搁，沉迷于放在地上待成熟的苹果散发的芳香），人们只谈论香瓜的甜美、小麦的收割以及对葡萄收获的期盼。

罗伯托记起母亲曾经教导他说，如果能够充分利用上帝在格里瓦赐予他的全部财富，他的生活将十分幸福和平静。“你最好不要忘记腌牛肉、山羊肉或者公羊肉、小牛犊肉，还有猪肉，因为咸肉可以长久保存，并且用途广泛。切肉时不要切成大块，记住把它们放在小罐里，撒一大把盐，放它八天时间，然后取出来挂在厨房的横梁上，靠近壁炉，这样它们就能被烟熏干，所有这些都要在干燥寒冷的北风天里进行，那时已经过了圣马丁节[①]，腌制出的咸肉想放多久就能放多久。另外，九月份还有飞来的各种鸟，整个冬天里，除了阉公鸡、老母鸡、鸭子以及其他家禽，还有羊羔。也不要轻视驴子，如果它断了一条腿，不妨做成香肠，然后用刀子切块煎炸，可是一道名菜呢。到了四旬斋，就总会有蘑菇、面汤、核桃、葡萄、苹果，以及上帝赐给你的所有其他东西吃。还有，还是在四旬斋期，有一些根茎、野菜，把它们裹上面粉，再放在油里炸熟，甚至比七鳃鳗还要好吃呢。此外还可以做一些四旬斋饺子或者杏仁糕点，用渗进油的面糊、面粉、玫瑰水、藏红花以及白糖，加一点白葡萄酒，把它们都切成圆形的，就像窗户玻璃那样，填满面包屑、苹果、丁香花以及捣碎的核桃，然后再加上一些细盐粒放入烘炉，你将比修道院院长吃得还要美乎呢。过了复活节，就有小山羊羔、芦笋、乳鸽了……再晚些时候，凝乳和奶酪也有了。不过，你还应该善于利用豌豆或者豆角，不管是白煮还是裹上面粉煎炸，都是饭桌上的美味佳肴……我的孩子，如果你能像我们的先辈那样生活，那将十分幸福，无忧无虑……”

所以，在格里瓦，人们谈论的话题不会涉及死亡、审判、地狱或天堂。对于罗伯托来说，死亡是在卡萨莱才出现的，是在普罗旺斯和巴

---

① 11月11日。

黎，在人们有道德的讲话中以及放荡的言辞中，他才被引导着去思考这一问题的。

现在他自言自语地说："我肯定会死的，如果不是这会儿因为石鱼，至少晚些时候也会死去，因为很明显我再也离不开这条船了，现在我甚至失去了——同玻璃面罩一起——靠近珊瑚礁不受伤害的办法。我还能幻想什么呢？我将死去，就算没有来到这艘弃船，也只是死得晚些。我走进生命，明知其规律是再从中走出。正如圣萨万所说的那样，每个人都扮演着自己的角色，有的久些，有的匆匆忙忙，但最后都得离开舞台。我看见前面走过很多人，别人也会看见我走过，他们再把同样的演出献给他们的后来人。

"再说，有多长时间世上不曾有我，又有多长时间我将不复存在！在时间的深渊里，我只占了很小的一段。这个小小的间隙无法把我同我将要去的虚无区分开来。我来到这个世界不过是为了凑数而已。我这个部分是如此渺小，甚至于假使我滞留在幕后，所有人仍然会说这出戏演得完美无缺。这就好比是在一场暴风雨中：有些人马上就溺水淹死了，有的人撞到礁石上粉身碎骨，有的人抓住了一块木头活了下来，但用不了多长时间，他们也完蛋了。生命会自行熄灭，如同一支蜡烛会燃尽一样。我们应该对此习以为常，因为就像一支蜡烛，从我们点燃它的那一刻开始，我们就在慢慢耗尽它的原子了。"

显然，这些并非什么高深的学问，罗伯托对自己说。"我们从一出生就应该懂得这些。然而，通常我们总是仅仅考虑其他人的死亡。啊，是的，我们大家都有足够的力量来承担别人的痛苦。然后，当那痛苦属于我们时，才到了思考死亡的时刻，于是我们才意识到，无论是太阳，还是死亡，都不能定睛凝视。除非有良师指点迷津。

"我有过良师。其中一位对我说过，实际上，只有少数人了解死亡。一般情况下，人们只是愚蠢地或者出于习惯去忍受它，而不是带着决心赴死。必须死，因为不可能有其他出路。只有哲学家才明白死亡就像责任一样，从而甘心情愿地去完成，并且没有恐惧：只要我们在世，死亡便尚未到来，而当死亡来临时，我们就不复存在了。假如到现在我还不能将我的死亡变成为我生命中的杰作，那花费了那么多时间去讨论哲学还有何意义？”

力气开始回到他身上。他感谢母亲，对她的回忆让他摒弃死亡的念头。其他人都无能为力，除了这个赐予了他开始的女人。

他开始想象自己的出生，对此他了解的比对死亡还要少。有人说，思考自己的出处正是哲学家的课题。对于哲学家来说，解释死亡十分容易：人终将坠落到黑暗之中，这是世界上最清楚不过的事情之一。令哲学家困惑的并不是终结的必然，而是开始的神秘。我们可以不必关心死亡之后的永恒，然而我们却不能摆脱这样一个令人苦恼的谜，即在我们之前是什么样的永恒呢？它是物质的永恒，还是上帝的永恒？

罗伯托对自己说，这就是他被抛到“达佛涅号”上的原因。因为只有在这个安宁的隐居地，他才有闲心思考这唯一能使我们摆脱对死亡的焦虑，同时把我们交付给对存在的赞叹的问题。

三七
荒谬习作：石头如何思考

他到底病了多长时间？几天还是几个星期？或者在此期间，一场暴风雨又袭击过这艘船？或许，在遭遇那条石鱼之前，由于心思全用在海上或者他的小说上，他已对自己周围正在发生的事情浑然不知？他对事物失去察觉有多长时间了？

"达佛涅号"已经变成了另外一艘船。甲板肮脏不堪，帆桁全都淌着水，七零八落；有些船帆已经松脱，挂在桅杆上就像戴着假面具的人，正透过上面的窟窿眼儿，贪得无厌地注视或狡诈地奸笑。

鸟儿在哀啼埋怨，罗伯托马上跑去照料它们。有些鸟儿已经死去。幸运的是，植物由于雨水和空气的滋润长势良好，有些已经钻进了鸟笼里，正好为大部分鸟儿提供了吃食，剩下的就靠滋生出来的虫类过活。存活下来的动物甚至还在繁衍后代，少数死去的则被新生命所代替。

岛屿并未改变，只是在失去面罩的罗伯托看来，岛屿似乎正在海水冲刷下变得越来越远了。他现在知道了石鱼守卫着珊瑚礁，所以礁岩也变得不可逾越。罗伯托还能游泳，但也仅仅是为了戏水而已，他必须远离礁石。

"啊，人类的机械呀，你们是多么不切实际，"他喃喃低语道，"假如人只不过是个影子的话，你们就是一缕青烟。假如人只不过是一场梦的话，你们就是幽灵。假如人只不过是个零的话，你们就是一个点。假如人只不过是个点的话，你们就是零。”

罗伯托自言自语道：“发生了那么多事情，最后发现自己是个零。甚至比起刚被遗弃到这里时，更加空虚。船难使我惊惧，但迫使我为生存而抗争，而现在我没有任何要抗争的了。我被判处漫长的休止。我在这里凝视的不是空间的虚无，而是我本人的空虚，从中只会产生烦恼、忧伤和绝望。

“再过不久，不仅我，连‘达佛涅号’本身也将不复存在了。我和它都将变为化石，就像那珊瑚一样。”

那块珊瑚骷髅仍在甲板上，不再遭受侵蚀，因此超越了死亡，成为唯一的活物。

那个奇异的形象激发了罗伯托的新念头，他过去受的所有教育就是仅仅通过语言的望远镜去发现新大陆。他对自己说：如果珊瑚是活的，它就是在各种其他思想的巨大混乱之中，唯一真正具有思维能力的生物。它只能思考自己有序的复杂性，对此它知道得一清二楚，但却预想不到这结构的分崩瓦解。

物体有无生命？会不会思考？有一天修道院院长对他说，想要证明生命和发育，则无论如何都须得开花、长芽、结籽。分子就是一定的原子按照特定的形式排列，如果上帝赋予混乱的原子以排列规则，那么这规则将世代流传下去。难道我们今日见到的石头还是在大洪水时代存活下来的？难道它们既没有变化，也没有繁衍出其他的石头吗？

假如宇宙只不过是简单的原子的汇集，它们互相碰撞产生化合物，那么原子就不可能——一旦它们组成了化合物——停止运动。在每一个物体中，都应该保持着一种持续的运动：风中的急速旋转，动物身体中流畅的、有规律的运动，植物体内的缓慢却不可避免的运动，在矿物内部自然也存在着运动，只不过更加缓慢。那块珊瑚，作为珊瑚的生命已经消亡了，但它恰恰作为石头享受着一种属于自己的地下骚动。

罗伯托在思考。假设每个物体都是由原子构成的，包括几何学家谈到的纯粹和单纯延伸着的物体；假设这些原子是不可分割的。当然，每条直线都可以分成两个相等的部分，不管它的长度如何。但是如果它的长度短小到微不足道，仅仅由奇数个不可分割的原子组成，这就意味着，假如不想让那两部分不一样的话，那么就把居于中间的不可分割的原子分成两部分。然而，由于后者也是一条直线，因此也是无限延伸的，哪怕短到不可测知也应该能够分成两个相等的部分。如此下去，永无止境。

迪涅修道院院长说过，原子也是由部分所组成，除非它密度大到我们无力切分。我们不能。但其他生物呢？

没有什么东西密度大过黄金，但是一个金匠只取一盎司黄金便可以打出一千张金箔，而只取其中一半就足以将一块银锭的整个表面镀上金子。同样一盎司的金子，如果抽成发丝粗细的细线，长度将相当于四分之一里格甚至更长。到了某个时刻，工匠就必须得停手，因为他不具备合适的工具，人的目力也有限。然而有些昆虫——它们是如此微小，以至于我们都无法看见它们，它们又是如此勤奋和博学，甚至可以超过我们人类所有的能工巧匠——它们能够再延长那根金丝，从都灵一直延伸到巴黎。假如存在着比这些昆虫更厉害的昆虫，这金丝难道不是想变多细就变多细吗？

如果用阿耳戈的眼睛去看，将能够深入到这个珊瑚的多边形里面，而在发光的丝状物里面，在构成丝状物的细丝里面，我可以去寻找原子，直到无穷无尽。但是一个原子，如果可以无止境地切分下去，产生的部分越来越小，它们仍然可以切分，直到某一刻，物质只不过是永无止境的可切分性而已，而它的硬度和密度就建立在真空之间的这种简单的平衡上。物质非但不厌恶真空，而且还喜欢它，并且以它来构成自己，它自己本身就是真空，绝对的空。这绝对的空可能就在无法想象的几何点的核心，而这个点只不过是我们在一片始终只由水所构成的汪洋大海之中所梦想的那座乌托邦岛屿而已。

假设广阔的物质世界是由原子构成的，那么，将可能不再有原子。还会剩下什么呢？只有旋涡。只不过旋涡无法拖曳恒星和行星这些对抗风力的实心物质，因为恒星与行星也是旋涡，在转动中拖曳着更小一些的旋涡。于是，让银河系转动的大旋涡在自己的中心会有其他旋涡，而这些就将是旋涡的旋涡，由其他涡流所构成的涡流，而其中的大涡流所形成的深渊便将沉没到由虚无所支撑着的无穷之中。

而我们，作为宇宙之中最大的珊瑚上面的居民，相信原子（虽然我们看不见它）是盈满的物质，然而，原子就像其他一切一样，也是在虚无之中虚无的装饰物而已，我们姑且叫作实体，然而这稠密的，甚至永恒的实体不过是站不住脚的力达舞①，那种无边无际的延伸，它与绝对的虚无别无二致，它从自身的非存在产生出世间万物的幻影。

这么说，我在这里是在以幻觉的幻觉来自欺，幻觉让我以为我属于自己？我失去了一切，来到对跖点的这艘迷途的平底驳船上，难道是为了明白已经没有任何东西可以失去了吗？但是懂得了这一点，我也许不能赢回一切，因为我变成了宇宙里承认自己幻觉的唯一思考点？

不过，假如我思考的话，这不就意味着我有灵魂吗？啊，多么混乱不清啊。万物都由虚无构成，然而，为了明白这一点，却需要有灵魂，而灵魂尽管微小，却不是虚无。

我是什么？如果我说我，代表的是格里瓦的罗伯托，那么我便是作为我过去所有时光的记忆，即我所记得的所有事情的总和。假如

---

① ridda，古代一种手拉手的集体舞蹈。

我说我，代表着此时此地的某个存在，而不是主桅或珊瑚，那么我便是此刻我所感觉到的一切的总和。但是，此刻我感觉到的是什么呢？是假定不可分割的原子之间的关系的总和，它们排列在那种关系系统之中，在那种特殊的秩序之中，这便是我的躯体。

因此，我的灵魂并不如伊壁鸠鲁所希望的那样，是由比其他物体更小的微粒构成的物质，一种具有热度的混合气息，而是这些关系感觉到自身存在的方式。

多么微妙的浓缩，多么浓缩的不可触知！我只不过是我的各个部分之间的一种关系，当它们的各个部分之间发生关系的时候，能够互相感知。而由于这些部分的内部又包含了其他关系（如此类推下去），于是每个关系系统都能意识到自身存在，甚至就是它自身的意识，所以就是一个有思考能力的核心。我思考我自己、我的血液、我的神经；然而我的每一滴血液思考的可能就是它自己了。

它会像我思考我自己那样思考它自己吗？肯定不会，从本性上讲，人类是以相当复杂的方式来感受他自己的，动物则没那么复杂（举例说，它能感到食欲，然而却没有内疚感），一棵植物可以感到生长，当然在有人砍断它的时候也有感觉，或许它也会说我，但其中的含义肯定比我这样做的时候更为模糊。每样东西都会思考，但复杂程度各异。

那么，如果是这样的话，石头也会思考了。包括这块石头，再说，它还不是块石头，而是一棵植物（或者是一只动物）。它将怎样思考呢？像石头那样思考吧。假如上帝——他是宇宙中所有关系之间的重大关系——思考具有思考能力的他自己，正如哲学家所希望的那样，这块石头则仅仅思考作为石头的它自己。上帝思考他所创造的、并通过他的思想使之存在下去的整个现实以及无边无垠的宇宙万物；我思考我不幸的爱情、我在这艘船上的孤独、我过世了的父母双亲、我的各种罪过，以及我眼前的死亡；而这块石头也许只思考我是石头，我是石头，我是石头。甚至，它或许都不会说我字。它思考的是：石头，石头，石头。

这想必很恼人。又或者，是我感到烦恼，我思考得更多，而它（或她）则完全为自己作为石头而满意，如同上帝那般幸福——上帝为自己是一切而心满意足，而这块石头则为自己几乎什么都不是而心满意足，因为它不了解其他的存在方式，所以它为做自己而感到永恒的高兴满足……

再说，难道石头真的只感觉到自己石头的特性吗？迪涅修道院院长对我说过，石头在有些情况下会燃烧，并变成其他东西。实际上，当一块石头掉进火山里，由于那种油膏般的熔岩的巨大热度——古人把它称为“岩浆”——它会与其他石块熔化在一起，变成白热的一整块，过了不久（或是很久之后），它便成为一块大石头的一部分了。在它不再是原来那块小石头而变成另外一块石头的过程中，难道它感受不到自身的发热，以及随之而来的迫近的死亡吗？

太阳照耀在甲板上，一阵阵轻柔的微风驱散了舱面上的热度，罗伯托皮肤上的汗水也被吹干了。他花了那么多时间想象一块被温柔的美杜莎以目光诱骗而被石化的石头，决心试着如同石头那样来思考，也许为了习惯有朝一日变成一堆简单的白骨，暴露在这同一个太阳、同一缕清风之下。

他脱得精光，躺下来，眼睛闭着，手指塞进耳朵里，为的是不被任何声响打搅，正如没有感觉器官的石头那样。他试着抹掉自己的每一个记忆，消除身体的每一种需求。如果可能的话，他甚至会消灭自己的皮肤，而由于他无法做到这一点，所以他想方设法让敏感度降到最低。

我是一块石头，我是一块石头，他对自己说。后来，为了避免自我意识，干脆说：石头，石头，石头。

假使我真的是一块石头，我又会有什么感觉呢？首先，是构成我的原子的运动，也就是我的各部分的各部分的各部分，它们彼此作用时稳定持久的振动。我将会听到我作为石头的嗡嗡响声。但是我不能说*我*，因为，用了*我*字表示还存在着其他东西，与我相对的某些其他东西。一开始，石头不可能知道，除了它自己之外，还有别的东西。它嗡嗡响，石头就是石头，它不知晓其他的一切。它是一个世界。独它一个的世界。

然而，如果我触摸这块珊瑚，我能感觉到它的向阳面上保存着太阳的温热，相反，贴着甲板的那一面则稍冷一些；假如我把珊瑚从中间劈开，也许我将会感到，温热从顶端到底层的递减。因为在一个温热的物体里，原子会更加疯狂地运动，因此，这块石头如果感觉得到运动，也只是感到在自己的内部存在着不一样的运动。假如以同样的姿势永久地置于太阳下不动，或许它会开始区分出上面和下面，或者至少两种不同类型的运动。假如它不知道这种不同是外部力量所致，它会认为那种运动是它的本性。但是，假如发生一次山崩，石头滚至山谷，改变了姿态，那么它将感到它的其他部分现在从原来的缓慢运动开始加速，而原来的快速运动则放慢步伐。当地面下陷的时候（这可能会是一个极为缓慢的过程），它将会感到，温热，或是由此所产生的运动，会一步一步地从它的一部分到达另一部分。

罗伯托一边这样想着，一边慢慢地转动身体，将不同部位暴露在阳光下，他在甲板上滚动着，直至滚到一方阴影里，他感到一点点阴凉下来，就像发生在石头身上的那样。

他问自己，天晓得，在这些运动过程中，石头是否会开始具有哪怕不是“地点”，至少也是“部分”的概念；不管怎么说，它一定会具有“变化”的概念。不过，不会有激情，因为它不了解激情的对立面，即行动。或者也有可能。因为它是石头，它总是能感受到自己的构成，而不会由于它一会儿这里是热的，一会儿那里是冰的，便只感觉到轮番交替。因此，它是能够以某种方式来区分它自己的，它知道自己是具有自身偶有性的实体。或者不是，因为假如它能感觉到它自己是一种关系，那么它就将感觉到它自己是不同的偶有性之间的关系了。它将感觉到它是变化中的实体。这意味着什么呢？我以不同的方式感觉到我？谁知道，石头是如同亚里士多德还是迪涅修道院院长那样思考的。无论如何，所有这一切都可能要花几千年的时间，然而这却不是问题所在，问题是：石头是否会小心保存它对自身连续不断的感觉。因为，如果它现在感到上面是热的、下面是冷的，之后又正好相反，但在第二种状态下它又不记得前面的状态了，它就会一直以为，它的内部运动总是一样的。

然而，为什么它能感知自己，却又没有记忆呢？记忆力是灵魂的一种能力，不管石头具有的灵魂多么微小，它都会有成比例的记忆力。

有记忆力意味着有从前和以后的概念，否则的话，我会一直以为，我所记住的痛苦或欢乐都存在于我记起它们的瞬间。相反，我知道，它们是过去了的感觉，因为它们比当下的那些感觉更为微弱。因此，问题在于对时间的感受。假如时间是后天习得的概念，那么有些人应该无缘认知。在几天或几个月之前，在我生病之前，我不是也对自己说过，时间是运动的条件而非结果吗？如果石头的各个部分处在运动之中，这运动就将会有节奏，哪怕是听不见的，也将如同钟表的滴答声一样存在。石头将是它自己的钟表。感觉到运动就意味着感觉到自己的时间在敲打。地球，作为天空中的大石头，能感觉到它运动的时间、它的潮汐呼吸的时间，而它所感觉到的那些，我能在布满星斗的天空上看到：地球所感受到的与我所看到的是一致的。

因此，石头有时间的概念，甚而至于，它在感受自己热度的变化和在空间里的运动之前，就懂得了时间的概念。据我所想，石头也可能意识不到热度的变化取决于它在空间的位置：它可能会把这理解为在时间中的一种变化，正如从睡眠到清醒，从精力充沛到感到筋疲力尽的过程一样，正如我现在觉察到，像我此刻这样静止不动，我的左脚发麻了。但是不对，它还应该能感觉到空间，如果它感觉到从前平静的地方现在有了运动，而从前动荡的地方现在安静下来的话，它就会开始思考这里和那里。

但我们现在想象一下，有人捡起这块石头，把它嵌入其他石块中，准备砌一堵墙。它首先会感到自己的内部在发生变化，因为它发现自己的原子正在紧张地努力组成蜂房的各个巢室，它们密密麻麻地一个挨着一个，一个套着一个，如同教堂拱顶上的石头应该感觉到的那样，在那里，每一块石头都推挤着另一块，所有的石头都推向中央的拱顶石，而靠近拱顶石的石头则把其他石头向下向外推挤。

然而，整个拱顶在习惯了推力以及反作用力的作用之后，它会觉得砖头互相推挤的无形运动是与生俱来的；同样地，它也应该感觉得到某人为了推倒它而施加的力气，并且明白，当下面的墙连同它的所有扶垛倒塌的时刻，它就不再是拱顶了。

因此，这块石头在其他石头的挤压之下，几乎快要破碎了（假如压力更大，它还将产生裂纹），那么它应该感觉到这种收缩，一种从前没有体会过的收缩，一种在某种程度上会对自己的内部运动产生影响的压力。这不就是让石头感觉到还存在着某种外部东西的时刻吗？于是，石头就会拥有世界的概念。或者它还会认为压迫它的力量是比它更为强大的某种东西，它将把世界看成上帝。

然而，某一天假如那堵墙倒塌了，压迫停止了，石头会体会到自由的感觉吗？正如我，假如决定从为自己设置的束缚中挣脱出来的话，我将感受到自由？只有一点不同：我可以自主地挣脱，而石头不行。因此，自由是一种激情，而想要获得自由的意志却是一种行动，这便是我与石头之间的区别。我可以行使意志。石头最多（为什么不呢?）只能回到成为墙之前的状态，并且在恢复自由身时感到快乐，然而却不能够决定为实现它所向往的状态而行动。

但是，我真的可以行使意志吗？此刻，我感受着作为石头的快乐，太阳给我温暖，轻风吹拂着我的身体，我没有任何终止作为石头的想法。为什么？因为我喜欢。这么说，我也是激情的奴隶，这种情感建议我不要自由自在地希望成为自己的反面。不过，只要我希望，我是可以行使意志的。然而，我却没有这样去做。我能比一块石块更自由多少呢？

没有比自由意志更加可怕的想法了，尤其是对一个哲学家而言。出于哲学上的胆怯，罗伯托把这个过于严重的想法赶跑了——严重，对他而言，当然，对一块石头就更甚了，他已经赐予了石头激情，然而却剥夺了它任何行动的可能性。无论如何，即使它不能够提出关于可能性的问题，或者说，它不能按照自己的意志而忙碌，然而石头却已经获得了许多极为高贵的能力，大大超过了人类曾经给予过它们的。

罗伯托开始思考，在石头跌入火山口的时刻，它是否能意识到自己的死亡。大概不能，因为它从来就不知道死亡是什么。但是当它完全消失在岩浆里时，它能够拥有死亡的概念吗？不，因为已经不存在石头这种化合物了，正如我们从来不知道一个人能否意识到自己是死人。假如这时某样东西想到它自己，可能就是岩浆了：我是岩浆，我是岩浆，我是岩浆，咝啦咝啦，我流啊，流啊，流啊，扑哧，噗通，噗通通，我溢出来了，我沸腾的气泡翻滚了，热气腾腾，吱吱地响，溅满污垢，咯出了痰，咯出了浓痰，浑身烂泥浆。啪。罗伯托假装自己是岩浆，像一只染上狂犬病的狗一样吐着唾沫，并试图从脏腑深处发出肠鸣。他差不多就要大便了。他天生不是扮岩浆的料，最好还是老老实实像石头那样思考。

但是，对于曾经的石头、现在的岩浆而言，这一切又有什么意义？对于石头来说，死后是没有生命的。石头不是人，我们不能承诺或允许它死后变成植物或动物。假如我死了，我的血肉分解在土地里，并且通过树根渗透到一棵棕榈树中，我所有的原子重新组合，将会发生什么呢？我能说我是棕榈树吗？可能棕榈树会这样说，它不会比石头还不善于思考。然而当棕榈树说我的时候，能意味着"我，罗伯托"吗？剥夺它说"我，棕榈树"的权利，这样不太好。可是，如果它说"我罗伯托是棕榈树"，那它是什么样的棕榈树呢？那个可以说"我，罗伯托"的化合物已经不存在了。果真如此，那么它就连对自己的记忆也丧失了。我就连说出"我棕榈树曾是罗伯托"也不可能了。否则我就应该知道，现在的"我，罗伯托"从前是……天晓得什么东西。然而我却什么也不记得。我从前是什么，现在的我不得而知，这正如我无法回忆起我曾是我母亲肚子里的那个胎儿一样。我知道我曾经是一个胎儿，因为别人对我这么讲过，但是，就我而言，我并没有这样的记忆。

我的上帝，我拥有灵魂，甚至石头也拥有灵魂，而且恰恰是从石头的灵魂中，我才懂得了，我的灵魂不会比我的肉体存在得更久。假如以后我将对自己一无所知，思考还有什么意义？现在在这里扮演石头还有什么意义？

但是说到底，我以为正在对我进行思考的这个我又是什么？我难道没有说过，所谓的"我"不过是在某个化合物中，无限延伸的真空的意识吗？因此，在思考的不是我，而是真空，或者延伸，是它们在思考我。那么，这个化合物便是一个偶然，真空和延伸只停留短短一瞬，然后再换一种方式思考。在巨大的真空里，唯一真正存在的东西，是无数个过渡性化合物形成的历史……什么东西的化合物？那就是唯一的巨大虚无，即所有一切的实体。

它由一种崇高的必然性所掌控，这必然性带着它去创造和毁灭世界，去编织我们苍白的生命。假如我接受它，热爱这个必然性，服膺这个必然性，听从它的安排，便会得到幸福。只有接受它的法则，我才会找到我的自由。回归它的身边，才能得到拯救，从多种激情逃逸到唯一的激情里，方能获得上帝的理智的爱。

如果我确实能够理解这一点，我将是唯一找到真正哲学的人，我将知晓隐身的上帝的一切。但是，谁有勇气去周游世界，并且宣扬这个哲学呢？这个秘密我只能带入对跖点的坟墓了。

我已经说过了，罗伯托不具备哲学家的气质。到了这个主显节，对事物真义有了顿悟，而这顿悟是以光学家磨平透镜那样严厉的态度锤炼出来的，他却——重新——为爱背教。由于石头不懂爱，于是他坐起身来，又变回一个热恋的男人。

“但是，”他自言自语道，“假如我们所有人都应该回到巨大和唯一的实体这片辽阔海洋里，回到它的下面，或者上面，或者不管是什么地方的话，那么我将与我的夫人重新团聚！我们都将成为同一宏观宇宙的部分和全部。我将是她，她将是我。这不就是两性人神话的深刻含意吗？莉丽雅和我，共有唯一的身体和思想……

“难道我已经提前预见到这个结局了吗？几天（几个星期，几个月）以来，我让她生活在一个完全属于我的世界里，虽然是以费兰特为中介。她已经通过我的思想去思想。

“小说创作或许就是这样：通过自己的人物来生活，为了让这些人生活在我们的世界里，把我们自己以及我的创造物交给后来人，甚至到我们再不能开口称我的时候……

“但如果是这样的话，我大可永远将费兰特逐出我的世界，让神圣的正义支配他的死亡，再创造我与莉丽雅重聚的情节。”

罗伯托重新热情高涨起来，他决定开始思考故事的最后一章。

他不知道，尤其是当作者已经决意赴死的时候，小说便常常是自行写下去，并且走向它自己想去的地方。

三八
地狱见闻

罗伯托讲述道，费兰特从一座岛屿逛到另一座岛屿，与其说是寻找着正确的航道，还不如说是在由着性子来；他无法从阉奴通过比斯卡拉身上的伤口发出的信号中得到讯息，因此最终迷失了方向。

船继续航行着，珍贵的食物已经腐烂变质，水也发臭了。为了不让船上的水手有所察觉，费兰特强行规定每人每天只能下货舱一次，在黑暗中取少量仅够维持生命的所需，而且任何人都不得驻足张望。

只有莉丽雅什么也没发现，她平静地忍受着一切磨难，似乎只需一滴水和一丁点儿干粮就可以过日子，只是为所爱的人能否完成他的大业而焦虑。至于费兰特，如果不是从中得到乐趣的话，对那种爱情他无动于衷，他继续鼓动他的水手，让他们垂涎的双眼前闪出财富的影像。就这样，一个被积怨蒙蔽的盲人率领着其他被贪婪蒙蔽的盲人，把一个盲目的美女留在身边，成为他的圈套的俘虏。

然而，船员中的许多人由于严重的干渴，牙龈已经肿胀，甚至开始盖过整副牙齿；两条腿也布满了脓肿，臭烘烘的分泌物一直蔓延到要害器官。

就这样，他们刚越过南纬二十五度，费兰特就不得不面对一次哗变。他纠集了一个最忠诚的五人小组（安德拉波多、博里德、奥尔多尼奥、萨法尔，以及阿斯普兰多），造反者携带少量食品登上小艇逃跑了。但是，这样一来，“达佛涅二号”就落得没有救生装备的下场。费兰特说：“这有什么关系，过不了多久，我们就将到达那个地方，令人诅咒的对金子的渴望引领我们去的地方。”然而，这艘大船已经失控了。

再说，他们也不再想这么做了，他们曾经给予自己的头领有力的帮助，现在他们也想与他平起平坐。五人之中的一个偷偷窥视那位很少登上甲板的神秘贵族，他发现她竟是个女的。于是这几个暴徒又与费兰特谈判，要求他将女乘客交给他们分享。费兰特外表如阿多尼斯，然而灵魂却像伏尔甘，他更看重的是普鲁托而不是维纳斯，莉丽雅没有听见他与叛乱分子的窃窃私语，他几乎与他们达成了协议。

罗伯托不会允许费兰特犯下这最后的丑行。因此，他希望尼普顿因有人不顾他的怒火穿越他的原野而大发雷霆。或者，不必以如此异教徒的方式来构思事件的发展，虽然仍然十分狡猾：他想象着，（假如一篇小说还负有传播道德教诲的责任的话）上帝不会对这艘背信弃义的大船上即将发生的事袖手旁观。他欣喜地想象着，烈风、北风、南风专门与大海的波澜不兴不屈不挠地作对，虽然一直到那时为止，它们让宁静的西风小心翼翼地吹拂航道，让“达佛涅二号”继续它的航程，但是现在被关在地下室里的它们已经按捺不住了。

他让它们突然之间都一起爆发出来。随着船壳的呜咽，水手们也发出了哀叫呻吟，大海往他们身上喷射海水，他们则往大海里呕吐；有时，一个浪头向他们猛扑过来，从海岸边看的话，甲板简直像一口冰做的棺材，而在它周围，闪电燃烧发光如同摇曳的灯烛。

起初只见乌云飞卷，雨丝交错，南风和北风彼此冲撞。但是很快，大海仿佛忘记了分寸，海水越涨越高，直向天空汹涌而去，当它落下的时候，便变成滂沱大雨，雨水与空气混在一起，鸟儿学会了游泳，而鱼儿则学会了飞翔。这已不再是大自然与航海者之间的斗争，而是宇宙各元素之间的搏击。空气中的每一个原子都变成了冰雹，尼普顿从海中升起，为的是熄灭朱庇特手里的闪电，阻止他以烧死那些人来取乐，因为他更愿意将他们淹死。大海在自己的胸口挖了一个坟墓，把人们抽离大地，它看见大船失去控制朝着一块暗礁驶去，于是反手一推，将船推向另外的方向。

船体载沉载浮，每一次从浪顶摔下，都好像是从一座塔楼的高处飞落下来：船尾一直浸没到瞭望台，而在船艏，海水似乎想要吞下艏斜桅。

安德拉波多企图系住一面船帆，却被横桁甩出去，在他掉入海里的同时，又重重撞向正在拉绳索的博里德，砸断了后者的脖子。

船已不再听从舵手奥尔多尼奥的命令，又一阵风袭来，一下子将后帆的三角帆斜桁顶端撕掉。费兰特开口辱骂着，催促着，因此萨法尔只好想方设法去降下船帆，但是还没等他系紧主帆，船就打横过来，侧面遭遇三个大浪的袭击，那些浪头极其猛烈，直把萨法尔抛到船舷外。船的主桅杆也一下子折断，落入海里，而在此之前，还压垮了甲板，并且砸碎了阿斯普兰多的头盖骨。最后，舵手粉身碎骨，而舵柄失控的一击也要了奥尔多尼奥的性命。现在这艘缺胳膊少腿的大船已经没有了船员，最后几只老鼠纷纷跑上船舷，掉到它们本想逃离的大海里。

在那种群魔乱舞之中，费兰特只会关心自己的安危，根本无暇顾及莉丽雅。我不知道罗伯托是否考虑过他正在违反小说的真实法则，但是为了不让心爱的她死去，他只得也给费兰特一颗良心——虽然只是瞬间的事。

于是费兰特将莉丽雅拉到了甲板上，他要做什么呢？经验教诲罗伯托说，他应该把她牢牢地绑在一块木板上，让她滑落到大海里，他相信，即使是深海里的猛兽也难免对那样一位美女生出恻隐怜悯之心。

随后，费兰特也抓住一块木头，准备将自己捆在上面。可是就在那个时候，比斯卡拉却突然出现在甲板上，也许只有上帝才知道，船舱里一片混乱，他是怎么从苦刑架上被解救下来的，他的两只手还被链子拴在一起，与其说是个活人，还不如说更像个死人，然而眼睛却因仇恨而炯炯有神。

比斯卡拉就像“阿马丽利斯号”上的狗，在整个航行的过程中，一直被囚禁和折磨，每天他都被人割开伤口，然后随便处理一下就被晾在一边——所以，比斯卡拉是仅靠一个念头熬过那几个月的，即报复费兰特。

就如同“解围之神”，比斯卡拉突然出现在一脚已经踏在舷侧的费兰特身后，他举起双臂，然后又放下，用铁链扼住他的脖子。他喊着：“最后，让你跟我、跟我一起下地狱！”可以看见——几乎还可以听见——铁链勒得很紧，勒断了费兰特的脖子，而他的舌头则从那叫着污言秽语的嘴唇里吐出来，伴随着他发泄完了最后的愤怒。这时，被处决者失去灵魂的躯体，如同一件斗篷，拖着尚活着的刽子手坠入海中，后者心灵复归平静，大获全胜地迎接金鼓齐鸣的波浪。

罗伯托无法想象莉丽雅目睹这一切时的心情，他希望她什么也没有看见。由于他不记得自从被旋涡冲走之后，在自己身上都发生了些什么，所以他也无法想象在她身上有可能会发生什么。

实际上，他认为很有必要首先打发费兰特去接受正义的惩罚，让他在阴曹地府中继续他的命运，于是暂且将莉丽雅留在广阔的涡流之中。

此时此刻，费兰特已无生命迹象的躯体被抛在一片荒芜的沙滩上。海水已经平静下来，宛若杯子里的水一样，海岸上再也不见回头浪。四周的一切都笼罩在一层薄薄的烟雾之中，正如当太阳已经消失，而黑夜还没有占据天空时那样。

在沙滩上，没有树木或者灌木丛标明它的尽头；远处可以看见一片平原，完全由矿物构成，远远望去似乎是柏树林子，实际上却是铅质的方尖碑。在西方的地平线上，有一处山状隆起，现在已经看不清楚了，沿着斜坡依稀可见闪烁的灯火，给他的印象好像是公墓。在高地之上停留着长长的黑色云层，腹部黑得如同熄灭的煤炭，形状坚硬而又结实，如同在一些油画或素描中出现的乌贼鱼骨一般，斜看又像是僵硬的骷髅头。在乌云和山峦之间，天空尚有一点淡黄的色调——假如不知道这幅景象其实无始无终，始终不变，也许会让人觉得那是濒临死亡的太阳落山前的最后景象。

在平原开始倾斜的地方，费兰特发现突然冒出一小群人来，于是他朝他们走去。

一小群人，总归是人类吧，然而——当费兰特走到他们身边的时候——他看见，如果远看是人的话，这会儿却变成了——或者正在变化中——解剖教室里的标本。罗伯托之所以这样安排，是因为他记得某日自己参观过这样一个地方，一群医生穿着深色的衣服，脸色红通通的，鼻子和面颊上隐隐现出细小的血管，正在干着刽子手的活；他们站在一具尸体周围，让身体里面的东西暴露出来，在死人的身上发现活人的秘密。他们除去皮肤，切开肌肉，剔净骨头，切断神经之间的联系，解开肌肉上的结节，打开各个感觉器官，分离所有的筋膜，打碎所有的软骨，摘下所有的内脏。他们还要辨认出每一根纤维，分离出每一根动脉，发现每一种骨髓，向在场的人展示人体生命的工厂：他们说道，食物在这里消化，血液在这里澄清，养料在这里分发，体液在这里形成，性情在这里造就……站在罗伯托身旁的某位压低声音说道，我们死去之后，自然界对我们所做的也大同小异。

但是解剖之神却以不同的方式来对待岛屿上的居民；这时候费兰特越来越近距离地看清了他们。

第一具躯体没有皮肤，肌肉块束紧绷，双臂垂落，而痛苦的面庞则朝向天空，只剩下头盖骨和颧骨了。第二个人双手上的皮还勉强悬挂在手指肚儿上，好像手套一样，而双腿上的皮翻卷至膝盖处，好像柔软的皮靴。

第三个人，首先是皮肤，其次是肌肉，均被分开，以至于整个身躯，尤其是面部，就像是一本打开的书。就好像那具身躯想要同时展示出皮肤、肌肉和骨髓，三者既是活人的，也是死人的。他像一只昆虫，那些破烂东西好比翅膀，假如岛上有风吹动它们的话就会飞舞。然而在那样的黄昏时分，空气纹丝不动，只有当那具疲惫不堪的躯体活动时，翅膀才勉强晃动一下。

在不远处，有一具骷髅支在一把铁锹上，也许是为了自掘坟墓吧；他的眼眶朝天，弯曲的牙弓上堆着怪笑，左手则好像在乞求怜悯和倾听。另一副骨骼弯曲着，肩膀处露出弓起的脊椎骨，一跳一跳地走着路，瘦骨嶙峋的双手还捂在歪斜的脸上。

还有一个，费兰特只看见背面。此人已剔去肉的头盖骨上还有蓬乱的头发，那样子好像被人强行戴上了帽子。然而衣服上的翻领（苍白和玫瑰色，就像一只海螺）和支撑着皮衣的毛毡却是由真真正正的皮肤构成的，按着后颈的高度裁剪，翻向上方。

还有一些几乎已被摘下了所有器官，仿佛只剩下神经的雕塑；在已经无首的脖颈上，从前植根于大脑里的神经随风飘荡。双腿就像柳条编织在一起。

还有一些腹部打开了，秋水仙一般颜色的肠子抽动着，好像吞食了令人消化不良的下水的忧郁贪吃者。有些人的阴茎已经被剥去了外皮，只剩下一根内茎，干瘪的睾丸在晃来晃去。

费兰特看见有的人只剩静脉和动脉了，就像在一位炼金术士的活动实验室里，喷管和细管永恒地运动着，在没有露面的太阳下，那些苍白的萤火虫一滴一滴地滴出无血色的血来。

那些躯体都待在巨大、痛苦的寂静之中。在一些躯体上，可以隐约看见正在发生的极其缓慢的变化：从血肉雕塑变细变薄，最后变成纤维雕塑。

这些人中的最后一个，像圣巴托罗缪一样被剥了皮，他的右手高高举着还在滴血的皮肤，松软得就像挂在衣帽架上的斗篷。依稀还可以辨认出一张脸来，上面有眼眶和鼻孔，以及嘴洞，就像一副蜡制的假面具突然接触到热源之后所剩的余沥。

而那个人（或者说是那张牙齿掉落、扭曲变形的嘴巴）却对费兰特讲起了话。

“你走错地方了，”那人对他说，“来到了我们称之为维萨利亚岛的亡者之域。过不了多久，你也将步我们的后尘，但是你不要以为我们中的每一个人都会如坟墓允诺的那样很快咽气。我们中的每一个人，都会按照我们的判决，经历独有的腐烂解体的阶段，好像是为了让我们品尝灭亡的过程，而灭亡对每一个人来讲，正是最大的快乐。啊，让我们想象一下，那是多么高兴的事啊，刚一碰大脑，就成了浆糊，肺部刚被一阵风吹过，就爆裂开来，松弛的皮肤一吹就破，身上的肉一受潮就变软，而脂肪一碰就成了液体！好了，不说了。正如你看到的，我们每个人经过难以察觉的变化都不知不觉地走到这一步，而在变化过程中，我们每个人的纤维在千万年的岁月中消耗殆尽。但没有人知道我们得消耗到什么程度才算完结，甚至于你看到的那些人，耗得已经只剩下骨头了，还在期盼着能够再死一点儿，也许已经有几千年了，他们仍在那种等待中耗着；其他人，正如我一样，都不知道是从什么时候开始变成这般模样的——因为在这个永远即将降临的傍晚，我们丧失了时间流失的感觉——虽然如此，我仍然盼望着能被赐予缓慢的消亡。我们中的每一个人都是这样渴望着一次解体——我们知道得很清楚——它永远都不是完完全全的，所以我们永远希望着，对于我们来说，永恒还没有开始，从最久远的登陆时起，我们就害怕进入到永恒里。在活着的时候，我们曾经以为，地狱是永恒的绝望之地，因为人们是这样告诉我们的。唉，不是的，它是永不熄灭的希望之地，它使每一天都比前一天更为糟糕，因为我们永不熄灭的渴望永远都不会得到满足。由于我们身体里总有一线微光，而每一个身体都想生长或者死亡，我们不会停止希望——只有这样，我们的法官才能判决我们永永远远地受苦。”

费兰特问道：“那你们希望什么呢？”

“你现在不妨改口说：‘我能希望什么？’……你希望一阵微风，一次小小的涨潮，或者仅仅一只饥饿的水蛭到来，将我们一个原子一个原子地还给宇宙巨大的真空，在那里，我们还可以以某种方式重新加入生命的轮回。可是在这里，空气不摇不动，大海也保持静止，我们从来感觉不到冷，也感觉不到热，我们既不知道黎明，也不知道黄昏，这块比我们还死气沉沉的土地产生不出任何生命。啊，蛆虫，有朝一日，死亡承诺会将它们生出来的！啊，亲爱的小蛆虫，我们死而复生的灵魂的母亲！你们吸吮我们的胆汁，然后向我们喷洒洁白无辜的乳汁！你们噬咬着我们，治愈我们的罪行，你们用死亡的花言巧语哄骗着我们，给予我们新的生命，因为对于我们来说，坟墓如同母亲的怀抱一样重要……然而，这一切却没有发生。这些我们都知道，虽然我们的躯体在每个瞬间都会忘记。”

“那么上帝，”费兰特问道，“上帝，上帝讥笑我们吗？”

“唉，不会的，”体无完肤的那人回答道，“因为即使是侮辱也会使我们欢欣鼓舞。假如我们能看到一个讥笑着的上帝嘲弄我们，那该多么美好！假如能看见天主由圣人陪伴着，从他的宝座上对我们大加讥讽，那将是多么令人开心的景象啊！我们多想看到别人高兴，哪怕看到别人恼怒也同样令人愉快。然而没有，在这里，没有任何人愤慨，没有任何人嘲笑，没有任何人露面。这里没有上帝。有的只是没有目的的希望。”

“真见鬼，所有这些圣人真该死，”这时变得残暴的费兰特试图叫骂，“即使被判下地狱，我也总有权利表达自己的愤怒吧！”但他发觉，他的声音从胸膛里出来时变得很虚弱，他的身体疲惫无力，就连暴跳如雷也做不到了。

“你看，”没有皮肤的人对他说道，然而那张嘴已无法露出微笑，“你的痛苦已经开始了。就连憎恨都不被允许。这座岛屿是宇宙之中唯一没有痛苦的地方，在这里，没有尽头的希望与没有尽头的无聊并无区别。”

罗伯托一直待在甲板上，赤裸着身子，正如他想变成石头时的样子，还在继续构思着费兰特的结局，与此同时，灼热的太阳照在他的面部、胸脯和两条腿上，将他带回那种刚刚逃脱的发烧的热度里。他已经倾向于不仅把小说与现实混淆起来，而且还把心灵的热情与身体的灼热混在一起，因此他感到爱情再度将他点燃。莉丽雅呢？当费兰特的尸体朝着亡者之域漂去的时候，在莉丽雅的身上又发生了什么事情呢？

小说家身上常会有这种情形发生：当他们耐不住性子，便不再遵守时间与地点相统一的规则，罗伯托一下子跳过各种事件，为的是直接来到海难之后几天：莉丽雅抓着那块木板在海上漂流，这时大海已经恢复平静，在太阳照射下闪闪发亮——她正在接近（我尊敬的读者，你一定预料不到这样的情节）所罗门岛的东岸，也就是“达佛涅号”搁浅的海岸的另一边。

罗伯托从卡斯帕神父那里得知，岛的东岸不如西岸容易靠近。那块木板已经不堪一击，所以撞在一块礁石上破碎了。莉丽雅苏醒过来，紧紧地抱住礁石，木板的碎片则消失在流水之中。

现在，她就在那儿，在一块容一人栖身的礁石上，眼前的水道——但对于她来讲，那就是一片汪洋了——将她与海岸隔开。她从台风中死里逃生，因挨饿精疲力竭，尤其是被口渴所折磨，无力游到对岸，她的目光渐渐模糊，沙滩上的植被变成一片朦胧的绿色。

然而在她柔软体侧的那块礁石热得发烫，她吃力地喘息着，不但没有变得凉爽一些，反而将空气中的酷热又吸到自己体内。

她期盼着不远处，从阴影下的悬崖峭壁上涌出汩汩细流，然而这些幻梦不但没有使她得到些许安慰，反而加剧了干渴。她想乞求上帝的帮助，但干燥的舌头却粘在上腭，叫喊变成了断断续续的叹息。

时间在流逝，风吹着，如同猛禽的利爪刮伤她的皮肤，她害怕（比死还更害怕）会活到大自然的元素无情地将她毁容的时候，把她变成不再是被爱的、而是被厌恶的怪物。

假如还能有片水潭，或者涓涓细流也行，当她将双唇凑近它们，她就会看见自己的眼睛，曾经显示生命之光的两颗明亮的星星，如今变成了可怕的日蚀和月蚀；而那张面庞，过去爱神在此嬉戏着，将它选为逗留之地，而现在却成了可怕的、令人厌恶的所在。假如她还能到达一片池塘，在池水中看到自己凄惨的模样，那么她双眸淌出的泪，怕是要多于她的嘴唇所能啜饮的水。

罗伯托让莉丽雅自怜自艾，自己心里也不好受。他厌恶她已经濒临死亡，还为自己的美貌而痛苦，小说中经常出现这样的情节；他厌恶他自己，因为他不敢抛弃心智的夸张作用，直视他苟延残喘的爱人。

莉丽雅在那一刻究竟是什么样？如果脱去她身上那件用语言编织的死亡外衣，她将以何种面目出现呢？

由于长途跋涉以及海难的折磨，她的头发可能变得如同麻絮，夹杂着明显的白丝；她的乳房肯定失去了百合花的模样，她的脸上也留下了时间的痕迹。她的颈部和胸部现在充满了皱褶。

但是不，要是这样描摹她面容憔悴的样子，就得回到埃马努埃莱神父诗意的机器……罗伯托想要看见莉丽雅真正是什么模样。她的脑袋歪着，眼神惊惶，双眸由于痛苦已经缩小了许多，显得距离鼻子的根部太远了一些——那鼻子也已经瘦成尖的了——由于肿胀，眼角四周有明显的小皱纹，如同一只麻雀在沙滩上留下的痕迹。鼻孔变大，一边比另一边稍微肥厚一些。嘴唇裂开了，呈紫晶色，向两边拉出弓形的皱纹，上唇略微突出，翘起一块，露出两颗已不再洁白的牙齿。脸部的皮肤轻微下垂，下巴底下有两道松弛的褶皱，破坏了颈部的线条……

虽然这个果子已经萎缩，他仍不愿拿它去交换上帝的任何天使。即使她如此这般，他也仍然爱她。在那个遥远的晚上，当他爱上躲在黑色面纱后面的她时，哪里料想得到她会落到今天这个地步。

在遭遇沉船的日子里，他放任自己走上迷途，他希望她像星系一样匀称和谐；但是人们也对他说过（但他没敢向卡斯帕神父坦白），也许各个星球并没有沿着完美的圆形轨道来完成它们的旅行，而是倾斜着绕太阳运行。

如果说美貌清楚易见，那爱情却神秘莫测：他发现自己所爱的不只是爱人的春天，而且是她的每一个季节，在秋季凋零时更甚。他始终爱她，爱她的曾经，爱她可能变成的模样，也只有从这个意义上，爱才是奉献而不求回报。

他任由自己迷失在流放的海涛声中，同时也一直在寻找着另外一个自己：在费兰特身上最为糟糕，在莉丽雅身上最为优秀，他希望借后者的荣耀让自己荣光起来。但是，爱上莉丽雅意味着希望她如同他一样，把二人全部交付给时间永不停歇的流转。直到那时为止，他利用她的美貌来催动自己脑中龌龊的绮念。他让她讲话，并且把自己想要听的话语放进她的口中，却无法得到满足。现在，他希望能够靠近她，倾慕她痛苦的美丽、她散发情欲的憔悴、她苍白的雅致、她凋零的优美、她瘦削的裸体，以便关切地抚摸她，倾听她讲话，那些她自己的、而不是他让她说的话语。

他应该放弃自己来得到她。

然而，他的偶像病了，现在才向她致以公正的敬意，为时已晚。

在岛屿的另外一边，化作液体的死神向莉丽雅靠近，流进她的血管里。

三九
神来之笔

这是结束一部小说的好方法吗？小说不仅撩拨恨意，让我们终能享受我们所憎恨的人的失败下场，而且同样激发同情心，引导我们去发现我们所爱的人摆脱了危险。而结局如此凄惨的小说，罗伯托从来都没有读过。

除非小说尚未结束，还留有一位秘密的主角，有能力完成一个仅在小说的国度才可以想象的壮举。

为了爱情，罗伯托决定去完成那个壮举，并且亲自进入他的叙述里。

“假如我已经登岛，”他自言自语道，“那么现在我就能够拯救她了。只是我的懒惰将我留在了这里。现在我们俩都停泊在海上，都渴望着到达同一块陆地。

“还没有全盘皆输。我看见她在这一刻仍呼吸着，如果我在此刻登上岛屿，那么我将比她提前一天到达那里，就能等着她并把她救起来。

“我从海上救起她时，她也许已经快要断气了，这无关紧要。实际上，我们知道，当人的身体到这步田地时，强烈的激动可以为其重新注入生命力，有人见到过当濒死之人得知造成他们不幸的根源已经铲除时，便会起死回生。

“对这个垂死的女人来说，还有什么比看到爱人重新活过来更激动人心呢！实际上，我都不应该提示她，自己不同于她所爱的那人，因为她所献身的是我，而不是另外一个人；我只要简单地占据从一开始就属于我的位置便是了。不仅如此，莉丽雅不知不觉中还将会从我的目光中感觉到一种不同的爱，没有任何淫欲的纯洁的爱，虔诚的爱。”

任何人都有可能会问，罗伯托是否考虑过，营救能成功的条件是他在一天之内，最迟在第二天凌晨抵达岛屿，而他最近的经历让这一切不可能实现？有没有可能他没有意识到，他计划真真切切地登上岛屿，寻找的却是通过叙述才能到达那里的人？

然而，我们已经看到了，罗伯托在开始思考与自己的世界完全格格不入的小说的国度之后，最终让两个世界毫不费力地汇合在了一起，并且混淆了它们各自的法则。他以为能够到达岛屿，因为他是如此想象的，而且想象中她在他之后到达，因为他是这样渴望的。从另外一方面讲，随心所欲地安排故事情节是小说家的自由，罗伯托正将这种自由迁移到自己的世界：他终将到达岛上，因为如果不到达那里的话，他就不再知道自己的小说该讲述什么了。

围绕着这个想法——如果不是一路跟随着我们走到这一步的话，任何人都会断定罗伯托所怀抱的希望是愚蠢或者疯狂的——他现在运用数学思维，不放过任何理智和谨慎提醒他注意的意外情况。

这正如一位将军在战役的前一天夜晚就要部署部队次日的行动，他不仅要预想可能会出现的困难，以及可能会干扰计划的偶然事件，而且还要考虑到对手的想法，预先想好应对策略，并根据对方可能采取的行动部署安排未来的计划——就这样，罗伯托在考量着手段和结果，因与果，利与弊。

他应该放弃朝着珊瑚礁泅水并且越过它的想法。他再也无法看清礁岩下面的水道，而如果不能对付那些置人于死地的陷阱的话，恐怕凶多吉少。况且即便他能够到达那里——不管是从水上还是水下——也不能保证自己能够穿着那双已不结实的靴子在上面行走，那里到处都是险峻的裂缝塌陷，一旦掉进里面，就再也出不来了。

因此，他要登上岛屿，只能遵循小艇的航行路线，也就是说，朝南游去，并且像"达佛涅号"一样，与海湾保持一定的距离，越过南边的岬角后折向东方，直到抵达卡斯帕神父对他讲过的小海湾。

这个计划并不合理，原因有两个。第一，直到那时为止，他费尽力气也只能勉强游到珊瑚礁的边缘，再往后便筋疲力尽了；因此，这个想法是不明智的，他至少还得再多游四至五倍的距离——而且没有绳索，倒不是因为他没有那么长的绳索，而是因为这一次，他是决心要去的，如果到达不了目的地，再回来也没有意义了。第二，朝南游就意味着逆流而上；他已经知道，自己的力气仅够逆流游上几英寻之遥，他可能无法避免地被推向北方，越过北海角，从而离岛屿越来越远。

在精确地计算过这些可能性(在认识到生命是短暂的，艺术是广博的，机会是稍纵即逝的，而实验是不确定的)之后，他对自己说，沉浸于如此小肚鸡肠的算计，不是君子所为，正如一个小市民拿节省下来的积蓄去赌博，掷下骰子时还在计算有多大的赢面。

也就是说，他自言自语道，计算是必需的，但它应该是崇高的，如果赌注崇高的话。他赌的是什么呢？是生命。但是如果他永远都无法离开这艘船，他的生命就没有多少意义，特别是现在，除了孤独之外，还增添了对永远失去她的觉悟。相反，假如他能够顺利通过考验，他将赢得什么呢？他能得到一切，得到重新见到她和营救她的快乐，不管怎样，得到死在已经死去的她身边的快乐，用一块由热吻做成的殓布将她包裹起来。

确实如此，这个赌局是不平等的。在尝试过程中，死亡的可能性多于到达陆地的可能性。然而，即使在那种情况下，冒险也仍然对他有利：正如有一千个丢掉一笔薄产的可能性，以及仅仅一个赢得一笔巨大财富的可能性，又有谁会不接受呢？

最后他的头脑又被另一个念头所占据，它使赌局的风险大大地降低了，甚至，他还看见自己在两种情况下都会中彩。不妨假定，海水将他冲到了相反的方向。那好，一旦越过了另一个岬角（他知道这一点，因为他曾经用一块木板做过试验），海水就将带着他沿着子午线漂流了……

假如他任由海浪推着前行，仰面朝天，他将再也看不见太阳的移动：他将漂浮在那个超越时间之外，将今日与昨日分隔开的边界上，停在一个永恒的中午。时间为他而停下了，岛屿上的时间也就停下了，这样也就无限地延缓了她的死期，因为发生在她身上的一切都取决于小说叙述者的愿望。他卖着关子，岛屿上的事态变化也就悬而未决。

简直是最极致的交错配列法。她将和曾经的他一样，离岛屿只有几英寻之遥，而现在的他则迷失在汪洋之中，把他的希望作为礼物赠送于她，并把她悬置在一个无止境的希望的边缘上——如此一来，他们二人均无未来，因此也不会死去。

后来他停下来想象自己的旅程，由于他已将现实与小说的世界合二为一，他感觉到那似乎也是莉丽雅的旅程。罗伯托绝妙的故事将让她永生不死，或者说是经度的纬纱将这永生不死赋予她。

他开始不快不慢地匀速朝北游去：在他的左右两边，白天和黑夜、季节、日月蚀以及潮汐循环变化着，崭新的星辰穿过天空，带来瘟疫以及王朝的兴亡，君主和教皇们也头生白发，消失在带着尘土的微风之中，宇宙间的所有旋涡都将完成它们风卷残云的革命，新的星星将在旧星寂灭陨落时形成……大海在他的周围汹涌澎湃，然后又波平如镜，信风也将放慢脚步，但对于他来说，在那条平静的水道上，什么都不会改变。

有朝一日，他会停下来吗？从他印象中的海图来看，除了所罗门群岛，那条经线不经过任何陆地，至少在它在极地与其他经线会合之前。但是，如果一艘船，船尾有风吹着，扬起森林一般的帆，也要用好多个月才能完成一段那样长的旅程，那么他将要用多长的时间呢？也许要到达一个他不知道白天、夜晚以及几个世纪的时光消逝意味着什么的地方，需要很多年吧。

但是与此同时，他却可以在一种如此微妙的爱情里休息，不去管是否失去了嘴唇、双手、眼珠。他的身体将被抽空，淋巴、血液、胆汁和黏液都已流干，海水将从每一个毛孔渗入，钻进耳朵里，盐分将清洁他的大脑，代替他双眼的玻璃体，侵入他的鼻孔，并且溶解他体内尘世的积垢。与此同时，阳光将用火的粒子滋养他，而这些火粒子又将液体缩小成一滴空气和火的露水，通过交感这唯一的露水将被呼唤向上。他呢，已经变得轻盈，所以便开始上升，融入空气，融入阳光。

她待在那块礁石上，沐浴着静止不动的阳光，也会同他一样。她将如同被敲打过的金子一样延展，直到变成无比空灵的薄片。

就这样，不出几天，他们就将在那种默契之中结合。他们确实每时每刻如同圆规的两只静止的脚，每一只脚都会随着伙伴的运动而移动，一只脚倾斜的时候，另外一只则要推向更远的地方，而当另一只脚重新回来时，这一只脚则恢复挺直。

他们二人将继续在现时里旅行，直奔正在等待他们的星辰，宇宙里诸多粒子间飞扬的原子，如同世界一样被真空包裹的永恒的旋涡中间的旋涡。他们与自己的命运和解了,因为地球的运动带来灾难与恐惧,然而星球的颤动却是无辜的。

因此,对他来说,无论如何都将赢得赌局。他不该再犹豫不决。但是,他要在完成一整套正当仪式之后做出那个胜利的牺牲。罗伯托在纸上记下他准备完成的最后的行动,至于其他的一切,举止、时间、节奏,都留给我们去猜测了。

作为净手礼的第一步,他用了几乎一个小时才把分隔甲板和底层甲板的栅栏移开一部分。然后他走下去,打开每一只鸟笼。他一点一点地连根拔起灯心草,群鸟拍打着翅膀飞起,他不得不举起双臂挡住脸,与此同时高声叫着:“去吧,去吧!”他鼓励这些囚鸟快逃,甚至用双手去驱赶拍打着翅膀却找不到出口的母鸡。

随后他又登上甲板;他看见那一大群禽鸟腾空飞起穿梭在桅杆船缆之间,他觉得有几秒钟的时间,太阳似乎披上了彩虹的各种颜色,海鸟发现之后,也好奇地加入到那欢腾的盛会中来,于是彩虹又多了一道洁白。

后来,他又把所有的钟都扔进了海里,丝毫也不在乎失去了宝贵的时间:他抹掉了时间,是为了保佑一次超脱时间的旅行。

最后,为了克服胆怯,他把船上的圆木、板材、空木桶全都集中在主桅帆下面,浇上油灯里面的油,点起了火。

瞬间蹿起了第一束火焰,它马上就烧到了船帆和桅的左右支索。当他确定那火势可以自行燃烧下去的时候,便从容离去。

他还光着身子,从他准备死亡、要变成石头开始起就赤身裸体了。他甚至没套上绳索,因为他不想再让绳子限制自己的旅程了,然后他跳入海中。

他用双脚顶住船身,往前一蹬,就离开了“达佛涅号”,然后顺着船侧一直游到船尾，永远地离开了，朝着肯定在等待着他的两种幸福结局之中的一种而去。

在命运和海水为他决定之前，我希望他能不时地停下来喘口气，让目光转向向他告别的“达佛涅号”，向它致意，然后望向岛屿。

在那里，在树冠画出的线条上方，他那双已经极为敏锐的眼睛，想必看见了橙色鸽子——如同一支箭矢想要刺向太阳一般——飞了起来。

四〇
补记

好了。后来在罗伯托身上到底发生了什么，我不知道，我也不相信有人能够知道。

一段如此浪漫的经历，却不了解它的结局——或者更确切地说，连它真正的开始都不清楚，又如何改编成一部小说呢？

除非要讲述的不是罗伯托的经历，而是他写下的日记——即便如此，也需要推测猜想一番。

那些日记（从这些支离破碎的记录中我得到一个故事，或者说一系列的故事，它们互相交叉串连在一起）之所以能够流传到我们手里，是因为“达佛涅号”没有全部烧毁，在我看来，这是显而易见的。天晓得，或许大火只烧到桅杆，由于那天无风，后来便熄灭了。或者，也不排除几个小时之后下了一场倾盆大雨，烧灭了烈焰……

在有人重新找到“达佛涅号”并且发现了罗伯托的日记之前，这艘船在那里停留了多长时间呢？我试图做出两种假设，每一种都难以置信。

正如前文已经提到过的，在发生这一连串事件之前的几个月，确切地说，是在一六四三年二月，一六四二年八月从巴达维亚出发的阿贝尔·塔斯曼首先到达后来变成塔斯马尼亚的范迪门斯地，只远远望了新西兰一眼便奔向汤加群岛(早在一六一五年,斯考滕以及勒美尔便到达此岛,并将其命名为椰子群岛和叛徒群岛),在此之后,他继续北上,发现了一系列被沙子环绕的小岛,并且记录下它们的位置为南纬 17.19°,以及经度 201.35°。我们现在不讨论经度问题,这些一度被称为威廉皇帝领地的群岛,假如我猜得不错的话,应该距离我们故事里面提到的岛屿不太远。

塔斯曼说,他的探险之旅是在六月份结束的,因此,是在“达佛涅号”到达那片海域之前。但并不能确定塔斯曼的日记就与事实相符(再说也不存在原件了)。① 因此,我们试着想象一下,在旅途中常发生的意外绕道的过程中,他又回到那片海域,假设是那年九月吧,并在那里发现了“达佛涅号”。已没有任何可能再将船恢复原貌,就连应有的桅杆和帆篷也都荡然无存。为了知道它从何而来,他探查了这艘船,结果找到了罗伯托的日记。

他懂得一点意大利语,明白那涉及经度问题,因此日记的内容变成了高度机密,要交给荷兰东印度公司去处理。为此,他在自己的日记中对整个事件保持沉默,甚至还捏造日期,抹去这段插曲的所有痕迹,这样一来,罗伯托的日记也就被放入某个秘密档案之中束之高阁了。在此之后的第二年,塔斯曼又进行了一次航行,天晓得他去了哪里。②

不妨想象一下,荷兰的地理学家翻阅了那些日志。我们知道,除

---

① 为了验证我所说的是否属实,任何人都可以轻而易举地查阅一番 P·A·莱乌佩所著的《1642—1643 年阿·扬·塔斯曼与弗朗索斯·雅克布森·菲斯海尔的地理发现之旅》。该文刊载于《祖国史学及考古学的新创见》杂志(1872 年,第 7 期,第 254—293 页)。当然,如《书信全集》这类已收集整理好的文件是不容置疑的,其中有一段从《巴达维亚城堡日志》“一六四三年六月十日”中所摘取的文字,就有塔斯曼返回的消息。但是,如果我现在的推测是可靠的话,那就几乎可以断定:为了保守一个像经度那样的秘密,做些手脚也是完全有可能的。一般的通信从巴达维亚传到荷兰,天晓得何时才能到达,所以两个月的时间差完全可以不引起注意。从另一方面讲,我也没有把握确定罗伯托是在八月份,而不是在此之前,就到了那边。——原注

② 关于这第二次旅行,绝对不存在航海日志。为什么呢?——原注

了伯德博士用狗传信的方法之外，当中没有任何有意思的资料，而对于上述之事，我敢打赌，各国间谍早就通过其他途径有所了解了。其中也提及马耳他观象台，但是我想提醒一下，在塔斯曼之后，直到库克重新发现那些岛屿为止，过去了一百三十年，所以按照塔斯曼的指示是不可能重新找到那些岛屿的。

最后，在我们的故事发生整整一个世纪之后，哈里森的精密航海时计的发明，才最终结束了对定点的疯狂追寻。经度不再是一个问题，这时荷兰东印度公司的一些档案管理人员想清理存放档案的橱柜，扔掉一些，赠送一些，卖掉一些——天晓得——罗伯托的日志，此后就落入手抄本爱好者手中了。

第二个猜测从小说的角度来讲更为引人入胜。在一七八九年五月，一位迷人的人物从那个地方经过。他便是布莱船长，当时“邦蒂号”上的哗变者把他和十八个忠实的追随者赶到一艘小艇上，将他们的命运交给宽厚的海浪。

那位不同寻常的人，不管他有什么性格缺陷，毕竟航行了六千多公里，最后抵达蒂汶岛。在完成这次壮举的过程中，小艇曾经过斐济群岛，几乎抵达瓦努阿岛，并且横穿过亚萨瓦群岛。这意味着，假如这艘小艇稍微往东偏航一些，就完全可能登陆塔韦乌尼岛，而我愿意推论，我们的岛屿也在那里——假如对这些涉及相信或愿意相信的问题也需要拿出论据，那好，有人告诉我橙色鸽子，或者橙鸽、火焰鸽，或者叫得更好听些的橙色果鸠只存在于那里——只是，险些毁掉整个故事的是，这种橙色的鸽子是雄性的。

布莱那样的人，假如他找到的“达佛涅号”还有救，因为他自己是乘坐一艘简陋的小艇到达那里的，肯定会尽一切可能将船修复。但是这时已经过去几乎一个半世纪了，无数场暴风雨进一步摧毁了船壳，锚早已不见了，船翻倒在珊瑚礁上——或者，不，它被海水冲走，拖向北方，搁浅在其他沙洲或者附近一座岛屿的礁石上面，任凭时间蹂躏。

布莱很可能登上了一艘幽灵一般的大船，船的舷墙上结满了贝壳以及绿色的海藻，开膛破肚的货舱里积满死水，成了软体动物和有毒的鱼类藏身的地方。

也许后甲板还支撑着，但已岌岌可危，在船长舱室里，布莱找到了罗伯托的日记，干燥、蒙尘，或者不，是潮湿和浸渍的，但尚能阅读。

那已经不再是为经度问题而焦虑不安的时代了，但或许因为以陌生的语言提到了所罗门群岛，这一点吸引了布莱。差不多十年前，法国国王和海军的地理学家，某位布阿什先生，曾经向科学院递交了一份关于所罗门群岛存在和位置的专题论文；他认为，这些岛屿只不过是布干维尔在一七六八年（他的描述与更早些时候门达尼亚的描述不谋而合）到达的舒瓦瑟尔海湾，以及德·叙维尔在一七六九年到达的"安息群岛"。以至于当布莱还在航行的时候，就有一位匿名者，可能是弗勒里厄先生吧，准备出版一本名为《一七六八年至一七六九年间法国在新几内亚东南部的新发现》的书。

我不知道布莱是否读过布阿什先生的文章，但是英国海军肯定对法国表兄弟夸耀自己找到了别人找不到的地方的傲慢态度愤愤不平。法国人是有道理的，但是布莱有可能不知道这一点，或者，他也并不想知道。因此，他有可能怀抱希望，偶然得到的这份文件不仅反驳了法国人，而且还能让他合法地成为所罗门群岛的发现者。

我还可以想象，首先，他会打心底感谢弗莱彻·克里斯琴以及船上其他的哗变者，因为是他们将他粗暴地引上了荣耀之路，然后，他出于爱国心，决定对自己短暂的向东偏航以及发现守口如瓶，并且以绝对保密的方式将罗伯托的日记交给英国海军部。

然而，即使在那种情况下，也会有人认为那些日记意义不大，缺乏任何证明的效力——再一次地——把它们发配到学问渊博之士的故纸堆里。布莱放弃了所罗门群岛，对自己由于作为航海家的其他一些不可否认的美德而被任命为海军上将而感到心满意足，同样，他去世的时候也应该了无遗憾，然而他不知道，好莱坞会让他遗臭万年。

这样一来，循着我的推测继续讲述下去也不会得到什么有价值的结局，还会让读者失去耐性。尽管罗伯托的故事不适于提供某些道德方面的教训——但却让我们思考那些在他身上发生过的事情为什么会发生——总而言之，在生活中发生了那些事情，就是因为发生了，而只有在小说的国度里，事情才似乎是为了某种目的或者由于某种天意发生。

如果我必须得出什么结论的话，那就要到罗伯托的日记里找出一则记录，也许会追溯到那些夜晚，他仍在忐忑不安地怀疑会不会有个闯入者。那个晚上，罗伯托又一次仰望天空。他回想起在格里瓦，当家族小礼拜堂由于年代久远而坍塌，他那位加尔默罗会修士家庭教师——此人曾游历东方——建议按照拜占庭的建筑风格重新修建，即圆形楼身，中央有个圆穹顶，与蒙费拉地区常见的风格完全不同。但是老波佐不愿意介入艺术和宗教方面的事务，所以他听从了那位圣人的建议。

罗伯托看着对跖点的天空，意识到在格里瓦，在一片四面被山丘环绕的景色中，那天穹在他看来就好像小礼拜堂的穹顶，被地平线上窄窄的圆环框住，他还能辨认出来一两个星座；尽管他知道夜空的景象每个星期都有所变化，但是由于他睡觉早，所以从来都没有意识到那景象甚至在同一个夜晚也会发生变化。因此，在他看来，天穹好像永远是固定的、永远是圆形的，所以他理解整个宇宙也同样是固定的、圆形的。

在卡萨莱，在一片平原的中心，他明白了天空比他认为的更为广阔，然而埃马努埃莱神父却教导他不要观望那些在他头顶上的星星，而要更多地想象由观念描绘出来的繁星。

现在，作为对跖点的观众，周围是浩瀚无边的大洋，他看到无边无际的地平线。在头顶上方，他看到了从未见过的星座。他那个半球的星座，他能够按着别人已经确定的形象解读它们，这是呈多边形对称的大熊座，那是酷似字母的仙后座。然而，在“达佛涅号”上，他却没有预先排列好的图像，他可以将任何一点与别的点连接起来，拼出一条蛇、一个巨人、一条毒虫的刚毛或尾巴，然后再将它们拆毁并试着组成其他图案。

在法国和意大利，他在空中观察的是经一位君主的手确定下来的景色，这位君主确定了道路以及邮差的路线，并在它们之间留下片片树林。而在这里，他是一块未知土地上的开拓者，他必须建立自己的选择标准，决定哪些小路应该把一座山峰连通向一个湖泊，因为在那里，还没有山坡边缘的城市，也没有湖泊岸边的乡村。罗伯托不是在仰望那些星座，而是去建立那些星座。让他感到惊慌失措的是，一切看上去就好像一个螺旋、一个蜗牛的壳、一个旋涡。

就在那个时刻，他回忆起了一座教堂，相当新，是在罗马看见的——那是唯一的一次，他提及自己曾经参观过那座城市，也许是在去普罗旺斯旅行之前。那座教堂在他看来和格里瓦的圆穹顶以及在卡萨莱见到过的中殿太不一样了，从几何学的角度讲，这些中殿的尖形穹隆和交叉甬道都很整齐。现在他明白了原因：这拱顶就好像南半球的天空，它吸引着眼睛永远去试图追寻新的透视线，永远也不要停歇在中央的一个点上。在那个圆穹顶的下面，一个人不管处于什么位置，往上面观望的时候，永远都会感觉站在边缘。

现在他意识到，通过日复一日的小小意外，他以模糊的、不太戏剧化的方式，体验到了那种平静被打破的感觉；起初是在普罗旺斯，然后是在巴黎，每个人都以某种方式破坏了他从前所确信的东西，并且向他指出一种描绘世界地图的可能方式，然而，这些从各个不同方面向他提出的建议却没有融合为一幅完美的图案。

他听说过可以改变自然现象的秩序的机器，使重面朝上而轻面朝下，用火去淋湿万物而水去燃烧，就好像宇宙的造物主有能力改变心意，迫使植物和鲜花反季生长，而季节能够向时间宣战，拒绝受其约束。

如果造物主愿意改变主意，那他安排给宇宙的唯一秩序还存在吗？也许从一开始，他就安排了很多秩序，也许他准备日复一日地改变这些秩序，也许存在着一个主管那个改变秩序以及前景的秘密秩序，但是我们却注定永远也发现不了它，注定要追随秩序那些表面的变化莫测的游戏。

这么看来，格里瓦的罗伯托的故事就仅仅是一个不幸的恋人的故事，他被判生活在一片过于辽阔的天空之下，没有与这样一种观念和解，即地球沿着椭圆形的轨道在漫游，而太阳只不过是那些火球中的一个罢了。

就像许多人认为的那样，实在不足以从中编出一个有头有尾的故事。

最后，假如我一定要就此写出一部小说来，我将再一次地证明，没有一份重见天日、难以辨认的手稿，我们简直无法写作——永远也无法摆脱影响的焦虑。我也无法避开读者天真的好奇心，再说，读者也希望知道罗伯托是否真的写了那些我一直挂在嘴边的日记。老实说，我应该回答读者，另外的人写了这些东西也不是不可能的，此人只是想假装叙述真实的故事。但这样一来，我就将失去整个小说效果：在小说里，的确如此，人们假装叙述真实的东西，但却不应该严肃认真地说一切是假装的。

我也无法细细追寻，那些日记历尽了怎样的沧桑，又是谁将它们从其他褪色的手稿中翻出来，再交到我的手中。

“作者是无名氏，”我猜那人这样对我说，“字迹倒是端正秀丽，但正如您看到的，已经褪了颜色，纸张上还有水渍。至于内容，从我所辨认出来的不多的部分来看，是传统的习作。您知道在十七世纪人们是如何写作的……都是些没有灵魂的人。”

Umberto Eco
L'isola del giorno prima

封面图片来源：
Tullio Pericoli，"*Robinson e gli attrezzi*"，1984，watercolor and ink on paper，cm 71×103.

图字：09－2005－646 号

图书在版编目(CIP)数据

昨日之岛 /（意）翁贝托·埃科(Umberto Eco)著；
刘月樵译. —上海：上海译文出版社，2020.7
（翁贝托·埃科作品系列）
ISBN 978－7－5327－8487－5

Ⅰ.①昨… Ⅱ.①翁… ②刘… Ⅲ.①长篇小说—意大利—现代 Ⅳ.①I546.45

中国版本图书馆 CIP 数据核字(2020)第 082790 号

昨日之岛
L'isola del giorno prima

UMBERTO ECO
翁贝托·埃科 著
刘月樵 译

出版统筹 赵武平
责任编辑 张 鑫 缪伶超
装帧设计 尚燕平

上海译文出版社有限公司出版、发行
网址：www.yiwen.com.cn
200001 上海福建中路 193 号
苏州市越洋印刷有限公司印刷

开本 890×1240 1/32 印张 14.25 插页 5 字数 300,000
2020 年 8 月第 1 版 2020 年 8 月第 1 次印刷

ISBN 978－7－5327－8487－5/I·5218
定价：78.00 元